D0043189

EL ÚLTIMO ADIÓS

KATE MORTON

EL ÚLTIMO ADIÓS

Título original: *The Lake House*
Primera edición: noviembre de 2015

Diseño de cubierta: Eduardo Ruiz
Imagen de cubierta: © Lena Okuneva / Trevillion Images

Printed in USA

ISBN: 978-1-941999-62-2

Compuesto en Arca Edinet, S. L.

Penguin
Random House
Grupo Editorial

Para Henry, mi pequeña perla

Capítulo 1

Cornualles, agosto de 1933

Llovía a cántaros y tenía el dobladillo del vestido salpicado de barro. Tendría que esconderlo más adelante; nadie debía saber que había salido.

Las nubes cubrían la luna, un golpe de suerte que no merecía, y se abrió camino a través de la noche densa y oscura tan rápido como pudo. Había venido antes a cavar el hoyo, pero hasta ahora, al amparo de la oscuridad, no terminaría el trabajo. La lluvia punteaba la superficie del arroyo de truchas, repiqueteaba sin cesar en la tierra a su alrededor. Algo salió corriendo de entre los helechos, muy cerca, pero no se sobresaltó, no se detuvo. Llevaba toda la vida entrando y saliendo del bosque y conocía el camino de memoria.

Cuando sucedió, había considerado confesar, y quizá, al principio, lo habría hecho. Sin embargo había perdido la oportunidad y ahora era demasiado tarde. Habían sucedido demasiadas cosas: las partidas de búsqueda, los policías, los artículos en los periódicos que solicitaban información. No había nadie a quien pudiera contárselo, no había forma de arreglarlo, no había posibilidad alguna de que la perdonaran. La única opción que le quedaba era enterrar las pruebas.

Llegó al lugar que había escogido. La bolsa, con la caja dentro, era sorprendentemente pesada y fue un alivio soltarla. Apoyada sobre manos y rodillas, retiró el camuflaje de helechos y ramas. El olor a tierra mojada, a ratón de campo y setas, a otras cosas que se estaban pudriendo era abrumador. Una vez su padre le había dicho que por aquellos bosques habían caminado las generaciones pasadas y habían quedado sepultadas bajo la espesa tierra. A su padre le alegraba, lo había notado, pensar de esa manera. Hallaba consuelo en la continuidad de la naturaleza, en la creencia de que la estabilidad del larguísimo pasado tenía el poder de aliviar los problemas actuales. Y tal vez, en algunos casos, así fuera, pero no en esta ocasión, no estos problemas.

Metió la bolsa en el agujero y durante una fracción de segundo la luna pareció asomarse desde detrás de una nube. Las lágrimas amenazaron con brotar mientras se limpiaba el polvo, pero las contuvo. Llorar, allí y en ese momento, era un lujo que no podía permitirse. Aplanó el suelo golpeándolo con las manos y pisoteándolo con las botas hasta que se quedó sin aliento.

Ya estaba. Lo había hecho.

Se le ocurrió que debería decir algo antes de abandonar aquel lugar solitario. Algo acerca de la muerte de la inocencia, el intenso remordimiento que siempre la perseguiría; pero no lo hizo. La tentación la avergonzó.

Volvió deprisa a través del bosque, con cuidado de evitar el cobertizo de las barcas y sus recuerdos. Cuando llegó a la casa estaba amaneciendo; la lluvia era ligera. El agua del lago lamía las orillas y el último de los ruiseñores cantaba su despedida. Las currucas y los sílvidos se estaban despertando, y a lo lejos relinchó un caballo. No lo sabía entonces, pero jamás se libraría de ellos, de aquellos sonidos; la acecharían desde este lugar, desde este momento, invadiendo sus sueños y pesadillas, recordándole sin cesar lo que había hecho.

Capítulo 2

Cornualles, 23 de junio de 1933

La mejor vista del lago era la de la habitación morada, pero Alice decidió conformarse con la ventana del cuarto de baño. El señor Llewellyn todavía estaba con su caballete junto al arroyo, pero siempre se retiraba temprano a descansar y no quería arriesgarse a encontrarse con él. El anciano era inofensivo, pero excéntrico y necesitado de afecto, sobre todo en los últimos años, y temía que malinterpretara su inesperada presencia en su habitación. Alice arrugó la nariz. Le había tenido mucho cariño antes, cuando era una niña, y él a ella. Ahora, que ya tenía dieciséis años, le resultaba extraño pensar en las historias que le contaba, los pequeños bocetos que le dibujaba y ella atesoraba, el aura de asombro que dejaba tras de sí como una canción… En cualquier caso, el cuarto de baño estaba cerca de la habitación morada y, como solo pasarían unos minutos antes de que madre notara que no había flores en las habitaciones de la primera planta, Alice no podía perder tiempo subiendo escaleras. Mientras un enjambre de criadas blandiendo paños revoloteaba con ímpetu por el salón, se deslizó por la puerta principal y corrió hacia la ventana.

Pero ¿dónde estaba él? Alice sintió que se le encogía el estómago y que le embargaba la desesperanza en solo un instante. Apretó las manos cálidas contra el cristal mientras su mirada recorría la escena: rosas blancas y rosas, de pétalos que resplandecían como si hubieran sido pulidos; preciosos melocotones que se aferraban al muro del jardín; el estanque alargado y plateado que relucía bajo el sol matinal. Toda la propiedad ya había sido arreglada y engalanada hasta alcanzar un estado de perfección inverosímil y, a pesar de ello, el bullicio persistía por doquier.

Los músicos arrastraban sillas doradas sobre el quiosco de música que se había montado para la ocasión y, mientras las camionetas de los proveedores se turnaban para levantar el polvo del camino, la carpa a medio montar se inflaba con la brisa del verano. La única nota discordante en aquel torbellino era la abuela DeShiel, quien permanecía sentada, menuda y encorvada, en el jardín, en la silla de hierro fundido frente a la biblioteca, perdida en sus recuerdos lóbregos y por completo ajena a los faroles de vidrio que estaban colgando en los árboles a su alrededor…

De pronto Alice contuvo el aliento.

Él.

La sonrisa se extendió por su rostro antes de que pudiera evitarlo. Qué alegría, qué alegría deliciosa y estelar descubrirlo en esa pequeña isla en medio del lago, con un leño enorme sobre uno de los hombros. Alzó una mano para saludar, un impulso insensato, pues él no miraba hacia la casa. Y de haberlo hecho no le habría devuelto el saludo. Ambos sabían que no podían cometer ese tipo de descuidos.

Se llevó los dedos al mechón de pelo que siempre le caía suelto junto a la oreja y lo enroscó y desenroscó alrededor de ellos una y otra vez. Le gustaba mirarle así, en secreto. Le hacía sentirse poderosa, no como cuando estaban juntos, cuando le llevaba limonada en el jardín o lograba escabullirse para sorprenderlo mientras trabajaba en los remotos confines de la propiedad; cuando él le preguntaba acerca de su novela, su familia, su vida, y ella le contaba historias y le hacía reír y tenía que contenerse para no extraviarse en el estanque de esos ojos verdes y profundos con reflejos dorados.

Bajo la mirada de Alice, él se inclinó y se tomó un momento para equilibrar el peso del leño antes de colocarlo encima de los otros. Era fuerte y eso estaba bien. Alice no sabía con certeza el motivo, pero le importaba en algún lugar profundo e inexplorado. Le ardían las mejillas; se estaba sonrojando.

Alice Edevane no era tímida. Había conocido a otros muchachos antes. No muchos, era cierto (con excepción de la tradicional fiesta de verano, sus padres eran muy reservados y no solían relacionarse mucho), pero había logrado, en algunas ocasiones, intercambiar palabras furtivas con los chicos del pueblo o los hijos de los arrendatarios, que se calaban las gorras y bajaban la mirada y seguían a sus padres por la propiedad. Esto, sin embargo, esto era... Bueno, esto era *diferente*, y ella sabía que sonaba vertiginoso, a la clase de cosa que diría su hermana mayor Deborah, pero era cierto de todos modos.

Se llamaba Benjamin Munro. Pronunció en silencio las sílabas, Benjamin James Munro, veintiséis años de edad, de Londres. No tenía familiares a su cargo, era un gran trabajador, no era dado a hablar por hablar. Había nacido en Sussex y crecido en el Far East, hijo de arqueólogos. Le gustaban el té verde, el aroma a jazmín y los días calurosos en los que amenazaba la lluvia.

No había sido él quien le había contado todo eso. No era uno de esos hombres presuntuosos que alardeaban de sí mismos y de sus logros como si una muchacha fuera solo una cara bonita con las orejas bien abiertas. En lugar de eso, ella lo había escuchado y observado y, cuando se presentó la oportunidad, entró a hurtadillas en el almacén para consultar el registro de los empleados del jardinero jefe. Alice siempre había disfrutado imaginando quc era una investigadora y, cómo no, sujeta tras una página con las minuciosas notas de siembra del señor Harris, encontró la solicitud de empleo de Benjamin Munro. La carta era breve, escrita en una letra que madre habría juzgado deplorable, y Alice escudriñó todo, memorizando los fragmentos importantes, emocionada por la manera en que las palabras daban color y profundidad a la imagen que había creado y guardado para ella misma, como una flor entre dos páginas. Como la flor que él le había regalado el mes pasado. «Mira, Alice», el tallo era verde y frágil en esa mano ancha y poderosa, «la primera gardenia de la estación».

El recuerdo la hizo sonreír y metió la mano en el bolsillo para acariciar la superficie lisa de su cuaderno con tapas de cuero. Era una costumbre que había conservado desde la infancia, que volvía loca a su madre desde que recibió el primer cuaderno en su octavo cumpleaños. ¡Cuánto le había gustado ese librito color avellana! Qué inteligente había sido papá al escogerlo para ella. Él también llevaba un diario, le dijo, con una seriedad que Alice había admirado y agradecido. Escribió su nombre completo (Alice Cecilia Edevane), despacio, bajo la atenta mirada de madre, en la pálida línea sepia del frontispicio, y de inmediato se sintió una persona mucho más real que antes.

Madre se oponía a la costumbre de Alice de acariciar la libreta en el bolsillo porque le daba un aspecto «sospechoso, como si tuvieras malas intenciones», descripción que a Alice no le molestaba en absoluto. La desaprobación de su madre no era más que un aliciente; Alice habría seguido acariciando la libreta como si no notara ese ceño levemente fruncido en el bello rostro de Eleanor Edevane; lo hacía porque su cuaderno era una piedra de toque, un recordatorio de quién era. Era además su confidente más cercano y, como tal, toda una autoridad en Ben Munro.

Había pasado casi un año entero desde que lo vio por primera vez. Llegó a Loeanneth el verano de 1932, durante ese glorioso periodo seco en el que, con toda la emoción de la fiesta de solsticio detrás de ellos, no había nada que hacer salvo entregarse al soporífero calor. Sobre la finca se había posado un espíritu divino de tranquilidad indolente, de modo que incluso madre, embarazada de ocho meses y de un rosado resplandeciente, se desabrochaba los botones de perla de los puños y se subía las mangas de seda hasta los codos.

Alice había estado sentada todo el día en el columpio bajo el sauce, balanceándose despreocupada y reflexionando sobre su Importante Problema. De haber prestado atención, habría notado que los sonidos de la vida familiar la rodeaban: madre y el señor Llewellyn se reían a lo lejos mientras los remos de la barca salpicaban a ritmo perezoso; Clemmie mascullaba entre dientes mientras giraba en círculos por la pradera, con los brazos extendidos como alas; Deborah contaba a Rose, la niñera, todos los escándalos recientes de Londres..., pero Alice continuaba ensimismada y no oía nada salvo el leve zumbido de los insectos del verano.

Llevaba casi una hora en el mismo lugar y ni siquiera había notado la mancha de tinta negra que se extendía desde su nueva pluma estilográfica por el vestido de algodón blanco, cuando él salió de repente de la arboleda oscura a la calzada bañada por el sol. Llevaba una bolsa de lona al hombro y lo que parecía un abrigo en la mano, y caminaba con paso constante, muscular, que hizo que Alice se columpiara más despacio. Observó su marcha, y la cuerda áspera del columpio le rozó la mejilla cuando se estiró para ver desde el otro lado de la rama del sauce llorón.

Por un capricho de la geografía, la gente no llegaba inesperadamente a Loeanneth. La finca se hallaba en una hondonada, rodeada de una densa maraña de bosques, al igual que las casas de los cuentos de hadas. (Y de las pesadillas, aunque por entonces Alice no tenía motivos para pensar algo así). Era su territorio soleado, el hogar durante generaciones de los DeShiel, la casa ancestral de su familia materna. Y, sin embargo, ahí estaba él, un extraño entre ellos, y bastó su presencia para que se rompiera el hechizo de la tarde.

Alice tenía una inclinación natural a entrometerse (la gente llevaba toda la vida diciéndoselo y ella lo tomaba como un cumplido; era un rasgo de su personalidad al que se proponía dar buen uso), pero ese día su interés se debió más a la frustración y a un repentino deseo de distraerse que a la curiosidad. Durante todo el verano había estado trabajando febrilmente en una novela de misterio y pasión, pero hacía tres días se había estancado. Toda la culpa era de su heroína, Laura, quien, tras varios capítulos dedicados a mostrar su rica vida interior, ahora se negaba a cooperar. Enfrentada a un nuevo personaje, un caballero apuesto, alto, de tez oscura, gallardamente llamado lord Hallington, de pronto Laura había perdido todo el ingenio y el valor y se había vuelto francamente aburrida.

Bueno, decidió Alice mientras observaba al joven que recorría el camino de entrada, Laura tendría que esperar. Ahora tenía otros asuntos de los que ocuparse.

Un pequeño arroyo repiqueteaba a lo largo de la propiedad, deleitándose en ese breve respiro soleado antes de volver inexorablemente hacia el bosque, y un puente de piedra, legado de algún tío abuelo lejano, unía ambas riberas permitiendo el acceso a Loeanneth. Cuando el extraño llegó al puente se detuvo. Se giró despacio hacia la dirección desde la que había llegado y pareció estudiar algo que tenía en la mano. ¿Un pedazo de papel? ¿Un efecto de la luz? Algo en la inclinación de la cabeza, su atención constante al denso bosque, denotaba deliberación y Alice entrecerró los ojos. Alice era escritora; comprendía a las personas; reconocía la vulnerabilidad en cuanto la veía. ¿Qué hacía que aquel desconocido se sintiera tan inseguro y por qué? El hombre se volvió una vez más, trazando un círculo completo, y se llevó una mano a la frente mientras dirigía la mirada hasta la avenida bordeada de cardos donde se encontraba la casa fielmente custodiada por tejos. No se movió, dio la impresión de que ni siquiera respiraba, y entonces, sin que Alice dejara de observarlo, dejó la bolsa y el abrigo, se subió los tirantes a la altura de los hombros y suspiró.

En ese momento Alice experimentó una de sus repentinas certezas. No estaba segura de dónde venían estas revelaciones sobre la mente de otras personas, solo que llegaban de pronto y completamente formadas. A veces, sin más, discernía ciertas cosas. A saber: aquel no era el tipo de lugar al que el desconocido estaba acostumbrado. Pero era un hombre que tenía una cita con el destino y, aunque una parte de él quería dar la vuelta y marcharse de la finca antes siquiera de haber llegado, uno no podía (no debía) dar la espalda a la providencia. Era una suposición embriagadora y Alice se descubrió a sí misma agarrada con más fuerza a la cuerda del columpio, llena de ideas que se daban empellones, atenta al siguiente movimiento del extraño.

Como era de esperar, tras recoger el abrigo y volver a echarse la bolsa al hombro, el desconocido continuó por el camino hacia la casa oculta. Una nueva determinación se había apoderado de él y ahora daría la sensación, a observadores menos perspicaces, de ser decidido, de tener una misión sin complicaciones. Alice se permitió una sonrisa, leve y satisfecha, antes de que una explosión de claridad cegadora casi la derribara de su asiento. En el mismo instante en que reparó en la mancha de tinta de la falda, Alice halló la solución a su Problema Importante. ¡Vaya, si estaba clarísimo! Laura, al lidiar con la llegada de su extraño misterioso, también dotada de una percepción más aguda que la mayoría de las personas, sin duda vislumbraría bajo la fachada del hombre su terrible secreto, su pasado culpable, y le susurraría, en un momento de tranquilidad en que lo tuviera a su merced…

—¿Alice?

De vuelta al cuarto de baño de Loeanneth, Alice se sobresaltó y se golpeó la mejilla contra el marco de madera de la ventana.

—¡Alice Edevane! ¿Dónde estás?

Echó un vistazo a la puerta cerrada a su espalda. En torno a ella se extendieron los gratos recuerdos del verano anterior, la embriagadora sensación de enamorarse, los primeros días de su relación con Ben y el arrebatador vínculo con su escritura. El pomo de bronce vibró levemente en respuesta a las rápidas pisadas del pasillo y Alice contuvo el aliento.

Madre había estado nerviosísima toda la semana. Algo típico en ella. No era una anfitriona innata, pero la fiesta de verano era la gran tradición de la familia DeShiel y madre había tenido muchísimo cariño a su padre, Henri, de modo que la fiesta se celebraba cada año en su memoria. Siempre acababa aturdida (era parte de su naturaleza), pero este año era peor que de costumbre.

—Sé que estás ahí, Alice. Deborah te ha visto hace un momento.

Deborah: la hermana mayor, el gran ejemplo, la principal amenaza. Alice apretó los dientes. Como si no fuera suficiente que la afamada y homenajeada Eleanor Edevane fuera su madre, qué suerte la suya de tener una hermana mayor casi igual de perfecta. Bella, inteligente, comprometida para casarse al acabar la estación… Gracias a Dios Clementine, nacida más tarde, era tan desmañada que incluso Alice no podía evitar parecer un poco normal a su lado.

Mientras madre irrumpía en el salón, con *Edwina* a sus pies, Alice entreabrió la ventana y dejó que la brisa cálida, que olía a hierba fresca recién cortada y a la sal del mar, le bañase el rostro. *Edwina* era la única persona (y era una golden retriever, al fin y al cabo, no una persona de verdad) capaz de enfrentarse a madre cuando se ponía así. Incluso el pobre papá había huido a la buhardilla horas antes, donde sin duda estaría disfrutando de la compañía silenciosa de su gran obra sobre historia natural. El problema era que Eleanor Edevane era una perfeccionista y hasta el último detalle de la fiesta debía satisfacer sus exigentes normas. Si bien lo ocultaba bajo una capa de obstinada indiferencia, hacía tiempo que a Alice le molestaba no cumplir las expectativas de su madre. Se miraba en el espejo y la desesperaban su cuerpo demasiado alto, su cabello rebelde y color ratón, su preferencia por la compañía de personas imaginarias antes que reales.

Pero eso se había terminado. Alice sonrió mientras Ben echaba otro leño a lo que no tardaría en convertirse en una gigantesca pira. No era encantadora como Deborah, y sin duda nunca la habían inmortalizado, igual que a madre, como protagonista de un libro para niños muy admirado, pero no le importaba. Ella era algo muy diferente. «Eres toda una contadora de historias, Alice Edevane», le había dicho Ben una tarde, mientras el río discurría fresco y las palomas volvían a casa a pernoctar. «No había conocido nunca una persona con tanta imaginación, con tantas buenas ideas». Su voz era delicada y su mirada, intensa; Alice se había visto a sí misma a través de sus ojos y lo que vio le había gustado.

La voz de madre traspasó la puerta del baño, algo sobre las flores, antes de desaparecer a la vuelta de la esquina. «Sí, madre querida», murmuró Alice, con encantadora condescendencia. «No te pongas nerviosa, no vayas luego a hacerte un lío con las bragas». Mencionar la existencia de la ropa interior de Eleanor Edevane era un sacrilegio delicioso y Alice tuvo que apretar los labios para contener la risa.

Con una última mirada hacia el lago, salió del cuarto de baño y corrió de puntillas por el pasillo hasta su dormitorio para coger la preciosa carpeta que guardaba debajo del colchón. Tras lograr no tropezar, a pesar de las prisas, con un mal remiendo de la alfombra roja de Baluch que el bisabuelo Horace había enviado durante sus aventuras en el Oriente Próximo, Alice bajó los escalones de dos en dos, se hizo con una cesta que había en mitad de la mesa y salió de un salto al nuevo día.

* * *

Y había que decir que hacía un día perfecto. Alice no pudo contenerse y recorrió tarareando el sendero de losas. La cesta estaba casi medio llena y ni siquiera se había acercado a los prados de flores silvestres, donde crecían las más bonitas, las inesperadas, y no esas flores domesticadas y vistosas, pero Alice quería tomarse su tiempo. Se había pasado la mañana evitando a su madre, a la espera de la hora del almuerzo del señor Harris, para así poder sorprender a Ben a solas.

La última vez que lo había visto, Ben le había dicho que tenía algo para ella y Alice se había reído. Ben le ofreció esa media sonrisa tan suya, esa que hacía temblar las rodillas de Alice, y le había preguntado: «¿Qué te hace tanta gracia?». Y Alice se irguió cuan alta era y le había dicho que daba la casualidad de que ella también tenía algo para él.

Se detuvo detrás del tejo más alto al final del camino de piedra. Había sido podado con esmero para la fiesta, sus hojas firmes y recién cortadas, y Alice miró a su alrededor. Ben seguía en la isla y el señor Harris estaba al otro extremo del lago ayudando a su hijo Adam a preparar la madera que había que transportar en barca. Pobre Adam. Alice lo observó mientras él se rascaba detrás de la oreja. Había sido el orgullo de su familia, según la señora Stevenson, fuerte y robusto y brillante, hasta que en Passchendaele un trozo de metralla se le incrustó a un lado de la cabeza y lo dejó atontado. La guerra era una cosa horrible, según le gustaba opinar al cocinero, mientras golpeaba con el rodillo un inocente montón de masa sobre la mesa de la cocina, «que se lleva a un muchacho como ese, tan prometedor, se lo traga entero y escupe un trozo roto y bobalicón».

Lo único bueno, según la señora Stevenson, era que el propio Adam no parecía haber notado el cambio, casi hasta parecía aliviado. «Esa no es la norma», añadía siempre, no fuera a traicionar el profundo pesimismo escocés que llevaba en lo más hondo. «Hay muchos más que regresan y no vuelven a reír jamás».

Fue papá quien insistió en ofrecer empleo a Adam en la finca. «Aquí tiene trabajo de por vida», le oyó decir mientras hablaba con el señor Harris, con la voz aflautada por la intensidad de la emoción. «Ya te lo he dicho antes. Siempre que lo necesite, aquí hay un lugar para el joven Adam».

Alice reparó en un leve zumbido cerca de su oreja izquierda, un ligerísimo soplo de viento contra la mejilla. Miró de reojo la libélula que revoloteaba en su visión periférica. Era de las raras, con las alas amarillas, y Alice sintió el resurgir de una vieja emoción. Se imaginó a papá en su estudio, escondiéndose de madre y sus nervios previos a la fiesta. Si se apresurara, Alice podría atrapar la libélula y llevársela corriendo para su colección, regodearse en el placer que el regalo despertaría y sentir cómo ganaba puestos en la estima de su padre, igual que de niña, cuando el privilegio de ser la elegida, la que tenía permiso para entrar en esa sala polvorienta de libros de ciencia y guantes blancos y vitrinas de vidrio, le bastaba para pasar por alto el horror de los brillantes alfileres de plata.

Pero, por supuesto, ahora no tenía tiempo de ir. Vaya, con solo pensarlo ya había caído víctima de la distracción. Alice frunció el ceño. El tiempo tenía una extraña manera de deformarse cuando su mente se concentraba sobre algún asunto. Miró el reloj. Eran casi las doce y diez. Faltaban veinte minutos para que el jardinero jefe se retirara a su cobertizo, al igual que todos los días, con un bocadillo de queso y encurtido de verduras y la información sobre carreras de caballos. Era un hombre de costumbres fijas, algo que Alice, por su parte, respetaba.

Olvidándose de la libélula, se apresuró a cruzar el camino y rodeó a hurtadillas el lago. Evitó el patio y a los encargados que barrían cerca del sofisticado artilugio para los fuegos artificiales, y se mantuvo en las sombras hasta llegar al Jardín Hundido. Se sentó en los escalones de la vieja fuente, caldeados por el sol, y dejó la cesta a su lado. Era el mirador perfecto, decidió; el seto de espinos cercano le proporcionaba un refugio ideal, y por los intersticios en la vegetación había una vista excelente del nuevo embarcadero.

Mientras esperaba para sorprender a Ben a solas, Alice vio un par de grajos que volaban juntos por el intenso azul del cielo. Su mirada se posó en la casa donde unos hombres encaramados a escaleras tejían unas enormes coronas de plantas a lo largo de la fachada de ladrillo y un par de criadas se esmeraban colgando delicados farolillos de cordeles bajo los aleros. El sol había encendido la fila superior de vidrieras emplomadas y el hogar familiar, pulido hasta casi darle vida, resplandecía como una vieja dama enjoyada, vestida para su salida anual a la ópera.

Un arrebato de cariño embargó de repente a Alice. Hasta donde le alcanzaba la memoria, había sido consciente de que la casa y los jardines de Loeanneth vivían y respiraban para ella de una manera diferente que para sus hermanas. Si bien Londres era una tentación para Deborah, Alice nunca era tan feliz, tan ella misma, como allí: sentada al borde del arroyo, los pies a merced de la lenta corriente; acostada en la cama antes del amanecer, escuchando a la familia de vencejos que había construido el nido encima de su ventana, o paseando alrededor del lago, con el cuaderno siempre debajo del brazo.

Tenía siete años cuando cayó en la cuenta de que un día crecería y que las personas adultas, en un orden natural de las cosas, no vivían en casa de sus padres. Sintió que dentro de ella se abría un gran abismo de terror existencial y adquirió la costumbre de grabar su nombre donde y cuando fuera posible: en el duro roble inglés del marco de las ventanas de la salita matinal, en la vaporosa lechada entre las losas de la armería, en el papel pintado Ladrón de Fresas de la entrada, como si esos actos diminutos de algún modo la ataran al lugar de un modo tangible y duradero. Alice se había quedado sin postre todo el verano cuando madre descubrió esta particular expresión de afecto, un castigo que habría aguantado sin protestar salvo por la injusticia de ser descrita como una gamberra insensible. «Creía que tú precisamente tendrías más respeto por la casa», siseó su madre, blanca de ira. «¡Que sea una hija mía quien se comporte con tal desprecio y descuido, quien haga una broma tan cruel y desconsiderada!». Qué humillación había sentido Alice, qué dolor, al oír que la describían de semejante modo, al ver que su apasionada necesidad de poseer quedaba reducida a una mera travesura.

Pero eso ya no importaba ahora. Estiró las piernas, alineó los dedos de los pies y suspiró con profunda satisfacción. Era parte del ayer, agua pasada, una obsesión infantil. La luz del sol estaba por todas partes, un oro reluciente que se reflejaba en las hojas verdes del jardín. Una curruca, oculta entre el follaje de un sauce cercano, cantaba una dulce fanfarria y un par de patos luchaban por un caracol especialmente suculento. La orquesta estaba ensayando un número de baile y la música se derramaba sobre la superficie del lago. ¡Qué suerte disfrutar de un día así! Después de semanas de angustia, de estudiar la aurora, de consultar a Quienes Deberían Saber, por fin había salido el sol y las nubes se habían dispersado, como debe ser en la víspera de la fiesta. La noche iba a ser cálida, la brisa ligera, la fiesta tan cautivadora como siempre.

Alice fue consciente de la magia de la fiesta de verano mucho antes de tener permiso para acudir, cuando Bruen, la vieja niñera, la bajaba a ella y a sus dos hermanas, engalanadas con sus mejores vestidos, y las ponía en fila para presentarlas a los invitados. La fiesta entonces no había hecho más que empezar y los adultos bien vestidos se comportaban con forzado decoro mientras esperaban la caída de la noche; pero después, cuando ya debería haberse dormido, Alice escuchaba cómo la respiración de Bruen se volvía más grave y regular y entonces iba a hurtadillas hasta la ventana del cuarto de los niños y se arrodillaba encima de una silla para ver los farolillos que brillaban como fruta madura, la hoguera que parecía flotar sobre el agua plateada por la luna, ese mundo encantado donde los lugares y las personas eran casi iguales a como los recordaba, pero no del todo.

Y esta noche estaría entre ellos; iba a ser una noche muy especial. Alice sonrió, temblando levemente de la emoción. Miró el reloj, sacó la carpeta que había metido en la cesta y la abrió para revelar su precioso contenido. El manuscrito era una de las dos copias que había escrito con esmero en la Remington, su obra más reciente y la culminación de un año de trabajo. Había una pequeña errata en el título, donde por accidente había dado a la *u* en lugar de la *i*, pero, salvo ese detalle, había quedado impecable. A Ben no le importaría; sería el primero en decirle que era mucho más importante que enviara la copia perfecta al editor Victor Gollancz. Cuando se publicara, regalaría a Ben un ejemplar de la primera edición, incluso se lo firmaría, justo debajo de la dedicatoria.

Adiós, pequeño Bunting. Alice leyó el título entre dientes, disfrutando del ligero escalofrío que le recorrió la columna vertebral. Estaba muy orgullosa de su historia; era la mejor que había escrito y tenía grandes esperanzas depositadas en su publicación. Se trataba de un asesinato misterioso, uno de verdad. Después de estudiar el prefacio de *Los mejores cuentos de detectives,* se había sentado con el cuaderno y escrito una lista de las reglas según el señor Ronald

Knox. Comprendió su error al tratar de conjugar dos géneros dispares, mató a Laura y empezó de nuevo, imaginando, en cambio, una casa de campo, un detective y una mansión llena de sospechosos. El rompecabezas había sido la parte difícil, averiguar cómo ocultar el secreto a los lectores. Fue entonces cuando decidió que necesitaba un oyente, un Watson para su Holmes, por así decirlo. Por fortuna, lo había encontrado. Había encontrado más que eso.

Para B. M., partícipe en el crimen, cómplice en la vida.

Pasó el pulgar sobre la dedicatoria. Una vez que publicaran la novela, todos sabrían lo que había entre los dos, pero a Alice no le importaba. Una parte de ella estaba impaciente. Cuántas veces había estado a punto de contárselo a Deborah, o incluso a Clemmie, de tanto como deseaba oír esas palabras en voz alta, y evitaba hablar con madre, porque Alice sabía que albergaba sospechas. Pero en cierto modo estaba bien que lo descubrieran todo cuando leyeran su primera novela publicada.

Adiós, pequeño Bunting había surgido de las conversaciones con Ben; no habría podido escribirla sin él, y ahora, tras arrancar los pensamientos del aire y plasmarlos en papel, había tomado algo intangible, una mera posibilidad, y lo había convertido en realidad. Alice no podía evitar sentir que al darle su ejemplar estaba haciendo más real esa promesa implícita entre ellos. Las promesas eran importantes en la familia Edevane. Lo habían aprendido de su madre, un adagio que les había inculcado en cuanto aprendieron a hablar: «No hagas nunca una promesa a menos que estés preparada para cumplirla».

Al otro lado del seto de espinos sonaron unas voces y, en un movimiento instintivo, Alice cogió el manuscrito y lo apretó contra ella. Escuchó, alerta, corrió al seto y miró por una pequeña brecha en forma de rombo entre las hojas. Ben ya no estaba en la isla y la barca estaba de vuelta en el muelle, pero Alice descubrió a tres hombres juntos, cerca del montón de leños. Miró a Ben beber de su cantimplora de estaño, la nuez que se movía al tragar, la barba de pocos días en la línea del mentón, los rizos de pelo oscuro que llegaban hasta el cuello de la camisa. El sudor había dejado una mancha húmeda en la camisa y a Alice se le hizo un nudo en la garganta; le encantaba su olor, tan terrestre y real.

El señor Harris recogió su bolsa de herramientas y dio unas órdenes antes de irse, a las que Ben respondió con un asentimiento de la cabeza y la sugerencia de una sonrisa. Alice sonrió con él, contemplando el hoyuelo de la mejilla izquierda, esos hombros poderosos, el antebrazo que relucía bajo el sol ardiente. Bajo la mirada de Alice, Ben se irguió. Un ruido en la distancia le llamó la atención. Alice siguió su mirada, que se alejaba del señor Harris y se posaba en algo más allá de los jardines silvestres.

Visible apenas entre la maraña de lirios y verbena, Alice vislumbró una pequeña figura que se abría camino, tambaleante e intrépida, hacia la casa. Theo. Ver así a su hermanito ensanchó la sonrisa de Alice; la gran sombra negra que se alzaba detrás, sin embargo, la apagó. Ahora comprendía por qué Ben fruncía el ceño; a Alice, Bruen, la niñera, le inspiraba sentimientos parecidos. No le caía simpática en absoluto, pero claro, es difícil encariñarse de las personas con inclinaciones despóticas. Por qué habían despedido a la dulce y bonita Rose era todo un enigma. Era obvio que adoraba a Theo, lo mimaba, y no había nadie a quien no gustara. Incluso habían visto a papá conversar con ella en el jardín, mientras Theo se trastabillaba tras los patos, y papá era muy perspicaz juzgando a los demás.

No obstante, algo había molestado a madre. Dos semanas antes, Alice la había visto discutiendo con Rose, un intercambio de susurros soliviantados frente al cuarto de los niños. El desacuerdo guardaba relación con Theo, pero, para su irritación, Alice estaba demasiado lejos para oír bien lo que se decían. Nadie supo nada más salvo que Rose había desaparecido y Bruen había vuelto de su retiro. Alice había pensado que no volvería a ver a esa vieja mandona, con su mentón velludo y su frasco de aceite de ricino. De hecho, siempre había sentido cierto orgullo tras oír a la abuela DeShiel comentar que fue ese trasto de Alice quien había conseguido minar la moral de la vieja niñera. Pero ahora aquí estaba, de nuevo, más inaguantable que nunca.

Alice aún estaba lamentando la pérdida de Rose cuando se dio cuenta de que ya no estaba sola a aquel lado del seto. Cuando una ramita se partió tras ella, se irguió de súbito y se dio la vuelta.

—¡Señor Llewellyn! —exclamó Alice al ver la figura encorvada con un caballete bajo el brazo y un gran bloc de dibujo agarrado con torpeza con el otro—. Me ha asustado.

—Lo siento, Alice, querida. Al parecer no soy consciente de mis poderes para moverme con sigilo. Tenía la esperanza de tener una pequeña charla contigo.

—¿Ahora, señor Llewellyn? —A pesar de su cariño por el anciano, Alice trató de contener su impaciencia. No parecía comprender que ya se habían acabado esos días en que ella se sentaba a su lado mientras él dibujaba, en que navegaban aguas abajo en el bote a remo, en que le confesaba todos sus secretos infantiles mientras buscaban hadas. El señor Llewellyn había sido importante para ella, era innegable; fue un preciado amigo cuando era pequeña y un mentor cuando comenzó a escribir. Cuántas veces había ido corriendo a regalarle sus pequeños cuentos infantiles, garabateados en un arrebato de inspiración, y él había simulado ofrecerle su crítica sincera. Pero ahora, con dieciséis años, tenía otros intereses, había cosas que no podía compartir con él—. Estoy bastante ocupada, como ve.

La mirada del señor Llewellyn se desvió hacia la brecha del seto y Alice sintió que sus mejillas ardían con un calor repentino.

—Estoy supervisando los preparativos para la fiesta —se apresuró a decir y, cuando la sonrisa del señor Llewellyn sugirió que sabía muy bien a quién había estado mirando y por qué, añadió—: He estado recogiendo flores para madre.

El señor Llewellyn echó un vistazo a la cesta tirada en el suelo, las flores ya medio marchitas bajo el calor del mediodía.

—Una tarea a la que debería dedicarme cuanto antes.

—Por supuesto —dijo él con un guiño—, y por lo general ni habría soñado con interrumpirte mientras estás tan atareada. Pero necesito hablar contigo acerca de algo importante.

—Me temo que no dispongo de tiempo.

El señor Llewellyn se mostró excepcionalmente decepcionado y Alice cayó en la cuenta de que en los últimos días parecía desanimado. No abatido exactamente, pero sí distraído y triste. Notó que los botones de su chaleco de satén estaban mal abrochados y el pañuelo que llevaba al cuello estaba deshilachado. Sintió una compasión repentina y señaló con la cabeza el bloc de dibujo en un intento de resarcirle.

—Es muy bueno. —Y lo era. No sabía que hubiera dibujado alguna vez a Theo y la semejanza era asombrosa, la persistente huella de la primera infancia en esas mejillas rellenitas y esos labios plenos, los ojos abiertos y confiados. El querido señor Llewellyn siempre había sido capaz de ver lo mejor en todos ellos—. ¿Nos vemos después del té, quizá? —sugirió Alice con una sonrisa alentadora—. ¿Antes de la fiesta?

El señor Llewellyn recogió su bloc de dibujo, sopesando la propuesta de Alice antes de fruncir levemente el ceño:

—¿Y si nos vemos esta noche delante de la hoguera?

—¿Va a venir? —Qué sorpresa. El señor Llewellyn no era un caballero sociable y tenía por costumbre evitar las multitudes..., sobre todo las multitudes de personas deseosas de conocerlo. Adoraba a madre, pero ni siquiera ella había logrado convencerlo para que asistiera a la fiesta. La valiosísima primera edición de *El umbral mágico de Eleanor* propiedad de madre estaría expuesta, como siempre, y la gente se pelearía por conocer a su creador. Nunca se cansaban de arrodillarse junto al seto y buscar el capitel enterrado de la vieja columna de piedra. «¡Mira, Simeon, lo veo! ¡La argolla de latón del mapa, tal como se dice en el libro!». Cómo iban a saber que el túnel llevaba años sellado para evitar las exploraciones de los invitados curiosos...

En otras circunstancias Alice habría tratado de sonsacar más información, pero una carcajada masculina al otro lado del seto, seguida de un grito amistoso: «¡No se va a caer, Adam! Ve con tu padre y come algo, no hace falta que los levantes todos a la vez», le recordaron su propósito.

—Bueno, entonces esta noche, sí —dijo—. En la fiesta.

—¿A las once y media, bajo el cenador?

—Sí, sí.

—Es importante, Alice.

—A las once y media —repitió Alice, un poco impaciente—. Allí estaré.

Aun así, el señor Llewellyn no se marchó; parecía pegado al suelo, con esa expresión seria y melancólica y mirándola de hito en hito, casi como si tratara de memorizar sus rasgos.

—¿Señor Llewellyn?

—¿Recuerdas esa vez que sacamos el bote en el cumpleaños de Clemmie?

—Sí —dijo—. Sí, fue un día precioso. Una delicia. —Alice se afanó en recoger la cesta del suelo y el señor Llewellyn debió de captar la indirecta, pues, cuando terminó, ya se había ido.

Alice notó una molesta punzada de algo parecido al remordimiento y suspiró con fuerza. Supuso que estar enamorada era lo que provocaba que sintiera de ese modo, esa compasión generalizada por todo el mundo que no fuera ella. Pobre y viejo señor Llewellyn. Antes lo consideraba un mago; ahora solo veía un hombre encorvado y más bien triste, viejo antes de tiempo, constreñido por la indumentaria y las costumbres victorianas que se negaba a abandonar. En su juventud había sufrido una crisis nerviosa (se suponía que era un secreto, pero Alice sabía un montón de cosas que no debería saber). Ocurrió cuando madre era solo una niña y el señor Llewellyn, un gran amigo de Henri deShiel. Había renunciado a su carrera profesional en Londres y fue entonces cuando se le ocurrió *El umbral mágico de Eleanor*.

En cuanto a las causas de su crisis nerviosa, Alice las desconocía. Se le ocurrió, de un modo vago, que debería esforzarse más en averiguarlas, pero no hoy; no era tarea para un día como hoy. Sencillamente no había tiempo para el pasado cuando el futuro estaba justo ahí, esperándola, al otro lado del seto. Otro vistazo confirmó que Ben estaba solo, recogiendo sus cosas, a punto de cruzar el jardín para ir a comer. Alice se olvidó al instante del señor Llewellyn. Alzó el rostro hacia el sol y disfrutó del ardor que se extendía por sus mejillas. Qué alegría ser ella, justo allí, en este preciso momento. No era capaz de imaginar que nadie, en ningún lugar, fuera igual de feliz. Y entonces se dirigió hacia el embarcadero, con el manuscrito en las manos, embriagada por la tentadora sensación de ser ella misma, una joven asomada al precipicio de un futuro brillante.

Capítulo 3

Cornualles, 2003

El sol se filtraba entre las hojas y Sadie corría de tal modo que los pulmones le rogaban que se detuviera. Pero no lo hizo; corrió más rápido, deleitándose en la seguridad de sus pisadas. El golpeteo rítmico, el leve eco causado por la tierra húmeda y musgosa y la densa maleza pisoteada.

Los perros habían desaparecido hacía un rato del estrecho sendero, los hocicos pegados al suelo, deslizándose como si siguieran regueros de melaza entre las relucientes zarzas a ambos lados. Era posible que se sintieran más aliviados que ella ahora que había dejado de llover y eran libres de nuevo. A Sadie le sorprendía cuánto le gustaba tenerlos a su lado. Se había mostrado reacia cuando su abuelo lo sugirió, pero Bertie —que ya desconfiaba tras la súbita llegada de Sadie («¿Desde cuándo tomas tú vacaciones?»)— había sido tan tozudo como de costumbre: «Es un bosque que a veces se vuelve impenetrable y tú no lo conoces bien. No sería tan difícil que te perdieras». Cuando su abuelo habló de pedir a uno de los muchachos del pueblo que la acompañara, y después de lanzarle una mirada que sugería que estaba a punto de hacer preguntas que Sadie no quería responder, aceptó de inmediato que los perros fueran a correr con ella.

Sadie siempre corría sola. Había empezado a hacerlo mucho antes de que el caso Bailey estallara y su vida en Londres se fuera al traste. Era lo mejor. Había personas que corrían para hacer ejercicio, había quienes lo hacían por placer, y luego estaba Sadie, que corría como si huyera de su muerte. Fue un novio de hace mucho tiempo quien se lo había dicho. Lo hizo en tono acusatorio, con el cuerpo doblado mientras intentaba recuperar el aliento en medio de Hampstead Heath. Sadie se había encogido de hombros, perpleja porque algo así le pareciera mal, y supo, sorprendentemente sin demasiado pesar, que esa relación no iba a funcionar.

Una ráfaga de viento sopló entre las ramas y le salpicó la cara con las gotas de lluvia de la noche anterior. Sadie sacudió la cabeza, pero no aminoró la marcha. A ambos lados del sendero habían comenzado a aparecer rosas silvestres, criaturas de costumbres fijas que realizaban su incursión anual entre los helechos y los leños caídos. Era bueno que existieran. La prueba de que había belleza y bondad en el mundo, como decían los poemas y los tópicos. Era fácil olvidar ese hecho con un trabajo como el suyo.

La prensa de Londres había retomado el asunto durante el fin de semana. Sadie había echado un vistazo por encima del hombro de un tipo en The Harbour Cafe, donde desayunaba con Bertie. Es decir, donde ella desayunaba y él se tomaba una especie de batido verde que olía a hierba. Era un artículo breve, a una sola columna, en la página cinco, pero el nombre Maggie Bailey era un imán para los ojos de Sadie, que había dejado de hablar a media frase y escudriñando con avidez la letra diminuta. No había descubierto nada nuevo gracias a ese artículo, lo que quería decir que nada había cambiado. ¿Y por qué iba a cambiar? El caso estaba cerrado. Derek Maitland ya tenía su titular. No era de extrañar que se aferrara a la historia como un perro al hueso del vecino; era su manera de ser. Tal vez por eso mismo lo había escogido Sadie.

Se sobresaltó cuando *Ash* salió de entre los árboles de un salto y se plantó frente a ella, las orejas erguidas, la boca abierta en señal de saludo. Se obligó a sí misma a no rezagarse demasiado, apretó los puños de modo que los dedos se le clavasen en las palmas y corrió más deprisa. Se suponía que no debía leer periódicos. Se suponía que se estaba «tomando un descanso» mientras se le aclaraban las ideas y esperaba a que en Londres las cosas volvieran a su cauce. Consejo de Donald. Estaba intentando protegerla para que no le restregaran por las narices lo estúpida que había sido, Sadie lo sabía, y era amable de su parte, pero en realidad ya era demasiado tarde para eso.

Había salido en todos los periódicos y noticiarios de la televisión, y en las semanas transcurridas desde entonces la cobertura no solo no se había interrumpido, sino que había aumentado, desde artículos que informaban de los comentarios específicos de Sadie hasta alegres alusiones de divisiones internas en la Policía Metropolitana o insinuaciones de operaciones encubiertas. No era de extrañar que Ashford estuviera enojado. El subinspector jefe nunca dejaba pasar la oportunidad de pregonar sus opiniones acerca de la lealtad, mientras se subía la cinturilla de los pantalones con manchas del almuerzo y soltaba a los detectives un discurso repleto de saliva: «No hay nada peor que un soplón, ¿me oís? Si tenéis un problema aquí, lo arregláis aquí. No hay nada más perjudicial para el departamento que dar chivatazos a los de fuera». Y en ese momento siempre recibía una mención especial la más vil de las personas de fuera: el periodista, y el mentón de Ashford temblaba con la fuerza de su aversión: «Chupasangres, todos ellos».

Gracias a Dios no sabía que era Sadie quien había dado este chivatazo en concreto. Donald la había cubierto, del mismo modo que cuando empezó a cometer errores en el trabajo. «Para eso están los compañeros», había dicho entonces, rehuyendo su torpe gratitud con la brusquedad de costumbre. Esos deslices sin importancia en su exigente conducta se convirtieron en una pequeña broma privada; pero esta última infracción era diferente. Al ser el investigador jefe Donald era responsable de las acciones de su agente y, si olvidar llevar el bloc de notas al ir a un interrogatorio podía ser objeto de burlas bienintencionadas, insinuar que el departamento había malogrado una investigación era algo muy distinto.

Donald supo que Sadie había dado el chivatazo en cuanto se publicó la noticia. La invitó a tomar una cerveza en Fox and Hounds y la aconsejó, en términos que dejaron escaso margen para el desacuerdo, que saliera de Londres. Que se tomara el permiso que le debían y permaneciera alejada hasta que se sacara del cuerpo eso que la corroía por dentro. «No estoy de broma, Sparrow», había dicho, limpiándose la espuma de cerveza de ese bigote de cerdas de acero. «No sé qué se te habrá metido en la cabeza últimamente, pero Ashford no es tonto, así que va a estar atento como un halcón. Tu abuelo vive en Cornualles ahora, ¿no? Por tu propio bien, por el bien de los dos, vete y no vuelvas hasta que se te despeje la cabeza».

Un tronco caído surgió de la nada y Sadie saltó por encima, golpeándolo con la puntera de la deportiva. La adrenalina se propagó bajo su piel como almíbar caliente y se aprovechó de ello para correr más rápido. *No vuelvas hasta que se te despeje la cabeza.* Era mucho más fácil decirlo que hacerlo. Donald no conocía la causa de sus distracciones y descuidos, pero Sadie sí. Imaginó el sobre y su contenido, escondido en la mesilla de noche de la habitación de invitados en la casa de Bertie: el papel elegante, la letra florida, el jarro de agua fría del mensaje. Podía situar el inicio de sus problemas en aquella noche, seis semanas atrás, cuando se topó con esa maldita carta en la alfombra de su apartamento de Londres. Al principio solo había tenido algún que otro fallo de concentración, pequeños errores fáciles de cubrir, pero llegó el caso Bailey, esa niña sin madre, y *¡pum!* La tormenta perfecta.

Con un último arranque de energía, Sadie se obligó a esprintar hasta el tocón negro, donde tenía que dar la vuelta. No se relajó hasta llegar, y cuando lo hizo se dobló y tocó con la mano su superficie húmeda e irregular, y luego se relajó, las manos sobre las rodillas, mientras recuperaba el aliento. Su diafragma subía y bajaba, se le nubló la visión. Sentía dolor y se alegraba por ello. *Ash* husmeaba por las inmediaciones, olisqueando un tronco cubierto de musgo que sobresalía en la cuesta empinada y embarrada. Sadie bebió con avidez de la botella de agua y vertió un poco en la boca abierta del perro. Le acarició la suave y brillante oscuridad entre las orejas.

—¿Dónde está tu hermano? —le preguntó. *Ash* inclinó la cabeza y se quedó mirándola con sus ojos inteligentes—. ¿Dónde está *Ramsay*?

Sadie recorrió con la vista la maraña de vegetación silvestre que los rodeaba. Los helechos crecían hacia la luz, tallos en espiral que se desplegaban y terminaban en frondas. El dulce olor a madreselva silvestre se mezclaba con el aroma a tierra de la lluvia reciente. Lluvia de verano. Siempre le había gustado ese olor, incluso más cuando Bertie le dijo que lo causaba un tipo de bacteria. Era una demostración de que pueden surgir cosas buenas de las malas si se dan las condiciones adecuadas. Sadie tenía un interés personal en creer que eso era cierto.

Era un bosque frondoso y, mientras buscaba a *Ramsay*, comprendió que Bertie estaba en lo cierto. No era difícil perderse para siempre en un lugar así. No Sadie, no con los perros a su lado, de olfato agudo y adiestrado para volver a casa, pero sí otra persona, más inocente, la niña de los cuentos de hadas. Esa niña, con la cabeza llena de historias románticas, se podría aventurar demasiado lejos en el interior del bosque y extraviarse.

Sadie no se sabía muchos cuentos de hadas, más allá de los más populares. Era una de las enormes lagunas (cuentos de hadas, exámenes de acreditación para la universidad, cariño de los padres) que había notado al compararse con sus compañeros. Incluso la habitación de la pequeña Bailey, apenas amueblada, contenía una estantería de libros y un ejemplar, muy desgastado, de los cuentos de los hermanos Grimm. Pero en la infancia de Sadie no hubo cuentos; a ella nadie le susurró en voz queda «Érase una vez». Su madre no acostumbraba a susurrar, su padre aún menos, y ambos compartían un pertinaz rechazo a la fantasía.

Aun así, como ciudadana del mundo, Sadie había aprendido que en los cuentos de hadas las personas desaparecían y por lo general había bosques frondosos y oscuros de por medio. Las personas también desaparecían a menudo en la vida real. Sadie lo sabía por experiencia. Algunos por una desgracia, otros por elección: los que se perdían frente a los que se esfumaban, los que no querían ser encontrados. Personas como Maggie Bailey.

—Se ha largado —Donald lo dijo enseguida, el mismo día que encontraron a la pequeña Caitlyn sola en el apartamento, semanas antes de descubrir la nota que le daba la razón—. Demasiada responsabilidad. Los niños, llegar a fin de mes, la vida. Si me hubieran dado una libra por cada vez que veo algo así...

Pero Sadie se había negado a creer esa teoría. Se escapó por la tangente, elaboró suposiciones fantasiosas sobre un delito, de esos que solo existen en las novelas de misterio, sin dejar de insistir en que una madre no abandonaría así a su hija, exigiendo repasar las pruebas una vez más, en busca de esa pista crucial que se les había pasado por alto.

—Estás buscando algo que no vas a encontrar —le dijo Donald—. A veces, Sparrow (no muchas, maldita sea, pero a veces), las cosas son tan sencillas como parecen.

—Como tú, por ejemplo.

Donald rio.

—Mira que eres bruta. —Y entonces su tono se suavizó, se volvió casi paternal, y esto cuando se trataba de Sadie, era mucho peor que si hubiera comenzado a gritarle—. Nos ocurre a los mejores. Si pasas años en este trabajo, termina por haber un caso que te afecta. Eso quiere decir que eres humana, pero no que tengas razón.

Sadie había recuperado el aliento, pero seguía sin haber ni rastro de *Ramsay.* Lo llamó y su voz volvía de lugares oscuros y húmedos en forma de eco: *Ramsay... Ramsay... Ramsay...* La última repetición, más débil, se deshacía en la nada. Era el más reservado de los dos perros y había tardado más en ganarse su confianza. Fuera o no justo, era su favorito por ello. Sadie siempre había desconfiado del cariño repentino. Era un rasgo que también reconocía en Nancy Bailey, la madre de Maggie, y sospechaba que eso las había acercado. Una *folie à deux,* se llamaba, una locura compartida, dos personas sensatas que fomentan la una en la otra el mismo delirio. Sadie comprendía ahora que eso era lo que les había ocurrido a ella y a Nancy Bailey: cada una alimentaba la fantasía de la otra, convencidas de que había más en la desaparición de Maggie de lo que se veía a simple vista.

Y había sido una locura. Diez años en la policía, cinco como investigadora, y olvidó todo lo que había aprendido en cuanto vio a esa niña sola en aquel apartamento de aire viciado; bonita y delicada, iluminada desde detrás, de modo que sobre su cabellera rubia y despeinada se formaba una aureola, los ojos abiertos y vigilantes al observar a los dos adultos desconocidos que acababan de irrumpir por la puerta principal. Fue Sadie quien se acercó a ella, le cogió las manos y le dijo, con una voz clara y fuerte que no reconoció: «Hola, preciosa. ¿Quién sale ahí en tu camisón? ¿Cómo se llama?». La vulnerabilidad de la niña, su pequeñez e incertidumbre la impresionaron en el lugar que más se protegía Sadie de las emociones. En los días que siguieron no dejó de sentir la huella espectral de las manitas de la niña entre las suyas y, por la noche, cuando trataba de dormir, oía esa vocecita quejumbrosa diciendo *¿Mamá? ¿Dónde está mi mamá?* La consumió una feroz necesidad de arreglar las cosas, de devolverle a su madre, y Nancy Bailey demostró ser la compañera perfecta. Pero, si bien era perdonable que Nancy se agarrara a un clavo ardiendo, si resultaba comprensible su desesperado intento de excusar la insensible conducta de su hija, reducir la conmoción de una nieta abandonada y atenuar su sentimiento de culpa («Si esa semana no me hubiera ido de viaje con amigas, la habría encontrado yo misma»), Sadie debería haber sido más sensata. Toda su carrera profesional y toda su vida adulta se habían basado en la sensatez.

—*Ramsay* —llamó de nuevo.

Una vez más, solo el silencio como respuesta, ese silencio de hojas que se mueven y de agua que corre a lo lejos en una zanja empapada por la lluvia. Esos ruidos de la naturaleza que lograban que una persona se sintiera aún más sola. Sadie estiró los brazos por encima de la cabeza. Sentía una necesidad física de ponerse en contacto con Nancy, un peso enorme en el pecho, dos puños sudorosos cerrados en torno a los pulmones. Su ignominia la podía soportar, pero, cuando pensaba en Nancy, la vergüenza era abrumadora. Todavía sentía la necesidad imperiosa de pedir disculpas, de explicar que todo había sido un terrible lapsus, que nunca había pretendido vender falsas esperanzas. Donald la conocía bien: «Y, Sparrow —fueron sus palabras de despedida antes de enviarla a Cornualles—, ni se te ocurra hablar con la abuela».

Más fuerte esta vez:

—*¡Ramsay!* ¿Dónde estás, muchacho?

Sadie se tensó, a la escucha. Un pájaro asustado, un aletear de gruesas alas en las alturas. A través del entramado de ramas, su mirada se posó en la mancha blanca de un avión que abría el azul pálido del cielo al pasar. El avión se dirigía al este, hacia Londres, y observó su avance con una extraña sensación de desarraigo. Le resultaba inconcebible que el ciclón de la vida, de su vida, siguiera allí sin ella.

No había sabido nada de Donald desde que se fue. No le sorprendía, en realidad no, no todavía, tras una semana, cuando él había insistido en que se tomara todo un mes de vacaciones. «Puedo regresar antes si quiero, ¿no?», preguntó Sadie al joven de recursos humanos, cuya confusión hizo evidente que era la primera vez que le hacían aquella pregunta. «Mejor que no», gruñó Donald más tarde. «Si te veo aquí antes de que estés lista, y no bromeo, Sparrow, voy directo a Ashford». Y cumpliría la amenaza, a Sadie no le cabía duda. Se acercaba a la jubilación y no estaba dispuesto a que una loca le estropeara los planes. Sin más opciones, Sadie preparó una mochila, agachó la cabeza y condujo hasta Cornualles. Dejó a Donald el número de Bertie, le dijo que la cobertura móvil no era muy de fiar y albergó la esperanza de que la llamara para reincorporarse pronto.

Un gruñido retumbó a su lado y Sadie miró hacia abajo. *Ash* estaba tan rígido como una estatua, con la mirada fija en el bosque.

—¿Qué pasa, muchacho? ¿No te gusta el olor de la autocompasión? —Se le erizó el vello del cuello, giró las orejas, pero siguió igual de concentrado. Y entonces Sadie lo oyó también, a lo lejos, distante. *Ramsay,* un ladrido; no de alarma tal vez, pero inusual de todos modos.

Un instinto materno inusitado, un tanto inquietante, se había apoderado de Sadie desde que los perros la habían adoptado, y cuando *Ash* gruñó de nuevo tapó la botella de agua.

—Venga, vamos —dijo, dándose unos golpecitos en el muslo—. Vamos a buscar a ese hermano tuyo.

Sus abuelos no tenían perros cuando vivían en Londres, Ruth era alérgica. Sin embargo, cuando Ruth murió y Bertie se retiró a Cornualles, al fin cedió. «Me va bien», le dijo a Sadie por esa línea telefónica sibilante. «Me gusta esto. De día siempre estoy ocupado. Pero las noches son tranquilas; me pongo a discutir con la tele. Y lo peor es que tengo la sospecha de que soy yo quien pierde».

Fue un intento por quitar hierro a las cosas, pero Sadie se había dado cuenta de cómo se le quebraba la voz. Sus abuelos se habían enamorado de adolescentes. El padre de Ruth llevaba las entregas a la tienda de los padres de Bertie, en Hackney, y habían sido inseparables desde entonces. La pena de su abuelo era palpable y Sadie quiso decir las palabras perfectas para hacerle sentir mejor. Las palabras, sin embargo, no eran su fuerte, así que, en lugar de ello, le sugirió que tal vez se le daría mejor discutir con un labrador. Bertie rio y le dijo que había pensado en ello, y al día siguiente fue al albergue de animales. De esa manera tan típica de Bertie, volvió a casa no con uno, sino con dos perros y un gato en el remolque. Por lo que Sadie había observado durante la semana que había pasado en Cornualles, los cuatro formaban una familia bien avenida, si bien el gato se pasaba la mayor parte del tiempo escondido detrás del sofá; su abuelo parecía más feliz que nunca desde que Ruth enfermó. Razón de más para que Sadie no volviera a casa sin sus perros.

Ash aceleró el paso y Sadie tuvo que darse prisa para no perderlo de vista. La vegetación estaba cambiando. El aire se volvía más ligero. Bajo los árboles cada vez más escasos, las zarzas habían aprovechado la luz del sol para multiplicarse y crecer alegremente. Las ramas agarraban y tiraban del dobladillo de los pantalones cortos de Sadie a medida que se abría camino por la espesura. Si hubiera sido dada a fantasear, se habría imaginado que estaban tratando de detenerla.

Forcejeó contra la escarpada pendiente, evitando las rocas enormes y dispersas, hasta que llegó arriba y se encontró en la linde del bosque. Se detuvo a admirar el paisaje. Nunca había ido tan lejos. Frente a ella se extendía una pradera de hierba crecida y a lo lejos vislumbró una verja y lo que parecía ser una puerta inclinada. Más allá vio más de lo mismo, otro espacio enorme cubierto de hierba, interrumpida en ocasiones por árboles gigantescos de frondoso follaje. Respiró hondo. Había una niña, una niña pequeña, en medio del campo, sola, una silueta, iluminada desde detrás, y no podía verle la cara. Abrió la boca para llamarla pero, cuando parpadeó, la niña se desintegró y dejó tan solo un pequeño resplandor blanco amarillento.

Negó con la cabeza. Tenía el cerebro cansado. Tenía los ojos cansados. Debería ir al oftalmólogo a que comprobara si tenía partículas flotantes.

Ash, que se había adelantado, giró la cabeza para constatar cuánto había avanzado Sadie y ladró impaciente al verla rezagada. Sadie continuó andando por la pradera tras él, dejando atrás esa noción vaga y perturbadora de que estaba haciendo algo que no debía. No era una sensación familiar. Como regla general, a Sadie no le preocupaban ese tipo de cosas, pero los problemas recientes en el trabajo la habían asustado. No le gustaba estar asustada. Tal y como ella lo veía, estar asustada se parecía demasiado a ser vulnerable, y había decidido años atrás que era mejor enfrentarse a los problemas que permitir que te sorprendan por la espalda.

Cuando llegó, vio que la puerta era de madera: descolorida por el sol y astillada, colgaba de las bisagras con un abandono que sugería que llevaba así mucho tiempo. Una planta trepadora de flores malvas de forma atrompetada se había asido con nudos enrevesados a los postes, y Sadie tuvo que entrar por una abertura en la madera combada. *Ash*, tranquilizado al ver que su dueña lo seguía, soltó un ladrido y aceleró hasta desaparecer en el horizonte.

La hierba rozaba las rodillas desnudas de Sadie, de modo que le picaban donde el sudor ya se había secado. Algo acerca de aquel lugar la inquietaba. Una extraña sensación la dominaba desde que se coló por la puerta, un sentimiento inexplicable de que las cosas no iban bien. Sadie no se dejaba llevar por los presentimientos (no había ninguna necesidad de un sexto sentido si se empleaban los otros cinco adecuadamente) y sin duda había una explicación racional a aquella extrañeza. Llevaba unos diez minutos caminando cuando se dio cuenta de qué se trataba. La pradera estaba vacía. No de árboles y hierba y aves, que estaban por todos lados; faltaba todo lo demás. No había tractores trabajando los campos, ni granjeros reparando cercas, ni animales pastando. En aquella parte del mundo algo así era inusual.

Echó un vistazo a su alrededor, en busca de algo que la contradijera. Oía agua correr no muy lejos de allí, y un pájaro que tal vez fuera un cuervo la observaba desde la rama de un sauce cercano. Reparó en las grandes extensiones de hierba ondulante y en algún que otro árbol nudoso, pero hasta donde alcanzaba la vista no había indicios de presencia humana.

Un reflejo negro se movió a un lado de su campo de visión y Sadie dio un respingo. El pájaro se había lanzado desde su rama y cortaba el aire en dirección a ella. Sadie se apartó para evitarlo y su pie chocó con algo. Cayó a cuatro patas encima de un lodo cenagoso bajo un enorme sauce. Miró hacia atrás malhumorada y vio que tenía un trozo de cuerda mohosa enredada en el pie izquierdo.

Una cuerda.

El instinto, la experiencia tal vez (ese horrible amasijo de escenas de crimen de antiguas investigaciones), la hizo mirar hacia arriba. Ahí, atada alrededor de la rama más gruesa del árbol, visible solo como una protuberancia de la corteza, pendía el otro extremo de la cuerda deshilachada. Había otra igual a su lado, que colgaba con un tablón húmedo de madera casi desintegrada. No era un nudo, entonces, sino un columpio.

Sadie se levantó, se limpió las rodillas embarradas y caminó despacio trazando una circunferencia alrededor de la cuerda. Había algo ligeramente perturbador en aquel destartalado vestigio de la energía infantil en un lugar tan solitario, pero, antes de que pudiera pensar en ello, *Ash* se retiró de nuevo, su breve preocupación por Sadie fue sustituida por la necesidad urgente de encontrar a su hermano.

Con una última mirada a las cuerdas, Sadie lo siguió. Esta vez, sin embargo, comenzó a percibir cosas que no había notado antes. Delante de ella, una franja de tejos díscolos se reveló como un seto, descuidado y salvaje pero un seto al fin y al cabo; al norte, en el horizonte, entre dos densos macizos de flores silvestres, distinguió lo que parecía ser el arco de un puente; la puerta rota a la que se había encaramado ya no parecía una rudimentaria división entre dos espacios naturales, sino una frontera vencida entre la civilización y la naturaleza. Lo que significaba que la parcela de tierra que estaba cruzando no era un campo sin cultivar, sino un jardín. O, al menos, lo había sido.

Desde el otro lado del seto de tejos llegó un aullido y *Ash* respondió con un fuerte ladrido antes de desaparecer por una brecha. Sadie hizo lo mismo, pero se detuvo de súbito cuando llegó al otro lado. Ante ella se extendía una masa oscura como la tinta de un agua estancada, que en la quietud del claro parecía cristal. Los sauces rodeaban el borde del agua y en el centro se elevaba un gran montículo de barro, una especie de isla. Por todas partes había patos, fochas y gallinas de río, y el olor era intenso, fecundo y mugriento. Qué sensación extraña la de ser observada por ojos de aves, oscuros y brillantes.

Ramsay aulló de nuevo y Sadie siguió su llamada a lo largo de la ribera húmeda del lago, donde se acumulaban décadas de excremento de pato. Era fácil resbalarse en aquel terreno viscoso y Sadie avanzó con cuidado bajo los árboles. *Ash* también ladraba ahora, de pie al otro lado del lago, en un muelle de madera, con el hocico levantado al cielo para dar la señal de alarma.

Sadie apartó los dedos llorones de un sauce y se agachó para esquivar una peculiar cúpula de cristal que colgaba de una cadena oxidada. Pasó ante otras cuatro esferas en el camino, todas ellas nubladas por el polvo, con el interior lleno de varias generaciones de telarañas. Rozó levemente la base de una, admirando su extraño encanto, preguntándose cuál sería su propósito. Eran un extraño fruto entre las hojas.

Cuando llegó al muelle, Sadie vio que una de las patas de *Ramsay* se había quedado atrapada en un agujero en la madera podrida. Estaba muy nervioso, y Sadie se abrió camino entre las tablas con rapidez pero con cuidado. Se arrodilló, le acarició las orejas para calmarlo al tiempo que comprobaba que no sufría lesiones graves, y sopesó la mejor forma de sacarlo. Al final no se le ocurrió nada mejor que agarrarlo fuerte y tirar. *Ramsay* no se mostró muy agradecido. Escarbó con las garras entre los tablones y ladró con afligida indignación. «Lo sé, lo sé», susurró Sadie. «A algunos no se nos da muy bien que nos ayuden».

Por fin consiguió liberarlo, y se dejó caer de espaldas para recuperar el aliento mientras el perro, alterado pero evidentemente ileso, se alejó del muelle de un salto. Sadie cerró los ojos y rio cuando *Ash* le dio un lametón agradecido en el cuello. Una vocecilla interior la advertía de que los tablones podrían ceder en cualquier momento, pero estaba demasiado agotada para prestarle atención.

El sol estaba ya muy alto en el cielo, y sentir su calor en la cara era un regalo divino. Sadie nunca había sido una persona meditativa, pero en ese momento entendió de qué se trataba. Un suspiro de satisfacción se escapó de entre sus labios, si bien esa palabra, satisfacción, sería la última que habría elegido para describirse a sí misma últimamente. Oía su respiración, el pulso que le latía bajo la piel de las sienes, tan fuerte como si tuviera una caracola pegada al oído para escuchar el ruido del mar.

Sin las distracciones de un paisaje, de repente el mundo entero cobraba vida a través de los sonidos: el chapoteo del agua que lamía los postes a sus pies, las salpicaduras y las sacudidas de los patos que aterrizaban en la superficie del lago, los tablones de madera que se extendían bajo el resplandor del sol. Mientras escuchaba, Sadie reparó en un zumbido grave y abrumador detrás de todo, como cientos de diminutos motores en marcha a la vez. Era un sonido sinónimo del verano, difícil de ubicar en un principio, pero al fin comprendió. Insectos, muchísimos insectos.

Sadie se sentó, parpadeando ante el resplandor. Por un momento, el mundo fue blanco antes de que todo volviera a la normalidad. Los nenúfares relucían con su forma de corazón sobre la superficie del agua, y las flores se alzaban al cielo como bonitas manos que trataban de agarrarlo. El aire que los rodeaba estaba lleno de cientos de pequeñas criaturas aladas. Se puso en pie con dificultad y estaba a punto de llamar a los perros cuando algo, al otro lado del lago, le llamó la atención.

En medio de un claro soleado había una casa. Una casa de ladrillo con dos frontones y una puerta principal bajo un pórtico. Del tejado salían varias chimeneas y tres niveles de vidrieras emplomadas parpadeaban con aire cómplice bajo el sol. Una enredadera, voraz y de hojas verdes, se aferraba a la fachada de ladrillo y unos pájaros volaban atareados por el calado de zarcillos, creando el efecto de movimiento constante. Sadie silbó entre dientes.

—¿Qué hace una vieja dama como tú en un sitio como este? —dijo en un susurro, pero su voz fue un sonido ajeno y molesto, de humor forzado, una intromisión en la profunda exuberancia natural del jardín.

Rodeó el lago y fue hacia la casa; su atracción era magnética. Los patos y las aves salvajes no le prestaban atención, y ese caso omiso pasó a formar parte del calor del día, de la humedad del lago, y realzaba la atmósfera de espesa reclusión del lugar.

Había un camino, comprobó al llegar al otro lado, casi en su totalidad invadido de espinos, pero que conducía hasta la puerta principal. Raspó la superficie con la punta de una de sus deportivas. Piedra. Tal vez rosada o marrón pálida antaño, al igual que la piedra de los edificios del pueblo, pero el tiempo y el descuido la habían vuelto negra.

Al acercarse, vio que la casa había caído en un olvido tan completo como el jardín. Al tejado le faltaban tejas, algunas de las cuales yacían desperdigadas ahí donde habían caído, y el cristal de una de las ventanas de la planta de arriba estaba roto. Los cristales que aún quedaban estaban cubiertos por una capa de excrementos de pájaro y del alféizar pendían unas estalactitas blancas que goteaban sobre las hojas de abajo.

Como si quisiera reclamar para sí las imponentes acumulaciones de excremento, un pequeño pájaro echó a volar desde detrás de los cristales rotos en línea recta, antes de corregir el rumbo y pasar junto a la oreja de Sadie. Esta dio un respingo, pero no se apartó. Estaban por todas partes, esos pequeños pájaros que había visto desde el lago, entrando y saliendo entre los espacios oscuros de la enredadera y llamándose con apremiantes gorjeos. Y no estaban solos; la vegetación rebosaba de insectos de todo tipo (mariposas, abejas y otros cuyos nombres desconocía), que otorgaban al edificio una apariencia de animación constante que contradecía su estado de abandono.

Era tentador suponer que la casa estaba vacía, pero Sadie tenía bastante experiencia con casas de personas mayores y sabía que ese aspecto de abandono a menudo presagiaba una historia triste en el interior. Una descolorida aldaba de latón con forma de cabeza de zorro colgaba torcida en la puerta de madera astillada y Sadie la cogió antes de dejarla donde estaba. ¿Qué iba a decir si alguien respondía? Flexionó los dedos uno a uno, pensativa. No tenía ninguna razón para estar allí. No tenía ninguna excusa que ofrecer. Lo último que necesitaba era que la acusaran de allanamiento. Pero, incluso mientras lo pensaba, Sadie sabía que sus conjeturas eran innecesarias. No había un alma en la casa. Era difícil explicarlo, pero la rodeaba un aire, un aura. No le cabía duda.

Sobre la puerta había un panel de cristal decorativo: cuatro figuras en hábitos largos, cada una contra un fondo que correspondía a una estación del año. No era una representación religiosa, al menos no la identificó, pero el efecto era similar. Había un fervor en el diseño (veneración, supuso) que le recordó a las vidrieras de las iglesias. Sadie acercó una maceta enorme y polvorienta a la puerta y se subió con cuidado al borde.

A través de un trozo más o menos grande de vidrio transparente, vislumbró un vestíbulo con una mesa ovalada en el centro. En la mesa había un jarrón de porcelana con flores pintadas en uno de los lados y (entrecerró los ojos) un dibujo dorado descolorido que serpenteaba por el asa. Dentro, desordenadas, había unas pocas ramas delgadas de algo frágil, sauce tal vez, y las hojas secas habían caído desperdigadas. Una araña de cristal (o de vidrio, algo lujoso en cualquier caso) colgaba de un rosetón de yeso en el techo y una amplia escalera con una raída alfombra roja se alzaba en la parte de atrás. Había un espejo redondo en la pared de la izquierda, junto a una puerta cerrada.

Se bajó de la maceta de un salto. Un jardín enmarañado se extendía a lo largo de la fachada de la casa al lado del pórtico, y se abrió paso entre las espinas que se le enredaron en la camiseta al pasar entre las zarzas. Había un olor fuerte, pero no desagradable (a tierra húmeda, a hojas en descomposición, a nuevas flores) y unos abejorros enormes estaban muy ocupados recogiendo polen de las muchísimas florecillas blancas y rosadas. Zarzamoras. Sadie se sorprendió a sí misma al desenterrar el recuerdo. Eran flores de zarzamora y, dentro de unos meses, los arbustos estarían cargados de fruta.

Al llegar a la ventana, vio algo inscrito en el marco de madera, unas letras, una A, quizá una E, toscamente grabadas y de color verde oscuro por el moho. Pasó los dedos por esas muescas profundas, preguntándose distraída quién las habría hecho. Un trozo de hierro curvado sobresalía bajo el alféizar en medio de la espesa vegetación y apartó las ramas para dejar al descubierto los restos oxidados de una silla de jardín. Echó un vistazo por encima del hombro a la selva que acababa de cruzar. Era difícil imaginar que una persona se hubiera sentado allí cómodamente a contemplar lo que debía de haber sido un jardín bien cuidado.

Volvió esa extraña, casi funesta sensación, pero Sadie la ahuyentó. Lo suyo eran los hechos, no las emociones, y tras los últimos acontecimientos no estaba de más que se lo recordara a sí misma. Juntó las manos contra un cristal y acercó el rostro para mirar por la ventana.

La habitación estaba en penumbra, pero, a medida que sus ojos se acostumbraban, ciertos objetos comenzaron a distinguirse entre las tinieblas: un piano de cola en un rincón, junto a la puerta, un sofá en el centro con un par de sillones enfrente, una chimenea en la pared más lejana. Sadie experimentó la sensación, familiar y agradable, de destapar la caja de la vida de otras personas. Consideraba que esos momentos eran una de las ventajas de su trabajo, aunque a menudo solo descubría cosas desagradables; siempre le había fascinado cómo vivían los demás. Y, si bien no se trataba de la escena de un crimen y no estaba a cargo de una investigación, Sadie comenzó automáticamente a tomar notas mentales.

Las paredes estaban empapeladas con motivos florales descoloridos, entre grisáceos y malvas, y cubiertas de estantes hundidos bajo el peso de miles de libros. Un enorme retrato hacía guardia sobre la chimenea, una mujer de nariz bonita y sonrisa discreta. En la pared adyacente había dos puertas vidrieras enmarcadas por gruesas cortinas de damasco. Probablemente habrían dado antaño a un jardín lateral y la luz del sol que dejaba pasar el cristal en mañanas como aquella habría dibujado cuadrados brillantes y cálidos en el suelo alfombrado. Pero ya no. Un tenaz tallo de hiedra lo impedía, aferrado al cristal y dejando pasar solo una luz tenue. Junto a las puertas había una estrecha mesa de madera sobre la cual descansaba una fotografía en un elegante marco. Estaba demasiado oscuro para verla bien y, aunque la iluminación hubiera sido mejor, una tacita antigua bloqueaba la vista de Sadie.

Se pasó la lengua por los labios, pensativa. A juzgar por determinados detalles (la tapa del piano abierta, los cojines desordenados del sofá, la taza de té sobre la mesa), la habitación daba la impresión de que alguien acababa de salir y volvería en cualquier momento; sin embargo y al mismo tiempo, había una quietud extraña, perenne, en ese mundo al otro lado del cristal. La habitación parecía estar congelada, su interior suspendido, como si hasta el aire, el más incesante de todos los elementos, hubiera sido expulsado, como si fuera difícil respirar dentro. Había, también, algo más. Algo que sugería que la habitación llevaba así mucho tiempo. Al principio Sadie había pensado que tenía la vista cansada, antes de comprender que ese aire opaco de la habitación se debía en realidad a una espesa capa de polvo.

Ahora la veía con claridad en el escritorio bajo la ventana, donde un rayo de luz revelaba esa capa sobre cada objeto: el tintero, la pantalla de la lámpara y la colección de libros abiertos distribuidos al azar entre ambos objetos. Una hoja de papel le llamó la atención, el boceto de la cara de un niño, un bello rostro de ojos grandes y serios, labios delicados y pelo que caía sobre unas orejas pequeñitas, de modo que él (o ella, era difícil saber) parecía más un duendecillo que un niño real. En algunos lugares el dibujo estaba emborronado, notó Sadie, la tinta negra corrida, las fuertes líneas embadurnadas, y había algo escrito en la esquina inferior, una firma y una fecha: *23 de junio de 1933.*

Un fuerte ruido y un movimiento veloz detrás de ella sobresaltaron a Sadie, que se golpeó la frente contra el cristal.

Dos perros negros y jadeantes irrumpieron entre las zarzas para olisquearle los pies.

—Queréis desayunar —dijo mientras una nariz húmeda y fría le daba en la mano. El estómago de Sadie se sumó a la propuesta y emitió un pequeño ruido—. Vamos —ordenó, apartándose de la ventana—. Os llevo a casa.

Echó un último vistazo a la casa antes de seguir a los perros a través del seto de tejos. El sol se había ocultado detrás de una nube y las ventanas ya no reflejaban el lago. El edificio había adquirido un aspecto huraño, como un niño mimado que disfrutaba al ser el centro de atención y al que ahora nadie hiciera caso. Incluso las aves se volvieron más descaradas, atravesando el claro brumoso con graznidos que guardaban un parecido desconcertante con risas humanas, y el coro de insectos también zumbaba más alto a medida que aumentaba el calor.

La superficie plana del lago refulgía misteriosa y gris y de pronto Sadie se sintió como la intrusa que era. Era difícil explicar qué la hacía sentirse tan segura, pero, cuando se volvió para marcharse, cruzó agachada la brecha del seto y comenzó a seguir a los perros hacia casa, supo de esa manera tan peculiar, casi visceral a la que todo investigador aspira, que algo terrible había sucedido en aquella casa.

Capítulo 4

Cornualles, octubre de 1932

Las chicas se reían y, por supuesto, todas chillaron de alegría cuando casi se llevó por delante la cabeza de madre. Alice juntó las manos emocionada mientras Clementine correteaba detrás del pequeño planeador.

—No lances eso demasiado cerca del bebé —advirtió madre, que se dio unas palmaditas en el pelo para comprobar que las horquillas seguían en su sitio.

Si oyó la advertencia, Clemmie no dio muestras de ello. Corría como si le fuera la vida en ello, con las manos al aire y la falda revoloteando, lista para atrapar el avión si parecía a punto de estrellarse.

Unos patos curiosos salieron del lago para observar la conmoción y se dispersaron en un frenesí de plumas y graznidos indignados cuando el planeador, con Clemmie detrás, llegó deslizándose y se detuvo entre ellos.

Papá sonrió por encima del libro de poesía que estaba leyendo.

—¡Qué bonito aterrizaje! —dijo desde su asiento junto a la vieja maceta—. Muy bonito.

El planeador había sido idea suya. Había visto un anuncio en una revista y lo había encargado en Estados Unidos. Iba a ser un secreto, pero Alice lo sabía desde hacía meses (siempre averiguaba quién iba a regalar qué a quién mucho antes de lo debido); le había visto señalar el anuncio una tarde de primavera y decir: «Mira esto. Perfecto para el cumpleaños de Clemmie, ¿no te parece?».

Madre se mostró menos entusiasta. Le preguntó si de verdad pensaba que un planeador de madera era el regalo más adecuado para una niña de doce años, pero papá se limitó a sonreír y dijo que Clementine no era una niña de doce años como las demás. En eso tenía razón: Clemmie era sin duda diferente («El hijo que no hemos tenido», le gustaba decir en broma a papá antes de la llegada de Theo). También tuvo razón con el planeador; Clemmie arrancó el envoltorio después de la comida, y sus ojos se iban abriendo más y más a medida que el regalo iba quedando al descubierto, hasta que al final soltó un chillido de puro placer. Se levantó de un salto y arrastró el mantel detrás de ella en sus prisas por llegar a la puerta.

«Clemmie, no», le había rogado madre mientras se apresuraba a coger un jarrón que se tambaleaba. «Aún no hemos terminado». Y, a continuación, mirando suplicante a los demás: «Mejor no salgamos de casa. He pensado que tal vez podríamos jugar a las adivinanzas en la biblioteca...».

Pero era difícil celebrar una fiesta de cumpleaños cuando la invitada de honor había huido, y así, para evidente disgusto de madre, no quedó más opción que abandonar la mesa tan bien puesta y trasladar la fiesta al jardín.

Así que allí estaban, la familia al completo, el señor Llewellyn, la abuela y Rose, la niñera, repartidos por el césped de Loeanneth, mientras las largas sombras de la tarde comenzaban a derramarse sobre la hierba verde. Era un espléndido día de otoño, antes de la llegada del frío. La clemátide todavía florecía en la pared de la casa, los pájaros trinaban al cruzar el claro y hasta el bebé Theo había salido en una canastilla.

Un campesino quemaba brezo en un campo cercano y el olor era maravilloso. A Alice siempre le hacía feliz ese olor, tan relacionado con el cambio de las estaciones. Mientras miraba a Clemmie con su planeador de madera, sintiendo el calor del sol en el cuello, el suelo fresco bajo los pies descalzos, experimentó un delicioso momento de completo bienestar.

Alice hurgó en el bolsillo, sacó su cuaderno y se apresuró a tomar nota de la sensación y del día y de la gente que la rodeaba, mordisqueando la punta de la estilográfica mientras su mirada tropezaba con la casa bañada por el sol, los sauces, el lago refulgente y las rosas amarillas que trepaban por la verja de hierro. Era como el jardín de un libro de cuentos... Era el jardín de un libro de cuentos, y a Alice le encantaba. Jamás se iría de Loeanneth. Jamás. Se imaginaba envejeciendo allí. Una anciana feliz, con larga cabellera blanca y gatos... Sí, claro, unos cuantos gatos para hacerle compañía. (Y Clemmie la visitaría, pero tal vez no Deborah, que sería mucho más feliz en Londres, con una gran casa y un marido rico y un grupo de criadas para organizarle la ropa...).

Era uno de esos días, pensó Alice, mientras garabateaba feliz, en que todos parecían sentirse de la misma manera. Papá se había tomado un descanso de su estudio, el señor Llewellyn se había quitado esa chaqueta tan formal e iba en camisa y chaleco, la abuela DeShiel casi parecía alegre dormitando bajo el sauce. Madre era la excepción, pero a madre no le gustaba que no respetaran sus elaborados planes, por lo que era de esperar cierta contrariedad.

Incluso Deborah, por lo general no muy aficionada a los juguetes, pues pensaba que ya era mayor, una dama, se había dejado contagiar por el entusiasmo de Clemmie. Este hecho la había enojado comprensiblemente, así que había insistido en sentarse sola en el asiento bajo la ventana de la biblioteca y, cuando se dignaba a hablar, era con brusquedad, como si de verdad tuviera mejores cosas que hacer y ellos tuvieran suerte de que los agraciara con su presencia.

—A ver si consigues que gire en redondo —dijo, sosteniendo la caja en la que había llegado el planeador—. Dice aquí que si colocas bien las bandas de goma puede dar la vuelta.

—El té está listo —dijo madre, cuyo tono acusatorio se acentuaba a medida que la tarde se iba alejando cada vez más de lo que había previsto—. Está recién hecho, pero no va a tardar en enfriarse.

El almuerzo había sido copioso y a nadie le apetecía mucho tomar el té, pero el señor Llewellyn era un amigo fiel, que no dudó en obedecer y aceptó la taza y el plato que madre le impuso.

Deborah, por el contrario, hizo caso omiso del ofrecimiento.

—Date prisa, Clemmie —dijo—. Dale otro tirón.

Clemmie, que ataba el planeador a la faja de satén de su vestido, no respondió. Se metió el dobladillo de la falda dentro de la ropa interior y estiró el cuello para observar la copa del sicomoro.

—¡Clemmie! —la llamó Deborah, imperiosa ahora.

—¿Me ayudas a subir? —fue la respuesta de su hermana pequeña.

Madre, aunque ocupada endilgando tarta al señor Llewellyn, siempre se mantenía ojo avizor ante cualquier señal de problema inminente y no se le cayó ni una miga cuando dijo:

—¡No, Clemmie! ¡Ni se te ocurra! —Miró a papá, en busca de apoyo, pero este ya estaba una vez más parapetado detrás de su libro, felizmente perdido en el mundo de Keats.

—Déjala —la tranquilizó el señor Llewellyn—. No pasa nada.

Deborah no logró resistirse más a la llamada de la tarde y arrojó la caja al asiento de al lado y corrió hasta el árbol. Convencieron a Rose, la niñera, para que enlazara los brazos y formara una escalera y Clemmie se encaramó a lo alto. Tras un momento de forcejeos y arranques en falso, desapareció entre las ramas más bajas.

—Ten cuidado, Clementine —advirtió madre, desplazándose hacia el lugar de la acción—. Ten mucho cuidado. —Vaciló bajo el árbol, suspirando exasperada mientras trataba de seguir la marcha de Clemmie entre el follaje.

Al fin, se produjo un alarido triunfal y apareció un brazo, que saludaba desde lo alto del árbol. Alice entrecerró los ojos ante el sol de la tarde, sonriendo mientras su hermana pequeña se situaba en la horqueta más alta y sacaba el planeador de donde se había quedado enganchado. Clemmie ató bien los elásticos, levantó el brazo, asegurándose de haber encontrado el ángulo óptimo para el despegue, y, entonces, por fin: ¡al aire!

El planeador voló como un pájaro por el azul pálido del cielo, cayendo un poco y enderezándose, hasta que aminoró la velocidad del aire y disminuyó la presión sobre la cola y la parte trasera se alzó.

—¡Mirad! —gritó Clemmie—. ¡Mirad ahora!

En efecto, el planeador comenzó a trazar una enorme curva justo por encima del lago, una escena tan espectacular que incluso el señor Harris y el nuevo jardinero dejaron lo que estaban haciendo en el embarcadero y se pusieron a mirar al cielo. Estalló un espontáneo aplauso cuando el planeador completó su proeza y continuó su trayectoria, esquivando el agua y aterrizando con un suave descenso sobre el prado de hierba cercano a la fuente, al otro lado del lago.

El mundo entero pareció detenerse mientras el pequeño avión describía su círculo, así que, no sin cierto asombro, Alice reparó en que el bebé estaba llorando. ¡Pobrecito! Con toda la emoción, no le habían hecho caso en su canastilla. Alice, acostumbrada al papel de observadora, miró a su alrededor, a la espera de que alguien interviniera, antes de darse cuenta de que ella era la única que podía ayudar. Estaba a punto de dirigirse a la canastilla de Theo, cuando vio que papá iba a llegar antes.

Ciertos padres, o eso al menos creía Alice, habrían pensado que consolar a un bebé no les incumbía, pero papá no era así. Era el mejor padre del mundo, amable y comprensivo y muy, muy inteligente. Le encantaban la naturaleza y la ciencia, e incluso estaba escribiendo un libro sobre la tierra. Había estado trabajando en ese tomo durante más de una década y (aunque no lo habría reconocido en voz alta) era lo único que Alice habría cambiado de su padre. Le alegraba que fuera inteligente y estaba orgullosa, por supuesto, pero pasaba demasiado tiempo en compañía de ese libro. Habría preferido que lo tuvieran para ellos solos.

—¡Alice!

Era Deborah quien la llamaba y debía de querer decirle algo importante, pues se le había olvidado sonar desdeñosa.

—¡Alice, date prisa! ¡El señor Llewellyn nos va a llevar en barca!

¡En barca! ¡Estupendo! Qué regalo inesperado. La barca pertenecía a madre desde que era niña y, por lo tanto, era considerada una antigüedad y No Se Tocaba. Alice sonrió y su corazón bailó y el sol de la tarde de repente se volvió más brillante. ¡Sin duda, hoy estaba resultando ser el mejor día de todos los tiempos!

Capítulo 5

Cornualles, 2003

Ya estamos de vuelta!

Sadie se deshizo de las deportivas embarradas de un puntapié en la pequeña entrada de la casa de su abuelo y las colocó junto al zócalo con la punta de los pies. La casita encaramada al acantilado olía a algo cálido y sabroso y su estómago, privado del desayuno, se quejó con energía.

—Eh, Bertie, no te vas a creer lo que hemos encontrado. —Sacó una porción de galletas para perros de la tina bajo el perchero—. ¿Abuelo?

—En la cocina —llegó su respuesta.

Sadie acarició a los perros hambrientos a modo de despedida y entró.

Su abuelo estaba sentado a la mesa, redonda y de madera, pero no se encontraba solo. Una mujer menuda, de aspecto enérgico, con pelo cano y corto y gafas, estaba sentada frente a él, con una taza entre las manos y una sonrisa de bienvenida en el rostro.

—Ah —dijo Sadie—. Lo siento. No sabía...

Su abuelo atajó la disculpa con un gesto de la mano.

—El té aún está caliente, Sadie, cariño. Sírvete una taza y siéntate con nosotros. Esta es Louise Clarke, del hospital, que ha venido a recoger juguetes para el festival del solsticio.

—Mientras Sadie sonreía a modo de saludo, el abuelo agregó—: Ha tenido la amabilidad de traernos un guiso para la cena.

—Era lo menos que podía hacer —dijo Louise, que se levantó a medias para dar la mano a Sadie. Llevaba unos vaqueros descoloridos y una camiseta, del mismo verde intenso que la montura de las gafas, que decía: *¡La magia existe!* Tenía uno de esos rostros que parecía iluminado por dentro, como si durmiera mejor que el resto de la población; Sadie se sintió sucia, arrugada y antipática en comparación—. Qué hermosa labor hace tu abuelo, qué tallas tan bonitas. El puesto del hospital va a quedar genial este año. Qué afortunados somos de contar con él.

Sadie no podría haber estado más de acuerdo, pero, sabedora de lo poco que le gustaban a su abuelo los elogios, no lo dijo. En su lugar, le plantó un beso en la calva mientras lo abrazaba desde detrás de la silla.

—Veo que voy a tener que sacar el látigo para hacerle trabajar —dijo mientras se apoyaba sobre la encimera—. Qué bien huele el guiso.

Louise sonrió encantada.

—Es una receta mía: lentejas y amor.

A Sadie se le ocurrieron muchas réplicas, pero, antes de que pudiera escoger una, Bertie intervino.

—Sadie vive en Londres y se va a quedar conmigo una temporada.

—Unas vacaciones, qué bonito. ¿Vas a estar aquí dentro de un par de semanas, cuando llegue el festival?

—Tal vez —dijo Sadie, evitando la mirada del abuelo. Le había respondido con vaguedades cuando él le preguntó por sus planes—. Voy a improvisar.

—Vas a dejar decidir al universo —dijo Louise con aprobación.

—Algo así.

Bertie alzó las cejas, pero fue evidente que desistió de insistir. Señaló con un gesto de la cabeza su ropa embarrada.

—Has ido a la guerra.

—Deberías ver al otro.

Louise abrió los ojos de par en par.

—A mi nieta le gusta salir a correr —explicó Bertie—. Es una de esas curiosas personas que parecen disfrutar sufriendo. Con este tiempo, se ha pasado la semana encerrada y parece que ahora se está resarciendo en los caminos de los alrededores.

Louise se rio.

—Les pasa a menudo a los recién llegados. La niebla puede ser agobiante para quienes no han crecido aquí.

—Hoy no hay niebla, me alegra decirlo —anunció Sadie, mientras cortaba una generosa rebanada del pan hecho con masa madre de Bertie—. Hace un día cristalino.

—Qué bien. —Louise se acabó el té—. En el hospital tengo treinta y dos niños peligrosamente entusiastas con ganas de ir a merendar a la playa. Otro aplazamiento y me temo que habría un motín.

—Venga, que te echo una mano —dijo Bertie—. No queremos dar a esos pequeños reclusos motivos para la insurrección.

Mientras Bertie y Louise envolvían las tallas de juguete con papel tisú y las guardaban con cuidado en una caja de cartón, Sadie untó mantequilla y mermelada en el pan. Estaba impaciente por hablar a Bertie sobre la casa que había encontrado en el bosque. Ese ambiente extraño y solitario la había seguido hasta allí y escuchó distraída mientras ellos reanudaban una conversación acerca de un hombre en el comité llamado Jack.

—Voy a ir a visitarlo —decía Bertie— y voy a llevar una de esas tartas de pera que le gustan, a ver si lo convenzo.

Sadie miró por la ventana de la cocina, más allá del jardín del abuelo, hacia el puerto, donde decenas de barcos de pesca ondeaban sobre el mar de terciopelo. Era asombrosa la rapidez con que Bertie había encontrado su lugar en esta nueva comunidad. Había llegado hacía poco más de un año y ya parecía haber establecido relaciones tan profundas como si llevara allí toda la vida. Sadie ni siquiera estaba segura de conocer el nombre de todos sus vecinos del bloque de apartamentos donde llevaba viviendo siete años.

Se sentó a la mesa, tratando de recordar si el hombre del piso de arriba era Bob o Todd o Rod, pero se olvidó de ello cuando Bertie dijo:

—Entonces, Sadie, cariño, dinos qué has encontrado. Parece que te has caído en una vieja mina de cobre. —Dejó de envolver regalos por un momento—. No te habrás caído en una mina, ¿verdad?

Sadie puso los ojos en blanco con afectuosa impaciencia. Bertie se preocupaba siempre mucho, al menos cuando se trataba de Sadie. Era así desde que Ruth murió.

—¿Un tesoro enterrado? ¿Somos ricos?

—Por desgracia, no.

—Nunca se sabe por aquí —dijo Louise—, con todos esos túneles que los contrabandistas excavaron a lo largo de la costa. ¿Fuiste a correr por el cabo?

—Por el bosque —respondió Sadie.

Explicó en pocas palabras lo de *Ramsay,* cómo había desaparecido y ella y *Ash* se vieron obligados a abandonar el sendero para ir en su busca.

—Sadie...

—Lo sé, abuelo, es un bosque espeso y yo soy una urbanita, pero *Ash* estaba conmigo, y menos mal que fuimos a buscarlo porque, cuando por fin lo encontramos, *Ramsay* estaba atrapado en un agujero de un viejo embarcadero.

—¿Un embarcadero? ¿En el bosque?

—No en pleno bosque, en un claro, una finca. El muelle estaba junto a un lago en medio de un increíble jardín abandonado. Te habría encantado. Había sauces y unos setos enormes y creo que debía de ser espectacular. Había una casa, también.

—La casa de los Edevane —dijo Louise en voz baja—. Loeanneth.

El nombre poseía esa cualidad mágica y evocadora de tantas palabras en Cornualles y Sadie no pudo evitar recordar la extraña sensación causada por los insectos, como si la casa estuviera viva.

—Loeanneth —repitió.

—Significa la Casa del Lago.

—Sí... —Sadie se imaginó el lago turbio y su inquietante población aviar—. Sí, eso es. ¿Qué paso ahí?

—Algo terrible —dijo Louise, con un triste movimiento de la cabeza—. Por los años treinta, antes de que yo naciera. Mi madre solía hablar de ello, aunque... por lo general lo hacía cuando no quería que los niños nos fuéramos demasiado lejos. Un niño desapareció la noche de una gran fiesta. Fue una gran noticia por aquel entonces; la familia era rica y la prensa nacional le dedicó mucha atención. Hubo una gran investigación policial, e incluso trajeron al alto mando de Londres. No es que sirviera de gran cosa. —Guardó el último juguete y cerró la caja—. Pobrecito, era poco más que un bebé.

—No había oído hablar del caso.

—Sadie está en la policía —explicó Bertie—. Es investigadora —añadió con una pizca de orgullo que crispó a Sadie.

—Bueno, hace muchísimo tiempo, supongo —dijo Louise—. Cada diez años más o menos el asunto levanta la cabeza de nuevo. Alguien llama a la policía con una pista que no conduce a nada; un tipo llega de Dios sabe dónde asegurando ser el chico desaparecido. Pero nunca va más allá de los periódicos locales.

Sadie se imaginó la polvorienta biblioteca, los libros abiertos en el escritorio, el boceto, el retrato en la pared. Efectos personales que alguna vez fueron importantes para alguien.

—¿Cómo es que la casa acabó abandonada?

—La familia se fue, sin más. Echaron la llave y volvieron a Londres. Con el tiempo la gente se olvidó de que seguía ahí. Se ha convertido en la casa de nuestra Bella Durmiente. Ahí, perdida en medio del bosque, no es el tipo de lugar al que vaya alguien a menos que tenga una buena razón. Dicen que antes era una maravilla, un hermoso jardín, un gran lago. Una especie de paraíso. Pero todo se echó a perder cuando al pequeño se lo tragó la tierra.

Bertie suspiró con profunda satisfacción y juntó las manos con delicadeza.

—Sí —dijo—. Sí, me contaron que ese era el tipo de historias que me encontraría en Cornualles.

Sadie frunció el ceño, sorprendida por su abuelo, por lo general tan pragmático. Era una historia romántica, sin duda, pero su instinto de policía se había despertado. Nadie desaparece sin dejar rastro, se lo trague la tierra o no. Como no quería pensar ahora en la reacción de Bertie, se dirigió a Louise.

—La investigación policial… —dijo—. Imagino que habría sospechosos.

—Supongo que sí, pero nadie fue condenado. Fue un verdadero misterio, según recuerdo. No había pistas claras. Se organizó una gran búsqueda del niño, la primera teoría fue que se había alejado a pie, pero nunca se encontró ningún rastro de él.

—¿Y la familia no volvió nunca?

—Jamás.

—¿No vendieron la casa?

—No que yo sepa.

—Qué raro —dijo Bertie—, dejarla ahí, cerrada y abandonada, todo este tiempo.

—Supongo que era demasiado triste para ellos —dijo Louise—. Demasiados recuerdos. Cómo imaginarse lo que se siente al perder un hijo. Todo ese dolor, esa sensación de impotencia. Puedo entender por qué huyeron y decidieron comenzar de nuevo en otro sitio. Un cambio drástico.

Sadie murmuró a modo de asentimiento. No añadió que, en su experiencia, por muy lejos que huyamos, por mucho que empecemos de nuevo, el pasado siempre encuentra la manera de acortar distancias y alcanzarnos.

* * *

Esa noche, en la habitación que Bertie le había preparado en la primera planta, Sadie sacó el sobre, al igual que la noche pasada y la anterior. Pero no sacó la carta. No era necesario; había memorizado el contenido hacía semanas. Pasó el pulgar por la parte delantera, el mensaje escrito en mayúsculas encima de la dirección: NO DOBLAR, FOTOGRAFÍA EN EL INTERIOR. También había memorizado la fotografía. Prueba. Prueba tangible de lo que había hecho.

Los perros se movieron al pie de la cama y *Ramsay* gimoteó en sueños. Sadie le puso una mano en el cálido costado para calmarlo.

—Ya está, viejo amigo, todo va a ir bien.

Se le ocurrió que se lo decía tanto a él como a sí misma. Quince años había tardado el pasado en encontrarla. Quince años en los que se había centrado en avanzar, decidida a no mirar atrás. Era increíble que, después de todos sus esfuerzos en levantar una barrera entre ese pasado y el presente, bastara una carta para derruirla. Si cerraba los ojos, podía verse a sí misma claramente, a los dieciséis años, esperando ante la pared de ladrillos frente al pulcro adosado de sus padres. Veía el vestido de algodón barato que llevaba puesto, una capa de más de brillo de labios, los ojos pintados. Todavía se recordaba maquillándose, el lápiz de ojos de mala calidad, el reflejo del espejo, ese deseo de dibujar círculos gruesos para ocultarse tras ellos.

Un hombre y una mujer que Sadie no había visto antes (conocidos de sus abuelos, era todo lo que le habían dicho) habían ido a buscarla. El hombre no se movió del asiento del conductor, puliendo el volante negro con un paño, mientras la mujer, toda ella pintalabios nacarado y eficacia bulliciosa, salió de un salto del asiento del pasajero y trotó por la acera.

—Buenos días —saludó, con el estridente regocijo de alguien que sabía que estaba siendo amable y se gustaba por ello—. Tú tienes que ser Sadie.

Sadie se había pasado toda la mañana allí sentada, tras decidir que no tenía sentido quedarse dentro de esa casa vacía, incapaz de pensar en otro lugar al que ir. Cuando la trabajadora social le dio los detalles de cuándo y dónde debía esperar, al principio pensó en no presentarse, pero solo un momento; sabía que era la mejor opción que tenía. Puede que fuera una insensata (sus padres no se cansaban de decírselo), pero no era estúpida.

—¿Sadie Sparrow? —insistió la mujer, un fino rastro de sudor en el vello rubio sobre el labio superior.

Sadie no respondió; su docilidad tenía límites. En su lugar apretó los labios y fingió un gran interés en la bandada de estorninos que cruzaba el cielo.

La mujer, por su parte, no dejó de mostrarse espléndidamente impertérrita.

—Soy la señora Gardiner y ahí está el señor Gardiner. Tu abuela Ruth nos pidió que viniéramos a buscarte, pues ni ella ni tu abuelo conducen, y estamos encantados de ayudar. Somos vecinos y da la casualidad de que pasamos bastante tiempo por aquí. —Como Sadie no decía nada señaló con el peinado fijado con laca la bolsa de British Airways que el padre de Sadie había traído de un viaje de negocios a Fráncfort el año anterior—. ¿Eso es todo?

Sadie apretó con más fuerza las asas de la bolsa y la arrastró por el hormigón hasta que le tocó el muslo.

—Ligera de equipaje. El señor Gardiner quedará impresionado.

La mujer espantó una mosca que revoloteaba cerca de su nariz y Sadie pensó en Peter Rabbit. De todas las cosas en las que podría haber pensado ahora que se iba de su casa para siempre, se le ocurrió el personaje de un libro infantil. Habría sido divertido, de no ser porque Sadie creía que nada volvería a ser divertido jamás.

No se había propuesto hacer algo tan ñoño como volverse a mirar la casa donde había vivido siempre, pero, mientras el señor Gardiner alejaba el enorme vehículo de la acera, los desleales ojos de Sadie miraron de soslayo. No había nadie en casa y no había nada que ver que no hubiera visto ya mil veces antes. En la ventana de al lado, un visillo tembló y al fin cayó, señal oficial que daba por terminada la breve transgresión de la marcha de Sadie, y la vida de las afueras, siempre igual, volvió a su curso. El coche del señor Gardiner giró al final de la calle y se dirigieron a Londres, al nuevo comienzo de Sadie en la casa de unos abuelos a los que apenas conocía, quienes aceptaron acogerla cuando no tuvo otro lugar adonde ir.

* * *

De arriba llegó una serie de ligeros golpes y Sadie ahuyentó el recuerdo, parpadeando para regresar a la penumbra, al dormitorio de paredes encaladas y techo inclinado, a la buhardilla que daba al vasto y oscuro océano. De la pared colgaba un único cuadro, el mismo que Ruth había puesto sobre la cama de Sadie en Londres, de una tormenta en el mar y una ola enorme que amenazaba con engullir tres pequeños barcos pesqueros. «Lo compramos en nuestra luna de miel», le había dicho a Sadie una noche. «Me encantó nada más verlo, la tensión de esa gran ola al borde de su desplome inevitable. Los pescadores, valientes y experimentados, cabizbajos, agarrados a la desesperada». Sadie detectó el consejo; Ruth no tuvo que decirlo en voz alta.

Otro golpe sordo. Bertie estaba de nuevo en la buhardilla.

Sadie había percibido una pauta durante la semana que había pasado en la Cabaña del Mar. Si bien los días del abuelo eran ajetreados, llenos de su nueva vida y los nuevos amigos, del jardín y los interminables preparativos para el festival, las noches eran otra historia. Todas las noches, poco después de la cena, Bertie se dirigía a la desvencijada escalera con el pretexto de buscar cierta sartén o recetario que necesitaba de repente. Al principio habría una serie de golpes mientras hurgaba entre las cajas de la mudanza, luego aumentarían las pausas entre ruido y ruido y el olor dulce y empalagoso a humo de pipa se esparciría entre las rendijas del suelo de madera.

Sadie sabía a qué se dedicaba en realidad. Ya había donado parte de la ropa de Ruth a Oxfam, pero aún quedaban muchas cajas llenas de cosas de las que no era capaz de desprenderse. Eran la colección de toda una vida y él era su conservador. «Seguro que pueden esperar un poco», respondió enseguida cuando Sadie se ofreció a ayudarle a poner orden. Y entonces, como si lamentara la brusquedad del tono: «No hacen daño a nadie. Me gusta pensar que hay muchísimo de ella aquí, bajo este techo».

Fue toda una sorpresa cuando su abuelo le dijo que había vendido la casa y se mudaba a Cornualles. Él y Ruth habían vivido en la misma casa durante todos los años que estuvieron casados, una casa que Sadie había amado, que había sido un refugio para ella. Había supuesto que su abuelo se quedaría para siempre, reacio a abandonar el lugar donde los recuerdos felices se movían como las imágenes de un viejo proyector por los polvorientos rincones. Pero Sadie nunca había amado a alguien con esa devoción correspondida de Bertie y Ruth, así que ¿qué sabría ella? Al final resultó que la mudanza era algo de lo que ambos habían hablado durante años. Una cliente le había metido la idea en la cabeza a Bertie cuando todavía era un muchacho, contándole historias sobre el buen tiempo, los maravillosos jardines, la sal y el mar y el rico folclore. «No se presentó la ocasión», le había dicho a Sadie con tristeza algunas semanas después del funeral. «Uno siempre cree que hay tiempo, hasta que un día te das cuenta de que ya no es así». Cuando Sadie le preguntó si echaría de menos Londres, Bertie se encogió de hombros y dijo que por supuesto, era su hogar, donde nació y creció, donde conoció a su esposa y crio a su familia. «Pero todo eso es pasado, Sadie, cariño; lo voy a llevar dentro donde quiera que vaya. Hacer algo nuevo, sin embargo, algo de lo que Ruth y yo habíamos hablado..., de alguna manera es como si también a ella le diera un futuro».

Sadie percibió, de repente, pasos en el rellano, una llamada a la puerta. Rápidamente, escondió el sobre bajo la almohada.

—Pasa.

Se abrió la puerta y apareció Bertie con el molde de tartas en la mano.

Sadie sonrió demasiado abiertamente, con el corazón en un puño, como si hubiera cometido una indiscreción.

—¿Has encontrado lo que buscabas?

—Ni más ni menos. Mañana voy a hacer una de mis tartas de pera. —Frunció ligeramente el ceño—. Aunque se me acaba de ocurrir que no tengo peras.

—No soy experta, pero supongo que eso podría ser un problema.

—¿Te molestaría comprarme unas cuantas cuando pases por el pueblo mañana por la mañana?

—Bueno, tendré que mirar la agenda...

Bertie rio.

—Gracias, Sadie, cariño.

Como no se movía, Sadie supo que tenía algo más que decir. Y así era:

—He encontrado algo mientras estaba ahí arriba. —Metió la mano dentro del molde y sacó un libro ajado, que sostuvo para que Sadie viera la cubierta—. Como nuevo, ¿eh?

Sadie lo reconoció de inmediato. Era como abrir sin esperarlo la puerta a un viejo amigo, que había permanecido cerca durante un periodo difícil y doloroso. No podía creerse que Bertie y Ruth lo hubieran guardado. Era difícil concebir ahora la importancia que había tenido aquel libro de pasatiempos en su vida de entonces, cuando fue a vivir con ellos. Se encerraba en la habitación de invitados de la casa de sus abuelos, esa menuda habitación situada encima de la tienda que Ruth había decorado en especial para ella, y resolvía los problemas, página a página, de principio a fin, con un compromiso que rayaba en lo religioso.

—Los resolviste todos, ¿no? —dijo Bertie—. Los rompecabezas.

A Sadie le conmovió su tono de orgullo.

—Sí.

—Ni siquiera tuviste que mirar las respuestas.

—Claro que no. —Echó un vistazo al borde rasgado de la parte de atrás, donde había arrancado las soluciones para no caer (para no poder caer) en la tentación. Para ella era algo muy importante. Sus respuestas debían pertenecerle, sus logros ser indiscutibles y absolutos, por encima de toda sospecha. Estaba tratando de demostrarse algo, por supuesto. Que no era una estúpida ni una inútil ni la «oveja negra», a pesar de lo que pensaran sus padres. Que los problemas, por grandes que fueran, se podían resolver; que era posible que la gran ola rompiera y los pescadores sobrevivieran—. Me lo compró Ruth.

—Sí.

Había sido el regalo perfecto en el momento perfecto, aunque Sadie sospechaba que no se había mostrado demasiado agradecida. No recordaba qué había dicho cuando su abuela se lo dio. Probablemente nada, no era demasiado comunicativa por aquel entonces. A sus dieciséis años, era una maraña de insolencia y monosilábico desprecio contra todos y contra todo, entre ellos (y en especial) estos parientes desconocidos que intervinieron para rescatarla.

—Me pregunto cómo lo supo.

—Así era ella, amable e inteligente. Sabía ver a las personas, incluso a las que se esforzaban en ocultarse. —Bertie sonrió y ambos fingieron que hablar de Ruth no le había empañado los ojos. Dejó el libro de pasatiempos sobre la mesilla de noche—. Tal vez deberías hacerte con otro mientras estés por aquí. Quizá incluso una novela. Son las cosas que hace la gente cuando está de vacaciones.

—¿De verdad?

—Eso he oído.

—Entonces quizá lo haga.

Bertie arqueó una sola ceja. Sentía curiosidad por su visita, pero la conocía demasiado bien y prefirió no insistir.

—Bueno —dijo en su lugar—, hora de acostarse. No hay nada como el aire de mar, ¿eh?

Sadie le dio la razón y le dio las buenas noches, pero, cuando la puerta se cerró detrás de su abuelo, notó que sus pasos volvían hacia la buhardilla y no a la cama, al otro lado del pasillo.

Mientras el humo de pipa se filtraba entre los tablones y los perros dormían intranquilos junto a ella y el abuelo hacía frente al pasado en el piso de arriba, Sadie echó un vistazo al libro. Solo una humilde colección de pasatiempos, nada del otro mundo, y, sin embargo, le había salvado la vida. No supo que era inteligente hasta que su abuela le regaló ese libro. No sabía que se le daban bien los rompecabezas o que solucionarlos le proporcionaría la misma emoción que a otros niños saltarse una clase. Pero resultó que lo era, y que le gustaban, así que se le abrió una puerta y se encontró ante un camino que no había imaginado antes. Dejó atrás los problemas de la adolescencia y encontró un trabajo donde debía resolver rompecabezas de verdad, y donde las consecuencias de los errores iban más allá de la mera frustración intelectual.

¿Era una coincidencia, se preguntó, que Bertie le diera ahora este libro que representaba tan marcadamente esa otra época? ¿O de alguna manera había adivinado que su visita estaba relacionada con los acontecimientos que quince años atrás la habían llevado a vivir con él y Ruth?

Recuperó el sobre y estudió de nuevo esa caligrafía hostil, su nombre y dirección escritos como un reproche en el anverso. La carta era una bomba que hacía tictac mientras ella trataba de desactivarla. Tenía que desactivarla. Lo había complicado todo y lo seguiría haciendo hasta que lo arreglara. Ojalá no hubiera recibido esa maldita carta. Que se le hubiera caído al cartero y el viento la hubiera arrastrado lejos y un perro la hubiera perseguido y mordisqueado hasta dejarla reducida a una pulpa húmeda. Sadie suspiró con tristeza y metió el sobre dentro del libro de pasatiempos. No era ingenua; sabía que la vida no era justa. Aun así, sintió lástima de sí misma cuando cerró el libro y lo guardó. Le resultaba difícil aceptar que la vida de una persona se desmoronara dos veces por el mismo error.

* * *

La solución le llegó al filo del sueño. Se había ido deslizando, como le ocurría últimamente, hacia ese sueño de la niña pequeña iluminada por detrás en el umbral, las manos estiradas, llamando a su madre, cuando abrió los ojos, repentinamente despierta. La solución (a todos sus problemas, le pareció a Sadie en la claridad de la noche) era tan sencilla que no se podía creer que hubiera tardado seis semanas en encontrarla. Ella, que se jactaba de su habilidad para desentrañar rompecabezas. Había deseado que la carta no le llegara a ella, y ¿quién iba a decir que le había llegado? Sadie apartó el edredón. Cogió el sobre del interior del libro de pasatiempos y hurgó en la mesilla de noche en busca de un bolígrafo. *Ya no reside en esta dirección*, garabateó con trazos apresurados en el anverso con una letra más angulosa de lo habitual debido a la emoción. *Devolver al remitente*. Se le escapó un gran suspiro mientras estudiaba su obra. Se le quitó un peso de encima. Resistiendo la tentación de mirar de nuevo la fotografía, selló el sobre con esmero, para que nadie notara que lo había abierto.

A la mañana siguiente, temprano, mientras Bertie y los perros dormían, Sadie se puso el chándal y corrió por las calles silenciosas y oscuras con la carta en la mano. La echó al único buzón del pueblo, para que la llevaran a Londres cuanto antes.

No pudo evitar sonreír cuando reanudó la marcha por el cabo. Sus pisadas se volvieron más enérgicas y, mientras el sol se alzaba en un cielo rosado se regocijó pensando que aquel desagradable asunto había quedado atrás. A todos los efectos, era como si la carta no le hubiera llegado. No sería necesario contarle a Bertie la verdad tras su visita repentina a Cornualles y podría volver al trabajo. Ahora que la carta no le impedía pensar con claridad, sería capaz de olvidar el caso Bailey de una vez por todas, y escapar de la locura que se había apoderado de ella. Lo único que quedaba por hacer era contárselo a Donald.

* * *

Cuando salió más tarde a comprar las peras de Bertie, recorrió a pie el largo trayecto hasta el pueblo, por el borde del acantilado hacia el mirador y, a continuación, por la escarpada cuesta occidental hasta el parque infantil. Era innegable que aquella parte del mundo estaba llena de belleza. Sadie comprendió por qué había encandilado a Bertie. «Lo supe de inmediato», le dijo, con un entusiasmo inesperado y renacido. «Algo en ese lugar me llamaba». Estaba tan dispuesto a creer en la intervención de misteriosas fuerzas externas que la mudanza era «parte del destino», que Sadie se había limitado a sonreír y asentir, y se había abstenido de decir que muy pocas personas no se habrían sentido llamadas en un lugar como aquel.

Sacó las monedas del bolsillo y las entrechocó expectante. En el pueblo la cobertura móvil no era buena, pero había un teléfono público en el parque e iba a aprovechar que Bertie no podía oírla. Metió las monedas en la ranura y esperó, dándose golpecitos en el labio con el pulgar durante la espera.

—Raynes —le llegó el gruñido por la línea.

—Donald, soy Sadie.

—¿Sparrow? Casi no te oigo. ¿Qué tal el permiso?

—Sí, muy bien. —Tras dudar, añadió—: Todo tranquilo. —Pensó que algo así dirían los demás al describir unas vacaciones.

—Bien, bien.

La línea telefónica siseó. Ninguno de los dos era de hablar por hablar, así que Sadie decidió ir directa al grano.

—Escucha, he estado pensando un montón y ya estoy lista para volver. —Silencio—. A trabajar —añadió.

—Solo ha pasado una semana.

—Y ahora lo veo todo mucho más claro. La brisa del mar y todo eso.

—Pensé que lo había dejado claro, Sparrow. Cuatro semanas, sin peros.

—Ya lo sé, Don, pero mira… —Sadie echó un vistazo por encima del hombro y vio a una mujer que mecía a un niño en un columpio. Bajó la voz—. Sé que me pasé de la raya. Me equivoqué por completo, exageré y reaccioné mal. Tenías razón, me estaban ocurriendo otras cosas, cosas personales, pero ya ha terminado todo, lo he resuelto y…

—Espera un momentito.

Sadie oyó a alguien refunfuñando al fondo. Donald murmuró una respuesta antes de regresar con ella.

—Escucha, Sparrow —dijo—, algo está pasando aquí.

—¿De verdad? ¿Un caso nuevo?

—Tengo que irme.

—Sí, claro, cómo no. Solo quería decir que estoy lista…

—Hay interferencias. Llámanos dentro de unos días, ¿vale? La semana que viene. Y lo hablamos despacio.

—Pero yo...

Sadie soltó un improperio cuando se cortó la conexión y hurgó en los bolsillos en busca de cambio. Volvió a marcar, pero se encontró con el contestador de Donald. Esperó unos segundos antes de volver a intentarlo. Lo mismo. No dejó mensaje.

Se sentó un rato en un banco, cerca del parque infantil. Un par de gaviotas se disputaban un montón de patatas fritas envueltas en un periódico. El niño del columpio estaba llorando y las cadenas chirriaban en señal de comprensión. Sadie se preguntó si era posible que Donald no hubiera respondido a propósito sus llamadas. Decidió que sí. Se preguntó si debería llamar a alguien más ahora que estaba delante de un teléfono, con monedas en el bolsillo. Se dio cuenta de que no. Subió y bajó las rodillas, inquieta. La necesidad de volver a Londres, donde era útil y había más cosas que hacer a lo largo de un día que comprar peras, era casi dolorosa. En su interior forcejeaban la frustración, la impotencia y la súbita pérdida de las ilusiones. El niño en el columpio ahora estaba en plena rabieta. Arqueaba su cuerpecito y rechazaba los intentos de la madre de limpiarle la cara. A Sadie no le habría molestado unirse a él.

—Se lo dejo a buen precio —le dijo la mujer cuando pasó a su lado con el mismo tono exasperado que todos los padres adoptaban cuando bromeaban acerca de regalar a sus hijos.

Sadie le brindó una leve sonrisa y prosiguió hasta el pueblo, donde dedicó un esfuerzo mayor del necesario en escoger las peras, escrutándolas como a un sospechoso en una rueda de identificación, tras lo cual pagó en la caja y se marchó a casa.

Ya había pasado delante de la biblioteca (ese edificio de piedra en la calle principal y un referente inevitable entre la casa del abuelo y el pueblo propiamente dicho), pero no se le había ocurrido entrar. No era persona de bibliotecas. Demasiados libros, demasiado silencio. Ahora, sin embargo, lo que vio en el escaparate le hizo detenerse en seco. Era una pirámide de novelas de misterio, muchísimas, con cubiertas negras y el nombre «A. C. Edevane» escrito en letras plateadas y en relieve por toda la cubierta. A Sadie le sonaba el nombre de la escritora, por supuesto. A. C. Edevane era uno de las pocas autoras de novelas policiacas que leía la policía, además de una institución nacional. Cuando Louise había hablado de la familia Edevane y la Casa del Lago, Sadie no había caído en la relación. Ahora, sin embargo, al mirar el cartel colgado sobre la exposición (AUTORA LOCAL VA A PUBLICAR SU QUINCUAGÉSIMO LIBRO), sintió esa singular emoción de ver la relación entre dos elementos en un principio dispares.

Sin pensárselo dos veces, entró en el edificio. Un hombre de aspecto servicial, proporciones de gnomo y una etiqueta con su nombre en la camisa le aseguró que sí, por supuesto, que disponían de una sección de historia local; ¿la podía ayudar con algo en concreto?

—Pues sí —dijo Sadie, que dejó la bolsa de peras—. Necesito descubrir todo lo que pueda acerca de una casa. Y un viejo caso policial. Y, ya que estoy aquí, le agradecería que me recomendara su novela favorita de A. C. Edevane.

Capítulo 6

Londres, 2003

A Peter casi se le cayó el paquete mientras corría detrás del autobús. Por suerte, tras convivir con su torpeza toda la vida, tenía experiencia en agarrar cosas al vuelo y logró sostenerlo entre el cuerpo y el codo sin perder el paso. Sacó el billete del bolsillo, se apartó un mechón de los ojos y vio un único asiento vacío.

—Disculpe —dijo, a nadie en particular, mientras avanzaba por el pasillo al mismo tiempo que el autobús arrancaba con una sacudida—. Disculpe, por favor. Lo siento. Lo siento mucho.

La mujer de labios apretados que ocupaba el asiento junto a la ventana frunció el ceño sobre su ejemplar abierto de *The Times* cuando el autobús dobló una esquina y Peter cayó en el espacio vacío junto a ella. Se movió a un lado y soltó un leve pero mordaz suspiro de indignación, lo que sugería que Peter había traído consigo un atolondramiento tan inoportuno como molesto. Era algo que él siempre sospechaba de sí mismo y por lo tanto la insinuación no lo ofendió en absoluto.

—Pensé que iba a tener que caminar un buen rato —afirmó en tono afable, dejando la cartera y el paquete en el suelo, entre los pies—. Es una larga caminata hasta Hampstead, en especial con este calor.

La mujer le devolvió la sonrisa, en una especie de gesto fulminante que alguien menos generoso que Peter habría considerado una mueca, antes de mirar de nuevo el periódico y darle una buena sacudida para enderezar las enormes páginas. Era una forma de leer que forzosamente hacía caso omiso de su compañero de asiento, pero Peter no era corpulento y descubrió que, si se pegaba al respaldo, las páginas apenas lo rozaban. Aún más: gracias a este arreglo podía leer los titulares del día, lo que le ahorraría la parada en el quiosco al llegar a Hampstead.

Alice esperaba de él que estuviera al día de las noticias. Podría ser una interlocutora voraz cuando estaba de humor para ello, y no tenía paciencia con las personas poco avispadas. Eso lo sabía por la misma Alice; se lo anunció el primer día de trabajo, con los ojos entrecerrados como si poseyera el poder sobrehumano de escrutar a una persona y detectar la necedad de un vistazo.

Peter dejó vagar la mirada sobre la página dos, extendida amablemente encima de su regazo por su compañera de asiento: según la más reciente encuesta MORI los laboristas y los conservadores estaban igualados, seis miembros de la Policía Militar Real habían sido asesinados en Irak, y se pronosticaba que Margaret Hodge sería la primera ministra de la Infancia. Por lo menos el caso Bailey ya no aparecía en las primeras páginas. Había sido un asunto horrible, una niña sola durante días, abandonada por la persona que debía cuidar de ella. Eso había comentado Peter una tarde mientras tomaban el té, cuando el caso estaba en su apogeo, y Alice lo sorprendió, mirando fijamente por encima de la taza antes de responder que no eran ellos quienes debían juzgar cuando no conocían la historia completa. «Tú eres joven», había añadido con tono enérgico. «Ya te curará la vida de esas suposiciones ingenuas. Lo único con lo que puedes contar es que no puedes contar con nadie».

Al principio, esa mordacidad tan propia de Alice había sido un escollo. Peter pasó el primer mes de trabajo convencido de que estaba a punto de ser despedido, hasta que llegó a comprender que solo era parte de la forma de ser de Alice, un sentido del humor a veces mordaz pero nunca malintencionado. El problema de Peter era que se lo tomaba todo muy en serio. Era un defecto de carácter, lo sabía, y había tratado de corregirlo, o al menos disimularlo. No siempre le resultaba fácil; siempre había sido así, según recordaba. Su madre y su padre, sus hermanos mayores también, eran alegres, de risa fácil, y durante la infancia de Peter todos negaban con la cabeza y se reían burlones y le alborotaban el pelo cada vez que se quedaba perplejo ante una broma, y le decían que era un intruso, un intruso pequeño y serio, que había aparecido entre ellos de la nada, bendito sea.

Esa descripción molestaba a Peter, pero solo un poco. El hecho era que siempre había sido diferente, y no solo respecto a su sinceridad. Sus dos hermanos mayores habían sido muchachos robustos y corpulentos y se habían convertido en hombres robustos y corpulentos, a los que les quedaba bien una cerveza en la mano y un balón de fútbol en la otra. Y luego estaba Peter: flaco, pálido y alto, con esa tendencia a «mancharse con facilidad». Su madre no lo decía con ánimo de criticar, sino con una nota de asombro ante el hecho de que ella y el padre de Peter hubieran engendrado esta extraña y pequeña criatura cuya piel se cubría fácilmente de moratones y que poseía una pintoresca e insondable pasión por el carné de la biblioteca. «Le gusta leer», decían los padres a sus amigos con el mismo tono de pasmo que habrían empleado para anunciar que le habían condecorado con la Cruz de la Victoria.

Y, en efecto, a Peter le gustaba leer. Había leído toda la sección infantil de la biblioteca de Kilburn antes de cumplir los ocho años, hazaña que podría haber sido motivo de orgullo y celebración salvo por el problema que suponían todos los años que aún le quedaban para adquirir el carné de adulto. Gracias a Dios por la señorita Talbot, quien, mordiéndose el labio y enderezándose la tarjeta identificativa de la biblioteca sobre la chaqueta de punto amarilla, le había dicho (un leve estremecimiento animando su voz por lo general dulce y delicada) que se encargaría en persona de asegurarse de que no se quedaría sin libros que leer. Por lo que respetaba a Peter, era una maga. Descifradora de códigos secretos, maestra de fichas y del sistema de clasificación Dewey, abridora de puertas a lugares maravillosos.

Aquellas tardes en la biblioteca, respirando el polvo rancio y cálido de mil historias (acentuado por el moho colectivo de cien años de humedad creciente), fueron sublimes. Ya hacía más de dos décadas y, sin embargo ahora, en el autobús 168 rumbo a Hampstead Heath, Peter se vio acuciado por la sensación casi corporal de estar ahí de nuevo. Sus extremidades temblaron con el recuerdo de tener nueve años y ser larguirucho como un potrillo. Se animó al recordar qué grande, qué lleno de posibilidades y, sin embargo, al mismo tiempo, qué seguro y navegable se volvía el mundo cuando estaba encerrado entre esas cuatro paredes de ladrillo.

Se arriesgó al suspiro sufrido de su compañera de asiento y estiró la mano más allá del periódico para buscar el programa en la cartera. Lo había metido dentro de la portada del ajado ejemplar de *Grandes esperanzas* que estaba releyendo en honor de la señorita Talbot, y estudió el retrato sonriente de la cubierta.

Cuando Peter le había dicho que necesitaba tener libre el martes por la mañana para asistir a un funeral, Alice había reaccionado con la curiosidad de costumbre. Por lo general, Alice sentía un interés voraz por los detalles de su vida. Siempre que le apetecía, lo interrogaba con preguntas más propias de una estudiante alienígena de la raza humana que de una habitante de este planeta de ochenta y seis años. A Peter, que, de haber pensado en ello, habría descrito su vida hasta ese momento como tan ordinaria que no era digna de atención, el interés de la anciana le había resultado desconcertante al principio. Se sentía mucho más cómodo leyendo sobre la vida y las ideas de los demás que describiendo la suya. Pero Alice no toleraba que se le llevara la contraria y Peter había aprendido, a base de tiempo y de práctica, a responder sin rodeos a sus preguntas. No era que se hubiera vuelto más consciente de su propia importancia, sino que había constatado que el interés de Alice no era exclusivo. Alice era igualmente inquisitiva respecto a los hábitos de los zorros flacuchos que malvivían detrás del cobertizo del jardín.

—¿Un funeral? —había preguntado, alzando la vista de los libros que estaba firmando para su editor español.

—El primero al que voy.

—No será el último —observó con naturalidad, garabateando una floritura en la página que tenía ante ella—. Al cabo de una vida terminamos con una buena colección. Cuando llegues a mi edad, vas a descubrir que has enterrado a más personas de las que podrías reunir para el té de la mañana. Es necesario, por supuesto; no hay nada bueno en una muerte sin funeral. —Peter se habría preguntado por el significado de ese comentario pero, antes de poder pensarlo, Alice continuó—: Alguien de la familia, ¿verdad? ¿Un amigo? Siempre es peor cuando muere alguien joven.

Peter le había hablado de la señorita Talbot y se había sorprendido a sí mismo con las cosas que recordaba, esos pequeños y extraños detalles que se habían alojado en su cerebro de nueve años. El delicado reloj de oro rosa que llevaba, su costumbre de frotarse la punta del índice contra el pulgar cuando estaba pensando, el aroma a almizcle y pétalos que se desprendía de su piel.

—Una guía —dijo Alice, arqueando las cejas plateadas—. Una mentora. Qué afortunado fuiste. ¿Y os habíais mantenido en contacto todo este tiempo?

—No exactamente. Lo perdimos cuando me fui a la universidad.

—Pero la visitabas.

Una afirmación, no una pregunta.

—No tanto como debería.

Ni una sola vez, pero le había dado vergüenza confesárselo a Alice. Había pensado en visitar la biblioteca, se lo había propuesto, pero siempre estaba ocupado y no llegó a hacerlo. Se había enterado de la muerte de la señorita Talbot por pura casualidad. Estaba haciendo un recado para Alice en la Biblioteca Británica, hojeando distraído un ejemplar de *SCONUL Newsletter* mientras esperaba que le trajeran del archivo un tratado alemán sobre venenos, cuando un nombre le había llamado la atención. La señorita Talbot (*Lucy* Talbot, porque, por supuesto, tenía nombre) había perdido su batalla contra el cáncer y el funeral se celebraría el martes 10 de junio. Peter sufrió una conmoción similar a una descarga eléctrica. Ni siquiera sabía que estaba enferma. No había motivo para que lo supiera, en realidad. Se dijo que así eran las cosas, que los niños crecían y se alejaban y, en cualquier caso, lo estaba analizando en exceso, la memoria había embellecido su amistad con la señorita Talbot. Solo había imaginado una conexión especial entre ellos cuando en realidad ella se limitaba a hacer su trabajo, y él solo era uno de muchos.

—Lo dudo —dijo Alice—. Es más probable que tratara a muchísimos niños con los que no congeniaba, de modo que ese niño con el que sí congenió debía de ser especialmente importante para ella.

A Peter ni se le ocurrió que Alice estuviera tratando de reforzar su autoestima. Esa frase era su opinión, expresada con la franqueza característica, y, si le hacía sentirse un ser miserable, bueno, ¿a ella por qué habría de importarle?

Había creído que ahí se acababa el asunto, hasta que, horas más tarde, cuando se encontraba absorto en la tarea diaria de transcribir las escenas que Alice escribía por la mañana al nuevo ordenador que ella se negaba a utilizar, Alice le había preguntado:

—¿Alguna vez te dio uno de los míos?

Peter alzó la vista de la frase manuscrita y corregida varias veces que estaba copiando. No tenía la menor idea de a qué se refería. Ni siquiera se había percatado de que Alice aún estaba en la habitación con él. Era muy raro que Alice se quedara mientras él hacía su trabajo; salía casi todas las tardes como un mecanismo de relojería, a hacer misteriosos recados de los que nunca hablaba.

—Tu bibliotecaria. ¿Alguna vez te dio uno de mis libros?

Peter pensó si debía mentir, pero solo un breve instante. Alice olfateaba las mentiras. Cuando respondió que no, le sorprendió que Alice se riera.

—Menos mal. No son para niños, no, las cosas que escribo.

Lo cual era cierto. Los libros de Alice eran misterios típicamente ingleses, pero no tenían nada de amables. Eran novelas negras que los críticos gustaban de describir como «psicológicamente tensas» y «moralmente ambiguas», más interesadas en el porqué y el cómo que en el quién. Como ella misma había dicho en una entrevista célebre para la BBC, el asesinato en sí mismo no le interesaba; lo que le fascinaba era la voluntad de matar, el factor humano, el fervor y la furia que motivaban ese acto atroz. Alice mostraba una comprensión formidable de ese fervor y esa furia. Había asentido cuando el entrevistador expresó esa misma opinión, escuchado amablemente cuando dio a entender que, en realidad, Alice era demasiado perspicaz para sentirse tranquilo a su lado, y había respondido: «Pero, por supuesto, no es necesario haber cometido un crimen para escribir acerca de ello, igual que no se necesita una máquina del tiempo para escribir sobre la batalla de Agincourt. Basta con conocer las lúgubres profundidades del hombre, además de estar dispuesta a explorarlas hasta el mismísimo final». Entonces había sonreído, casi con dulzura. «Además, ¿no hemos sentido todos el deseo de matar, aunque solo sea por un momento?».

Las ventas de sus libros se dispararon durante los días posteriores a la entrevista, si bien no lo necesitaba. Disfrutaba de un éxito enorme que ya duraba varias décadas. El nombre A. C. Edevane era el símbolo de todo el género negro y muchos lectores querían más a su detective ficticio, Diggory Brent, el exsoldado cascarrabias aficionado a hacer parchwork, que a sus propios padres. No era una mera hipérbole de Peter; una encuesta reciente de *Sunday Times* incluía esta pregunta y las respuestas de los lectores así lo demostraban. «Sorprendente», dijo Alice cuando su publicista llamó para darle la noticia. Y luego, no fuera que Peter pensara que le importaba un comino la aprobación de los demás, añadió: «Y, desde luego, no era esa mi intención».

Peter no se lo había dicho a Alice, pero no había leído ninguno de sus libros cuando comenzó a trabajar de asistente suyo. En realidad, apenas había leído una novela contemporánea. La señorita Talbot, que se había tomado muy en serio su responsabilidad como proveedora de libros ilícitos para adultos a un menor, había dudado un momento si debería empezar con ensayos (¿qué mal harían a un niño, razonó en voz alta, los tratados de historia?), antes de decidir que iniciarse en los clásicos era de capital importancia y coger de un estante el ejemplar de *Grandes esperanzas*. A Peter le encandilaron la luz de gas, las levitas y los carruajes a caballo y nunca miró atrás. (O adelante, dado el caso).

Curiosamente, había sido su consumo obsesivo de literatura del siglo XIX lo que le unió a Alice. Peter se encontraba en una encrucijada después de graduarse de la universidad: no parecía haber muchos trabajos para alguien con un posgrado en *Las constelaciones de la figuración: ilustración, identidad y sensibilidad en la novela victoriana (1875-1893)* y se había propuesto dedicar el verano a trazar un buen plan. Como tenía que seguir pagando el alquiler, ganaba un poco de dinero ayudando en el negocio de fumigador de su hermano David; la llamada de Alice había llegado a primera hora de la mañana de un lunes. Había un ruido en la pared que no presagiaba nada bueno y que la había mantenido despierta todo el fin de semana, y necesitaba que alguien fuera a verlo cuanto antes.

—Una vieja peliaguda —dijo David a Peter al salir de la furgoneta en Heath Street y dirigirse a la casa de Alice—. Pero inofensiva. Tiene la extraña costumbre de llamarme y decirme qué piensa que me voy a encontrar. Y la costumbre aún más extraña de estar en lo cierto.

—Sospecho que se trata del escarabajo del reloj de la muerte —dijo la anciana mientras David desempaquetaba el equipo ante la pared del dormitorio y acercaba un vaso al yeso—. *Xestobium...*

—... *Rufovillosum* —murmuró Peter al mismo tiempo. Y, como David lo miraba como si estuviera hablando en chino, añadió—: Como en *El corazón delator.*

Hubo un silencio, breve y frío, y luego una pregunta:

—¿Quién es? —Alice habló en el mismo tono de voz que habría empleado la Reina de haberse acercado a inspeccionar la erradicación de insectos—. No recuerdo que tuviera un ayudante, señor Obel.

David le había explicado que no tenía un ayudante, que Peter era su hermano pequeño, que le iba a echar una mano un par de semanas mientras decidía qué hacer a continuación.

—Necesitaba tomarse un descanso de tanto libro —añadió—. Se está volviendo demasiado inteligente.

Alice había asentido de un modo casi imperceptible antes de retirarse, y sus pasos resonaron al subir las escaleras hasta la habitación en la azotea donde se encerraba, Peter lo sabía ahora, a escribir.

David le dio una palmada en el hombro, más tarde, cuando se sentaron en un rincón cargado de humo del bar Dog and Whistle.

—Así que has despertado al dragón y has vivido para contarlo —dijo David, que apuró la cerveza y cogió los dardos—. Pero ¿qué le nombraste? ¿Qué era eso del corazón?

Peter le habló de Poe y de su narrador anónimo, de la cuidadosa precisión del asesinato que había cometido, de cómo aseguraba estar cuerdo hasta que la culpa lo devoró, mientras David, que carecía de inclinaciones góticas, seguía acertando una y otra vez el centro de la diana. Agotados los dardos, indicó de buen humor que había sido una suerte que Alice no hubiera metido a Peter en la pared.

—A eso se dedica, ¿sabes? Al asesinato. No reales, por lo menos que yo sepa. Comete todos sus crímenes sobre el papel.

La carta de Alice llegó una semana más tarde, dentro del mismo sobre que contenía el cheque con el que saldaba las cuentas. Estaba mecanografiada con una máquina de escribir que tenía una «e» defectuosa y firmada en tinta azul. El mensaje estaba redactado con sencillez. Buscaba a un asistente temporal, alguien que reemplazara a su asistente de siempre, que había salido de viaje. Lo vería el viernes al mediodía.

¿Por qué se había presentado tan obedientemente, tal y como le había pedido? Ahora le resultaba difícil recordarlo, pero había observado con el tiempo que la gente tendía a seguir las instrucciones de Alice Edevane. Había llamado al timbre a la hora indicada y le habían hecho pasar a la sala de estar verde jade en la planta baja. Alice iba vestida con pantalones de sarga y blusa de seda, una elegante combinación que ahora Peter consideraba su uniforme, y llevaba un gran medallón de oro al cuello. El pelo cano lucía un peinado sobrio, recogido en ondas que terminaban en un rizo obediente detrás de cada oreja. Se sentó tras un escritorio de caoba, indicó a Peter que hiciera lo mismo en la silla tapizada al otro lado y formó un puente con las manos sobre el cual procedió a lanzar una serie de preguntas que no parecían ni remotamente relacionadas con el puesto. Peter estaba a mitad de frase cuando de repente ella miró el reloj de la repisa, se levantó y le tendió la mano. Aún recordaba la inesperada frialdad y los movimientos bruscos, como de pájaro. «La entrevista se ha terminado», había dicho en tono cortante. «Ahora tengo cosas que hacer; comenzarás la semana que viene».

El autobús 168 aminoró la velocidad para aparcar contra la acera al final de la avenida Fitzjohn y Peter recogió sus cosas. Ese encuentro con Alice había tenido lugar hacía tres años. El asistente de siempre misteriosamente no regresó nunca y Peter no se fue.

* * *

Alice estaba trabajando en una escena sumamente espinosa, una transición. Eran las más difíciles de escribir, siempre. Era su propia insignificancia lo que las volvía problemáticas, esa tarea en apariencia sencilla de llevar al personaje desde el momento importante A hasta el momento importante B sin perder el interés del lector. No se lo había confesado a nadie, y menos aún a la prensa, pero esas malditas transiciones seguían siendo un escollo incluso después de cuarenta y nueve novelas.

Se subió las gafas de leer por el puente de la nariz, apartó la guía de papel de la máquina de escribir y releyó la última frase que había escrito: *Diggory Brent salió de la morgue y se dirigió a la oficina.*

Somero, claro, concreto y las siguientes líneas debían ser igual de directas. Conocía el oficio. Algunas ideas pertinentes al tema de la novela, alguna que otra observación acerca del recorrido para recordar a los lectores que avanzaba, y una frase final que lo hiciera pasar por la puerta de la oficina donde *(voilà!)* aguardaba la próxima sorpresa que impulsaría la trama.

El problema era que ya había escrito casi todas las escenas que se le ocurrían y estaba aburrida. No era una sensación familiar para ella, ni tampoco pretendía concederse esa debilidad. El aburrimiento, como siempre les decía su madre, era un estado digno de lástima, la provincia de los estúpidos. Con los dedos preparados sobre las teclas, consideró incluir algunas reflexiones acerca de la colcha que estaba cosiendo, una alegoría, tal vez, del inesperado giro de los acontecimientos.

Tenían su utilidad, esos pequeños trozos de tela. La habían rescatado en más de una ocasión. Y pensar que habían sido un feliz accidente. Había estado pensando en dar a Diggory una afición que realzara su instinto para detectar pautas precisamente cuando su hermana Deborah se quedó embarazada y, en un giro inesperado, tomó aguja e hilo. «Me relaja», dijo. «Así no pienso en todas esas cosas que podrían salir mal». Le pareció justo el tipo de actividad terapéutica que adoptaría un hombre como Diggory Brent, a fin de ocupar las largas horas nocturnas que antes dedicaba a su joven familia. Los críticos seguían afirmando que esa afición era un intento de Alice de limar las asperezas de su detective, pero no era cierto. A Alice le gustaban las asperezas y sospechaba muchísimo de las personas decididas a no tener ninguna.

Diggory Brent salió de la morgue y se dirigió a la oficina. ¿Y...? Los dedos titubearon sobre las teclas de la máquina de escribir. Y entonces, ¿qué? *Mientras caminaba, pensó...* ¿En qué?

Se le quedó la mente en blanco.

Frustrada, volvió a poner en su sitio la guía de papel, se quitó las gafas y se concentró en la vista desde la ventana. Era un día cálido a mediados de junio y el cielo era de un azul esplendoroso. De niña le habría resultado imposible resistir la llamada del mundo exterior en un día como aquel, lleno de olor a hojas y madreselvas, el persistente chisporroteo del hormigón cocido por el sol y los grillos ocultos bajo el frescor de la maleza. Pero hacía mucho tiempo que Alice había dejado de ser esa niña y había pocos lugares donde habría preferido estar ahora mismo, a pesar de que le hubieran traicionado sus poderes creativos, que en su estudio de escritora.

Era la habitación más alta de la casa, en una terraza victoriana de ladrillos rojos en lo alto de Holly Hill. Era pequeña, de techo inclinado y era digno de mencionar, según el agente inmobiliario que le había mostrado la propiedad a Alice, que un dueño anterior la había empleado para mantener a su madre encerrada. Se habría convertido en un incordio, supuso. A Alice le alegró no haber tenido hijos. Esa habitación fue la razón por la que compró la casa, si bien no debido a su triste pasado. Ya tenía bastante de eso en su familia, muchas gracias, y era inmune a la insensatez de confundir la historia con algo romántico. Era la ubicación de la habitación lo que había motivado a Alice a poseerla. Era como un nido, una aguilera, una atalaya.

Desde donde se sentaba a escribir, la vista daba a Hampstead hacia el monte, hasta la piscina de mujeres y más allá de los chapiteles de Highgate. Detrás de ella, un pequeño ojo de buey ofrecía una vista del jardín trasero, hasta el muro de ladrillos cubierto de musgo y el pequeño cobertizo de madera que señalaba el límite postrero de su propiedad. Era un jardín tupido, legado de otro dueño, un horticultor que había trabajado en los jardines de Kew y se dedicó a crear en su patio un Jardín de Delicias Terrenales. Bajo el cuidado de Alice había crecido a su antojo, pero no por accidente ni negligencia. A Alice le encantaban los bosques, prefería los espacios que desafiaban la jardinería.

Abajo, el pestillo de la puerta principal se agitó y el suelo de tablones de madera de la entrada crujió. Hubo un golpe sordo, el de un objeto al caer. Peter. No era un mero caso de torpeza: sus largas extremidades tenían la costumbre de interponerse en su camino. Alice echó un vistazo a su reloj de pulsera y notó, sorprendida, que ya eran las dos. No era de extrañar que tuviera hambre. Entrelazó los dedos y estiró los brazos ante ella. Se levantó. Era frustrante haber perdido toda una mañana por el brete de cargar con Diggory Brent de A a B, pero ya no había nada que hacer al respecto.

Medio siglo de escritora profesional le había enseñado que algunos días lo mejor era salir a dar un paseo. Diggory Brent tendría que pasar la noche en tierra de nadie, perdido entre la morgue y la oficina. Alice se lavó las manos en el pequeño lavamanos, se las secó en la toalla y bajó por las estrechas escaleras.

Sabía qué le estaba causando dificultades, por supuesto, y no era algo tan sencillo como el aburrimiento. Era ese maldito aniversario y el alboroto que sus editores querían armar cuando llegase. Un honor, y bienintencionado, y por lo general Alice habría disfrutado con un pequeño homenaje, pero el libro le estaba saliendo mal. Al menos, sospechaba que le estaba saliendo mal... y eso era parte del problema: ¿cómo iba a saberlo, en realidad? Su editora, Jane, era inteligente y entusiasta, pero también joven e impresionable. Esperar de ella una crítica, una crítica sincera, era demasiado esperar.

En sus momentos de mayor desánimo, Alice temía que no quedara nadie que le dijera que había bajado de calidad. Y algún día bajaría, no le cabía duda; Alice conocía bien la obra de otros escritores de su generación y de su género y sabía que siempre había un libro en el que sucedía: la visión del autor de las costumbres y las mentes del mundo moderno comenzaba a perder nitidez. No siempre saltaba a la vista (una leve explicación redundante de una tecnología que los lectores ya conocían; el empleo de un término formal cuando la norma era usar la forma abreviada; una referencia cultural que pertenecía al año anterior), pero bastaba para teñir de falsedad toda la obra. Para Alice, que se enorgullecía de la verosimilitud de sus libros, que a lo largo de su carrera profesional había recibido innumerables elogios, la idea de que le permitieran publicar un libro indigno de ella le helaba la sangre.

Y por ello cogía el metro cada tarde, a veces para ir a lugares donde no necesitaba ir. Durante toda la vida a Alice le habían interesado las personas. No siempre le caían bien, rara vez buscaba compañía por motivos de sociedad, pero le resultaban fascinantes. Y no había lugar mejor para observar a las personas que las conejeras del metro. Todo Londres pasaba por esos túneles, un flujo constante de humanidad en todas sus extrañas y maravillosas formas, y entre ellas Alice se deslizaba como un fantasma. Envejecer era deleznable, pero lo único bueno era la capa de invisibilidad que otorgaban los años. Nadie se fijaba en esa anciana menuda con aspecto remilgado, sentada en una esquina del vagón, con el bolso sobre las rodillas.

—Hola, Alice —saludó Peter desde la cocina—. La comida estará en un santiamén.

Alice dudó en el rellano de la primera planta, pero no se animó a responder a voces. El eco de los viejos discursos acerca del decoro de su madre aún resonaba en sus oídos. Así era Eleanor, pensó Alice al bajar el último tramo de escaleras; casi setenta años desde la última vez que habían vivido bajo el mismo techo y todavía dictaba las reglas del hogar, incluso aquí, en esta casa que ni siquiera había visto. A veces Alice se preguntaba qué habría pensado su madre, de haber vivido más tiempo, acerca de la vida de su hija, si habría visto con buenos ojos la profesión de Alice, su forma de vestir, su perenne soltería. Eleanor tenía ideas muy firmes acerca de la monogamia y los lazos de lealtad, pero ella se había casado con su primer amor, así que no era una comparación justa. Madre ocupaba un lugar tan prominente en los recuerdos de infancia de Alice, era una figura tan incrustada en el pasado remoto que era casi imposible imaginar que hubiera ido cambiando con el paso del tiempo. Seguía siendo, para Alice, una dama hermosa, intocable, adorada pero distante, convertida al final en un ser quebradizo por las pérdidas, la única persona a la que Alice añoraba, a veces, con la feroz, amarga nostalgia de una niña herida.

Por lo demás, Alice no era una persona necesitada de cariño. Había vivido sola la mayor parte de su vida adulta, hecho del que no se sentía ni orgullosa ni avergonzada. Había tenido amantes, y todos habían entrado con ropa y cepillo de dientes, algunos de ellos se habían quedado durante una época, pero no era lo mismo. No había cursado nunca una invitación formal ni había realizado la transición mental de pasar de «mi» casa a «nuestra» casa. Podría haber sido diferente (Alice estuvo comprometida una vez), pero la Segunda Guerra Mundial dio al traste con ese asunto al igual que con tantos otros. Así era la vida, puertas a distintas posibilidades que se abrían y cerraban y por las que pasamos a ciegas.

Llegó a la cocina para encontrarse con una olla humeante y con Peter de pie a un lado de la mesa, un pequeño paquete de correspondencia abierto frente a él. Alzó la vista cuando entró Alice y dijo:

—Hola, qué tal. —En ese momento el temporizador comenzó a sonar sobre la mesa—. Justo a tiempo, como siempre.

Tenía una sonrisa encantadora, desbordante, siempre sincera. Era una de las razones por las que le contrató. Eso y que fue el único candidato que se presentó justo a la hora indicada. Desde entonces había demostrado ser muy capaz, lo cual no le resultó sorprendente a Alice; se consideraba muy perspicaz al juzgar a los demás. Al menos, ahora. Había cometido errores en el pasado, algunos más lamentables que otros.

—¿Algo urgente? —preguntó, sentándose frente al periódico que por la mañana había dejado abierto en el crucigrama.

—Angus Wilson del *Guardian*, que espera organizar algo a tiempo para el aniversario. A Jane le gustaría que lo hicieras.

—Apuesto a que sí. —Alice se sirvió una taza de té Darjeeling recién hecho.

—El Museo de Historia Natural, que te pide que hables en la inauguración de una exposición que están organizando, una invitación para asistir a la celebración de los diez años en cartelera de *La muerte tendrá su día* y una tarjeta de Deborah para confirmar la cita de este viernes por el aniversario de vuestra madre. El resto, por lo que he visto, son de lectores... Me voy a poner con esas después de comer.

Alice asintió mientras Peter colocaba un plato delante de ella, un huevo duro sobre una tostada. Alice había comido el mismo almuerzo todos los días durante las últimas dos décadas... aunque no, por supuesto, en esas ocasiones en que comía fuera. Valoraba la eficiencia de la rutina, pero no se sometía a ella, no como Diggory Brent, quien había llegado a instruir a las camareras acerca del método exacto para preparar los huevos a su gusto. Echó la yema casi dura en el pan tostado y lo cortó en cuatro trozos, sin dejar de observar a Peter, que seguía clasificando el correo.

No era un tipo demasiado hablador, lo cual formaba parte de sus virtudes. Era desesperante cuando Alice intentaba que se explayara sobre algún tema, pero preferible a los asistentes más locuaces que había tenido en el pasado. Decidió que le gustaba el pelo de Peter así, un poquito más largo. Con esos brazos y piernas tan larguiruchos y esos ojos castaños, tenía el aspecto de uno de esos músicos pop británicos, aunque quizá solo se debía a la ropa inusualmente formal que llevaba hoy, un traje oscuro de terciopelo. Y en ese momento Alice recordó. Había ido al funeral de su vieja amiga, la bibliotecaria, y por eso había llegado tarde. Se sintió animada, impaciente por oír su informe. Le había impresionado cuando le habló de esa mujer, su mentora. Le hizo rememorar al señor Llewellyn. No pensaba en el anciano a menudo (lo que sentía por él estaba tan vinculado con aquel terrible verano que se esforzaba en apartarlo de su mente), pero, cuando Peter habló de la señorita Talbot, esa duradera impresión que había causado en él, el interés que se había tomado por él de niño, Alice se vio acosada por recuerdos viscerales: el olor a humedad del barro del río, y el ruido de los insectos de agua que los rodeaban mientras se dejaban llevar por la corriente en el viejo bote a remos, hablando de sus cuentos favoritos. Alice estaba segura de no haber vuelto a sentir esa perfecta alegría desde entonces.

Dio otro sorbo de té, apartando esos inoportunos pensamientos sobre el pasado.

—Entonces, ¿te despediste de tu amiga? —Era su primer funeral, le había dicho, y Alice le había respondido que habría muchos más—. ¿Fue como lo esperabas?

—Supongo que sí. Triste, pero interesante también, en cierto sentido.

—¿En qué sentido?

Peter reflexionó.

—Para mí solo era la señorita Talbot. Oír hablar a otras personas…, su esposo, su hijo…, fue conmovedor. —Se apartó el mechón de los ojos—. Suena tonto, ¿verdad? Un cliché… —Lo intentó de nuevo—: Había muchas cosas de ella que no conocía y me gustó oírlas. Las personas son fascinantes, ¿no es cierto?, sobre todo cuando llegas a descubrir qué les hace ser como son.

Alice demostró que estaba de acuerdo con una leve sonrisa de satisfacción. Había descubierto que existían muy pocas personas de verdad aburridas; el truco consistía en hacerles las preguntas adecuadas. Era una técnica que empleaba cuando creaba personajes. Todos sabían que los mejores culpables son aquellos de los que el lector no sospecha, pero la clave era el móvil. Estaba muy bien sorprender a la gente con una abuela asesina, pero debía existir una razón irrebatible. El amor, el odio, la envidia, todos eran móviles igual de verosímiles; se trataba de una cuestión de pasión. Descubre qué despierta la pasión de una persona y lo demás vendrá solo.

—Aquí hay algo un poco diferente. —Peter había vuelto al trabajo y abría cartas de los lectores, y sus cejas oscuras se fruncieron mientras leía la que tenía en la mano.

El té de Alice se volvió amargo de repente. Uno nunca se volvía completamente insensible a las críticas.

—Uno de esos, ¿verdad?

—Es de una agente de policía, la detective Sparrow.

—Ah, una de *esas*. —Según la experiencia de Alice, existían dos tipos de agentes de policía: aquellos a los que se podía acudir en busca de ayuda con cuestiones técnicas durante el proceso creativo, y los que disfrutaban leyendo los libros y señalando los fallos *después* de la publicación—. ¿Y qué perla de sabiduría policiaca tiene que compartir con nosotros la agente Sparrow?

—No, no es nada de eso, no es una lectora. Te escribe acerca de un caso real, una desaparición.

—Déjame adivinar. Ha encontrado una Gran Idea y ha pensado que, si la escribo, podríamos ir a medias con los beneficios.

—Un niño desaparecido —prosiguió Peter— en los años treinta. Una finca en Cornualles, un caso que jamás fue resuelto.

Hasta el día de su muerte Alice no sabría decir con certeza si la habitación se enfrió de repente por una brisa repentina llegada del parque, o si fue su termostato interno, la ráfaga de realidad, el pasado que la golpeó como una ola que había retrocedido hacía mucho tiempo y aguardaba al cambio de marea. Porque, por supuesto, sabía exactamente a qué se refería la carta y no tenía nada que ver con los pulcros misterios ficticios que maquinaba en sus libros.

Qué papel tan ordinario, observó, endeble y barato, no como el que solían elegir los lectores al escribirle, sin duda no como el que habría proporcionado a un personaje suyo en una de sus novelas, con el propósito de lanzar semejante detonación desde el pasado.

Peter se había puesto a leer en voz alta y, aunque Alice habría preferido que no lo hiciera, las palabras se le habían secado en la garganta. Escuchó el eficiente resumen de las circunstancias conocidas que rodeaban ese caso de tantos años atrás. Procedentes de los archivos del periódico, supuso Alice, o de ese deplorable libro del tal Pickering. Y nada impedía que la gente tuviera acceso a los registros públicos, que enviaran cartas sin previo aviso a una completa desconocida, que arrastraran el pernicioso pasado hasta la mesa de la cocina de alguien que había hecho todo lo posible para evitar regresar a ese lugar, a ese momento.

—Da la impresión de creer que sabes de qué habla.

En su cabeza fueron cayendo imágenes, una detrás de otra, como naipes repartidos de la misma baraja: los buscadores hasta las rodillas en el lago reluciente; el grueso agente de policía que sudaba en el calor fétido de la biblioteca, el adjunto joven e inexperto que tomaba notas; su padre y su madre, lívidos, que se giraban hacia el fotógrafo del periódico local. Casi se sintió a sí misma apoyada en las puertas vidrieras, observándolos, enferma por el secreto que no fue capaz de compartir, la culpa que había arrastrado por dentro desde entonces.

Alice notó que la mano le temblaba un poco y se exhortó a recordar el hecho la próxima vez que describiera los efectos corporales de la conmoción, esa capa de hielo que golpea a una persona que se ha adiestrado a sí misma, a lo largo de toda la vida, a mantener la compostura. Se llevó las manos traicioneras al regazo y apretó con firmeza una sobre la otra, y dijo con un imperioso gesto del mentón:

—Tírala a la papelera.

Sorprendentemente, no se le alteró la voz; quedaban muy pocas personas con vida capaces de percibir esa débil nota de tensión.

—¿No quieres que haga nada? ¿Ni responder siquiera?

—¿Para qué? —Alice le miró a los ojos—. Me temo que la agente Sparrow ha cometido un error. Me ha confundido con otra persona.

Capítulo 7

Cornualles, 25 de junio de 1933

El hombre estaba hablando. La boca se movía, las palabras se amontonaban, pero Eleanor no lograba retenerlas, no de una manera que tuviera sentido. Solo una aquí y otra allá: desaparecido…, alejarse…, perdido… En su mente reinaba la niebla, bendita niebla, gracias al doctor Gibbons.

Un reguero de sudor se le deslizó por el cuello y le bajó entre los omóplatos. El frío la hizo tiritar y Anthony, sentado junto a ella, la agarró con ternura y más fuerza. Tenía una mano sobre la de ella, grande una y menuda la otra, tan familiares y, sin embargo, tan extrañas hoy por la pesadilla de los acontecimientos. Había rasgos en esa mano que no había visto antes, vello y líneas y venas azul pálido como carreteras en un mapa bajo la piel.

El calor persistía. La tormenta que había amenazado no se había materializado. Los truenos habían retumbado toda la noche antes de dirigirse hacia el mar. Mejor así, dijo el agente de policía, pues la lluvia habría borrado las pistas. El mismo agente, el más joven, les había dicho que hablar con la prensa ayudaría. «Así habrá mil pares de ojos atentos por si ven a su hijo».

Eleanor estaba muerta de preocupación, inmovilizada por el miedo; era un alivio que Anthony respondiera las preguntas del reportero. Oía su voz como si viniera de muy lejos. Sí, era un niño pequeño, no llegaba a los once meses, pero aprendió a caminar pronto: todos los niños Edevane habían aprendido a caminar pronto. Era un niño hermoso, fuerte y sano... Tenía el pelo rubio y los ojos azules... Por supuesto, les darían una fotografía.

A través de la ventana, Eleanor veía desde el jardín soleado hasta el lago. Había hombres allí, agentes uniformados, y otros también a los que no conocía. Casi todos estaban juntos, de pie en la orilla, pero algunos se habían metido en el agua. El lago estaba liso como el cristal, un gran espejo de plata arañado por un reflejo apagado del cielo. Los patos habían huido del agua, pero un hombre en un traje negro de buzo había pasado la mañana buscando desde un pequeño bote de remos. Era lo que hacían antes de usar los ganchos, Eleanor había oído decir a alguien.

Cuando era niña, había tenido una barquita propia. Se la había comprado su padre, quien también pintó su nombre en un costado. Tenía remos de madera y una vela blanca a la vieja usanza y Eleanor salía a navegar casi todas las mañanas. El señor Llewellyn la llamaba Eleanor la Aventurera, y la saludaba con la mano desde detrás de su bloc de dibujo en la orilla cuando pasaba cerca de él, e inventaba cuentos acerca de sus viajes que después contaría durante el almuerzo, entre los aplausos de Eleanor y las risas de su padre y la sonrisa de impaciencia sombría de su madre.

Madre odiaba al señor Llewellyn y sus cuentos. Detestaba cualquier rasgo de debilidad en una persona, «debilidad de carácter» lo llamaba, y sin duda el anciano tenía un alma mucho más delicada que la suya. Había sufrido una crisis nerviosa de joven y aún padecía ataques de melancolía; Constance recibía tales ocasiones con desprecio. También aborrecía esa «atención enfermiza» que, en su opinión, su marido dedicaba a su hija. Tantos miramientos, insistía, no servirían más que para malcriar a la niña, sobre todo cuando esa niña ya poseía un «preocupante espíritu de rebeldía». Además, él tendría cosas mejores, sin duda, en las que gastarse el dinero. Era un tema recurrente entre ellos, el dinero o más bien la falta del mismo, la disparidad entre la vida que llevaban y la que la madre de Eleanor deseaba que llevaran. Muchas noches Eleanor los oía discutir en la biblioteca, el tono agudo de su madre y las respuestas en voz baja y conciliadoras de su padre. A veces se preguntaba cómo su padre soportaba las constantes críticas. «El amor», respondió el señor Llewellyn cuando se atrevió a preguntarle. «No siempre tenemos la posibilidad de elegir dónde y cómo y a quién, y el amor nos da el valor para resistir aquello que nunca creímos ser capaces de resistir».

—¿Señora Edevane?

Eleanor abrió los ojos y descubrió que se encontraba en la biblioteca. Estaba en el sofá, Anthony a su vera, la mano enorme, protectora, aún sobre la suya. Por un momento le sorprendió ver a un hombre sentado frente a ellos con un pequeño cuaderno de espiral en la mano y un lapicero detrás de la oreja. La realidad volvía poco a poco.

Era un reportero. Había venido a hablar de Theo.

De repente le pesó en los brazos la ausencia de su bebé. Recordó esa primera noche, cuando solo estaban ellos dos. Fue el único de sus cuatro hijos que llegó antes de tiempo, y sentía sus talones contra sus manos mientras lo mecía, las mismas articulaciones pequeñitas que apenas unos días antes había notado dentro del vientre. Le había susurrado en la oscuridad y prometido que siempre lo protegería…

—¿Señora Edevane?

Con Theo todo fue diferente desde el principio. Eleanor había querido a todos sus bebés (quizá no, si fuera sincera, a primera vista, pero sin duda sí cuando dieron los primeros pasos), pero con Theo fue algo más que amor. Lo adoraba. Tras el nacimiento, se lo había llevado a su cama, envuelto en su mantita, le había estudiado los ojos y visto toda la sabiduría con la que nacen los bebés y que poco a poco desaparece. Él le había devuelto la mirada, tratando de revelarle los secretos del cosmos, cerrando y abriendo la boquita alrededor de palabras que aún no conocía o tal vez ya no recordaba. Le había hecho evocar la muerte de su padre. Este había hecho lo mismo, mirarla desde unos ojos sin fondo, repletos de todas las cosas que ya no tendría ocasión de decirle.

—Señora Edevane, el fotógrafo le va a sacar un retrato. —Eleanor parpadeó. El periodista. Su cuaderno le recordó a Alice. ¿Dónde estaría? ¿Y dónde estarían Deborah y Clemmie, ya puestos? Alguien, supuso, estaría cuidando de las chicas. No su madre, pero sí el señor Llewellyn, tal vez. Eso explicaría por qué no las había visto aún esa mañana: se habría ofrecido a cuidar de ellas, para que no se metieran en líos, tal y como le había pedido Eleanor en otras ocasiones.

—Bien, señor y señora Edevane. —Otro hombre, corpulento, enrojecido por el calor, señaló con la mano desde detrás de un trípode—. Miren aquí, si no es molestia.

Eleanor estaba acostumbrada a que le sacaran fotografías (era la niñita del cuento de hadas y la habían pintado, dibujado y fotografiado toda la vida), pero se estremeció. Quería tumbarse en la oscuridad y cerrar los ojos, quedarse así y no hablar con nadie hasta que todo se arreglara. Estaba cansada, inverosímilmente cansada.

—Ven, amor mío. —La voz de Anthony, queda y amable, junto a su oreja—. Vamos a quitarnos esto de en medio. Yo te llevo.

—Qué calor hace —suspiró Eleanor a modo de respuesta.

La seda de la blusa se le pegaba a la espalda: la falda le rozaba en la cintura, donde estaban las costuras.

—Mire aquí, señora Edevane.

—No puedo respirar, Anthony. Tengo que…

—Estoy aquí, estoy contigo. Siempre voy a estar aquí contigo.

—Listos, y…

El flash del fotógrafo estalló con luz blanca y, al tiempo que se le nublaba la vista, Eleanor creyó ver una silueta junto a las puertas vidrieras. Era Alice, estaba segura, de pie, inmóvil, observándolos.

—Alice —dijo, parpadeando para recuperar la visión—. ¿Alice?

En ese momento llegó un grito del lago, la voz de un hombre, fuerte y aguda, y el periodista se levantó de un salto y corrió a la ventana. Anthony se levantó y Eleanor lo imitó, tambaleante, sobre unas piernas débiles de repente, y esperó, el tiempo detenido, hasta que el joven reportero se volvió y negó con la cabeza.

—Falsa alarma —dijo, el entusiasmo dando paso a la decepción, y sacó un pañuelo para limpiarse la frente—. Solo una vieja barca, sin cadáver ni nada.

Las rodillas de Eleanor estuvieron a punto de ceder. Se volvió hacia la puerta, pero Alice ya no estaba. En su lugar vio los ojos de su reflejo en el espejo, junto a la repisa de la chimenea. Casi no se reconoció a sí misma. El cuidado aplomo de madre había desaparecido y se descubrió a sí misma cara a cara con una muchacha que había vivido en esa casa hacía mucho tiempo, sin modales, salvaje, desprotegida; una muchacha a la que casi había olvidado.

—Ya basta. —La voz de Anthony fue brusca, repentina. Su amor, su salvador—. Tenga piedad, hombre, mi mujer está conmocionada, su hijo ha desaparecido. Se ha acabado la entrevista.

* * *

Eleanor estaba flotando.

—Le aseguro, señor Edevane, que se trata de barbitúricos muy potentes. Basta con uno para que se pase toda la tarde durmiendo.

—Gracias, doctor. Está fuera de sí.

Conocía esa voz; pertenecía a Anthony. Y ahora, de nuevo la otra, la del doctor.

—No me sorprende. Qué asunto terrible, terrible sin duda.

—La policía está haciendo todo lo que puede.

—¿Creen que lo van a encontrar?

—Debemos ser optimistas y confiar en que lo harán lo mejor posible.

La mano de su marido estaba posada ahora sobre su frente, cálida, firme, acariciándole el pelo. Eleanor intentó hablar, pero de su boca extenuada no salieron palabras.

Anthony la tranquilizó.

—Ya está, mi amor. Ahora, duerme.

La voz de él estaba por todas partes, alrededor de ella, como la voz de Dios. Notaba el cuerpo pesado pero lento, como si se estuviera hundiendo a través de las nubes. Cayendo, cayendo, de espaldas, atravesando todas las etapas de su vida. Antes de convertirse en madre, antes de volver a casa, a Loeanneth, antes de ese verano en el que conoció a Anthony, antes de perder a su padre, hasta esa época larga y sin límites de su infancia. Tenía la vaga sensación de haber perdido algo y de que debería buscarlo, pero estaba aletargada y no lograba saber qué era. La rehuía, igual que un tigre, un tigre amarillo y negro que se alejaba de ella con sigilo por entre la hierba alta del prado. Era el prado de Loeanneth, el bosque oscuro y resplandeciente a lo lejos, y Eleanor estiró las manos para acariciar la superficie de la hierba.

* * *

Había un tigre en la habitación de Eleanor cuando era pequeña. Se llamaba *Céfiro* y vivía bajo su cama. Había venido con ellos de la casa grande, a escondidas durante la mudanza, un tanto desaliñado y con el pelaje maloliente por el humo.

El padre de su padre, Horace, lo había capturado en África, en aquella grandiosa época del antes. Eleanor había oído hablar de la época del antes, relatos que su padre le contaba de cuando la propiedad era enorme y los DeShiel vivían en una gran mansión con veintiocho habitaciones y una cochera llena, no de calabazas, sino de carruajes de verdad, algunos de ellos decorados en oro. No quedaba gran cosa ahora, salvo el armazón quemado de la mansión, tan lejos de Loeanneth que no se veía. Pero fue el señor Llewellyn quien le contó el cuento del tigre y la perla.

De niña, Eleanor se había creído el cuento al pie de la letra. Que *Céfiro* la había traído consigo desde África, una perla que se había tragado, que había permanecido oculta en lo más profundo de sus fauces cuando le dispararon, lo despellejaron, lo vendieron y lo embarcaron, durante las décadas en que su pelaje era exhibido con orgullo en la gran mansión y, tras algunos arreglos, con estrecheces, en la Casa del Lago. Fue ahí, un día, cuando la cabeza del tigre se inclinó un poquito y la perla salió de la boca inerte y se perdió entre la urdimbre de la alfombra de la biblioteca. La pisotearon, la aplastaron y la olvidaron, hasta que una noche oscura, mientras todos dormían, la encontraron unas hadas que habían venido a robar. Se llevaron la perla a un rincón remoto del bosque, donde la posaron sobre un lecho de hojas. Allí la estudiaron y sopesaron y acariciaron cautelosas, hasta que la robó un pájaro, que la confundió con un huevo.

En la copa del árbol, la perla comenzó a crecer y a crecer y a crecer, hasta que el pájaro temió que le aplastara los huevos y la hizo rodar por el árbol hasta que aterrizó con un golpe sordo sobre un lecho de hojas secas. Ahí, a la luz de la luna llena, rodeada de hadas curiosas, el cascarón del huevo comenzó a resquebrajarse y surgió un bebé. Las hadas recolectaron néctar para alimentar a la niña y se turnaron para acunarla, pero pronto el néctar no fue suficiente y ni siquiera la magia de las hadas lograba contentarla. Celebraron una reunión y decidieron que el bosque no era lugar para una bebé, así que debían devolverla a la casa, dejarla ante la puerta envuelta en hojas entrelazadas.

Por lo que respectaba a Eleanor, ese cuento lo explicaba todo: por qué sentía esa afinidad por el bosque, por qué desde siempre era capaz de vislumbrar a las hadas en el prado ahí donde otras personas solo veían hierba, por qué los pájaros se reunían en la cornisa del cuarto de los niños cuando era apenas un bebé. También explicaba la poderosa furia del tigre que a veces se despertaba en su interior, que la llevaba a escupir y gritar y golpear el suelo con los pies, de modo que Bruen, la niñera, decía entre dientes que no esperara nada bueno a menos que aprendiera a controlarse a sí misma. El señor Llewellyn, por otra parte, decía que había cosas peores en la vida que una rabieta, que solo demostraba que tenía una opinión. Y un corazón que late, añadía, ¡y lo contrario sería nefasto! Decía que una niña como Eleanor haría bien en mantener encendidas las ascuas de su insolencia, pues la sociedad ya se encargaría de tratar de apagarlas. Eleanor daba mucha importancia a todo lo que decía el señor Llewellyn. No era como los otros adultos.

* * *

Eleanor no tenía la costumbre de contar a la gente la historia de su nacimiento (a diferencia de *El umbral mágico de Eleanor,* que se había convertido en un libro para niños de todo el mundo, «El tigre y la perla» le pertenecía a ella y solo a ella), pero, cuando tenía ocho años su prima Beatrice fue con sus padres de visita a Loeanneth. No era lo habitual. La madre de Eleanor, Constance, no solía llevarse bien con su hermana Vera. Con solo once meses de diferencia entre ellas, las dos siempre habían sido rivales, y sus vidas eran un torneo de pequeñas batallas fraternales, la culminación de las cuales conducía inevitablemente al comienzo de otra. El matrimonio de Constance con Henri deShiel, en apariencia un triunfo, se vio irremediablemente ensombrecido cuando su hermana (¡más joven!) hizo un matrimonio superior con un conde escocés de nuevo cuño que había amasado una fortuna en las minas de África. Después de aquello las hermanas estuvieron cinco años sin hablarse, pero ahora, al parecer, habían logrado pactar una frágil tregua.

Un día de lluvia enviaron a las muchachas al cuarto de los niños, donde Eleanor trataba de leer *La reina de las hadas* de Edmund Spenser (era el libro favorito del señor Llewellyn y deseaba impresionarlo) y Beatrice daba las últimas puntadas a un tapiz. Eleanor estaba absorta en sus pensamientos cuando un chillido aterrorizado le hizo perder el hilo. Beatrice estaba de pie, muy erguida, señalando bajo la cama mientras las lágrimas le manchaban la cara. «Un monstruo... Mi aguja... Se me cayó... y ahí... He visto... ¡un monstruo!». Eleanor comprendió de inmediato lo que había sucedido y sacó a *Céfiro* de debajo de la cama, tras lo cual explicó que era su tesoro, que lo tenía escondido solo para que estuviera a salvo de la ira de madre. Beatrice, sin dejar de gimotear y tragar saliva, con los ojos enrojecidos y llena de mocos, inspiró lástima a Eleanor. La lluvia aporreaba la ventana, el mundo exterior se había vuelto frío y gris, así que hacía un día perfecto para contar cuentos. Y por eso animó a su prima a sentarse junto a ella en la cama y le explicó todo acerca de la perla y el bosque y su inusual llegada a Loeanneth. Cuando terminó, Beatrice se rio y dijo que era una historia divertida y bien contada, pero que sin duda ya debía saber que ella había salido del estómago de su madre. Llegó entonces el turno de reírse a Eleanor, encantada, pero sobre todo sorprendida. Beatrice era una muchacha blancuzca, normal y corriente, aficionada a los encajes y cintas, resueltamente sencilla, no dada a fantasear ni a contar cuentos. ¡Y pensar que era capaz de urdir una historia tan descabellada y maravillosa! ¡Del estómago de su madre, ni más ni menos! La madre de Eleanor era alta y delgada, y cada mañana se embutía en vestidos que nunca se arrugaban y sin duda no daban de sí. Era impensable que algo pudiera crecer dentro de ella. Ni una perla, ni mucho menos Eleanor.

Gracias a ese cuento Eleanor se encariñó de Beatrice y, a pesar de sus diferencias, las dos jóvenes comenzaron a ser amigas. Eleanor no tenía muchos amigos, tan solo a su padre y al señor Llewellyn, y tener una muchacha de su edad con la que jugar suponía una novedad enorme. Le mostró a su prima todos sus lugares especiales. El arroyo de truchas en el bosque, ese recodo en el que de repente el agua se volvía más profunda, el árbol más alto desde el cual, si trepabas hasta la copa, se veían a lo lejos los cimientos quemados de la gran mansión. Incluso llevó a Beatrice al viejo embarcadero, escenario querido de sus pasatiempos más importantes. Pensaba que se lo estaban pasando de maravilla, hasta que una noche, cuando estaban acostadas cada una en su cama, su prima dijo: «Tienes que sentirte muy sola aquí, ya sabes, tú sola, en medio de la nada, sin nada que hacer». A Eleanor le había dolido esa descripción tan desatinada. ¿Cómo podría Beatrice decir tal cosa cuando había tanto que hacer en Loeanneth? Evidentemente, era el momento de enseñar a su prima su juego favorito, el más secreto.

A la mañana siguiente, antes del amanecer, despertó a Beatrice, le pidió que guardara silencio con un gesto y la llevó al lago, donde los árboles crecían silvestres y las anguilas serpenteaban en las turbias profundidades. Una vez allí inició a su prima en las interminables aventuras del abuelo Horace. Los diarios del gran hombre se guardaban en el piso de arriba, en el estudio, atados con una cinta amarilla. Eleanor no debía saber que estaban ahí, pero siempre se metía en líos por ir a lugares que no le estaban permitidos, por oír cosas que no debería oír, y se sabía las aventuras de memoria. Recreó las descripciones del abuelo, sus viajes por Perú y África y las regiones heladas del norte de Canadá, además de otros que se inventó ella. Luego, con la ayuda de *Céfiro,* representó para instrucción y solaz de Beatrice su *pièce de résistance,* la espantosa muerte del anciano según los detalles de la carta dirigida a «quien corresponda» y guardada dentro de la cubierta de su último e inacabado diario. Beatrice la observó con ojos desmesurados y aplaudió y se rio, y dijo con alegre admiración:

—No me extraña que tu madre diga que eres un poco salvaje.

—¿Eso dice? —Eleanor parpadeó, sorprendida y más bien complacida por la descripción inesperada.

—Le dijo a mi madre que tenía pocas esperanzas de conseguir prepararte para ir a Londres.

—¿Londres? —Eleanor frunció la nariz—. Pero si no voy a ir a Londres. —Había oído esa palabra antes: Londres, que rimaba con «Eleanor, no te atolondres». Cada vez que sus padres discutían, blandían esa palabra como una espada. «Me estoy marchitando en este lugar dejado de la mano de Dios», decía la madre de Eleanor. «Quiero irme a Londres. Sé que te asusta, Henri, pero es mi lugar. Debería estar codeándome con personas como yo. ¡No olvides que estuve invitada a palacio una vez cuando era joven!».

Eleanor había oído esa historia mil veces y ya no le prestaba atención. No obstante, le picaba la curiosidad: por lo que ella sabía, su padre no le temía a nada, e imaginó que Londres era un mundo de anarquía y caos. «Es una gran ciudad», le había dicho él cuando le preguntó, «llena de automóviles, autobuses y gente».

Eleanor había percibido una sombra no expresada detrás de esa respuesta. «¿Y de tentaciones?».

Su padre había alzado la vista de inmediato y la había mirado con atención. «Vaya, ¿dónde has oído semejante cosa?».

Eleanor se había encogido de hombros y adoptado una expresión ingenua. Había oído esa palabra de boca de su padre un día mientras hablaba con el señor Llewellyn junto al embarcadero y ella cogía fresas silvestres en los arbustos junto al arroyo.

Su padre había suspirado. «Para algunos. Sí. Un lugar de tentaciones».

Y pareció tan triste que Eleanor había posado una mano en la suya y dicho con vehemencia: «Yo no voy a ir jamás. Nunca me iré de Loeanneth».

Eso mismo dijo a su prima Beatrice, quien le brindó la misma sonrisa llena de cariño y de lástima que su padre.

—Bueno, claro que sí, tonta. ¿Cómo vas a encontrar marido en un lugar como este?

* * *

Eleanor no quería ir a Londres ni quería encontrar marido, pero en 1911, cuando tenía dieciséis años, hizo ambas cosas. No había sido su intención. Su padre había muerto, Loeanneth estaba en manos de un agente inmobiliario y su madre la había llevado a Londres para casarla con el mejor postor. Llevada por la furia y la impotencia, Eleanor se había prometido a sí misma que no se enamoraría. Se hospedaron con la tía Vera, en una gran casa en las afueras de Mayfair. Se decidió que Beatrice y Eleanor participarían en la temporada social y, como era de esperar, Constance y Vera trasladaron su guerra fraternal a los posibles pretendientes de sus respectivas hijas.

Y así, una bella tarde de finales de junio, en el dormitorio de un segundo piso de Londres, mientras el día de verano daba paso a la bruma al otro lado de la ventana, una doncella con perlas de sudor en la frente tiró del corpiño recalcitrante de una joven y dijo:

—Estese quieta, señorita Eleanor. No se le va a realzar el pecho si no se queda quieta de una vez.

A ninguna de las criadas le gustaba vestir a Eleanor, esto lo sabía ella bien. Había un rincón de la biblioteca con un respiradero detrás que daba al armario, donde las criadas se escondían para esquivar al mayordomo. Eleanor las oía hablar mientras ella también se escondía, pero de su madre. Además de un olor a humo de cigarrillo, le había llegado lo siguiente: «Es incapaz de estarse quieta»..., «¡Se mancha la ropa!», «Con un poco de esfuerzo...», «Si al menos lo intentara...», «Pero, cielo santo, ¡qué pelos!».

Eleanor se miró en el reflejo. Tenía pelo de loca, siempre había sido así, una maraña de rizos castaños que resistía todos los intentos de someterla. El efecto, en combinación con esas piernas obstinadamente delgadas y la costumbre de mirar con ojos absortos, era sin duda muy poco coqueto. Su carácter, le dieron a entender, era no menos defectuoso. Bruen, la niñera, se había aficionado a chasquear la lengua y lamentar en voz alta «el poco uso dado a la vara» y «el desmedido sustento de una pasión infame» que había resultado «en una decepción para la madre» y, aún peor, «¡para Dios!». Los sentimientos de Dios no dejaron de ser un misterio, pero la madre de Eleanor llevaba la decepción escrita en la cara.

Constance deShiel llegó a la puerta del dormitorio vestida con sus mejores galas, el cabello (pulcro, rubio, suave) recogido en lo alto de la cabeza en rizos elaborados, y joyas colgando del cuello. Eleanor enseñó los dientes. Si hubieran vendido esas joyas, Loeanneth se habría salvado. Su madre mandó salir a la doncella con un gesto y se encargó del corsé. Tiró con tanta fuerza que Eleanor dio un grito ahogado, y sin ningún preámbulo se lanzó a recitar las virtudes de los jóvenes que estarían presentes en el baile de Rothschild esa noche. Era difícil creer que se trataba de la misma persona que se había negado tajantemente a justificar ante padre sus compras extravagantes, alegando con ligereza: «Ya sabes que no tengo cabeza para los detalles». El resumen fue exhaustivo y no dejó fuera ni el más trivial detalle de cada posible pretendiente.

Sin duda habría madres e hijas para quienes esta rutina sería agradable; Eleanor y Constance deShiel, sin embargo, no se encontraban entre ellas. Su madre era una extraña para Eleanor, una figura distante y fría que nunca la había mirado con buenos ojos. Eleanor no sabía por qué exactamente (entre los sirvientes de Loeanneth se rumoreaba que la señora siempre había querido un hijo) y tampoco le importaba demasiado. El sentimiento era mutuo. En el entusiasmo actual de Constance había un atisbo de locura. La prima Beatrice (quien, en los años transcurridos, había formado una figura voluptuosa y una adicción malsana a las novelas de Elinor Glyn) ya había sido mencionada en la última agenda de palacio y de repente la competición se había vuelto mucho más apremiante.

—... el hijo mayor de un vizconde —decía Constance—. Su abuelo hizo una gran fortuna en un trato con la Compañía Británica de las Indias Orientales..., riquísimo..., acciones y bonos... Intereses en Norteamérica...

Eleanor frunció el ceño ante su reflejo. Detestaba lo que tenían de conspiración aquellas conversaciones. Esas palabras, esas prendas, esas expectativas eran limitaciones de las que deseaba zafarse. Se sentía fuera de lugar en aquel Londres de estuco y adoquines; de mañanas probándose vestidos en Madame Lucille's en Hanover Square y tardes de coches que traían tarjetas de visita blancas que aseguraban nuevas sesiones de té y charlas insulsas. No le interesaban nada los fervientes consejos de la revista *The Lady* sobre cómo tratar al servicio, cómo decorar el hogar y qué hacer con el vello nasal superfluo.

Se llevó la mano a la cadena que pendía del cuello, el colgante que mantenía oculto bajo la ropa; no era un guardapelo, sino un colmillo de tigre bañado en plata, regalo de su padre. Al acariciar los bordes ya suaves y familiares, dejó que su visión se volviera borrosa, así que ya no se veía a sí misma, sino una vaga forma humana. A medida que la silueta se desdibujaba, también su concentración se diluía. La voz de su madre se convirtió en un tenue ruido de fondo, hasta que de repente ya no se encontraba en aquella habitación de Londres, sino en casa, en su verdadera casa, Loeanneth, sentada junto al arroyo, con su padre y el señor Llewellyn, y todo era como debía ser.

* * *

Esa noche Eleanor la pasó de pie en el borde de la sala de baile mirando a su madre dar vueltas. Era grotesca la forma en que Constance se contoneaba, sus labios grandes y rojos, los senos palpitantes, las joyas relucientes, mientras bailaba el vals y se reía con una pareja tras otra. ¿Por qué no era juiciosa como las otras viudas? Por qué no se sentaba en una silla cerca de la pared y admiraba las guirnaldas de lirios, al mismo tiempo que albergaba el deseo secreto de estar en casa, tomar un baño cálido, tener la cama lista con su bolsa de agua caliente. Su pareja de baile le dijo algo al oído y, cuando Constance se rio y se llevó la mano al escote, Eleanor lo recordó todo: los susurros de los criados cuando ella era niña, las pisadas por el pasillo en la madrugada, los desconocidos sin zapatos que volvían a hurtadillas a sus aposentos. Hasta el más pequeño músculo del rostro de Eleanor se tensó y la furia del tigre se despertó ardiente en su interior. Por lo que a ella concernía, no existía pecado mayor que la deslealtad. Lo peor que podía hacer una persona era romper una promesa.

—¡Eleanor! ¡Mira!

Beatrice respiraba jadeante junto a ella; como siempre, su emoción se expresaba en forma de leve dificultad respiratoria. Eleanor siguió la mirada de su prima y vio a un joven de expresión animada y barbilla cubierta de granos que se acercaba en la vacilante luz de las velas. Sintió algo parecido a la desesperación. ¿Era así el amor? ¿Esa transacción? ¿Vestirse con las mejores galas, dibujarse una máscara en el rostro y lanzarse a esta danza de pasos aprendidos, de preguntas y respuestas ensayadas?

—¡Claro que sí! —exclamó Beatrice, cuando Eleanor expresó sus pensamientos.

—Pero ¿no debería haber algo más? ¿No debería existir cierto reconocimiento?

—Ay, Eleanor, pero qué ingenua eres. La vida no es un cuento de hadas, ya sabes. Todo eso queda muy bien en los libros, pero la magia no existe.

No por primera vez desde su súbita partida a Londres, Eleanor añoró la compañía del señor Llewellyn. Por lo general era una devota de la correspondencia y atesoraba cada carta que recibía y guardaba copias de las que enviaba en libros especiales, pero en ciertas ocasiones nada lograba sustituir la inmediatez de una conversación verdadera con un alma comprensiva. ¡Qué no habría dado por el consuelo de saberse comprendida! No hablaba de magia. Hablaba de una verdad esencial. Del amor como hecho consumado, en lugar de un acuerdo beneficioso para ambas partes. Mientras sopesaba si decírselo o no a Beatrice, esta canturreó entre dientes con su sonrisa más encantadora:

—Ahora ven conmigo, querida, alegra esa cara y vamos a ver cuántas miradas nos siguen.

Eleanor se sintió abatida. No merecía la pena. No le importaban nada las miradas de esos hombres que no le interesaban en absoluto; hombres mimados entregados a una vida indolente de placeres egoístas. Su padre le había dicho una vez que los pobres sufrían la pobreza, pero los ricos tenían que lidiar con la inutilidad y nada devoraba el alma de una persona como estar ociosa. Cuando Beatrice centró su atención en alguien, Eleanor se escabulló entre la multitud y se dirigió a la salida.

Subió las escaleras, de tramo en tramo, sin un destino claro, contenta con tal de que la música se desvaneciera detrás de ella. Se había convertido en una costumbre, abandonar el salón de baile a la primera ocasión y explorar la casa donde se celebraba la fiesta. Se le daba bien; había acumulado experiencia al escaparse a hurtadillas por el bosque de Loeanneth junto al fantasma del abuelo Horace, volviéndose invisible. Llegó a un rellano donde había una puerta entreabierta y decidió que era un buen lugar donde empezar.

La habitación estaba a oscuras, pero la luz de la luna entraba por la ventana como mercurio y Eleanor vio que se trataba de un estudio. La pared opuesta estaba cubierta de estanterías y en el centro había un gran escritorio sobre una alfombra. Fue a sentarse detrás del escritorio. Quizá por el olor a cuero, quizá porque siempre rondaba sus pensamientos, Eleanor se imaginó a su padre, el estudio en Loeanneth donde tan a menudo lo había encontrado en sus últimos días, la cabeza inclinada sobre una lista de números mientras lidiaba con las deudas de la familia. Se había debilitado durante sus últimos meses y ya no era capaz de pasear con ella como antes por los prados y el bosque. Eleanor se había impuesto la tarea de acercarle su amada naturaleza, de recoger objetos a primeras horas de la mañana y mostrárselos, contándole todo lo que veía y oía y olía. Un día estaba parloteando sobre el cambio de temperatura cuando su padre había alzado la mano para interrumpirla. Le dijo que había hablado con su abogado. «Ya no soy un hombre rico, mi preciosa niña, pero esta casa está a salvo. He tomado medidas para que Loeanneth no pueda venderse y nunca te quedes sin tu casa». Cuando llegó la hora, sin embargo, los documentos habían desaparecido y la madre de Eleanor negó saber nada al respecto. «Decía muchos sinsentidos en los últimos días», aseguró.

Tras mirar la puerta cerrada, Eleanor encendió la lámpara del escritorio y un amplio rectángulo de luz amarillenta bañó la superficie de la mesa. Tamborileó en la madera con la punta de los dedos mientras sopesaba los accesorios. Un portaplumas de marfil tallado, un secante, un diario encuadernado en algodón. Vio un periódico abierto y comenzó a hojearlo, distraída. Más adelante, toda la secuencia de acontecimientos se convertiría en la historia de *Así se cono-*

cieron y adquiriría un aura de reverencia y fatalidad. En ese momento, sin embargo, Eleanor se limitaba a escapar de aquel baile tan previsible como aburrido que transcurría abajo. Cuando leyó el titular: DOS TIGRES DEL LEJANO ORIENTE LLEGAN AL ZOOLÓGICO DE LONDRES, no tenía ni idea de que se acababa de abrir una puerta. Solo supo que de repente el colmillo de *Céfiro* se había vuelto cálido en contacto con su piel y que tenía que ver a esos tigres con sus propios ojos.

Capítulo 8

Londres, junio de 1911

La oportunidad de Eleanor se presentó dos días más tarde. Habían planeado un viaje al Festival del Imperio y todos en la residencia de Vera estaban entusiasmados, como era de esperar.

—¡Y pensar —exclamó Beatrice mientras tomaban jerez la noche anterior— que son de una tribu de verdad y han venido de África!

—¡Una máquina voladora —gritó Vera—, un espectáculo histórico!

—Un triunfo para el señor Lascelles —convino Constance. Y luego añadió esperanzada—: Me pregunto si estará en persona. He oído decir que es amigo del rey.

El Palacio de Cristal resplandecía a la luz del sol cuando el Daimler aparcó a la entrada. La madre, la tía y la prima de Eleanor recibieron ayuda para salir del coche y Eleanor las siguió, alzando la vista para contemplar el espectacular edificio de cristal. Era hermoso e impresionante, como decía todo el mundo, y Eleanor sintió que se ruborizaba de la emoción. Pero no porque estuviera deseando pasar el día admirando los tesoros del Imperio; tenía algo muy distinto en mente. Entraron en la sección británica y dedicaron una buena media hora en acordar la superioridad de todo lo que ahí veían, antes de pasar a las exóticas delicias de las colonias. Había flores dignas de admiración en la sección de floricultura, figuras atléticas que causaban asombro en el Campamento de Cadetes de los Dominios de Ultramar, y el lugar donde se haría la recreación histórica fue objeto de una crítica pormenorizada. Eleanor, que se iba quedando rezagada, se obligaba a sí misma a asentir atenta cuando era necesario. Por fin, cuando llegaron al Laberinto Medieval, vislumbró su oportunidad. El laberinto estaba abarrotado y no le resultó difícil separarse del grupo. Bastó con girar a la izquierda en el momento en que las demás giraban a la derecha, retroceder y huir por donde había venido.

Caminó deprisa, la cabeza gacha para evitar la terrible posibilidad de cruzarse con algún conocido de su madre. Dejó atrás el Estadio Deportivo del Imperio y las Pequeñas Explotaciones, y no se detuvo hasta llegar a la entrada de la estación de ferrocarril de Sydenham Avenue. Una vez allí, el corazón le dio un vuelco de alegría. Sacó el mapa que había tomado prestado del estudio del tío Vernon y comprobó de nuevo la ruta que había trazado en el cuarto de baño la noche anterior. Según sus investigaciones, solo tenía que subirse al tranvía número 78 cerca de Norwood Road y la llevaría hasta la estación Victoria. Desde ahí podía ir a pie, cruzando Hyde Park y Marylebone, hasta Regent's Park. Era preferible limitarse a los parques. Las calles de Londres eran como ríos de ruido fundido que atravesaban la ciudad, y resultaba todo tan rápido y frenético que a veces Eleanor era capaz de imaginar la sensación física de ser atropellada.

Hoy, sin embargo, estaba demasiado entusiasmada para tener miedo. Recorrió deprisa la acera hasta la parada del tranvía, con el corazón desbocado ante la perspectiva de ver los tigres y, más aún, por la inmensa alegría de estar sola por primera vez en varias semanas. El tranvía número 78 se acercaba con estrépito. Hizo una señal para que parara, pagó el billete con las monedas que había tomado prestadas del estudio del tío Vernon, y así, sin más, inició su viaje. Mientras tomaba asiento apenas lograba contener una sonrisa. Se sentía adulta e intrépida, una aventurera dispuesta a vencer todos los obstáculos que se encontrara en el camino. Se fortalecieron lazos que había creído rotos, con su infancia, con la vida de antes, con su antiguo yo, y experimentó una emoción similar a la que la embargaba al jugar a las Aventuras del abuelo Horace. Mientras el tranvía cruzaba el puente Vauxhall y se deslizaba sobre los raíles por Belgravia, acarició el colmillo de tigre que llevaba colgado de su cadena bajo la blusa.

La estación Victoria era un caos, con gente que se movía en todas direcciones, un mar de sombreros de copa y bastones y faldas largas y susurrantes. Eleanor se bajó del tranvía y se deslizó entre la multitud lo más rápido que pudo hasta aparecer en una calle donde los coches y los ómnibus tirados por caballos se abrían paso a empellones para llegar a tiempo a la hora del té. Casi saltó de alegría por no ir a bordo de ninguno.

Se tomó un momento para recuperar la compostura y luego siguió por Grosvenor Place. Avanzaba con rapidez y jadeaba. Londres tenía un olor característico, una desagradable mezcla de estiércol y gases de escape, a viejo y a nuevo, y se alegró cuando entró en Hyde Park y aspiró el aroma de las rosas. Niñeras con uniformes almidonados desfilaban con grandes cochecitos de bebé por la tierra roja de Rotten Row, y el tramo de césped estaba cubierto de hamacas verdes a seis peniques. Barcas a remo moteaban el lago Serpentine como patos gigantes.

—¡Compren aquí sus recuerdos! —gritaba un vendedor callejero, cuyo puesto estaba lleno de banderas de la coronación y pinturas de la nueva y gigantesca estatua de la paz que se alzaba delante del palacio de Buckingham. («¿Paz?», le gustaba rezongar al tío de Eleanor cada vez que pasaban en coche junto a la descomunal estatua, cuyo mármol blanco relucía contra el negro sucio de los muros de piedra del palacio. «¡Tendremos suerte si no hay otra guerra antes de que termine la década!». Después de una afirmación así, su rostro adusto adoptaba una expresión autocomplaciente —nada le agradaba más que anticiparse a las malas noticias—, y Beatrice le regañaba: «No seas tan aguafiestas, papá», antes de fijar su atención en algún coche que pasara cerca. «¡Oh, mirad! ¿No es el coche de los Manner? ¿Has oído lo último de lady Diana? ¡Fue vestida de cisne negro a una fiesta benéfica en la que el blanco era obligatorio! ¡Te puedes imaginar la furia de lady Sheffield!»).

Eleanor se apresuró. Hacia Bayswater Road, pasando por Marble Arch y atravesando Mayfair y Marylebone. El letrero de Baker Street le recordó una vez más al tío Vernon, que se consideraba detective aficionado y disfrutaba comparando su ingenio con el de Sherlock Holmes. Eleanor había tomado prestados algunos de los libros de misterio del estudio de su tío, pero no era una entusiasta. La arrogancia del racionalismo no casaba bien con sus adorados cuentos de hadas. Incluso ahora se sulfuró solo de pensar en esa petulante suposición de Holmes según la cual no existía nada que no pudiera explicarse mediante el proceso de deducción. Tan sulfurada estaba que, al acercarse a Regent's Park, se olvidó del río mecanizado que tenía que cruzar. Puso el pie en la calzada sin mirar y no vio el autobús hasta que casi lo tuvo encima. En ese mismo instante, mientras el enorme anuncio de té Lipton se cernía sobre ella, Eleanor supo que iba a morir. Sus pensamientos se volvieron vertiginosos: iba a regresar junto a su padre una vez más, ya no tendría que preocuparse por haber perdido Loeanneth, pero, ay, ¡qué lástima no haber visto los tigres! Cerró los ojos con fuerza, a la espera del dolor y el olvido.

La conmoción le cortó la respiración, una fuerza alrededor de la cintura la arrojó a un lado y Eleanor se desvaneció al chocar contra el suelo. La muerte no resultó ser en absoluto como se la esperaba. Los sonidos daban vueltas, le zumbaban los oídos y se sentía desvanecida. Cuando abrió los ojos, se encontró con el rostro más hermoso que había visto nunca. Eleanor jamás se lo confesaría a nadie, pero durante años sonreiría al recordar que en ese momento pensó que estaba cara a cara con Dios.

No era Dios. Era un muchacho, un hombre, joven, no mucho mayor que ella, de cabello castaño claro y una piel que le inspiró el repentino deseo de tocarla. Estaba en el suelo a su lado y le pasaba un brazo por la espalda, debajo de los hombros. Sus labios se movían, estaba diciendo algo que Eleanor no lograba comprender, y la estudiaba con intensidad, primero un ojo y luego el otro. Por último, mientras el ruido y el movimiento giraban en torno a ellos (se había congregado toda una multitud de curiosos), una sonrisa apareció en el rostro del joven y Eleanor pensó que tenía una boca maravillosa y, acto seguido, se desmayó.

* * *

Se llamaba Anthony Edevane y estudiaba en Cambridge para ser médico; cirujano, para ser más exactos. Eleanor lo supo ante el mostrador de refrescos de la estación de Baker Street, donde la llevó tras el incidente con el autobús y la invitó a una limonada. Había quedado ahí con un amigo, un muchacho de cabello oscuro y rizado y gafas, uno de esos jóvenes cuya indumentaria, Eleanor lo supo nada más verlo, siempre parecería elegida a toda prisa, cuyo pelo nunca se quedaba donde debía. Eran cosas que Eleanor comprendía bien. Le cayó simpático al instante.

—Howard Mann —Anthony gesticuló hacia el joven despeinado—, Eleanor deShiel.

—Un placer conocerla, Eleanor —dijo Howard estrechándole la mano—. Qué agradable sorpresa. ¿Cómo ha conocido a este amigo mío?

Eleanor se oyó decir: «Acaba de salvarme la vida», y pensó en la escena tan inverosímil que pintaban esas palabras.

Howard, en cambio, no se inmutó:

—¿De verdad? No me sorprende. Tiene la costumbre de hacer cosas así. Si no fuera mi mejor amigo, creo que le odiaría.

Aquella conversación jocosa en el café de una estación de metro con dos desconocidos podría haber resultado incómoda, pero, como descubrió Eleanor, evitar una muerte segura liberaba a cualquiera de las reservas habituales sobre qué decir y cómo decirlo. Charlaron sin trabas y, cuanto más les oía, más simpatía le inspiraban ambos. Anthony y Howard bromeaban el uno con el otro, pero su actitud era afable y Eleanor se sintió incluida. Se descubrió a sí misma expresando opiniones como no lo había hecho en mucho tiempo, riéndose y asintiendo y mostrando su desacuerdo en ocasiones con una vehemencia que habría horrorizado a su madre.

Los tres hablaron con pasión sobre ciencia y naturaleza, sobre política y honor, familia y amistad. Eleanor dedujo que Anthony quería ser cirujano más que nada en el mundo, y así había sido desde que era pequeño y su criada favorita murió de apendicitis por falta de un médico cualificado. Que Howard era hijo único de un conde extremadamente rico que pasaba los días en la Riviera francesa con su cuarta esposa y enviaba dinero para el cuidado de su hijo a un fideicomiso administrado por un gerente de banco en Lloyd's. Que los dos jóvenes se habían conocido el primer día de internado, cuando Anthony le prestó a Howard su uniforme de repuesto para que el supervisor no le castigara con la vara y que habían sido inseparables desde entonces. «Más que hermanos», dijo Anthony, que sonrió con cariño a Howard.

El tiempo pasó volando y en un momento determinado, durante uno de los escasos silencios en la conversación, Howard frunció levemente el ceño y dijo:

—No es por ser aguafiestas, pero se me ocurre que alguien la estará echando de menos.

Eleanor se quedó de piedra cuando consultó el reloj de su padre (lo llevaba desde su muerte, para contrariedad de su madre) y comprendió que habían transcurrido tres horas desde que se separó de su familia en el laberinto. Tuvo una súbita visión de su madre en estado de apoplejía.

—Sí —se mostró de acuerdo, triste—. Es una posibilidad nada desdeñable.

—Bueno, en ese caso —dijo Howard—, deberíamos acompañarla a casa. ¿No es así, Anthony?

—Sí —dijo Anthony, también mirando su reloj con el ceño fruncido y dando golpecitos al cristal como si no diera crédito a la hora que marcaba—. Sí, por supuesto. —Eleanor se preguntó si el tono de desgana en su voz eran imaginaciones suyas—. Qué egoísta por nuestra parte tenerla aquí hablando cuando en realidad debería estar descansando del golpe en la cabeza.

De repente, a Eleanor le dominó el deseo desesperado de no separarse de ellos. De él. Comenzó a poner reparos. Al final, el día había resultado sublime; se sentía de maravilla; su casa era el último lugar al que tenía intención de ir. Había llegado hasta allí, tan cerca del zoológico, ¡y ni siquiera había visto los tigres! Anthony estaba diciendo algo acerca de la cabeza y el golpe tras la caída, lo cual era muy amable por su parte, pero, de verdad, insistió, se sentía bien. Un poco mareada, ahora que intentó levantarse, pero era de esperar, hacía mucho calor en el café y no había comido nada, y... ¡ay! Tal vez si se quedaba sentada un ratito más para recuperar el aliento, esperar a dejar de ver borroso...

Anthony fue insistente; ella, obstinada, y Howard fue quien tomó la decisión. Con una pequeña sonrisa de disculpa, la tomó del otro brazo mientras Anthony iba a pagar la cuenta.

Eleanor lo miró alejarse. Era inteligente y amable, y sentía una evidente fascinación por el mundo y lo que tenía que ofrecer. Además, era muy guapo. Ese pelo rubio oscuro y esa piel bronceada, esa mirada eléctrica y curiosa y esa pasión por aprender. No podía saber con certeza si la cercanía de la muerte le había nublado la vista, pero Anthony parecía brillar. Estaba tan lleno de entusiasmo y energía y confianza que daba la impresión de estar más vivo que las personas que lo rodeaban.

—Es especial, ¿no es cierto? —dijo Howard.

A Eleanor se le erizó la piel. No había sido su intención que se le notara tanto.

—Es el más inteligente de la clase, ganó casi todos los premios académicos de la graduación. Aunque él nunca se lo habría contado, es modesto hasta el exceso.

—¿De verdad? —Fingió solo un interés leve, cortés.

—Cuando tenga el título, su intención es abrir un consultorio para gente de pocos medios. Es una vergüenza la cantidad de niños que no reciben operaciones de vital importancia por falta de dinero para pagar un cirujano.

La llevaron de vuelta a Mayfair en el Rolls-Royce modelo Silver Ghost de Howard. El mayordomo de Vera abrió la puerta, pero Beatrice, quien había estado observando desde la ventana de la habitación, bajó a toda prisa las escaleras y llegó casi al mismo tiempo.

—¡Cielo santo, Eleanor —musitó—, tu madre está furiosa! —Entonces, al reparar en Anthony y Howard, recuperó la compostura y les dedicó una mirada seductora—. Mucho gusto.

—Beatrice —dijo Eleanor con una sonrisa—, permíteme presentarte a Howard Mann y Anthony Edevane. El señor Edevane acaba de salvarme la vida.

—Vaya, en ese caso —dijo Beatrice, sin inmutarse—, espero que pasen a tomar el té.

Una vez más contaron la historia ante unas tazas de té y una tarta de limón. A Constance, con las cejas arqueadas y los labios apretados, le reconcomían las preguntas sin formular («¿Qué hacía Eleanor en Marylebone?», para empezar), pero mantuvo por completo la compostura mientras daba las gracias a Anthony.

—¿Edevane? —preguntó, esperanzada—. ¿No será el hijo de lord Edevane?

—El mismo —dijo Anthony, alegre, aceptando una segunda porción de tarta—. El menor de los tres hermanos.

La sonrisa de Constance se evaporó. («¿El tercer hijo?», bramaría más tarde a Vera. «¡¿El tercer hijo?! Un tercer hijo no debería dedicarse a ir por la calle salvando a jovencitas impresionables. ¡Debería hacerse sacerdote, por el amor de Dios!»).

Para Eleanor, sin embargo, eso lo explicaba todo. Su carácter sencillo y modesto, esa aura inexplicable, casi regia, que lo envolvía, la forma en que se habían conocido. Era el tercer hijo.

—Nació usted para ser el héroe de un cuento —dijo Eleanor.

Anthony rio.

—No lo sé, pero me considero afortunado por ser el tercero.

—¿Ah sí? —La frialdad del tono de Constance bajó la temperatura de la habitación varios grados—. ¿Y por qué, si no le molesta explicarlo?

—Mi padre ya tiene heredero y un repuesto, así que yo soy libre para hacer lo que quiera.

—¿Y qué es exactamente lo que usted quiere, señor Edevane?

—Voy a ser médico.

Eleanor comenzó a explicar que Anthony, de hecho, estudiaba para cirujano, que iba a dedicar su vida a ayudar a los menos afortunados, que había ganado un montón de premios académicos, pero esos detalles carecían de importancia para Constance, que no tardó en interrumpir.

—Sin duda un hombre de su clase no necesita trabajar para ganarse la vida. No creo que su padre lo vea con buenos ojos.

Anthony la miró con tal intensidad que se evaporó el poco calor que restaba en la habitación. La atmósfera se llenó de tensión. Eleanor no había visto a nadie hacer frente a su madre y contuvo el aliento, a la espera de sus palabras.

—Mi padre, señora DeShiel, ha visto, al igual que yo, en qué se convierten los hombres privilegiados y aburridos que no han tenido que esforzarse nunca para ganarse la vida. No tengo intención de pasar mis días ocioso y buscando maneras de matar el tiempo. Quiero ayudar a la gente. Me he propuesto ser útil. —Y en ese momento se giró hacia Eleanor, como si estuvieran los dos solos en la habitación, y dijo—: ¿Y usted, señorita DeShiel? ¿Qué espera de la vida?

Algo cambió en ese momento. Fue una alteración pequeña, pero decisiva. Anthony era deslumbrante y Eleanor vio con claridad que el encuentro de la mañana había sido obra del destino. La conexión entre ellos era tan poderosa que casi la veía. Cuántas cosas tenía que decirle y, sin embargo, al mismo tiempo, supo con una certeza extraña pero incuestionable, que no necesitaba decirle nada en absoluto. Lo veía en sus ojos, en la forma en que la miraba. Él ya sabía qué esperaba ella de la vida. Que no tenía intención de convertirse en una de esas mujeres que se pasan el día sentadas, jugando al bridge, y chismorreando y esperando a que los cocheros las llevaran de un sitio a otro, que ella esperaba mucho más y muy diferente, tanto que era imposible expresarlo en palabras. Así que se limitó a decir:

—Quiero ver esos tigres.

Anthony rio y una sonrisa beatífica se extendió por su rostro al mismo tiempo que extendía las manos.

—Bueno, eso no es difícil. Repose esta tarde y mañana la llevo. —Se giró hacia la madre de Eleanor y añadió—: Si no tiene reparos, señora DeShiel.

Constance, era evidente a todo el que la conocía, rebosaba de reparos y se moría de ganas de decir que no, de prohibir a aquel joven arrogante (¡tercer hijo!) que llevara a su hija a ninguna parte. Eleanor se preguntó si alguna vez había visto a su madre sentir tal antipatía por alguien, pero poco podía hacer. Anthony era de buena familia, había salvado la vida de su hija, le estaba ofreciendo llevarla a un lugar al que ella deseaba ir. Negarse habría sido de pésimo gusto. Constance esbozó una sonrisa agria y logró emitir un leve ruido de asentimiento. Era una mera formalidad. Todos los presentes percibieron que el equilibrio de poder había cambiado y que, a partir de ese momento, Constance desempeñaría un papel apenas influyente en el cortejo de su hija.

Terminado el té, Eleanor acompañó a ambos jóvenes a la puerta.

—Espero verla pronto de nuevo, señorita DeShiel —dijo Howard con calidez, antes de mirar a Anthony con una sonrisa de complicidad—. Voy a adelantarme para calentar el motor del Ghost.

Anthony y Eleanor, una vez a solas, de repente se quedaron sin palabras.

—Bueno —dijo él.

—Bueno.

—El zoológico. Mañana.

—Sí.

—Prométame que no se va a arrojar delante de un autobús antes.

Eleanor rio.

—Lo prometo.

Notó que Anthony fruncía levemente el ceño.

—¿Qué ocurre? —preguntó, tímida de repente.

—Nada. No es nada. Solo que me gusta su pelo.

—¿Esto? —Eleanor se tocó la mata de pelo, más desmadejada que nunca, tras un día lleno de emociones inesperadas.

Anthony sonrió y algo muy dentro de ella se estremeció.

—Eso. Me gusta. Mucho.

Y en ese momento se despidió y Eleanor lo miró alejarse y, cuando entró y cerró la puerta tras de sí, supo, sencilla y claramente, que todo había cambiado.

* * *

Sería un error decir que se enamoraron durante las dos semanas siguientes, pues ya estaban enamorados desde el primer día. Y durante esos quince días, con la prima Beatrice de carabina benevolente y poco estricta, apenas se separaron. Fueron al zoológico, donde Eleanor por fin vio a los tigres, perdieron días enteros en Hampstead, descubriendo rincones verdes del parque y aprendiendo los secretos el uno del otro, exploraron los museos Victoria and Albert y de Historia Nacional y vieron actuar al Ballet Imperial ocho veces. Eleanor dejó de acudir a fiestas, a menos que también Anthony fuera a asistir. En su lugar, caminaban por el Támesis, hablando y riendo como si se conocieran de toda la vida.

Cuando terminaron sus vacaciones, la misma mañana en que debía regresar a Cambridge, Anthony dio un rodeo para verla. No esperó a que estuvieran dentro, sino que le dijo, allí mismo, en la puerta:

—He venido con la idea de pedirte que me esperes.

El corazón de Eleanor latió con fuerza bajo el vestido, pero se le cortó la respiración cuando Anthony añadió:

—Y luego me he dado cuenta de que no era justo.

—¿De verdad? ¿No es justo?

—No, cómo iba a pensar en pedirte algo que yo mismo no...

—Yo puedo esperar...

—Bueno, yo no, ni un día más. No puedo vivir sin ti, Eleanor. Tengo que pedírtelo... ¿Crees que...? ¿Quieres casarte conmigo?

Eleanor sonrió. No tuvo que pensárselo dos veces.

—Sí —dijo—. ¡Sí, mil veces sí! ¡Claro que sí!

Anthony la levantó en brazos, la hizo girar y la besó en cuanto la posó en el suelo.

—Nunca voy a querer a nadie más que a ti —dijo, apartándole los mechones de cabello de la cara.

Lo dijo con una certeza que estremeció a Eleanor. El cielo era azul, el norte estaba frente al sur y él, Anthony Edevane, solo la querría a ella.

Eleanor le prometió lo mismo y él sonrió, satisfecho, pero no sorprendido, como si ya supiera que era cierto.

—Ya sabes que no soy un hombre rico —dijo—. Nunca lo seré.

—Me da igual.

—No te puedo ofrecer una casa como esta. —Señaló la grandiosa residencia de la tía Vera.

Eleanor dijo indignada:

—Ya sabes que no me importan esas cosas.

—O una casa como en la que creciste, Loeanneth.

—No la necesito —dijo, y por primera vez lo creyó—. Ahora mi hogar eres tú.

* * *

Fueron felices en Cambridge. Las habitaciones de Anthony eran pequeñas pero pulcras, y Eleanor las volvió acogedoras. Anthony cursaba el último año de la licenciatura y casi todas las noches después de cenar se sentaba delante de los libros de texto; Eleanor dibujaba y escribía. Se notaba lo inteligente y lo bondadoso que era incluso en cómo fruncía el ceño al estudiar, cómo a veces gesticulaba con las manos al leer en voz alta la mejor manera de realizar cierta operación. Eran manos inteligentes, cuidadosas y hábiles. «Siempre ha sabido construir y arreglar cosas», le había dicho su madre a Eleanor el día que se conocieron. «De niño, nada le gustaba más que desmontar un reloj antiguo de mi esposo. Por fortuna para nosotros (¡y para él!) siempre sabía cómo volverlo a montar».

Su vida en común no era refinada; no acudían a grandes fiestas de sociedad, pero recibían a sus amigos más cercanos y queridos en reuniones pequeñas e íntimas. Howard iba a menudo a comer y se quedaba hasta tarde, hablando y riendo y discutiendo ante una botella de vino; los padres de Anthony les hacían visitas ocasionales, perplejos pero demasiado educados para comentar las estrecheces en que su hijo más joven y su esposa habían elegido vivir, y el señor Llewellyn era un invitado habitual. Gracias a su sabiduría y buen humor y al evidente amor paternal que sentía por Eleanor, pronto se convirtió también en un preciado amigo de Anthony; el vínculo se estrechó cuando Anthony descubrió que, mucho tiempo antes de que su don para contar historias lo convirtiera por accidente en una estrella literaria, también había estudiado medicina (aunque para ser médico y no cirujano). «¿Nunca ha deseado volver a practicar?», le preguntaba Anthony más de una vez, incapaz de comprender qué podría alejar a un hombre de su vocación. Pero el señor Llewellyn siempre sonreía y negaba con la cabeza. «He descubierto algo para lo que estoy mejor preparado. Mejor dejar esas cuestiones a hombres capaces como usted que arden en deseos de ayudar y curar». Cuando Anthony se graduó de su formación preclínica con matrícula de honor y una medalla de la universidad, fue al señor Llewellyn a quien invitó a sentarse junto a Eleanor y sus padres en la ceremonia de graduación. Cuando el vicerrector pronunció un emotivo discurso acerca de la hombría y el deber («Si un hombre no puede ser útil a su país, más le vale estar muerto»), el señor Llewellyn se inclinó para susurrar irónico al oído de Eleanor: «Qué tipo tan jovial: me recuerda a tu madre», y ella tuvo que contener una carcajada. Pero los ojos del anciano rebosaban orgullo al ver graduarse a su joven amigo.

Anthony había hablado en serio cuando dijo que no le interesaba el dinero, también Eleanor, pero la vida puede ser artera y resultó que no tardaron en hacerse muy ricos. Llevaban casados nueve meses cuando acudieron al muelle de Southampton a despedirse de los padres y los hermanos mayores de Anthony, que partían rumbo a Nueva York.

—¿Te habría gustado que fuéramos? —dijo Anthony por encima del ruido de la multitud.

Habían hablado de viajar con la familia, pero el presupuesto de Anthony no daba para cubrir los pasajes y se había negado a que sus padres los pagaran. Se sentía mal, avergonzado por no poder permitirse tales lujos. Pero a Eleanor no le importaba en absoluto. Se encogió de hombros.

—En los barcos me mareo.

—Nueva York es una ciudad maravillosa.

Eleanor le apretó la mano.

—No me importa dónde estoy, siempre que esté contigo.

Anthony le dedicó una sonrisa tan llena de amor que la dejó sin aliento. Cuando se giraron para decir adiós con la mano, Eleanor se preguntó si era posible ser demasiado feliz. Las gaviotas se lanzaban en picado al agua y niños con sombreros de tela corrían junto al barco que zarpaba, saltando sobre todos los obstáculos.

—Un barco imposible de hundir —dijo Anthony, sacudiendo la cabeza mientras el enorme navío se alejaba—. Imagínate.

* * *

Por su segundo aniversario de bodas Anthony sugirió pasar el fin de semana en un pequeño lugar en la costa que conocía. Después de llorar durante meses la pérdida de sus padres y hermanos en el frío océano Atlántico, por fin tenían algo hermoso que celebrar. «Un bebé», había dicho Anthony cuando Eleanor se lo contó, con una mirada de profundo asombro. «¡Figúrate! Una pequeña mezcla de ti y de mí».

Por la mañana temprano tomaron un tren de Cambridge a Londres y en Paddington cambiaron de línea. Fue un viaje largo, pero Eleanor había llevado comida y almorzaron durante el trayecto, llenando las horas de charlas y lecturas, de una larguísima partida al juego de cartas de moda, y también hubo momentos de silencio satisfecho, uno al lado del otro, cogidos de la mano y mirando por la ventana los campos discurrir a gran velocidad.

Cuando llegaron a la estación, un conductor los esperaba y Anthony ayudó a Eleanor a subir al automóvil. Enfilaron una carretera estrecha y sinuosa y, en el interior caldeado del vehículo, el largo día de viaje terminó por vencer a Eleanor. Bostezó y recostó la cabeza contra el respaldo.

—¿Estás bien? —Anthony preguntó, amable, y cuando Eleanor respondió que sí, era sincera.

Cuando Anthony había mencionado el viaje por primera vez, Eleanor no había estado segura de qué sentiría al pasar tan cerca del lugar donde había transcurrido su infancia; de si reviviría la pérdida de su padre y de su hogar. Ahora, sin embargo, comprendió que por supuesto sería así, pero, si bien la tristeza del pasado era inevitable, el futuro le pertenecía a ella, a los dos.

—Me alegra que hayamos venido —dijo Eleanor, y se puso la mano en el vientre, levemente redondeado, mientras la carretera se estrechaba para seguir la línea del océano—. Ha pasado muchísimo tiempo desde que vi el mar.

Anthony sonrió y le tomó la mano. Eleanor miró la mano de él sobre la suya, tan grande una y tan pequeña la otra, y se preguntó cómo era posible ser tan feliz.

Acompañada de recuerdos semejantes, se quedó dormida. Le ocurría a menudo desde que estaba embarazada; nunca se había sentido tan cansada. El motor del automóvil continuó zumbando, la mano de Anthony permanecía cálida sobre la suya y el olor a sal impregnaba el aire. Eleanor no estaba segura de cuánto tiempo había pasado cuando Anthony la tocó y le dijo:

—Despierta, Bella Durmiente.

Se incorporó y se estiró, parpadeando a la luz azulada de ese día cálido y dejando que el mundo cobrara forma una vez más ante sus ojos.

Eleanor respiró hondo.

Allí estaba Loeanneth, su hogar querido, amado, perdido. Los jardines estaban descuidados, la casa tenía un aspecto más decadente de lo que recordaba y, sin embargo, era perfecta.

—Bienvenida a casa —dijo Anthony, levantando la mano de su esposa para besarla—. Feliz cumpleaños, feliz aniversario, feliz comienzo de todo.

* * *

Los sonidos volvieron antes que las imágenes. Un insecto zumbaba contra el cristal de la ventana, unas ráfagas fuertes y breves de ansiedad estática seguidas de un silencio transitorio, y después otro ruido, más suave pero más insistente, un rasguño incesante que Eleanor reconoció, pero no supo nombrar. Abrió los ojos y se encontró en un lugar que estaba a oscuras salvo por un jirón de luz cegadora que se colaba entre las cortinas corridas. Eran olores familiares, a habitación cerrada contra el calor del verano, a gruesas cortinas de brocado y a zócalos en sombras, a luz rancia. Era su habitación, comprendió, la que compartía con Anthony. En Loeanneth.

Cerró los ojos de nuevo. La cabeza le daba vueltas. Estaba aturdida y hacía un calor espantoso. Aquel verano en que llegaron juntos, en 1913, había hecho el mismo calor. Ambos, poco más que niños, habían vivido una época maravillosa al margen del mundo y sus convenciones. La casa necesitaba muchísimas reparaciones, así que se habían instalado en el cobertizo de las barcas, el escenario de juegos de su infancia tan querido de Eleanor. Era una vivienda rústica (una cama, una mesa, una cocina con lo indispensable y un pequeño aseo), pero eran jóvenes y estaban enamorados y acostumbrados a vivir con casi nada. Durante muchos años, cuando Anthony estaba en el frente y lo echaba de menos, cada vez que se sentía triste, sola o abrumada, Eleanor iba al cobertizo, llevando consigo las cartas de amor que Anthony le enviaba, y allí, más que en ningún otro sitio, era capaz de palpar la felicidad y la verdad de lo que había sentido aquel verano, antes de que la guerra destrozara su paraíso.

Comían siempre al aire libre, huevos duros y queso que llevaban en una cesta, y bebían vino bajo el lilo en el jardín tapiado. Desaparecían en el bosque, robaban manzanas de la granja vecina, y flotaban en el arroyo en la pequeña barca, mientras una hora de seda se entretejía con la siguiente. Una noche clara y tranquila habían sacado las viejas bicicletas del cobertizo y pedaleado juntos por el sendero polvoriento, echándose carreras, aspirando el aroma salino del aire cálido mientras la luna hacía brillar las piedras, aún caldeadas por el sol, con un blanco lustroso.

Había sido el verano perfecto. Eleanor lo había sabido ya entonces. El tiempo soleado, su juventud, aquel amor nuevo y absorbente que acababan de encontrar; pero también habían intervenido otros factores más poderosos. Aquel verano había supuesto un inicio para ambos (de una familia, una vida en común), pero también un final. Como el resto de la humanidad, se encontraban al borde de un precipicio; la cadencia de sus vidas, inmutable durante generaciones, estaba a punto de sufrir una sacudida sísmica. Algunas personas habían vislumbrado lo que se avecinaba, pero no Eleanor. El futuro le parecía inimaginable. Se había refugiado feliz en un presente sublime y embriagador donde nada importaba salvo el ahora. Pero se avecinaban nubarrones de guerra y el porvenir aguardaba entre bastidores…

El insecto seguía golpeteando las ventanas emplomadas y Eleanor sufrió otra punzada de dolor a medida que regresaba el presente. Theo. Las preguntas del reportero, el fotógrafo, Alice en el umbral de la biblioteca. Eleanor había reconocido la expresión del rostro de Alice. Era la misma de cuando Eleanor la sorprendió grabando su nombre por toda la casa, la misma de cuando la cocinera la envió arriba por robar golosinas de la despensa, la misma de cuando echó a perder su vestido nuevo con grandes manchas de tinta negra.

Alice parecía culpable, sin duda, pero no solo eso. Daba la impresión de estar a punto de hablar. Pero ¿qué habría querido decir Alice? ¿Y a quién? ¿Sabía algo? Ya había respondido las preguntas del agente de policía, como todos en la casa. ¿Era posible que dispusiera de información sobre el paradero de Theo y que no lo hubiera mencionado?

—¿Cómo iba a saber algo? —le respondió una voz en la oscuridad—. No es más que una niña.

No había sido intención de Eleanor hablar en voz alta y fue perturbador comprobar que lo había hecho. Escudriñó la penumbra de la habitación. Tenía la boca seca, supuso que debido a la medicación del doctor Gibbons. Estiró la mano en busca de un vaso de agua en la mesilla de noche y la persona que había al otro lado de la misma cobró forma entre las sombras: era su madre, sentada en la butaca de terciopelo marrón junto al escritorio. Eleanor dijo enseguida:

—¿Alguna noticia?

—Todavía no. —Su madre estaba escribiendo cartas y la pluma rasgaba el papel de vitela—. Pero el agente simpático, el de mayor edad, el que tiene mal el ojo, me ha dicho que habían recibido información que podría ser de ayuda.

—¿Información?

Ris-ras.

—Bueno, Eleanor, ya sabes que no tengo cabeza para los detalles.

Eleanor dio un sorbo de agua. Le temblaba la mano y la garganta le ardía. Tenía que ser Alice. La imaginaba delante del agente de policía encargado del caso, la confianza visible en sus rasgos mientras sacaba ese cuaderno suyo y procedía a entregarle apuntes recién tomados. Observaciones y teorías de cuya relevancia no le cabía duda.

Y tal vez Alice podría ser de ayuda; tal vez había visto algo que llevara a la policía hasta Theo. La muchacha tenía la extraña costumbre de estar siempre donde no debía.

—Tengo que hablar con Alice.

—Tienes que descansar. Esas píldoras para dormir del doctor Gibbons son bien fuertes, o eso me han dicho.

—Madre, por favor.

Un suspiro.

—No sé dónde está. Ya sabes cómo es esa chiquilla. O deberías saberlo; tú eras igual a su edad, las dos a cual más terca.

Eleanor no rechazó la comparación. Tampoco, de ser sincera, tenía motivos para contradecir la descripción de su madre, si bien el adjetivo «terca» era tal vez una elección perezosa. Había muchos otros más adecuados. Eleanor prefería describirse a sí misma de joven como tenaz. Ferviente incluso.

—El señor Llewellyn, entonces. Por favor, madre. Él sabrá dónde encontrar a Alice.

—Tampoco a él lo he visto. De hecho, la policía lo está buscando. He oído que no aparecía por ninguna parte… He oído decir que se ha marchado. Lo que es extraño, aunque lo cierto es que nunca fue muy de fiar y últimamente estaba más nervioso que un gato.

Eleanor intentó incorporarse. No se sentía con fuerzas para tolerar el ya tradicional desprecio de su madre por el señor Llewellyn. Tendría que encontrar a Alice ella misma. Ah, pero la cabeza le estallaba. Se la sujetó con ambas manos y, a los pies de la cama, *Edwina* gimoteó.

Solo un minuto o dos para recuperarse, era todo lo que necesitaba. Para que sus pensamientos dejaran de enmarañarse, para que la cabeza dejara de darle vueltas. Constance estaba metiendo cizaña, Eleanor sabía que de ningún modo el señor Llewellyn la abandonaría en un momento como este. Había estado nervioso durante las últimas semanas, eso era cierto, pero era su amigo más querido. Seguro que estaba en algún lugar del jardín, cuidando de las niñas; solo así se explicaba su ausencia. Y, cuando lo encontrara, encontraría a Alice.

Y es que, a pesar de la bruma en su cabeza, a pesar de que se moría de ganas de recostarse en la cama y esconderse bajo las mantas, de negar el horror del día, Eleanor estaba decidida a hablar con Alice. Su hija sabía algo acerca de la desaparición de Theo, no le cabía duda.

Capítulo 9

Cornualles, 2003

Había pasado casi una semana desde que se topó con Loeanneth y Sadie había vuelto todos los días. Daba igual la dirección que tomara cuando salía a correr por la mañana, siempre acababa en aquel jardín abandonado. Su lugar favorito donde sentarse era el borde de una fuente de piedra con vistas al lago, y aquella mañana, al tomar asiento, divisó una tosca inscripción en el contorno en sombras de la base de la fuente: A-L-I-C-E. Sadie pasó el dedo a lo largo de las frías hendiduras de las letras.

—Hola, Alice —dijo—. Parece que nos volvemos a encontrar.

Estaban por todas partes, las inscripciones. En los troncos de los árboles, en la madera blanda de los alféizares, en el tablado resbaladizo y cubierto de musgo del cobertizo de las barcas que había descubierto y explorado el otro día. Sadie había comenzado a sentir que ella y Alice Edevane estaban jugando al ratón y al gato separadas por varias décadas, una conexión reforzada por el hecho de que llevaba toda la semana leyendo a ratos *Un plato servido frío* mientras jugaba a estar de vacaciones (siguiendo instrucciones de Bertie) y trataba de arreglar las cosas con Donald (le había dejado seis mensajes desde el lunes, aparte de innumerables llamadas, y todavía no sabía nada de él). A pesar de sus dudas iniciales, leer había resultado ser un pasatiempo muy agradable. A Sadie le caía bien Diggory Brent, un detective gruñón, y disfrutaba inmensamente cada vez que detectaba una pista antes que él. Era difícil imaginar que la mujer de gesto severo cuyo retrato aparecía en la contraportada de sus novelas hubiera sido en otro tiempo una delincuente juvenil que se dedicaba a pintarrajear el hogar familiar, pero le hacía sentir a Sadie un cariño inexplicable por Alice. Y le intrigaba, además, que una escritora famosa por inventar misterios complejos estuviera implicada, si bien de un modo tangencial, en la investigación de un crimen real y además sin resolver. Se preguntaba qué habría sido primero, la elección del género literario o la desaparición del hermano pequeño.

A lo largo de la semana, en vista del silencio de Donald y mientras intentaba resistirse a una abrumadora sensación de impotencia, Sadie se había sorprendido a sí misma dando vueltas a la casa abandonada y el niño desaparecido, intrigada por el rompecabezas. Habría preferido estar de vuelta en Londres, en su trabajo de verdad, pero cualquier cosa era mejor que contemplar el reloj y el paso del tiempo, y su interés no había pasado desapercibido. «¿Ya lo has resuelto?», solía preguntar Bertie cada vez que Sadie y los perros entraban en casa. Lo decía de buen humor, como si le complaciera verla ocupada, pero también con cautela. Al parecer Sadie no lo había convencido del todo con sus pretendidas vacaciones. A veces lo sorprendía mirándola, reflexivo, con el ceño fruncido, y Sadie sabía que las preguntas acerca de su visita repentina a Cornualles, esa ausencia del trabajo tan poco usual en ella, se amontonaban hasta formar una presa detrás de los labios. A Sadie cada vez se le daba mejor escaparse de la casa, la mochila al hombro y los perros detrás, cuando parecía que la presa estaba a punto de desbordarse.

Los perros, por su parte, estaban encantados con la nueva situación. Corrían delante de Sadie, disputándose el primer lugar mientras zigzagueaban por el bosque, antes de desviarse por completo del sendero, persiguiéndose el uno al otro entre la maleza y deslizándose bajo el seto para retomar la pelea del día anterior con los patos. Sadie iba a la zaga, pero los libros no eran ligeros y siempre llevaba la mochila llena, gracias a su nuevo amigo Alastair Hawker, el bibliotecario del pueblo.

Desde que lo conoció, este le había prestado toda la ayuda que le permitía su limitado catálogo. Por desgracia, no era gran cosa. La culpa era de Hitler. Durante la Segunda Guerra Mundial una bomba había destruido los archivos de la hemeroteca anteriores a enero de 1941. «Lo lamento muchísimo», había dicho Alastair. «No están en internet, pero los puedo pedir a la Biblioteca Británica, y buscarle algo más para empezar».

Sadie había dicho que le parecía muy bien y él se había puesto manos a la obra, aporreado con energía un teclado y repasado viejas fichas de archivo en cajones de madera, antes de excusarse y desaparecer a paso rápido tras una puerta con un cartel que decía: *Archivos.*

—Ha habido suerte —dijo al volver, limpiando el polvo de una pequeña pila de libros—. *Familias notables de Cornualles* —leyó, tras lo cual abrió el índice y pasó el dedo por la lista, hasta que se detuvo en medio de la página—. Capítulo ocho: «Los DeShiel de Havelyn».

Sadie le miró, escéptica.

—La casa que me interesa se llama Loeanneth.

—La Casa del Lago, sí, pero solía formar parte de una finca mucho más grande. Creo que originalmente Loeanneth era la residencia del jardinero en jefe.

—¿Y los DeShiel?

—Formaban parte de la aristocracia del lugar, fueron muy poderosos en su día. La misma historia de siempre: el poder y la influencia de la familia menguaron en paralelo a su saldo bancario. Algunas decisiones de negocios imprudentes, unas pocas ovejas negras, la inevitable colección de escándalos aristocráticos. —Blandió el libro—. Aquí está todo.

Sadie salió con un carné de la biblioteca nuevo y reluciente, el primero que tenía, una fotocopia del capítulo ocho: «Los DeShiel de Havelyn» y *El pequeño Edevane,* de Arnold Pickering, una apasionada crónica de la desaparición que Sadie tenía el dudoso honor de ser la primera persona en tomar prestada desde agosto de 1972. También había sacado un manoseado ejemplar de *Un plato servido frío.*

Esa tarde, mientras Bertie hacía tarta de pera, Sadie se instaló en el patio a escuchar los murmullos del mar y a leer sobre la familia DeShiel. Tal y como había dicho el bibliotecario, era una historia de grandeza y declive. Leyó por encima los primeros quinientos años (un DeShiel marinero que había logrado saquear ingentes cantidades de oro a los españoles y a quien Isabel I de Inglaterra había armado caballero, la concesión de tierras y títulos, las muertes, matrimonios y herencias que siguieron) y centró su interés alrededor de 1850, cuando la fortuna de la familia sufrió un revés repentino. Se apuntaba a una estafa relacionada con una plantación de azúcar en las Indias Orientales, a grandes deudas de juego y a un incendio el día de Navidad de 1878, que comenzó en los cuartos del servicio y se extendió hasta destruir casi toda la casa señorial. Durante los treinta años siguientes, la finca se dividió y vendió parcela a parcela hasta que las posesiones de la familia DeShiel quedaron reducidas a la Casa del Lago y las hectáreas que la rodeaban.

Los Edevane no eran más que una nota a pie de página en la historia de la familia. A tres párrafos del final del capítulo, el autor señalaba que Eleanor deShiel, la última de su estirpe, se había casado con Anthony Edevane en 1911, tras lo cual Loeanneth fue restaurada y conservada como residencia campestre. No se mencionaba la desaparición de Theodore Edevane, hecho que sorprendió a Sadie hasta que reparó en que *Familias notables de Cornualles* había sido publicado en 1925, casi una década antes de que el pequeño naciera; de hecho, ocho años antes de su desaparición.

En ausencia de este enigma, el autor se había centrado en el papel de Eleanor deShiel como inspiración de *El umbral mágico de Eleanor*, de Daffyd Llewellyn, un libro para niños de gran éxito en la primera década del siglo XX. «De no haber sido por la inverosímil relación entre Llewellyn y la sagaz hija de su amigo, tal vez habría seguido siendo médico, sin llegar a descubrir su don para contar historias, y generaciones enteras de niños se habrían visto privadas de un cuento muy admirado». Llewellyn había seguido escribiendo y dibujando, y en 1934 había recibido a título póstumo la Orden del Imperio Británico por su contribución a la literatura. Según Alastair Hawker, todavía era posible encontrar el libro, pero no había resistido el paso del tiempo tan bien como otros libros de su época. Sadie tuvo que aceptar su palabra. No había leído el libro de niña; había tenido un ejemplar, pensaba, regalo de sus abuelos, pero sus padres habían decidido que era un «disparate», ofendidos, como era previsible, por los elementos mágicos del relato y lo habían archivado con desagrado en el mismo lugar donde languidecían los títulos de Enid Blyton.

La edición que tenía ahora en el regazo había sido publicada en 1936. El papel era suave y pulverulento y tenía intercaladas páginas brillantes con ilustraciones que comenzaban a descolorarse en los bordes. Láminas, las había llamado Alastair, cuando Sadie se llevó el libro el lunes. Era un cuento sobre una niña pequeña que vivía en una casa grande y solitaria con un padre amable pero incompetente y una madrastra arribista y fría como el hielo. Un día, mientras sus padres se encontraban en Londres, la niña estaba correteando por la casa llena de corrientes de aire y se encontró ante una puerta en la que no se había fijado antes. Al otro lado había un hombre arrugado de pelo blanco, «igual a Cronos, el padre del tiempo», rodeado de paredes cubiertas de arriba abajo de mapas dibujados a mano y paisajes bosquejados con esmero. «¿Qué haces aquí?», preguntó la niña, como era lógico; «Te he estado esperando», respondió él, antes de comenzar el relato de una remota tierra mágica donde una vez se cometió un terrible mal que rompió la paz y la guerra y los conflictos prosperaron. «Solo una persona puede arreglar la situación, y eres tú», dijo.

Gracias a sus mapas, la niña descubrió un túnel en el jardín abandonado que la llevó a la tierra mágica. Ahí se unió a una banda leal de oprimidos y se embarcó en una serie de aventuras y batallas para derrocar al malvado usurpador y restaurar la paz y la felicidad en esas tierras. Cuando por fin regresó por el túnel, descubrió que no había pasado el tiempo y, aun así, su casa había cambiado por completo. Su padre era feliz, su madre aún vivía y la casa y el jardín habían perdido su tristeza. Cuando fue corriendo a hablarle al anciano de su éxito, encontró la habitación vacía. Sus padres le dijeron que todo habría sido un sueño y la niña casi les creyó hasta que encontró, oculto bajo el papel de la pared del cuarto de invitados, un único mapa de la tierra mágica.

Sentada al borde de la fuente, Sadie dio un bocado al sándwich de queso que había llevado en la mochila y sostuvo el libro frente a ella para comparar una ilustración del cuento con la casa real. Le había pedido a Alastair que le buscara más información acerca del autor, Daffyd Llewellyn. Según el prefacio que abría el libro, había sido amigo íntimo de la familia Edevane y no cabía duda de que se había inspirado en Loeanneth. La casa de la ilustración de Llewellyn era la viva imagen de Loeanneth; había captado incluso el ángulo inclinado de la ventana del extremo izquierdo. Sadie había necesitado varios días de inspección minuciosa antes de comprobar que la ventana no era cuadrada. Pasó a la lámina denominada *fig. ii*, una ilustración de una niña pequeña de pelo rebelde y ropas antiguas, de pie junto a un pilar de piedra con una argolla de latón en la base. El resplandor del sol era cegador y Sadie tuvo que entrecerrar los ojos para leer el texto que había debajo de la imagen: *Ahí, bajo el sauce más ancho y oscuro, Eleanor halló lo que el mapa del anciano prometía. «Tira de la argolla», parecía musitar el aire en torno a ella, «tira de la argolla y verás qué ocurre».*

Sadie lanzó la corteza del sándwich a una insistente bandada de polluelos de cisne y se limpió la mano en la parte posterior del pantalón del chándal. Por lo que veía, todos estos libros para niños eran iguales. Niño aislado encuentra puerta a mundo mágico; sobrevienen aventuras y heroísmo. El mal es derrotado, los viejos narradores son liberados de las maldiciones que los asolaban y todo vuelve a su cauce. Le daba la impresión de que muchos niños soñaban con escapar de la infancia, de tener el poder de controlar su destino. A Sadie no le costaba comprenderlo. Algunos encontraban la salida en un armario, otros en lo alto de un árbol encantado; Eleanor había descubierto una escotilla de escape en el jardín. A diferencia de otras puertas, la de Eleanor era real. Sadie se alegró muchísimo cuando la encontró el martes por la mañana, la argolla de latón y el pilar, justo como explicaba el cuento, ocultos bajo un sauce especialmente lóbrego a la orilla del lago. Como es natural, intentó abrirla, pero, a pesar de tirar con todas sus fuerzas, la trampilla ni se movió.

Sus infancias habían sido muy diferentes, pero a pesar de ello Sadie sentía afinidad con Eleanor Edevane. Le caía bien esa niña del cuento de hadas, de carácter honorable, valiente y travieso; era justo el tipo de niña que a Sadie le habría encantado ser de pequeña. Pero había algo más. Sadie se sentía unida a Eleanor por algo que había encontrado en el viejo cobertizo de las barcas el otro día, junto al arroyo. Se había encaramado a una ventana rota y entrado en una habitación amueblada con una cama, una mesa y otros muebles sencillos. Todo estaba cubierto de polvo, mugre y de un húmedo manto de vejez, y, al cabo de un registro meticuloso, Sadie no había descubierto nada útil, salvo un objeto que le había resultado de verdad interesante. El sobre se había caído tras la cabecera de la cama y había permanecido extraviado durante la mayor parte de un siglo. Dentro había una única hoja de papel con un elaborado diseño de hojas de hiedra cerca de los bordes, la segunda parte de una carta firmada por Eleanor.

Era una carta de amor, escrita mientras estaba embarazada, en la cual, entre declaraciones íntimas de que su amor le había salvado la vida, intentaba transmitir a su marido los milagrosos cambios que tenían lugar mientras crecía el bebé: *esa pequeña mezcla de ti y de mí.* Al principio, Sadie había supuesto que el bebé era Theo Edevane, hasta que se dio cuenta de que Eleanor se lamentaba conmovedoramente de que su amor estaba demasiado lejos, que deseaba tenerlo cerca, lo echaba de menos con todo su ser. Comprendió entonces que la carta habría sido escrita cuando Anthony se encontraba en Francia durante la Primera Guerra Mundial. Según «Los DeShiel de Havelyn», los Edevane habían tenido tres hijas: Deborah había nacido antes de la guerra, Clementine después de esta y Alice en plena contienda. Así, el bebé cuyo nacimiento Eleanor esperaba con tanto anhelo debía de ser Alice. Apasionada y sincera, la carta ofrecía una visión tan evocadora de la personalidad de Eleanor que Sadie casi oía su voz, alta y clara, a pesar de los noventa años transcurridos.

Cerró el libro de la biblioteca con un golpe seco que levantó esporas de polvo en todas direcciones. El sol estaba en lo alto del cielo y la humedad se evaporaba sobre la superficie del lago. La luz reflejada danzaba bajo las ramas inclinadas y las hojas, de un verde imposible, relucían. A pesar del calor, Sadie sintió un escalofrío al mirar hacia la casa. Aun sin el vínculo con *El umbral mágico de Eleanor,* aquel lugar le producía la turbadora sensación de haber caído en las páginas de un cuento de hadas. Cuanto más tiempo pasaba en el jardín de Loeanneth, cuanto más aprendía acerca de la casa y de sus habitantes, cada vez que descubría otra inscripción de A-L-I-C-E, menos intrusa se sentía. Y, aun así, no lograba ahuyentar la sensación de que la casa la vigilaba.

Una idea sin sentido, descabellada, ridícula. Era un pensamiento más propio de la nueva amiga de Bertie, Louise; se imaginaba a Donald riéndose a carcajadas. Era la inmovilidad lo que la hacía reaccionar así, la ausencia de habitantes humanos y su legado. Las casas no se construían para permanecer vacías. Una casa sin habitantes, en especial una casa como aquella, aún llena de las posesiones de una familia, era el objeto más triste y absurdo del mundo.

Siguió el reflejo de una bandada de nubes por las vidrieras emplomadas de la planta de arriba y su mirada se detuvo en la ventana del extremo izquierdo. El cuarto de los niños, el último lugar en que fue visto Theo Edevane antes de su desaparición. Cogió un guijarro y lo giró pensativa entre el pulgar y el índice, sopesándolo distraída. Ahí estaba la clave de todo. La casa habría caído fácilmente en el olvido de no ser por la historia que encerraba, el escándalo de la desaparición de ese pequeño. Con el paso del tiempo, el escándalo se había ido magnificando hasta convertirse en folclore. El cuento de hadas de un niño desaparecido y una casa sumida en un sueño eterno, inmóvil, mientras el jardín que la rodeaba seguía creciendo asilvestrado.

Sadie lanzó el guijarro, que trazó un arco perezoso hacia el lago, donde hizo un ruido sonoro al caer. Sin duda, ese elemento de cuento de hadas era uno de los aspectos más peliagudos del caso. Los casos sin resolver eran siempre un desafío, pero este contaba además con el elemento folclórico. La historia había sido contada o recontada tantas veces que la gente se había acostumbrado a aceptar el misterio. En realidad casi nadie, es decir, las personas de fuera, los que no estaban involucrados, quería una respuesta; que el misterio fuera irresoluble era parte del encanto. Pero no se trataba de brujería o magia, y los niños no se esfumaban así como así. Se perdían o los raptaban o traficaban con ellos. En ocasiones, también, los mataban, pero casi siempre eran arrebatados. Sadie frunció el ceño. Cuántos hijos de las sombras había en el mundo, alejados de sus padres, tirando de las faldas de sus mamás. ¿Dónde habría ido aquel pequeño?

Alastair había cumplido su palabra y había encargado copias de los artículos originales del periódico, y Louise, la amiga de Bertie, que daba la impresión de «pasar por allí» cada vez que Sadie entraba en la cocina, había prometido que preguntaría en el ala de geriatría del hospital por si alguien sabía algo. Sadie confirmó en la oficina de registro de la propiedad que en la actualidad la casa pertenecía a Alice Edevane, pero, a pesar de las orgullosas declaraciones en sentido contrario, todo apuntaba a que la autora «local» vivía en Londres y no la habían visto en el pueblo desde hacía décadas. Sadie encontró una dirección de correo postal, pero no de correo electrónico; todavía no había recibido respuesta a sus cartas. Entretanto se tenía que conformar con *El pequeño Edevane,* de Arnold Pickering, que había sacado de la biblioteca.

El libro se había publicado en 1955 como parte de una serie llamada *Misterios de Cornualles,* que incluía también un volumen de avistamientos de hadas y la historia de un famoso buque fantasma que aparecía en la bahía. Semejantes compañeros de páginas no infundieron demasiada confianza en Sadie y, como era de esperar, la crónica de Pickering sugería más amor por los enigmas que por la verdad. El libro no aventuraba ninguna teoría sensata, pues prefería recrearse con «la misteriosa desaparición de una noche de verano». Sin embargo, contenía lo que en apariencia era un resumen decente de los hechos, y Sadie no tenía mucho donde escoger.

Sacó sus notas, que acababa de organizar en una carpeta etiquetada *Edevane.* Comenzaba a ser un ritual diario leerlas de cabo a rabo, allí, sentada en el borde de la vieja fuente. Así trabajaba siempre Sadie, repasando hasta el menor detalle de un caso una y otra vez, hasta que era capaz de recitar el contenido del archivo de memoria. Donald decía que era obsesivo (él era más de reflexionar con una cerveza delante), pero Sadie pensaba que lo que para unos es obsesión, para otros es devoción. Si existía una manera más efectiva de descubrir fallos, contradicciones y discrepancias, aún no la había descubierto.

Según Pickering, Theodore Edevane había sido visto por última vez a las once de la noche el día de la fiesta, cuando su madre se acercó a verle al cuarto de los niños. Lo hacía todas las noches, a esa misma hora, antes de retirarse a la cama, y el pequeño solía dormir de un tirón hasta la mañana. Dormía bien, había dicho Eleanor Edevane a la policía, y rara vez se despertaba por la noche.

Su visita al cuarto de los niños la noche de la fiesta fue confirmada por una de las criadas, que vio a la señora Edevane salir del cuarto y pararse a hablar un momento con otra criada en las escaleras. La criada confirmó que eran las once pasadas y dijo que lo sabía porque llevaba una bandeja de copas de champán de vuelta a la cocina para que las lavaran y estuvieran a disposición de los invitados para los fuegos artificiales a medianoche. El lacayo de servicio en la puerta de entrada declaró haber visto a la señora Edevane salir de la casa pasadas las once, después de lo cual no volvió a entrar ningún invitado ni otro miembro de la familia, salvo para visitar el cuarto de baño situado en la planta baja, hasta el final de la fiesta.

La señora Edevane pasó el resto de la noche en el cobertizo de las barcas, donde las góndolas llevaban a los invitados a dar una vuelta por el arroyo iluminado con farolillos, y se retiró a la cama poco después del amanecer, cuando se marcharon los últimos invitados, dando por hecho que sus hijos estaban donde debían estar. Se quedó dormida enseguida y no se despertó hasta las ocho, cuando una criada le hizo saber que Theo no estaba en su cuna.

La familia hizo una búsqueda preliminar, pero sin sentirse en exceso alarmados y sin alertar a los invitados que se habían quedado a pasar la noche. Una de las hijas Edevane (la más joven, Clementine) tenía la costumbre de salir de la casa temprano y, en ocasiones, se llevaba a su hermanito consigo si estaba despierto cuando pasaba delante del cuarto de los niños. Todos supusieron que eso era lo que había ocurrido en esta ocasión.

Aún se estaba sirviendo el desayuno en el salón cuando Clementine Edevane regresó a la casa, sola, poco después de las diez. Cuando aseguró desconocer el paradero de su hermano, pues la puerta del cuarto de los niños había estado cerrada cuando pasó a las seis, llamaron a la policía. Se declaró oficialmente desaparecido al niño y se inició una búsqueda exhaustiva.

Si bien Pickering parecía dispuesto a creer que el niño se había desvanecido en medio de la noche, incluía un conciso sumario de las investigaciones policiales, junto a una breve síntesis de dos explicaciones oficiales de la desaparición de Theodore Edevane: el niño se había alejado caminando o lo habían secuestrado. La teoría del paseo mereció más crédito cuando se descubrió que también había desaparecido su peluche favorito, pero, a medida que la búsqueda se ampliaba sin hallar rastro del niño, y considerando la fortuna de la familia, la segunda teoría se volvió más plausible. En algún momento entre las once de la noche y las ocho de la mañana siguiente alguien habría entrado a hurtadillas en el cuarto de los niños y se habría llevado al pequeño.

Era una suposición razonable y Sadie se inclinaba a aceptarla. Miró al otro lado del lago, hacia la casa, y trató de imaginarse a sí misma en la noche de la fiesta descrita por Pickering: gente por todas partes, farolillos y bengalas, góndolas con pasajeros risueños navegando por el arroyo iluminado, la hoguera en medio del lago. La música y las risas y el ruido de trescientas personas hablando.

Si el niño se había alejado caminando (y Pickering citaba un artículo de la prensa en el cual Anthony Edevane afirmaba que su hijo acababa de aprender a trepar fuera de la cuna y que una o dos veces había bajado las escaleras), ¿cómo era posible que nadie en la fiesta lo hubiera visto? Pickering aludía a unas vagas declaraciones de invitados que «tal vez» hubieran visto un niño, pero, evidentemente, no había nada concreto. Y, aun si el pequeño de once meses hubiera conseguido, quién sabía cómo, esquivar todas las miradas, ¿a qué distancia era razonable suponer que se habría alejado? Sadie no sabía mucho acerca de la infancia y sus etapas, pero pensó que, por muy precoz que fuera, a esa edad se habría cansado bastante pronto. La policía lo había buscado en todas direcciones en kilómetros a la redonda y no había encontrado nada. Además, era poco verosímil que hubieran transcurrido setenta años sin que apareciese ningún rastro: ni el cadáver, ni los huesos, ni siquiera un jirón de ropa.

También la teoría del secuestro presentaba problemas. Para empezar, ¿cómo era posible que alguien entrara, se llevara al niño y se marchara sin levantar sospechas? Había centenares de personas abarrotando la casa y el jardín, y, por lo que Sadie sabía, no había indicios creíbles de que alguien hubiera visto u oído algo. Dedicó toda la mañana del miércoles a recorrer los alrededores de la casa en busca de salidas, y encontró dos, aparte de la puerta principal, que parecían viables: las puertas vidrieras de la biblioteca y otra en la parte trasera. La biblioteca quedaba descartada, sin duda, pues la fiesta se había apropiado del jardín que tenía enfrente, pero Sadie se preguntó acerca de la puerta trasera.

Intentó mirar por el ojo de la cerradura y dio un buen empujón a la puerta, con la esperanza de que cediera; no era lo mismo, al fin y al cabo, entrar tras forzar la puerta que entrar sin más. Por lo general Sadie no perdía el tiempo con menudencias, y además, quién se iba a quejar si forzaba la cerradura, pero, dada la tensa situación con Donald y la sombra amenazante de Ashford, quien tenía el poder y tal vez las ganas de expulsarla del cuerpo, pensó que era más sensato portarse bien. Encaramarse a una ventana para entrar en un cobertizo casi vacío era una cosa, forzar una puerta para entrar en una casa solariega completamente amueblada era otra muy distinta. La habitación que había más allá de la puerta seguiría siendo un misterio hasta que reclutó a Alastair para que le encontrara el plano de la casa en los archivos del condado. «Me chiflan los mapas y los planos», había dicho, casi incapaz de disimular el regocijo que le producía la solicitud. No tardó nada y el jueves Sadie había descubierto que la puerta era la entrada del servicio a la cocina.

Lo cual no era exactamente una ayuda. La cocina habría estado abarrotada la noche de la fiesta. Sin duda, no habría sido posible que alguien pasara con Theo Edevane bajo el brazo sin ser visto.

Sadie echó otro vistazo al nombre de Alice grabado en aquel lugar secreto en la base de la fuente.

—Vamos, Alice —dijo—. Tú estabas ahí. Échame una mano.

El silencio era ensordecedor.

Bueno, el silencio no, pues allí no existía tal cosa. Cada día, cuando el sol se alzaba en el cielo, el coro de insectos que rondaban entre los juncos subía de volumen convertido en febril ruido estático. Era la falta de pistas lo que resultaba ensordecedor.

Frustrada, Sadie apartó las notas. Detectar lagunas en las pruebas estaba bien, pero el éxito del método dependía, qué casualidad, de la existencia de pruebas. Pruebas de verdad: declaraciones de testigos, teorías policiales, información contrastable. De momento Sadie solo contaba con un esquema endeble.

Recogió sus cosas, metió los libros y la carpeta en la mochila, y llamó a los perros. Acudieron a regañadientes, pero pronto acomodaron su paso al de Sadie, que se alejó de la casa por el jardín trasero. A principios de la semana había encontrado un arroyo en la parte trasera de la finca que llegaba hasta el pueblo.

En pocos días, Dios mediante, dispondría de materiales concretos. Uno de los datos más útiles que había sacado del libro de Pickering era el nombre de los agentes encargados del caso, el más joven de los cuales aún estaba vivo y residía en la zona. Según Pickering, aquel había sido el primer caso de Clive Robinson tras incorporarse al cuerpo de policía local. Tenía diecisiete años por aquel entonces y era el ayudante del inspector Hargreaves.

No le resultó difícil dar con la dirección de Clive Robinson, pues aún tenía amigos en la oficina de tráfico. Un amigo, por lo menos. Un tipo bastante amable con quien se había dado un revolcón después de una noche de copas entre colegas unos años atrás. Ninguno de los dos había hablado del asunto, pero desde entonces él siempre atendía solícito sus peticiones de información. Sadie anotó la dirección y condujo hasta Polperro, un pueblo cercano, el miércoles por la tarde. No hubo respuesta cuando llamó a la puerta; sin embargo, la vecina de al lado se mostró de lo más comunicativa. Clive estaba de vacaciones en Chipre con su hija y su cuñado, pero regresaría al día siguiente. La mujer lo sabía, aclaró sin que Sadie le hubiera preguntado, porque se esforzaba en ser una buena vecina, le recogía el correo y le regaba las plantas hasta que volviera. Sadie escribió una nota para concertar una cita y la metió en el buzón. Dio las gracias a la mujer y comentó que las plantas tenían un aspecto estupendo. Sadie sentía un afecto especial por vecinas como Doris, tan dispuestas a compartir información con los demás.

Los perros salieron corriendo por delante de ella y cruzaron el arroyo por la parte más estrecha, pero Sadie se detuvo. Había algo en la parte menos profunda. Lo sacó del barro y lo hizo girar entre los dedos. Una piedra oval, lisa como una moneda, ideal para que rebotara en el agua. Bertie le había enseñado a identificarlas cuando Sadie se fue a vivir con sus abuelos a Londres y salían a pasear, los tres juntos, por los alrededores del estanque de Victoria Park. Sadie la arrojó sin levantar el brazo, satisfecha cuando botó sobre la superficie del agua.

Buscó entre los juncos y había encontrado otro precioso guijarro cuando una ráfaga de luz y unos movimientos al otro lado del arroyo le llamaron la atención. Supo de inmediato de qué se trataba. Apretó los labios y parpadeó con fuerza. Y, cómo no, cuando miró de nuevo la niña iluminada desde detrás, con las manos en alto pidiendo ayuda, ya no estaba. Sadie arrojó el guijarro y observó, sombría, cómo se unía a su compañero en el agua. Cuando al fin se hundió sin dejar rastro, cruzó sobre las piedras al otro lado y no se permitió volver la vista ni una sola vez.

Capítulo 10

Cornualles, 1914

Tienes que encontrar una que sea muy plana —dijo Anthony, escarbando en las aguas poco profundas desde la orilla del arroyo—. Como esta belleza de aquí. —Sostuvo el pequeño guijarro, de forma ovalada, entre los dedos, admirándolo mientras lo hacía girar. La luz del sol relucía a su espalda cuando lo depositó en la pequeña mano impaciente de Deborah.

Deborah lo miró maravillada. El pelo sedoso caía hasta rozarle los ojos azules abiertos de par en par. Pestañeó y luego exhaló un gran suspiro de felicidad, tan enérgicamente satisfecha con la situación que no logró evitar dar pataditas al suelo en una muestra de júbilo explosivo. De manera casi previsible, la piedra se deslizó de la palma de la mano y cayó al agua entre salpicaduras.

La boca de Deborah dibujó una «o» de sorpresa y, tras una breve inspección de la mano vacía, un dedo regordete señaló indignado el lugar donde había desaparecido el guijarro.

Anthony se rio y le alborotó el cabello hacia uno y otro lado.

—No importa, tesoro. Hay muchas más.

Desde donde se encontraba sentada, en un leño caído bajo el sauce, Eleanor sonrió. Aquello, aquel lugar, lo era todo. El día de final de verano, el olor del mar a lo lejos, las personas que más amaba en el mundo juntas en el mismo lugar. En días como aquel daba la sensación de que el sol había lanzado un hechizo y nunca volvería a ser invierno, y casi podía convencerse a sí misma de que ese horrible asunto eran solo imaginaciones suyas... Pero, a continuación, huía de ese momento perfecto y el pánico regresaba, un dolor furibundo que le roía el estómago, porque cada día pasaba más rápido que el anterior y no importaba con cuánta determinación tratara de ralentizar el tiempo, se le escapaba entre los dedos como el agua, como esos guijarros planos del río entre los dedos de Deborah.

Debió de suspirar o fruncir el ceño, o tal vez expresó su zozobra de otra manera porque Howard, sentado a su lado, se inclinó para darle un golpecito en el hombro con el suyo.

—No durará mucho —dijo—. Estará de vuelta antes de que notes que se ha ido.

—Por Navidad, dicen.

—Ni cuatro meses.

—Poco más de tres.

Howard le tomó la mano y la apretó y Eleanor experimentó el escalofrío de una corazonada. Se dijo a sí misma que estaba siendo una tonta, y se concentró en la libélula que revoloteaba entre los juncos soleados. Las libélulas no se creían capaces de presentir el futuro; se limitaban a volar de aquí para allá, disfrutando del sol en las alas.

—¿Has recibido noticias de tu Catherine? —preguntó de buen humor.

—Solo que se ha prometido a un primo pelirrojo del norte.

—¡No!

—Pensé que alistarme la impresionaría, pero por desgracia...

—Peor para ella. No te merece.

—No... Era yo el que esperaba merecerla a ella.

Lo dijo a la ligera, pero Eleanor sabía que, a pesar del buen humor, sufría. Estaba muy enamorado de Catherine; según Anthony, había estado a punto de proponerle matrimonio.

—Hay más peces en el mar —dijo Eleanor, que se estremeció por lo simplistas que sonaban sus palabras.

—Sí. Solo que Catherine era un pez precioso. Tal vez si vuelvo de la guerra con una herida pequeña pero impresionante…

—¿Una cojera, tal vez?

—Estaba pensando más bien en un parche en el ojo. Justo lo suficiente para darme cierto pícaro encanto.

—Eres demasiado amable para ser un pícaro.

—Me temía que ibas a decir algo así. La guerra me va a endurecer, ¿no crees?

—No demasiado, espero.

Cerca del arroyo, la pequeña Deborah se reía encantada mientras Anthony le mojaba los dedos del pie en un tramo de agua fresca y honda. El sol había descendido un poco en el cielo y su luz bañaba a ambos. La risa de la pequeña era contagiosa y Eleanor y Howard intercambiaron una sonrisa.

—Es un hombre con suerte —dijo Howard, en un tono inusualmente grave—. Nunca he tenido envidia de Anthony (aunque Dios sabe que me han sobrado los motivos), pero esto sí lo envidio. Ser padre.

—Pronto te tocará a ti.

—¿Eso crees?

—Lo sé.

—Sí, supongo que tienes razón. ¿Quién no me encuentra irresistible? —Hinchó el pecho y a continuación frunció el ceño—. Aparte de la dulce Catherine, por supuesto.

La pequeña Deborah caminó hasta donde estaban sentados, un breve viaje que resultó traicionero por su baja estatura y su escasa experiencia al caminar. Extendió la mano, mostrando una pequeña piedra con toda la solemnidad de una concesión regia.

—Qué bonita, cariño. —Eleanor tomó la piedra entre los dedos. Era cálida y suave y la frotó con el pulgar.

—Da —dijo Deborah con aires de darse importancia—. Da-da.

Eleanor sonrió.

—Sí, da-da.

—Ven, pequeña De —dijo Howard, que la subió a hombros—. Vamos a ver qué hacen esos patos glotones en el lago.

Eleanor los miró alejarse, su hija entre chillidos y risas, disfrutando del paseo mientras el tío Howard correteaba y zigzagueaba entre los árboles.

Era un hombre bueno, amable, pero desde que lo conocía Eleanor había percibido en Howard una naturaleza profundamente solitaria. Incluso su sentido del humor, su costumbre de hacer reír a la gente, solo parecía aislarlo. «Es porque está solo», había dicho Anthony cuando Eleanor se lo mencionó. «Salvo por nosotros. Ha estado solo toda la vida. No tiene hermanos, su madre murió hace mucho y su padre no se ocupaba de él». Eleanor tuvo la sensación de que por eso le caía tan bien; porque eran iguales, solo que ella había tenido la suerte de encontrar a su alma gemela en una concurrida calle de Londres, mientras que Howard aún seguía buscando.

—Voy a convertirla en una campeona de lanzar piedras —dijo Anthony, que se acercó a ella desde el arroyo.

Eleanor apartó los pensamientos tristes y sonrió. Anthony iba arremangado hasta los codos y ella pensó por enésima vez que tenía unos brazos maravillosos y unas manos espléndidas. Ni más ni menos que otros, y sin embargo las de él eran capaces de recomponer a las personas rotas. Por lo menos así sería cuando terminara con su formación clínica, una vez que aquella horrible guerra acabara.

—No me cabe duda —dijo ella—. Aunque me preocupa que hayas esperado tanto para comenzar su instrucción. Casi tiene once meses.

—Aprende rápido.

—Y tiene talento natural.

—En eso ha salido a su madre. —Anthony se agachó para besarla, tomando su barbilla entre las manos, y Eleanor se embelesó con su aroma, su presencia y calidez, y trató de grabar el momento en la memoria.

Anthony se sentó junto a ella en el leño y suspiró satisfecho. Cómo le habría gustado a Eleanor ser como él: seguro, confiado, en paz. Ella, en cambio, se preocupaba sin cesar. ¿Qué iba a hacer cuando él se marchara? ¿Cómo iba a cuidar bien a la pequeña De? Su hija ya sentía una predilección especial por su padre, lo buscaba cada mañana y sonreía de puro gozo cuando veía que, sí, alegría de alegrías, todavía estaba allí. Eleanor no soportaba imaginar la primera vez que esa carita buscara a su padre en vano, tensa por la expectación de la dicha que la aguardaba. Peor aún: el primer día que se olvidara por completo de ir en su busca.

—Tengo algo para ti.

Eleanor parpadeó. Sus temores eran como moscas en un almuerzo campestre: por mucho que los espantara, no tardaban en ser reemplazados por otros.

—¿De verdad?

Anthony hurgó en la cesta que había traído de casa y le entregó un pequeño paquete.

—¿Qué es?

—Ábrelo y verás.

—Es un libro —dijo.

—No. Y no deberías intentar adivinarlo.

—¿Por qué no?

—Un día vas a acertar y estropearás la sorpresa.

—Yo nunca acierto.

—En eso te doy la razón.

—Gracias.

—Aunque siempre hay una primera vez para todo.

—Voy a abrirlo.

—Ya era hora.

Eleanor rasgó el papel y contuvo la respiración. Dentro había la más bella resma de papel de cartas que había visto en la vida. Eleanor pasó los dedos sobre las suaves hojas de algodón, siguiendo el elegante verde de la hiedra que se entrelazaba alrededor de los bordes.

—Es para que me escribas —afirmó Anthony.

—Ya sé para qué es.

—No quiero perderme nada mientras estoy lejos.

La palabra «lejos» recordó a Eleanor lo que estaba a punto de suceder. Había intentado contener sus preocupaciones con todas sus fuerzas. Anthony era tan fuerte y seguro de sí mismo y ella quería ser como él, no quería defraudarlo, pero a veces el miedo amenazaba con consumirla.

—¿No te gusta? —preguntó.

—Me encanta.

—¿Entonces…?

—Ay, Anthony. —Las palabras se precipitaron como un torrente—. Sé que no es muy valiente por mi parte, y sé que hay que ser muy valientes en los tiempos que corren, pero…

Anthony le puso un dedo en los labios.

—No creo que pueda soportar…

—Lo sé. Pero puedes y lo vas a conseguir. Eres la persona más fuerte que conozco.

La besó y Eleanor se entregó a su abrazo. Anthony pensaba que era fuerte. ¿Tal vez podría serlo? ¿Tal vez, por el bien de Deborah, conseguiría contener sus emociones? Ahuyentó los temores de su pensamiento y se perdió en la dicha perfecta de aquel instante. El arroyo borboteaba camino al mar, al igual que siempre, y Eleanor apoyó la cabeza en el pecho cálido de Anthony y escuchó los latidos rítmicos de su corazón.

—Vuelve a mí.

—Nada me detendrá.

—¿Me prometes que no vas a permitirlo?

—Lo prometo.

Capítulo 11

Cornualles, 2003

Sadie pasó por la biblioteca de camino a casa. Los perros ya se habían habituado a esta costumbre y dieron unas vueltas antes de ponerse cómodos cerca de la esquina del edificio, junto al cuenco de acero inoxidable lleno de agua que Alastair había comenzado a dejarles.

El interior estaba en penumbra, pero, tras escudriñar unos instantes, Sadie divisó al bibliotecario agazapado detrás de una pila de libros en la sección de letra grande.

Alastair sonrió al verla.

—Tengo algo para ti.

Cogió un sobre tamaño A4 de debajo del mostrador.

—¿Es lo que creo que es?

—El *Polperro Post* —respondió—. Del día siguiente a la desaparición.

Sadie exhaló un breve suspiro de satisfacción.

—Y eso no es todo. —Alastair le entregó un grueso fajo de páginas encuadernadas con el nombre de Sadie pegado en la parte delantera con una nota adhesiva—. *Escapa(hui)das ficticias: madres, monstruos y metafísica en la literatura infantil, tesis doctoral con un capítulo sobre Daffyd Llewellyn y* El umbral mágico de Eleanor.

Sadie arqueó las cejas.

—Y por último, pero no menos importante…

—¿Hay más?

—Nuestro objetivo es satisfacer a los usuarios. Otro mapa de la propiedad, que incluye los planos de la casa. Muy especial. Un buen golpe de suerte. Procede de unos documentos descubiertos hace pocos años. Estaban en un viejo baúl (solo Dios sabe quién los guardó ahí) y los encontraron al hacer unas reformas para el nuevo milenio. Los originales estaban tan dañados por el agua que los enviaron a que los restauraran. Y acaban de volver a los archivos del condado el mes pasado.

Sadie asentía entusiasmada, con la esperanza de meterle prisa. Tuvo que recurrir a toda su paciencia para no abrir el sobre de la hemeroteca y devorar su contenido de una tacada, pero escuchar las apasionadas narraciones de Alastair sobre la investigación era parte del trato. Qué importaba que Sadie ya contara con un plano perfectamente satisfactorio de la casa y de la finca. Alastair continuaba con su cháchara, Sadie asentía, hasta que por fin él hizo una pausa para respirar y ella fue capaz de intercalar un gracias y algo sobre los perros, que tenían que volver a casa.

Al salir de nuevo a la brillante luz de ese día soleado con los paquetes en la mano, su estado de ánimo era de una extraña ligereza. Ni en un millón de años habría imaginado que era posible sentir este tipo de satisfacción tras visitar una biblioteca, y menos una persona como ella.

Había un pequeño hotel blanco al bajar la calle, con alegres ramos de flores en macetas colgantes, vistas al puerto y un tentador banco de madera en la parte delantera. Sadie se sentó de espaldas a un letrero que decía: ¡SOLO PARA HUÉSPEDES DEL HOTEL!, abrió el sobre de un tirón y recorrió el artículo con la mirada.

Se le cayó el alma a los pies al comprobar que la información no era nueva. Era evidente que Pickering lo había usado durante su investigación. Había, al menos, dos fotografías que no había visto antes: una de una mujer elegante y sonriente sentada bajo un árbol rodeada de tres niñas pequeñas vestidas de blanco y un ejemplar de *El umbral mágico de Eleanor* en el regazo; y otra en la que aparecía la misma mujer, solo que esta vez estaba seria y erguida y un hombre apuesto y alto la rodeaba con un brazo, la mano en la cintura a modo de sostén. Sadie identificó la habitación: era la biblioteca de Loeanneth. No había cambiado, ni siquiera la fotografía enmarcada sobre la mesa junto a las puertas vidrieras. ¡PADRES CONSTERNADOS!, clamaba el titular, antes de continuar: *El Sr. y la Sra. Edevane ruegan a quien disponga de información sobre el paradero de su hijo, Theodore, que la facilite.*

En el rostro de la mujer había una profunda tristeza que Sadie reconoció. Aquella mujer acababa de perder una parte de sí misma. A pesar de que la carta del papel adornado con hojas de hiedra había sido escrita durante un embarazo anterior, el anhelo y el amor que expresaba por su hijo no nacido dejaba claro que Eleanor era del tipo de mujer para quien la maternidad era una bendición y los hijos, una alegría. Las décadas transcurridas daban más resonancia aún a la fotografía. La habían tomado cuando el horror de la desaparición era reciente, cuando Eleanor Edevane aún creía en el regreso de su hijo y que el desgarro causado por su ausencia era temporal. Sadie, que observaba ese momento congelado desde el futuro, sabía que no sería así. Era una pérdida que acompañaría siempre a Eleanor. Y no solo la pérdida: también la agonía de la incertidumbre. No saber si su bebé estaba vivo o muerto, si era querido o sufría, si pasaba noches interminables llamándola a gritos.

Dejó el papel a un lado y miró el camino empedrado que llevaba al resplandor del agua. La hija de Maggie Bailey la había llamado a gritos. Cuando Sadie y Donald descubrieron a Caitlyn sola en el apartamento de Holborn, la cara de la pequeña estaba manchada de lágrimas viejas. Ambos se abrieron paso entre el correo basura amontonado detrás de la puerta y se encontraron con un olor tan desagradable que incluso el siempre impasible Donald tuvo arcadas; sobre el cubo de basura de la cocina revoloteaban las moscas.

Sadie jamás olvidaría la primera vez que vio a la pequeña Bailey (estaba en el pasillo cuando la niña, con los ojos abiertos como platos, apareció como un fantasma con su pijama de Dora la Exploradora). Pero, claro, no habían esperado encontrarse una niña allí. La vecina que presentó la queja informó del mal olor; al ser preguntada por el inquilino del apartamento, había descrito a una mujer que no se hablaba con nadie, música alta en ocasiones, una madre que a veces venía de visita. No había dicho nada de una niña. Más tarde, cuando Sadie indagó al respecto, la mujer se encogió de hombros antes de ofrecer la consabida respuesta: «No me lo preguntaron».

Se armó un alboroto mayúsculo cuando la encontraron. Dios santo, ¿una niña, sola durante una semana entera en un apartamento cerrado con llave? Donald llamó para informar y Sadie se sentó en el suelo junto a la niña, junto a Caitlyn (ya sabían su nombre), a jugar con un autobús de juguete, mientras se esforzaba por recordar la letra de al menos una canción infantil y trataba de imaginar cómo cambiaría las cosas aquel giro de los acontecimientos. Y las cambió por completo. Las niñas abandonadas tendían a convocar a los servicios sociales en pleno, y los agentes de policía, los forenses y los funcionarios de protección de menores parecieron llegar todos a la vez y se pusieron a dar vueltas por el apartamento minúsculo, midiendo, buscando y limpiando. En algún momento, a medida que el día daba paso a la noche, se llevaron a la niña.

Sadie no lloraba por cuestiones de trabajo, jamás, a pesar de las cosas tristes y espantosas de las que era testigo, pero esa noche salió a correr, a pisotear las aceras de Islington, a través de Highgate, por el parque a oscuras, barajando las piezas del rompecabezas hasta que se desdibujaron en una bruma feroz. Sadie se había aleccionado para no dejarse dominar por el lado emocional de la investigación de un crimen. Su trabajo consistía en desentrañar rompecabezas; las personas implicadas eran importantes solo en la medida en que sus naturalezas servían a ese propósito, determinar el móvil, confirmar o contradecir las coartadas. Pero aquella pequeña, con el pijama arrugado, el pelo alborotado y esos ojos asustados que llamaba a su madre no se le iba de la cabeza.

Qué diablos, aún no se le había ido. Sadie parpadeó para ahuyentar la imagen de su mente, enojada consigo misma por haber permitido que sus pensamientos acabaran de nuevo en aquel maldito apartamento. El caso estaba cerrado. Se concentró en el puerto, en las barcas que regresaban de la pesca, en las gaviotas que las sobrevolaban en círculos, bajaban en picado y a continuación remontaban el vuelo.

Eran los paralelismos entre los casos, por supuesto: madres e hijos, separación forzosa. La fotografía de Eleanor Edevane, con el rostro consumido por la pérdida, por el miedo de haber perdido a su hijo, laceraba el punto débil de Sadie. Atacaba la misma debilidad que había permitido al caso Bailey afectarla de aquel modo, que le impedía dormir, convencida de que Maggie Bailey no habría hecho algo así, marcharse sin más, dejar a una niña de dos años sola en un apartamento cerrado con llave sin saber que alguien la encontraría a tiempo.

—No quiero decepcionarte, Sparrow —había dicho Donald—, pero ocurre más a menudo de lo que piensas. No todo el mundo está hecho para ser madre.

Sadie no discrepaba. Sabía que Donald tenía razón, lo sabía mejor que nadie. Era la manera en que Maggie había abandonado a su hija, la indiferencia, lo que no tenía sentido.

—Pero no así —había insistido—. Tal vez Maggie no soportaba más la carga de ser madre, pero no se habría arriesgado a que su hija sufriera. Habría llamado a alguien, habría tomado medidas.

Y Sadie había tenido razón, en cierto sentido. Resultó que Maggie sí había tomado medidas. Abandonó a Caitlyn un jueves, el mismo día que el padre de la pequeña pasaba siempre a recogerla el fin de semana. Salvo que esa semana se había ido fuera de la ciudad, a pescar a Lyme Regis. «Se lo dije», había asegurado aferrado a un vaso de papel con ambas manos en la sala de interrogatorios de la Policía Metropolitana. «Se lo hice escribir en una hoja para que no lo olvidara. Casi nunca salgo, pero mi hermano me regaló el viaje por mi cumpleaños. Se lo escribí». El hombre estaba fuera de sí, desmenuzando el vaso de café mientras hablaba. «Ojalá lo hubiera sabido, ojalá me lo hubiera dicho. Cuando pienso en lo que podría haber ocurrido…».

La información que les proporcionó retrataba a una Maggie muy diferente de la que les había descrito su madre, Nancy Bailey. No fue una sorpresa. Era parte del instinto maternal, supuso Sadie, retratar a una hija bajo la mejor luz posible. Sin embargo, en este caso había resultado especialmente perjudicial. Era una lástima que Sadie no hubiera conocido al padre, Steve, en primer lugar, antes de creerse la historia de Nancy de pies a cabeza. «¿Sabes cuál ha sido el problema?», había dicho Donald en tono amable cuando todo había quedado zanjado. «La abuela y tú, que os hicisteis demasiado amigas. Error de novato». De todos los comentarios que había hecho, ese fue el que más había dolido a Sadie. Perder la objetividad, dejar que las emociones se entrometan en el ámbito de lo racional: eran de las peores críticas que se le podían hacer a un detective.

Especialmente a una detective que daba crédito a la acusación. *Ni se te ocurra hablar con la abuela.* Donald tenía razón. A Sadie le había caído bien Nancy, más aún porque decía todo lo que Sadie quería oír. Que Maggie era una madre responsable y solícita que habría muerto antes que abandonar a su niña, que la policía estaba equivocada, que deberían buscar indicios de un crimen. «¿Por qué iba a mentir?», había preguntado a Donald. «¿Qué ganaría con eso?». Donald se había limitado a negar con la cabeza y sonreír con cariño. «Es su hija, tonta. ¿Qué iba a decir?».

Sadie había recibido la advertencia de no intentar visitar a Caitlyn después de que Steve presentara la denuncia, pero había visto a la niña una vez más, justo después de que el caso quedara oficialmente cerrado. Caitlyn salía de Scotland Yard de la mano de su padre y la esposa de este, Gemma, una pareja de aspecto amable, con cortes de pelo cuidados y ropa bonita. Alguien le había cepillado y trenzado la melena enmarañada a Caitlyn y, mientras Sadie las observaba con atención, Gemma se detuvo a escuchar algo que decía la niña antes de cogerla en brazos y hacerla reír.

No fue más que un breve atisbo desde lejos, pero le bastó para saber que las cosas habían salido bien. Esa otra mujer, con su vestido de seda, su rostro amable y sus gestos llenos de ternura, era justo lo que Caitlyn necesitaba. Sadie supo con solo mirarla que Gemma era el tipo de persona que siempre sabía qué decir y qué hacer, que sabía muy bien quién era Dora la Exploradora y que conocía de memoria la letra de un buen puñado de nanas para la hora de dormir. Sin duda, Donald había pensado lo mismo. «Es lo mejor que la madre podría haber hecho por ella», le había dicho más tarde en el Fox and Hounds. «Hasta un ciego vería que está mejor con su padre y esa esposa suya». Y los niños se merecen eso, ¿no?, las mejores oportunidades al crecer. Ya había bastantes obstáculos ahí fuera esperando para ponerles la zancadilla.

Los pensamientos de Sadie se centraron en la carta que había echado al correo. Ya le habría llegado a la niña. Menos mal que había escrito la dirección del remitente con claridad. Sin duda era la clase de cosas que enseñaban en esa escuela cara a la que iba. Charlotte Sutherland. Era un buen nombre, decidió Sadie; no el nombre que le habría puesto ella, pero, aun así, bonito. Sonaba a persona rica, con estudios y éxito. El nombre de una mujer aficionada al hockey, a la hípica y que nunca se mordía la lengua por miedo a parecer estúpida. Todo lo que Sadie había deseado cuando entregó a su pequeña a la enfermera y con ojos empañados la miró alejarse hacia un futuro mejor.

Detrás de ella, un ruido repentino la sobresaltó. Alguien abría y cerraba sin cesar una ventana de guillotina atascada. La cortina de encaje se hizo a un lado y apareció una mujer con una regadera de plástico verde, la nariz inclinada en ese ángulo inconfundible de dueña absoluta, y clavó la mirada en el asiento (¡SOLO PARA HUÉSPEDES DEL HOTEL!), y concretamente en Sadie.

Los perros habían terminado de explorar y estaban sentados, con las orejas levantadas, observando atentos a Sadie, a la espera de la señal de partir. Cuando la hostelera comenzó a regar el tiesto que pendía encima de ella, Sadie les hizo un gesto con la cabeza. *Ash* y *Ramsay* se pusieron en marcha hacia la casa de Bertie, mientras ella los seguía, tratando de hacer caso omiso a la sombra de esa niña iluminada desde detrás que caminaba a su lado.

* * *

—¿Ya lo has resuelto? —dijo Bertie cuando Sadie y los perros entraron por la puerta.

Lo encontró en el patio, detrás de la cocina, con las tijeras de podar en la mano, junto a un pequeño montón de maleza y restos de ramas en el suelo de ladrillo.

—Casi —respondió, dejando la mochila sobre la mesa del jardín—. Solo faltan los pequeños detalles de quién, cómo y por qué.

—Pequeños detalles, sí.

Sadie se apoyó en la pared de roca que impedía que el jardín se desplomara colina abajo hacia el mar. Respiró hondo y exhaló despacio; era la reacción inevitable ante semejante paisaje. La hierba plateada mecida por el viento, la arena blanca en una cala oculta entre dos cabos, el mar vasto y sedoso que cambiaba del celeste al negro. Una estampa perfecta. La clase de postal que enviaban a casa turistas quemados por el sol para dar envidia a amigos y familiares. Se preguntó si debería mandarle una postal a Donald.

—Se nota el olor de la marea creciente, ¿a que sí? —dijo Bertie.

—Y yo que echaba la culpa a los perros...

Bertie se rio e hizo un corte juicioso en el tallo de un pequeño árbol en flor.

Sadie se sentó junto a él, con los pies en el borde de una regadera de acero. Su abuelo tenía mano para las plantas, de eso no cabía duda. Aparte de la pequeña área pavimentada en el centro del jardín, el resto estaba ocupado por flores y plantas que se desparramaban como espuma de mar.

En medio del desorden ordenado le llamó la atención un grupo de florecillas azules con centros amarillos en forma de sol.

—Nomeolvides de la isla Chatham —dijo, recordando de repente el jardín que Bertie y Ruth habían tenido en el patio trasero de la casa de Londres—. Siempre me han gustado. —Entonces Bertie las tenía en macetas de barro colgadas en las paredes de ladrillo; era asombroso lo que había logrado con nueve metros cuadrados y una hora de sol al día. Sadie solía sentarse con él y con Ruth por la noche, después de cerrar la tienda; no al principio, sino más tarde, cuando ya llevaba ahí unos meses y se acercaba la fecha del parto. Ruth con su taza humeante de Earl Grey y esos ojos amables, de bondad infinita: *Decidas lo que decidas, Sadie, cariño, te vamos a apoyar.*

Sadie se vio sorprendida por una nueva oleada de dolor. Era asombroso cómo podía alcanzarla desprevenida, aun hoy, un año más tarde. Cuánto echaba de menos a su abuela; qué no habría dado para tenerla hoy allí, cálida y familiar, aparentemente inmortal. No, allí no. Volver a tener a Ruth y que Bertie nunca se hubiera ido de la casa de Londres. Tenía la impresión de que todas las decisiones importantes se habían tomado en aquel diminuto jardín amurallado, con sus macetas y canastas colgantes, tan diferente a ese otro jardín, abierto y soleado. En su interior creció una sensación repentina e intensa de rechazo al cambio, una oleada infantil de rabia irracional que se tragó como una píldora amarga.

—Debe de ser agradable tener un jardín más espacioso —dijo con forzada alegría.

Bertie sonrió en señal de acuerdo y, a continuación, señaló con un gesto una desgastada carpeta llena de papeles bajo dos tazas usadas que parecían tener posos de césped fangoso en el fondo.

—Louise se fue poco antes de que llegaras. Eso es para ti. No te ayudarán demasiado con el caso, pero pensó que te gustaría verlos de todos modos.

Louise. Sadie se irritó antes de recordarse a sí misma que aquella mujer era un ser humano muy cordial que le acababa de hacer un favor. Echó un vistazo a la pila. Eran números de una especie de periódico de aficionados, que consistía en una hoja suelta cuya cabecera rezaba *La Gaceta de Loeanneth*, con tipografía medieval e ilustrado con un boceto a tinta de la casa y el lago. Las páginas estaban emborronadas y descoloridas y al pasarlas un par de pececillos de plata salieron de ellas buscando la libertad. El papel olía a moho y a abandono; los titulares, sin embargo, aún desbordaban vida, pregonando sucesos como: LA FAMILIA CRECE: ¡NIÑO AL FIN!; ¡ENTREVISTA CON EL SEÑOR LLEWELLYN, CÉLEBRE AUTOR!; ¡AVISTAMIENTO INSÓLITO: LA MARIPOSA RABICORTA, EN LOS JARDINES DE LOEANNETH! Cada artículo venía acompañado de una ilustración firmada por Clementine, Deborah o Alice Edevane, pero los textos eran todos sin excepción de Alice.

La mirada de Sadie se detuvo en ese nombre y sintió la misma cercanía que experimentaba cada vez que descubría otro A-L-I-C-E grabado en Loeanneth.

—¿De dónde han salido? —preguntó.

—Uno de los pacientes del hospital de Louise tenía una tía que trabajó de criada en la Casa del Lago. Dejó de trabajar para los Edevane en los años treinta, cuando la familia abandonó Cornualles, pero esos periódicos debieron de mezclarse con sus cosas. Al parecer había una imprenta en el cuarto de los niños, arriba, en el ático, cerca de las habitaciones del servicio. Los niños de la casa solían jugar ahí.

—Escucha esto... —Sadie apartó el papel del resplandor y leyó en voz alta—: ENTREVISTA CON UNA GROSERA: ¡HABLA LA ACUSADA! *Hoy publicamos una entrevista exclusiva con Clementine Edevane, acusada por La Madre de «conducta grosera» tras un incidente reciente en el cual ofendió a Rose, la niñera. «Pero estaba gorda», se oyó gritar a la acusada detrás de la puerta cerrada de la prisión de su habitación. «¡Solo estaba siendo sincera!». ¿Sinceridad o farsa? Estimado lector, juzgue por sí mismo. Reportaje de Alice Edevane, periodista de investigación.*

—Alice Edevane —dijo Bertie—. Es la propietaria de la casa.

Sadie asintió.

—También conocida como A. C. Edevane, célebre escritora de novela negra. Ojalá hubiera respondido a mis cartas.

—Todavía no ha pasado ni una semana.

—¿Y? —dijo Sadie. La paciencia no figuraba entre sus virtudes—. Cuatro días enteros de perfecto servicio postal.

—Tu fe en el servicio de correos es conmovedora.

A decir verdad, Sadie había supuesto que Alice Edevane estaría encantada de saber de ella. ¿Una detective de policía de verdad, dispuesta a reabrir, si bien de manera no oficial, el caso de la desaparición de su hermano? Había esperado recibir noticias suyas a vuelta de correo. Incluso si, como decía Bertie, el servicio de correos distaba mucho de ser perfecto, ya tendría que haber recibido la carta.

—Las personas a veces reaccionan de forma extraña cuando se trata del pasado —dijo Bertie, que pasó los dedos levemente sobre un tallo fino—. En especial, después de algo «doloroso».

No cambió el tono, su concentración en el árbol no disminuyó, pero en sus palabras Sadie detectó la intensidad de una pregunta no formulada. Era imposible que Bertie supiera algo acerca de Charlotte Sutherland y la carta que había devuelto aquel terrible asunto al presente. Una gaviota graznó, surcando el cielo por encima de ellos, y por una fracción de segundo Sadie consideró la posibilidad de hablarle de la niña de letra clara y segura y frases ocurrentes.

Pero sería una estupidez, sobre todo ahora que se había deshecho de la carta. Bertie querría hablar de ello y entonces ya sería imposible echarlo todo al olvido, así que, en su lugar, dijo:

—Por fin ha llegado el reportaje del periódico. —Sacó los materiales de investigación de la mochila, y formó sobre su regazo una pequeña pila de libros de biblioteca, carpetas y el cuaderno de notas que había comprado en WHSmith—. Hay algunas fotos que no había visto antes, pero nada que sea realmente útil.

Le pareció que Bertie suspiraba, tal vez porque presentía ese secreto no compartido, y la asaltó la repentina y frágil conciencia de que él era la única persona en el mundo a la que amaba, que se quedaría sola si le perdía.

—Entonces —dijo Bertie, sabedor de que insistir no era buena idea—, estamos bastante seguros de que se lo llevaron, pero no sabemos cómo ni quién.

—Eso es.

—¿Alguna teoría sobre el motivo?

—Bueno, creo que podemos descartar los depredadores oportunistas. Había una fiesta, y la casa está lejos de todo. No es el tipo de lugar que alguien se encuentra de casualidad.

—A menos que esté persiguiendo un perro, por supuesto.

Sadie le devolvió la sonrisa.

—Lo cual nos deja dos posibilidades. Se lo llevaron porque alguien quería dinero, o porque querían un hijo.

—Pero ¿no hubo ninguna petición de rescate?

—No según Pickering, pero la policía no siempre hace públicas estas cosas. Está en la lista de preguntas para Clive Robinson.

—¿Has sabido algo de él?

—No, pero volvía ayer, así que tengo los dedos cruzados.

Bertie podó otra rama.

—Digamos que no fue por dinero.

—Entonces fue por el niño. Y este niño en concreto. No tiene sentido que alguien que desee tener un hijo elija el de una familia rica de clase alta con todos los recursos a su alcance para encontrarlo.

—Parece una elección insensata. —Bertie se mostró de acuerdo—. Habría presas más fáciles.

—Lo cual significa que quien se llevara a Theo Edevane lo quería por ser quien era. Pero ¿por qué? —Sadie dio golpecitos con el bolígrafo en el bloc de notas. Era de papel barato, fino hasta resultar casi transparente, y la luz del sol permitía ver las marcas de la última carta que había escrito en él. Suspiró—. Es inútil. Hasta que disponga de más información (hasta que me escriba Alice Edevane, hable con Clive Robinson, conozca mejor a las personas involucradas y descubra quién tenía los medios, el móvil y la oportunidad) todo son conjeturas.

En la voz de Sadie había aparecido una nueva nota de frustración y Bertie la notó.

—Estás completamente decidida a resolverlo, ¿verdad?

—No me gustan los cabos sueltos.

—Ha pasado mucho tiempo. Casi todas las personas que echaban de menos a ese pequeño ya se habrán ido hace mucho.

—Eso no es lo importante. Lo secuestraron. Eso no está bien; su familia merece saber qué fue de él. Aquí… —Alzó el periódico—. Mira a la madre, mira esa cara. Lo engendró, le puso un nombre, le dio su amor. Era su hijo y vivió el resto de sus días sin él, sin saber qué le había ocurrido, en qué se convirtió al crecer, si fue o no fue feliz. Y sin estar nunca segura de si estaba vivo o muerto.

Bertie apenas miró el periódico y, en su lugar, clavó en Sadie una mirada de amable perplejidad.

—Sadie, cariño…

—Es un rompecabezas —se apresuró a responder Sadie, consciente de que su voz sonaba estridente y había perdido el control sobre ella—. Ya me conoces, ya sabes que no puedo ver uno sin resolverlo. ¿Cómo es posible que sacaran a un niño de una casa abarrotada de gente? Hay algo que se me escapa. ¿Puertas, ventanas, una escalera como en el secuestro de Lindbergh?

—Sadie, estas vacaciones tuyas…

Ash ladró de repente y ambos perros se levantaron a toda prisa y corrieron hasta la pared de roca de la parte del jardín que lindaba con el camino.

Sadie también lo oyó entonces, una pequeña motocicleta que se acercaba a la casa y se detenía. Hubo un chirrido y un golpe sordo cuando el buzón de la puerta principal se abrió y un puñado de cartas cayó sobre la alfombra.

—El correo —dijo Sadie.

—Ya voy yo. —Bertie dejó las tijeras de podar y se limpió las manos en el delantal. Frunció el entrecejo al mirar a Sadie, pensativo, antes de agachar la cabeza y desaparecer por la puerta de la cocina.

Sadie esperó hasta perderlo de vista antes de permitir que su sonrisa se desvaneciese. Le dolía la cara. Cada vez era más difícil esquivar las preguntas de Bertie. Detestaba mentirle, era ridículo para ambos, pero no soportaba que su abuelo supiera que había metido la pata de tal manera en el trabajo. Lo que había hecho, acudir a la prensa, era vergonzoso, casi humillante. Peor aún: era inevitable que le preguntara por qué había hecho algo tan impropio de ella. Lo cual llevaba de nuevo a Charlotte Sutherland y la carta. No podía contárselo. No se creía capaz de ver ese rostro amable expresando compasión mientras escuchaba. Le daba un miedo espantoso que al hablar de ello se volviera aún más real y la devolviera al pasado, atrapada en el cuerpo de esa adolescente atemorizada e indefensa que había sido, encogida ante la ola gigantesca que se acercaba. Ya no era esa niña. Se negaba a serlo.

Entonces, ¿por qué actuaba como si lo fuera? Sadie frunció el ceño. Eso era exactamente lo que estaba haciendo, ¿no era cierto? Dejar las decisiones en manos de Donald mientras ella languidecía indefinidamente en el limbo, a la espera de la invitación para reincorporarse a un trabajo en el que sobresalía. En el que había trabajado sin descanso para lograr el éxito. Se había enfrentado a innumerables adversidades para ascender en el escalafón. ¿Por qué se comportaba ahora así, tan sumisa, escondida junto al mar en calma detrás de un caso cuyas pistas se habían perdido hacía setenta años?

Sin pensárselo dos veces, sacó el móvil del bolsillo. Estuvo unos segundos cambiándolo de una mano a otra y a continuación, con un suspiro contundente, se dirigió al rincón más remoto del jardín. Se subió al muro de piedra y alejó el cuerpo todo lo que pudo de la casa, hasta que en la pantalla apareció una solitaria barra de cobertura. Tecleó el número de Donald y esperó, murmurando entre dientes: «Venga, venga, venga…».

Saltó el contestador y Sadie maldijo en voz alta. En lugar de colgar y volver a intentarlo, escuchó el conciso mensaje de Donald y, a continuación, dejó el suyo. «Sí, Donald, mira, soy Sadie. Solo quería decirte que vuelvo a Londres. Ya he arreglado las cosas por aquí y estoy lista para volver al trabajo la semana que viene. Sería fantástico que habláramos antes. Ya sabes, para enseñarte las fotos de las vacaciones…». Le pareció que esa pequeña broma no tenía ninguna gracia, pero prosiguió. «Bueno, dime cuándo y dónde te viene mejor. ¿Un día de la semana que viene?». Terminó así, dando entonación de pregunta a la última frase, y colgó.

Ya estaba hecho. Exhaló un suspiro de resolución. Lo había hecho. Ahora, cuando Bertie le preguntara por sus planes, le podría dar respuestas concretas: después de un breve y agradable viaje a Cornualles, iba a regresar a casa, a Londres, la semana siguiente.

Guardó el teléfono en el bolsillo y regresó a su asiento, cerca del árbol de Bertie, a la espera de una paz bienvenida. Pero estaba lejos de sentirse en paz. Ahora que lo había hecho, no dejaba de pensar en todas las cosas que debería haber hecho de otro modo. Debería haber sido más específica respecto al lugar y la hora. Debería haber sido más amable, haberse mostrado más arrepentida, haber hablado como si aquello fuera idea de Donald.

Sadie recordó en ese momento la amenaza de este de acudir a Ashford si no seguía sus instrucciones al pie de la letra. No obstante, Donald era su compañero; un hombre razonable. Si la había obligado a tomar un permiso, fue porque pensó que era lo mejor para ella, y Sadie había aprendido la lección: no volvería a filtrar noticias. Pero el caso Bailey ya estaba cerrado, había desaparecido de los periódicos, nadie había salido perjudicado. (A excepción de Nancy Bailey, claro. Sadie hizo una mueca de dolor al recordar el gesto de la mujer cuando le anunciaron que la investigación estaba cerrada. «Pero pensé que me creías, que mi hija jamás se habría marchado así. Pensé que la ibas a encontrar»).

Tras apartar a Nancy Bailey de sus pensamientos (*Ni se te ocurra hablar con la abuela*), Sadie se dijo que había hecho lo correcto y se esforzó por creérselo.

Aún tenía en el regazo el nuevo mapa de la finca Loeanneth y se obligó a prestarle atención, para distraerse. Era mucho más antiguo que el que le había proporcionado Alastair (de 1664, según el título), trazado cuando la Casa del Lago todavía era un pequeño anexo a la casa solariega. A pesar de la ortografía anticuada y la tipografía que hacía ilegibles determinadas palabras, Sadie, que había dedicado la última semana a estudiar el plano con la esperanza de intuir el camino empleado por el secuestrador de Theo esa noche, reconoció la distribución al instante. Las habitaciones y los espacios comunes se encontraban todos donde debían.

Excepto… Sadie miró más de cerca.

Sacó el mapa original de la carpeta y lo desplegó junto al otro para compararlos.

Había una variación en este plano, después de todo. Una pequeña habitación o una cavidad, justo al lado del cuarto de los niños, que no aparecía en el mapa más reciente.

Pero ¿qué era? ¿Un armario? ¿Existían los armarios empotrados en el siglo XVII? Sadie sospechaba que no. E, incluso si existían, ¿por qué incluirlo en un plano y no en el otro?

Sadie se dio unos golpecitos en los labios con el dedo, pensativa. Miró el árbol de Bertie, los perros tumbados junto al muro de piedra y por último el mar. Su mirada se posó en el bulto oscuro de un barco que hacía equilibrios en el horizonte.

Y, a continuación, el vago destello de una bombilla que se enciende.

Buscó en sus papeles hasta encontrar las notas que había tomado de «Los DeShiel de Havelyn».

Ahí estaba: la casa había sido construida durante el reinado de Enrique VIII por un DeShiel marino que se había dedicado a sustraer oro español. Aunque había otro nombre para los hombres como él.

Las conexiones alumbraron la mente de Sadie igual que los faros antiguos, que se encendían en cuanto veían iluminarse el faro vecino: la posibilidad de un DeShiel pirata…

Louise había hablado de contrabandistas..., de túneles excavados en la costa..., el túnel de *El umbral mágico de Eleanor* con su contrapartida real..., el pilar y la argolla que Sadie había visto con sus propios ojos...

—Esto es para ti —dijo Bertie, de vuelta tras recoger el correo, tendiéndole un sobre pequeño.

Sadie lo tomó sin decir nada, tan distraída por la teoría que tomaba forma en su mente que apenas se fijó en el nombre escrito pulcramente en la esquina superior izquierda.

—Es de ese agente de policía —la espoleó Bertie—. Clive Robinson, de Polperro. ¿No vas a...? —Titubeó—. ¿De qué se trata?, ¿qué me he perdido? Parece que has visto un fantasma.

Sadie no había visto un fantasma, pero tenía la sensación de que acababa de vislumbrar su sombra.

—Esta habitación —dijo cuando Bertie se acercó a mirar por encima de su hombro—. Esta alcoba diminuta... Creo que he encontrado la vía de escape.

Capítulo 12

Londres, 2003

Aquel rincón particular de South Kensington estaba lleno de fantasmas, razón por la cual las hermanas Edevane lo habían elegido. Cada año, en el aniversario de la muerte de Eleanor, tomaban el té en el V&A, pero primero quedaban en el Museo de Historia Natural. Su padre había donado al museo toda su colección y Alice tenía la impresión de que su espíritu perduraba más en aquel edificio que en cualquier otro lugar.

Era lógico recordar a sus padres el mismo día mediante un acto formal. El suyo había sido uno de esos idilios que los escritores románticos pregonaban a los cuatro vientos y envidiaban las personas de carne y hueso: dos desconocidos guapos y jóvenes que se habían conocido por casualidad, enamorado a primera vista y habían sido separados, puestos a prueba y fortalecidos por la Primera Guerra Mundial. De niñas, Alice y sus hermanas habían aceptado la relación sin cuestionarla y se habían convertido en mujeres adultas arropadas por la devoción mutua de Eleanor y Anthony. Pero el de sus padres había sido de esa clase de amor que convertía a todos los demás en intrusos. Con la excepción de un pequeño círculo de amigos fieles, socializaban rara vez y a regañadientes y, visto desde el presente, ese aislamiento añadía una nota de magia y asombro a la fiesta de verano anual. Cuando Eleanor murió de repente, sin previo aviso, y poco después que su esposo, la gente había meneado la cabeza ante la tragedia y asegurado a las hermanas: «Pues claro, si es que estaban hechos el uno para el otro, hasta el fin». Esas mismas personas de voz melosa se habían dedicado a hablar a espaldas de las hermanas, en susurros llenos de insinuaciones: «Es como si no hubiera podido soportar la idea de estar separada de él».

Alice fue la primera en llegar al museo, como siempre. Era parte de sus costumbres; un acuerdo tácito que permitía a Alice sentirse puntual y a Deborah, ocupada. Se acomodó en un banco en el vestíbulo central y metió la mano en el bolso a fin de acariciar la suave y desgastada piel del cuaderno antes de sacarlo y dejarlo en el regazo. No era un acto inusual; por lo general, para Alice no existía mayor placer que observar a las personas, y con el tiempo había llegado a descubrir que lo que en circunstancias normales se consideraría entrometido pasaba por distraído, incluso encantador, cuando se hacía con lápiz y papel en la mano. Hoy, sin embargo, no tenía intención de tomar notas. Estaba demasiado absorta en su situación personal para perder el tiempo con extraños.

Abrió el cuaderno y echó un vistazo a la carta que tenía guardada entre las páginas. No la volvió a leer, no era necesario. Era la segunda que recibía, y su contenido era similar al de la primera. La detective insistía una vez más en verla, pero se mostraba deliberadamente imprecisa respecto a lo que sabía sobre el caso Edevane (así lo llamaba). Una decisión inteligente, y justo lo que habría escrito Alice para Diggory Brent de haberse interesado profundamente por un crimen sin resolver mientras veraneaba en Cornualles. Cualquier detective que conociera su oficio sabía que los resúmenes debían ser escuetos, con agujeros bien grandes para que cayeran en ellos los testigos desprevenidos. Por desgracia para Sadie Sparrow, Alice no estaba desprevenida y no tenía intención de dejarse engatusar para revelar lo que no quería revelar. Deborah, en cambio...

Cerró la libreta y la utilizó para abanicarse las mejillas. La noche anterior se había quedado despierta pensando en cómo manejar la situación, sopesando las probabilidades de que esa tal Sparrow descubriera algo importante, y se había tranquilizado diciéndose que todo había ocurrido tanto tiempo atrás que ya no quedaba nada que encontrar, cuando se le ocurrió que Deborah también podría haber recibido una carta. Al pensar en ello, el filo invisible del pánico la había recorrido de pies a cabeza.

Había examinado la posibilidad desde todos los ángulos antes de decidir que Deborah, inocente por completo, se habría puesto en contacto con ella de inmediato de haber recibido una carta. Con el legado político de Tom que proteger, le habría horrorizado pensar en una entusiasta desconocida hurgando en el pasado familiar y se habría apresurado a pedir ayuda a Alice. Hasta aquella misma mañana, mientras cruzaba en taxi St. John's Wood, no se le había ocurrido a Alice que Deborah tal vez había esperado a hablar con ella en persona del asunto. Que con la reunión por el aniversario de Eleanor tan convenientemente cerca, tal vez había guardado la carta en el bolso y se estaba preparando para abordar el tema en ese mismo momento.

Suspiró para darse ánimos y miró una vez más hacia la entrada. Aún no había ni rastro de Deborah, pero un hombre de aspecto agobiado con vaqueros negros estaba armando cierto alboroto cerca de las puertas. Alice había reparado en él al llegar. Llevaba de la mano a una niña pequeña que vestía una camiseta rosa fucsia y un peto vaquero. La pequeña señalaba y daba saltitos, el hombre (su padre, supuso Alice) intentaba moderar su entusiasmo mientras buscaba algo (¿una botella de agua, tal vez? Hoy en día daba la impresión de que los niños necesitaban hidratarse continuamente) en una pequeña mochila.

El hombre estaba ahora fuera de sí, agitaba las manos contra un guardia de seguridad y la niña ya no estaba a su lado. El estremecedor pánico de un padre que ha perdido a una hija; Alice era capaz de percibirlo a un kilómetro de distancia. Su mirada fue más allá del enorme esqueleto de diplodocus, hacia la gran escalera de piedra, al fondo de la cavernosa sala. La niña estaba señalando hacia allá cuando Alice la vio, tenía una pelota en la otra mano, de esas que se iluminan cuando se las agita, como si estuvieran hechas de electricidad, y en su mirada ardía el inconfundible brillo de la determinación. De hecho, la niña se encontraba ahora en la parte superior de la escalera, con la mejilla apoyada en la piedra fría y plana de la balaustrada, y la pelota delante de la cara, preparándose para dejarla rodar.

Elemental, querido Watson. Alice intentó disfrutar del familiar consuelo de estar en lo cierto. Siempre había tenido buena memoria... Más que eso, la capacidad de extraer conclusiones basadas en las pruebas disponibles. El mérito de afinar esa habilidad se lo atribuía a su padre. Había jugado con ellas desde que eran pequeñas, poseedor de un apetito insaciable por esos pasatiempos que cansaban a otros adultos. Las llevaba en sus excursiones por la naturaleza, les permitía cargar alguna que otra herramienta, incluso la codiciada red cazamariposas si tenían suerte, y se detenía a menudo para agacharse y ponerse a su altura y señalar una escena. «Pintad un cuadro en la mente», solía decir, «pero no veáis solo el árbol. Fijaos en el liquen del tronco, en los agujeros hechos por el pájaro carpintero, en las hojas más finas donde no llega el sol». A veces días más tarde, cuando menos se lo esperaban, decía: «¡Alice! Ese árbol del bosque, diez detalles». Y a continuación cerraba los ojos y contaba con los dedos mientras Alice revivía la escena para él, recuerdo a recuerdo.

Incluso ahora, le conmovía el eco de la emoción de haberle hecho sonreír. La sonrisa de su padre había sido maravillosa. Había sido una de esas personas cuyo rostro por entero era cautivo de su estado de ánimo; tan diferente de Eleanor, cuya alta cuna la había vuelto impasible y precavida. Uno de los grandes misterios de la infancia de Alice era cómo la Eleanor de los cuentos de hadas, esa duendecilla aventurera, se había convertido en una mujer tan estricta y previsible. Uno de sus recuerdos de infancia más perdurables era la presencia constante de madre, siempre mirando, a la espera de que una de ellas se portara mal para aprovechar la oportunidad, enviarla a su habitación y quedarse a Anthony para ella sola. Alice había tardado años en comprender que su madre envidiaba esa estrecha relación que compartían con su padre, lo mucho que las quería.

«Sí, pero es mucho más complejo que eso», había dicho Deborah cuando hablaron de ello. Alice le había insistido en que se explicara y, tras escoger las palabras con cuidado, Deborah había dicho: «Creo que tenía envidia de él, también, en cierto sentido. ¿Recuerdas, durante la guerra, cuando éramos pequeñas, lo diferente que era, lo divertida? ¿Cómo daba la impresión de ser una de nosotras, en lugar de un adulto de verdad como la abuela o Bruen, la niñera?». Alice había asentido incierta mientras las palabras de Deborah despertaban recuerdos remotos de escondites y cuentos encantados. «Pero luego volvió papá y nosotras lo adorábamos, y ella poco menos que nos perdió. Todo cambió. Ella también después de eso, se convirtió en una persona diferente, más estricta. Ya no podía...». Deborah se había detenido de repente, como si se hubiera pensado mejor lo que estaba a punto de decir. «Bueno», había añadido con un gesto de la mano. «No podían ser los dos nuestro favorito, ¿verdad?».

Junto a la puerta, Alice identificó una figura familiar. Era Deborah, apoyada en el brazo de James. Al llegar al vestíbulo, Deborah rio cuando su joven conductor dijo algo. Le dio unos golpecitos cariñosos en la mano y se despidió de él. Alice suspiró. Su hermana no tenía el aspecto de una persona que acababa de encontrarse una bomba en el buzón.

Deborah permaneció un momento donde estaba cuando James se marchó, en medio del revuelo de los encuentros y los saludos de las otras personas. Estaba acostumbrada, como toda esposa de político, a poner siempre cara amable, pero Alice siempre había sido capaz de ver por debajo de la máscara: una leve tensión en la boca, el hábito conservado desde la infancia de apretar la punta de los dedos cuando estaba nerviosa. Esa mañana no percibió ninguna de esas señales. Alice sintió que la tensión remitía, pero no apartó la vista. «Rara vez dedicamos tiempo a mirar de cerca a quienes conocemos bien», pensó. Deborah conservaba su estatura y su aplomo. Ya cerca de los noventa, seguía siendo elegante, ataviada con el mismo vestido de satén que llevaba en los años treinta, ceñido a la cintura y con pequeños botones nacarados que iban del cinturón al cuello de encaje. Era como una de esas mariposas de papá, atrapada en la plenitud de su belleza y congelada en el tiempo, eternamente femenina. Todo lo contrario de Alice, con sus pantalones y sus zapatos planos.

Alice se levantó y saludó, captando la atención de su hermana. Deborah llevaba bastón, así que Alice supo que le molestaba la pierna. Supo también que, si le preguntaba por su estado de salud, Deborah sonreiría y aseguraría que nunca se había sentido mejor. Era inconcebible que una de las hermanas Edevane admitiera una flaqueza, un dolor o un remordimiento. Esa fortaleza emocional formaba parte del legado de Eleanor, junto con el hábito de escribir cartas y el desprecio por la mala gramática.

—Lamento llegar tarde —dijo Deborah al acercarse al banco—. Ha sido una mañana de locos. ¿Te he hecho esperar mucho?

—Qué va, y tengo aquí mi cuaderno.

—¿Has entrado a ver la colección?

Alice respondió que no y se dirigieron en mutuo silencio a depositar la chaqueta de verano de Deborah en el guardarropa. Un observador ajeno a las hermanas tal vez habría pensado que su saludo había sido frío, pero no se debía al estado emocional de Deborah. Nunca se besaban al encontrarse, tampoco se abrazaban. Alice deploraba la tendencia moderna de lloriquear y explayarse, y ella y Deborah compartían un desdén por las muestras de emoción excesivas.

—Vaya, seguro que ustedes son hermanas —dijo el joven encargado del guardarropa con una amplia sonrisa.

—Sí —respondió Deborah, antes de que Alice pudiera lanzar una de sus irónicas réplicas—. ¿Seguro?

Era cierto que se parecían más ahora en la vejez que en cualquier otra época, pero para los jóvenes todas las personas mayores eran iguales. El marchitamiento del pelo, los ojos, la piel y los labios, la pérdida de rasgos individuales a medida que el rostro se retiraba detrás de una máscara de arrugas. En realidad, no se parecían. Deborah aún era bella (es decir, conservaba restos de la belleza pasada), como lo había sido siempre. El verano que se prometió a Tom, el último verano en Loeanneth, hubo un artículo en *The Times* que la nombraba la joven más bonita de la temporada. Alice y Clemmie no tuvieron piedad con sus burlas, pero solo para divertirse. El artículo no les dijo nada que no supieran ya. *Entre todas las hermanas, había una que eclipsaba a las demás.* Alice había escrito esa frase en un libro, el octavo, *La muerte os llamará.* Era una observación de Diggory Brent, quien tenía una asombrosa habilidad para ver el mundo igual que Alice. Era, sin embargo, hombre, y por lo tanto capaz de expresar semejantes ideas sin parecer amargo o cruel.

No, decidió Alice, mientras Deborah reía alegre por un comentario del encargado, su hermana no había recibido una carta de Sadie Sparrow. Su alivio se vio empañado cuando se le ocurrió que era solo cuestión de tiempo. Que, a menos que ella encontrara la manera de satisfacer la curiosidad de la detective, esta acudiría, casi con seguridad, a Deborah. Por fortuna, Alice sabía una o dos cosillas sobre desviar la atención. Solo tenía que ser tranquila y metódica, más de lo que había sido hasta ahora. Alice no sabía en qué estaría pensando cuando dijo a Peter que esa primera carta había llegado por error, que no sabía nada sobre el niño desaparecido. No había pensado con claridad, se había dejado llevar por el pánico. Tenía la intención de no repetir esa equivocación.

—¿Estás bien? Tienes buen aspecto —dijo Deborah al apartarse del mostrador.

—Muy bien. ¿Y tú?

—Mejor que nunca. —Deborah señaló con la cabeza hacia el vestíbulo. Un sutil atisbo de desprecio le torcía los labios. Nunca le habían gustado ni los insectos de su padre ni los alfileres plateados, por mucho que se peleara para ser quien lo ayudara cuando eran niñas—. Pues bien —dijo, apoyándose cautelosa en el bastón—. Vamos a acabar de una vez, para que después podamos ir a tomar el té.

* * *

Alice y Deborah hablaban muy poco durante estas visitas, salvo para comentar que las mariposas seguían en su lugar correspondiente. La conservadora del museo había sacado las criaturas de las vitrinas de Anthony y las había redistribuido, añadiéndolas a la colección existente, pero Alice no tenía dificultad alguna para reconocer aquellas que había ayudado a recolectar. Cada una contaba una historia, casi podía oír las amables palabras de su padre mientras ella contemplaba las alas, las formas y los colores de siempre.

Deborah no se quejaba, pero era evidente que la pierna le molestaba, así que Alice propuso acabar pronto la peregrinación y cruzaron la calle para ir al V&A. El café estaba abarrotado, pero encontraron un rincón junto a la chimenea apagada en el salón más pequeño. Alice sugirió que su hermana cuidara la mesa mientras ella iba a buscar el té y, cuando volvió, bandeja en mano, Deborah tenía unas gafas de leer colgadas de la punta de la nariz y miraba por encima de ellas su teléfono móvil.

—Qué invento nefasto —dijo, golpeando el teclado con una uña—. Nunca lo oigo cuando suena, y ¿crees que consigo oír los mensajes que me dejan?

Alice se encogió de hombros en señal de comprensión y sirvió la leche.

Se recostó en la silla y observó el vapor que surgía de su taza. Se le había ocurrido que antes de hablar con la detective sería conveniente determinar cuánto sabía su hermana. El problema era cómo empezar.

Mientras Deborah continuaba jugueteando con el teléfono, apartándolo y acercándolo de nuevo, sin dejar de farfullar mientras trataba de leer la pantalla, Alice dio un sorbo de té.

Deborah frunció el ceño y pulsó una tecla.

—¿Tal vez si...?

Alice dejó la taza.

—Últimamente he estado pensando en Loeanneth.

Deborah expresó solo un leve atisbo de sorpresa.

—¿Ah sí?

Con cuidado, se recordó Alice. *Ve con cuidado.*

—Cuando papá volvió de la guerra, ¿recuerdas lo contenta que estaba madre? Llenó la habitación de arriba con todas las cosas favoritas de papá: el microscopio y las cajas de muestras, las hileras de libros, su viejo gramófono y sus discos de baile. Solíamos subir a hurtadillas para espiar por el ojo de la cerradura a ese desconocido alto y apuesto que vivía con nosotras.

Deborah bajó el teléfono y miró a Alice con los ojos levemente entrecerrados.

—Cielos —dijo al cabo—. Hoy nos hemos levantado nostálgicas.

Alice hizo caso omiso de la pregunta implícita sobre los posibles motivos.

—No estoy nostálgica —dijo—. No añoro románticamente el pasado. Me limito a sacar el tema para que hablemos de él.

—Tú y tu semántica. —Deborah negó con la cabeza, divertida—. Bueno, si tú lo dices. ¡Dios no quiera que alguien te acuse de sentimentalismo! Y sí, que conste, me acuerdo. Solían ponerse a bailar allí y tú y yo intentábamos hacer lo mismo. Por supuesto, tú bailabas como un pato... —Deborah sonrió.

—Ella lo estaba salvando.

—¿Qué quieres decir con eso?

—Solo que él debía de estar agotado (la guerra, todos esos años fuera) y ella lo devolvió a su antiguo ser a base de cariño.

—Supongo que sí.

—Él hizo lo mismo por ella, más adelante, ¿verdad? Después de lo de Theo. —Alice se esforzó en hablar con un tono despreocupado—. Tenían suerte de tenerse el uno al otro. La pérdida de un hijo, el no saber... No muchos matrimonios lo habrían resistido.

—Eso es cierto.

Deborah hablaba con cautela, sin duda preguntándose por qué Alice dirigía la conversación en una dirección que habían acordado tácitamente evitar. Pero Alice no podía permitirse parar ahora. Estaba preparando la siguiente pregunta cuando Deborah observó:

—La noche anterior a mi boda madre vino a mi habitación y me soltó un pequeño discurso. Citó un pasaje de la carta de San Pablo a los Corintios.

—¿«El amor es paciente, es bondadoso»?

—«El amor no guarda rencor».

—Eso es un tanto lúgubre. ¿Qué querría decir?

—No tengo la menor idea.

—¿No se lo preguntaste?

—No.

Una vieja amargura impregnaba la voz de Deborah, aunque trataba de enmascararla lo mejor que podía, y Alice recordó algo que había olvidado. Su madre y su hermana habían tenido un desencuentro en los días previos a la boda de Deborah durante el cual se hablaban con brusquedad e imponían largos silencios al resto de la casa. Por aquel entonces la familia Edevane ya había regresado a Londres. La boda de Deborah y Tom se había celebrado tan solo cinco meses después de la desaparición de Theo, cuando la vida familiar en Loeanneth había llegado a su fin. No se reanudaría, aunque ninguno de ellos lo sabía entonces; la investigación policial era menos intensa, pero aún se aferraban a la esperanza. Se habló de posponer la boda, pero Deborah y Eleanor se mantuvieron firmes para que se celebrara como estaba previsto. Fue lo único en lo que ambas estuvieron de acuerdo por aquel entonces.

—¿Te sirvo más? —dijo Alice, cogiendo la tetera.

Que Deborah mencionara esa visita de su madre antes de la boda la había pillado por sorpresa. No había sido su intención revivir viejos agravios y deseó que la equivocación no le impidiera lograr sus fines.

Deborah empujó su taza y su plato sobre la mesa.

—Lo pasamos bien, ¿verdad? —prosiguió Alice, el té saliendo a borbotones de la boca de la tetera—. Antes de Theo.

—Sí, aunque yo siempre preferí Londres. Esa preciosa casa en Cadogan Place, el señor Allan que nos venía a buscar con el Daimler, los bailes y los vestidos y los clubes nocturnos. El campo no era lo bastante emocionante para mí.

—Pero era bonito. El bosque, el lago, los almuerzos campestres. Los jardines. —El tono despreocupado funcionaba—. Por supuesto, cómo no iba a ser bonito. Madre tenía un ejército de jardineros que trabajaban día y noche.

Deborah se rio.

—Qué días aquellos. Ahora me cuesta encontrar a alguien que pase el polvo a la repisa de la chimenea.

—El viejo señor Harris, ¿no se llamaba así?, el jardinero jefe, y su hijo, el que volvió del Somme con esa espantosa lesión cerebral.

—Adam, pobrecillo.

—Adam, sí, y había otro tipo, estoy segura. Uno con contrato temporal. —Alice sentía los latidos del corazón retumbándole en los oídos. El ruido del café parecía lejano, como si estuviera hablando dentro de una válvula de vacío en una vieja radio. Dijo—: ¿Benjamin algo?

Deborah frunció el ceño, se esforzó en recordar y al cabo negó con la cabeza.

—No me suena de nada, me temo..., pero hace tanto tiempo ya, y había tantos que iban y venían. Es imposible recordarlos a todos.

—Pues sí.

Alice sonrió para mostrar su acuerdo y se escondió detrás de un sorbo de té. No había sido consciente de estar conteniendo la respiración. El alivio se apoderó de ella, pero acompañado de una ligera desilusión. Por una fracción de segundo había estado totalmente preparada para oír a Deborah decir: «Munro. Se llamaba Benjamin Munro», y la perspectiva había sido muy emocionante. Contuvo la súbita tentación de insistir, de forzar a Deborah a recordarlo, como si de alguna manera la connivencia de su hermana fuera a devolverle a la vida, fuera a permitirle hablar acerca de él y por tanto sentir de nuevo lo que había sentido en otro tiempo. Pero era un impulso insensato, una locura, y lo extinguió. Había descubierto lo que necesitaba: Deborah no recordaba a Ben y Alice estaba a salvo. Lo más sensato ahora era dirigir la conversación a terrenos más seguros. Untó de mantequilla un bollito y dijo:

—¿Qué noticias tienes de Linda?

Alice solo escuchó a medias mientras Deborah retomaba ese tema de conversación tan habitual. La tediosa historia de la Nieta Errante solo importaba a Alice porque tenía pensado legarle Loeanneth. No tenía demasiadas opciones. La casa era un mayorazgo y Alice no tenía descendientes; los hijos que no tuvo eran ahora poco más que fantasmas al pie de la cama en las noches de insomnio, y vender la casa era impensable.

—Pippa está fuera de sí, por supuesto —estaba diciendo Deborah—, era ella la que me dejó antes el mensaje de voz, y quién va a culparla por ello. Lo llaman año sabático, pero Linda se fue hace casi cinco.

—Bueno, es joven, y las ganas de explorar las lleva en la sangre.

—Sí, y ambas sabemos qué fue del bisabuelo Horace.

—Creo que en Australia no hay tribus caribes. Es mucho más probable que caiga víctima del encanto de las playas de Sídney que del canibalismo.

—Eso no le sirve de consuelo a Pippa, me temo.

—Linda terminará por volver a casa. —*Cuando se le termine el dinero de sus padres,* pensó Alice, incisiva, si bien se abstuvo de decirlo. Jamás habían hablado del tema abiertamente, pero Alice tenía serias reservas acerca de la personalidad de Linda. Estaba casi segura de que Deborah pensaba lo mismo, pero no era decoroso criticar a la única nieta de una hermana, no abiertamente. Además, las dificultades de Deborah para concebir habían conferido estatus de realeza a su escaso linaje—. Ya verás, va a regresar convertida en una mujer nueva, una mujer mejor, gracias a esa experiencia.

—Espero que tengas razón.

Alice también lo esperaba. La Casa del Lago había formado parte de la familia DeShiel durante siglos y Alice no tenía intención de ser ella quien rompiera esa tradición.

Había sido una conmoción recibir la casa tras la muerte de Eleanor. Pero también lo había sido la muerte de su madre. Corría el año 1946 y la guerra había terminado. Después de tantas muertes y tanta destrucción, que una mujer saliera a la calle y un autobús rumbo a Kilburn desde Kensington pusiera fin a su vida parecía un escándalo. En especial cuando la persona era Eleanor. No era el tipo de muerte que uno habría esperado para una mujer como ella.

El conductor del autobús había sufrido lo indecible. Durante la pesquisa judicial se había desmoronado y echado a llorar. Había visto a Eleanor, declaró, de pie en la acera, y había pensado que era una dama majestuosa con ese traje elegante y ese maletín de cuero. Se había preguntado dónde iría. Había algo en su expresión, había dicho, como si estuviera perdida en sus pensamientos, pero entonces un niño había comenzado a chillar en la parte trasera del autobús y él había apartado la vista de la calzada, solo un momento, solo un brevísimo segundo, comprenden, y lo siguiente que notó fue el ruido sordo del golpe: *Pum.* Esa fue la palabra que usó. *Pum.* Alice aún lo oía cuando cerraba los ojos.

No había querido la casa, ninguna de ellas la había querido, pero el razonamiento de su madre estaba claro: Deborah era rica, Clemmie estaba muerta, así que solo quedaba Alice. Alice, sin embargo, conocía bien a Eleanor; sabía que en esa herencia había más de lo que parecía a simple vista. Más tarde hubo noches en que Alice, cuando la oscuridad la cercaba, había empezado a sentir lástima por sí misma y a beber en exceso ante la mesa desnuda de su triste apartamento, rodeada de pensamientos atronadores en el silencio de los tiempos de paz, en que los muros que había levantado contra el pasado habían empezado a tambalearse. Fue en su otra vida, justo antes de comenzar a escribir, antes de que Diggory Brent le ofreciera un medio para encauzar sus miedos y pesares. Esas noches Alice veía con claridad que su madre la había castigado con la herencia de Loeanneth. Que Eleanor siempre la había culpado de la desaparición de Theo, aunque jamás hubiera dicho una palabra al respecto. Y qué castigo tan exquisito, qué certero, entregarle la posesión de un lugar que amaba más que ningún otro en el mundo pero que el pasado le había arrebatado para siempre.

Capítulo 13

Alice volvió a Hampstead en metro. Un anuncio advertía que una persona se había caído a las vías en la estación de Goodge Street, así que tomó la línea a Piccadilly hasta King's Cross. Dos enamorados viajaban con ella en el vagón, muy abrazados en un rincón, rodeados de maletas de otras personas. La joven estaba inclinada hacia el muchacho y se reía un poco mientras él le susurraba algo al oído.

Alice devolvió la mirada a un hombre de aspecto pomposo sentado frente a ella. El hombre alzó las cejas desdeñoso a la pareja, pero Alice se negó a aliarse con él y apartó la vista. Recordaba ese amor que todo lo abarca, el amor de juventud, aunque había pasado mucho tiempo desde que lo había sentido. Existía la belleza en esa clase de amor, tanto como existía el peligro. Ante ese amor el resto del mundo desaparecía; tenía el poder de volver irracional incluso a la más sensata de las personas.

Si Benjamin Munro le hubiera pedido que muriera por él ese verano, Alice tenía la certeza de que habría aceptado. Por supuesto, no lo había hecho; en realidad, no le había pedido casi nada. Pero, por otra parte, no habría hecho falta que le reclamara nada; ella habría estado dispuesta a dárselo todo.

Entonces Alice estaba convencida de estar conduciéndose con total discreción. Qué tonta. Se creía muy inteligente y adulta. Pero estaba ciega, el amor le había impedido ver los defectos, los suyos y los de él, tal y como aseguraba William Blake que debía ser. Y Ben y ella habían sido vistos juntos. Era posible que Deborah no supiera nada de lo que había entre los dos, pero alguien sí.

Mientras el metro avanzaba traqueteando, dos voces de antaño regresaron a ella como una radio vieja transmitiendo a través de las décadas. Era una noche de invierno en 1940, el Blitz estaba en su apogeo y Clemmie, de paso en Londres gracias a un permiso inesperado, se había hospedado en el diminuto apartamento de Alice. Habían estado intercambiando historias de la guerra delante de una botella de ginebra: el trabajo de Clemmie en Transporte Aéreo Auxiliar, los relatos de Alice sobre la reconstrucción de lugares bombardeados y, a medida que avanzaba la tarde, la botella se vaciaba y las hermanas se volvían sentimentales, la conversación derivó a su padre y la Gran Guerra, a los horrores que habría visto y que solo ahora comenzaban a comprender.

—Lo ocultó bien, ¿verdad? —observó Clemmie.

—No querría ser una carga para nosotras.

—Pero jamás dijo una palabra. Ni una. No me imagino pasar por todo eso y luego dejarlo total y absolutamente de lado una vez terminada la guerra. Me veo a mí misma aburriendo a mis nietos hasta las lágrimas cuando sea muy, muy vieja, llenándoles la cabeza de historias de la guerra y de mi contribución a la misma. Pero papá no. Jamás hubiera pensado que había estado en las trincheras. El barro y las ratas y el infierno de ver morir a sus hombres. ¿Alguna vez habló de eso contigo?

Alice negó con la cabeza.

—Le recuerdo diciendo que se alegraba de tener hijas, que así ningún hijo suyo tendría que ir al frente si había otra guerra. —Alzó la copa ante el uniforme de Clemmie y sonrió a medias—. Supongo que nadie tiene razón todo el tiempo.

—Ni siquiera papá —aceptó Clemmie—. Y, dijera lo que dijese, quería tener un hijo.

—Como todos los hombres, según la abuela DeShiel. —Alice no añadió que la mezquina anciana había lanzado esa afirmación en octubre de 1920, justo después del nacimiento de Clemmie, insinuándole así a su madre que dar a luz a una tercera niña no era la manera de dar la bienvenida a su esposo tras la guerra.

—De todos modos, al final tuvo uno —dijo Clemmie—. Al final tuvo un hijo.

Guardaron silencio cuando la conversación las llevó de vuelta a la infancia y al gran tabú del hermano, ensimismadas las dos en sus recuerdos empapados en ginebra. Comenzó a llorar el bebé del piso de arriba, sonaba una sirena en algún lugar distante de Londres y Alice se levantó en una habitación que daba vueltas para recoger las copas vacías con una mano y llevarlas sujetas entre los dedos hasta el fregadero bajo la ventana, pequeña y tiznada, atravesada por tiras de cinta adhesiva. Estaba de espaldas cuando Clemmie dijo:

—Vi a ese hombre, ese jardinero que trabajó un tiempo en Loeanneth, camino de Francia.

La palabra chasqueó en la fría habitación como una cerilla al encenderse. Alice cerró los puños bajo las mangas de su jersey de punto. Haciendo acopio de valor, se volvió hacia su hermana y se oyó a sí misma decir:

—¿Qué jardinero?

Clemmie tenía la mirada clavada en la mesa de madera y repasaba las vetas con sus uñas cortas. No respondió, sabedora, por supuesto, de que no era necesario, de que ambas sabían a quién se refería.

—Allie —dijo, y ese apodo de la infancia estremeció a Alice—, hay algo que necesito... Que he querido... Algo que vi cuando éramos niñas.

Alice sintió los latidos de su corazón golpeando en su pecho. Se preparó para lo peor. Una parte de ella deseaba dar por terminada la conversación y otra parte, la parte ebria, cansada de huir del pasado, envalentonada en la presencia constante de muertes y peligros en aquellos años de guerra, casi quería invitar a su hermana a seguir. Era aterrador cómo el alcohol eliminaba las inhibiciones que pueden evitar una confesión.

—Fue ese verano, el último. Habíamos ido al espectáculo aéreo unos meses antes y yo estaba obsesionada con los aviones. Solía correr alrededor de la casa, ¿recuerdas?, fingiendo que volaba.

Alice asintió, tenía la garganta seca.

—Fui a la base, esa que estaba más allá de la granja de Jack Martin. Iba a veces, solo para ver los aviones despegar y aterrizar, para imaginarme cómo sería pilotar uno algún día. Volví tarde a casa, así que tomé un atajo por el bosque, a lo largo del río. Acabé en el viejo cobertizo de las barcas.

A Alice se le nubló la vista y miró parpadeando un cuadro de la pared, legado del inquilino anterior, un barco en un mar tempestuoso. El barco había empezado a moverse. Alice lo observó escorarse a uno y otro lado levemente sorprendida.

—No me habría parado, tenía hambre y prisa por llegar a casa, pero oí una voz en el interior, una voz de hombre.

Alice cerró los ojos. Durante años había temido ese momento, había imaginado diferentes contextos, ensayado explicaciones y excusas. Ahora que al fin había llegado, no se le ocurría nada que decir.

—Sabía que no era papá ni el señor Llewellyn y me picó la curiosidad. Me acerqué a la ventana. No lo pude evitar. Me subí a una barca volcada y lo vi, Alice. No era mi intención, pero lo vi. Ese hombre, el jardinero…

—¡Cuidado! —la interrumpió Alice. Dio un salto para agarrar la botella de ginebra y la tiró en el intento. Los cristales volaron por los aires y Clemmie se puso en pie de un salto. Empezó a sacudirse la ropa, sobresaltada por el ruido repentino, por la bebida fría—. Cuánto lo siento —dijo Alice—. Tenías el codo... La botella estaba a punto de caerse. Intenté agarrarla. —Corrió al fregadero y volvió con un trapo, que goteaba agua por todas partes.

—Alice, para.

—Dios, estás empapada. Déjame ir a buscarte otra camisa.

Clemmie protestó, pero Alice insistió y, para cuando las ropas estuvieron cambiadas y la mancha limpiada, el estado de ánimo que predispone a las confidencias había desaparecido. Igual que Clemmie a la mañana siguiente. El lugar donde había extendido su petate estaba vacío y no quedaba ni rastro de ella.

Alice sintió tal alivio que se mareó un poco. Ni siquiera la nota sobre la mesa le hizo mella en el ánimo: *Tenía que irme, me toca vuelo temprano. Nos vemos a la vuelta. Tenemos que hablar. Importante. C.*

Estrujó el papel hasta reducirlo a una bola compacta y dio gracias a Dios por haberse librado.

Resultó que Dios podía ser cruel. Dos días más tarde, Clemmie fue derribada cuando sobrevolaba el océano, a cuatro millas de la costa inglesa. El avión apareció pero nunca encontraron su cuerpo. *Se cree que la piloto fue expulsada,* decía el informe, *justo antes de que el avión fuera alcanzado.* Una pérdida más en un mundo que había decidido que la vida era barata. Alice no era tan egoísta como para creer que el destino de los demás tenía el propósito de enseñarle una lección; detestaba la expresión «todo pasa por una razón». Sin duda todo lo que ocurría tenía consecuencias, pero eso era otra cuestión. Por lo tanto, optó por considerar una simple coincidencia que la muerte de Clemmie le hubiera ahorrado dar explicaciones sobre la muerte de su hermano.

Alice seguía viendo a Clemmie cuando menos se lo esperaba. En los días de verano, cuando alzaba la vista hacia el sol palpitante y su campo de visión se llenaba de estrellas; un punto negro que recorría el cielo, trazando un elegante arco y caía al mar en silencio; esa niña que corría en círculos por los campos, con los brazos extendidos; el segundo hermano de Alice que desaparecía. *¡Cómo quisiera tener las alas de una paloma y volar hasta encontrar reposo!*

El tren llegó a King's Cross y los enamorados bajaron y se encaminaron hacia la salida. Alice contuvo la tentación de seguirlos; solo para permanecer, durante un momento, en la periferia de su enamoramiento absorto.

No lo hizo, por supuesto. Se subió a la línea Northern y fue hasta Hampstead, donde al fin tomó el ascensor hasta la superficie. No tenía tiempo para añoranzas o fantasías; tenía que volver, ver a Peter y poner en marcha las reparaciones. En la calle, la tarde era hermosa. El calor del día se había ido, el sol había perdido su ímpetu, y Alice regresó a casa por el camino de siempre.

* * *

Peter cogió un rotulador amarillo y resaltó pulcramente las líneas. Era el final de un largo día y se permitió un momento de celebración silenciosa. El editor de Alice quería que el sitio web estuviera listo en el plazo de un mes y le había encomendado proporcionar los textos (un trabajo más difícil de lo que debería por la constante negativa a colaborar de la homenajeada).

No se trataba de algo tan simple o tópico como que una octogenaria rechazase las nuevas tecnologías; de hecho, Alice se enorgullecía de mantenerse al día. Internet había cambiado por completo los procedimientos policiales en la vida de Diggory, y Alice era muy rigurosa cuando se trataba de lograr el realismo de sus libros. Lo que la ofendía era la «insidiosa intromisión» de la esfera pública en la privada. Hacer publicidad estaba muy bien, decía, pero, cuando el autor se volvía más importante que los libros, el mundo sin duda había perdido el norte. Solo la cercanía del cincuenta aniversario y una súplica personal del director de la editorial la habían inducido a aceptar, y con una condición: «No quiero saber nada al respecto, Peter. Tú te encargas de todo, ¿de acuerdo?».

Peter le había dado su palabra y estaba cumpliendo su labor con cautela, cuidándose mucho de pronunciar palabras como «online» y «plataforma» en presencia de Alice. La biografía de la autora había sido bastante sencilla (ya tenía un documento que mantenía actualizado para los comunicados de prensa) y estaba bastante orgulloso de la página especial que había montado desde la perspectiva de Diggory Brent, pero ahora estaba trabajando en la sección de preguntas frecuentes y las cosas avanzaban despacio. El problema era que el trabajo dependía de las respuestas de Alice. Sin su cooperación, se atascaba consultando los archivos en busca de artículos que ofrecieran respuestas.

Se había centrado en el tema del proceso de escribir, en parte porque sabía que complacería a Alice, en parte para no complicarse la vida. Alice no concedía muchas entrevistas aquellos días, y cuando lo hacía era con la estricta condición de que solo hablaría de su obra. Protegía su intimidad con un fervor que a Peter le preocupaba a veces (siempre en silencio y nunca donde ella pudiera intuir esa preocupación) que bordeara la neurosis.

Había incluido, sin embargo, algunas preguntas personales por deferencia a la publicista de Alice, quien había enviado una «breve lista» de treinta sugerencias, y para encontrar las respuestas había tenido que remontarse a varias décadas atrás. Los archivos de Alice no eran un ejemplo de orden. A lo largo de los años se habían usado interesantes y variados sistemas de archivos, y la tarea era más complicada de lo que esperaba.

Pero, por fin, encontró algo. En una entrevista con el *Yorkshire Post* de agosto de 1956 había una cita de Alice que, con un leve retoque, podría encajar como respuesta a una de las preguntas personales más peliagudas:

P: ¿Qué clase de niña fue? ¿Era ya escritora entonces?

Peter volvió a repasar las líneas que acababa de subrayar.

R: Siempre estaba garabateando, era de esas niñas a las que regañaban por escribir en las paredes o por grabar su nombre en los muebles. Tuve la suerte de recibir el apoyo de un amigo de la familia, un escritor que no parecía cansarse nunca de fomentar las fantasías de una niña. Uno de los regalos más importantes que he recibido fue mi primer diario. Me lo dio mi padre. ¡Cómo atesoraba ese cuaderno! Lo llevaba conmigo a todas partes y despertó en mí una predilección por los cuadernos que jamás he perdido. Mi padre me regalaba uno nuevo cada año. Escribí toda una novela de misterio, la primera, en el que recibí al cumplir quince años.

Encajaba a la perfección. Tarareando para sí, Peter bajó por el documento en la pantalla del ordenador, a la caza del espacio en blanco donde debería haber una respuesta. La luz cálida de la tarde bañaba el teclado. Un autobús suspiró al detenerse en la calle, una mujer que hablaba como si estuviera a punto de reírse dijo a alguien «¡Date prisa!», y en la calle paralela un músico callejero tocaba una canción de Led Zeppelin en una guitarra eléctrica.

Peter ya estaba recogiendo sus cosas mentalmente, imaginando el largo viaje en autobús a casa en compañía de Pip y Abel Magwitch, cuando otra pregunta del documento le llamó la atención. O, para ser más precisos, la respuesta que él mismo había tecleado debajo.

P: En un abrir y cerrar de ojos *fue la primera novela de Diggory Brent que publicó, pero ¿fue su primer manuscrito terminado?*

R: Así es. Soy una de esas raras y afortunadas autoras que nunca han tenido que enfrentarse al rechazo de una editorial.

Peter dejó de tararear. Miró una vez más las líneas subrayadas.

Las dos respuestas no se contradecían exactamente. Existía una diferencia entre completar un manuscrito y escribir una novela en un diario de adolescencia, pero Peter creyó recordar algo.

Hurgó en la pila de fotocopias que poblaba el escritorio en busca de las páginas de las que había extraído la respuesta. La encontró en una entrevista de 1996 del *Paris Review* y la leyó entera.

ENTREVISTADOR: En un abrir y cerrar de ojos *fue el primer manuscrito que terminó, pero, sin duda, no sería el primero que comenzó. ¿No es cierto?*

EDEVANE: De hecho, sí, fue el primero.

ENTREVISTADOR: ¿Jamás se había puesto a escribir ficción antes de comenzar En un abrir y cerrar de ojos?

EDEVANE: Jamás. Ni se me había pasado por la cabeza escribir un relato, menos aún una novela policiaca, hasta después de la guerra. Una noche el personaje de Diggory Brent se me apareció en un sueño y a la mañana siguiente empecé a escribir. Es un arquetipo, por supuesto, aunque, si un escritor de género dice que su personaje no comparte sus preocupaciones e intereses, está mintiendo.

Peter oyó el tictac del reloj de la repisa. Se levantó, se estiró, se terminó el vaso de agua y se acercó a la ventana. Por muchas vueltas que le diera, las dos entrevistas se contradecían.

Volvió a sentarse tras el escritorio. El cursor parpadeaba entre las palabras «está mintiendo».

Alice no era una mentirosa. De hecho, era sincera de un modo escrupuloso; sincera hasta el punto de resultar ofensiva en muchos casos.

La discrepancia era, por tanto, un error. Habían transcurrido cuarenta años entre una respuesta y otra, tiempo de sobra para olvidar algo. Alice tenía ochenta y seis años. Peter no lograba recordar con certeza partes de su infancia y solo tenía treinta años.

Aun así, no estaba dispuesto a publicar en la página web algo que pudiera comprometer a Alice. En los tiempos que corrían no era fácil restar importancia a las falsedades o las contradicciones. Todo se podía verificar al instante. Las contradicciones se cazaban antes que lo que tardaba en caer un insecto en una telaraña. Ya no era posible ser olvidado.

Peter dio golpecitos en el teclado con un solo dedo, distraído. No tenía gran importancia, pero era irritante. No era posible preguntar a Alice directamente qué entrevista decía la verdad. Había prometido encargarse del sitio web sin causar molestias y no quería arriesgarse a insinuar que había dicho una mentirijilla.

Sus ojos se dirigieron de nuevo a la pantalla.

Ni se me había pasado por la cabeza escribir un relato, menos aún una novela policiaca, hasta después de la guerra... ¡Cómo atesoraba ese cuaderno! Lo llevaba conmigo a todas partes y despertó en mí una predilección por los cuadernos que jamás he perdido... Escribí toda una novela de misterio, la primera, en el que recibí al cumplir quince años.

Afuera, en las escaleras, sonaron unos pasos y Peter miró el reloj. La puerta de entrada se abrió y oyó a Alice en el vestíbulo.

—¿Peter?

—En la biblioteca —dijo, pulsando el botón de apagado que redujo la página a una mancha electrónica—. Estaba acabando. ¿Una taza de té antes de que me vaya?

—Sí, por favor. —Alice apareció en la puerta—. Hay unos cuantos asuntos de los que me gustaría hablar contigo. —Parecía cansada, más frágil que de costumbre. Daba la impresión de que el calor del día se había acumulado en los pliegues de su ropa, su piel, su actitud—. ¿Algún mensaje? —preguntó, sentándose para quitarse los zapatos.

—Jane llamó acerca de la nueva novela, Cynthia quiere hablar de la campaña publicitaria y hubo una llamada de Deborah.

—¿Deborah? —Alice alzó la vista de inmediato.

—Hace solo media hora.

—Pero si la acabo de ver. ¿Está bien? ¿Ha dejado un mensaje?

—Sí. —Peter apartó los archivos de las entrevistas para encontrar la nota—. Está aquí, en algún lado. Lo escribí para no olvidarlo. —Encontró el pedazo de papel y frunció el ceño al ver su garabato. Deborah siempre era muy formal al hablar por teléfono, pero hoy se había mostrado especialmente circunspecta y había insistido en que le repitiera el mensaje a Alice palabra por palabra, que era importante—. Me pidió que le dijera que sí lo recordaba y que se llamaba Benjamin Munro.

Capítulo 14

Cornualles, 23 de junio de 1933

En su última mañana en Loeanneth, Theo Edevane se despertó con los pájaros. Solo tenía once meses de edad y era demasiado joven para comprender el concepto del tiempo, más aún para leer la hora, pero, si hubiera sido capaz, habría sabido que las agujas del enorme reloj del cuarto acababan de marcar las cinco y seis minutos. Theo solo sabía que le gustaba cómo la luz se reflejaba en las agujas plateadas y las hacía brillar.

Con el pulgar en la boca y *Puppy* bajo el brazo, rodó alegre sobre un costado y miró en la penumbra hacia donde dormía su niñera, en una cama individual en un rincón. No tenía puestas las gafas y, sin las patillas metálicas apuntalando las facciones, el rostro se le había desmoronado sobre la almohada, reducido a una serie de líneas, arrugas y bolsas suaves y fláccidas.

Theo se preguntó dónde estaría su otra niñera, Rose. La echaba de menos (aunque los detalles de lo que echaba de menos ya comenzaban a desvanecerse). La nueva era más vieja y más severa y su olor le hacía cosquillas en la nariz. Siempre guardaba un pañuelo húmedo dentro de la manga del vestido negro de algodón y tenía una botella de aceite de ricino en la repisa de la ventana. A menudo decía: «Las palabras "no puedo" no existen» y «La autoalabanza dice poco de la persona», y le gustaba sentar a Theo en el cochecito negro grande y llevarlo de un lado a otro por el accidentado camino de entrada. A Theo no le gustaba ir sentado en el cochecito, no ahora que sabía andar; había tratado de decírselo, pero no sabía muchas palabras y Bruen, la niñera, se limitaba a decir: «Silencio, señorito Theodore. No hemos pedido al señor Maleducado que nos acompañe».

Theo estaba escuchando los pájaros por la ventana, observando el amanecer que subía por el techo, cuando el sonido de la puerta al abrirse le hizo ponerse boca abajo y mirar entusiasmado por entre los barrotes de la cuna.

Ahí, devolviéndole la mirada en la ranura entre la puerta y la jamba, estaba su hermana mayor, la de las trenzas largas y color castaño y mejillas llenas de pecas, y Theo sintió en su interior una explosión de amor y emoción. Se puso en pie como pudo y sonrió, golpeando con las manos el borde de la cuna para que tintinearan las perillas metálicas de las esquinas.

Theo tenía tres hermanas mayores y las quería a las tres, pero esta era su favorita. Las otras le sonreían y le arrullaban y le decían que era una ricura, pero no podía contar con ellas de la misma manera. Deborah lo soltaba si Theo se entusiasmaba demasiado y le tiraba del pelo o de la ropa, y Alice podía estar riendo un minuto mientras lo pasaban en grande jugando a cucú ¡tras! y al siguiente adoptar una expresión extraña, como si ya no lo viera. Entonces, y sin explicación alguna, se ponía de pie y se iba muy lejos, donde vivían los adultos, y empezaba a arañar el cuaderno con un bolígrafo.

Esta, sin embargo, Clemmie, nunca se cansaba de hacerle cosquillas, de poner muecas divertidas y de hacerle pedorretas en la barriga. Se lo llevaba de paseo, con esos brazos cálidos y delgados envolviéndole con firmeza la cintura y, cuando por fin lo dejaba en el suelo, no le interrumpía, como las otras, justo cuando había encontrado algo realmente interesante que explorar. No usaba palabras como *sucio* o *peligroso* o *¡no!* cuando venía a buscarlo por la mañana, a primera hora, como hoy, y siempre pasaban por la cocina, donde había pan caliente y recién hecho sobre los estantes y frascos de mermelada con trozos de fresa en la alacena.

Theo agarró a *Puppy* expectante y levantó los brazos, retorciendo el cuerpecito como si fuera a liberarse de la cuna si se esforzaba lo suficiente. Agitó las manos, estiró los dedos de alegría y su hermana mayor sonrió de tal manera que se le iluminaron los ojos y las pecas danzaron y, tal y como Theo sabía que haría, se acercó a la cuna y lo sacó por encima de los barrotes.

Mientras lo llevaba a trompicones hacia la puerta y Bruen, la niñera, roncaba contra la almohada, la euforia llenó de energía el cuerpo de Theo.

—Venga, gordito —dijo su hermana, que le besuqueó la cabeza—, vamos a ver los aviones.

Comenzaron a bajar juntos las escaleras y Theo sonrió al ver la alfombra roja y pensó en el pan caliente con mantequilla y mermelada, en los patos junto al arroyo, en los tesoros que iba a encontrar en el barro y en los brazos extendidos de su hermana al jugar que volaban y, al cruzar el vestíbulo, rio con el pulgar todavía en la boca solo por la alegría de ser feliz y sentirse amado y vivo.

* * *

Eleanor oyó el crujido de los escalones, pero su mente dormida lo tomó por algo imaginado, parte de un sueño trepidante en el que ella era la maestra de ceremonias de un circo grande y caótico. Los tigres no se dejaban domesticar, los trapecistas no paraban de resbalarse y habían perdido un mono. Cuando despertó a la realidad en su habitación, el ruido era ya un recuerdo lejano, perdido en un vacío oscuro y cavernoso del sueño con los demás residuos de la noche.

La luz, la solidez, la mañana por fin. Tras meses de preparativos, había llegado el día de la fiesta, pero Eleanor no saltó de la cama con presteza. Había sido una noche interminable y tenía la cabeza como una esponja húmeda. Se había desvelado en la oscuridad y había permanecido horas despierta, con la cabeza llena de pensamientos en la habitación recalentada. Las ovejas que había contado se habían convertido en tareas pendientes para el día, y hasta el amanecer no se abandonó a un sueño tumultuoso.

Se frotó los ojos y se estiró y, a continuación, cogió el viejo reloj de su padre de la mesilla de noche, y miró su rostro redondo y leal. ¡No eran ni las siete y ya hacía ese calor insoportable! Eleanor se desplomó contra las almohadas. De haber sido cualquier otro día, se habría puesto el traje de baño y habría ido al arroyo a darse un chapuzón antes del desayuno, antes de que los otros despertaran y tuviera que convertirse en madre. Siempre le había gustado nadar, sentir la suavidad del agua contra la piel, la claridad de la luz sobre la superficie ondulante, cómo los sonidos se espesaban cuando sumergía los oídos. De niña tenía un lugar favorito, particularmente profundo, cerca del cobertizo de las barcas, donde crecía la verbena silvestre en la ribera escarpada y el aire era dulce y acre. El agua estaba fresca cuando desaparecía debajo de la superficie, descendiendo más y más, hasta sentarse entre los juncos resbaladizos. Los días eran mucho más largos por aquel entonces.

Eleanor extendió la mano y pasó un brazo sobre la sábana a su lado. Anthony no estaba. Se habría despertado temprano y estaría arriba, huyendo del alboroto que, como sabía por experiencia, traería el día consigo. Hasta hacía poco se preocupaba al descubrir que ya se había levantado, se desvivía hasta encontrarlo, solo; pero ya no era así. Había arreglado las cosas y ese temor concreto había pasado a mejor vida.

Fuera arrancó una segadora y Eleanor exhaló el suspiro que había estado conteniendo sin darse cuenta. La segadora era una señal de que hacía buen tiempo, gracias a Dios; una cosa menos de la que preocuparse. Habría sido un desastre que lloviera. De madrugada había oído truenos, y eso fue lo que la desveló en primer lugar. Había corrido a la ventana y apartado las cortinas, temiendo el mundo empapado que vería afuera. Sin embargo era una tormenta lejana, y los relámpagos no eran de los que traían lluvia. El jardín estaba seco bajo la luz de la luna, sumido en un silencio inquietante.

Aliviada, Eleanor había permanecido un rato de pie en la habitación a oscuras, observando las leves ondulaciones del lago, las nubes de filo plateado que se desplazaban por el cielo de peltre, abrigando la asombrosa sensación de ser la única persona despierta en la tierra. No era una sensación desconocida; le recordó esas noches en que sus hijas eran bebés y las amamantaba ella misma, para disgusto de su madre, acurrucada en el sillón junto a la ventana del cuarto de los niños. Pequeños chillidos de satisfacción animal, manos diminutas y aterciopeladas entre sus senos hinchados, el silencio vasto e inmóvil del mundo que las rodeaba.

A Eleanor le daban de comer en esa misma habitación cuando era bebé, si bien en condiciones muy diferentes. Su madre no toleraba las costumbres «vampíricas» de los bebés y había enseñado a Bruen, la niñera (más joven por aquel entonces, pero no menos anticuada), a preparar leche de vaca esterilizada para «la pequeña desconocida», en uno de los biberones que había comprado en Harrods para tal fin. Aún hoy Eleanor no era capaz de percibir el olor a goma sin experimentar una pronunciada sensación de náusea y aislamiento. Como era natural, Bruen, la niñera, había aprobado sin reservas el régimen y había pasado a preparar biberones con precisión militar a intervalos dictados por el frío reloj del cuarto de los niños, en vez de los ruidos del pequeño estómago de Eleanor. No vendría mal, habían acordado ambas mujeres, que la niña comenzara su educación en cuestiones de orden y puntualidad. ¿Cómo si no iba a convertirse en una subordinada auténtica que aceptara con alegría su puesto en el último escalón de la jerarquía familiar? Fueron los días de papilla insípida, antes de que llegara el padre de Eleanor y la rescatara de su infancia victoriana. Se había decidido a intervenir cuando comenzaron a hablar sobre contratar una institutriz y entonces declaró que no era necesario, que él educaría a su hija personalmente. Era una de las personas más inteligentes que Eleanor había conocido: no había tenido una educación formal, a diferencia de Anthony o el señor Llewellyn, pero era un gran estudioso que recordaba todo lo que leía y oía, que meditaba sin cesar, que encajaba diferentes piezas del saber y siempre buscaba más.

Eleanor se recostó contra las almohadas, se puso el querido reloj y le vino un recuerdo de sí misma sentada en el regazo de su padre, antes del incendio en la biblioteca, escuchándole leer la traducción de *Beowulf* de William Morris y A. J. Wyatt. Era pequeña, demasiado pequeña para comprender bien el significado del inglés antiguo, y se había quedado amodorrada. Con la cabeza apoyada en el pecho de su padre había escuchado el rumor de esa voz que surgía del interior, el eco cálido de un murmullo que estaba en todas partes a la vez. El parpadeo de las llamas anaranjadas que se reflejaban en el cristal del reloj de su padre la había hipnotizado y el objeto se había convertido en símbolo de la seguridad y la satisfacción absolutas que sentía en aquel momento. Ahí, junto a él, en el ojo de la tormenta, en el centro del universo que giraba.

¿Tal vez siempre existía esa conexión entre padres e hijas? Anthony era sin duda un héroe para sus niñas. Así había sido desde que regresó de la guerra. Al principio, se habían sentido intimidadas, dos caritas que miraban curiosas tras la puerta de su estudio, con los ojos abiertos como platos y hablando en susurros, pero no habían tardado en caer rendidas. No era de extrañar. Las llevaba de acampada a los prados, les enseñó a tejer barcos de hierba, escuchaba con paciencia todos sus llantos y cuentos. Una vez en el jardín, un invitado con un julepe de menta en la mano se había puesto a hablar con Eleanor mientras Anthony jugaba al potro con Deborah y Alice. Entonces le había llegado el turno a la diminuta y tambaleante Clementine y Anthony se había convertido en un caballo que galopaba por todo el jardín y las tres niñas se morían de la risa. El invitado le había preguntado, con malicia disfrazada de compasión, si no le molestaba que su marido fuera tan claramente el favorito de sus hijas. Eleanor había respondido que por supuesto que no.

Era casi cierto. Después de las privaciones de la guerra, cuatro largos años durante los cuales se habían visto obligados a vivir separados, a crecer y asumir nuevas responsabilidades, tenerlo de vuelta en casa y ver el amor y el asombro no adulterados con que observaba a las niñas era la panacea. Como disponer de una máquina del tiempo y viajar de vuelta a la edad de la inocencia.

Eleanor sacó la fotografía que guardaba junto a la cama. Estaban los dos en el huerto de la cocina en el año 1913, Anthony con su sombrero de paja, nuevo por aquel entonces. Miraba directamente al fotógrafo, la sonrisa ladeada como si acabara de hacer un chiste. Eleanor lo contemplaba embelesada, con el pelo recogido en un pañuelo; ambos sostenían unas palas. Fue el día en que se pusieron a cavar el huerto de fresas y lo dejaron hecho un desastre. Howard Mann estaba detrás de la cámara. Llegó un día en su Silver Ghost, impaciente por «comprobar que no habíais desaparecido de la faz de la tierra», y acabó quedándose toda la semana. Habían reído, bromeado y discutido apasionadamente de política, gente y poesía, igual que en los años de Cambridge y, cuando por fin regresó a Londres, lo hizo a regañadientes y con la promesa de volver pronto y un maletero lleno de las sobras de la primera cosecha de Anthony y Eleanor. Al mirar ahora la fotografía y recordar cómo eran los dos por aquel entonces, Eleanor sintió en lo más vivo el abismo del tiempo. Se sentía pequeña comparada con aquellos dos jóvenes felices. Tan confiados, tan enteros, tan intactos por la vida...

Chasqueó la lengua, impaciente consigo misma. Era la falta de sueño lo que la volvía nostálgica, el jaleo de los últimos meses, el peso de la jornada que se avecinaba. Con cuidado, dejó la fotografía sobre la mesilla. El sol empezaba a calentar y en las cortinas de brocado había aparecido una deslumbrante constelación de puntos de luz. Eleanor sabía que era hora de levantarse y, sin embargo, una parte de ella se resistía, aferrándose a la idea irracional de que al quedarse en la cama detendría la cuenta atrás. Impediría que la ola la engullera. *Es imposible detener la marea*. La voz de su padre. Los dos miraban el mar en Miller's Point, las olas se estrellaban contra las rocas en la base del acantilado antes de ceder y ser arrastradas de nuevo. *Es tan inevitable como que el día siga a la noche.* Fue la mañana en que le dijo que estaba enfermo y le hizo prometer que recordaría quién era ella cuando él se hubiera ido: *Recuerda seguir siendo buena y valiente y sincera.* Esa vieja y querida frase de *El umbral mágico de Eleanor.*

Eleanor apartó el recuerdo y se concentró. Los primeros invitados llegarían a las ocho de la tarde, lo cual significaba que debía estar vestida y lista y haber ingerido una bebida fuerte antes de las siete y media. Ay, pero ¡cuántas cosas quedaban por hacer! Habría que insistir a las chicas para que echaran una mano. A Alice le encargaría una tarea sencilla (agradable, dirían algunos, aunque no Alice, como sabía muy bien Eleanor): llenar los jarrones de los cuartos de invitados con flores. Deborah habría hecho un trabajo excelente, pero últimamente estaba de mal humor, irascible y con ganas de llevar la contraria, llena de esa fe ingenua de los adolescentes que se creen capaces de hacerlo todo mejor que sus padres, y Eleanor no estaba de humor para discutir. En cuanto a Clemmie, pobrecita, bastante sería que no estorbara. La querida Clemmie, desde siempre la más inusual de las hijas de Eleanor y ahora atrapada en esa etapa de potrillo, torpe, dentuda y desgarbada, resistiéndose a abandonar la infancia.

De repente se abrió la puerta y entró Daisy, que sostenía en alto la bandeja del desayuno, orgullosa.

—Buenos días, señora —saludó con una alegría irritante—. ¡Por fin llegó el gran día!

Depositó la bandeja sobre la cama, sin dejar de parlotear sobre el menú y los invitados y el lamentable estado de la cocina.

—¡He dejado a la cocinera persiguiendo a Hettie alrededor de la mesa con una gallina en una mano y un rodillo en la otra!

Se alejó para descorrer las cortinas, y la luz, una luz de especial intensidad, entró por los cristales y barrió los últimos rastros de la noche.

Y mientras Daisy se lanzaba a un relato que nadie le había pedido acerca de los preparativos que se hacían en el patio, Eleanor se sirvió té de una pequeña tetera de plata y se preguntó cómo diablos se las arreglaría para hacer todo lo que había que hacer.

* * *

Las cortinas de la ventana de la habitación se abrieron y, desde su asiento en el jardín, Constance vio a Daisy, la criada bobalicona, revolotear graznando y cacareando, sin duda dando ganas a Eleanor de arrancarse las orejas. Se lo tenía merecido. ¡A quién se le ocurría levantarse tan tarde cuando había una fiesta que organizar! Pero Eleanor siempre había sido una niña de lo más impredecible.

Constance había desayunado hacía una hora. Siempre se levantaba al amanecer; era la costumbre de toda una vida. No por eso carecía de defectos; de hecho, siempre había pensado que una mujer tiene el deber de parecer interesante, pero la puntualidad era una virtud, según le inculcaron de niña, sin la cual uno perturbaba la vida de los demás. Una grosería imperdonable.

El jardín era ya un hervidero de actividad. Constance tenía papel y una lista de cartas que escribir, pero era casi imposible no ceder a las distracciones. Una serie de hombres fornidos erigían sofisticados lanzadores de fuegos artificiales en el patio ovalado y habían comenzado a llegar camionetas con comida. Cerca, un par de toscos lugareños con coronas decorativas se dedicaban a pisotear los arriates mientras buscaban un lugar donde apoyar la escalera. Uno de ellos, un muchacho irritable con un sarpullido en el mentón, había cometido el error de acercarse a Constance cuando llegaron buscando «al jefe», pero Constance se había librado de él enseguida con una mirada inexpresiva y un comentario sobre el tiempo. La senilidad era un disfraz útil. Era cierto que a veces se le iba la cabeza, pero no tanto como les hacía creer. Aún podía concentrarse para obtener grandes resultados si se sentía suficientemente inspirada.

Sí, iba a ser un buen día. A pesar de que nunca lo habría admitido en voz alta, y menos aún a Eleanor, a Constance le encantaba la fiesta del solsticio de verano. Los Edevane no recibían invitados a menudo, pero Eleanor no había sido capaz de interrumpir la tradición, gracias a Dios. Esa celebración en Loeanneth era el punto álgido del año para Constance, lo único por lo que le compensaba vivir allí, en aquel lugar dejado de la mano de Dios, donde el olor a mar y el espantoso sonido del romper de las olas cuando la brisa soplaba de determinada manera bastaban para helarle la sangre. Constance detestaba ese sonido. Le recordaba esa noche terrible de tantos años atrás; pensaba que se había librado de él al dejar la casa hacía más de veinte años, pero la vida a veces era así de cruel.

Daba igual. El propósito y la emoción de los preparativos de la fiesta le recordaron tiempos más felices: la emoción que sentía de joven, vestida con sedas y joyas, al rociarse con agua de colonia y recogerse el pelo; el momento de la llegada, hacer la gran entrada, recorrer la multitud con la mirada, llamar la atención de una conquista digna de ella, y, a continuación, la emoción de la persecución, la calidez de la reluciente pista de baile, la huida entre susurros por pasillos a oscuras para reclamar su premio… A veces, en los últimos tiempos, el pasado se volvía tan vívido, tan real que casi creía ser esa joven de nuevo.

El movimiento rompió su ensoñación y Constance sintió que su sonrisa se desvanecía. Se había abierto la puerta de entrada y había aparecido Daffyd Llewellyn, que se tropezó en el umbral al ajustarse el sombrero y colocarse el caballete en la cadera. Constance se quedó quieta, oculta en las sombras. Lo último que quería era verse arrastrada a mantener una conversación con aquel hombre. Llewellyn se movía más despacio de lo habitual, casi como si tuviera algún dolor. Constance lo había notado la otra tarde, cuando todos estaban en el patio y Eleanor hizo el anuncio sobre el premio que estaba a punto de recibir. Acidez estomacal, al parecer… No es que fuera de su incumbencia ni le importase; Constance no tenía tiempo para aquel hombre débil y tonto. Cómo merodeaba por la casa y el jardín cuando ella era la señora, con esa ropa excéntrica y esa mirada triste y los ridículos cuentos de hadas… Cada vez que se daba la vuelta se lo encontraba. ¡Y esa crisis nerviosa suya! Constance husmeó con desprecio. El hombre no tenía ni orgullo ni vergüenza. ¿Qué motivos tendría para sentirse abatido? Era ella quien se debería haber sentido herida. Le había arrebatado a su hija con sus disparates sobre tierras encantadas y sobre la redención, y encima abusaba de su hospitalidad. Le había pedido a Henri que lo echara, pero Henri, dócil y maleable para todo lo demás, se había negado.

Y ahora era el turno de Eleanor de mimar y complacer a ese hombre. De niña había sentido adoración por él, y él por ella, y aún compartían una singular amistad. Constance los había visto en un íntimo *tête-à-tête* hacía un par de semanas, sentados en el jardín, cerca de las rosas. Eleanor le estaba contando algo, su rostro era la viva imagen de la angustia, y él asentía, y entonces le había tocado la mejilla con la punta de los dedos y Constance había caído en la cuenta de que Eleanor estaba llorando. En ese momento supo de qué estaban hablando.

Una cálida brisa soplaba ligera y los pétalos se esparcían como confeti. Constance veía muchas cosas aquellos días. Habría preferido conservar la juventud y la belleza, pero no servía de nada rebelarse contra lo inevitable y había comprobado que envejecer acarreaba ciertas ventajas. Cuando perdió el poder de atraer todas las miradas, adquirió la capacidad de quedarse quieta, respirar despacio, pasar inadvertida. Y, por tanto, ver cosas. Había visto a Deborah hacérselo pasar mal a su madre desde que se había prometido, a Alice escabullirse para verse en secreto con ese jardinero de pelo oscuro y ojos gitanos y también había sido testigo del asunto entre Anthony y la joven niñera.

Era una lástima que Eleanor no fuera tan observadora como Constance. Se habría enterado antes de las cosas. Constance se preguntaba cuánto tiempo tardaría en darse cuenta. Por supuesto, podría haberle contado a su hija lo que había visto, pero la gente tendía a culpar al mensajero y era evidente que Eleanor había terminado por averiguarlo sola, pues la joven niñera se había ido. La había despedido casi sin preaviso y sin armar jaleo. Ahí se pudriera. Esas sonrisitas disimuladas, esas conversaciones arrebatadas cuando pensaban que nadie los veía. Constance, sin embargo, los veía. Una tarde llegó a observar a la joven entregándole un regalo, un libro. La vista de Constance no era la de antes y no había sido capaz de distinguir el título, no en ese momento, pero se propuso entrar a hurtadillas en el estudio de Anthony y allí, entre las mariposas y las lupas, distinguió la misma portada verde. Un libro de poemas de John Keats.

No era la infidelidad lo que la ofendía (Constance no veía por qué los hombres y las mujeres no debían concederse el gusto cuando la oportunidad se presentaba), pero la discreción era crucial. A las personas de su clase les correspondía tomar decisiones correctas, para que la noticia no se divulgara más allá del círculo íntimo, donde se convertiría en un chismorreo. Y ahí estaba el quid de la cuestión. Sin duda alguna, una empleada no formaba parte de ese círculo, y enredarse así con una no solo era insensato, también cruel. Les metía a los criados ideas en la cabeza que no correspondían a su condición y nada bueno podía surgir de ello.

La familiaridad tendía a producir transgresiones, y Rose Waters se había tomado demasiadas confianzas, sobre todo al cuidar al pequeño Theo. La niñera no había respetado ni una sola de las barreras profesionales que eran de esperar: besuqueaba al niño y le canturreaba al oído dulcemente, le hacía carantoñas al llevarlo por el jardín en vez de sentarlo como era debido en el cochecito. Esas zalamerías se podían tolerar a un miembro de la familia, pero jamás a una empleada. Y las libertades no terminaban ahí. Rose Waters se había olvidado una y otra vez de cuál era su sitio, hasta culminar recientemente en un momento de locura en el que osó reprender a Constance por entrar en el cuarto de los niños «durante las horas de descanso». Constance era la abuela del niño, por el amor de Dios, y solo quería sentarse junto a la cuna y contemplar al pequeño, ese pecho que subía y bajaba con insultante buena salud.

Gracias a Dios había regresado Bruen. Constance se alegraba con solo pensarlo. Qué bueno volver a ver a su antiguo bastión para hacerse cargo de Theo. Constance tenía un interés especial en su pequeño nieto, y ya era hora de restaurar las normas adecuadas. Se hizo el propósito de hablar con Bruen más tarde. Había visto algo del todo inaceptable apenas treinta minutos antes. Clementine, esa niña de desafortunado rostro pecoso y dientes de caballo, había aparecido por un lateral de la casa ¡llevando al bebé a caballito! Constance había sentido el despertar de la rabia en su interior. La había llamado a voces, con la intención de regañarla, pero la niña había hecho caso omiso.

Constance miró hacia el jardín donde había visto por última vez a la niña, que ahora había desaparecido cerca del lago. La segadora traqueteaba sobre el césped a su espalda y se abanicó con el papel de cartas. Los ruidos mecánicos parecían intensificar el calor y hoy iba a hacer un calor espantoso. La gente hacía cosas raras cuando los termómetros subían, cosas inesperadas. No era infrecuente que una persona se volviera un poco loca cuando las temperaturas eran sofocantes. A Constance nunca le había gustado Shakespeare (casi toda su obra era un verdadero tostón), pero tenía razón en algo: el solsticio de verano era una época extraña e impredecible.

No había ni rastro de Clementine y el bebé. La risa de Theo todavía repicaba en su memoria y Constance sintió que se le ablandaba el corazón. Era verdaderamente un niño de lo más encantador: naturaleza robusta, sonrisa adornada con hoyuelos y esas piernecitas regordetas y fuertes. Se preguntaba, a veces, cómo habría sido el otro pequeño, el primero, de haber tenido una oportunidad.

Esta tarde iba a sentarse junto a Theo, decidió Constance, y a mirarlo dormir. Últimamente era una de las cosas que más le gustaba hacer y, ahora que se había ido Rose Waters, Eleanor estaba ocupada y Bruen, la niñera, era consciente de dónde estaba su sitio, nadie se lo impediría.

* * *

Clemmie escogió el camino estrecho de hierba plana que discurría paralelo al arroyo. Había otras formas de llegar, más rápidas, pero a Theo le gustaba chapotear en las aguas poco profundas del cruce y a Clemmie le gustaba hacerle feliz. Además, era la víspera del solsticio de verano y en la casa reinaría alboroto todo el día. Cuanto más tiempo estuvieran fuera, mejor. Se le ocurrió, de un modo desapasionado, sin compadecerse de sí misma, que era probable que ni siquiera los echaran de menos.

—Menos mal que nos tenemos el uno al otro, gordito —dijo.

—¡Ga! —gorjeó Theo a modo de respuesta.

Una emoción tan similar a la angustia como al amor la embargó de repente y sujetó con más fuerza las piernas de Theo, tan rechonchas y blanditas. Le había arrebatado su lugar como la pequeña de la familia, pero Clemmie era incapaz de imaginar un mundo sin su hermano.

Tenían el sol a la espalda y sus sombras largas y enlazadas se estiraban ante ellos, el cuerpo alargado de Clemmie con las piernecitas de Theo asomando a ambos costados. Theo erguía la cabeza por encima del hombro de Clemmie aferrado a su espalda, y de vez en cuando extendía el puño, pequeño y entusiasta, para señalar algo que veía al pasar. Había necesitado un poco de práctica, pero ya se le daba bien agarrarse fuerte al cuello. Clemmie incluso podía estirar los brazos de par en par cuando le venía en gana, para deslizarse a través del aire, escorándose a un lado y a otro en complicadas maniobras acrobáticas.

Se detuvo cuando llegaron al cruce de piedras, dejó a un lado la cesta que había traído (con pasteles para la fiesta robados de la cocina), y bajó a Theo que se deslizó entre sus piernas hasta un gran montículo de hierba seca en la ribera. Aterrizó con una risita de placer y se puso en pie.

—Agu —afirmó con aires de importancia, señalando el arroyo—. Agu.

Mientras Theo pisoteaba los tréboles hasta llegar a la orilla embarrada y se acuclillaba entre los juncos, Clemmie buscaba la piedra perfecta para que rebotara en el agua. Debía ser pequeña, plana y lisa, pero, aparte de eso, tenía que asentarse bien entre los dedos. Cogió una y juzgó el peso, la redondez de los bordes, antes de descartarla por ser demasiado irregular.

Este proceso lo repitió una, dos, tres veces, antes de encontrar una que, si bien no era perfecta, parecía que serviría. La guardó en el bolsillo y empezó a buscar la siguiente.

Alice era la mejor encontrando piedras. Era una de esas personas que siempre ganaban en los juegos porque le encantaba fijarse en los detalles y tenía un carácter obstinado que se negaba a rendirse. Solían pasar horas allí escogiendo y lanzando sus preciados guijarros. Daban volteretas, hacían columpios con las sogas largas y fuertes de las barcas y construían cabañas en las retamas. Se peleaban y se hacían cosquillas y se reían, se ponían tiritas en las rodillas una a la otra y se quedaban dormidas, cansadas y sudorosas, bajo los arbustos de mayo mientras el sol de la tarde blanqueaba el color del jardín. Pero aquel día Alice estaba distinta y Clemmie se sentía abandonada.

Cogió una piedra de color claro con motas llamativas y la limpió con el pulgar mojado. Había sido así desde que volvieron de Londres. Todos estaban acostumbrados a que Alice se perdiera, absorta en sus cuadernos, en los mundos imaginarios de sus relatos, pero esta vez era diferente. Su estado de ánimo era variable, pasaba del regocijo extasiado a la exasperación sombría. Ponía excusas poco creíbles para quedarse a solas en su dormitorio *(Necesito echarme... Estoy ocupada escribiendo... Tengo dolor de cabeza...)*, y luego se escapaba a hurtadillas, de modo que cuando Clemmie iba a verla ya no estaba.

Clemmie echó un vistazo a Theo, que escarbaba con un palo en la tierra junto al arroyo. Soltó un chillido de felicidad cuando un saltamontes saltó de un junco a otro y Clemmie sonrió, nostálgica. Theo era un crío maravilloso, pero echaba de menos a Alice y habría hecho cualquier cosa por recuperarla, para que todo volviera a ser como antes.

Echaba de menos a sus dos hermanas. Ambas habían continuado su vida sin ella, convertidas en adultas sin volver la vista atrás ni una vez. Alice con su expresión ensimismada y Deborah comprometida. Clemmie lo vivía como una traición. Ella no iba a ser como ellas, jamás iba a crecer. Los adultos eran desconcertantes. A Clementine le desesperaban el tedio cansino de sus instrucciones («Ahora no». «Más despacio». «Estate quieta»), las conversaciones aburridas, los misteriosos dolores de cabeza, las excusas que inventaban para desentenderse de cualquier actividad que pudiera resultar divertida y le contrariaban esas pequeñas traiciones constantes, ese reino de insinuaciones y matices que habitaban, donde se decía una cosa y se quería decir otra. Clemmie vivía en un mundo más sencillo, blanco y negro. Para una piloto no había nada como las opciones binarias: sí o no, arriba o abajo, bien o mal.

—¡No! —siseó, a modo de autorreproche.

Su estado de ánimo ya había empañado el sol matinal y ahora precisamente aquello que quería olvidar ocupaba de nuevo su mente. Lo que había visto. Cuerpos desnudos, entrelazados y moviéndose...

No. Clemmie cerró los ojos con fuerza y espantó el recuerdo.

Sabía por qué habían vuelto esas terribles imágenes. Las había visto en un día como aquel; había ido a la base, a mirar los aviones e iba de vuelta a casa.

Golpeó con furia el suelo con el pie. Si hubiera vuelto a casa antes, si algo le hubiera impedido atajar por el bosque y pasar junto al cobertizo de las barcas. La espantosa visión de ellos, el miedo y la confusión al tratar de dar sentido a lo que hacían.

«Mi pobre niña», había dicho Deborah cuando le confió la horripilante escena, incapaz de contenerse por más tiempo. «Has sufrido una conmoción terrible». Había tomado a Clemmie de las manos y le había dicho que dejara de preocuparse. Había hecho bien contándoselo, pero ahora debía apartarlo de sus pensamientos. «Yo me encargo de esto, te lo prometo». Clemmie había pensado que era como prometer recomponer la cáscara de un huevo roto, pero Deborah había sonreído, y su rostro era tan sereno y hermoso, su voz tan confiada, que las preocupaciones de Clemmie se habían evaporado por un momento. «Hablaré con ella personalmente», había prometido Deborah. «Ya verás... Todo va a salir bien».

Clemmie hizo sonar las piedras que llevaba en el bolsillo y se mordió la uña del pulgar, distraída. Aún se preguntaba si debería haber acudido a madre o si debería haberle contado a papá lo que había visto. Cuando se lo preguntó a Deborah, sin embargo, su hermana había respondido que no. Le había dicho que se olvidara de todo, que no se lo contara a nadie, ni a un alma. «No haría más que disgustarlos, Clem, y no queremos eso, ¿verdad?».

Cogió un guijarro rosado de forma ovalada y lo colocó entre el pulgar y el índice. Clemmie había considerado la posibilidad de ir directamente a Alice después de verlos, y de haber estado más unidas quizá lo habría hecho, pero, tal y como estaban las cosas, esa nueva distancia entre ellas surgida tan de repente... No, había hecho lo correcto. Deborah era el tipo de persona que sabía qué hacer en cada situación. Ella se encargaría de todo.

—¿Mi mi?

Theo la contemplaba solemne, con su carita de bebé concentrada en la suya, y Clemmie se dio cuenta de que tenía el ceño fruncido. Improvisó una sonrisa y, tras pensárselo un segundo, Theo imitó la feliz expresión. Clemmie sintió una oleada de melancolía, alegría y temor combinados. ¡Cuánta fe tenía Theo en ella! Tanta que bastaba una leve sonrisa para transformar su estado de ánimo por completo. Volvió a ponerse seria y la alegría desapareció de los ojos de Theo. Tenía un poder absoluto sobre él y para Clemmie, impotente en tantos sentidos, darse cuenta de ello le resultaba embriagador. Sintió la vulnerabilidad de su hermano en lo más vivo. Qué sencillo sería para una mala persona abusar de tanta confianza.

La distrajo el ruido de la segadora. O, más bien, su interrupción. El barullo de la segadora era tan característico de las mañanas de estío que no había reparado en él hasta que cesó y los otros sonidos (el arroyo, los pájaros madrugadores, el parloteo incomprensible de su hermano) de repente adquirieron fuerza.

Se le ensombreció el gesto. Sabía quién se encargaba de la segadora y lo que menos quería era verlo a él, a ese hombre. Ni ahora, ni nunca. Ojalá, ojalá, ojalá se fuera lejos, muy lejos de Loeanneth. Así quizá sería capaz de olvidar lo que había visto en el cobertizo de las barcas y todo volvería a ser como siempre.

Cogió a Theo y se lo puso a la cadera.

—Venga, gordito relleno —dijo, limpiándose el barro de las manos—. Todos a bordo, hora de despegar.

Era un niño dócil; se lo había oído decir a madre al hablar con Bruen, la niñera, cuando reemplazó a Rose quince días atrás (*dócil y de muy buen carácter*, y el tono feliz y sorprendido daba a entender que la hija anterior, Clemmie, no había sido ninguna de las dos cosas). Theo no protestó, se olvidó al momento de sus exploraciones y se acomodó en la espalda de Clemmie, con *Puppy* a buen resguardo en el pliegue del codo. Manteniendo el equilibrio, Clemmie cruzó sobre las piedras al otro lado del arroyo y se dirigió a la base aérea, al otro lado de la granja de Jack Martin. Fue a buen paso, con los brazos entrelazados bajo las rodillas de Theo, y sin mirar atrás.

* * *

Ben bajó de un salto de la segadora y se agachó en el césped, junto al motor. La cadena estaba en su sitio, no había nada atascado en las hojas, el terreno que segaba era plano. Hasta ahí llegaban sus conocimientos de mecánica. Supuso que no había nada que hacer salvo conceder unos minutos a la máquina para que reconsiderara su postura.

Se recostó y buscó cerillas en el bolsillo de la camisa. El sol matinal le calentaba la nuca y prometía un día sofocante. Oía a los gorriones gorjear y un tren tempranero salir de la estación, y olía el dulce aroma de las rosas de té y la hierba recién segada.

Un biplano sobrevolaba la zona y Ben lo observó hasta que se convirtió en un punto insignificante y desapareció. Bajó la mirada y vio que el sol daba en un costado de la casa. Iluminaba las ventanas de arriba (los dormitorios, como sabía) y sintió la añoranza de siempre. Se maldijo a sí mismo por ser tan insensato y apartó la vista, dando una calada al cigarrillo. Sus sentimientos eran irrelevantes; peor aún, eran un lastre. Ya había cruzado demasiadas rayas. Estaba avergonzado de sí mismo.

Iba a echar de menos aquel jardín cuando se fuese. Su contrato era temporal, lo había sabido desde el principio, pero no había sido consciente de lo rápido que pasaría el tiempo ni de cuánto desearía quedarse. El señor Harris se había ofrecido a prorrogárselo, pero Ben le había dicho que tenía otros asuntos que atender. «Asuntos de familia», había dicho, y el hombre de más edad había asentido y le había dado unas palmaditas en el hombro mientras Adam, que trasteaba a su espalda en el cobertizo, a sus treinta y tres años puso los ojos asombrados de un cachorro. Ben no había dado más detalles, no mencionó a Flo y sus problemas, no era necesario. El señor Harris comprendía las responsabilidades de una familia mejor que casi nadie. Como todos los que celebraban el retorno de un ser querido de la Gran Guerra, sabía que aquellos chicos a veces regresaban, pero en realidad nunca volvían a casa.

Ben se resguardó debajo del cenador y se detuvo junto al estanque cuando un recuerdo lo asaltó como una sombra.

En aquel lugar Alice le había leído por primera vez partes de su manuscrito. Aún oía su voz, como si hubiera sido capturada por las hojas que los rodeaban y la reprodujeran ahora, solo para él, como si se tratara de la grabación de un gramófono.

«He tenido una idea maravillosa», le oyó decir, tan joven e inocente, tan rebosante de alegría. «He estado trabajando en ello toda la mañana y no me gusta presumir, pero estoy segura de que es lo mejor que he escrito».

«¿De verdad?», había contestado Ben con una sonrisa. Bromeaba, pero Alice estaba demasiado entusiasmada para notarlo. Se había lanzado a contarle la idea, el argumento, los personajes, la trama, y la intensidad de su concentración (su pasión) le había cambiado el rostro por completo, otorgándole una vívida belleza a sus rasgos. A Ben no le había parecido hermosa hasta que le habló de sus relatos. Se le arrebolaban las mejillas y le resplandecían los ojos de inteligencia. Y es que era muy inteligente. Hacía falta un ingenio especial para resolver un rompecabezas: ser capaz de mirar hacia delante y ver todos los escenarios posibles, crear estrategias. Ben no tenía un cerebro así.

Al principio se había limitado a disfrutar de su entusiasmo, del placer de que le contaran una historia mientras trabajaba, de la oportunidad de intercambiar ideas, lo cual era muy parecido a jugar. Le hacía sentirse joven, suponía; la preocupación juvenil de Alice por sus escritos, por el momento que vivían, resultaba embriagadora. Hacía desaparecer sus preocupaciones de adulto.

Sabía que sus padres no habrían visto con buenos ojos sus encuentros, pero no había creído que fuera a hacer daño a nadie. Y, al principio, así había sido. Ni siquiera había imaginado (ninguno de los dos podría haberlo adivinado) cómo serían las cosas. Pero él era mayor que Alice; debería haberlo sabido; debería haber actuado con más cautela. El corazón humano, la vida, las circunstancias... Era difícil controlarlo todo. Cuando se dio cuenta de lo que estaba sucediendo, ya era demasiado tarde.

Se le acabó el cigarrillo y sabía que debía volver al trabajo. El señor Harris le había dado una lista de cosas que hacer para preparar la fiesta; todavía quedaba apilar leños para la hoguera y tendría que enviar a alguien a razonar con la segadora.

Ben echó un vistazo alrededor para asegurarse de que no había nadie y luego sacó la carta. La había desdoblado tantas veces que los pliegues se habían desgastado y los trozos de palabras que los atravesaban habían desaparecido. Ben las recordaba, sin embargo, como susurros. Sin duda, Alice sabía escribir; tenía un estilo hermoso. Leyó cada línea despacio, con esmero, y los párrafos que antes le hacían feliz ahora lo apesadumbraron.

Iba a echar de menos aquel lugar. Iba a echarla de menos a ella.

Pasó un pájaro volando bajo, grajeando como en una reprimenda, y Ben dobló la carta y la guardó de nuevo en el bolsillo. Había cosas que hacer y centrarse en el pasado no ayudaba a nadie. «Qué gran fogata vamos a ver esta noche», había dicho el señor Harris, señalando la pila de madera que habían cortado durante la semana, y casi sonrió a medias. «Se va a ver desde Caradon Hill. Ya sabes, hay un viejo dicho por aquí: Cuanto más grande es la hoguera del solsticio de verano, más afortunado será el año».

Ben conocía el refrán. Alice se lo había enseñado.

Capítulo 15

Cornualles, 2003

Clive Robinson era un hombre delgado y vivaz de casi noventa años. Tenía la frente despejada y llena de arrugas, el cabello cano y abundante, una gran nariz y una amplia sonrisa. Aún conservaba todos los dientes. Su mirada era límpida y penetrante, lo cual sugería una inteligencia rápida, y observaba a Sadie a través de unas gafas enormes de montura de baquelita marrón que de inmediato hicieron sospechar a esta que las usaba desde los años setenta.

—Qué calor el de aquel verano —dijo, negando con la cabeza—, se te metía debajo de la piel, era casi imposible dormir. Seco, además, semanas enteras sin una gota y la hierba comenzaba a ralear. Pero no en la Casa del Lago, ojo. Tenían gente, jardineros, que se encargaban de evitarlo. Todo estaba montado cuando llegamos, los faroles, la serpentina, las coronas florales. Nunca me había visto en una igual, un tipo corriente como yo en un lugar semejante. Qué bonito era. Nos enviaron pasteles a la hora del té. ¿Se lo imagina? El día siguiente a la desaparición de su hijito, y nos mandan pasteles decorados. Lo más bonito que había visto, todos glaseados especialmente para la fiesta de la noche anterior.

Sadie se había puesto en contacto con el agente de policía retirado en cuanto recibió su carta. Clive Robinson había escrito su número de teléfono al final y Sadie entró directa en casa para llamarlo, con las ramificaciones del descubrimiento del plano de 1664 aún latiéndole bajo la piel. «La estaba esperando», respondió en cuanto Sadie le dijo quién era, y se dio cuenta de que eran las mismas palabras que empleó el anciano de *El umbral mágico de Eleanor* cuando llegó Eleanor para resolver el entuerto. Por la manera en que lo dijo, Sadie no supo con certeza si se refería a las veinticuatro horas que habían pasado desde que le envió la carta o a los setenta años desde que se dio carpetazo al caso. «Sabía que alguien aparecería más tarde o más temprano, que yo no era el único que aún piensa en ellos».

Habían mantenido una breve charla por teléfono, tanteándose, intercambiando sus referencias policiales (Sadie omitió mencionar que se encontraba en Cornualles debido a una baja forzosa), tras lo cual sacaron el caso a colación. A pesar de esa novedad apremiante, Sadie se contuvo, no mencionó la teoría del túnel y se limitó a decir que le estaba resultando difícil encontrar información, que por el momento se limitaba a la crónica de Pickering, ante lo cual Clive resopló, entre divertido y desdeñoso.

—No abunda en información sólida —concedió Sadie.

—Ese pobre hombre no abundaba en muchas cosas —dijo Clive con una risotada—. No pretendo hablar mal de los muertos, pero me temo que Arnold Pickering no estaba en la cola cuando el Todopoderoso repartió cerebros.

Le preguntó si quería ir a verlo y Sadie sugirió quedar al día siguiente.

—Que sea por la mañana —dijo Clive—. Mi hija Bess viene a mediodía para llevarme a una cita. —Se detuvo antes de añadir, en voz queda—: No ve con buenos ojos este interés mío por el caso. Dice que es obsesivo.

Sadie sonrió ante el auricular del teléfono. Conocía bien esa sensación.

—Preferiría que me dedicara al bridge o a coleccionar sellos.

—Su secreto está a salvo conmigo. Le veo a las nueve.

Y así pues, ahí estaba, una luminosa mañana de domingo, sentada en la cocina de Clive Robinson, en Polperro, ante una tetera, una bandeja de galletas digestivas y dos porciones de pastel de frutas. Un mantel bordado cubría la mesa empotrada y los pliegues de la plancha sugerían que lo acababan de poner. A Sadie le conmovió de un modo inesperado ver una pequeña etiqueta en el dobladillo, señal de que estaba del revés.

Si Clive se había mostrado encantado de verla, la enorme gata negra que vivía con él estaba a todas luces indignada ante la intrusión.

—No se lo tome como algo personal —dijo Clive a Sadie cuando llegó, acariciando bajo el mentón a la gata, que bufaba—. Está enfadada conmigo por haberme ido de viaje. Es muy posesiva, mi *Mollie.*

El animal observaba la reunión entre dos macetas de hierbas aromáticas en el alféizar soleado, ronroneando con mal humor mientras agitaba la cola a modo de advertencia.

Sadie tomó una galleta y revisó las preguntas de la lista que había preparado para Clive. Decidió tantear el terreno antes de decidir si podría confiar o no su teoría al viejo policía; además, también existía el pequeño detalle de verificar que se trataba de una fuente fiable. Si bien había preparado encantada la entrevista, Sadie no tenía claro cuánto recordaría un hombre que se acercaba a los noventa acerca de un caso en el que había trabajado setenta años atrás. Pero Clive había disipado todas las dudas enseguida y Sadie no tardó en rellenar varias páginas de su bloc de notas.

—No he sido capaz de olvidarlo —dijo Clive mientras servía el té con la ayuda de un colador—. Tal vez no lo parezca, pero tengo buena memoria. El caso Edevane en particular se me ha quedado dentro. No me habría librado de ese recuerdo aunque lo intentara. —Alzó unos hombros menudos que se hundían bajo la camisa de cuello bien planchada. Pertenecía a una generación que daba importancia a esos aspectos del cuidado personal—. Era mi primer año, sabe usted. —La examinó a través de las gruesas lentes—. Bueno, usted está en el cuerpo de policía, así que ya sabe qué quiero decir.

Sadie dijo que lo sabía. Ningún curso, por intensivo que fuera, podía preparar a una persona para la tempestad y el estrés del primer caso real. El suyo había sido una llamada por violencia doméstica. La mujer tenía el aspecto de haber resistido diez asaltos en el cuadrilátero, la cara negra y azulada, los labios partidos, pero se había negado a presentar la denuncia. «Me tropecé con la puerta», les dijo, sin siquiera molestarse en inventar una mentira creíble. Sadie, recién salida de la academia y enfrentada a sus propios demonios, quiso detener al novio de todos modos. La injusticia le había hecho hervir la sangre. No podía creerse que no tuvieran otra opción; que, sin la cooperación de la víctima, no hubiera nada que hacer salvo expedir una advertencia y alejarse. Donald le dijo que se acostumbrara, que no había límite para lo que una mujer asustada era capaz de hacer por proteger a su maltratador, que el sistema se lo ponía difícil. Tenía el olor de ese apartamento tan presente como si todo hubiera ocurrido el día anterior.

—Era la primera vez que veía el dolor —prosiguió Clive Robinson—. De muchacho yo vivía muy protegido, en una familia feliz, una casa bastante bonita, hermanos y hermanas y una abuela en la calle de al lado. Ni siquiera había ido a un funeral cuando entré en la policía. Luego me tocaron unos cuantos, se lo puedo asegurar. —Frunció el ceño mirando algo sobre el hombro de Sadie, recordando—. Esa casa, esa gente (su impotencia, las miradas de desesperación), incluso el aire de las habitaciones parecían saber que algo se había perdido. —Dio vueltas a la taza de té sobre el platillo, pequeños ajustes mientras escogía las palabras—. Fue mi primera vez.

Sadie le ofreció una leve sonrisa de comprensión. Nada como el cuerpo de policía para experimentar de cerca los horrores de la vida. Los únicos que lo tenían peor eran los paramédicos.

—Entonces, ¿la primera teoría fue que Theo Edevane se alejó caminando?

Un breve asentimiento.

—Supusimos que eso fue lo que había sucedido. Por aquel entonces a nadie se le ocurría la posibilidad de un secuestro. En Estados Unidos se había dado el caso Lindbergh el año anterior, pero fue noticia precisamente por la rareza. Estábamos seguros de que encontraríamos al crío en cuestión de horas, que, al ser tan pequeño, no podía haber ido muy lejos. Buscamos hasta el anochecer, peinamos los prados y el bosque que bordeaba la finca, pero no encontramos ni rastro. Ni una sola pista. Al día siguiente llevamos buzos para revisar el lago y, cuando no hallaron nada, empezamos a indagar quién habría querido llevárselo.

Lo cual llevó a Sadie a la segunda serie de preguntas, anotadas la noche anterior. Por lo general, evitaba las preguntas relacionadas con el porqué, sobre todo cuando acababa de comenzar la investigación. «El móvil es para los novelistas», le gustaba refunfuñar a Donald. «Los novelistas y los detectives de la tele». Contundente como siempre, pero no le faltaba razón. Los policías necesitaban pruebas; tenían que responder a preguntas sobre *cómo* se cometió el crimen y *quién* tuvo la ocasión de cometerlo. *Por qué* era una distracción, y a menudo se prestaba al engaño.

En este caso, sin embargo, dado que las pruebas brillaban por su ausencia y habían transcurrido setenta años desde lo ocurrido, Sadie pensó que debía hacer una excepción. Además, el nuevo mapa cambiaba las cosas. La misteriosa alcoba en la cavidad de la pared, la posibilidad de otro túnel que conectara la casa con el exterior, un túnel que había desaparecido hacía mucho tiempo de casi todos los planos y recuerdos. De ser así, uno de los aspectos más desconcertantes del caso, el *cómo,* podría resolverse. Y con ello, era de esperar, el *quién,* pues el grupo de personas que sabían de la existencia del túnel debía ser pequeño y exclusivo. Desde que había concertado la cita con Clive, a Sadie no se le iba de la cabeza una frase de *Un plato que se sirve frío: Diggory siempre empezaba por la familia. Era un error suponer que el dolor y la culpabilidad se excluían mutuamente.* La frase precedía a la primera visita de Diggory Brent a la exesposa y la hija del fallecido. Sadie preguntó:

—¿Interrogaron a los padres?

—Fue lo primero que hicimos. No había pruebas que los inculparan y ambos tenían coartadas. La madre del niño, en particular, había estado a la vista de todos, al ser la anfitriona de la fiesta. Pasó la mayor parte de la noche en el cobertizo de las barcas, donde se ofrecían paseos en góndola a los invitados. Todo lo que nos dijeron concordaba. No fue una sorpresa; ¿por qué querrían los padres secuestrar a su propio hijo?

Un argumento válido, pero Sadie no estaba dispuesta a eximirlos de culpa tan fácilmente, a pesar de sentir cierta afinidad con Eleanor Edevane.

—El libro de Pickering sugería un periodo de unas tres horas entre el final de la fiesta y el descubrimiento de la desaparición. ¿Cuál fue el paradero de los padres en esos momentos?

—Ambos se retiraron a dormir a la misma hora. Ninguno salió de la habitación hasta las ocho de la mañana, cuando fue la criada a decir que el niño no estaba en la cuna.

—¿Algún indicio que sugiriera que estaban mintiendo?

—Ni uno solo.

—¿O que tal vez habían actuado juntos?

—¿Para hacer desaparecer al crío, quiere decir? ¿Después de despedirse de sus trescientos invitados?

Expresado así sonaba absurdo, pero Sadie se había propuesto ser meticulosa. Asintió.

—No encontramos a nadie que no dijera cuánto querían los padres a ese niño. Más aún, cuánto lo habían deseado. Los Edevane habían tenido que esperar mucho a tener ese niño. Ya tenían tres hijas (la más joven tenía doce años en junio de 1933) y el niño era su tesoro. Por aquel entonces todas las familias ricas querían hijos, para legarles el apellido y la fortuna. Ya no es así. Mi nieta me dice que todos sus amigos quieren tener hijas, que se portan mejor, es más divertido vestirlas y más fácil criarlas. —Alzó las cejas, incrédulo—. Como solo he tenido hijas, puedo asegurarle que no es así.

Sadie esbozó una leve sonrisa mientras Clive se servía una galleta.

—Si usted lo dice, le creo —dijo, prestando una atención minuciosa a la lista de los miembros de la familia que Clive le había entregado al llegar—. ¿Ha dicho que la abuela del niño vivía con la familia?

Un leve mohín apareció en ese rostro por lo demás amable.

—Constance deShiel. Una mujer insufrible. Una de esas personas altaneras que preferirían pegarte un tiro antes que responder tus preguntas. Salvo cuando preguntamos acerca de su hija y su yerno…, entonces se volvió más habladora.

—¿Qué dijo?

—Pequeñas pullas, del tipo «las cosas no son siempre lo que parecen». Aludió más de una vez a una infidelidad, insinuando que había habido una aventura, pero evitó dar datos concretos.

—¿Insistieron al respecto?

—Por aquel entonces, alguien que pertenecía a la aristocracia, en especial una mujer… Bueno, las reglas de conducta eran diferentes, no podíamos insistir como nos hubiera gustado.

—Pero ¿lo investigaron?

—Pues claro. Como sabe, los conflictos familiares son el pan nuestro de la policía; los hay que no se detendrían por nada con tal de castigar a un cónyuge. El padre que aparece para recoger a los niños porque es su turno, se los lleva y no los devuelve; la madre que cuenta una sarta de mentiras a sus hijos sobre su antigua pareja. Los derechos de los niños a menudo quedan olvidados en las refriegas entre padres.

—Pero ¿no en este caso?

—La gente no paraba de decirnos cuánto se querían los Edevane, que eran una pareja inseparable.

Sadie reflexionó sobre ello. Los matrimonios eran un asunto misterioso. Ella no se había casado, pero le parecía que cada uno era un mundo en sí mismo, con secretos, mentiras y promesas que bullían bajo la superficie.

—¿Por qué lo habría sugerido Constance deShiel de no haber sido cierto? ¿Había visto algo? ¿Su hija se lo había confesado, tal vez?

—Madre e hija no estaban muy unidas: nos lo dijo más de uno.

—¿Y aun así vivían juntas?

—A regañadientes, por lo que tengo entendido. La anciana lo había perdido todo tras una mala inversión después de la muerte de su esposo y dependía de la caridad de su hija y su yerno, situación que le contrariaba. —Clive se encogió de hombros—. Sus insinuaciones tal vez solo fueran una diablura.

—¿Con un niño desaparecido de por medio?

Clive agitó una mano y su expresión sugirió que nada le habría sorprendido, que había visto todo tipo de cosas durante sus años de servicio.

—Es posible, aunque había otras explicaciones. En 1933 la anciana estaba en las primeras fases de demencia senil. Su médico nos aconsejó que no creyéramos todo lo que nos decía. De hecho —estaban a solas, pero se inclinó para acercarse un poco, como si quisiera compartir un secreto y que nadie lo oyera—, el doctor Gibbons sugirió que Constance había sido un tanto *inconstante* en su matrimonio, que era posible que sus observaciones fueran en realidad recuerdos confusos en lugar de informes fiables. Dicen que se vuelve difícil separar el pasado y el presente.

—¿Y usted qué piensa?

Clive extendió las manos.

—Creo que era una amargada, pero inofensiva. Vieja y solitaria y con un público atento.

—¿Cree que lo hacía para darse importancia?

—Era casi como si quisiera que le hiciéramos preguntas, que imagináramos que era la artífice de un plan grandioso y nefasto. Me atrevo a decir que le habría complacido que la detuviéramos. Así habría recibido toda la atención que buscaba y más todavía. —Clive cogió una migaja de la manta y la dejó con cuidado en el borde de su plato—. No es fácil envejecer, sentir que la importancia de uno se diluye. Había sido hermosa en el pasado, e importante, la señora de la casa. Había un retrato de ella sobre la chimenea de la biblioteca; formidable, la mujer. Todavía me estremezco al recordar cómo esos ojos parecían observar todos mis movimientos. —Lanzó una mirada a Sadie y entrecerró los ojos, de modo que ella percibió al policía curtido que habría sido en sus tiempos—. De todos modos, una pista es una pista, y Dios sabe que no teníamos muchas, así que observé a los dos, a Anthony y Eleanor, muy de cerca desde entonces.

—¿Y?

—La pérdida de un hijo es como una bomba en la mayoría de las familias, lo confirman las estadísticas sobre padres que se separan tras una tragedia así, pero a ellos se les veía muy bien juntos. Él era muy atento con ella, amable y protector, y se aseguraba de que descansara, le impidió que se uniera a la búsqueda. Casi no la perdía de vista. —Apretó la boca mientras recordaba—. De verdad, fue una época horrible. Pobre mujer, tiene que ser la peor pesadilla de una madre, pero se comportaba con suma elegancia. ¿Sabe? Años después de que la familia se marchara, solía venir por aquí.

—¿Al pueblo?

—A la casa. Ella sola.

Eso era nuevo. Louise, la amiga de Bertie, había sugerido que nadie de la familia se había acercado al lugar desde la desaparición de Theo.

—¿La vio?

—Los policías oyen cosas, en el pueblo se corría la voz cada vez que se instalaba alguien en la Casa del Lago. Me dejé caer por ahí un par de veces, solo para comprobar que estaba bien, a ver si la podía ayudar en algo. Ella era siempre muy cortés, me decía que era muy amable por mi parte, pero que solo había ido a tomarse un descanso de Londres. —Clive sonrió con tristeza—. Yo sabía, sin embargo, que esperaba su regreso.

—Para ella no había terminado.

—Claro que no. Su bebé estaba ahí, en algún lugar. Una o dos veces me dio las gracias, dijo que nos agradecía que hubiéramos trabajado tanto, que nos hubiéramos esforzado en buscar a su hijo. Incluso llegó a hacer una donación de una generosidad excepcional a la comisaría local. Muy elegante, así era. Muy triste. —Frunció el ceño, absorto en sus recuerdos. Cuando habló de nuevo, una nota amarga, nostálgica, teñía su voz—. Durante un tiempo albergué la esperanza de encontrar al niño por ella. No me sentaba bien, ese caso sin cerrar. Los niños no desaparecen sin más, ¿verdad? Van a algún sitio. Siempre hay un camino, es cuestión de saber dónde buscar. —Clive la miró—. ¿Alguna vez ha tenido un caso como este? Te come por dentro.

—Una o dos veces —dijo Sadie, recordando a Caitlyn Bailey en el pasillo de aquel apartamento. Volvió a ella la sensación de esa manita, cálida y confiada, en la suya, el roce del cabello despeinado de la niña cuando fue a buscar sus cuentos y apoyó la cabeza sobre el hombro de Sadie.

—Este fue el mío —dijo Clive—. Y fue aún peor por no tener apenas nada con lo que trabajar.

—Pero tendría sus teorías, ¿no?

—Había pistas, algunas más sólidas que otras. Cambios recientes en el personal de servicio, un frasco de píldoras para dormir que desapareció y pensamos que habría sido utilizado en el secuestro, y un amigo de la familia muerto en circunstancias extrañas, un tipo que se llamaba Daffyd Llewellyn...

—El escritor...

—Ese mismo. Muy conocido en sus tiempos.

Sadie se maldijo por ni siquiera haber abierto esa tesis con un capítulo sobre Llewellyn. Recordó la introducción de *El umbral mágico de Eleanor*, donde se mencionaba la concesión póstuma de la Orden del Imperio Británico en 1934. No había reparado en que la muerte había ocurrido tan próxima a la desaparición de Theo.

—¿Qué pasó?

—A los pocos días de comenzar la búsqueda estábamos junto al arroyo, no lejos del cobertizo de las barcas, y alguien gritó: «¡Un cadáver!». Pero no era el bebé, era un anciano. Resultó ser un suicidio. Pensamos que habría sido la culpa, que había tenido algo que ver con la desaparición del niño.

—¿Está seguro de que no fue así?

—Lo investigamos, pero carecía de móvil. Adoraba al crío y todas las personas que interrogamos confirmaron que se trataba del amigo más íntimo de Eleanor. Escribió un libro acerca de ella cuando era niña, ¿lo sabía?

Sadie asintió.

—Ella se quedó completamente destrozada... Cuando se lo dijeron se derrumbó. Fue espantoso. —Clive negaba con la cabeza—. Una de las peores cosas que he visto.

Sadie reflexionó sobre ello. Desaparece un hijo y se mata un amigo cercano de la familia horas o días más tarde.

—Parece una coincidencia extraordinaria.

—Le doy la razón, pero hablamos con el médico del pueblo, quien nos dijo que Llewellyn llevaba semanas sufriendo de ansiedad. Encontramos un frasco de barbitúricos en su bolsillo.

—¿Eso es lo que usó?

—El forense confirmó la sobredosis. Llewellyn mezcló las píldoras con champán, se tumbó junto al arroyo y no volvió a despertarse. Una coincidencia extraordinaria, como dice, dado que secuestraron al crío a la misma hora, pero no hay nada sospechoso en ello. Ciertamente nada que lo vinculara con el destino de Theo Edevane. Fue una mera coincidencia.

Sadie sonrió sin entusiasmo. No le gustaban las coincidencias. En su experiencia, solían ser vínculos que aún no se habían demostrado. Y su instinto se despertó. Tenía la sensación de que en la muerte de Llewellyn había algo que no se apreciaba a simple vista. Era evidente que Clive había descartado la posibilidad hacía mucho tiempo, pero Sadie escribió una nota para indagar en ello más tarde. *Suicidio Llewellyn: ¿casualidad o relación? ¿Culpa?*

Entretanto... dio golpecitos al papel con el bolígrafo, pensativa, y trazó un círculo en torno a la palabra *accidente.* Porque, sin duda, existía una tercera posibilidad en el caso de Theo Edevane, tal vez la más escalofriante de todas: que el niño no hubiera salido de la casa, al menos no con vida. Sadie había visto casos de niños heridos o muertos (por accidente o no) y el crimen encubierto a continuación. De manera invariable, los responsables intentaban que pareciera una fuga o un secuestro porque así la atención se centraba lejos de la escena del crimen.

Una serie de *clics* interrumpieron sus pensamientos y notó por primera vez el gran reloj digital situado en el banco detrás de Clive. Era de esos que tienen los números en pestañas de plástico y acababan de girar tres a la vez para mostrar que eran las once. Sadie fue consciente de que se acercaba el mediodía, cuando llegaría la hija de Clive, lo que pondría punto final a esta conversación.

—¿Qué hay de las hermanas? —preguntó, con apremio renovado—. ¿Habló con ellas?

—Más de una vez.

—¿Algo útil?

—Más de lo mismo. Que el crío era muy querido, que no habían visto nada extraño y que, si recordaban algo que pudiera ser de ayuda, nos lo dirían. Todas tenían coartadas para esa noche.

—Ha torcido el gesto.

—¿De verdad? —Clive parpadeó, sus ojos azul celeste eran enormes detrás de las gafas. Se pasó la mano sobre el pelo cano y, a continuación, alzó un hombro—. Supongo que siempre tuve la sensación de que la más joven se callaba algo. Solo era una corazonada, algo relacionado con su extraña forma de comportarse. Se sonrojó cuando la interrogamos, cruzó los brazos y se negó a mirarnos a los ojos. Pero insistió en que no tenía idea de qué le habría ocurrido, que nada inusual había sucedido en la casa en las semanas anteriores, y no existía ni el menor indicio que indicara que estaba implicada.

Sadie se puso a reflexionar sobre el móvil. La envidia era el más obvio. Una niña que había sido la pequeña de la familia durante casi doce años hasta la llegada del hermano, un hijo muy querido que le había arrebatado su sitio. La fiesta habría sido el momento idóneo para acabar con ese rival, pues el alboroto y tantos invitados la habrían ayudado a pasar inadvertida.

O bien... (y sin duda más probable) que Clementine Edevane fuera una pequeña sociópata con tendencias asesinas. Sadie recordó que Pickering mencionaba la costumbre de la niña de llevarse a Theo por las mañanas, su insistencia en que la puerta del cuarto de los niños estaba cerrada cuando pasó junto a ella ese día y que no entró a recoger a su hermano pequeño como a veces hacía. Pero ¿y si hubiera entrado y algo terrible le hubiera sucedido al hermanito, un accidente, y ella estuviera demasiado asustada, demasiado avergonzada, para contarlo?

—Un equipo de limpieza se desplegó por el terreno —dijo Clive, que se anticipó a sus pensamientos—. Desde el momento en que se marchó el último invitado, hasta el amanecer, estuvieron poniéndolo todo en orden. Nadie vio nada.

Pero ¿y si, como sospechaba Sadie, existía otra manera de salir de la casa sin ser visto? Escribió la palabra *Clementine* en el bloc de notas y la rodeó con un círculo.

—¿Cómo era? Clementine Edevane.

—Muy poco femenina, podría decirse, pero al mismo tiempo refinada. Todas tenían algo especial, las Edevane. Encantadoras, carismáticas. Me tenían embelesado. Maravillado. Yo solo tenía diecisiete años, no lo olvide, y estaba muy verde. No conocía a nadie como ellas. Era el elemento romántico, supongo: la gran casa, el jardín, su forma de hablar, las cosas de las que hablaban, sus modales finos y la sensación de que se regían por reglas no expresadas. Eran cautivadoras. —Clive miró a Sadie—. ¿Le gustaría ver una foto?

—¿Tiene una foto de ellas?

Clive había hecho el ofrecimiento de manera espontánea, incluso con entusiasmo, pero ahora titubeó.

—No estoy seguro… Bueno, es un poco delicado, puesto que sigue en el cuerpo…

—Por ahora —dijo Sadie, antes de poder contenerse.

—¿Por ahora?

Sadie suspiró, derrotada.

—Hubo un caso —comenzó, y entonces, tal vez debido a la calma de esa cocina, a la lejanía de Londres y el mundo real, a la conexión profesional que sentía con Clive o al alivio de confesar al fin el secreto que con tanto esfuerzo había guardado a Bertie, Sadie se sorprendió a sí misma ofreciéndole un resumen conciso del caso Bailey, cómo se había negado a dejar las cosas como estaban, cómo se había convencido y tratado de convencer a todos de que algo se les escapaba, que no estaba en Cornualles de vacaciones, sino de baja forzosa.

Clive escuchó sin interrumpirla y, cuando Sadie terminó, no frunció el ceño ni le soltó un sermón, ni le pidió que se marchara. Se limitó a decir:

—Lo vi en los periódicos. Un asunto terrible.

—No debería haber hablado con ese periodista.

—Pensaba que hacía lo correcto.

—No lo pensé lo suficiente, ese es el problema. —Se le cortó la voz, hastiada de sí misma—. Tuve una corazonada.

—Bueno, no es nada de lo que avergonzarse. A veces las corazonadas no son tan insustanciales como parecen. A veces son el producto de observaciones de las que aún no nos hemos dado cuenta.

Estaba siendo amable. Sadie sentía una antipatía instintiva contra la amabilidad. El trabajo de un policía habría cambiado desde la jubilación de Clive, pero Sadie estaba bastante segura de que filtrar noticias debido a una corazonada no había sido nunca una práctica aceptable. Atinó a esbozar una débil sonrisa.

—¿Ha dicho que tenía una foto?

Clive captó la indirecta: no más preguntas sobre el caso Bailey. Pareció reflexionar un momento antes de asentir.

—Enseguida vuelvo.

Se fue por el pasillo arrastrando los pies y Sadie lo oyó revolver y maldecir en una habitación de la parte trasera de la casa. La gata la observaba con sus ojos verdes muy abiertos, el rabo maquinando movimientos críticos y lentos. *Vaya, vaya, vaya,* parecía decir el rabo.

—¿Qué quieres de mí? —farfulló Sadie entre dientes—. Ya he dicho que fue culpa mía.

Jugueteó distraída con la etiqueta del mantel e intentó no pensar en Nancy Bailey. *Ni se te ocurra hablar con la abuela.* Trató de hacer caso omiso a la sensación de la manita cálida entre las suyas. Echó un vistazo al reloj y se preguntó si era posible que Clive estuviera hablando por teléfono con sus superiores en aquellos momentos.

Otras dos cifras temblaron y cambiaron, y por fin, después de lo que pareció una era entera transcurrida a cámara lenta, regresó Clive, que parecía, o eso pensó Sadie, tan nervioso como ella. Había en su gesto una vivacidad inexplicable y Sadie decidió que, a menos que fuera un sádico, y no había habido ningún indicio de ello hasta el momento, no la acababa de denunciar a Ashford. Notó que no llevaba una fotografía, sino lo que parecía una gruesa carpeta debajo del brazo. De una clase que le resultó familiar.

—Estaba esperando a ver qué impresión me causaba —dijo Clive al llegar a la mesa—. Cuando me jubilé, pensé que nadie lo notaría y a nadie le importaría, así que me llevé...

—¡El expediente! —Sadie abrió los ojos de par en par. Un leve asentimiento—. Se ha llevado el expediente del caso Edevane.

—Lo he tomado prestado. Lo voy a devolver en cuanto se cierre el caso.

—¡Qué...! —La admiración la ruborizó mientras sopesaba la carpeta, ahora en la mesa, entre ellos, repleta de transcripciones de interrogatorios, ilustraciones, nombres, números, teorías—. ¡Menudo sinvergüenza está usted hecho! ¡Un sinvergüenza maravilloso!

Clive alzó el mentón.

—Ahí en los archivos no hacía nada, ¿a que no? No hay nadie que lo vaya a echar de menos. Ni siquiera habían nacido los padres de casi todos esos agentes de ahora. —Le tembló el labio inferior levemente—. Es mi caso. Mi asunto pendiente.

Le entregó una fotografía en blanco y negro, grande, que estaba la primera en el expediente: una familia bien parecida y de apariencia próspera cuyos peinados, vestidos, trajes y sombreros solo podían ser de los años treinta. Había sido hecha al aire libre, durante una merienda campestre, y estaban sentados en una manta de cuadros, entre platos y teteras; había un muro de piedra tras ellos que Sadie reconoció: pertenecía al jardín de abajo, cercano al arroyo. Eleanor y su marido Anthony se encontraban en el centro del grupo. Sadie los reconoció gracias a la fotografía del periódico, si bien aquí tenían un aspecto más feliz y, por tanto, más joven. Una mujer mayor, que debía de ser Constance deShiel, estaba sentada en una silla de mimbre a la izquierda de su hija, y tres muchachas, adolescentes o casi, se habían reunido al otro lado, con las piernas estiradas y los tobillos cruzados al sol. Deborah, la mayor, de belleza más convencional, estaba sentada junto a su padre, con el pelo recogido en un pañuelo; Alice era la siguiente, y su mirada arrebatadora era la misma que aparecía en sus libros; y, en el extremo, una niña alta y desgarbada, que era a todas luces la más joven, debía de ser Clementine. El pelo, castaño claro, ondulado y con raya a un lado, casi le llegaba a los hombros, pero no se distinguía bien el rostro. No miraba al fotógrafo, sino que sonreía al pequeño sentado a los pies de la madre. El bebé Theo, con un brazo extendido hacia su hermana y un peluche en la mano.

Sadie no pudo evitar sentirse conmovida por la fotografía. Las matas de hierba, las sombras de un día de verano de mucho tiempo atrás, los pequeños puntos blancos de las margaritas al fondo. Era un momento breve, único, en la vida de una familia feliz, captado antes de que todo cambiara. Clive había dicho que por aquel entonces no conocía a nadie como los Edevane, pero lo que a Sadie le llamó la atención era la normalidad que se desprendía de aquella escena, de aquellas personas. La chaqueta de Anthony, dejada de cualquier manera en el suelo detrás de él, el trozo de pastel a medio comer en la mano de Deborah, el reluciente perro cobrador sentado alerta, pendiente de un posible botín.

Frunció el ceño y miró más de cerca.

—¿Quién es?

Había otra mujer en la fotografía. Sadie no había reparado en ella al principio, se perdía contra la luz moteada del muro de piedra.

Clive estudió la imagen.

—Es la niñera del pequeño. Se llamaba Rose Waters.

—La niñera —dijo Sadie, pensativa. Sabía un poco de niñeras; había visto *Mary Poppins*—. ¿No solían dormir en el cuarto de los niños?

—Así era —dijo Clive—. Por desgracia, dejó la Casa del Lago un par de semanas antes de la fiesta. Tardamos un tiempo en encontrarla. Al final dimos con ella gracias a una hermana que vivía en Yorkshire. Y justo a tiempo: estaba en un hotel de Londres, a punto de embarcar para comenzar otro trabajo. —Clive se rascó la cabeza—. En Canadá, creo que era. Hablamos con ella, pero no fue de mucha ayuda.

—Entonces, ¿no había niñera en Loeanneth durante la fiesta?

—Ah, sí, había una sustituta, claro que sí. Hilda Bruen. Una verdadera sargento, una de esas niñeras prehistóricas, de las que disfrutaban dando a los niños aceite de hígado de bacalao y haciéndoles llorar y luego les decían que era por su bien. Más joven de lo que soy yo ahora, pero por aquel entonces me pareció una matusalén. Había trabajado en la Casa del Lago cuando Eleanor era niña y dejó la jubilación cuando se fue Rose Waters.

—¿Estaba ahí la noche que desapareció el niño?

—En la misma habitación.

Era una novedad importante.

—Tendría que haber visto u oído algo.

Clive negaba con la cabeza.

—Dormía como un bebé. Parece ser que se tomó una copita de whisky para no oír el ruido de la fiesta. No era lo habitual, por lo que me dijeron.

—¡Vaya por Dios!

—Desde luego.

—En el libro de Pickering ni se la menciona.

—No, bueno, era de esperar, ¿no? Era un insensato y nadie le daba ni la hora, así que se limitó a lo que encontraba en los periódicos.

—No estoy segura de comprender cómo algo así no salió en los periódicos... ¡Alguien que dormía en la habitación del niño!

—La familia insistió. Eleanor Edevane vino a ver a mi jefe para asegurarse de que no se decía nada en público acerca de Hilda Bruen. La niñera tenía una relación con la familia que venía de largo y no iban a permitir que su reputación saliera malparada. Al inspector en jefe no le hizo gracia. —Clive se encogió de hombros—. Pero, como digo, eran otros tiempos. Una familia como los Edevane, aristócratas, se les trataba con una deferencia que hoy ya no existe.

Sadie se preguntó cuántas pistas se habrían perdido por la dichosa deferencia. Suspiró, se recostó en el respaldo la silla y movió el bolígrafo a un lado y a otro antes de dejarlo sobre el bloc de notas.

—Qué poco tenemos.

Clive sonrió a modo de triste disculpa. Señaló con un gesto la gruesa carpeta.

—Sabe, de todo ese montón, de cientos de interrogatorios, solo hubo un testigo que creyó entrever algo que podría ser de ayuda.

Sadie alzó las cejas para animarlo a hablar.

—Una de las invitadas de la fiesta afirmó ver una silueta, una figura de mujer, en la ventana del cuarto de los niños la noche de la fiesta. Justo después de medianoche, según ella. Durante los fuegos artificiales. Había estado a punto de no contárnoslo, dijo. Se había escabullido de la fiesta un rato con un tipo que no era su marido.

Sadie alzó aún más las cejas.

—Dijo que no podría vivir consigo misma si no encontraban al crío porque ella se había callado.

—¿Era de fiar?

—Juró haberla visto, pero era al día siguiente y aún olía a alcohol.

—Esa mujer que vio ¿no podría haber sido la niñera?

Clive negó con la cabeza.

—Lo dudo. Insistió en que la figura era esbelta y Hilda Bruen era muy corpulenta.

Sadie volvió a coger la fotografía de la merienda campestre. Había muchas mujeres en la familia Edevane y todas ellas eran esbeltas. De hecho, al estudiar la imagen observó que Anthony Edevane era el único hombre, aparte del pequeño Theo, por supuesto. Era apuesto; de cuarenta y pocos años, pelo rubio oscuro y gesto inteligente, y una sonrisa que Sadie sospechó que brindaba con generosidad a sus seres queridos.

Su mirada se dirigió a la mujer que estaba junto al muro de piedra, a oscuras en la sombra, salvo un tobillo esbelto que iluminaba el sol.

—¿Por qué se marchó? Rose Waters, quiero decir.

—La despidieron.

—¿La despidieron? —Sadie alzó la vista bruscamente.

—Una diferencia de opinión, según Eleanor Edevane.

—¿Sobre qué?

—Algo relacionado con tomarse libertades. Era todo un tanto impreciso.

Sadie reflexionó sobre ello. Le sonó a excusa, una de esas cosas que se decían para ocultar una verdad desagradable. Miró a Eleanor. A primera vista, Sadie había supuesto que la fotografía era de una familia feliz y despreocupada disfrutando de un cálido día de verano. Se le ocurrió ahora que se había dejado embaucar igual que Clive. Que había permitido que el encanto y la riqueza de la familia la deslumbraran. Miró más de cerca. ¿Esa tensión en los bellos rasgos de Eleanor era una imaginación suya? Suspiró despacio, pensativa.

—¿Y qué hay de Rose Waters? ¿Dijo ella lo mismo?

—Sí. Además, estaba muy angustiada. Dijo que el despido había sido inesperado e injusto. Especialmente triste porque se trataba de su primer trabajo como niñera. Había pasado allí diez años, desde que tenía dieciocho. Pero qué iba a hacer; por aquel entonces, no existían los medios para presentar una reclamación. Tuvo suerte de recibir una buena carta de recomendación.

La coincidencia en el tiempo, Rose Waters afirmando que se había cometido una injusticia, su conocimiento de la familia y sus costumbres. Sadie tuvo una sensación extraña.

—Tendría que haber sido una sospechosa.

—Todos eran sospechosos. Todos y ninguno. Eso fue parte del problema: no llegamos a estrechar el círculo. Rose Waters se puso muy nerviosa cuando la interrogamos, se desesperó al enterarse de lo ocurrido. Estaba preocupadísima por el niño. Estaban muy unidos, según los otros criados. Más de uno comentó que quería al crío como si fuera suyo.

El corazón de Sadie se aceleró. Clive pareció notarlo.

—Sé cómo suena —dijo—, pero entonces, después de la primera guerra, era algo muy común. Toda una generación de jóvenes se hundió en el barro de Francia y con ellos las esperanzas de matrimonio de millones de mujeres. Ser niñera en una familia como los Edevane era lo más cercano a tener un hijo para muchas de ellas.

—Debió de ser duro que la separaran de un niño al que quería tanto.

Clive, que había previsto ese razonamiento, respondió con calma:

—Sin duda, pero querer al hijo de alguien es muy diferente a secuestrarlo. Nada la vinculaba con el crimen.

—Salvo una testigo que vio a una mujer en el cuarto de los niños.

Clive asintió, ambivalente, sin duda mientras pensaba que, aunque todo era posible, la teoría le parecía poco plausible.

—Nadie la vio en la finca, no estaba en la fiesta y un empleado del hotel de Londres afirmó haberle servido el desayuno el 24 de junio.

Las coartadas podían ser endebles. Había muchísimas razones por las que una persona podría dar fe del testimonio de otra. En cuanto a que Rose Waters no estuviera en Loeanneth, si la corazonada de Sadie respecto al túnel resultaba ser correcta, era irrelevante.

Sadie experimentó el maravilloso cosquilleo de hallar una pista creíble. Pensó que jamás se cansaría de esa sensación. La niñera quería al niño; la habían despedido de un modo repentino y, desde su punto de vista, injusto; una testigo había afirmado ver una silueta de mujer en el cuarto de los niños. Además, Rose Waters había vivido años en la casa. No era impensable que hubiera descubierto el túnel. ¿Gracias a una de las hijas, quizá? ¿Clementine? ¿Era ese el secreto que guardaba, según sospechaba Clive, la más joven de los Edevane?

Llevarse al niño era una medida extrema, sin duda, pero ¿no eran los crímenes el resultado de reacciones extremas? Sadie tamborileó en el borde de la mesa con la punta de los dedos. El despido de Rose Waters era importante, no tenía duda.

—Le voy a decir una cosa. Fue una verdadera lástima que no estuviera en Loeanneth esa noche —dijo Clive—. Más de un interrogado comentó que Rose Waters era muy cuidadosa en todo lo referente al crío. La propia Eleanor Edevane dijo que nada de esto habría ocurrido si Rose, la niñera, aún hubiera estado ahí. Estaba llena de remordimientos, sí.

—¿Por haber despedido a la niñera?

Clive asintió.

—Por supuesto, los padres siempre encuentran la manera de culparse a sí mismos. —Tomó la foto y la estudió, después de apartar delicadamente una mota de polvo con un dedo—. Ella dejó de ir a la casa durante la Segunda Guerra Mundial. Pensé que sería la guerra, que lo arruinó todo, pero, incluso una vez terminada, Eleanor Edevane no regresó. A veces me preguntaba por ella, si la habría alcanzado una bomba. Es terrible decirlo, pero así era la guerra: todos nos acostumbramos a que la gente muriera. Era triste pensar en esa casa abandonada, pero tenía sentido que permaneciera así. Cuánta guerra y destrucción, los días se hacían eternos, seis años largos y oscuros de guerra. El mundo era un lugar diferente cuando terminó. Habían pasado más de once años desde la desaparición del niño. No sé de qué manera exactamente velaba la ausencia del crío volviendo allí, pero creo que lo dejó atrás, que por fin se despidió del pequeño.

Sadie se preguntó si no tendría razón, si llegaba un momento en el que incluso el sufridor más determinado se retiraba a fin de mitigar el dolor. Si más de media década de guerra y austeridad, de pérdidas y destrozos incontables era capaz de borrar el recuerdo de una pena en comparación pequeña, personal, por muy devastadora que hubiera sido. Tal vez fuera posible aprender a vivir con la sombra de un hijo. Cualquier cosa era posible: no había más que mirar a Maggie Bailey. Había abandonado a su hija. («No es cierto, jamás habría hecho algo así», había insistido Nancy Bailey. Sadie la apartó de sus pensamientos).

—Bueno —dijo Clive con una triste sonrisa—, pues eso es todo. El caso Edevane en esencia. Miles de horas de trabajo, las mejores intenciones, décadas de obsesión personal y casi nada que mostrar a cambio. No tenemos hoy ni una sola prueba más sólida de las que teníamos en los primeros días de investigación.

Sadie sintió el peso de su teoría aún secreta flotando entre los dos. Había llegado el momento de revelarla. Él le había confiado el expediente y lo menos que podía hacer era devolverle el favor. Dijo:

—Tal vez tenga algo nuevo.

Clive inclinó la cabeza, como si le hubiera hablado en una lengua extranjera y estuviera tratando de descifrar el sentido.

—Una teoría, quiero decir.

—La he entendido. —Los ojos se le iluminaron y, al mismo tiempo, se entrecerraron, como si quisiera protegerse de su propio entusiasmo. Cuando habló, su voz sonó ronca—. Continúe.

Sadie comenzó con el mapa hallado por Alastair, su antigüedad y su caída en el olvido, su procedencia, y pasó a describir el plano, la pequeña cavidad sin nombre en una pared y la teoría de que podría conducir a un túnel.

Clive asintió con apremio cuando Sadie terminó y dijo:

—Yo sabía que había por lo menos un túnel, lo comprobamos en los días siguientes, aunque la trampilla del jardín estaba sellada, pero no sabía nada acerca de uno que condujera hasta esa parte de la casa... Nadie lo sabía. ¿Es un mapa viejo, dice?

—Muy viejo. Se encontraba con otros papeles en una bodega inundada en algún lugar, y no se encontró hasta una renovación reciente. Enviaron todo el lote para restaurarlo y acabó en los archivos del condado; así es como di con él.

Clive se frotó el puente de la nariz por debajo de las gafas. Cerró los ojos, pensativo.

—Me pregunto si es posible... —murmuró—. Pero ¿por qué no lo mencionaría nadie? ¿Tal vez no lo conocían?

—Nosotros tampoco —le recordó Sadie—. No con certeza. Tengo que entrar en la casa para comprobarlo. He escrito a Alice Edevane...

—Bah —dijo Clive bruscamente, mirándola a los ojos—. Es más fácil sacar sangre de una piedra que ayuda de ella.

—Ya me he dado cuenta. ¿Por qué es así? ¿Por qué no está tan interesada como nosotros en averiguar lo sucedido?

—Ni idea. ¿Perversidad? ¿Terquedad? Es autora de novelas policiacas. ¿Lo sabía? Muy famosa.

Sadie asintió, distraída. ¿Era esa la razón por la que no había recibido noticias de ella? ¿Se habrían extraviado sus cartas entre los centenares que recibiría una autora como A. C. Edevane? Cartas de admiradores, peticiones de dinero, cosas así.

—El protagonista de sus novelas es un agente de policía llamado Brent —prosiguió Clive—. He leído unas cuantas. No están mal. Me descubría a mí mismo tratando de leer entre líneas, a ver si encontraba algo que ayudara con el caso. La vi en la tele hace un tiempo. Estaba tal como la recordaba.

—¿Qué quiere decir?

—Altiva, enigmática, segura de sí misma. Tenía dieciséis años cuando desapareció su hermano, solo un año menos que yo, pero pertenecía a otra especie. Cuando la interrogamos estuvo impasible.

—¿Demasiado?

Un asentimiento.

—Entonces me pregunté si no estaría actuando. No podía creerme que una chica tan joven tuviera tal dominio de sí misma. Más tarde, vi otro lado de ella. Mi mayor virtud como policía por aquel entonces era mi docilidad. Igual que un ratoncillo era yo, siempre pasando inadvertido. Me resultaba muy útil. Mi jefe me había enviado a buscarle otra estilográfica (la suya se había quedado sin tinta) y al volver al vestíbulo de entrada la vi escondida en las escaleras, yendo a hurtadillas hacia la puerta de la biblioteca donde llevábamos a cabo los interrogatorios, antes de cambiar de opinión y volver a esconderse entre las sombras.

—¿Cree que estaba tratando de armarse de valor para llamar a la puerta y confesar algo?

—O eso o se moría de ganas de saber qué se decía ahí dentro.

—¿Se lo preguntó?

—Me miró con esos fríos ojos azules y me dijo que dejara de perder el tiempo con ella, que saliera a buscar a su hermano. Su voz rebosaba autoridad, pero su cara... estaba casi blanca. —Se acercó a Sadie—. En mi experiencia, las personas que saben más de lo que deberían acerca de un crimen se comportan de dos maneras: o se vuelven invisibles o, de lo contrario, se sienten atraídos por la investigación como una polilla por la luz.

Sadie reflexionó sobre ello.

—Tengo que entrar en esa casa.

—Sí, tiene que entrar. Tenemos que entrar. —Clive le sostuvo la mirada—. No piense ni por un segundo que no voy a acompañarla.

—Le escribiré otra vez esta tarde.

—Sí…

Pareció que iba a añadir algo.

—¿Qué pasa?

Clive se estiró ambos lados del chaleco de punto y evitó deliberadamente mirar a Sadie a la cara.

—Sería mejor, por supuesto, contar con el permiso de la dueña…

—Sí —concedió Sadie.

—… pero existe otra opción. Un lugareño, al que pagan para entrar de vez en cuando, a comprobar que los vándalos y la vida salvaje no campen a sus anchas.

—Pues no ha estado haciendo muy bien su trabajo.

—Sea como sea, tiene una llave.

—Ah.

—Puedo ponerla en contacto con él, si quiere.

Sadie respiró hondo, pensativa. Le gustaría, claro que sí. Pero iba a volver a Londres dentro de unos días y no podía permitirse ni el más mínimo desliz si quería tener a Donald de su parte…

—Lo voy a intentar una vez más —dijo al fin—. A ver si consigo el permiso de Alice Edevane.

—Y si no es así…

—En ese caso, sé dónde encontrarle.

Capítulo 16

Cornualles, 2003

La casa de Bertie estaba vacía cuando llegó Sadie. Encima de la mesa había una nota según la cual su abuelo había salido por asuntos del festival y, al lado, un regalo sin envolver, una tela enmarcada con palabras bordadas con mano inexperta en hilo naranja. *Que tu pasado sea un recuerdo agradable. Que tu futuro esté lleno de dicha y misterio. Que tu ahora sea un momento de gloria que colme tu vida de profunda satisfacción.* Una tarjeta aclaró a Sadie que se trataba de una bendición celta hecha «con amor» por Louise para Bertie. Arrugó la nariz y metió una loncha de queso entre dos rebanadas de pan. Era un gesto agradable, supuso, pero Sadie se imaginaba qué habría dicho Ruth acerca de semejante mensaje. Su abuela siempre había detestado ese tipo de sentimentalismo. Por lo que sabía Sadie, Bertie también.

Se llevó el sándwich a su habitación y se sentó en el asiento bajo la ventana con el cuaderno encima de las rodillas. Clive se había negado a que Sadie se llevara el expediente Edevane a casa, pero le dijo que podía tomar notas. Por supuesto, Sadie había aceptado la oferta y aún estaba garabateando con furia cuando llamaron a la puerta y una mujer robusta con exceso de papada entró antes de ser invitada.

—Sadie. —La voz de Clive tenía un atisbo de pánico mientras se adelantaba a la intrusa que se acercaba por el pasillo—. Esta es mi hija, Bess. Bess, esta es Sadie, mi...

—Compañera de bridge. —Sadie se movió con presteza para ocultar el expediente antes de saludar a la otra mujer con la mano extendida en cuanto llegó a la cocina. Intercambiaron saludos breves y educados y Bess se mostró complacida al saber que su padre había encontrado por fin un pasatiempo aceptable. Entonces Sadie se excusó y se marchó entre promesas de volver a quedar el fin de semana «para jugar de nuevo».

Tenía la intención de hacerlo. Solo había arañado la superficie del expediente. Había cientos de documentos y, con tan poco tiempo, se había concentrado en establecer una cronología de la investigación.

Dos días después de declarar desaparecido a Theo Edevane, la policía había llevado a cabo la mayor búsqueda de la historia de Cornualles. Cientos de lugareños se presentaban cada día al amanecer dispuestos a cooperar con un grupo de hombres que habían servido en el batallón de Anthony Edevane en la Primera Guerra Mundial. Se había peinado la línea de la costa, al igual que los campos y los bosques. La policía había llamado a cada puerta de cada casa por donde hubieran podido pasar el niño y su secuestrador.

Carteles con fotos de Theo se distribuyeron y exhibieron en todo el condado y, en los días posteriores a la fiesta, los padres del niño lanzaron un llamamiento a través de los periódicos. La desaparición se convirtió en noticia de alcance nacional al captar la imaginación popular y la policía se vio desbordada por la información, alguna proporcionada de forma anónima. Se investigaron todos los indicios, por disparatados o inverosímiles que fueran. El 26 de junio la policía encontró el cadáver de Daffyd Llewellyn, pero, como dijo Clive, a pesar de las sospechas iniciales, no se estableció conexión alguna entre el suicido del escritor y la desaparición del niño.

La investigación se prolongó durante todo el mes de julio y al octavo día de ese mes vinieron agentes de la Policía Metropolitana de Londres para apoyar al cuerpo local. Sadie se imaginó cómo habrían sido recibidos. No tardó en seguirlos el legendario Keith Tyrell, inspector en jefe retirado, contratado como detective privado por un periódico londinense. Tyrell se marchó al cabo de una semana, sin nada nuevo que aportar tras su estancia en Cornualles; la policía de Londres regresó poco después. A medida que el otoño daba paso al invierno, la policía redujo la búsqueda, incapaz de continuar sin obtener resultados. A pesar de los tres meses de investigación rigurosa, no habían hallado más pistas ni nuevos testigos.

A lo largo de los años la policía siguió recibiendo chivatazos ocasionales, todos los cuales se investigaban, sin llegar a nada concreto. Un periódico local recibió una carta en 1936 de alguien que afirmaba ser el secuestrador de Theo y que resultó ser una estafa; en 1938, un médium de Nottingham declaró que el cadáver del pequeño estaba enterrado bajo los cimientos de hormigón de un cobertizo en una granja local, pero la búsqueda fue en vano, y en 1939, la policía acudió a una residencia de ancianos en Brighton para interrogar de nuevo a Constance deShiel, a cuya nueva enfermera preocupaban las incesantes y lacrimosas afirmaciones de la anciana según las cuales un niño, muy querido por ella, había sido asesinado por un amigo de la familia. La enfermera, criada en Cornualles y conocedora del caso, sumó dos y dos y llamó a la policía.

«Se altera mucho», les había dicho la enfermera a los agentes encargados de la investigación. «Le inquieta la pérdida del chiquillo, habla y habla de unas pastillas para dormir que le daban para mantenerlo callado». Si bien prometedor en un principio, en particular a la luz de un frasco de sedantes desaparecido en el caso Edevane, en última instancia el indicio quedó en nada. Constance deShiel fue incapaz de facilitar a la policía información contrastable y cuando la interrogaban ofrecía una narración incoherente sobre su hija Eleanor y un bebé muerto. Su médico de toda la vida, interrogado tras regresar de unas vacaciones, confirmó que la anciana tenía demencia avanzada y el asesinato era solo uno de varios temas a los que regresaba su mente confusa. Era igual de probable, afirmó, que contara a la policía su otra historia favorita, un detallado relato de una visita al rey que en realidad nunca hizo. Todo lo cual los llevaba de vuelta adonde se encontraban a finales de junio de 1933. Sadie arrojó el cuaderno al otro extremo del asiento. De vuelta a ninguna parte.

* * *

Aquella tarde salió a correr. Hacía un día cálido y seco, pero el aire traía promesa de lluvia. Siguió uno de los senderos del bosque y el ritmo de sus pisadas la ayudó a ordenar el tumulto de sus pensamientos. Había estudiado las notas del caso como una posesa («obsesionada», diría Donald) y le dolía el cerebro de tanto esfuerzo.

El sol estaba bajo cuando llegó a la linde de Loeanneth, y la hierba alta de la pradera pasaba del verde al malva. Los perros tenían la costumbre de continuar hasta la casa y *Ash* gimoteó desconcertado cuando Sadie se detuvo. *Ramsay,* que solía guardar las distancias, se movía a un lado y otro a unos metros por delante.

—Hoy no toca, muchachos —dijo—. Es demasiado tarde. No me apetece perderme en el bosque cuando oscurezca.

Había un palo grande y liso cerca y lo arrojó a la pradera a modo de premio de consolación. Los perros se lanzaron en su busca a toda prisa, saltando y tropezando entre sí. Sadie sonrió, observando cómo se disputaban el palo, y a continuación prestó atención al distante bosquecillo de tejos. Cada vez había menos luz, los grillos ocultos en las lindes del bosque comenzaban su canción nocturna y cientos de diminutos estorninos sobrevolaban el bosquecillo enmarañado y ya en penumbra. Debajo de ellos, escondida tras los muros de vegetación, la casa se preparaba para pasar otra noche. Sadie imaginó los últimos rayos del sol reflejados en las ventanas de cristal emplomado, la fresca superficie azul oscuro del lago que se extendía ante la casa, el tejado solitario.

Briznas de hierba le hacían cosquillas en las piernas y se puso a tirar de ellas, distraída, arrancando los tallos de uno en uno. La acción, sorprendentemente placentera, le recordó un artículo de los periódicos de las pequeñas Edevane con instrucciones para tejer un barco de hierba. Sadie probó con dos tallos lisos, que fue enlazando hasta formar una especie de trenza. Sus dedos eran torpes, no obstante, y ese pasatiempo de recreo escolar le resultaba demasiado ajeno. Había pasado mucho tiempo desde que había hecho algo tan delicado e inútil. Tiró los tallos.

Reparó en que uno de los personajes de la novela de A. C. Edevane que estaba leyendo mencionaba un verano de la infancia dedicado a tejer barcos con largas hierbas. No era una coincidencia sorprendente, por supuesto. Tenía sentido que una autora recurriera a sus vivencias para dotar a sus personajes de pensamientos y recuerdos. A eso se refería Clive cuando dijo que leía entre líneas en las novelas de Alice en busca de pistas que arrojaran luz sobre la desaparición de Theo Edevane. No aclaró si había encontrado algo; en realidad había confesado su costumbre con una sonrisa irónica, autocrítica, como invitando a Sadie a reírse de lo desesperado que estaba por encontrar información creíble. Ahora, sin embargo, a Sadie le picó la curiosidad. No sobre las novelas de A. C. Edevane, sino sobre si era posible que Alice supiera algo importante, algo que había mantenido en secreto todos estos años.

Sadie vio otro palo largo, lo cogió y golpeó inquieta con él en el suelo. ¿Era ese el motivo por el que Alice no había respondido a sus cartas? ¿Era ella culpable? Clive tenía razón; por lo general, existían dos tipos de culpables: aquellos que siempre se metían de por medio tratando de «ayudar» en la investigación y los que huían de la policía como de la peste.

¿Pertenecía Alice a este último grupo? ¿Había visto algo esa noche y estaba Clive en lo cierto al suponer que volvía a la biblioteca de Loeanneth para informar a la policía? Tal vez había sido Alice quien habló del túnel a Rose Waters; tal vez incluso había llegado a ver a la niñera esa misma noche.

Sadie hincó el palo con fuerza en la tierra. Incluso mientras lo pensaba, sabía que no era suficiente. Suponiendo que Alice hubiera hablado del túnel con Rose, no era un pecado tan grande como para mentir, no cuando había desaparecido un bebé, no a menos que existiera otra razón para que Alice protegiera con su silencio a Rose Waters. Negó con la cabeza, impaciente consigo misma. Era demasiado ambiciosa, se esforzaba en exceso y lo sabía. Exactamente por eso necesitaba seguir corriendo, para aplazar ese hábito que le impedía dejar de enhebrar teorías.

Ash había ganado la partida y llegó a los pies de Sadie, donde soltó el palo con aspecto orgulloso. Jadeó suplicante, antes de empujarlo con el morro.

—Venga, vale —dijo Sadie, acariciándole las orejas—. La última vez, que tenemos que irnos. —Lanzó el palo, lo que motivó ladridos de placer y una carrera entre la hierba.

Lo cierto era que Sadie había perdido el entusiasmo sobre la teoría de Rose Waters desde que se despidió de Clive. Por muchas vueltas que le diera, secuestrar a un niño parecía una reacción excesiva para una mujer en sus cabales. Y según todos los informes (el expediente contenía más de uno), Rose Waters estaba en sus cabales. Además, la describían, por ejemplo, como «eficiente», «interesante» y «vivaz», y su historial laboral era impecable. Solo se había tomado un mes libre en los diez años transcurridos desde que comenzara a trabajar con los Edevane y se debió a «un asunto de familia».

Incluso si el despido había sido injusto, y aun si hubiera deseado vengarse de sus antiguos contratadores, el agravio sufrido no parecía justificar semejante crimen. Además, habrían existido enormes dificultades prácticas para ejecutar el rapto. ¿Era posible que una mujer hubiera actuado sola? Si no era así, ¿quién habría sido su cómplice? ¿Daffyd Llewellyn o un desconocido? ¿Y cómo había inducido a esa persona a que la ayudara en su venganza personal? No, se estaba aferrando a un clavo ardiendo, tratando de establecer conexiones donde no las había. Incluso el móvil ahora le parecía débil. No había habido petición de rescate, lo cual echaba por tierra, ¿o no?, que Rose buscara una recompensa económica.

Truenos lejanos crisparon el aire y Sadie miró el horizonte. El sol se estaba poniendo, iluminando un grupo de nubes oscuras y grises sobre el mar. Se avecinaba lluvia. Llamó a los perros, deseosa de regresar. Se le había desatado un cordón y apoyó el pie en una piedra cercana para atárselo. Independientemente de quién se lo llevara y por qué, estaba la cuestión de qué había sido de Theo Edevane. Suponiendo que hubiera sobrevivido a esa noche del verano de 1933, habría tenido que ir a algún sitio. Era imposible robar a un niño y adaptarlo a una nueva situación sin llamar la atención. Alguien hubiera reparado en ello. Habrían surgido sospechas, sobre todo en un caso objeto de tanta atención por parte de la prensa. A lo largo de setenta años nada creíble había llegado a la policía, lo cual sugería que Theo había estado muy bien escondido, y el mejor lugar para ocultar a un niño era a la vista de todos. Inventando una situación tan creíble que a nadie se le ocurriera cuestionarla.

Sadie se estaba apretando el otro cordón cuando algo en la piedra le llamó la atención. El tiempo había devorado las letras y estaban recubiertas de liquen, pero la palabra todavía era perfectamente legible para Sadie, quien llevaba viéndola dos semanas: ALICE. Salvo que esta era diferente a las demás; había algo más grabado debajo. Se arrodilló y apartó la hierba, mientras empezaban a caer los primeros goterones de lluvia. Era otro nombre. Sadie sonrió. El grabado decía: ALICE + BEN. SIEMPRE.

* * *

La cabaña aún estaba vacía y a oscuras cuando Sadie y los perros regresaron muertos de frío, empapados y hambrientos. Sadie buscó una toalla seca para *Ash* y *Ramsay* y a continuación calentó sobras de un guiso (¡lentejas y amor!). Comió encorvada sobre las notas esparcidas por la mesa mientras la lluvia golpeteaba sin cesar el tejado y los perros roncaban satisfechos a sus pies. Tras dejar reluciente el segundo cuenco, escribió una tercera carta a Alice Edevane solicitando permiso para entrar en la casa. Consideró preguntar si existía un túnel oculto en el pasillo, cerca del cuarto de los niños, en la segunda planta, pero prefirió no hacerlo. Tampoco mencionó a Rose Waters ni el agudo interés que sentía por Clementine Edevane y por cualquier dato que tuviera sobre el caso. Se limitó a decir que tenía una teoría que le encantaría comprobar y que se sentiría muy agradecida si Alice le escribiese. Ya había pasado la hora de recogida de correo del sábado, pero cogió un paraguas y salió a la oscuridad para echar la carta de todos modos. Con suerte llegaría a Alice el martes; entretanto, se conformaría sabiendo que estaba de camino.

Ya que estaba en el pueblo y disponía de una barra de cobertura, aprovechó para refugiarse bajo la carpa de un mercado y comprobar si tenía mensajes en el teléfono. No había nada de Donald y sopesó el hecho antes de decidirse a no interpretar ese silencio como un reproche, sino como una autorización tácita a que se reincorporara al trabajo, tal como había sugerido, después de que se vieran en Londres la semana siguiente.

En un impulso, antes de marcharse, llamó a Clive para preguntarle por la entrevista con Constance deShiel en la residencia de ancianos, en 1939. Algo en la crónica que había leído había encendido un piloto rojo en el control de mandos de su mente, pero no sabía con certeza de qué se trataba. Clive se sintió complacido al oír su voz, pero le decepcionó oír la pregunta.

—Ah, eso —dijo—. No fue nada. Ya estaba en plena decadencia por aquel entonces, pobrecilla. Qué manera más horrible de irse: se pasaba los días despotricando y delirando sobre el pasado, mezclando las cosas, muy alterada. No, es Alice Edevane quien tiene la llave para resolver este asunto. Es ella con quien tenemos que hablar.

Las luces de la Cabaña del Mar estaban encendidas cuando Sadie dobló el recodo del estrecho camino del acantilado. Bertie estaba en la cocina, preparando té, y cogió una segunda taza del escurridor cuando Sadie se sentó a la mesa.

—Hola, cariño —dijo—. Has tenido un día muy largo.

—Podría decir lo mismo de ti.

—Doce cajas de juguetes empaquetadas y listas para vender.

—Tendrás hambre. Te has perdido la comida.

—Estoy bien. He tomado algo por ahí.

Con Louise, sin duda. Su abuelo no ofreció más detalles y Sadie no se quiso mostrar mezquina ni molesta, así que se contuvo y no insistió. Sonrió (un poco a desgana) cuando Bertie le entregó una taza humeante y se sentó frente a ella.

Sadie vio que el bordado que le había regalado Louise colgaba de la puerta.

—No se me ha pasado tu cumpleaños, ¿verdad?

Bertie siguió su mirada y sonrió.

—Es un regalo, sin más.

—Qué amable por su parte.

—Louise es amable.

—Bonito mensaje. Un poco simplista, tal vez.

—Sadie...

—Sé dónde lo habría guardado Ruth. ¿Recuerdas ese ejemplar enmarcado de *Desiderata* que tenía en la puerta del baño? —Se rio. La risa sonó hueca.

—Sadie...

—Decía que si una persona no podía ir a gusto al váter, sin ruido ni prisas, ¿qué esperanza quedaba en el mundo?

Bertie estiró el brazo a lo largo de la mesa y tomó su mano.

—Sadie. Mi niña querida.

Ella se mordió el labio inferior. Sin explicación posible, de un modo exasperante, esas palabras bastaron para que un sollozo se le quedara atrapado en la garganta.

—Eres como una hija para mí. Me siento más unido a ti que a mi hija. Eso es extraño. Es mi hija, pero no tengo nada en común con tu madre. Ya de niña siempre le inquietaba qué pensarían los demás, le preocupaba que no estuviéramos haciendo las cosas «como es debido», que Ruth o yo la avergonzáramos si no nos vestíamos o hablábamos o pensábamos exactamente igual que los otros padres. —Sonrió con dulzura y se acarició la barba blanca y desmañada que lucía desde que Sadie llegó a Cornualles—. Tú y yo nos parecemos mucho más. Para mí, tú eres mi hija y sé que tú me consideras un padre. Pero Sadie, cariño, no soy más que una persona.

—Desde que estás aquí eres diferente, abuelo.

No sabía que iba a decir algo semejante. Ni siquiera sabía que se sentía así. Estaba hablando como una niña pequeña.

—Eso espero. Es mi intención. Estoy intentando seguir adelante.

—Si hasta te has sacado el carné de conducir.

—¡Vivo en medio del campo! Aquí no puedo depender del metro para desplazarme.

—Pero todo eso de lo que habla Louise, que la magia existe, que dejemos decidir al universo, ese bordado... No es propio de ti.

—Antes sí lo era, de niño. Se me había olvidado...

—Sin duda, no es propio de Ruth.

—Ruth se ha ido.

—Y nos corresponde a nosotros recordarla.

La voz de Bertie sonó inusualmente crispada.

—Tu abuela y yo nos conocimos cuando yo tenía doce años. No recuerdo lo que es vivir sin ella. Mi dolor, su pérdida..., me devoraría por completo si lo permitiese. —Se acabó el té—. Ese bordado es un regalo. —Sonrió de nuevo, pero había tristeza detrás de esa sonrisa y Sadie lamentó saber que ella era la causa. Quería decir que lo sentía, pero en realidad no habían discutido y se sentía criticada, y suspicaz, y así era difícil disculparse. Aún estaba tratando de decidir qué decir cuando su abuelo se adelantó—. No encuentro mi colador favorito. Creo que voy a subir a buscarlo.

* * *

Sadie pasó el resto de la tarde sentada con las piernas cruzadas en el suelo de su habitación. Forcejeó con las primeras tres páginas de *Escapa(hui)das ficticias* antes de reparar en que el capítulo sobre Daffyd Llewellyn era una interpretación de su obra en lugar de una biografía, e indescifrable para más inri. Prefirió centrarse en las notas que había tomado en casa de Clive y las alternó con los pequeños periódicos de las hermanas Edevane. Había estado pensando acerca de la certeza con que Clive había dicho que Alice tenía la clave, y eso le recordó el grabado que encontró por la tarde en la piedra. Tenía la vaga sensación de haberse topado con ese nombre, Ben, en algún momento del día anterior, pero, por más que pensaba, no lograba recordar dónde.

La lluvia se deslizaba por los cristales de la ventana, el dulce aroma del humo de pipa se colaba por los resquicios del techo y Sadie recorrió con la mirada la maraña de páginas, notas garabateadas y libros esparcidos en el suelo delante de ella. En algún lugar, dentro de ese desorden, sabía que existían detalles a la espera de un vínculo, lo sentía. No importaba que fuera la viva imagen de la anarquía en formato papel.

Con un hondo suspiro, dejó la investigación y se metió en la cama. Abrió *Un plato que se sirve frío* y leyó un rato para despejarse. Resultaba que el restaurador había sido asesinado y cada vez parecía más probable que la exesposa fuera la culpable. Llevaban divorciados veinte años, durante los cuales el hombre había hecho carrera y fortuna mientras que ella se entregaba al cuidado de su hija discapacitada. Había sacrificado tanto sus aspiraciones laborales como su libertad, pero quería a su hija y el arreglo había sido de común acuerdo.

El desencadenante (Sadie pasaba las páginas cada vez más deprisa) fue que el hombre anunció un día como si tal cosa que se iba de vacaciones a Sudamérica. Su exesposa llevaba toda la vida soñando con ir a Machu Picchu, pero la hija no estaba en situación de acompañarla y no la podía dejar sola. Que su exmarido (un hombre siempre demasiado ocupado e importante para ayudar en el cuidado de la hija) se propusiera vivir su gran sueño había sido más de lo que la mujer podía soportar. Décadas de dolor materno, el aislamiento que sufren todos los cuidadores y la sublimación de los deseos personales de toda una vida habían llevado a esta mujer de modales amables a la conclusión inevitable de que tenía que impedir a toda costa el viaje del exmarido.

Sorprendida, satisfecha y extrañamente estimulada, Sadie apagó la luz y cerró los ojos, escuchando la tormenta y el mar picado, los perros que soñaban y roncaban a los pies de la cama. A. C. Edevane tenía una perspectiva interesante sobre la moralidad. Su detective había descubierto la verdad sobre la muerte en apariencia natural del hombre, pero había preferido no informar a la policía. Su deber como detective privado, razonaba Diggory Brent, era encontrar al culpable siguiendo el rastro del dinero. Y lo había hecho. Nadie le había pedido que indagara en los motivos de la muerte del restaurador; ni siquiera había levantado sospechas. La exmujer había sobrellevado una enorme carga durante muchísimo tiempo y a cambio de muy poco; si la hubieran detenido, la hija habría salido malparada. Diggory había decidido que no diría nada y dejaría que la justicia siguiera su curso sin su intervención.

Sadie recordó la descripción de Clive de una joven Alice Edevane que rondaba la biblioteca durante la investigación policial y su sensación de que sabía más de lo que contaba y su corazonada más reciente (y un tanto desesperada) de que uno de sus libros pudiera contener la clave. *Un plato que se sirve frío* no reflejaba los sucesos de la desaparición de Theo Edevane, pero sin duda sugería que Alice poseía una opinión matizada respecto a la justicia y su curso. La novela, además, tenía mucho que decir acerca de la complicada relación entre padres e hijos, relación que describía tanto como una carga como un privilegio, un vínculo inextricable, para lo bueno y para lo malo. Era evidente que Alice no veía con buenos ojos a quienes rehuían sus responsabilidades.

Sadie intentó dormir, pero le costaba conciliar el sueño incluso cuando se encontraba en un buen momento y se descubrió a sí misma pensando en Rose Waters. Supuso que se debía a las reflexiones sobre la maternidad y el compromiso de los cuidadores. El amor que la niñera había mostrado por Theo, «como si fuera su hijo»; su impecable historial laboral y el despido repentino e «injusto» que la dejó desconsolada; la testigo que había jurado ver a una mujer esbelta moviéndose en el cuarto de los niños después de la medianoche…

Resopló, se dio la vuelta e intentó ordenar sus pensamientos. Surgió de la nada esa imagen de la familia Edevane durante la merienda campestre. El marido y la esposa en el centro, el pequeño tan querido en primer plano, el tobillo y la pierna esbeltos en las sombras. Oyó la voz de Clive, que decía lo deseado que había sido el niño, cuánto tiempo lo habían esperado los Edevane, y pensó en el interrogatorio de 1939 a Constance deShiel, durante el cual la anciana «divagó acerca de Eleanor y un niño muerto en el parto». Tal vez no hubiera sido producto de su cabeza trastornada. Tal vez Eleanor se hubiera quedado embarazada entre Clementine y Theo. «No era ningún secreto que querían un hijo», había asegurado uno de los interrogados en el expediente de Clive. «Fue una bendición cuando al fin lo tuvieron. Ya no lo esperaban».

Sadie abrió los ojos en la oscuridad. Algo trataba de abrirse paso en su mente.

Encendió la luz, se inclinó sobre el borde de la cama y hurgó entre los papeles del suelo en busca de una página. Era uno de esos pequeños periódicos escritos y producidos por las hermanas Edevane en la vieja imprentilla. Estaba segura de haber leído algo acerca de Rose, la niñera.

Ahí estaba.

Se llevó las páginas envejecidas a la cama. Un artículo de Alice en el que detallaba el castigo recibido por Clementine Edevane por haber llamado gorda a Rose, la niñera. Sadie comprobó la fecha, hizo un cálculo mental rápido y se levantó de la cama de un salto en busca de su cuaderno. Pasó febril las páginas hasta llegar a las notas que resumían el historial laboral de Rose Waters; en especial, su ausencia de un mes, julio de 1932, cuando la habían llamado por «asuntos familiares». Las fechas concordaban.

Sadie miró por la ventana (el acantilado a la luz de la luna, el mar negro y turbulento, las luces del horizonte) mientras intentaba poner orden en sus ideas. Clive había dicho: «¿Por qué querrían los padres secuestrar a su propio hijo?». Se refería a Anthony y Eleanor Edevane y la pregunta era retórica, una broma, pues por supuesto los padres no necesitaban secuestrar a sus hijos. Ya los tenían.

Pero ¿y en aquellos casos en que no fuera así?

Empezó a arderle la cara. Una nueva posibilidad empezaba a tomar forma. Se le ocurría una razón por la cual un padre querría secuestrar a su hijo.

Los detalles encajaban, como si siempre hubieran estado allí, como si la hubieran estado aguardando. Una sirvienta en apuros... Un pequeño que necesitaba un hogar... La señora de la casa que no podía tener un hijo...

Había sido una solución idónea para todos. Hasta que un día dejó de serlo.

Capítulo 17

Londres, 2003

El mensaje era seco, incluso para Alice. Había salido, volvería más tarde. Peter estudió el trozo de papel (le parecía excesivo llamarlo nota) y se preguntó qué significaba. Últimamente la conducta de Alice había sido extraña. Se mostraba quisquillosa, más que de costumbre, y muy distraída. Peter sospechaba que las cosas no iban bien con el nuevo libro, más allá de la inquietud propia de todo escritor que era de esperar, y que los problemas creativos de Alice eran un síntoma y no la causa de sus problemas.

Presentía que conocía la causa. Cuando el viernes le había transmitido el mensaje de Deborah, la cara de Alice había perdido el color y su reacción, ese ligero estremecimiento en la voz, le había recordado esa carta de la detective recibida a principios de semana que preguntaba por un antiguo caso sin resolver. Existía una conexión entre ambas cosas, a Peter no le cabía duda. Es más, estaba convencido de que también estaban relacionadas con ese crimen real en el pasado familiar de Alice. Ahora conocía la historia del niño, de Theo. Alice había tratado de ocultar la conmoción que le había causado la carta, pero Peter había notado cómo comenzaban a temblarle las manos, cómo las había ocultado bajo la mesa, donde él no pudiera verlas. La reacción, junto a su vehemencia al restar importancia al contenido de la carta, había despertado el interés de Peter tanto como para, sentado esa noche ante el ordenador de su casa, teclear *Edevane* y *niño desaparecido* en el motor de búsqueda de internet. Así había descubierto que el pequeño hermano de Alice desapareció en 1933 y nunca fue hallado.

Lo que no sabía era por qué diablos Alice mentía al respecto y por qué todo ese asunto la había afectado de esa manera. Una mañana, al llegar al trabajo, la había encontrado desplomada en una butaca de la biblioteca. Se le desbocó el corazón, y por una fracción de segundo se temió lo peor. Estaba a punto de administrar unos tentativos primeros auxilios cuando Alice dejó escapar un ronquido y Peter comprendió que estaba dormida. Alice Edevane nunca se echaba la siesta. A Peter le habría sorprendido menos si al abrir la puerta la hubiera encontrado bailando la danza del vientre con una falda de gasa ribeteada de monedas. Alice se había despertado con un sobresalto y Peter había salido al pasillo para que los dos pudieran fingir que no había visto nada. Se esforzó en hacer ruido al quitarse los zapatos y dio al perchero una buena sacudida por si acaso, antes de regresar y encontrarla leyendo el boceto de un capítulo con un bolígrafo rojo en la mano. Y ahora esto. Una ruptura inesperada de la rutina. Solo que Alice Edevane no rompía nunca la rutina, no lo había hecho ni una sola vez durante los tres años que había trabajado para ella.

Este inesperado giro de los acontecimientos era desconcertante, pero por lo menos le daba la oportunidad de terminar la sección de preguntas frecuentes de la página web. Los editores de Alice, cuya paciencia se agotaba a medida que se acercaba la fecha de publicación, se habían vuelto a poner en contacto, y Peter les había prometido enviarles la versión definitiva a finales de esa semana. Y lo iba a cumplir. Lo único que le quedaba hacer era determinar si Alice había escrito o no un libro antes de *En un abrir y cerrar de ojos.*

En el artículo del *Yorkshire Post* de 1956 del cual quería extraer la respuesta, Alice afirmaba que había escrito una novela de misterio completa, la primera, en el cuaderno que le regalaron al cumplir quince años, y Peter pensó que sería sencillo confirmarlo. Alice era patológica en lo que se refería a sus cuadernos; no iba a ningún lado sin uno y los guardaba todos, sin excepción, en unas estanterías de su estudio. Lo único que tenía que hacer Peter era buscar la información.

Comenzó a subir las escaleras, se descubrió a sí mismo silbando, cohibido, y se detuvo. No había necesidad alguna de aparentar ser la viva imagen de la inocencia. Solo los culpables hacían eso y no había nada indecoroso en su actuación. La entrada al despacho de Alice no estaba prohibida; por lo menos, nada se había dicho en ese sentido. Peter no solía entrar, pero eso era solo una cuestión circunstancial. Rara vez se presentaba la oportunidad. Siempre se reunían en la biblioteca y Peter trabajaba en la amplia mesa de la cocina o, a veces, en el cuarto de invitados, destinado hacía tiempo a los archivos.

Era un día de mucho calor y el sol entraba a raudales por la estrecha ventana en lo alto de las escaleras. El aire cálido subía y se estancaba en el rellano, sin otro lugar donde ir, y a Peter le alegró abrir la puerta del cuarto de escribir de Alice, fresco y en penumbra, y entrar.

Como era de esperar, en el estante, debajo de las primeras ediciones internacionales, encontró los cuadernos. El primero era pequeño y delgado, con tapas de cuero marrón, suave y descolorido por el tiempo. Peter abrió la cubierta y vio, en el frontispicio amarillento, la caligrafía cuidada y redondeada de una niña esmerada. *Alice Cecilia Edevane, 8 años.* Sonrió. Esa línea manuscrita dejaba entrever la Alice que él conocía (segura de sí misma, formidable, dispuesta a hacer las cosas a su manera), pero de niña, diligente, con toda la vida por delante. Dejó el cuaderno en su sitio y contó a lo largo del estante. Según sus cálculos, la libreta que buscaba era la que le habían regalado en 1932, que usó al año siguiente. Se detuvo y sacó de la estantería un ejemplar más grande que los demás.

Peter supo en el acto que había algo extraño. El cuaderno era demasiado ligero para su tamaño, y demasiado delgado. De hecho, cuando lo abrió, faltaban la mitad de las páginas, y no quedaba más que una gruesa franja irregular de donde las habían arrancado. Confirmó que, en efecto, era el cuaderno de 1932-1933, y pasó el dedo pensativo por los jirones de papel. En sí mismo, eso no significaba nada. Por lo que sabía, un montón de adolescentes arrancaban páginas de sus diarios. Salvo que en este caso no se trataba de un diario, sino de un cuaderno. Y no eran unas cuantas páginas; faltaban más de la mitad. ¿Cabría ahí el borrador de una novela? Dependía de la extensión.

Echó un vistazo a las primeras páginas que quedaban. La peculiaridad del hallazgo había añadido un matiz incómodo a la tarea y de repente se sintió como un ladrón. Se recordó a sí mismo que solo estaba haciendo su trabajo. Que Alice le pagaba para hacerlo. *No quiero saber nada al respecto,* le había dicho cuando le encomendó la página web. *Encárgate tú de todo.* Encuentra la respuesta, se dijo a sí mismo, deja el cuaderno donde estaba y se acabó.

Las primeras páginas eran prometedoras. Parecía que iban a rebosar de observaciones sobre su familia (Peter sonrió al reconocer en la descripción que Alice hacía de su abuela *—un esqueleto en las cenizas de un vestido caro—* una cita de *Grandes esperanzas*), además de ideas para una novela sobre unos personajes llamados Laura y lord Hallington que vivían una complicadísima historia de amor. También había frecuentes referencias a un tal señor Llewellyn, quien Peter supuso sería el escritor que Alice mencionaba en la entrevista, el mentor de su niñez.

Pero en ese momento la trama se interrumpía bruscamente, abandonada, al parecer, por una lista numerada que llevaba por título: *Las reglas según el señor Ronald Knox, adaptadas de la introducción de* Los mejores relatos de detectives.

La lista de reglas, si bien anticuadas y pedantes para el gusto actual, había supuesto un cambio radical en la vida creativa de Alice, pues a partir de entonces cesaban las menciones a Laura y lord Hallington (o al señor Llewellyn, para el caso) y su pueril relación era sustituida por reflexiones generales sobre la vida y el amor, sinceras y de un idealismo conmovedor por su ingenuo optimismo.

Peter echó un rápido vistazo a las adolescentes exhortaciones de Alice acerca del objetivo de la literatura, sus intentos por emular las extasiadas descripciones de la naturaleza de las poesías románticas que citaba como favoritas, sus entusiastas aspiraciones de futuro: *ansiar menos posesiones materiales y vivir un amor superior.* Comenzaba a experimentar la incómoda sensación de ser un intruso, y casi estaba a punto de abandonar la búsqueda cuando se encontró con algo que lo sobresaltó. Las iniciales BM comenzaron a aparecer en las notas de Alice. *Según BM…, BM dice…, Voy a preguntar a BM…* Otra persona tal vez no habría recordado el nombre que Deborah le había pedido que mencionara a Alice en su mensaje, pero Peter había ido al colegio con un niño llamado Benjamin, y los dos habían repartido publicidad para un tendero llamado señor Munro, de modo que, cuando Deborah dijo el nombre, la coincidencia lo había fijado en la memoria de Peter. Benjamin Munro, el hombre cuya sola mención había hecho palidecer a Alice.

Hacia alrededor de la misma fecha en que las siglas BM comenzaban a salpicar el diario, Alice parecía planear la trama de una nueva novela. *¡Un misterio esta vez, una buena historia policiaca, con un ingenioso método que nadie adivinará!* La planificación continuaba en las páginas siguientes, flechas y preguntas garabateadas y mapas y diagramas bosquejados apresuradamente (técnicas que Peter conocía de los cuadernos más recientes) y al fin una entrada fechada en abril de 1933: *Mañana a primera hora empezaré APB. Ya tengo la primera y la última frase en mente, y una idea clara de todo lo que tiene que suceder entre medias (gracias, en parte, a BM). Sé que esta la voy a terminar. Ya noto la diferencia con todo lo que he escrito antes.* Peter no supo si había comenzado o no APB, o si la había terminado o no. Tras declarar sus intenciones, Alice había garabateado algo con tal vehemencia que había agujereado el papel y luego no había nada. Faltaba el resto de las páginas.

¿Por qué habría arrancado Alice el borrador de una novela? Ella, que era tan meticulosa, casi supersticiosa, respecto a la necesidad de conservar todo lo que contribuía a la creación de un libro. «¡Una escritora jamás destruye su obra!», había declarado a la BBC. «Incluso si la detesta. Destruirla sería lo mismo que negar la existencia de un hijo torpe». Peter se levantó y se estiró, mirando por la ventana que daba al parque. Tal vez no significara nada. Eran unas páginas que faltaban de un diario adolescente. Páginas escritas hacía setenta años. Pero no conseguía sacudirse la sensación de inquietud que se había apoderado de él. La conducta de Alice, la manera en que había restado importancia a ese viejo caso policial, la conmoción al recibir el mensaje de Deborah, cuando él pronunció el nombre de Benjamin Munro. Incluso ese pequeño e inexplicable misterio de por qué decía a los periodistas que no había escrito nada antes de su primera novela publicada. Algo ocurría y Alice estaba preocupada.

Peter deslizó el cuaderno en su sitio, con mucho cuidado de no hacer ruido, como si así pudiera borrar el hecho de haberlo sacado del estante y mirado en su interior. Decidió que omitiría de la sección de preguntas frecuentes la referida a la primera obra de ficción que había completado Alice. Deseó haberlo hecho desde el comienzo en lugar de llegar hasta ahí y abrir la caja de Pandora.

Quizá fueran las prisas por abandonar la buhardilla y olvidar todo el asunto lo que le hizo tropezar con la lámpara. Quizá fue, simplemente, su habitual torpeza. En cualquier caso, era una lámpara de pie, alta, y Peter la lanzó contra el escritorio de Alice. Un vaso, por fortuna vacío, se volcó, y Peter lo estaba poniendo en su sitio cuando vio un sobre dirigido a Alice. En sí mismo no era un hecho inusual; se encontraban, al fin y al cabo, en casa de Alice. Sin embargo, Peter era quien se ocupaba del correo y no había visto esa carta. Lo cual significaba que había sido interceptada en el montón de la mañana sin su conocimiento.

Vaciló, pero solo un momento. Le tenía cariño a Alice. No es que fueran exactamente abuela y nieto, pero se preocupaba por ella y, dado todo lo que estaba ocurriendo, se sentía responsable. Abrió la carta, solo lo suficiente para ver de quién era. *Sadie Sparrow.* No era un nombre que olvidara alguien aficionado a las palabras y Peter recordó al instante la carta llegada exactamente una semana antes. La detective que investigaba el viejo caso de un niño desaparecido. Un caso de 1933, el mismo año que BM hizo su aparición en el diario de Alice y el controvertido manuscrito había sido (o eso imaginaba) arrancado. Peter experimentó la sombría sensación de ver encajar las piezas de un rompecabezas, pero sin que lo abandonara la frustración de no saber qué imagen revelaba. Se dio unos golpecitos en los labios, pensativo, y miró una vez más la fina hoja de papel doblada sobre el escritorio. Esto ya sí era husmear. Sin duda, no formaba parte de sus responsabilidades. Tuvo la sensación de estar al borde de un acantilado, decidiendo si saltar o retirarse. Negó con la cabeza, se sentó y comenzó a leer.

* * *

Alice decidió dar un paseo por el parque. El aire fresco, se dijo a sí misma con no poca de esa ironía tan suya, le sentaría bien. Salió del metro en Hyde Park Corner y subió las escaleras. Hacía mucho más calor que a principios de semana. No corría aire y el calor era denso, ese calor de ciudad que parecía magnificarse entre el asfalto y los edificios. Las líneas de metro, con sus furiosas serpientes que siseaban a lo largo de los túneles, eructando viajeros sudorosos en cada estación, parecían salidas de una obra de Dante. Se dirigió a Rotten Row sin dejar de mirar los jardines de rosas y el tenue aroma de las lilas, como si de verdad estuviera paseando porque le apetecía estar a solas con la naturaleza, y no simplemente para postergar un poco la terrible tarea que la aguardaba.

Era Deborah quien había impuesto la cita. Alice, después de que Peter le transmitiera el mensaje el viernes (¡qué espantoso escalofrío al oír a su asistente pronunciar el nombre de Benjamin Munro!), había decidido que lo mejor era negarlo todo. No había ninguna razón para que ella y Deborah debieran verse en los próximos meses. El aniversario de Eleanor ya había quedado atrás, la próxima reunión familiar no sería hasta las Navidades, lo cual le daba muchísimo tiempo para que el asunto se enfriara. Para que Alice hiciera lo necesario para que se enfriara. Pero Deborah había insistido, recurriendo a esa característica coacción amable que siempre esgrimía por ser la hermana mayor y que había llegado a dominar tras décadas de estar casada con un político. «Hay cosas que sencillamente tenemos que hablar».

Supiera lo que supiera acerca de Theo, era evidente que había hurgado a conciencia en el baúl de los recuerdos hasta hacer un descubrimiento que ponía muy nerviosa a Alice. ¿Cuánto, se preguntó Alice, sabía Deborah? Recordaba a Ben, pero ¿sabía lo que había hecho Alice? Seguramente sí. Si no, ¿por qué habría insistido en quedar para hablar del pasado?

«¿Te acuerdas de Rose, la niñera?», había dicho Deborah antes de colgar. «Qué raro, ¿no te parece?, que se marchara así, de repente». Alice había sentido que los muros que había contenido tanto tiempo se cerraban a su alrededor. Era extraordinario cómo todo ocurría al mismo tiempo. (Aunque había sido ella, Alice, quien había despertado el interés de Deborah con tanta pregunta en el museo. Ojalá no hubiera abierto la boca). Justo esta mañana Alice había recibido la tercera carta de la detective, más brusca que las otras, con una novedad preocupante. Esa tal Sparrow ahora solicitaba permiso para entrar en la casa «con el fin de comprobar una teoría».

Alice dejó de caminar y una libélula se le acercó planeando. *Sympetrum flaveolum.* El nombre le salió solo. Observó al insecto aletear hacia un cantero cercano, una espectacular maraña de flores de verano, rojas, malvas y naranjas intensos. Los jardines eran un verdadero bálsamo. Una abeja vacilaba entre las flores y un repentino fogonazo de recuerdos le recorrió todo el cuerpo. Le ocurría a menudo últimamente. Sintió cómo sería arrastrarse por ese jardín, su cuerpo ágil y ajeno al dolor, serpentear bajo el follaje fresco y reposar sobre la espalda, de modo que el cielo se descompusiera en rombos azul brillante entre las ramas y sus oídos se llenaran de un coro de insectos.

No lo hizo, por supuesto. Continuó por el sendero, dejando el jardín y ese extraño recuerdo tras ella. Pensó que esa teoría de Sadie Sparrow solo podía tratarse del túnel. De algún modo habría descubierto el segundo túnel. Alice esperó una oleada de pánico, pero en su lugar solo la visitó una resignación apática. Era inevitable, lo sabía desde siempre. Uno de los grandes golpes de suerte en todo este asunto era que nadie había mencionado (hasta ahora) el túnel a la policía. Porque Alice no era la única que lo conocía en 1933. Había más personas. Sus padres, sus hermanas, la abuela DeShiel y Rose, la niñera, a quien fue necesario decírselo el invierno en que Clemmie se quedó atrapada por culpa de aquel pestillo travieso.

Alice aminoró el paso al llegar a la parte de Rotten Row donde el camino se bifurcaba para formar un puente sobre el lago Serpentine. Más allá del agua estaba la vasta extensión verde del parque. Alice era incapaz de mirarlo sin pensar en la Segunda Guerra Mundial. Por aquel entonces había sacos de arena y huertas alineadas, todo el terreno cedido a propósitos productivos. Visto ahora, parecía una mera curiosidad, un retorno a la época medieval. Como si una nación hambrienta y bombardeada pudiera alimentarse de las sobras del huerto de Su Majestad. Por aquel entonces había parecido una acción sensata; más que eso, vital. Los muchachos morían en tierras remotas, llovían bombas sobre Londres cada noche y los buques de suministro sucumbían ante los submarinos antes de llegar a puerto, pero el pueblo de Gran Bretaña no se moriría de hambre. Iban a ganar la guerra, huerta a huerta.

En el Museo Imperial de la Guerra, unos años atrás, Alice había oído a una pareja de colegiales burlarse de un cartel de la Patata Pete, en el que una patata animada presumía de ser un sabroso ingrediente para una sopa. Los niños se habían rezagado del grupo y, cuando el profesor les regañó, el más alto dio la impresión de ir a echarse a llorar. Alice se había alegrado. ¿Por qué casi toda la parafernalia que quedaba de la guerra la hacía parecer algo cortés, delicado o caballeroso, cuando en realidad había sido cruel y letal? Las personas eran diferentes antaño, más estoicas. Se hablaba mucho menos sobre las emociones de uno. A las personas se les enseñaba desde la infancia a no llorar al hacerse daño, a ser buenos perdedores, a negar el miedo. Incluso Rose, la niñera, la dulzura en persona, habría torcido el gesto al ver lágrimas cuando vertía yodo sobre raspones y arañazos. De los niños se esperaba que hicieran frente a su suerte cuando les tocaba. Estas virtudes luego resultaron ser muy útiles en tiempos de guerra; de hecho, también en la vida.

Las mujeres Edevane habían contribuido al esfuerzo de la guerra. Clemmie se había alistado en el Transporte Aéreo Auxiliar y se había dedicado a trasladar aviones entre bases para la RAF; Alice había conducido un coche fúnebre convertido en ambulancia por las calles bombardeadas, y Deborah había reclutado miembros para el Servicio Voluntario de Mujeres. Pero había sido Eleanor quien sorprendió a todos. Deborah y Alice habían rogado a sus padres que buscaran refugio en el campo, pero su madre se había negado. «Nos vamos a quedar aquí a hacer nuestra parte», dijo. «Ni se nos ocurriría escabullirnos, y os prohíbo que lo sugiráis. Si el Rey y la Reina pueden, entonces nosotros también. ¿No es así, cariño?». Había sonreído a Anthony, que ya padecía la pleuresía que lo llevaría a la tumba, y él le había apretado la mano, solidario. Y Eleanor se había alistado en la Cruz Roja y había recorrido el East End en bicicleta ofreciendo asistencia médica a madres y niños que habían perdido su hogar durante los bombardeos.

A veces Alice veía la ciudad como un mapa, con alfileres clavados en todos los lugares relacionados con ella. El mapa estaba lleno y los alfileres se acumulaban unos encima de otros. Era asombroso pasar casi toda la vida en el mismo lugar. Adquirir innumerables recuerdos que se van acumulando capa sobre capa en la cabeza, de modo que determinadas geografías adquieren una identidad concreta. Los lugares eran un componente tan importante en la manera que Alice experimentaba el mundo, que a veces se preguntaba cómo medían los nómadas el paso del tiempo. ¿Cómo marcaban y medían sus avances si no era en relación a una constante mucho mayor y más duradera que ellos mismos? Tal vez no lo hacían. Tal vez eran más felices precisamente por ello.

Una de las cosas que más le habían intrigado acerca de Ben era su carácter nómada. Eran incontables las personas que se habían quedado sin hogar después de la Primera Guerra Mundial, hombres tristes cuya presencia en las calles de toda Gran Bretaña, portando carteles que solicitaban trabajo, comida o dinero, había empañado la primera década de paz. A Alice y sus hermanas les habían enseñado a compartir cuando pudieran y a no quedarse nunca pasivas; a compadecer al prójimo. Ben, sin embargo, no era como esos soldados desplazados. Era la primera persona que había conocido Alice que vivía así por elección propia. De trabajo en trabajo, sin más posesiones que las que cupieran en su mochila. «Soy un vagabundo», le había dicho con una sonrisa, encogiéndose de hombros. «Mi padre solía decir que tengo sangre gitana por parte de madre». Para Alice, cuya abuela siempre tenía muchísimo que decir sobre los gitanos y los vagabundos que pasaban por el bosque cercano a Loeanneth, la idea era anatema. Había crecido con las raíces sólidas y seguras de su pasado familiar. El legado de la familia paterna, su historial de trabajo duro y espíritu emprendedor, la construcción del imperio Edevane. La familia materna, cuyas raíces se hundían en esa parcela de tierra que todavía llamaban hogar. Incluso la celebrada historia de amor de Eleanor y Anthony giraba en torno al rescate y restauración de Loeanneth. Alice siempre había pensado que era una historia muy noble y de buena gana había heredado la pasión de su madre por la Casa del Lago. Era incapaz de imaginar que existiera otra forma de vivir.

Pero Ben era distinto y le hacía ver las cosas de manera diferente. No ansiaba poseer objetos ni acumular riquezas. Le bastaba, decía, con poder ir de un lugar a otro. Sus padres habían trabajado en excavaciones arqueológicas en el lejano oriente cuando él era niño y había aprendido que el destino de esas posesiones tan codiciadas en el presente, siempre fugaz, era desaparecer; o convertirse en polvo y permanecer bajo tierra a la espera de la curiosidad de las generaciones venideras. Su padre había descubierto muchos de esos bellos objetos, decía, por los que antaño habían estallado guerras. «Y todos ellos acabaron perdidos o desechados y sus antiguos dueños muertos y desaparecidos. Lo único que me importa son las personas y las experiencias. Conexión: esa es la clave. Ese chispazo de electricidad entre las personas, el lazo invisible». Alice se había sonrojado cuando lo dijo. Sabía con exactitud a qué se refería; ella también lo sentía.

Solo una vez Alice le había oído hablar con tristeza y pesar sobre no tener dinero. Lo recordaba debido a la desagradable emoción que había despertado en ella. Ben había crecido junto a una chica, decía, una muchacha inglesa unos pocos años mayor que él cuyos padres trabajaban en la misma excavación que los suyos. Se había convertido en su protectora, pues tenía trece años y Ben ocho, y, como tenían mucho en común, juntos en una tierra extraña, habían terminado por estar muy unidos. «Yo andaba un poco enamorado de ella, por supuesto», dijo entre risas. «Me parecía muy bonita, con sus largas trenzas y ojos color avellana». Cuando la muchacha, que se llamaba Florence (Ben la llamaba Flo y la intimidad de ese diminutivo había herido a Alice como una púa), regresó a Inglaterra con sus padres, empezaron a escribirse cartas, cada vez más extensas e íntimas a medida que Ben se hacía mayor. Ambos habían seguido siendo una constante en la itinerante vida del otro y, cuando Ben regresó a Gran Bretaña a los diecisiete años, habían recuperado la amistad. Ella ya estaba casada, pero había insistido en que Ben se alojara en su casa cada vez que pasara por Londres; seguían siendo amigos íntimos. «Es la persona más generosa del mundo», había dicho Ben. «Extremadamente leal, muy amable y siempre dispuesta a reírse». Recientemente, sin embargo, ella y su marido vivían tiempos difíciles. Habían luchado por poner en marcha un negocio, invirtiendo todos sus ahorros y trabajando hasta desfallecer, y ahora el casero amenazaba con desalojarlos. «Han tenido otras dificultades, además», había dicho. «Problemas personales. Unas personas tan buenas, Alice, con aspiraciones de lo más humildes. Esto es lo último que les faltaba». Afilaba las tijeras de podar cuando dijo: «Haría cualquier cosa por ayudarlos». Apareció en su voz una nota de frustración. «Pero lo único que serviría de ayuda es dinero y no tengo más que lo que llevo en el bolsillo».

El sufrimiento de su amiga entristecía a Ben y Alice, ya perdidamente enamorada, había ansiado ayudarle. Al mismo tiempo la cegaba la más negra envidia por aquella mujer (*Flo*, cómo detestaba la brevedad de ese apodo), cuyo papel en la vida de Ben era vital, cuya infelicidad, a cientos de kilómetros de distancia, en Londres, tenía el poder de agriar el estado de ánimo de Ben, aquí y ahora.

Sin embargo, el tiempo tenía el extraño poder de eclipsar incluso las pasiones más intensas. Ben no había vuelto a mencionar a su amiga y Alice, quien, al fin y al cabo, era joven, y por tanto egocéntrica, se había olvidado de Flo y de sus dificultades. Para cuando, tres o cuatro meses más tarde, le contó a Ben la idea que había tenido para *Adiós, pequeño Bunting,* ni recordaba su afirmación de que estaba dispuesto a hacer cualquier cosa (lo que fuera) para obtener el dinero con el que ayudar a su amiga de la infancia.

* * *

Al otro lado del lago Serpentine un niño corría hacia el agua. Alice vaciló y se detuvo, observando cómo la niña o el niño, era difícil saberlo, llegaba a la orilla y comenzaba a desmenuzar un trozo de pan y a lanzar los trozos a un grupo de patos que se había congregado. No tardó en aparecer un cisne graznando que se hizo con el botín de un golpe. Tenía un pico afilado que se acercó demasiado al niño y este empezó a llorar. Llegó el padre, como es habitual en estos casos, y el niño se calmó enseguida, pero el incidente recordó a Alice los patos de Loeanneth, tan codiciosos y osados. Se preguntó si aún seguirían allí, y se le hizo un nudo en la garganta. Sucedía a veces. Tras años de una negación sin fisuras, ahora la dominaba una curiosidad despiadada, casi abrumadora, por la casa, el lago, los jardines.

De niñas, en Loeanneth, sus hermanas y ella pasaban el verano entrando y saliendo del agua, bronceándose bajo el sol, el pelo cada vez más claro, casi blanco. A pesar de su constitución frágil, Clemmie era quien pasaba más horas al aire libre, con esas piernas largas y flacuchas de potrillo y ese carácter inquieto. Debería haber nacido más tarde. Debería haber nacido ahora. Cuántas oportunidades había hoy día para muchachas como Clemmie. Alice las veía por doquier, animadas, independientes, francas y centradas. Muchachas poderosas, que no se dejaban atar por lo que la sociedad esperaba de ellas. Le alegraba verlas, a esas jóvenes, con sus anillos en la nariz, su pelo corto y su impaciencia con el mundo. A veces Alice sentía que casi vislumbraba el espíritu de su hermana en ellas.

Clemmie se había negado a hablar con nadie durante los meses posteriores a la desaparición de Theo. Una vez que la policía dio por concluidos los interrogatorios había cerrado la boca y había empezado a comportarse como si también tuviera cerradas las orejas. Siempre había sido excéntrica, pero Alice tuvo la impresión, al mirar atrás, que, a finales del verano de 1933, se había vuelto completamente salvaje. Apenas estaba en casa. Pasaba el tiempo merodeando por el aeródromo, batiendo juncos con un palo afilado, y volvía a hurtadillas a casa solo para dormir, y ni siquiera todas las noches. Acampaba en el bosque o cerca del arroyo. Solo Dios sabía qué comía. Huevos de aves, probablemente. Clemmie siempre había tenido un don para saquear nidos.

Madre estaba fuera de sí. Como si la angustia por Theo no fuera suficiente, ahora tenía que preocuparse por Clementine, ahí fuera, a la intemperie. Clemmie, sin embargo, regresó al fin, con olor a tierra, el pelo largo y enredado y buen aspecto. El verano había madurado y se había podrido, de modo que el otoño al llegar fue denso y sombrío. Con su llegada, un pesar interminable se posó sobre Loeanneth, como si todas las esperanzas de hallar a Theo se hubieran marchado con el calor. Cuando la búsqueda de la policía fue oficialmente cancelada entre incesantes disculpas de los agentes, se decidió que la familia Edevane regresara a Londres. La boda de Deborah se iba a celebrar ahí en noviembre y era lógico que la familia dedicara unas semanas a adaptarse. Incluso madre, siempre tan reacia a dejar el campo, parecía contenta de escapar de la fría y agobiante tristeza de la Casa del Lago. Cerraron las ventanas, echaron el candado a las puertas, cargaron el coche.

De vuelta en Londres, Clemmie se vio obligada a usar zapatos de nuevo. Compraron vestidos para reemplazar los que había roto y los que le quedaban pequeños y la matricularon en un colegio para niñas especializado en matemáticas y ciencias. Fue de su agrado. Tras una serie de institutrices anticuadas, ninguna de las cuales había durado gran cosa en Loeanneth, ir a un colegio de verdad había sido un incentivo, un premio a cambio de su docilidad. Fue un alivio, en cierto sentido, verla regresar del borde del abismo, pero Alice había llorado en silencio la pérdida de su hermana salvaje. La reacción de Clemmie al dolor había sido tan primitiva, tan animal que observarla había resultado, de algún modo, liberador. Su regreso a la civilización exacerbaba la tragedia y la volvía permanente, pues, si Clemmie había abandonado toda esperanza, es que no quedaba ninguna.

* * *

Alice caminaba más rápido de lo que se había propuesto y tenía un dolor en el pecho. Flato, se dijo a sí misma, nada que ver con un ataque al corazón. Encontró un asiento y se dejó caer. Decidió que se quedaría un rato, a recuperar el aliento. La brisa le acariciaba la piel, ligera y cálida. Frente a ella se extendía un camino de herradura y más allá un parque infantil donde había niños encaramados a coloridos columpios de plástico, persiguiéndose unos a otros mientras las niñeras, jóvenes con coleta y vestidas con vaqueros y camiseta, charlaban bajo un árbol. Junto al parque infantil había un recinto cubierto de arena donde entrenaba la guardia montada del cuartel de Knightsbridge. Alice cayó en la cuenta de que se encontraba muy cerca de donde se había sentado junto a Clemmie ese día de 1938. Era cierto lo que se decía: al envejecer (y qué sutilmente ocurría, qué taimado era el tiempo), los recuerdos del pasado remoto, reprimidos durante décadas, se volvían claros y vívidos. Una niñita primorosa recibía una clase de equitación, dando vueltas y vueltas en la pista de arena. Alice y Clemmie estaban sentadas en una manta, almorzando y comentando la intención de Clemmie de comenzar un curso de vuelo. Era antes de la guerra y la vida en Londres para las hijas de familias acomodadas seguía inalterada, pero había rumores por todas partes si uno sabía dónde escuchar. Alice siempre había sabido dónde escuchar. Y, al parecer, también Clemmie.

Ya con diecisiete años se había negado en redondo a participar en la temporada de bailes y había estado a punto de ser detenida en las dársenas del puerto de Londres después de vender unas cuantas reliquias de la familia para costearse el viaje a España y luchar del lado republicano en la guerra civil. Alice, impresionada por las agallas de su hermana, se había alegrado no obstante cuando la llevaron a rastras de vuelta a casa. Aquella vez, sin embargo, al ver la obstinación de Clemmie, el fiero entusiasmo con el que le había mostrado el anuncio del periódico de una escuela de aviación, Alice le había prometido hacer lo que fuera necesario para ayudar a convencer a sus padres. Era un día cálido, habían terminado de comer y se había apoderado de ellas un delicioso letargo, en parte debido al acuerdo que acababan de alcanzar. Alice estaba apoyada sobre los codos, con los ojos cerrados tras las gafas de sol, cuando Clemmie había dicho, sin venir a cuento: «Aún está vivo, ¿sabes?».

Resultó que no había abandonado la esperanza, después de todo.

* * *

Alice buscó el lugar preciso donde habían estado sentadas. Era cerca de un parterre, recordó, entre dos enormes raíces de un castaño. Entonces el parque infantil no existía y las niñeras, ataviadas con vestidos largos y sombreros de tela, se reunían junto al Serpentine, adonde llevaban a los niños a su cargo; los más mayores iban de la mano y los pequeños en cochecitos grandes y negros. Antes de las Navidades de ese año ya no quedaría hierba, que sería reemplazada por trincheras contra los futuros ataques aéreos. Ese día con Clemmie, sin embargo, la guerra, con todo su terror y sus muertes, aún quedaba lejos. El mundo estaba entero y el sol aún brillaba.

—Aún está vivo, ¿sabes?

Habían pasado cinco años, pero Alice supo al instante a quién se refería. Era la primera vez que Alice oía hablar a su hermana acerca de Theo desde que desapareció y ser su confidente la abrumó. Al tener la certeza de que Clemmie se equivocaba, la responsabilidad aumentaba. Sin saber qué decir, preguntó:

—¿Cómo lo sabes?

—Lo sé. Lo siento.

La niña a caballo ya iba al trote, y el caballo sacudió la crin de forma que reluciera orgullosa.

—No hubo petición de rescate —dijo Clemmie.

—¿Y?

—Bueno, ¿no lo ves? Si no pidieron rescate, quien se lo llevó lo hizo porque le quería.

Alice no respondió. ¿Cómo decepcionar a su hermana con delicadeza y sin dejar lugar a dudas al mismo tiempo? ¿Cómo hacerlo sin confesar demasiado?

El rostro de Clemmie, mientras tanto, se había animado. Hablaba deprisa, como si hubiera estado esperando cinco años para ello y, ahora que había comenzado, quisiera hacerlo de un tirón.

—Creo que fue un hombre —estaba diciendo—, un padre sin hijos, que estaba de visita en Cornualles y vio a nuestro Theo de casualidad y se enamoró. Ese hombre tenía una esposa, una mujer buena que deseaba tener hijos pero no podía. Es como si los estuviera viendo, Alice, al marido y a su joven esposa. Acomodados, pero ni estirados ni presuntuosos, enamorados el uno del otro y de los hijos que imaginaban tener. Los veo cada vez más tristes a medida que pasan los años y la mujer no se queda embarazada, y poco a poco van comprendiendo que nunca oirán los pasos de unos piececitos por el pasillo o risas en el cuarto de los niños. Una sombra se instala en la casa y toda la música, la alegría y la luz abandonan sus vidas, hasta que un día, Alice, un día en que el hombre se va de viaje de negocios o a una reunión —agitó una mano—, qué más da, el caso es que pasa por Loeanneth y ve a Theo, y piensa que ese niño podría devolverle la alegría a su esposa.

El caballo resopló en ese momento y Alice vio Loeanneth ante ella, las tierras de cultivo, los caballos de la finca vecina para los cuales solían hurtar manzanas de la cocina. La historia de Clemmie tenía muchos cabos sueltos, por supuesto, pues nadie llegaba por casualidad a Loeanneth; además, estaba inspirada, al menos en parte, en los problemas de Deborah. («Cinco años y aún sin hijos», susurraban en las fiestas de sociedad). Le vino un recuerdo de ruiseñores junto al lago cerca del amanecer y tuvo un violento escalofrío a pesar de la fuerza del sol sobre su piel. Clemmie ni se dio cuenta.

—Lo ves, ¿a que sí, Alice? No estuvo bien y fue un suplicio para nuestra familia, pero es comprensible. Theo era irresistible. ¿Recuerdas cómo movía los brazos cuando estaba feliz, como si intentara despegar? —Sonrió—. Y fue un niño muy deseado. Lo están criando rodeado de amor, Alice, feliz. Era muy pequeño cuando se fue, ya se habrá olvidado de nosotras, de que formaba parte de nuestra familia, aunque nosotras no le vamos a olvidar nunca. Puedo soportar el dolor si pienso que es feliz.

No había nada que Alice pudiera decir a eso. Ella era la escritora de la familia, pero Clemmie tenía el don de ver el mundo desde otra perspectiva. A decir verdad, a Alice siempre le había asombrado, incluso inspirado un poco de envidia, la imaginación de su hermana, como si su creatividad, sus relatos, el producto de tanto esfuerzo y tantos errores se volvieran insignificantes ante la originalidad innata de Clemmie. La ingenuidad de Clemmie era tal que su interlocutor se veía obligado siempre a asumir el papel de escéptico despiadado. Alice no siempre se sentía capaz de interpretar ese papel y ¿de qué serviría discutir? ¿Por qué destruir la encantadora fantasía que había creado su hermana: una nueva vida para Theo, una familia cariñosa? ¿No bastaba que ella, Alice, supiera la verdad?

Pero Alice, codiciosa, había querido oír más de la historia de Clemmie. «¿Dónde viven?», había preguntado. «¿Cómo es Theo ahora?».

Mientras Clemmie hilaba sus respuestas había cerrado los ojos y escuchado, envidiando la inocencia y la certidumbre de su hermana. Qué manera de pensar tan seductora, por equivocada que fuera. Porque Theo no vivía una nueva vida rodeado de amor en una hermosa casa. Clemmie tenía razón acerca de lo del rescate, pero interpretaba mal su significado. Alice, sin embargo, lo conocía. Nadie había pedido un rescate porque todo había salido muy mal y Theo estaba muerto. Alice lo sabía porque lo había planeado exactamente así.

Capítulo 18

El día en que se le ocurrió la idea había comenzado como cualquier otro. Era 1933, a principios de una primavera todavía fría, y llevaba toda la mañana sentada en el cuarto de secar la ropa, con los pies enfundados en unos calcetines de lana y apoyados contra el calentador de agua, leyendo la colección de recortes de periódico que guardaba bajo llave en una caja de metal afiligranada que el abuelo Horace había traído de la India y que ella había sustraído de la buhardilla. Había encontrado un artículo sobre el secuestro del pequeño Lindbergh en Estados Unidos que le había hecho pensar en rescates y notas, y en las distintas maneras en que un delincuente podría despistar a la policía. Acababa de comprender (coincidiendo con su nueva obsesión por Agatha Christie) que lo que le faltaba a sus anteriores tentativas era un rompecabezas, un giro de los acontecimientos complejo e imprevisto con el cual engañar y desconcertar a los lectores. También un crimen. La clave de la novela perfecta, había decidido Alice, era hacer girar la historia alrededor de la solución a un crimen y al mismo tiempo engañar al lector dándole la impresión de estar haciendo una cosa cuando en realidad hacía otra muy diferente. Alice garabateaba y tomaba notas, barajando ideas sobre el quién, el porqué y, sobre todo, el cómo.

Seguía inmersa en esos pensamientos después de comer, cuando envuelta en el viejo abrigo de marta cibelina de su madre salió al jardín en busca de Ben. Hacía un día desapacible, pero este se encontraba junto al estanque, donde estaba construyendo el jardín secreto, resguardado por completo tras un seto circular. Alice se sentó en el borde de mármol del estanque, escarbando con los tacones de las botas de agua la tierra cubierta de musgo, y experimentó una punzada de placer al ver el ejemplar que le había prestado de *El misterioso caso de Styles* asomando del petate de Ben.

Él estaba en el otro extremo del jardín arrancando las malas hierbas, y no la oyó llegar, así que Alice se quedó sentada un momento. Ben tenía los antebrazos al aire y su piel húmeda comenzaba a cubrirse de sudor y arena. Se apartó los mechones más largos de los ojos y Alice ya no fue capaz de contenerse más.

—He tenido una idea brillante —dijo.

Ben se giró enseguida; Alice lo había sobresaltado.

—¡Alice! —Enseguida la sorpresa dio paso al placer—. ¿Una idea?

—He estado trabajando en ella toda la mañana y no me gusta presumir, pero estoy segura de que es lo mejor que he escrito.

—¿De verdad?

—De verdad. —Y en aquel momento pronunció las palabras que más tarde desearía con todas sus fuerzas no haber dicho—. Un secuestro, Ben. Voy a escribir un libro sobre un secuestro.

—Un secuestro —repitió Ben, rascándose la cabeza—. ¿De un niño?

Alice asintió con entusiasmo.

—¿Por qué alguien querría llevarse a un niño que no es suyo?

—¡Porque los padres son ricos, por supuesto!

Ben la miró perplejo, como si no estuviera seguro sobre cómo una cosa conducía a la otra.

—Por el dinero. —Alice puso los ojos en blanco, juguetona—. El rescate. —Un matiz de afectación le había afilado la voz, que a sus propios oídos le sonó a voz de mujer de mundo. Mientras continuaba esbozando el plan, no pudo evitar admirar el seductor elemento de peligro que le daba su historia, esa impresión de saber muchísimo acerca de las maquinaciones de la mente criminal—. El secuestrador de mi historia atraviesa un momento difícil. No sé muy bien cómo, aún no he decidido esos detalles. Tal vez lo desheredaron o tal vez es un científico y ha hecho un gran descubrimiento, pero su socio, el padre del niño, le ha robado la idea y ha ganado mucho de dinero y él está amargado y resentido. La razón da igual, solo importa...

—... que es pobre.

—Sí, y que está desesperado. Necesita el dinero por alguna razón, quizá por una deuda, o porque se quiere casar con una joven de otra clase social. —Alice sintió calor en las mejillas, consciente de que casi acababa de describir la situación de ellos dos. Se apresuró a recuperar el hilo de la trama—. En cualquier caso, necesita muchísimo dinero de forma rápida y piensa que así puede conseguirlo.

—No parece un tipo muy agradable —dijo Ben, mientras sacudía de tierra las raíces de una mala hierba.

—No hace falta que el malo sea agradable. No tiene que serlo. Es el malo.

—Pero las personas no son así, ¿verdad?, o buenas del todo o malas del todo.

—No es una persona, es un personaje. Son cosas distintas.

—Bueno... —Ben se encogió de hombros—. Tú eres la escritora.

Alice arrugó la nariz. Estaba inspirada, pero la interrupción le había hecho perder el hilo. Consultó las notas con la esperanza de volver adonde lo había dejado.

—Aunque ahora que lo pienso… —Ben hundió la horquilla en la tierra—. Esa es una de las cosas que no me gustan de estas novelas policiacas tuyas.

—¿El qué?

—Las pinceladas gruesas, la falta de matices, la idea de que la moral es inequívoca. El mundo real no es así, ¿verdad? Es simplista. Como si fuera un libro para niños, un cuento de hadas.

Alice recibió esas palabras como una cuchillada. Incluso ahora, a los ochenta y seis años, al pasar junto a los campos de fútbol de Rotten Row, dio un respingo al recordarlas. Ben había estado en lo cierto, por supuesto, y se había adelantado a su tiempo. Hoy día el *porqué* prevalecía sobre el *cómo,* pero por aquel entonces Alice no había dado importancia a la sugerencia de tratar el fascinante tema de por qué una persona común y corriente puede llegar a cometer un crimen; solo le habían interesado los trucos y los rompecabezas. Una oleada de angustia se había apoderado de ella al oír las palabras de Ben, como si la hubiera llamado simplista a ella y no al género. El día había sido frío, pero, entre la vergüenza y la indignación que la dominaban, Alice estaba que ardía. Había hecho caso omiso de la crítica y había proseguido resuelta con su descripción de la historia.

—La criatura secuestrada ha de morir, por supuesto.

—Pobre niña.

—Niño. Mejor si es un niño.

—¿De verdad?

A Ben le había parecido gracioso, lo cual había resultado exasperante. Alice se negó a devolverle la sonrisa y habló en un tono de imperiosa paciencia. Como si le estuviera explicando cosas que ya debería saber. Y lo peor era que se había comportado como si lo estuviera aleccionando sobre un tema que un hombre de su clase era incapaz de comprender. Había sido espantoso. Aún se oía a sí misma interpretando a la pequeña niña rica, papel que despreciaba, pero que era incapaz de evitar.

—Los niños son más valiosos, ya sabes, desde el punto de vista familiar. Herederos de las tierras y el título y todo eso.

—Muy bien, niño entonces. —Ben habló con el mismo tono despreocupado de siempre. ¡Más exasperante todavía!—. Pero ¿por qué tiene que morir el pobre?

—¡Porque en una novela policiaca tiene que haber un asesinato!

—¿Otra de tus reglas? —Estaba bromeando. Sabía que había herido sus sentimientos y quería enmendarse.

Bueno, pues Alice no estaba dispuesta a ponérselo fácil. Dijo fríamente:

—No son mis reglas. Son del señor Knox, publicadas en *Los mejores relatos de detectives*.

—Ah, ya veo. Bueno, en ese caso es diferente. —Ben se quitó los guantes y cogió un bocadillo envuelto en papel de parafina—. ¿Y qué más reglas tiene el señor Knox?

—El detective no puede servirse de un accidente o de una intuición inexplicable.

—Parece justo.

—No debe haber gemelos ni dobles a menos que el lector haya sido avisado de antemano.

—Sería casi como hacer trampas.

—Y no debe haber más de una habitación secreta o pasaje oculto. Esa regla es importante para mi relato.

—¿De verdad? ¿Por qué?

—Lo sabrás a su debido tiempo. —Siguió recitando las reglas, contando con los dedos—. El criminal debe ser mencionado al principio de la novela; el lector no debe conocer sus pensamientos, y, por último, pero no por ello menos importante, el detective debe tener un amigo estúpido, un Watson que sea un poco, solo un poco, menos inteligente que el lector medio.

Ben se detuvo a medio bocado y los señaló a los dos con un gesto despreocupado.

—Tengo la sensación de que yo soy el Watson en este equipo.

Alice sintió un cosquilleo en los labios y ya no pudo contenerse más. Qué guapo estaba, cómo sonreía, y el día comenzaba a aclarar, el sol asomaba entre las nubes. Era imposible permanecer enfadada con él. Alice rio, y la expresión de Ben cambió.

Alice siguió su mirada por encima del hombro, entre la brecha del seto. Durante un espantoso momento estuvo segura de que iba a ver a Rose, la niñera, detrás de ella. El otro día los había visto por la ventana, a Ben y a la niñera, hablando. Había tenido la impresión de que se llevaban mejor de lo que le hubiera gustado. Pero no era Rose sino madre la que salió por la puerta de atrás y se sentó en el banco de hierro con los brazos cruzados. Una tenue cinta de humo surgía del cigarrillo entre sus dedos.

—No te preocupes —dijo, poniendo los ojos en blanco y agachando la cabeza, para que su madre no la viera—. No nos va a molestar... Hoy no. Se supone que no sabemos que fuma.

Intentó parecer despreocupada, pero el tono desenfadado de la última media hora había desaparecido. Tanto Alice como Ben sabían lo importante que era mantener su relación en secreto, en especial de cara a madre. Eleanor no veía con buenos ojos que Alice se relacionase con Ben. En los últimos meses había dejado caer unos cuantos comentarios generales sobre la importancia de elegir las compañías con cuidado, y luego, una noche se había producido una escena particularmente violenta cuando madre le pidió a Alice que se reuniera con ella en la biblioteca después de cenar. Había una extraña tensión en el gesto de Eleanor, a pesar de su intento de fingir tranquilidad, y Alice había intuido lo que se avecinaba. Y había estado en lo cierto: «No es decoroso, Alice, que una chica como tú pase tanto tiempo hablando con el servicio. Sé que no significa nada, pero la gente se va a hacer una idea equivocada. Sin duda tu padre no lo vería con buenos ojos. Imagina que mirara por la ventana de su estudio y viera a su hija tratándose con alguien tan inapropiado, un jardinero, por el amor de Dios».

Alice no creyó ni por un momento que papá fuera tan estrecho de miras como para desaprobar algo así (no le importaban ni un ápice las arbitrarias diferencias de clase), pero no dijo nada. No se atrevió. Madre era capaz de despedir a Ben en un abrir y cerrar de ojos si decidía que causaba demasiados problemas.

—Vamos —dijo Ben, guiñándole un ojo—. Vete de aquí. Yo debería estar trabajando y tú tienes una obra maestra que escribir.

A Alice le conmovió su preocupación, la atención implícita en su voz.

—No me da miedo meterme en líos, ya lo sabes.

—No lo pensaba —dijo Ben—. Ni por un momento. —Le entregó la novela de Agatha Christie. Alice tembló cuando las puntas de sus dedos se tocaron—. Cuéntame más de tu relato cuando lo sepas. —Ben negó con la cabeza en un gesto de horror fingido—. Matar niños pequeños. Qué truculento.

* * *

Pasó el autobús de la línea 9 mientras Alice esperaba para cruzar Kensington Road. Era un viejo Routemaster de dos pisos y llevaba un anuncio del ballet Kirov que iba a interpretar *El lago de los cisnes*. A Alice le habría gustado verlo, pero temía que ya fuera demasiado tarde para conseguir entradas. No iba al ballet a menos que pudiera sentarse lo bastante cerca como para oír el ruido de las zapatillas contra los tablones del escenario. La excelencia era el resultado de muchísimo trabajo y Alice no tenía intención de fingir lo contrario. Comprendía que la ilusión formaba parte de una actuación, que los bailarines se esforzaban por aparentar sencillez; sabía, además, que para muchos en el público ese encanto de la elegancia sin esfuerzo era clave; pero no para ella. Era una gran admiradora del rigor físico y mental y consideraba que una actuación mejoraba mucho si podía apreciar el sudor en los hombros del bailarín principal, el suspiro al finalizar el solo de la bailarina, el golpe seco de los dedos de los pies contra la madera mientras el bailarín giraba y sonreía. Era lo mismo que entrever los cimientos que sustentaban los libros de otros autores. Ser consciente del artificio no solo no atenuaba su disfrute, sino que lo aumentaba.

Alice no era de tendencias románticas. Era una de las maneras de diferenciarse deliberadamente de Eleanor, una decisión de la infancia convertida en costumbre. Daba fe de ello que la anécdota favorita de su madre relacionada con el ballet fuera del verano en que conoció a su padre. «Era 1911, antes de la guerra, y el mundo aún estaba lleno de magia». Eleanor la había contado a menudo a lo largo de los años. «Yo me hospedaba en casa de mi tía en Mayfair y había conocido a tu padre a principios de esa semana. Me invitó a ver los Ballets Rusos y acepté sin pensármelo dos veces, sin preguntarle a mi madre siquiera. Ya os podéis imaginar: la abuela DeShiel casi me deshereda. Ah, pero mereció la pena. ¡Qué noche! Qué perfecto fue todo y qué jóvenes éramos. Qué imposiblemente jóvenes». En ese momento siempre esbozaba una leve sonrisa, al ser consciente de que sus hijas nunca llegarían a aceptar que sus padres no habían sido como eran ahora. «Nijinski en *Le Spectre de la Rose* no se parecía a nada que yo hubiera visto antes. Bailó un solo de quince minutos que pasaron como un sueño. Vestía unas mallas de seda cubiertas de docenas de pétalos de seda rosas, rojos y púrpuras diseñadas por Léon Bakst. Era la criatura más exótica del mundo, hermosísimo, como un insecto reluciente y elegante a punto de volar. Saltaba como si no le costase esfuerzo alguno, permanecía en el aire mucho más de lo que era posible y parecía no tocar el escenario entre salto y salto. Aquella noche creí que el hombre podría volar, que todo era posible».

Pero no... Alice torció el gesto. Estaba siendo injusta. Tal vez Eleanor hubiera conservado al hablar esa soltura infantil que se vislumbra en el lenguaje de los cuentos de hadas, pero su carácter romántico no se limitaba a las historias de amor y a los finales felices; era una manera de mirar el mundo, un sistema moral propio. Poseía un innato sentido de la justicia, un complejo sistema de equilibrios que determinaba la medida de aquello que ella llamaba «lo correcto».

Este instinto de equilibrio moral había quedado bien patente durante la última conversación que habían mantenido. Eleanor acababa de volver a casa tras ver *La visita del inspector* en el New Theatre y había telefoneado de inmediato a Alice para contarle que había sido una noche «edificante». Alice, que ya había visto la obra, había guardado silencio durante un momento antes de responder: «¿Te refieres a la parte en que maltratan a la chica inocente y esta se suicida o a cuando muestran a la despreciable familia Birling, a quien no le importaba el sufrimiento de la chica salvo para salvar el pellejo?».

Eleanor había hecho caso omiso de la ironía y había proseguido con su crítica. «El final es portentoso, es como tenía que ser. Cada miembro de la familia era culpable de una manera u otra y a uno le queda la satisfactoria sensación de que la verdad sale a relucir». También, de manera un tanto predecible, había admirado la indecisión del personaje del inspector Goole. «Ay, Alice», había dicho decepcionada, cuando Alice sugirió que su aparición se podría haber explicado de forma más verosímil. «Eso no es lo importante. Es un arquetipo, un símbolo, una personificación de la justicia. No importa cómo averiguó lo de esa pobre chica o quién o qué era en realidad; lo que importa es la restauración del orden».

Alice había farfullado algo acerca de la caracterización y la verosimilitud, pero Eleanor, cansada, había puesto fin a la conversación, al menos por el momento. «Ya te convenceré. Mañana nos vemos y volvemos a hablar de ello». No llegaron a hacerlo, por supuesto. Eleanor se dirigía al apartamento de Alice en Shoreditch cuando cruzó Marylebone Road frente a un conductor que había apartado la vista de la calzada. Mientras tanto Alice estaba sentada en la cocina en penumbra, con una botella de leche fresca aguardando en la nevera y un mantel remendado sobre la mesa, sin siquiera sospechar que su mundo se había puesto del revés mientras ella esperaba.

En eso Ben se había equivocado. Alice parpadeó para espantar el súbito dolor de la pérdida. Estaba bien que prefiriera las personas a los lugares, pero las personas tenían el repugnante hábito de cambiar. O de irse. O de morir. Los lugares eran más fiables. Prevalecían. Y, en caso de sufrir daños, era posible reconstruirlos, incluso mejorarlos. No se podía confiar en que las personas permanecieran cerca. «Salvo la familia». Alice oyó la voz de Eleanor en su cabeza. «Por eso he tenido tantas hijas. Para que tengáis siempre a alguien. Yo supe qué era estar sola».

* * *

Mientras caminaba por Exhibition Road hacia los museos, Alice no estaba sola. Había gente por todas partes, en su mayoría muchachos adolescentes. Alice sintió lástima de ellos, atrapados como estaban en la luz cegadora de la juventud, cuando todo parece crucial, esencial, importante. Se preguntó adónde irían. ¿Al museo de Ciencias? ¿Al Victoria and Albert? ¿O tal vez incluso al museo de Historia Natural, donde pasarían junto a los insectos que habían aleteado por última vez bajo la luz del sol de Loeanneth? «Ojalá no los mataras», oyó decir a Eleanor una vez; fue lo más parecido a una crítica a papá que le había oído. «Me parece una crueldad. Unas criaturas tan bellas». Había sido Alice, quien llevaba los guantes blancos de la ayudante, quien había salido en defensa de su padre, si bien también detestaba esos alfileres. «La naturaleza es cruel. ¿No es verdad, papá? Todo ser vivo ha de morir. Y siguen siendo bellas. De hecho ahora lo serán para siempre».

Un grupo de muchachas pasó a toda prisa, riéndose, y se giraron para bromear con un muchacho apuesto de pelo negro que les gritó algo indescifrable a modo de respuesta. Irradiaban juventud y exuberancia en ondas que Alice casi podía ver. Recordó qué se sentía al ser como ellas. Vivir por primera vez una pasión que exacerbaba la realidad misma. Por aquel entonces, la atracción que Ben ejercía sobre ella había sido casi inexorable, tan poderosa que habría dejado de parpadear antes que alejarse de él. Había ignorado las súplicas de su madre y había continuado viéndose con él. Se había vuelto más cautelosa, más disimulada.

Durante las siguientes semanas, mientras Ben escuchaba y lanzaba alguna que otra exclamación, Alice perfeccionó su plan para el secuestro perfecto. Una bella mañana de primavera de aire despejado tras una noche de lluvia, mientras las truchas saltaban en el arroyo, Alice extendió la manta bajo un sauce. Ben excavaba hoyos para una cerca nueva y Alice estaba tumbada bocabajo, con los tobillos entrelazados, meciendo las piernas, mientras fruncía el ceño ante el cuaderno. De repente dijo:

—Se me acaba de ocurrir que voy a necesitar un cómplice. Nadie va a creerse que el criminal actuó solo.

—¿No?

Alice negó con la cabeza.

—Demasiado difícil. Demasiados cabos sueltos. No es fácil secuestrar a un niño, ya sabes. Sin duda, no es trabajo para una sola persona.

—Un cómplice, entonces.

—Alguien que sepa de niños. A poder ser, alguien que conozca a este niño en concreto. Un adulto de confianza, que mantenga al pequeño callado como un ratón.

Ben le lanzó una mirada.

—No me había dado cuenta de lo taimada que eres.

Alice aceptó el cumplido con un leve encogimiento de hombros y se chupó pensativa un mechón de pelo. Observó un grupo de nubes henchidas que vagaban por el cielo azul.

Ben se había tomado un descanso para liarse un cigarrillo.

—Un poco forzado, ¿no?

Alice alzó la vista para mirarle, inclinando la cabeza para que el hombro de Ben tapara el sol.

—¿Por qué?

—Bueno, una cosa es que nuestro criminal planee un secuestro. Es un delincuente, quiere dinero. Pero ¿cuál es la probabilidad de que encuentre a otra persona, alguien en quien confíe lo suficiente para revelarle este plan horrendo y que esté dispuesto a ayudarle?

—Muy sencillo. Tiene un amigo delincuente, alguien a quien conoció en la prisión.

Ben selló el papel de fumar.

—Muy flojo.

—¿Un amigo a quien va dar la mitad del dinero?

—Tendría que ser mucho dinero. El riesgo es enorme.

Alice apoyó la punta del bolígrafo contra los labios y se dio golpecitos mientras reflexionaba. Se preguntó en voz alta:

—¿Por qué aceptaría una persona hacer algo así? ¿Por qué colaboraría alguien en un delito tan grave? La mujer también tiene que sacar algo de ello.

—¿Mujer?

Alice sonrió con picardía.

—La gente no suele sospechar de las mujeres cuando se comete un delito… No cuando tienen que ver con niños, al menos. Una mujer sería la cómplice ideal.

—Bueno, entonces… —Ben se arrodilló junto al borde del mantel—. Están enamorados. Las personas hacen todo tipo de atrocidades por amor.

El corazón de Alice se desbocó contra el suelo duro como si quisiera salírsele del pecho. Las palabras de Ben estaban preñadas de significados ocultos. Sugerencias, una promesa. Últimamente decía cosas de ese estilo y dirigía la conversación a asuntos como el amor, la vida y el sacrificio. Alice intentó que el temblor no se le notara en la voz.

—Enamorados. Sí. —Su mente rebosaba de cosas que haría por amor. Sentía que se le ruborizaba la piel de la nuca; estaba segura de que Ben lo notaría. Se obligó a pensar en la novela, a concentrarse en la trama—. Por lo menos, él piensa que están enamorados.

—¿Y no lo están?

—Por desgracia para él, no. Ella tienes sus propias razones para involucrarse.

—¿Se dedica a la trata de blancas?

—Busca venganza.

—¿Venganza?

—Contra la familia del niño.

—¿Por qué?

Alice aún no había pensado en ello. Hizo un gesto impaciente con la mano.

—Lo importante es que tiene pensado traicionar a su amante. Acepta ayudarle, trazan un plan, roban el niño de su cuarto y lo llevan a otro lugar. Escriben la petición de rescate, pero no la envían.

—¿Por qué no?

—Porque… Porque… —El avance en la trama de pronto la reconfortó y se sentó con brusquedad—. Porque tienes razón. La mujer no quiere la mitad del dinero. Quiere al niño.

—¿De verdad?

—No quiere devolverlo; quiere quedárselo. Se ha encariñado de él.

—Qué rápido te ha salido.

—Es un niño encantador, o quizá ya lo quería, tiene alguna relación con él. No importa por qué; lo que importa es que lo quiere. Tal vez ese ha sido su plan todo el tiempo, quedarse con el niño.

—A nuestro delincuente no le va a hacer mucha gracia eso.

—No, claro que no. Necesita ese dinero, el plan era suyo y ya ha dedicado tiempo y dinero a preparar el secuestro.

—¿Y entonces?

—Entonces discuten. La mujer intenta llevarse al niño, el hombre la amenaza, forcejean. —Una sonrisa de comprensión se extendió por la cara de Alice y suspiró satisfecha, encantada—. ¡El niño muere!

—¿Durante el forcejeo?

—¿Por qué no?

—Suena un tanto lúgubre.

—Entonces, mientras duerme… Qué más da. Tal vez ya se sentía indispuesto y duerme muy profundamente. —Se sentó muy erguida—. O tal vez lo han drogado. Esperaban que el secuestro fuera más sencillo así, pero calcularon mal. Las píldoras para dormir eran para adultos y la dosis es demasiado fuerte. Ellos mismos echan por tierra el plan. La petición de rescate no llega a enviarse y ninguno de los dos recibe ni un penique, y tampoco se quedan con el niño. Ay, Ben… —En un impulso, estiró el brazo para estrechar su mano—. Es perfecto.

* * *

Al cruzar el semáforo cerca de la parada de metro de South Kensington, Alice vio un puesto de flores pintado de verde junto al paso peatonal. En la puerta había un cubo con ramos de rosas y uno en concreto le llamó la atención, una variedad de colores que le recordó la descripción que había hecho su madre del disfraz de *Le Spectre de la Rose.* Se dejó llevar por un capricho y compró el ramo para Deborah, que ya la estaría esperando, mirando el reloj de la salita matinal, ese elegante reloj negro que había sido un regalo de bodas, y preguntándose cuándo llegaría Alice. Pero no la esperaría de brazos cruzados, no Deborah. Estaría empleando el tiempo de una forma sensata, respondiendo cartas, sacando brillo a la plata o haciendo alguna de las cosas con las cuales las damas de cierta edad llenaban su tiempo.

Apareció un hombre menudo de pelo negro ataviado con un delantal de florista y Alice señaló las rosas con un gesto.

—¿Huelen bien?

—Mucho.

—¿Y es un aroma natural? —Se inclinó y olfateó.

—Como la lluvia fresca.

Alice tenía dudas. No soportaba que rociaran las flores con aceites aromáticos, pero las compró de todos modos. La hora de la verdad había llegado y se sentía extrañamente temeraria. Aguardó mientras el florista envolvía los tallos en papel de estraza y ataba el ramo con un lazo marrón, tras lo cual se dirigió a Chelsea, contemplando las flores al caminar. A Deborah le iban a gustar y Alice estaba contenta. Su satisfacción solo se veía empañada por la preocupación creciente de que su hermana creyera que el regalo era un intento de ablandarla.

Qué extraño era dirigirse a confesar un terrible secreto a alguien a quien conocía casi tan bien como a sí misma. Alice jamás se lo había contado a nadie. En las horas inmediatamente posteriores que siguieron al secuestro de Theo había estado a punto de decirle a la policía todo lo que sabía. «Fue Ben», había practicado mentalmente una y otra vez, e incluso llegó a subir de puntillas las escaleras para acechar junto a la puerta de la biblioteca. «Ben Munro se llevó a Theo. Le hablé del túnel, fue idea mía, pero no pretendía que nada de esto ocurriera». Se imaginó sus miradas de incertidumbre y se oyó a sí misma decir: «Lo vi esa noche, en la linde del bosque. Dejé la fiesta y fui a dar un paseo. Estaba a oscuras, pero habían comenzado los fuegos artificiales y lo vi cerca de la trampilla del túnel. Sé que fue él».

Cada vez, sin embargo, se había refrenado, pues su instinto de supervivencia era demasiado fuerte. Se había sentido débil y asustada y había decidido tener fe. Habría una petición de rescate, había razonado; sus padres tenían dinero, pagarían la suma exigida y Theo volvería a casa. Ben dispondría del dinero que necesitaba para ayudar a sus amigos y nadie sabría de la participación de Alice.

Los días pasaron despacio y Alice seguía pendiente de la investigación y del buzón. Oyó a una de las criadas decir a la policía que faltaba un frasco de píldoras para dormir, pero no le dio demasiada importancia. Al tercer día, cuando recibieron la noticia del suicidio del señor Llewellyn y el dolor de su madre amenazó con consumirla, Alice había comprendido que la situación era mucho más grave de lo que había pensado. Oyó al doctor Gibbons advertir a madre que las píldoras para dormir que le había recetado eran muy potentes («Tome demasiadas y no se despertará») y su mente regresó a aquella tarde con Ben, cómo ella había explicado la importancia de contar con un cómplice dentro de la casa, cómo había defendido la idea de dar al niño píldoras para dormir, cómo había advertido del riesgo de darle demasiadas.

De repente comprendió por qué no habían recibido la petición de rescate. Pero entonces ya era demasiado tarde para dar la señal de alarma. Antes su confesión habría ayudado a la policía a dar con Theo. Ahora ya no tenía sentido alguno. Y tendría que explicar por qué había esperado tres días para hablar. Sabrían que ella era responsable no solo de la desaparición de Theo sino también de su muerte. Jamás la perdonarían. ¿Cómo iban a perdonarla? De manera que no dijo nada. Había guardado el secreto durante setenta años y no se lo había contado a nadie. Hasta ahora.

Si tenía que contárselo a alguien, Alice se alegraba de que fuera a Deborah. Estaban unidas, una cercanía que no se manifestaba en la necesidad de pasar mucho tiempo juntas, sino de un modo muy distinto, intrínseco. Ambas estaban hechas de la misma pasta. Ambas seguían allí. Y, como no se cansaba de recordarle, Deborah había estado allí el día que Alice nació. «No eras en absoluto lo que yo me esperaba. Toda roja y enfadada... ¡y desnuda! Qué sorpresa me llevé. Vi cómo retorcías ese pequeño cuello tuyo y descomponías el gesto como solo hacen los bebés. Madre no sabía que yo había entrado a escondidas en la habitación y se quedó muy sorprendida cuando me acerqué a la cama, estiré los brazos y le pedí que me diera a mi bebé. Nos llevó unos momentos de tensión zanjar nuestras diferencias. Cuántas veces me había dicho durante el embarazo que iba a llegar un recién nacido, que yo iba a ser la hermana mayor y que sería mi responsabilidad cuidarte mientras ambas viviéramos. Me temo que me lo tomé al pie de la letra. Me sentí conmocionada y muy decepcionada cuando se rio y me dijo que, después de todo, ¡tú no eras mi bebé!».

La bondadosa, la amable, la responsable Deborah. ¿Qué diría cuando supiera lo que había hecho Alice? Esta había dedicado gran parte de la semana anterior a tratar de adivinarlo. Ya hacía mucho tiempo que había aceptado su culpa. Su comportamiento no había sido ni malintencionado ni deliberado. Era culpable porque había sido idea suya, pero no veía la necesidad de confesarse a la policía, no ahora. Ya era demasiado tarde para hacer nada al respecto, y no iban a procesarla por una infracción así. ¿De qué iban a acusarla? ¿De haber escrito un crimen? Además, ya había recibido su castigo. Aún lo recibía. Eleanor estaba en lo cierto. El mundo tenía sus propios mecanismos para mantener el equilibrio. Los culpables podrían evitar ser procesados, pero nunca escapaban de la justicia.

A pesar de todos sus esfuerzos en diferenciarse de Eleanor, cuando comprendió que su madre había tenido razón en lo referido a la justicia, la escritura de Alice había dado un salto cualitativo. Dejó atrás su sumisa adhesión al racionalismo de los detectives de la edad de oro y apareció Diggory Brent, que sustituyó a los investigadores mojigatos, satisfechos de sí mismos y huecos con los que había trabajado hasta el momento. A la gente (periodistas, lectores) le decía que se le había aparecido en un sueño, lo cual era casi cierto. Lo encontró al fondo de una botella de whisky en los meses finales de la guerra. Estaba pensando en Clemmie, en la conversación que no habían llegado a mantener acerca de lo que había visto por la ventana del cobertizo de las barcas. Alice aún hacía una mueca de dolor cada vez que pensaba que su hermana pequeña había estado ahí la tarde en que se había ofrecido a Ben. Qué contenta estaba consigo misma cuando llamó levemente a su puerta, con el manuscrito en la mano. Aparte de ella y Agatha Christie, no conocía a otra autora de novelas policiacas que hubiera osado matar a un niño, y estaba impaciente por que Ben leyera su libro y viera qué ingeniosa era, cómo había entretejido la trama que habían compuesto entre los dos en la historia. Su voz de dieciséis años llegó flotando al presente a través de las décadas, desde el día en que se le ocurrió la idea:

—Un túnel, Ben, hay un túnel secreto.

—¿Subterráneo, quieres decir, bajo tierra?

—Ya sé qué vas a decir, no hace falta que lo digas. Vas a decir que es poco realista, simplista, una farsa. ¡Y no es así!

Alice había sonreído, encantada consigo misma, y le había contado todo sobre el túnel secreto de su casa. La entrada oculta cerca del cuarto de los niños en la segunda planta, el pestillo de mecanismo anticuado que había que sacudir de determinada manera para que se abriera, la escalera excavada en la piedra que conducía al bosque y a la libertad. Todo lo que necesitaba saber para sacar a un niño de Loeanneth.

* * *

Alice ya había llegado a Chelsea. Compradores con bolsas de las tiendas de King's Road caminaban en ambas direcciones y vio las escaleras que llevaban a la casa de Deborah. El número 56 estaba pintado en negro brillante sobre una columna blanca y había dos macetas con geranios rojos a ambos lados del primer escalón. Hizo acopio de valor y se encaminó hacia ellas.

Un frondoso jardín llenaba el centro de la plaza, cuya verja de hierro negra cerraba el paso a los forasteros, y Alice vaciló bajo una hiedra tupida. Allí había más silencio, atenuado el bullicio de la calle principal por los altos edificios victorianos que rodeaban los cuatro lados de la plaza. Las golondrinas se piaban unas a otras en las ramas y el sonido resultaba más encantador e irreal por su contraste con el barullo urbano. Por el cristal estriado de la ventana de la salita matinal de Deborah entrevió el contorno de una figura alta y delgada. Alice Edevane no tenía la costumbre de cancelar un compromiso, menos aún cuando la otra persona estaba ahí mismo esperándola, pero, ay, cómo deseó seguir caminando. Su corazón dio un vuelco al imaginar la huida. Podría fingir que se había olvidado, reírse cuando Deborah llamara para preguntar por ella, echar la culpa a la vejez. Al fin y al cabo, era vieja. No *mayor* o *longeva* o cualquiera de esas palabras que la gente empleaba porque les parecían más delicadas y agradables. Alice era vieja y los viejos tenían ciertos privilegios. Pero no, sabía que era pura fantasía. No supondría más que posponer lo inevitable. Había llegado la hora.

Llamó a la puerta y le pilló desprevenida que se abriera casi de inmediato. Y lo más sorprendente fue que abrió Deborah en persona. Iba arreglada con el buen gusto de siempre, un vestido de seda drapeado y ceñido alrededor de su estrecha cintura. Llevaba el pelo plateado recogido en un elegante moño.

Las hermanas se saludaron con un gesto de la cabeza, pero no dijeron palabra. Con una leve sonrisa, Deborah se apartó y le hizo un gesto con la mano para que entrara.

La casa estaba impecable y reluciente, con abundantes arreglos florales en todas las superficies. Alice se acordó. Cada tres días, desde hacía tiempo, Deborah hacía un pedido de flores frescas a una tienda de Sloane Square. Miró el ramo de rosas que tenía en las manos. De repente parecía poca cosa, una insensatez. Se lo ofreció de todos modos.

—Toma. Para ti.

—Oh, Alice, gracias, son preciosas.

—No es nada. Una tontería. Me recordaron a madre, eso es todo, Nijinski…

—El traje de Bakst.

Deborah sonrió, llevándose las flores a la nariz, tanto para oler la fragancia, pensó Alice, como para ganar algo de tiempo. Por supuesto ella temía el encuentro tanto como Alice. La bondadosa Deborah no iba a disfrutar de la conversación que les aguardaba.

Alice siguió a su hermana a la salita matinal, donde Maria, más asistente personal que ama de llaves, disponía los utensilios del té sobre la mesa. Se enderezó, con la bandeja vacía bajo el brazo, y preguntó si necesitaban algo más.

—Un jarrón, si no es molestia, Maria. Alice me ha traído flores. ¿A que son preciosas?

—Hermosos colores —admitió Maria—. ¿Quiere ponerlas aquí, en la salita?

—En mi habitación, creo.

Maria tomó las flores de manos de Deborah y salió con una rapidez enérgica y eficiente. Alice contuvo las ganas de llamarla, de preguntarle por su madre o sus muchos hermanos, de entretenerla un poco más. Pero no lo hizo, y las partículas de aire de la habitación se acomodaron para llenar el espacio que Maria antes había ocupado.

Las hermanas se miraron a los ojos y sin decir palabra se sentaron una frente a la otra en sofás tapizados en tela. En ese momento Alice reparó en un libro sobre la mesita que había entre ellas. Un marcapáginas de cuero señalaba un punto cerca del final. El reconocimiento fue instantáneo y visceral. Su padre siempre llevaba consigo una edición de los poemas de Keats, una de sus obras favoritas, en la que halló consuelo durante años y a la que se aferró incluso en su lecho de muerte. Al verla le ardieron las mejillas, como si sus padres estuvieran con ellas en la habitación, a la espera de escuchar lo que había hecho su hija.

—¿Té?

—Por favor.

Le resultó insoportable mirar el chorro nítido y cristalino de té que salía de la tetera. Alice tenía todos los sentidos a flor de piel. Era consciente de una mosca al lado de la bandeja, de los movimientos de Maria en la planta de arriba, del tenue y persistente aroma a limón del abrillantador de muebles. Hacía calor en la habitación y deslizó un dedo por debajo de la blusa y la separó del cuello. El peso de su inminente confesión la aplastaba.

—Deborah, tengo que...

—No.

—¿Perdón?

—Por favor. —Deborah dejó la tetera y juntó con fuerza la punta de los dedos de ambas manos. Después las posó sobre el regazo. Fue un gesto angustiado. Tenía la cara pálida y demacrada y de repente Alice comprendió que lo había entendido todo mal. Que no estaba allí para hablar de Ben, que su hermana estaba enferma, tal vez incluso se moría, y ella, Alice, había estado demasiado ensimismada para notarlo.

—¿Deborah?

Su hermana apretó la boca. Su voz era poco más que un susurro.

—Ay, Alice, qué peso tan grande.

—¿Qué sucede?

—Debería haber dicho algo hace tiempo. Y me lo propuse, de verdad. A lo largo de los años, ha habido muchas ocasiones en que casi... Y entonces el otro día, en el museo, cuando mencionaste Loeanneth, al jardinero... Me sorprendiste, no estaba preparada.

Así que no se trataba de una enfermedad. Por supuesto que no. Alice casi se rio de su infinito instinto de supervivencia. Ahí estaba ella, sentada en el confesionario y buscando todavía un resquicio por el que escapar. Afuera, un taxi circulaba despacio por la calle. Alice vio el destello de color negro a través de las cortinas de gasa. Quería estar en el interior de ese taxi e irse lejos, muy lejos, estar en cualquier parte menos allí.

—Theo —dijo Deborah, y Alice cerró los ojos, a la espera de lo que sabía que se avecinaba—. Sé qué le ocurrió.

Después de darle mil y una vueltas, después de años de guardar el secreto, de convivir con la culpa, había llegado el momento. Alice se sintió sorprendentemente ligera. Ni siquiera había tenido que decirlo ella misma: Deborah ya lo sabía.

—Deborah, yo...

—Lo sé todo, Alice. Sé qué le ocurrió a Theo y saberlo me está volviendo loca. Fue culpa mía, ¿sabes? Todo lo que pasó fue culpa mía.

Capítulo 19

Oxford, 2003

Resultó que Rose Waters tenía una sobrina nieta que vivía en Oxford. Margot Sinclair era directora de un exclusivo colegio privado y «una persona muy ocupada». La secretaria, sin embargo, logró encontrar a Sadie un hueco de media hora a la una en punto del martes. En realidad, no empleó la expresión «en punto», pero lo dio a entender.

La entrevista era un recurso desesperado (la mayoría de las personas no guardan una relación demasiado estrecha con su tía abuela), pero Sadie, ansiosa como un sabueso y sin otras pistas que seguir, llegó a mediodía y se concentró en las preguntas que había anotado. Estar preparada era clave. Iba a necesitar toda su sutileza para que Margot Sinclair se explayara sobre la posible implicación de su tía abuela en el secuestro de su hijo ilegítimo, nacido en secreto y al que hacían pasar por el hijo de sus empleadores.

—¿Estás segura de que no te estás inventando una novela? —preguntó Bertie cuando le explicó su teoría.

Sadie puso los ojos en blanco. Era la hora del desayuno, la mañana siguiente a su casi discusión, y ambos se esforzaban en sonar despreocupados y de buen humor.

—Vale, vale. Recuérdame una vez más por qué los Edevane se habrían quedado con el niño.

—Porque tenían problemas para concebir de nuevo después de su tercera hija y querían desesperadamente un niño. Habían pasado diez años y, aunque Eleanor se quedó embarazada en 1931, el bebé nació muerto... Eso era lo que Constance trataba de decir, pero nadie le prestó atención. Imagínate lo terrible que debió de ser, lo injusto que les parecía, sobre todo tras saber que Rose Waters, su niñera soltera, también estaba embarazada en secreto y seguramente no podría quedarse con el niño. No hace falta mucha imaginación para ver qué sucedió a continuación. Se desvivirían por quedarse con el bebé, ¿no crees?

Bertie se rascó la barba de pocos días, antes de asentir con la cabeza para admitir que algo así era posible.

—El deseo de tener un hijo es sin duda muy poderoso. Mi madre solía bromear diciendo que si yo no hubiera llegado cuando llegué, habría empezado a echar el ojo a los bebés dentro de los cochecitos del parque.

—Solo que Eleanor Edevane no tuvo que robar un bebé en un parque. Un pequeño que necesitaba un buen hogar cayó justo en su regazo, por así decirlo. Y todo funcionó a la perfección hasta que Eleanor despidió a Rose y esta decidió que quería a su bebé.

—Una decisión muy arriesgada, despedir a la madre biológica del niño.

—Tal vez era más arriesgado tenerla cerca. Eso es lo que pretendo averiguar.

Bernie suspiró, pensativo.

—Supongo que no es la teoría más disparatada que se te ha ocurrido.

—Gracias, abuelo.

—Ahora solo tienes que contársela a alguien que conociera a Rose Waters.

* * *

Fue Alastair quien localizó a Margot Sinclair. A la mañana siguiente de formular su teoría, Sadie fue directa a la biblioteca y esperó recorriendo la acera de un lado a otro hasta que llegó Alastair y abrió las puertas.

—¿Café? —preguntó Sadie, ofreciéndole un vaso de papel. Alastair alzó las cejas níveas pero no dijo palabra, y la hizo entrar mientras ella explicaba atropelladamente lo que se le había ocurrido. Al parecer comprendió la esencia pues, cuando Sadie terminó y respiró, dijo:

—Necesitas encontrar a alguien que sepa qué fue de Rose cuando se marchó de Loeanneth.

—Exactamente.

Alastair se puso en acción, sacando carpetas polvorientas de las estanterías, tecleando en los motores de búsqueda del ordenador, pasando tarjetas de archivo y, por fin: «¡Bingo!». Tras lo cual mencionó algo acerca de un viejo historial laboral, el censo, familiares y, a continuación, anunció que la hermana de Rose Waters, Edith, vivía en el distrito de los Lagos y Edith tenía una nieta que ahora estaba en Oxford. El amigo de Sadie en la Oficina de Tráfico hizo el resto (sin duda le debía una buena botella de algo cuando volviera a Londres) y le dejó la dirección del colegio en el buzón de voz del teléfono.

—Espero que no te estés metiendo en líos, Sparrow —dijo antes de colgar.

—Claro que no, Dave —murmuró Sadie, que recogió sus notas y las metió en el bolso—. Claro que no.

El reloj del salpicadero marcaba la una menos diez, así que cerró el coche y cruzó entre dos columnas coronadas con animales mitológicos, dos grifos, tras lo cual siguió el amplio camino de entrada hacia un edificio que no habría desentonado junto al Palacio de Buckingham. Era la hora de comer y niños con sombreros de paja y americanas iban y venían en pequeños grupos por la vasta extensión de césped. En aquel mundo, aquel círculo soleado tan distinto del que frecuentaba, Sadie, en vaqueros y camiseta, se sintió de pronto mal vestida. Aquellos niños con sus aparatos dentales y sus coletas tupidas y brillantes, sus risas sin miedo y sus futuros prometedores resplandecían.

Encontró la conserjería y dio su nombre a una joven de aspecto recatado sentada detrás de un escritorio de madera oscura.

—Por favor, tome asiento —dijo la mujer en un susurro cortés—. La doctora Sinclair estará con usted en breve.

En la recepción no se oían voces, pero sí el ruido del trabajo. El furioso golpeteo de los dedos de la recepcionista contra el teclado, el galope del reloj, el zumbido arrogante de un aparato de aire acondicionado. Sadie se dio cuenta de que se estaba mordiendo otra vez la uña del pulgar y paró. Se instó a sí misma a tranquilizarse.

En el mundo exterior, el mundo *real*, Sadie se enorgullecía de su falta de estudios formales. «Tú y yo, Sparrow», le había dicho Donald en más de una ocasión con una mirada de desdén fulminante por encima del hombro al «experto» al que acababan de interrogar, «nos hemos formado en la calle. Ni cientos de papeles que digan al mundo lo lista que eres igualan eso». Era una manera tentadora de ver las cosas, que equiparaba los estudios con la riqueza y la riqueza con el esnobismo y el esnobismo con la pobreza moral. Ayudaba a Sadie a hacer mejor su trabajo. Había visto cómo personas como Nancy Bailey se estremecían y cohibían cuando el inspector Parr-Wilson comenzaba a hablarles con ese acento cortante. Solo cuando visitaba lugares como aquel, Sadie sentía la comezón de lo que podría haber sido.

Se enderezó el cuello de la camiseta mientras el minutero del reloj se ponía vertical. A la una en punto la puerta de la oficina se abrió. Una mujer escultural, con traje color crema e impecable melena castaña hasta los hombros, inclinó la cabeza y miró a su visitante con sus ojos azules muy abiertos.

—¿Detective Sparrow? Soy Margot Sinclair. Por favor, pase.

Sadie obedeció, reprendiéndose por echar a trotar.

—Gracias por recibirme, señora Sinclair.

—Doctora Sinclair. No estoy casada —dijo la directora, que sonrió enérgica mientras se sentaba detrás de su escritorio. Con un gesto de la mano indicó a Sadie que tomara asiento frente a ella.

—Doctora Sinclair —se corrigió Sadie. No había empezado con buen pie—. No sé muy bien qué le habrá dicho su secretaria.

—Jenny me dijo que le interesa mi tía abuela materna, Rose Martin..., Rose Waters, de soltera. —Su forma de mirar por encima de las gafas sugería interés sin suspicacias—. Es usted agente de policía. ¿Está trabajando en un caso?

—Sí —dijo Sadie, antes de decidir que Margot Sinclair era de las que ponen los puntos sobre las íes y añadir—: Aunque no de manera oficial. Es un caso antiguo sin resolver.

—¿De verdad? —La otra mujer se reclinó en la silla—. Qué interesante.

—Un niño desaparecido, en los años treinta. No se llegó a saber cómo desapareció.

—Supongo que mi tía abuela no es sospechosa. —A Margot Sinclair parecía divertirle tal posibilidad.

Sadie le devolvió la sonrisa, con la esperanza de que el gesto diera a entender que estaba de acuerdo.

—Sucedió hace muchísimo tiempo y es como buscar una aguja en un pajar, pero esperaba averiguar algo acerca de su vida de soltera. No estoy segura de si lo sabe, pero trabajó de niñera cuando era joven.

—Al contrario —dijo Margot Sinclair—, conozco bien la vida profesional de Rose. Fue una de las personas en las que basé mi tesis doctoral sobre mujeres y educación. Fue institutriz. Enseñaba a los hijos de aristócratas.

—¿Institutriz? ¿No fue niñera?

—Comenzó así, cuando era muy joven, pero llegó a convertirse en institutriz y luego en profesora de cierto prestigio. Rose era increíblemente inteligente y dedicada. Por aquel entonces no era fácil adquirir los conocimientos necesarios para mejorar de condición social.

Tampoco ahora, pensó Sadie.

—Tengo aquí un ejemplar de mi tesis. —Margot se acercó rauda a una pared cubierta de estanterías, sacó un tomo encuadernado en cuero y limpió el lomo ya impecable—. Hoy día el tema no interesa demasiado, pero de estudiante me apasionaba. Tal vez suene tonto, pero Rose era, y sigue siendo, mi inspiración. A lo largo de mi carrera profesional la he considerado un ejemplo inmejorable de lo que es posible si uno se esfuerza un poco.

Tras regresar a su asiento, Margot comenzó una entusiasta descripción del tema de su tesis mientras la mirada de Sadie recorría el despliegue de diplomas enmarcados que colgaban pulcramente de la pared. Un doctorado en biología por la Universidad de Oxford, una segunda licenciatura en pedagogía, además de diversos diplomas y distinciones. Se preguntó cómo sería ir por la vida con pruebas, grabadas en dorado y enmarcadas en ébano, de ser una persona valiosa. Inteligente.

Sadie tenía quince años cuando, ante la exhortación del director de su instituto, había aceptado presentarse a la beca de un distinguido colegio de un pueblo vecino. Aún recordaba la carta que le comunicaba que tenía plaza en sexto, pero el recuerdo había adquirido el aire surrealista de un sueño. El viaje para comprar el uniforme, sin embargo, había quedado enterrado en su psique. Sadie y su madre habían ido juntas, la madre vestida como imaginaba que vestían las personas distinguidas, con los nervios a flor de piel mientras caminaba al lado de Sadie, decidida, como siempre, a representar su papel a la perfección. Todo fue bien hasta que se perdieron por el laberinto de patios del edificio. La cita era a una hora en punto; el despiadado reloj de la torre de piedra avanzaba inexorable y su madre había tenido uno de esos ataques de ansiedad que todos habían acordado llamar asma. Su madre era una perfeccionista y una esnob, y la grandiosidad del lugar, la presión por estar a la altura, la conciencia de que su retraso «echaría todo al traste» fueron demasiado para ella. Sadie buscó un banco donde sentarse mientras su madre se recuperaba, tras lo cual detuvo a un encargado, quien les explicó cómo ir a la tienda de uniformes. Cuando llegaron, solo quedaban veinte minutos de la hora que les habían reservado, que su madre pasó en actitud de reproche silencioso mientras una mujer le medía las piernas a Sadie con una cinta métrica y hablaba con familiaridad y reverencia de «la chaqueta de tweed», de «nuestra pequeña boina de terciopelo» y de otras prendas con las que Sadie fue incapaz de imaginarse vestida.

Al final nada de todo eso fue necesario. Aquel verano conoció a un chico, un chico apuesto, con coche y un encanto irresistible, y antes de que empezara el curso Sadie se había quedado embarazada. Pospuso el colegio con la idea de matricularse al año siguiente, pero para cuando hubo acabado todo, era una persona diferente.

Incluso si Sadie se hubiera encontrado en condiciones de comenzar, cuando llegó el nuevo año escolar sus padres no la querían en casa (habían dicho a sus amigos que estaba terminando el instituto en Estados Unidos; ¿qué impresión darían si volvía un año antes?) y la beca no incluía gastos de alojamiento. Ruth y Bertie le aseguraron que encontrarían la manera de arreglar las cosas, pero Sadie sabía que no podrían costear los gastos sin endeudarse seriamente. Era pedirles demasiado. Les dio las gracias, pero les dijo que no. No les gustó su decisión, pues querían lo mejor para ella, pero Sadie se prometió a sí misma, y a ellos, que triunfaría a su manera y que no necesitaba ir a un colegio distinguido para ello. Aprobó los exámenes de acceso a educación superior estudiando en una academia nocturna y se unió a la policía. Para sus abuelos fue una sorpresa, pero no desagradable. Les alivió saber que no iba a acabar al otro lado de la ley. Había habido un momento en que no las habían tenido todas consigo, después de la llegada del bebé, cuando Sadie estaba en caída libre.

—Aquí la tiene —dijo Margot Sinclair, y le pasó la tesis a Sadie por encima del escritorio—. No sé si responderá sus preguntas, pero sin duda le ayudará a conocer mejor a Rose. Ahora, ¿vamos al grano? Me temo que tengo otra cita dentro de quince minutos.

Margot era brusca pero colaboradora, lo cual era del agrado de Sadie. Se había preguntado cómo reaccionaría a las preguntas acerca de la vida personal de Rose, si debería tratar el tema con sumo cuidado, pero, dado que había poco tiempo y Margot Sinclair la animaba a que no se anduviera con rodeos, Sadie decidió lanzarse.

—Creo que su tía abuela tuvo un bebé de joven, doctora Sinclair. Antes de casarse. Cuando trabajaba de niñera para una familia de Cornualles, los Edevane.

Hubo un momento de silencio y asombro mientras Margot Sinclair asimilaba la información. Sadie aguardó a que se escandalizara o lo negara, pero parecía estar algo conmocionada y permaneció inmóvil mientras se le tensaba un pequeño músculo del mentón. La afirmación a bocajarro de Sadie flotaba amenazadora entre las dos y, al pensarlo ahora, comprendía que habría sido preferible una aproximación más sutil. Estaba razonando cómo mitigar la situación cuando Margot Sinclair respiró hondo y soltó un largo suspiro. Algo en su expresión llamó la atención de Sadie. Estaba sorprendida, sin duda, lo cual era de esperar, pero había algo más. De repente, Sadie cayó en la cuenta:

—Ya sabía lo del bebé —dijo, asombrada.

Margot Sinclair no respondió, no en el acto. Se levantó del escritorio y, con la compostura propia de una exalumna de un colegio privado de señoritas, se acercó a comprobar que la puerta estaba bien cerrada. Una vez satisfecha, se dio la vuelta y dijo en voz queda:

—Siempre ha sido algo así como un secreto de familia.

Sadie intentó no mostrar su entusiasmo. ¡Había estado en lo cierto!

—¿Sabe cuándo se quedó embarazada Rose?

—A finales de 1931. —Margot volvió a sentarse y entrelazó los dedos—. Dio a luz en junio de 1932.

Casi al mismo tiempo que el cumpleaños de Theo Edevane. La voz de Sadie tembló un poco cuando dijo:

—Y, a pesar de ello, ¿volvió a trabajar a Loeanneth al cabo de un mes más o menos?

—Eso es.

—¿Qué hizo con el bebé? —Sadie esperó la respuesta que conocía de antemano.

Margot Sinclair se quitó las gafas, las sostuvo en una mano y miró a Sadie con gesto desdeñoso.

—Detective Sparrow, seguro que no necesito explicarle que por aquel entonces las cosas eran diferentes. Las jóvenes que se quedaban embarazadas fuera del matrimonio no lo tenían fácil. Además, lamentablemente Rose no disponía de los medios para cuidar de un bebé.

—¿Renunció al bebé?

—No le quedó más remedio.

Sadie a duras penas lograba contener la emoción. Estaba a punto de encontrar a Theo Edevane después de todo aquel tiempo.

—¿Sabe a quién se lo entregó?

—Claro que sí. Tenía una hermana en el norte, dispuesta a cuidar y a criar al bebé como si fuera suyo. Y no era niño, era niña. Mi madre, de hecho.

—¿Niña...? ¿Qué?

Margot prosiguió.

—Por eso a Rose le afectó tanto que los Edevane la despidieran. Sintió que había renunciado a su propia hija, que había entregado todo su amor al hijo del matrimonio, para que luego la despidieran por un motivo trivial.

—Pero… —Sadie se aclaró la garganta, aún intentando poner orden en sus pensamientos—. Pero si la hija de Rose fue a vivir al norte, ¿quién era la madre de Theo Edevane?

—Bueno, usted es la investigadora, detective Sparrow, pero lo lógico es que fuera la señora Edevane.

Sadie frunció el ceño. No tenía sentido. Había estado convencida. La incapacidad de Eleanor de concebir de nuevo (un niño), seguido del parto fallido; el embarazo secreto de Rose, que encajaba a la perfección en el tiempo; Eleanor, que despidió a Rose; Rose, que recuperó a su hijo. Salvo que no había tenido un hijo, sino una hija. La madre de Margot Sinclair, criada en el distrito de los Lagos por la hermana de Rose Waters. Y no había prueba alguna que demostrara que Eleanor había perdido un bebé, salvo la trastornada declaración de Constance deShiel. La teoría entera se vino abajo como un castillo de naipes.

—¿Se encuentra bien, detective Sparrow? Está muy pálida. —Margot pulsó un botón en el intercomunicador del escritorio—. ¿Jenny? Un poco de agua, por favor.

La secretaria trajo una bandeja redonda con una jarra y dos vasos. Sadie dio un sorbo, agradecida por tener algo que hacer mientras recuperaba la compostura. Poco a poco se reanimó y se le ocurrieron nuevas preguntas. Tal vez Rose no fuera la madre de Theo, pero de todos modos la habían despedido de forma repentina e inesperada en un momento sospechosamente cercano al secuestro. ¿Por qué? Si no era porque Eleanor Edevane se sentía amenazada por su presencia materna, ¿qué había hecho Rose para caer en desgracia? Tenía que haber un motivo. Si alguien hace bien su trabajo y es querido por aquellos para quienes trabaja, no es lógico que lo despidan. Preguntó a Margot.

—No creo que Rose llegara a comprenderlo nunca. Sé que le hizo mucho daño. Me dijo que le encantaba trabajar en Loeanneth. Cuando yo era niña y venía de visita solía contarme historias acerca de la casa junto al lago, y yo siempre me sentí cerca, y celosa también, de las niñas que crecieron ahí. Tal como lo contaba Rose, casi llegué a creer que en aquel jardín había hadas. Se había encariñado de sus empleadores. Además hablaba bien de ellos, en especial de Anthony Edevane.

—¿Ah sí? —Eso era interesante. Sadie recordó la conversación con Clive, su crónica del interrogatorio a Constance deShiel, en el cual dio a entender que había habido una infidelidad que tal vez estuviera relacionada con la desaparición del niño—. ¿Cree que es posible que estuviera demasiado unida a su empleador? ¿A Anthony Edevane?

—¿Si tuvieron una aventura, quiere decir?

Ante la franqueza de Margot Sinclair, Sadie se recriminó su timorato eufemismo. Asintió.

—Lo menciona en sus cartas, sé que lo admiraba. Era un hombre muy inteligente y Rose le compadecía, por supuesto, pero nunca tuve la impresión de que hubiera algo más. Sí dice que fue él quien sugirió que tenía dotes de excelente profesora y quien la animó a seguir estudiando.

—Pero ¿nada romántico? ¿Ni siquiera un indicio?

—Nada de nada. De hecho, creo que, tras su embarazo, Rose se volvió muy cautelosa a la hora de iniciar una relación romántica. No se casó hasta casi los cuarenta y nada indica que tuviera pretendientes antes de eso.

Otro callejón sin salida. Sadie suspiró. Había renunciado a disimular la desesperación en su voz.

—¿Hay algo más que se le ocurra? ¿Algo que sea pertinente a la hora de explicar por qué Rose dejó de trabajar para los Edevane?

—Hay algo. No sé si es pertinente, exactamente, pero sí un poco extraño.

Sadie asintió para animarla a hablar.

—Rose jamás comprendió por qué la despidieron, por lo cual resulta aún más desconcertante que le dieran una excelente carta de recomendación y un generoso regalo de despedida.

—¿Qué tipo de regalo?

—Dinero. Lo suficiente como para costearse el viaje y los estudios que hicieron posible el resto de su carrera profesional.

Sadie asimiló la información. ¿Por qué despedir a alguien y al mismo tiempo ofrecerle un generoso regalo? Solo se le ocurrió pensar que el dinero era un chantaje, pero no parecía tener mucho sentido chantajear a alguien que no tenía ni idea de por qué la estaban chantajeando.

Llamaron a la puerta y la recepcionista asomó la cabeza para recordar a Margot Sinclair que tenía una reunión con el consejo directivo en cinco minutos.

—Bueno —dijo la directora con una sonrisa de disculpa—, me temo que voy a tener que despedirme. No sé si le he sido de mucha ayuda.

Sadie tampoco lo sabía, pero estrechó la mano de Margot Sinclair y le dio las gracias por su tiempo. Estaba junto a la puerta cuando se le ocurrió algo. Se dio la vuelta y dijo:

—Una pregunta más, doctora Sinclair, si no es molestia.

—De ningún modo.

—Antes dijo que Rose compadecía a Anthony Edevane. ¿Por qué lo compadecía? ¿Qué ha querido decir?

—Pues que el padre de Rose sufría del mismo trastorno, así que comprendía su sufrimiento.

—¿Trastorno?

—Mi bisabuelo pasó una guerra espantosa. Bueno, supongo que no existe otro tipo de guerra. Lo gasearon en Ypres y luego lo enviaron a las trincheras. No volvió a ser el mismo, según la abuela. Sufría pesadillas y lapsus terribles; por lo visto no dejaba dormir a nadie con sus ataques. Hoy lo llamaríamos trastorno por estrés postraumático. Por aquel entonces era neurosis de guerra.

—Neurosis de guerra —repitió Sadie—. ¿Anthony Edevane?

—Eso es. Rose lo menciona muchas veces en su diario. Intentó ayudarle, y de hecho fue su trato con él lo que inspiró sus teorías posteriores acerca de la enseñanza de la poesía, en especial de la época romántica, a refugiados adolescentes.

Neurosis de guerra. Era una sorpresa. Sadie repasó mentalmente toda la conversación mientras caminaba hacia el coche. Lo sorprendente no era que padeciera ese trastorno; al fin y al cabo había combatido en Francia durante años. Más bien lo que le sorprendía era no haber hallado ninguna otra mención hasta el momento. ¿Era un secreto? En ese caso, ¿por qué conocía Rose Waters la verdad? Tal vez, como había dicho Margot, era tan sencillo como que la niñera estaba familiarizada con los síntomas y veía señales que otros pasaban por alto. Sadie se preguntó si aquello era importante o se estaba agarrando a un clavo ardiendo. Pensó en llamar a alguien (Clive, Alastair, Bertie) para comentárselo, para ver si podían arrojar luz sobre ese trastorno, pero cuando sacó el teléfono vio que no tenía batería. Como la cobertura en la casa de Bertie era tan mala había perdido la costumbre de cargarlo.

Sonó una campana y los estudiantes volvían a clase. Sadie los observó por la ventanilla del coche. Charlotte Sutherland iba a un colegio como aquel. En la fotografía que acompañaba su carta iba vestida con un elegante uniforme, con un escudo en la chaqueta y una lista de méritos bordada debajo. La lista era larga. Sin duda usarían chaqueta de tweed y una boina pequeña y vistosa en los meses más fríos. Se reprendió a sí misma por ser tan mezquina. Le alegraba pensar en Charlotte en un lugar como aquel. ¿Para qué había hecho lo que hizo, si no era para que su hija tuviera las oportunidades de las que ella nunca disfrutó?

Sadie logró que el coche arrancara y se ordenó a sí misma olvidarse de Charlotte, de una vez y para siempre. La carta había desaparecido, devuelta al remitente, dirección equivocada. Se suponía que se iba a sentir, y a comportarse, como si no la hubiera recibido. Se concentró en encontrar la salida de Oxford y, una vez en la M40 en dirección a Londres, repasó su reunión con Margot Sinclair, extrayendo toda la información nueva (la excelente carta de recomendación que había recibido Rose Waters, el generoso pago), que analizó desde varios ángulos, y se preguntó vagamente si la neurosis de guerra de Anthony Edevane cambiaba en algo las cosas, y cómo.

Capítulo 20

Londres, 1931

Al salir, a Eleanor le pareció buena idea tomarse un té en el Liberty. La cita había concluido antes de lo que esperaba, de modo que tenía dos horas por delante hasta que saliera el tren a Paddington. Se detuvo en la esquina de Harley Street con Marylebone Road, donde las nubes grises se fundían con edificios también grises, antes de decidir que no le vendría mal animarse un poco y parar un taxi. Y allí estaba. Trazó círculos con la elegante cuchara para remover la leche y a continuación le dio unos golpecitos contra el fino borde de porcelana de la taza. Llamó la atención de un hombre bien vestido sentado en una mesa cercana pero no le devolvió su sonrisa amable y curiosa.

Qué estúpido por su parte haber albergado tantas esperanzas, pero lo tenía merecido. No había peor ciego que el que no quería ver. Anthony había estado en lo cierto: aquel médico no tenía nada nuevo que ofrecer, salvo la palabrería de siempre. Eleanor se preguntaba a veces si la esperanza, ese hábito maravilloso y terrible, llegaba a morir; mejor aún, si era posible matarla. Todo sería mucho más fácil si así fuera, si resultara tan sencillo como pulsar un interruptor. Pero por desgracia el resplandor de la esperanza siempre parecía brillar a lo lejos, sin importar cuánto tiempo viajara uno en vano hacia ella.

Eleanor soltó la cucharilla. Incluso mientras lo pensaba, sabía que cometía un error. Anthony había perdido la esperanza. No en los campos de Francia, tal vez, pero en algún momento de la década siguiente. Y ahí estaba el problema, por eso debía seguir esforzándose. Había ocurrido en su presencia. No le había prestado suficiente atención o, de lo contrario, se habría dado cuenta y habría hecho lo necesario para evitarlo. Porque había hecho una promesa a Anthony y a sí misma.

Llovía y Londres estaba del color de la pizarra y emborronado. Las calles brillaban por los charcos oscuros y una marea de paraguas negros flotaba encima de los transeúntes. Las personas caminaban más rápido bajo la lluvia, con expresión decidida, la mirada fija, cada uno concentrado en su destino. En medio de tanta resolución y tantas prisas, a Eleanor le había abrumado el cansancio. Ahora, en el ambiente caldeado del salón de té se sentía inerte como un madero a la deriva en un mar de determinaciones que amenazaba con vencerla. Nunca se le había dado bien matar el tiempo. Debería haberse traído un libro de Cornualles. Debería haberse traído a su marido.

La negativa de Anthony a acompañarla había sido previsible; fue su vehemencia lo que la sorprendió.

«Basta», le había respondido cuando abordó el tema. «Por favor. Ya basta».

Pero Eleanor no le había hecho caso. Tras leer un artículo en la revista *The Lancet* había decidido que Anthony y ella debían conocer al doctor Heimer. Al parecer no había sido la única con semejante idea. Hubo de esperar semanas hasta que concertó la cita y tuvo que contener el entusiasmo, las esperanzas, mientras llegaba el día, sabedora de que era mejor no abrumar a Anthony.

«Basta». No alzó la voz, fue casi un susurro.

«Esto podría ser lo que buscamos, Anthony», había insistido Eleanor. «Este hombre, este doctor Heimer, ha estado trabajando en el problema, estudiando a otros hombres con el mismo mal, y ha tenido éxito, aquí dice que sabe cómo arreglar...».

«*Por favor*». Con aquellas dos palabras afiladas como cuchillos había mutilado el resto de la frase de Eleanor. Anthony no la había mirado, había seguido con la cabeza inclinada sobre el microscopio, de manera que Eleanor al principio no se dio cuenta de que tenía los ojos cerrados.

—Ya basta.

Eleanor se acercó. Podía oler un tenue rastro a sudor mezclado con el extraño olor a laboratorio de la habitación. Habló con voz suave pero firme:

—No voy a darme por vencida, Anthony, por mucho que intentes apartarme. Y menos ahora que tal vez hayamos encontrado a alguien que te puede ayudar.

Anthony la había mirado con una expresión que Eleanor había sido incapaz de nombrar. Lo había visto ofendido antes, demasiadas veces, esas pesadillas que tenía incluso de día, los sudores nocturnos y el terrible temblor que no lograba detener, ni siquiera con la fuerza del cuerpo de ella contra el suyo; pero esto había sido diferente. La inmovilidad. El silencio. Esa expresión que la estremeció como si la hubieran golpeado.

—Ni un médico más —dijo Anthony en un susurro grave y firme que no admitía discusión—. Ni uno más.

Eleanor lo había dejado en su estudio y había corrido escaleras abajo, con el rostro acalorado y los pensamientos dispersos. Más tarde, a solas, había evocado su rostro. No lo había podido evitar; la expresión de Anthony la había acompañado toda la tarde mientras se entregaba como una sombra a las tareas del día. Hasta la oscuridad de la noche, con Anthony durmiendo a su lado y ella despierta, escuchando las aves nocturnas en el lago, recordando aquella noche lejana en que habían paseado en bicicleta sobre piedras que la luz de la luna volvía blancas, no le vino a la cabeza la palabra exacta. Asco, eso era lo que había visto en su gesto. Esas facciones que tanto amaba y que desde hacía mucho tiempo se habían torcido en un gesto de asco y aversión por lo general reservados a los peores enemigos. Eleanor habría podido soportar esa repugnancia si hubiera estado dirigida contra ella; pero sabía que Anthony lo reservaba para sí mismo y por ello quiso llorar y aullar y maldecir.

Por la mañana, a pesar de todo, Anthony se había mostrado de nuevo amable. Incluso había sugerido almorzar junto al arroyo. La esperanza había resucitado y, si bien se negó una vez más a acompañarla a Londres, al menos esta vez lo hizo con una sonrisa y la excusa de que tenía cosas que hacer en el estudio. Así pues, Eleanor se llevó la esperanza consigo. La había acompañado desde la estación Looe durante todo el trayecto, en el asiento vacío que debería haber ocupado su marido.

Ahora, inclinó la tacita y contempló los posos tibios moverse de un lado a otro. A sus hijas les había dicho que iba a Londres a una modista en Mayfair y la habían creído, pues algo así encajaba con la idea que tenían de ella. Madre. No recordaban sus primeros años de infancia, cuando Anthony estaba en la guerra y ellas estaban solas en Loeanneth. El tiempo que habían dedicado a explorar la finca juntas, las historias que les contaba, los lugares secretos que les mostraba. Cuántos aspectos de Eleanor no conocían sus hijas. A veces los sacaba y les daba la vuelta, para inspeccionarlos y admirarlos desde todos los ángulos, como si fueran perlas preciosas. A continuación, los envolvía de nuevo y los ponía a buen recaudo. No estaba dispuesta a revelarlos otra vez, pues entonces tendría que explicar por qué había cambiado.

Eleanor no hablaba de Anthony con los demás. Hacerlo habría sido abandonar su fe en el joven del que se había enamorado aquel verano en Londres veinte años atrás y, lo que tal vez era aún más devastador, en la convicción de que también todo aquello quedaría atrás algún día. Cuando así fuera, cuando hallara la manera de devolverle la ligereza de espíritu y todo lo que había perdido, cuando estuviera recuperado, Anthony agradecería que nadie supiera lo bajo que había caído, nadie salvo Eleanor. Su dignidad lo merecía.

Jamás había permitido que las niñas lo supieran. Anthony amaba a sus hijas. A pesar de todo, era un buen padre y las niñas lo adoraban. No habían llegado a conocer a ese joven de ambiciones excepcionales; era simplemente «papá» y sus excentricidades lo convertían en un niño más a sus ojos. Los largos paseos por el bosque, a veces de días de duración, de los cuales regresaba con la mochila llena de muestras de esta hoja de helecho o aquella mariposa, tesoros que las niñas miraban absortas y le ayudaban a clasificar. Ellas, a diferencia de Eleanor, no habían visto al hombre con su ajado manual de medicina sobre el regazo, con los ojos cerrados mientras trataba de recordar los huesos de la mano, su mano, en otro tiempo tan elegante y capaz y segura, que ahora temblaba sobre el papel. Al presentir la presencia de alguien había abierto los ojos y esbozado una sonrisa triste, tensa, al comprobar que era ella.

—Me he convertido en uno de esos hombres —dijo—, uno de esos tipos que se pasan el tiempo sentados tratando de llenar las horas vacías con actividades inútiles.

—Eso no es cierto —dijo ella—. Estás trabajando en tu libro de historia natural. Has dejado de practicar la medicina por un tiempo, pero volverás. Vas a completar tu formación clínica y serás mejor que antes.

—¿Cuándo vas a entender que es demasiado tarde? ¿Cuándo vas a aceptar que ya no soy ese hombre? ¿Que ese hombre murió en Francia? Las cosas que ocurrieron, Eleanor, los dilemas terribles, las decisiones monstruosas...

—Háblame de ello. Cuéntamelo, por favor, y así podré comprenderlo.

Pero no lo hacía, se limitaba a mirarla y a negar con la cabeza y volvía a sus libros.

En la entrada del salón de té, una mujer llamó la atención de Eleanor. Era muy hermosa y llevaba de la mano a un niño (de tres años, supuso Eleanor), ataviado para la ocasión con un elegante traje blanco de marinero. Tenía el rostro de un querubín, grandes ojos azules, mejillas redondeadas y sonrosadas, labios con forma de arco de cupido y entreabiertos en un gesto de asombro al contemplar la sala ajetreada y bien iluminada.

Eleanor sintió la familiar acometida de la nostalgia. Aún albergaba esperanzas de tener otro bebé. Más que esperarlo, lo ansiaba. Ardía en deseos de acunar a un niño en brazos de nuevo, de cosquillear y besuquear y abrazar un cuerpecito regordete. A veces tenía la impresión de parecerse a la reina del cuento del señor Llewellyn, quien había perdido a su hijo y ansiaba tanto tener otro que estaba dispuesta a pactar con el diablo. El anhelo de Eleanor no era por completo egoísta. Una pequeña parte de ella se preguntaba si tal vez otro hijo, un niño, era lo que Anthony necesitaba. Él quería a las niñas, pero ¿no deseaban todos los hombres un hijo que creciera a su imagen y semejanza? Se llevó la mano, distraída, al abdomen, plano y firme. Todavía había ocasionales momentos de ternura entre ellos, cuando él era capaz; existía la posibilidad de quedarse embarazada de nuevo. Pero, a pesar de su buena voluntad, de su deseo, no había ocurrido en diez años.

Nostálgica, Eleanor se obligó a apartar la mirada de la mujer y el niño, sentados juntos a la mesa, el pequeño esmerándose en guardar los modales que le habían enseñado mientras lo traicionaban sus grandes ojos redondos, que estudiaban sin parar aquel ambiente extraño. Eleanor se volvió hacia la ventana. Nubes oscuras habían descendido sobre Londres y la ciudad estaba sumida en sombras. En el salón de té habían encendido las luces y mientras se fijaba en el cálido interior reflejado en el cristal oscuro, más allá del cual caminaban a gran velocidad transeúntes espectrales, Eleanor se encontró por error con su propio reflejo.

Siempre era perturbador sorprenderse a una misma en reposo. La mujer que le devolvía la mirada era un ejemplo de respetabilidad y discreción. Tenía la espalda recta, ropas elegantes aunque no a la última, el pelo pulcramente recogido bajo el sombrero. Su rostro era una máscara agradable que no expresaba nada, uno de esos rostros que nadie mira mucho tiempo. La mujer del cristal era todo lo que ella se había jurado no llegar a ser. Sin duda, no era la persona en la que Eleanor la Aventurera había deseado convertirse. A veces pensaba en su álter ego de la infancia, esa niña de mirada salvaje y curiosa, cabello rebelde y poderoso espíritu aventurero. Le gustaba imaginar que todavía existía, en algún lugar. Que no había desaparecido en su interior, sino que se había transformado en perla y se había alejado rodando. Que aguardaba en algún lugar a que las hadas la encontraran y el bosque la devolviera a la vida.

Era una idea triste y Eleanor hizo lo que siempre hacía cuando la asaltaban pensamientos sombríos. Se ponía en marcha. Con un gesto rápido llamó al camarero, pagó la cuenta, recogió el bolso y el vestido, su excusa, que había comprado sin apenas dedicarle una mirada, y, con una sacudida para abrir el paraguas, salió bajo la lluvia.

* * *

La taquilla estaba abarrotada cuando llegó a la estación y todo olía a ropa mojada. Eleanor se puso a la cola de viajeros malhumorados y avanzó poco a poco.

—Tengo una reserva a nombre de Edevane —dijo al empleado al otro lado del mostrador.

El hombre comenzó a hurgar en el archivador y, mientras musitaba nombres Eleanor miró atrás, a la multitud que se daba empujones.

—Por lo que veo, el tren va lleno —dijo.

El hombre no alzó la vista.

—El anterior tuvo una avería. Toda la tarde esto ha estado abarrotado con gente tratando de conseguir plaza en el siguiente tren. ¿Edevane, ha dicho?

—Sí.

—Aquí tiene, entonces. —El hombre deslizó dos billetes bajo la rejilla—. La salida, en el andén tres.

Eleanor se giró para irse y miró los dos billetes en su mano enguantada. Volvió al mostrador.

—Mi marido no viaja conmigo —dijo cuando el empleado le prestó atención—. Ha surgido un imprevisto. —Más excusas. Ya las formulaba sin pensar.

—No se admiten devoluciones —dijo el hombre antes de atender al señor que iba detrás de ella.

—No quiero que me devuelvan el dinero, solo quiero ceder el billete. —Eleanor lo deslizó al otro lado del mostrador—. Yo no lo necesito. Tal vez lo pueda usar otra persona.

Se sentó en el vagón a la espera de que el tren saliera de la estación. En el andén, hombres trajeados caminaban atareados de un lado a otro, mientras los mozos empujaban torres inclinadas de equipajes entre la multitud y pequeños grupos de personas se entregaban a los íntimos rituales de las despedidas. Mientras observaba, Eleanor pensó que algunos de los momentos más intensos de su vida habían transcurrido en estaciones como aquella. El día en que había conocido a Anthony, la limonada en la estación de Baker Street y esa mañana de 1914 en que lo había despedido cuando se fue a la guerra. Estaba deslumbrante con su uniforme, con Howard al lado, ambos rebosantes de juventud.

Cuando le dijo que tenía intención de alistarse, tumbados sobre una manta junto al arroyo de Loeanneth, a Eleanor se le habían ocurrido mil razones para que no lo hiciera.

—Pero somos tan felices —espetó.

—Y volveremos a ser felices cuando regrese.

—Si es que regresas.

Enfurruñada, fue lo primero que le vino a la mente y lo peor que podía haber dicho. Egoísta, infantil y sincera. Más tarde se reprendió a sí misma. Los cuatro años siguientes le enseñarían templanza, pero, al mismo tiempo, el miedo y el pánico y su incapacidad de contenerlos la volvían feroz.

—Es una guerra. No es ninguna broma.

Anthony le apartó un terco mechón que le tapaba los ojos. Al sentir la punta de sus dedos sobre la frente Eleanor se estremeció.

—Tengo formación médica, Eleanor. Puedo ser útil. Esos hombres, mis amigos, van a necesitar personas como yo.

—Soy yo quien te necesita. Hay otros médicos, hombres con experiencia.

Anthony sonrió con dulzura.

—No hay nada que desee más que quedarme aquí, contigo, pero ¿en qué me voy a convertir si no voy? ¿Cómo voy a vivir con mi conciencia si no ofrezco mi ayuda? ¿Cómo me vas a mirar si no pongo mi parte? Si un hombre no puede ser útil a su país, más le vale estar muerto.

Eleanor supo entonces que nada de lo que dijera le haría cambiar de opinión y saberlo la hirió en lo más profundo. La boca se le llenó de sabor a cenizas.

—Prométeme que vas a volver —dijo, rodeándolo con los brazos y hundiendo el rostro contra su pecho, aferrada a él como si fuera una roca en un mar enfurecido.

—Por supuesto que voy a volver —respondió sin el menor atisbo de duda—. Nada me va a detener. No lo voy a permitir.

El día de su marcha fueron a pie juntos hasta la estación y Eleanor se sentó a su lado en el vagón mientras subían a bordo otros jóvenes soldados con uniformes recién estrenados. Anthony la besó y Eleanor pensó por un momento que no sería capaz de dejarlo marchar, y entonces sonó el silbato y se encontró de nuevo en el andén, sin él, mientras el tren se alejaba. La casa, cuando volvió, estaba caldeada y silenciosa. El fuego de la biblioteca ardía bajo en la chimenea, igual que cuando salieron.

Qué silencio.

En el escritorio, bajo la ventana, había una fotografía de los dos y, mientras miraba el rostro sonriente de Anthony, Eleanor intentó convencerse de que él estaba arriba, o cerca del lago, y que volvería en cualquier momento, y que la llamaría desde el vestíbulo para que le hiciera compañía. Sin embargo su ausencia estaba escrita en todas partes, y vislumbró de repente lo largos que serían los días, las semanas, los meses venideros, lo insoportablemente largos.

Gracias a Dios que tenía a su bebé, a Deborah, para ayudarla a mantener la cabeza sobre los hombros. No era fácil abandonarse al miedo cuando se estaba bajo la atenta mirada de unos ojillos confiados, de una pequeña deseando sonreír e interpretando los gestos de su madre para saber si tenía permiso para hacerlo. Sin embargo, detrás de esa expresión alegre y forzada, detrás de las canciones de cuna y los cuentos infantiles, Eleanor casi no se atrevía ni a respirar. Cada llamada a la puerta le provocaba un cosquilleo de pánico en todo el cuerpo. Cada historia que oía en el pueblo de otro soldado muerto era un suplicio y, a continuación, el secreto alivio de saber que no era Anthony. El consuelo de recibir una carta en vez de un telegrama de bordes negros era efímero, pues leía la fecha y comprendía que Anthony la había enviado varios días atrás y que desde entonces podía haber ocurrido cualquier cosa.

Las cartas no revelaban nada, no al principio. Había alusiones a los bombardeos, por supuesto, y a zepelines destruidos en las proximidades pero que en las crónicas de Anthony sonaban a pequeños inconvenientes. Cuando experimentó por primera vez el gas alemán fue «en circunstancias ideales», con un tipo que les había demostrado «lo efectivas que eran las medidas preventivas». Eleanor supo que ocultaba cosas, lo cual la enternecía y enfurecía a partes iguales.

Anthony pasó un fin de semana de permiso en Londres y Eleanor fue a su encuentro, fuera de sí debido a la excitación nerviosa, incapaz de concentrarse en el tren, con el libro abierto sobre el regazo todo el trayecto. Se había vestido con esmero, pero al verlo se avergonzó de sus esfuerzos, pues era Anthony, el amor de su vida, y angustiarse por trivialidades tales como qué vestido la favorecería más parecía señalar una falta de fe en ellos, en lo que de verdad importaba.

Cuando se encontraron, ambos se pusieron a hablar a la vez. «¿Vamos a...». «Supongo que...» y, tras un momento de duda atroz durante el cual dio la impresión de que todo lo que tenían en común se había convertido en polvo, se echaron a reír, y no podían parar, y aún se reían por nada cuando se sentaron a tomar el té. Después de eso volvieron a ser ellos mismos, Anthony y Eleanor, y ella insistió en que se lo contara todo.

«Todo», había dicho. «Sin suavizar las cosas», desesperada por rasgar la superficie cortés e insuficiente de sus cartas.

Así pues, él se lo contó. Habló del barro, de los huesos rotos resultado de arrastrarse por él y de los hombres a los que había engullido. Dijo que el Somme era una máquina de triturar carne y que la guerra era intolerable. Describió la tortura que le producía fallar a «sus hombres». Se morían, decía, uno tras otro.

Después de esa visita sus cartas cambiaron y Eleanor no estaba muy segura de si alegrarse por ello. Pensó que debería haber sido más cautelosa con sus deseos. El censor purgaba los fragmentos peores, pero lo que quedaba era suficiente para saber que la realidad seguía siendo sórdida, que la guerra exigía a los hombres cometer actos horrendos y, como recompensa, cometía actos horrendos contra ellos.

Cuando mataron a Howard, el tono de las cartas cambió de nuevo. No hubo más referencias a «sus hombres» y Anthony no volvió a mencionar a nadie por su nombre. Lo más escalofriante de todo fue que, si antes sus cartas habían estado siempre llenas de preguntas sobre casa, ávidas del más leve detalle de Deborah y de la recién nacida, Alice *(Ojalá estuviera ahí yo también. Me duele estar tan lejos de vosotras. Sé fuerte, mi amor, y, entretanto, ¿no me podrías enviar un mechón de cabello de la niña?)*, ahora eran poco más que recuentos estadísticos y desapasionados de lo que sucedía en el frente. Las podría haber escrito cualquiera, para cualquiera. Y así Eleanor tuvo que lidiar con la doble pena de la muerte de Howard (la conmoción de la noticia, su insoportable irrevocabilidad) y la consiguiente pérdida de su marido, quien ya estaba lejos, oculto tras un muro impenetrable de cortesía.

El mismo día de su regreso definitivo, el 12 de diciembre de 1918, Eleanor llevó a las dos pequeñas a Londres a ver llegar el tren. Había una orquesta en la estación y los violines tocaban villancicos. «¿Cómo sabremos que es papá?», había preguntado Deborah. Sentía una curiosidad intensa por aquella persona a la que solo conocía por una fotografía de estudio junto a la cama de mamá.

«Lo sabremos», había dicho Eleanor.

Cuando llegó el tren, la estación se llenó de humo y, cuando se disipó, los soldados ya estaban bajando al andén. Cuando lo vio, en esa fracción de segundo antes de que él la viera a ella, Eleanor sintió en lo más vivo el paso de los años. Las preocupaciones se agolparon como polillas alrededor de una llama. ¿Seguirían conociéndose el uno al otro? ¿Sería todo como antes? ¿Habían pasado demasiadas cosas?

«Me haces daño en la mano, mamá», había dicho Alice. Aún no había cumplido los dos años y ya tenía el admirable talento de la franqueza. «Perdona, tesoro. Lo siento».

Y en ese momento Anthony la miró a los ojos y durante un instante Eleanor vio algo en su mirada, una sombra con la forma de Howard y los otros que desapareció al cabo de un momento, y entonces Anthony sonrió, y era Anthony, su Anthony, al fin en casa.

* * *

Afuera sonó el silbato. El tren estaba a punto de partir, y ya era hora. Por la ventana, Eleanor contempló las vías cubiertas de hollín. Había sido maravilloso tenerlo de vuelta en casa. Las niñas no se cansaban de él. Loeanneth resplandecía gracias a su presencia, todo se veía más claro, como si alguien hubiera ajustado el objetivo de una cámara. La vida proseguía, tal y como él le había prometido. Habían transcurrido más de cuatro años, pero habían ganado la guerra y recuperarían el tiempo perdido. Y si a veces le temblaban las manos, si se callaba a mitad de frase y necesitaba aclararse las ideas antes de proseguir, si en ocasiones se despertaba con un mal sueño y se negaba siempre a hablar de Howard, bueno, eran problemas comprensibles y, sin duda, se arreglarían con el tiempo.

O eso había creído.

La primera vez que sucedió estaban en el jardín. Las chicas habían estado persiguiendo patos y la niñera las llevó dentro para la cena. Hacía una tarde maravillosa, el sol parecía dudar antes de ponerse, como si no quisiera terminar el día. Estaba suspendido en el horizonte y desplegando cintas rosas y malvas a través del cielo como cuerdas, y el dulce aroma a jazmín impregnaba el aire. Habían sacado de la casa las sillas blancas de mimbre, y Anthony, tras pasar la tarde jugando con las niñas, al fin había abierto el periódico que se había llevado, solo para ponerse a dormitar oculto detrás de sus páginas.

Edwina, la nueva cachorra, daba saltos a los pies de Eleanor a la caza de una pelota que habían encontrado las niñas y ella la hacía rodar con delicadeza por el césped, riendo con afecto mientras la perrita se tropezaba con las orejas al traerla de vuelta. Eleanor la provocaba juguetona, levantando la pelota justo fuera de su alcance por el placer de verla hacer equilibrios sobre las patas traseras, mover las zarpas en el aire y lanzar una dentellada. Tenía los dientes afilados.

Ya había logrado agujerear casi todas las medias de Eleanor. Precioso diablillo, tenía un sexto sentido para hurgar donde no debía, pero era imposible enfadarse con ella. Le bastaba lanzar una mirada con esos enormes ojos castaños e inclinar la cabeza y Eleanor se derretía. Había deseado tener un perro desde niña, pero su madre había declarado que eran «bestias repugnantes» y ahí se había quedado el asunto.

Eleanor tiró la pelota y *Edwina*, a la que nada le gustaba más que jugar a atacar, hundió los dientes en la goma. Todo era perfecto. Eleanor rio, *Edwina* gruñó entusiasmada a la pelota antes de abalanzarse entre ladridos contra un pato y el sol brillaba naranja en el cielo cuando de pronto Anthony se puso en pie con un potente alarido. Con un movimiento veloz agarró a la perrita y la sujetó por el cuello.

—Cállate —decía entre dientes—, cállate.

Edwina aulló, el pato se dio a la fuga y Eleanor, sorprendida, se levantó de un salto.

—¡Anthony! ¡No! ¡Para! —Estaba muy asustada; no entendía lo que estaba ocurriendo—. Anthony, por favor. —Era como si Anthony no la oyera, como si Eleanor no estuviera ahí. Hasta que no corrió a su lado y lo sujetó por los hombros no la miró. Entonces la apartó sacudiendo los hombros y, durante una fracción de segundo, Eleanor pensó que también iba a abalanzarse contra ella. Tenía los ojos abiertos de par en par y Eleanor entrevió de nuevo esa sombra, la que había atisbado por un instante en la estación cuando fueron a recibirlo—. Anthony —repitió—, por favor. Suéltala.

Anthony jadeaba, su pecho subía y bajaba, su expresión iba de la furia al miedo y de ahí a la confusión. En algún momento dejó de agarrar con tanta fuerza a *Edwina*, pues la perrita se zafó y, con un pequeño gañido lastimoso, volvió a la seguridad de la silla de Eleanor a lamerse las heridas.

Ninguno de los dos se movió. Más tarde, Eleanor tuvo la impresión de que ambos se habían quedado paralizados por una sensación compartida, un acuerdo tácito, según el cual al no hacer nada evitarían que el cascarón del huevo siguiera resquebrajándose. Pero entonces se había percatado de que Anthony estaba temblando y, en un acto instintivo, Eleanor le había tomado en sus brazos y le había estrechado con fuerza. Estaba helado.

«Ya pasó», se había oído decir a sí misma. «Ya pasó», una y otra vez, igual que si una de las niñas se hubiera raspado una rodilla o se acabara de despertar de una pesadilla.

Más tarde se habían sentado juntos a la luz de la luna, ambos callados y conmocionados por lo ocurrido. «Lo siento», había dicho Anthony. «Por un momento pensé... Habría jurado que vi...».

Pero no llegó a contarle qué creyó haber visto. En los años transcurridos desde entonces, después de leer informes y hablar con médicos, Eleanor había aprendido lo suficiente para saber que Anthony estaba reviviendo un trauma de guerra al atacar a *Edwina,* pero él nunca hablaba de aquello que lo acechaba en las sombras. Y los fantasmas habían regresado. A veces estaba hablando con él y notaba de repente que tenía la mirada extraviada en algún punto lejano, la mandíbula tensa, asustado al principio, decidido luego. Con el tiempo dedujo que guardaba relación con Howard, con la forma en que había muerto, pero Anthony se negaba a hablar de ello, así que no podía estar segura acerca de los detalles.

Se dijo a sí misma que no importaba, que lo superaría. Todo el mundo había perdido a alguien en la guerra, todo mejoraría con el tiempo. Cuando le dejaran de temblar las manos retomaría los estudios; eso lo cambiaría todo. Sería médico, como siempre había planeado, cirujano: tenía una vocación.

Pero las manos no dejaron de temblar y las cosas no mejoraron con el tiempo. Fueron a peor. En lo único que Eleanor y Anthony mejoraron, juntos, fue en ocultar la verdad. Había, además, pesadillas espantosas, de las que se despertaba aullando o temblando y les urgía a los dos a avanzar deprisa, a salir, a hacer callar a un perro. No se ponía violento a menudo, y cuando lo hacía no era culpa suya, Eleanor lo sabía. Su gran motivación en la vida había sido siempre ayudar y sanar; jamás haría daño a sabiendas. El temor a hacerlo, sin embargo, lo consumía.

—Si las niñas —comenzaba—, si hubiera sido una de ellas…

—Shhh. —Eleanor le impedía dar voz a esa idea absurda—. Eso no va a pasar.

—Es posible.

—No va a pasar. No lo voy a permitir. Te lo prometo.

—No puedes prometer algo así.

—Sí puedo. Y te lo prometo.

Cuánto miedo se agolpaba en el rostro de Anthony y cómo le temblaban las manos al agarrar las de Eleanor.

—Prométeme que, si alguna vez te ves obligada a elegir, las protegerás a ellas. Sálvame de mí mismo. No podría vivir sabiendo que…

Eleanor le puso los dedos en los labios para impedirle pronunciar tan terribles palabras. Lo besó y lo abrazó con todas sus fuerzas mientras Anthony temblaba pegado a ella. Eleanor sabía lo que le estaba pidiendo y también que haría todo lo que estuviera en su mano para cumplir su promesa.

Capítulo 21

Londres, 2003

El apartamento de Sadie tenía el aspecto y el olor de los lugares a los que estaba acostumbrada por su trabajo. «Se pueden deducir muchas cosas de una persona por cómo es su casa», le había dicho una vez Donald en tono mojigato, no muy propio de su carácter viril, un comentario un tanto ridículo teniendo en cuenta que era su esposa quien hacía todas las tareas del hogar. Sadie recogió la publicidad y las facturas dispersas por la alfombrilla y cerró la puerta con el pie. El tiempo se había vuelto gris, pero, al pulsar el interruptor, solo una de las tres bombillas se encendió.

Tras poco más de dos semanas fuera, ya se había asentado una capa de polvo en todas las superficies. El olor de la habitación era acre, a lugar abandonado, y los muebles de Sadie, que no destacaban por su belleza, ahora le parecieron tristes y resentidos por su ausencia, más destartalados de lo que recordaba. Como toque final a aire de descuido, de abandono, de me-importa-un-bledo, estaba la maceta de la cocina. «Vaya», dijo Sadie, y soltó el bolso y dejó el correo en el sofá al acercarse al pobre y triste cadáver. «¿Qué te ha pasado?». La había comprado un par de meses atrás en la feria de Pascua de una guardería del barrio, en un arrebato de despecho hacia el hombre con quien había mantenido algo parecido a una relación y cuyo grito de despedida había resonado por las escaleras cuando se había ido: «Estás tan acostumbrada a estar sola que ni siquiera serías capaz de cuidar de una planta». Sadie aplastó las hojas secas y arrugadas sobre el fregadero de acero inoxidable. El tipo tenía razón.

El ruido de la calle, tráfico y voces, daba a la habitación una atmósfera extrañamente silenciosa. Sadie buscó el mando a distancia y encendió la televisión. Apareció Stephen Fry diciendo cosas inteligentes y divertidas sobre algo y Sadie bajó el volumen hasta reducirlo a un zumbido y miró la nevera. Era otra zona catastrófica. Casi vacía, salvo por un par de zanahorias mustias y un envase de zumo de naranja. Miró la fecha de caducidad del zumo y decidió que seis días no era mucho, siempre tomaban demasiadas precauciones con estas cosas. Se sirvió un vaso y se dirigió al escritorio.

Mientras el ordenador se encendía, enchufó el teléfono y sacó el expediente Edevane del bolso. Dio un sorbo de zumo agrio y se sentó con una mueca de desagrado. Los chirridos del módem al conectarse a internet se oían como ruido de fondo. Durante el viaje de vuelta a casa había repasado mentalmente la entrevista con Margot Sinclair. Había estado tan segura de que Rose Waters y Anthony Edevane habían tenido una aventura y de que Theo era hijo de Rose, no de Eleanor, que le costaba procesar la nueva información. Las piezas del rompecabezas habían encajado tan bien que tuvo que recurrir a toda su fuerza de voluntad para retirarlas y comenzar de nuevo. Quizá por eso se aferraba a la corazonada de que Anthony Edevane era importante. Cuando se cargó el motor de búsqueda de la página de inicio, tecleó *neurosis de guerra.*

Una lista de sitios apareció en la pantalla y echó un vistazo a las opciones hasta encontrar una entrada de una página llamada firstworldwar.com, que parecía seria. Hizo clic y comenzó a leer la definición. *Término empleado para describir el trauma psicológico... la intensidad de las batallas de artillería... crisis neuróticas de soldados por lo demás men-*

talmente estables. Había una fotografía en blanco y negro de un hombre uniformado que miraba a la cámara con una triste media sonrisa, situado de modo que el lado derecho del rostro quedaba oculto en la sombra. El artículo proseguía: *Los soldados llegaron a identificar los síntomas, pero el reconocimiento oficial de la autoridad militar tardó en llegar... Ataques de pánico, parálisis mental y física, aterradores dolores de cabeza, sueños espantosos... Muchos sintieron los efectos durante años... Los tratamientos eran rudimentarios en el mejor de los casos, peligrosos en el peor...*

Había un enlace al final de la página a un estudio del doctor W. H. R. Rivers en el que exponía su teoría, basada en observaciones de soldados heridos en el hospital de guerra de Craiglockhart entre 1915 y 1917. Gran parte del artículo explicaba el proceso de represión; según el doctor Rivers, los soldados que pasaban la mayor parte del tiempo tratando de olvidar los temores y recuerdos eran más propensos a sufrir recaídas en el silencio y la soledad de la noche, cuando el sueño debilitaba su autocontrol y los hacía vulnerables a pensamientos lúgubres.

Tenía sentido. Según la experiencia de Sadie, casi todo era más intenso de noche. Sin duda era entonces cuando sus pensamientos sombríos se liberaban de sus restricciones y se convertían en sueños que la atormentaban. Siguió leyendo por encima. Según el doctor Rivers, la represión contribuía a que los pensamientos negativos acumularan energía, lo cual ocasionaba pesadillas e imágenes oníricas vívidas e incluso dolorosas que se apoderaban violentamente del intelecto. Sadie anotó la frase en su cuaderno, reflexionó y rodeó con un círculo la palabra *violentamente.* El médico se refería a los pensamientos que poblaban la mente del soldado, pero la palabra, sobre todo en el contexto del misterioso destino de Theo Edevane, la perturbó. Desde el comienzo supo que existía una tercera posibilidad, la más espeluznante: que el niño ni se hubiera alejado ni hubiera sido víctima de un secuestro, sino que hubiera tenido un final violento. Después de hablar con Clive se había preguntado si Clementine Edevane podría haber estado implicada en la muerte de su hermano, accidentalmente o no. Pero ¿y si hubiera sido Anthony? ¿Y si el culpable hubiera sido el padre de Theo?

Sadie hojeó las notas hasta llegar a las de la conversación con Clive. Anthony y Eleanor se habían proporcionado coartadas el uno al otro. Eleanor había estado rota de dolor durante los interrogatorios y había necesitado sedación aquella semana. Clive había reparado en que Anthony se había mostrado especialmente cariñoso y atento y que había protegido a su esposa con uñas y dientes. *Él era muy atento con ella*, le había contado Clive, *amable y protector, y se aseguraba de que descansara, le impidió que se uniera a la búsqueda. Casi no la perdía de vista.* Sadie se levantó y se estiró. Cuando lo escribió había aceptado la observación de Clive como prueba del poderoso vínculo de los Edevane, de su amor mutuo, las acciones lógicas de una pareja enfrentada a lo inimaginable. Desde luego no había despertado sus sospechas. Pero ahora, al contemplarlo bajo la luz de esa teoría incipiente (y no era más que eso, se recordó a sí misma, una corazonada basada en otra), el comportamiento adquiría un tono más siniestro. ¿Era posible que Eleanor supiera lo que había hecho su marido y lo estuviera encubriendo? ¿Haría algo así una madre? ¿Una esposa? ¿La habría apaciguado Anthony, vigilándola para que no tuviera ocasión de revelar a la policía lo que sabía?

Sadie echó un vistazo al reloj digital en la esquina de la pantalla. Durante el viaje de regreso desde Oxford había decidido que esa noche era tan buena como cualquier otra para ponerse al día con Donald. Debería estar aclarándose las ideas para convencerlo de que estaba lista para volver al trabajo en lugar de perseguir fantasmas por internet. Debería desconectar y volver al sitio web más tarde. Debería guardar el cuaderno y ducharse. Nada decía «preparada y profesional» como observar los preceptos básicos del aseo personal.

Pero una nota garabateada más abajo le llamó la atención (la crónica de Clive sobre las visitas anuales de Eleanor a Loeanneth) y siguió leyendo. Clive le había dicho que Eleanor regresaba cada año con la esperanza de que su hijo hubiera hallado el camino a casa, pero no era más que una suposición suya. Eleanor no le había confesado a Clive que esa fuera su esperanza; tan solo se trataba de una interpretación de las acciones de Eleanor. ¿Y si no hubiera esperado el regreso de Theo porque ya sabía que estaba muerto? ¿Y si no hubiera ido a Loeanneth cada año a esperar a su hijo sino a guardar luto por él, igual que otras personas visitaban las tumbas de los seres que habían perdido?

Sadie dio golpecitos con el bolígrafo en el cuaderno. Eran muchas suposiciones. En ninguno de los interrogatorios se había usado la palabra «violento» para describir a Anthony Edevane, y el doctor Rivers hablaba de disociación, depresión, confusión, la sensación del soldado de estar «a oscuras», pero no mencionaba tendencias violentas. Se sentó y navegó por unas cuantas páginas web, que leyó por encima, hasta que encontró el testimonio de un corresponsal de guerra llamado Philip Gibbs, quien había escrito acerca del regreso de los soldados después de la guerra:

Algo iba mal. Volvían a vestir sus ropas de civil y a ojos de sus madres y esposas eran los mismos jóvenes que habían conocido en los días de paz anteriores a agosto de 1914. Pero no eran los mismos. Algo había cambiado en su interior. Sufrían cambios de humor y extraños estallidos de rabia, depresiones profundas que daban paso a una impaciente búsqueda de placer. Muchos se veían arrastrados con facilidad a pasiones que les hacían perder el control de sí mismos, muchos se expresaban con amargura, con opiniones violentas, aterradoras.

Sadie se pasó la lengua por los labios y releyó el pasaje. *Cambios de humor…, extraños estallidos de rabia…, pérdida de control…, opiniones violentas, aterradoras.* Trastornos que sin duda podrían llevar a una persona a cometer una terrible equivocación, un acto atroz del que no habría sido capaz en su sano juicio.

A continuación un artículo describía las condiciones de las trincheras del frente occidental, la espantosa insalubridad, las ratas y el olor a moho y descomposición del pie de trinchera, los piojos que se alimentaban de la carne putrefacta. Sadie se sumergió en la lectura, absorta, y cuando sonó el teléfono fijo el sobresalto fue tal que casi vio las imágenes del barro y de las matanzas desvanecerse a su alrededor.

Descolgó.

—¿Diga?

Era Bertie y su voz cálida y acogedora fue un bálsamo que Sadie agradeció.

—Solo llamaba para ver que has llegado bien a Londres. No me cogías el móvil. Me ibas a llamar cuando llegaras.

—¡Ay, abuelo, lo siento! Soy una nieta lamentable que no se merece un abuelo como tú. Me he quedado sin batería. Hice varias paradas en el camino y el tráfico en la M40 era una pesadilla. Acabo de entrar por la puerta. —Se imaginó a Bertie en la cocina, en Cornualles, a los perros dormidos bajo la mesa, y sintió una dolorosa nostalgia en el pecho—. ¿Qué tal el día? ¿Cómo están mis muchachos?

—Te echan de menos. Cuando fui a ponerme los zapatos me siguieron expectantes, listos para salir a correr.

—Bueno, pues ya sabes lo que tienes que hacer. No tienes más que seguirlos.

Bertie se rio.

—Ya me imagino cuánto les gustaría salir a correr con un servidor. ¡Sería una competición para ver quién cojea más rápido!

El pesar llegó como una ola inesperada.

—Mira, abuelo, sobre la otra noche…

—Agua pasada.

—Estuve desconsiderada.

—Echas de menos a Ruth.

—Y criticona.

—Me criticas porque te importo.

—Me cae bien Louise, parece buena persona.

—Ha sido una buena amiga. Necesito amigos. No intento buscar sustituta para tu abuela. Y ahora dime: ¿qué tal tu encuentro con la sobrina nieta de Rose?

—Otro callejón sin salida, más o menos.

—¿El bebé no era hijo de la niñera?

—Al parecer, no. —Sadie le ofreció un conciso resumen de la conversación con Margot Sinclair, la decepción por el aparente deceso de su teoría y la revelación final e inesperada acerca de la neurosis de guerra de Anthony Edevane—. No sé si es pertinente, pero he estado leyendo cosas y es difícil imaginar que un hombre pase por algo así sin que le cambie la vida. —Mientras hablaba se había acercado a la ventana y ahora se quedó mirando la calle, donde una mujer forcejeaba con un niño que se negaba a montar en su silla de paseo—. ¿Alguien de tu familia luchó en la Primera Guerra Mundial, abuelo?

—El primo de mi madre combatió en el Somme, pero vivía en el norte, así que no llegué a conocerlo, y mi tío favorito combatió en la segunda.

—¿Era diferente cuando volvió a casa?

—No volvió, lo mataron en Francia. Una pérdida terrible, mi madre no la superó nunca. Nuestro vecino, en cambio, el señor Rogers, volvió de la Primera Guerra Mundial en un estado lamentable.

—Lamentable ¿en qué sentido?

—Pasó dieciocho horas enterrado después de una explosión. ¡Dieciocho horas! ¿Te lo imaginas? Estaba en tierra de nadie y sus compañeros no podían salir en su busca en pleno bombardeo. Cuando al final lograron desenterrarlo estaba catatónico, conmocionado. Lo enviaron a casa y lo trataron en uno de esos hospitales que montaron en casas de campo, pero no volvió a ser el mismo, según mis padres.

—¿Cómo era?

—La expresión de su cara era de horror permanente. Sufría pesadillas en las que no podía respirar y se despertaba por la falta de aire. Otras noches nos despertaba un aullido espantoso que traspasaba las paredes de nuestra casa. Pobre hombre. Todos los niños del barrio le tenían miedo; solían jugar a ver quién se atrevía a llamar a su puerta antes de salir corriendo a esconderse.

—Pero no tú.

—No, bueno, mi madre me habría despellejado solo de sospechar que yo era capaz de esa crueldad infantil. Además teníamos un trato personal con el señor Rogers. Mamá lo había tomado bajo su protección. Cocinaba un plato de más para él todas las noches, le hacía la colada, se aseguraba de que su casa estuviera limpia. Ella era así, con un corazón enorme, feliz de poder ayudar a quienes eran menos afortunados.

—Ojalá la hubieras conocido.

—Me habría encantado, sí.

—Por lo que dices se parecía a Ruth. —Sadie recordó la buena voluntad con que Ruth la había acogido en su casa cuando no tenía otro lugar al que ir.

—Es curioso que digas eso. Cuando mamá murió y nos hicimos cargo de la tienda, Ruth también se hizo cargo del señor Rogers. Dijo una y otra vez que no podíamos dejarlo en la estacada.

—No me cuesta nada imaginarla diciendo algo así.

Bertie se rio y luego suspiró, y Sadie supo que iba a subir las escaleras de la buhardilla en cuanto terminaran la llamada, a hurgar entre las cajas en busca de algún pequeño recuerdo de Ruth. Sin embargo no la volvió a mencionar y llevó la conversación a temas más inmediatos, tangibles y de más fácil solución.

—¿Tienes algo para cenar?

Sadie se conmovió. Eso era amor, ¿verdad? Alguien que se preocupaba por saber si tenías algo para comer. Abrió la nevera y arrugó la nariz.

—Claro que sí —dijo antes de cerrar la puerta—. He quedado con un amigo.

* * *

El Fox and Hounds estaba abarrotado los jueves por la noche, debido en gran parte a su ubicación frente a un albergue juvenil y a que su hora feliz duraba cuatro horas. Había otros bares más próximos a la Policía Metropolitana, siempre atestados de agentes, pero Donald pensaba que ya los veía bastante durante la jornada laboral y que no tener que hablar de trabajo compensaba el desplazamiento. Sadie había aceptado esa explicación sin rechistar durante un tiempo, hasta que notó que Donald siempre le permitía acompañarlo y que siempre acababan hablando de trabajo, por lo general por iniciativa de él. Lo cierto era que el Fox and Hounds servía las cervezas más baratas a aquel lado del Támesis y Donald era un tacaño. Un tacaño adorable, pero tacaño de todos modos. El martes también era la noche en que sus cuatro hijas iban a casa a cenar y en una ocasión le había confesado a Sadie que necesitaba un buen reconstituyente para que no le doliera la cabeza en cuanto entrara por la puerta. «Las discusiones, Sparrow, las peleas y las lealtades cambiantes. No le veo ni pies ni cabeza. ¡Mujeres!». Había negado con la cabeza. «Son un misterio, ¿a que sí?».

Todo lo cual demostraba que Donald era una criatura de costumbres fijas y, cuando Sadie se encaminó al Fox and Hounds con un hambre de lobo, supo que lo encontraría en el reservado de siempre, bajo el cuadro enmarcado de la rana de la fábula. En efecto, cuando llegó, una reveladora columna de humo salía del reservado. Pagó un par de cervezas y las llevó cautelosa a través de la sala, dispuesta a ocupar el asiento vacío frente a él. Pero el asiento no estaba vacío. Harry Sullivan estaba desplomado en un rincón riéndose a carcajadas de algo que acababa de decir Donald. Sadie dejó las dos cervezas sobre la mesa y dijo:

—Lo siento, Harry. No sabía que estabas aquí.

Como todos los agentes veteranos, Donald había visto tantas cosas que había perdido la capacidad de sorpresa. Lo más cercano fue la insinuación de un ceño fruncido.

—Qué hay, Sparrow —dijo asintiendo, como si Sadie no hubiera pasado dos semanas en medio de ninguna parte a petición suya.

—Hola, Don.

—Pensé que estabas de vacaciones, Sparrow —dijo Harry de buen humor—. ¿Ya te has cansado del sol y las olas?

—Algo así, Sully. —Sadie sonrió a Donald, que se acabó la cerveza que tenía delante y se limpió el bigote con el dorso de la mano antes de apartar el vaso vacío hasta el borde de la mesa.

—En Cornualles, ¿verdad? —prosiguió Sully—. Yo tenía una tía que vivía en Truro y cada verano iba con mi hermano y mi hermana a…

—¿Qué tal si nos traes otra ronda, eh, Sull? —sugirió Donald.

El joven detective observó las cervezas aún intactas que Sadie acababa de llevar y abrió la boca para señalar a Don que ya estaba bien servido, antes de cerrarla. No era el más listo de la clase, pero comprendió. Señaló con el vaso vacío hacia la barra y dijo:

—Más vale que vaya a pedirme otra.

—Estupendo —dijo Donald con amabilidad.

Sadie se apartó para que Harry pudiera salir y, a continuación, ocupó su lugar. El cuero estaba caliente, una desagradable manifestación empírica de su creciente sensación de estar siendo reemplazada.

—Entonces ¿Sull y tú estáis juntos?

—Sí.

—¿Con algún caso interesante?

—Un allanamiento. Lo de siempre.

Sadie se moría de ganas de conocer los detalles, pero sabía que era mejor no insistir. Tomó el menú y le echó un vistazo.

—Me muero de hambre. ¿Te importa si como algo?

—En absoluto.

El aburguesamiento gastronómico no había llegado al Fox and Hounds, que se limitaba a ofrecer cuatro opciones, todas servidas con patatas fritas, igual que en 1964. Tan orgullosa estaba la dirección de su resistencia al cambio que la anunciaba en letras enormes en la carta. No hacía falta decir que Donald la apoyaba con entusiasmo. «Malditas tapas», había dicho a Sadie en más de una ocasión cuando un caso los obligaba a comer en otro sitio. «¿Qué tiene de malo el pastel de carne de toda la vida? ¿Cuándo se ha vuelto la gente tan esnob?».

Vino la camarera y Sadie pidió pescado con patatas fritas.

—¿Tú quieres algo?

Donald negó con la cabeza.

—Cena familiar —dijo en tono lúgubre.

La camarera se marchó y Sadie dio un sorbo de cerveza.

—¿La familia, bien?

—Muy bien.

—¿Y tú? ¿Muy ocupado?

—Mucho. Escucha, Sparrow…

—Yo también he estado ocupada, con un caso sin resolver. —En cuanto lo dijo, Sadie se dio una patada. No había sido su intención mencionar a la familia Edevane. Indagar acerca de un niño desaparecido hacía setenta años, rastrear mapas antiguos y viejos expedientes policiales, interrogar a los descendientes de los implicados… No era exactamente la viva imagen de un descanso, pero ver a Sully ahí sentado la había exasperado. ¡Idiota!

Ya no había manera de tragarse las palabras y Sadie pensó que lo mejor sería cambiar de tema, tapar su equivocación. Pero sabía que era demasiado tarde. Las orejas de Donald se habían estirado como las de un alsaciano que ha husmeado a su presa.

—¿Un caso sin resolver? ¿Para quién lo investigas?

—Ah, no es nada, de verdad. Un agente jubilado de Cornualles que buscaba consejo. —Bebió otro sorbo de cerveza, se tomó un tiempo para dar forma a la mentira—. Un amigo de mi abuelo. No me podía negar.

Comenzó a exponer el caso Edevane antes de que Donald tuviera ocasión de preguntar más acerca de cómo había comenzado todo. Era mejor que la creyera benévola y servicial en lugar de rara y obsesiva. Donald la escuchó, asintiendo de vez en cuando, mientras recogía pequeñas briznas de tabaco de la mesa.

—Tengo la corazonada de que esta neurosis de guerra es importante —dijo Sadie mientras la camarera depositaba un plato de pescado demasiado frito frente a ella.

—Tú y tus corazonadas, ¿eh?

Sadie maldijo la mala elección de las palabras, pero no cayó en la provocación.

—¿Sabes algo al respecto?

—¿Del trastorno de estrés postraumático? Un poco.

Sadie recordó entonces que el sobrino de Donald había servido en la guerra del Golfo. Su compañero no destacaba por su locuacidad, pero Sadie había oído bastantes referencias veladas y dedujo que Jeremy no había vivido lo que eufemísticamente se denominaba «una buena guerra».

—Una putada. Justo cuando pensamos que está mejor, le entra de nuevo. Una depresión horrorosa. —Negó con la cabeza, como si no dispusiera de palabras para describir el sufrimiento de su sobrino—. No son los bajones de ánimo típicos, es algo muy diferente. Desesperación, abatimiento, terrible.

—¿Ansiedad?

—Eso también. Palpitaciones, miedo, pesadillas que parecen reales.

—¿Y tendencias violentas?

—Se podría decir así. Mi cuñada se lo encontró con el rifle de caza de su padre y apuntando a la puerta de su hermano pequeño. Pensaba que había militares dentro; había tenido una visión.

—Dios, Don, lo siento.

Los labios de Donald se redujeron a una fina línea. Se permitió un rápido gesto de asentimiento.

—Es horrible. Un chico majo, de verdad, de buen corazón, y no lo digo solo porque sea el hijo de mi hermano. Siempre sabía que podía estar tranquilo cuando mis niñas estaban con Jeremy. —Barrió los restos de tabaco de la mesa con un movimiento airado—. Las cosas que tuvieron que hacer esos muchachos. Las cosas que vieron y que no pueden olvidar. ¿Cómo vuelve una persona a la normalidad después de eso? ¿Cómo le puedes pedir a un hombre que mate y que luego vuelva a la normalidad?

—No lo sé. —Sadie negó con la cabeza.

Donald cogió la cerveza y bebió con avidez. Cuando vació el vaso, se pasó el dorso de la mano por el bigote. Tenía los ojos inyectados en sangre.

—Don…

—¿Qué haces aquí, Sparrow?

—Te llamé, te dejé un mensaje. ¿No lo oíste?

—Tenía la esperanza de que fuera una broma. Como era viernes trece…

—No era broma. Estoy lista para volver. Si pudieras confiar en mí…

—Es demasiado tarde, Sparrow. —Había bajado la voz y casi susurraba. Se acercó, echando un vistazo por encima del hombro hacia donde Sully se apoyaba en la barra y se reía junto a una mochilera rubia—. Ashford ha abierto una investigación sobre el chivatazo del caso Bailey. Se lo oí decir a Parr-Wilson, que siempre se entera antes que nosotros. Le están presionando desde arriba, hay que dar ejemplo, cosas de política interna. Ya sabes.

—Vaya mierda.

—Desde luego.

Guardaron silencio un momento mientras sopesaban la gravedad de la situación. Don daba vueltas al vaso sobre la mesa.

—Santo cielo, Sparrow. Ya sabes que me caes muy bien, pero me jubilo a finales de año y no me puedo meter en líos. —Sadie asintió mientras asimilaba la nueva situación—. Lo mejor que puedes hacer es regresar a Cornualles. Si la verdad sale a la luz (y no va a salir de mi boca), por lo menos podrás alegar agotamiento mental, reconocer que te equivocaste y te apartaste para no empeorar las cosas. —Sadie se rascó la frente. La decepción le había dejado un regusto amargo en la boca y el bar de pronto se volvió mucho más ruidoso—. ¿Estás conmigo, Sparrow? —Sadie asintió de mala gana—. Buena chica. No has estado aquí esta noche. Has estado en Cornualles todo el tiempo, descansando.

—¿Y Sully?

—No te preocupes por Sully. Con esa rubita ahí riéndole los chistes ni se va a acordar de cómo te llamas.

—Vaya, pues gracias.

—Deberías alegrarte.

—Sí, sí.

—Y ahora deberías irte. —Sadie cogió el bolso—. Otra cosa, Sparrow. —Sadie se volvió hacia Donald—. Tenme informado de cómo te va con el caso ese sin resolver, ¿eh?

Capítulo 22

Estaba lloviendo cuando Sadie llegó a su barrio, finos dardos de plata que rasgaban el resplandor de las farolas. Se habían formado charcos al borde de la carretera y cada coche que pasaba levantaba regueros de agua a ambos lados. Sadie había pensado que le sentaría bien ir corriendo a casa, pero no tenía la cabeza más despejada que cuando salió de Fox and Hounds y encima estaba empapada. Se dijo a sí misma que por lo menos las cosas no podían ir a peor, que no había nada que una ducha caliente no aliviara, pero al acercarse a su bloque de apartamentos vio a alguien entre las sombras, bajo el toldo de entrada. Nadie permanecía bajo la lluvia por diversión, y el hombre o la mujer (Sadie no lo veía con claridad) que estaba apoyado en la pared parecía estar esperando a alguien: los hombros caídos, los brazos cruzados, actitud vigilante. Sadie aminoró el paso y miró hacia arriba. Todas las luces de sus vecinos estaban encendidas; las únicas ventanas a oscuras eran las de su casa, lo cual significaba, probablemente, que la persona que aguardaba en la oscuridad la esperaba a ella. Con un suspiro decidido, hurgó en el bolso en busca de las llaves y asió la más afilada. A Sadie la habían pillado desprevenida antes (un sospechoso descontento en un caso de drogas) y se había jurado que no le volvería a pasar.

Se instó a mantener la calma, a seguir caminando al mismo ritmo mientras la adrenalina corría bajo su piel. Repasó todos los casos en los que había trabajado, la lista de conocidos poco fiables, cualquiera de los cuales podría haber decidido que esta noche era la oportunidad perfecta para saldar cuentas. Llevó a cabo una disimulada inspección de los coches aparcados en la calle en busca de un posible cómplice y recordó, apesadumbrada, que tenía el móvil arriba, cargándose.

Al acercarse, el ataque de miedo instintivo dio paso a la irritación. No estaba de humor para seguirle el juego a nadie, no después de la noche que había pasado. Apretó los dientes y se adelantó al desconocido.

—¿Me buscaba?

La persona se giró enseguida.

—Pensé que se había ido de viaje.

Era una voz de mujer. La luz de la farola le dio en la cara, que se iluminó anaranjada, y, como Sadie no era ni mucho menos ni tan veterana ni tan experimentada como Donald, supo que su sorpresa había resultado evidente.

—Y me fui —balbuceó—. Ya he vuelto. Hoy.

Nancy Bailey le ofreció una leve sonrisa.

—Vaya, justo a tiempo, ¿eh? ¿Le importa si entro?

Sadie se mostró reacia. Cielo santo, sí, le importaba. Una visita de la madre de Maggie Bailey era lo último que necesitaba ahora que trataba de pasar inadvertida durante la investigación de Ashford. No le costaba imaginarse cómo se interpretaría que mantuviera aquel vínculo con el caso Bailey.

—Me pidió que siguiéramos en contacto —aclaró Nancy—, que la avisara si se me ocurría algo.

Estúpida. Sadie se maldijo a sí misma por ser tan torpe. Recordó cuándo lo había dicho, durante la última visita que Donald y ella le habían hecho a Nancy, en la cual le habían informado de que el caso estaba cerrado y el trabajo de la policía respecto a su hija, finalizado. «Estoy segura de que comprende, señora Bailey, que no podemos dedicarnos a buscar a todos los que deciden irse de vacaciones sin avisar». Fue Donald quien le dio la noticia y Sadie se mantuvo a su lado, asintiendo. Tras salir a la calle, Sadie anunció que se le había olvidado el cuaderno arriba y subió corriendo a llamar a la puerta de Nancy. *Idiota.* Sadie estaba furiosa consigo misma, pero ¿qué podía hacer ahora?

—Pase —dijo, abriendo la puerta y acompañando a la madre de Maggie dentro del edificio. Echó un vistazo por encima del hombro. No le habría extrañado ver a uno de los espías de Ashford tomando notas.

Dentro del apartamento, la televisión aún zumbaba y la planta muerta seguía muerta. La iluminación era inquietante o romántica, según se mirase. Sadie se apresuró a retirar las cosas del sofá (una mochila de la que sobresalían prendas, las cartas y la publicidad que había arrojado antes) y a amontonarlas a un lado de la mesa de centro.

—Póngase cómoda —dijo—. Me voy a secar. No tardo nada.

En la habitación maldijo entre dientes mientras forcejeaba al quitarse la camiseta mojada y buscaba otra en el cajón. *Mierda, mierda, mierda.* Se secó el pelo y la cara con una toalla y respiró hondo. Recibir a Nancy en casa no era lo ideal, no cabía duda, pero al menos podía aprovechar para poner punto final a su relación. Con un suspiro hondo y resuelto, volvió al salón.

Nancy estaba sentada en el sofá, tamborileando con los dedos sobre sus vaqueros descoloridos, y a Sadie le impresionó su aspecto vulnerable, juvenil. Solo tenía cuarenta y cinco años. El pelo rubio ceniza le caía liso sobre los hombros, y llevaba el flequillo largo y marcado.

—¿Quieres una taza de té, Nancy?

—Sería un placer.

Un rápido vistazo a la cocina reveló que no le quedaba té.

—¿Qué tal un whisky?

—Sería un placer aún mayor.

Sadie recordó lo bien que le caía Nancy. En otra vida habrían sido amigas. Eso era parte del problema. Cogió dos vasos y los llevó a la mesa, junto con una botella de Johnnie Walker. Sabía lo que tenía que hacer: negarse a entablar una conversación sobre la «desaparición» de Maggie, comportarse como si fuera evidente que la hija de Nancy se había marchado y fuera más que probable que volviera a casa en las próximas semanas, hacer un comentario despreocupado del tipo: «¿Has sabido algo de Maggie?». Pero antes de abrir la boca para decirlo, la cerró. Tras defender con tanta vehemencia la teoría de que Maggie había sido víctima de un crimen, habría sonado demasiado falso. Decidió dejar que Nancy hablara primero. Sirvió el whisky en los vasos y le dio uno.

—Pues fui a ver a las personas que se mudaron al piso de Maggie —dijo Nancy—. Bueno, ahora el piso de *ellos*... El hombre que lo alquilaba decidió venderlo, a toda prisa y con discreción, como si mi Maggie no hubiera existido.

—¿Fuiste a ver a los nuevos propietarios?

—Solo quería asegurarme de que sabían lo que había pasado. Por si acaso.

No explicó nada más, pero no era necesario. Sadie sabía qué quería decir. *Por si acaso Maggie vuelve.* No le costó imaginarse la conversación. Según su experiencia, a la mayoría de las personas no les complacía comprar o vivir en una casa que había formado parte de una investigación criminal, si bien el abandono de una niña era preferible a la escena de un asesinato, supuso Sadie.

—¿Y? —dijo—. ¿Qué tal fue?

—Eran simpáticos. Una joven pareja de recién casados... Su primera casa. Aún estaban sacando las cosas de las cajas, pero me invitaron a una taza de té.

—¿Y aceptaste?

—Por supuesto que sí.

Por supuesto que sí. La fe de Nancy en Maggie era febril, solo comparable a las molestias que se tomaría para demostrar que estaba en lo cierto, que su hija no había abandonado a la pequeña.

—Quería ver la casa por dentro, solo una vez más. Pero ella no estaba, mi Maggie. Era como un sitio diferente, sin sus cosas.

Las cosas de Maggie estaban en cajas, Sadie lo sabía, apiladas una encima de la otra en el cuarto de invitados de Nancy, el que había amueblado para Caitlyn. Nancy parecía a punto de echarse a llorar y Sadie no sabía bien qué decir. Ni siquiera tenía una caja de pañuelos que dejar sobre la mesa.

—Sé que no tenía sentido —prosiguió Nancy—. Sé que fue una estupidez. Fueron muy amables, me hicieron preguntas sobre ella, pero vi en sus caras que sentían lástima de mí, que pensaban que estaba loca. Una loca vieja y triste. Sé que fue una estupidez.

Y lo había sido. Una pareja menos comprensiva habría llamado a la policía, la habrían acusado de acoso o incluso allanamiento de morada. Pero también era comprensible. Sadie pensó en Loeanneth, todavía amueblada setenta años después de la desaparición de Theo, y en las palabras de Clive que describían cómo Eleanor Edevane regresaba año tras año solo para estar en el lugar donde su hijo había sido visto por última vez. Esto era lo mismo, salvo que Nancy no se podía permitir el lujo de mantener un santuario para su hija desaparecida. Todo lo que tenía era una habitación llena de cajas y muebles baratos.

—¿Cómo está Caitlyn? —preguntó, cambiando de tema.

La pregunta dibujó una sonrisa en la cara de Nancy.

—Está bien, mi florecilla. Echa de menos a su madre. No la veo tanto como me gustaría.

—No sabes cómo lo siento. —Y era verdad. Cuando interrogó a Nancy por primera vez, a Sadie le había impresionado ver tantas fotografías enmarcadas de la niña en el piso. Encima del televisor, colgadas de la pared, entre otras fotografías en la estantería. Al parecer pasaban mucho tiempo juntas antes de que Maggie se fuera. Nancy cuidaba de Caitlyn a menudo cuando Maggie estaba trabajando.

—Tengo la sensación de que he perdido a las dos. —Nancy jugueteaba con el borde de un cojín del sofá de Sadie.

—Pero no es así. Me parece que Caitlyn te va a necesitar ahora más que nunca.

—Ya no sé dónde encajo. Caty tiene una vida nueva. Le han decorado una habitación en la casa de Steve, llena de juguetes, con una cama nueva con un edredón de Dora la Exploradora. Dora es su favorita.

—Me acuerdo —dijo Sadie evocando a la niña en el pasillo, con el camisón rosa de Dora. El recuerdo fue como un dolor agudo en el pecho, y comprendió cuánto sufría Nancy al ver que su hija había sido sustituida tan fácilmente en el corazón de la niña—. Es solo una niña. A las niñas les gustan los juguetes y los personajes de la tele, pero saben lo que de verdad importa.

Nancy suspiró y se apartó el flequillo.

—Eres buena persona, Sadie. No sé qué hago aquí. No debería haber venido, solo te voy a meter en líos. —Sadie no mencionó que ya lo había hecho. En su lugar, volvió a llenar los vasos—. Supongo que ahora estás trabajando en otra cosa.

—No hay descanso para los malvados. —Sadie sopesó resumir el caso Edevane, solo para cambiar de tema, pero decidió que los paralelismos (un niño desaparecido del que no se sabía nada) serían un lastre. Y de todos modos Nancy no escuchaba, no dejaba de pensar en Maggie.

—Hay algo que no tiene sentido —dijo, dejando el vaso y entrelazando los dedos—. ¿Por qué Maggie iba a abandonar a Caitlyn tras todas las dificultades que tuvo que superar para tenerla?

—¿Para quedarse embarazada, quieres decir? —Sadie estaba ligeramente sorprendida. Era la primera vez que oía hablar de problemas de fertilidad.

—Dios, no, solo tenían que mirarse, aquellos dos. Tuvieron que adelantar la boda, ya sabes qué quiero decir. No, me refiero a cuando se divorciaron, a la custodia. Maggie tuvo que esforzarse mucho para demostrar que era buena madre; tuvo que reunir declaraciones de testigos y soportar a los servicios sociales, que la visitaban y tomaban notas. Como era tan joven, al tribunal le costó decidirse, pero estaba dispuesta a no perder a Caitlyn. Me dijo: «Mamá, Caty es hija mía y debe estar conmigo». —Nancy miró a Sadie con una expresión implorante, en cierto sentido triunfal. *¿Es que no lo ves?*, parecía decir—. ¿Por qué iba a pasar por todo eso para luego irse?

Sadie no tuvo ánimos para decir a Nancy que un juicio no demostraba nada. Que había muy pocos divorcios en los que los padres no lucharan a brazo partido para lograr la custodia y que esa determinación a menudo no reflejaba tanto el deseo de cuidar de los hijos como el de imponerse a su expareja. Había visto a personas, por lo demás sensatas, que se enzarzaban en encarnizadas batallas legales por una cobaya y la cubertería y el retrato que la tía abuela Mildred había pintado de Bilbo, el terrier.

—Y no fue fácil. La situación económica de él era mejor que la de mi Maggie, y se había vuelto a casar. A Maggie le preocupaba que los tribunales decidieran que dos adultos, una madre y un padre, eran mejor que uno solo. Pero la jueza acabó acertando. Vio lo buena madre que era mi Maggie. Y es que era buena madre. Sé lo que te ha contado Steve, toda esa historia sobre que se le olvidó recoger a Caitlyn de la guardería, pero fue un malentendido. Solo llegó tarde porque había comenzado un nuevo trabajo y, cuando vio que iba muy justa de tiempo, yo comencé a ayudar. Era una madre maravillosa. Cuando Caty cumplió dos años, lo único que quería era un viaje a la costa y eso es lo que planeamos hacer en su cumpleaños. Lo prometimos una y otra vez y lo hablamos durante semanas, pero el día anterior se puso malita. Una fiebre alta, estaba tristona y quejosa. ¿Sabes qué hizo

Maggie? Trajo la costa a Caty. Asaltó el almacén del trabajo en busca de suministros sobrantes y se pasó toda la noche haciendo olas de celofán y cartón, con peces y gaviotas y conchas para que Caty las recogiera. Organizó un teatro de marionetas solo para ella.

Los ojos azules de Nancy resplandecían al recordar. Sadie le devolvió la sonrisa, pero la suya estaba empañada de compasión. Comprendió por qué Nancy había ido a verla aquella noche y la entristeció. No había habido ningún avance en el caso; simplemente quería hablar de Maggie y, en lugar de acudir a un amigo o un familiar, había elegido a Sadie como confidente. Durante las investigaciones no era inusual que los familiares de la víctima forjaran un vínculo anormalmente estrecho con el agente encargado del caso. A Sadie le pareció comprensible que alguien cuya vida estaba desgarrada por la conmoción y el trauma de un crimen inesperado se aferrara a la persona que parecía proporcionar soluciones y seguridad, asumir la responsabilidad, arreglar las cosas.

Pero Sadie ya no tenía la responsabilidad de encontrar a Maggie y, desde luego, no era capaz de arreglar las cosas. Ni las de Nancy Bailey ni las suyas. Miró el reloj digital del horno. De repente la invadió una oleada de extremo cansancio. Había sido un día largo y duro y tenía la impresión de que despertarse en Cornualles era algo que le había sucedido a otra persona en un tiempo remoto. Sentía lástima de Nancy, pero hablar otra vez de las mismas cosas no les beneficiaría a ninguna de los dos. Recogió los vasos vacíos y los puso junto a la botella de whisky.

—Nancy, mira, lo siento, no quiero ser grosera, pero estoy cansadísima.

La otra mujer asintió rápidamente.

—Claro que sí, lo siento… Es que me quedo atascada, ¿sabes?

—Lo sé.

—Y tenía un motivo para venir. —Sacó algo del bolsillo, un pequeño cuaderno de cuero—. He estado mirando otra vez las cosas de Maggie, por si acaso encontraba una nueva pista, y en su diario vi que tenía una cita para cenar con un hombre llamado MT. Ha estado todo el tiempo ahí, pero no caí en lo que era. Ahora me he acordado de que era un nuevo compañero de trabajo. —Señalaba las iniciales con una uña mordida hasta la carne viva.

—¿Crees que este hombre, ese tal MT, podría estar implicado? ¿Que tuvo algo que ver con su desaparición?

Nancy la miró como si Sadie hubiera perdido los estribos.

—¡No, tontorrona! Creo que esto demuestra que no se fue a ninguna parte, al menos no por gusto. Maggie no salía con nadie, no desde que se separó de Steve. No le parecía bien confundir a Caty con un desfile de hombres. Pero este era diferente, el tal MT. Me habló de él más de una vez. «Mamá», decía, «es muy guapo y buena persona y divertido». Pensaba que podía ser el hombre de su vida.

—Nancy...

—Pero ¿es que no te das cuenta? ¿Por qué se iba a marchar justo cuando todo empezaba a irle bien?

A Sadie se le ocurrieron varias razones, pero las razones apenas tenían importancia a aquellas alturas. Era lo que siempre decía Donald: pensar en el móvil era una distracción. Si los pensamientos no conducían directamente a una explicación, impedían ver lo que se tenía justo en frente. Lo único que importaba era que Maggie se había ido. Habían hallado pruebas indiscutibles.

—Había una nota, Nancy.

—La nota. —Nancy movió la mano, frustrada—. Ya sabes lo que pienso de esa nota.

En efecto, Sadie sabía qué pensaba Nancy de esa nota. Y no era nada bueno. De modo un tanto previsible, Nancy estaba convencida de que la nota era falsa. A pesar de que varios grafólogos le habían asegurado, varias veces y con altas dosis de convencimiento, que el mensaje lo había escrito Maggie.

—No tiene sentido —dijo Nancy—. Si la hubieras conocido estarías de acuerdo.

Sadie no conocía a Maggie, pero sí conocía el caso. Sabía que había una nota, sabía que Caitlyn tenía hambre y miedo cuando la encontraron, sabía que la niña ahora estaba a salvo y feliz. Sadie miró a Nancy, sentada al otro lado del sofá, con el rostro descompuesto por el horrible esfuerzo de inventar un sinfín de posibilidades que explicaran lo sucedido a Maggie. Pensó que el cerebro humano tenía una capacidad creativa ilimitada cuando deseaba mucho creer algo.

Pensó una vez más en Eleanor Edevane, cuyo hijo también había desaparecido. En las notas de Clive no había indicios de que Eleanor hubiera sugerido alguna explicación alternativa a lo ocurrido al niño. De hecho, Clive dijo que se había comportado con elegancia, que no se había entrometido en la labor de la policía, que su marido le había impedido salir y ayudar con la búsqueda, que Eleanor había decidido no ofrecer una recompensa, pero había donado dinero a la policía como agradecimiento por sus esfuerzos.

De repente a Sadie le pareció un comportamiento muy poco natural. Qué diferente a la convicción ciega de Nancy Bailey de que la policía se equivocaba, a sus incansables intentos de encontrar nuevas vías de investigación. De hecho, la pasividad de Eleanor Edevane casi podría considerarse una prueba de que conocía el paradero de su hijo. Clive, ciertamente, no pensaba así. Él estaba convencido de que mantenía la compostura por su enorme fuerza de voluntad y que se había derrumbado solo cuando se sumó la tragedia del suicidio de su amigo Llewellyn.

Claro que uno no podía contar siempre con que los investigadores miraran más allá de la relación personal que habían forjado con las familias, en especial un agente joven que acababa de comenzar. Sadie se quedó muy quieta y su mente se activó de repente, sopesando las posibilidades. ¿Podía ser la donación a la policía una especie de disculpa, por hacerles perder el tiempo y recursos en una búsqueda que ella sabía que era inútil? ¿La búsqueda de un niño que ya estaba muerto? ¿Que, tal vez, ya había sido enterrado en algún lugar de Loeanneth? ¿En ese bosque que resguardaba la casa de los intrusos?

—Lo siento. Estás cansada. Debería irme.

Sadie parpadeó. Ensimismada en sus pensamientos, casi se había olvidado de su invitada.

Nancy cogió el bolso por el asa y se lo colgó del hombro. Se levantó.

—Has sido muy amable al recibirme.

—Nancy… —Sadie se detuvo. No sabía muy bien qué quería decir. *Siento que las cosas no hayan acabado de otro modo. Siento haberte fallado.* Sadie no solía dar abrazos y, sin embargo, en ese momento sintió una necesidad imperiosa de abrazar a aquella mujer. Y lo hizo.

* * *

Cuando Nancy se fue, se quedó un rato sentada en el sofá. Aún se sentía cansada, pero estaba demasiado acelerada para dormir. Se maldijo por haber devuelto *Escapa(hui)das ficticias* antes de irse de Cornualles; le habría venido bien un buen sedante. La tristeza y la soledad de Nancy, lo traicionada que se sentía por la huida de su hija, habían dejado un lúgubre eco en el piso. Era una verdadera lástima que sintiera que la habían separado de Caitlyn, pero a Sadie le alegraba que la niña tuviera otra familia, un padre cariñoso con una segunda esposa dispuesta a cuidar de la hija de otra mujer. Había buenas personas en el mundo, personas como Bertie y Ruth.

El verano que Sadie descubrió que estaba embarazada mantuvo una dolorosa sucesión de discusiones con sus padres. Estos habían insistido, inflexibles, en que «nadie se enterara» y exigido que lo «solucionara» de la forma más rápida y discreta posible. Sadie se había sentido desorientada y asustada, pero se había negado. La situación empeoró, su padre bramó y la amenazó, y al final (ahora no recordaba si fue él o ella quien dio el ultimátum), Sadie se había ido de casa. Fue entonces cuando intervinieron los servicios sociales y preguntaron si tenía a alguien con quien quedarse mientras se apaciguaban los ánimos, familiares o amigos que pudieran cuidar de ella. Al principio, Sadie había respondido que no. Solo cuando insistieron se acordó de los abuelos a los que solía visitar cuando era pequeña. Afloraron vagos recuerdos del viaje en coche a Londres, el asado de los domingos y el diminuto jardín amurallado. Había habido un altercado, recordó (sus padres, cerriles e inflexibles, los tenían a menudo), y la madre de Sadie había roto la relación con su madre y su padre cuando Sadie tenía cuatro años.

Sadie había estado nerviosa cuando volvió a ver a Bertie y a Ruth después de tantos años. Las circunstancias de la reunión la hacían sentirse avergonzada, lo que le provocaba indignación. Había pegado la espalda contra la pared de la tienda, disfrazando su timidez de hosquedad, mientras el señor y la señora Gardiner intercambiaban las cortesías de rigor con aquellos abuelos a los que apenas se atrevía a mirar. Ruth había hablado mientras Bertie aguardaba en silencio con el ceño fruncido, y Sadie se había mirado los zapatos, las uñas, la postal enmarcada junto a la caja registradora..., cualquier cosa antes que a esos adultos bienintencionados que acababan de asumir el control de su pequeño mundo.

Había sido ahí, de pie, contemplando la postal, una fotografía sepia de la puerta de un jardín, cuando sintió una patada del bebé por primera vez. *Como si compartiéramos el secreto más asombroso, esa diminuta persona oculta y yo*, había escrito Eleanor a Anthony en ese papel con dibujos de hiedra, y eso fue exactamente lo que había sentido Sadie. Ellos dos solos contra el mundo entero. Fue entonces cuando la idea llegó como un susurro: tal vez podría quedarse con el bebé, tal vez todo saldría bien siempre que permanecieran juntos. Desde un punto de vista práctico, no tenía sentido: no tenía ingresos ni perspectivas de tenerlos, no sabía nada de cuidar niños (ella misma era una niña), pero el deseo era tan poderoso que por un tiempo anuló toda sensatez. Las hormonas, o eso le habían dicho las enfermeras.

Con un suspiro, recogió el montón de correo de la mesa y empezó a separar las facturas de la publicidad. Casi había terminado cuando se encontró con un sobre que no era ni una ni otra cosa. Su dirección estaba escrita a mano y reconoció la letra al instante. Durante una fracción de segundo Sadie pensó que sería la que había devuelto la semana pasada, que el cartero habría cometido un error y se la había entregado a ella en vez de al remitente. Entonces se dio cuenta de que, por supuesto, era una nueva carta, que Charlotte Sutherland había vuelto a escribirle.

Se sirvió un trago de whisky para darse valor.

Una parte de Sadie no quería abrir el sobre, pero otra parte se moría por saber qué decía la carta.

La parte curiosa ganó. Solía ser así.

La primera mitad era muy similar a la anterior, formal y educada, explicaba quién era y hablaba un poco de sí misma, de sus logros y aficiones, sus gustos y fobias, pero cuando Sadie llegó al último párrafo notó que la caligrafía perdía la mesura y se volvía irregular. Sobresalían un par de líneas en concreto: *Por favor, responde: no quiero nada de ti, solo quiero saber quién soy. No me reconozco, me miro en el espejo y ya no sé quién soy. Por favor.*

Sadie soltó la carta como si le quemara. Las palabras parecían sinceras. Podría haberlas escrito ella misma quince años atrás. Recordó vívidamente el dolor de sentir que ya no se conocía a sí misma. De mirarse en el espejo en casa de Bertie y Ruth, el bulto tirante de su vientre, por lo general plano, la sensación de una vida que se movía ahí dentro. Lo peor, sin embargo, vino más tarde, esas marcas de la piel que revelaban la experiencia vivida. Había esperado volver a ser la de antes y había comprendido, demasiado tarde, que era imposible.

En el hospital aconsejaban no poner nombre a los bebés. Así era más fácil, al parecer, y todo el mundo se empeñaba en que todo resultara fácil. Nadie quería una escena. De vez en cuando ocurría, le había confesado la enfermera, por mucho cuidado que tuvieran. Era inevitable, había proseguido con sosegada sabiduría; a pesar de lo bien que funcionaba el sistema, siempre se daba algún caso. Había habido una chica, morena y de aspecto italiano, cuyos gritos Sadie a veces oía aún. *Quiero a mi bebé, denme a mi bebé.* Corría por el pasillo pintado de blanco, la bata entreabierta y la mirada enloquecida.

Sadie no había gritado. Apenas había hablado. Y cuando Bertie y Ruth fueron a buscarla, cuando todo hubo terminado, recorrió ese pasillo con la ropa de siempre y los ojos clavados en la puerta, como si no hubiera pasado nada y el episodio entero fuera a quedarse en esa habitación verde claro con una grieta en la pared que tenía la forma del río Nilo.

En su vida profesional Sadie había tratado con madres jóvenes y sabía que ahora las instituciones cooperaban con ellas al organizar las adopciones. Se les permitía ver al bebé después del nacimiento, ponerle nombre, pasar un tiempo con él. En algunos casos era posible recibir noticias sobre el progreso del niño, incluso visitarlo.

Pero las cosas eran diferentes por aquel entonces. Había más reglas, normas distintas. Acostada en la cama, con el brazo todavía conectado a un monitor en la mesa junto a ella, las enfermeras yendo de un lado a otro en ese bullicio que sigue al nacimiento de un bebé, había sostenido en brazos un bulto extraño y cálido, de extremidades pequeñitas, vientre redondeado y mejillas que parecían de terciopelo.

Noventa minutos.

Había tenido a su bebé en brazos noventa minutos antes de que se lo llevaran. Todavía veía esa mano pequeña y frágil que temblaba sobre la manta a rayas amarillas y blancas en la que estaba envuelta. Era la misma manita milagrosa que Sadie había pasado hora y media acariciando y acunando, que se había cerrado con fuerza en torno a su dedo como reclamándola, y por un instante en la habitación se había abierto un abismo por el que fue cayendo todo lo que Sadie quería decir a la pequeña, todo lo que quería que supiera, acerca de la vida y del amor, el pasado y el futuro. Pero las enfermeras tenían su sistema y, antes de que Sadie pudiera pensar y menos aún hablar, el pequeño bulto había desaparecido. A veces el eco de su grito aún le producía escalofríos. La calidez de esa manita la hacía despertarse de noche envuelta en un sudor helado. Incluso ahora, allí, en aquel cuarto de estar, tenía frío, mucho frío. Sadie solo había infringido una de las reglas del hospital. Le había puesto nombre a su hija.

* * *

Las cervezas con Donald, el whisky con Nancy y la bruma de pensamientos dolorosos la habían dejado agotada y, aunque solo eran las nueve y media, Sadie debió de quedarse dormida, pues lo siguiente que supo es que su móvil estaba sonando. Parpadeó en la penumbra del piso tratando de recordar dónde había dejado el maldito cacharro.

Lo dejó cargándose. Sadie fue a cogerlo a trompicones, tratando de aclararse las ideas. Tenía la cabeza llena de bebés. Bebés perdidos, bebés adoptados, bebés abandonados. Incluso, tal vez, un bebé asesinado.

Alcanzó el teléfono y vio un montón de llamadas perdidas en la pantalla, todas de un número que no conocía.

—¿Diga?

—¿Detective Sadie Sparrow?

—Al habla.

—Me llamo Peter Obel. Trabajo como asistente de la novelista A. C. Edevane.

Alice. Sadie sintió una oleada de adrenalina. Se espabiló de golpe.

—Sí.

—Lamento llamar tan tarde, pero se trata de un asunto delicado y no quería dejar un mensaje.

Ahora era cuando la amenazaba con emprender acciones legales si no dejaba en paz a su jefa.

—La señora Edevane ha recibido sus cartas respecto a la desaparición de su hermano Theo y me ha pedido que la llame.

—Sí.

—Le gustaría concertar una cita para hablar sobre el caso. ¿Le viene bien este viernes?

Capítulo 23

Londres, 2003

El primer recuerdo auténtico que Alice guardaba de su padre era de un día en el circo. Pocas semanas antes de que cumpliera cuatro años, las carpas rojas y amarillas habían aparecido como por arte de magia en un descampado en las afueras del pueblo. «¿Cómo sabían que era mi cumpleaños?», había preguntado a su madre, con los ojos abiertos con deleite al pasar ante el lugar. La emoción se acumuló durante los días siguientes a medida que aparecían carteles en las paredes y en los escaparates, mostrando payasos, leones y, lo que más gustaba a Alice, una niña que volaba a gran altura en un fastuoso columpio con cintas rojas ondeando a su espalda.

La pequeña Clementine estaba con una infección respiratoria, de modo que, cuando por fin llegó el gran día, madre se quedó en casa mientras ellos iban de la mano por los prados. Alice iba dando saltitos junto a su padre, con la falda del vestido nuevo bamboleando de forma agradable, tratando de pensar en cosas que decirle, tímida pero sintiéndose importante. Se le ocurrió ahora que Deborah también debería haber estado allí, pero la mente de Alice había borrado oportunamente a su hermana del recuerdo. Al llegar los asaltó el olor a serrín y estiércol, el sonido de la música de feria, los gritos de los niños y los relinchos de los caballos. Una carpa gigante se alzaba ante ellos, su boca oscura abierta de par en par, la cubierta inclinada que partía el cielo en dos, y Alice se detuvo a mirar con los ojos como platos la bandera amarilla izada en lo alto, que flameaba en la brisa mientras diminutos estorninos navegaban las corrientes de viento. «Es tremendo», dijo, satisfecha con la nueva palabra, que había oído decir a la señora Stevenson en la cocina y desde entonces se había estado muriendo de las ganas de emplearla.

Una fila de personas avanzaba a empellones hacia la entrada, niños y adultos que charlaban animados a la vez que entraban a la gran carpa y tomaban asiento en los bancos de madera. Mientras esperaban a que comenzara, la tensión estática se palpaba en el aire. El sol brillaba con fuerza y el tufo a lona recalentada se mezclaba con el olor de la expectación, hasta que al fin un redoble de tambores retumbó en la pista, silenciando las voces, y todo el mundo se sentó al borde de sus asientos. El maestro de ceremonias se pavoneó y resopló, los leones rugieron y las bailarinas a lomos de elefantes dieron vueltas a la pista. Durante todo ese tiempo Alice estuvo hipnotizada y solo desviaba la atención, en ocasiones y por un instante, para mirar a su padre, para absorber su gesto de concentración, la mejilla hundida, el mentón afeitado. Él todavía era una novedad, la pieza que completaba el rompecabezas, lo que les había faltado en los años de guerra sin ni siquiera saberlo. El olor a jabón de afeitar, las enormes botas en el vestíbulo, la calidez de esa risa bigotuda.

Después su padre compró una bolsa de cacahuetes y caminaron de jaula en jaula, metiendo la mano entre los barrotes, abriendo los dedos para recibir un lametón áspero. Había un hombre que vendía dulces en una alegre caravana y Alice tiró del brazo de su padre hasta que este dio su consentimiento. Con manzanas de caramelo en la mano, rebosantes de la cálida y agotadora sensación del placer compartido, se dirigieron a la salida, donde se cruzaron con un hombre con dos patas de palo y un trozo de metal que le cubría la mitad del rostro que estaba sentado en el suelo. Alice le clavó la mirada creyendo que se trataría de otra atracción de feria, como la mujer barbuda o el enano payaso con sombrero de copa y gesto triste pintado, pero su padre la sorprendió cuando se arrodilló junto al hombre y se puso a hablar con él en voz queda. Pasó el tiempo y Alice, que comenzaba a aburrirse, dio patadas en la arena y se comió la manzana hasta dejar solo el corazón pegajoso.

Volvieron a casa por los acantilados, con las embestidas del mar lejos, al fondo, y las margaritas meciéndose en los prados, y su padre le explicó que el hombre de la máscara de metal había sido soldado, como él. No todo el mundo había tenido la fortuna de regresar a un hogar maravilloso como el suyo, con una esposa y unas hijas preciosas; había muchos que habían perdido una parte de sí en el lodo de Francia. «Pero no tú», dijo Alice con osadía, orgullosa de su padre por regresar a casa sin un rasguño, por conservar los dos lados de su apuesto rostro. La respuesta de Anthony se quedó en el aire cuando Alice, que estaba haciendo equilibrios sobre las piedras picudas, se resbaló, cayó y se hizo un corte profundo en la rodilla. El dolor fue inmediato, metálico, y lloró lágrimas ardientes y llenas de furia contra la roca que se había entrometido en su camino y la había hecho tropezar. Su padre le vendó la rodilla con un pañuelo y le dijo palabras amables que se llevaron el dolor, antes de ponérsela a caballito y llevarla a casa.

—Tu padre sabe cómo arreglar las cosas —dijo madre más tarde, después de que Alice regresara a casa con la cara quemada por el sol y de buen humor, de que se hubiera bañado, peinado y comido huevos cocidos en el cuarto de los niños—. Antes de que nacieras fue a una gran universidad donde solo admiten a las personas más inteligentes de Inglaterra. Ahí es donde estaba aprendiendo a curar a la gente. Ahí es donde estaba aprendiendo a ser médico.

Alice torció el gesto, reflexionando sobre esta nueva información antes de negar con la cabeza ante el error de su madre.

—Mi papá no es médico —dijo—. No se parece en nada al doctor Gibbons. (El doctor Gibbons tenía dedos fríos y mal aliento). Mi papá es mago.

Eleanor sonrió, sentó a Alice sobre el regazo y susurró:

—¿Alguna vez te he contado que papá me salvó la vida?

Entonces Alice se acomodó para escuchar esa historia que pasaría a ser una de sus favoritas. Tan vívida era la narración de su madre que podía oler la mezcla de gases de escape y estiércol, ver la calle de Marylebone abarrotada de autobuses y motocarros y tranvías, sentir su miedo cuando alzó la mirada y vio el anuncio de TÉ LIPTON que se cernía sobre ella.

—¿Alice?

Alice parpadeó. Era Peter, su asistente. Estaba indeciso.

—Debe de estar a punto de llegar —dijo.

Alice miró el reloj.

—Tal vez. Aunque pocas personas son puntuales, Peter. Tú y yo somos excepciones. —Se esforzó para que los nervios no se le notaran en la voz, pero la amable sonrisa de Peter le indicó que no lo había logrado.

—¿Quiere que haga algo mientras esté aquí? ¿Tomar notas, servir el té?

Quédate a mi lado, quiso decir, *para que seamos dos y ella solo una. Para que no me sienta tan insegura.*

—No se me ocurre nada —dijo sin darle importancia—. Si la detective sigue aquí después de quince minutos, tal vez sea buena idea ofrecerle té. No tardaré más en decidir si es o no una pérdida de tiempo. Entretanto, puedes dedicarte a otras cosas.

Peter le tomó la palabra y fue a la cocina, donde llevaba toda la mañana trabajando en la dichosa página web. Cuando se fue, la habitación se llenó de repente de obstinados recuerdos. Alice suspiró. Todas las familias eran un cúmulo de historias, pero al parecer la suya contenía más capas de cuentos y versiones que la mayoría. Eran muchos, para empezar, y a todos les gustaba hablar y escribir y hacerse preguntas. Al vivir en Loeanneth, una casa ya rica en historia, era inevitable que construyeran sus vidas como una serie de relatos. Pero al parecer un capítulo de vital importancia no había sido nunca contado. Una verdad tan importante, tan central que sus padres habían dedicado sus vidas a mantenerla en secreto. Ese día en el circo Alice se equivocó al apiadarse de ese hombre de patas de palo y máscara de estaño mientras daba saltos junto a su padre y se vanagloriaba de que él hubiera salido indemne. Su padre también había perdido una parte de sí mismo en Francia.

—Madre me lo contó justo después del Día de la Victoria —le había dicho Deborah el martes. Estaban sentadas juntas en su casa, tomando el té, y su inexplicable *mea culpa* aún flotaba entre las dos—. Estábamos en plenos preparativos de la fiesta de celebración y papá descansaba arriba. Se aproximaba su final, y mamá estaba pensativa, supongo. Hice un comentario banal, sobre que era maravilloso que la guerra hubiera terminado, que los jóvenes pudieran volver a casa y retomar sus vidas y ella no respondió. Estaba en una escalera, colgando una bandera de la ventana, y me daba la espalda. Pensé que no me había oído. Hasta que no lo repetí no vi que le temblaban los hombros y comprendí que estaba llorando. Fue entonces cuando me contó lo de papá, lo mucho que había sufrido. Lo mucho que habían sufrido los dos después de la primera guerra.

Alice, sentada al borde del sofá, con la taza de fina porcelana en la mano, se había sentido del todo perpleja. Por la neurosis de guerra de su padre, pero más aún por la elección de Deborah de confesarlo ahora, cuando estaban hablando de Theo.

—Nunca hubo indicación alguna de que sufriera esa neurosis —dijo—. Vivían en Londres durante los bombardeos, por el amor del cielo. Los vi muchas veces y ni una vez se acobardó ante los ruidos.

—Pues no era así, me dijo madre. Su memoria ya no era la de antes y le temblaban las manos debido al gas nervioso... No pudo completar su formación y trabajar de cirujano, lo que le sumió en una profunda depresión. Pero el verdadero problema era algo más específico, algo que ocurrió allí y por lo cual nunca fue capaz de perdonarse.

—¿El qué?

—Madre no me lo dijo. No estoy del todo segura de que lo supiera y él se negaba a hablar con los médicos, pero eso que vio o hizo le provocó pesadillas toda su vida, y cuando lo atenazaba el terror dejaba de ser él mismo.

—No me lo creo. Jamás vi ni un indicio.

—Habían hecho un trato. Madre me contó que tuvieron mucho cuidado de ocultarlo. A nosotras, a todo el mundo. Papá estaba decidido a que no lo supiéramos. Había habido demasiados sacrificios, decía, para que ahora fracasara en su papel de padre. Sentí lástima de madre cuando me lo dijo; me di cuenta de lo sola que había estado. Siempre había pensado que nuestros padres eran autosuficientes, reservados por decisión propia y de repente se me ocurrió que la vida retirada que madre llevaba era una consecuencia del trastorno de papá. Cuidar de un ser enfermo es muy difícil, pero mantener el trastorno en secreto supone cortar lazos con amigos y familiares, y mantener siempre la distancia. No tuvo a nadie en quien confiar en todo ese tiempo. Yo fui una de las primeras personas a quien le habló de ello desde 1919. ¡Más de veinticinco años después!

Alice había echado un vistazo a la repisa de la chimenea de Deborah, donde había una fotografía enmarcada de la boda de sus padres, increíblemente jóvenes y felices. La inviolabilidad del matrimonio de Eleanor y Anthony había sido uno de los pilares de la mitología de la familia Edevane desde que Alice tenía uso de razón. Descubrir que los dos habían guardado un secreto todo ese tiempo era como mirar una obra maestra y ver de repente que era falsa. Para complicar el asunto, y para mayor indignación de Alice, Deborah lo había sabido durante casi sesenta años mientras que a ella le habían ocultado todo. Las cosas no eran así. Ella era la sabuesa de la familia, la que se enteraba de lo que no debía saber. Levantó el mentón.

—¿Por qué tanto secreto? Papá fue un héroe de guerra, no tenía motivos para avergonzarse. Lo habríamos comprendido. Le habríamos ayudado.

—Estoy de acuerdo, pero es evidente que madre le hizo una promesa poco después de su regreso, y ya sabes cómo era ella con sus promesas. Hubo algún incidente, por lo que deduzco, y ella le prometió que nadie se enteraría. Él no tendría que preocuparse por si nos asustaba, ella no lo permitiría, sin más. Aprendieron a reconocer los síntomas de un ataque inminente y madre nos mantenía alejadas de él hasta que pasaba.

—Con promesas o sin promesas, lo tendríamos que haber notado.

—Yo también tenía mis dudas, pero entonces comencé a recordar cosas. Brotaron cientos de miedos, pensamientos y observaciones, diminutos y parciales, y comprendí que en cierto sentido yo ya lo sabía. Que lo he sabido siempre.

—Bueno, pues yo sin duda no lo sabía y tengo la costumbre de prestar atención.

—Ya lo sé. Siempre te adelantas a todo. Pero entonces eras más joven.

—Solo un par de años.

—Un par de años vitales. Y pasabas mucho tiempo en tu mundo, mientras que yo observaba a los adultos, deseosa de unirme a ellos en el aire enrarecido del piso de arriba. —Deborah sonrió, pero fue un gesto desprovisto de alegría—. Vi cosas, Alice.

—¿Qué tipo de cosas?

—Puertas que se cerraban de golpe cuando me acercaba, voces alzadas que de repente callaban, un gesto de madre, esa mezcla particular de preocupación y amor cuando papá se iba al bosque y ella esperaba a que volviera. Todas esas horas que pasaba solo en su estudio y la insistencia con que madre nos pedía que no le molestáramos, esos viajes interminables al pueblo a recoger paquetes. En cierta ocasión subí a hurtadillas y me encontré con la puerta cerrada con llave.

Alice hizo un gesto desdeñoso con la mano.

—Quería privacidad. Si yo tuviera hijos, también cerraría con llave la puerta de mi estudio.

—Estaba cerrada por fuera, Alice. Y cuando se lo mencioné a madre, muchísimos años más tarde, cuando por fin me habló de su neurosis de guerra, dijo que él había insistido, que cuando sentía la llegada de un ataque, en especial cuando sentía que iba a ser de furia, no se detenía en nada para evitar hacernos daño.

—¡Daño! —Alice se mofó—. Nuestro padre jamás nos habría hecho daño.

No solo le parecía una idea ridícula, Alice ni siquiera entendía por qué lo mencionaba ahora su hermana. Iban a hablar de Theo, de lo que le ocurrió a Theo. Tal y como lo veía Alice, la neurosis de guerra de su padre no tenía nada que ver con Benjamin Munro y el secuestro que ella había planeado. Lo dijo de nuevo:

—Jamás nos habría hecho daño.

—No a sabiendas, no —dijo Deborah—. Y madre dejó muy claro que la furia de padre iba dirigida a sí mismo. Pero no siempre podía controlarse.

En ese momento, como una ráfaga de aire helado que entra por la ventana, se hizo la luz en la mente de Alice. Estaban hablando de Theo.

—¿Crees que papá hizo daño a Theo?

—Más que daño.

Alice fue consciente de que tenía la boca abierta y de que había dejado escapar una pequeña bocanada de aire. Cosas solo sugeridas antes cobraron claridad ahora. Deborah creía que su padre había matado a Theo. *Papá.* Que había sufrido una especie de ataque de furia inducido por la neurosis de guerra. Que había matado a su hermanito por accidente.

Pero no, Alice sabía que no era eso lo que había ocurrido. Había sido Ben quien se llevó a Theo. Había seguido el plan que ella había esbozado en su manuscrito con la intención de enviar una petición de rescate, de chantajear a sus padres por el dinero que necesitaba para ayudar a Flo, su amiga de Londres, que pasaba por una época difícil. Y aunque la explicación podía parecer descabellada, Alice no se basaba en una mera corazonada. Había visto a Ben en el bosque de Loeanneth aquella noche.

La alternativa que sugería Deborah era absurda. Papá era el hombre más bondadoso que había conocido, el más amable. Jamás habría hecho algo semejante, ni siquiera en pleno ataque de furia. Era una posibilidad desgarradora. No podía ser.

—No me lo creo —dijo—. Ni por un instante. Si, pongamos por caso, papá hizo lo que dices, entonces, ¿qué fue de Theo? De su cadáver, quiero decir.

—Creo que lo enterraron en Loeanneth. Lo escondieron, tal vez, hasta que se marchó la policía, y luego lo enterraron.

A pesar del espantoso escenario que describía, Deborah hablaba con una calma prodigiosa, como si reuniera fuerzas de la indignación de Alice.

—No —dijo Alice—. Dejando la violencia aparte, nuestro padre no pudo engañarnos de esa manera. Él y madre se amaban. Eso era real. La gente comentaba lo mucho que se querían. No. No solo me parece imposible que papá cometiera un acto tan atroz, tampoco puedo aceptar que hubiera guardado un secreto así a madre. Enterrar a Theo, por el amor de Dios, mientras ella se moría de la preocupación por su paradero.

—No es eso lo que he dicho.

—¿Entonces…?

—He pensado en ello, Alice. Lo he pensado hasta volverme loca, me temo. ¿Recuerdas cómo eran después? Al principio estaban tremendamente unidos, era imposible ver al uno sin el otro, pero cuando nos fuimos de Loeanneth y volvimos a Londres ya se había instalado entre ellos ese extraño distanciamiento. No lo habría notado nadie que no los conociera, fue un cambio muy sutil. Era casi como si hicieran teatro, al tener tantos miramientos el uno con el otro. Aún se mostraban cariñosos en sus conversaciones y en su actitud, pero con una nueva rigidez, como si les costase un gran esfuerzo lo que antes les había resultado natural. Y a veces la sorprendía mirándolo así, con preocupación, cariño, pero también algo más, algo siniestro. Creo que ella sabía qué había hecho y lo encubrió.

—Pero ¿por qué iba a hacer algo así?

—Porque lo amaba. Y porque se lo debía.

Alice se devanó los sesos, esforzándose una vez más por entender el vínculo entre una cosa y otra. Era una experiencia a la que no estaba acostumbrada. No le gustaba. Por primera vez en décadas se sintió atrapada de nuevo en el papel de hermana pequeña.

—¿Por cómo se habían conocido? ¿Porque madre pensaba que le había salvado la vida el día de los tigres, y que luego él había salvado Loeanneth por ella?

—Por eso, sí, pero había algo más. Es lo que trataba de decirte, Alice. Todo tiene que ver con lo que Clemmie vio por la ventana del cobertizo de las barcas.

El calor fue instantáneo. Alice se levantó, abanicándose.

—¿Alice?

Iban a hablar de Benjamin Munro, después de todo. El recuerdo asaltó a Alice, cómo se ofreció a él esa tarde en el cobertizo de las barcas, solo para ser rechazada, con tal amabilidad, tal delicadeza, que quiso arrastrarse a un agujero oscuro y quedarse dentro, convertirse en tierra y no poder sentir el dolor y la humillación de ser tan estúpida, tan poco atractiva, tan niña. *Eres una niña maravillosa, Alice,* le había dicho Ben. *No había conocido antes a alguien con una men-*

te tan perspicaz. Vas a crecer y vas a viajar y a conocer gente y ni siquiera te vas a acordar de mí.

—¿Estás bien? —La cara de Deborah reflejaba su preocupación.

—Sí. Sí, lo siento, solo he tenido un súbito... —*Hay otra, ¿verdad?*, le había dicho, furiosa, como correspondía a una buena heroína romántica. No lo había creído ni por un momento, lo había dicho por decir, pero él no había contestado y su cara se había llenado de compasión, y de pronto Alice había comprendido que estaba en lo cierto—. Un súbito...

—Son muchas cosas que asimilar.

—Sí. —Alice se sentó de nuevo en el sofá de lino de Deborah y recordó una expresión, algo que había oído decir a una mujer en el metro y lo anotó para usarlo en una novela: *Me ordené a mí misma ponerme los pantalones de persona mayor y hacer lo que tenía que hacer.* Alice estaba cansada de disimular. Era hora de ponerse los pantalones de persona mayor y enfrentarse al pasado—. Estabas hablando de Clemmie —dijo—. Supongo que te contó lo que había visto por la ventana del cobertizo de las barcas.

—Sí, y ese es el motivo por el que nunca podré perdonarme a mí misma —dijo Deborah—. Se lo conté a papá, ya ves. Fui yo quien le provocó el ataque de furia aquel día.

Alice frunció el ceño.

—De verdad, no veo qué relación hay entre las dos cosas.

—¿Sabes qué vio Clemmie?

—Claro que sí.

—Entonces, sabes que para ella habría sido muy confuso. Vino directa a verme y le dije que yo me encargaría de todo. En ese momento, ni se me pasaba por la cabeza contárselo a papá, pero al final sentí tanta lástima de él y estaba tan enfadada con ella... Fui ingenua e insensata. Debería haber mantenido la boca cerrada.

Alice estaba completamente confundida. ¿Él, ella, enfadada con quién? ¿Clemmie? ¿Cómo podía lo ocurrido entre

Alice y Ben en el cobertizo de las barcas haber enfurecido a su padre tanto que Deborah lo creía capaz nada menos que de hacer daño a Theo? Con un suspiro de exasperación, Alice levantó las manos.

—Deborah, para, por favor. Ha sido un día muy largo y la cabeza me da vueltas.

—Sí, cómo no, pobrecita. ¿Quieres más té?

—No, no quiero más té. Lo que quiero es que retrocedas un poco y me digas exactamente qué vio Clemmie.

* * *

Así que Deborah se lo había contado y, cuando acabó, Alice había sentido ganas de levantarse y salir de aquella hermosa salita, de estar sola, de sentarse muy quieta en un lugar donde nadie la molestara y concentrarse. De evocar todos los recuerdos de cada vez que le había visto, cada conversación, cada sonrisa que habían compartido. Necesitaba comprender cómo era posible haber estado tan ciega. Porque resultaba que había estado equivocada todos esos años. Clemmie no había visto a Alice por la ventana y Deborah no sabía que Alice había estado enamorada de Ben Munro. Ni siquiera había sospechado que Alice hubiera ayudado a secuestrar a Theo. Tenía sus propios motivos para recordar el nombre del jardinero al cabo de todos estos años.

Alice no se había quedado mucho más tiempo. Tras pretextar cansancio, había prometido a Deborah que se verían pronto y se había marchado. En el metro se sentó muy quieta y un tropel de emociones combatieron por adueñarse de ella mientras analizaba la información nueva.

No podía creer lo insensata y egocéntrica que había sido. Qué niña tan desesperada y anhelante, tan absorta en su mundo que ni había visto lo que en realidad sucedía. Clemmie lo había sabido, sin embargo, y había intentado decírselo a Alice aquella noche lóbrega del Blitz, pero incluso entonces, casi diez años más tarde, ya adultas, cuando la guerra les había enseñado los males del mundo, Alice había sido demasiado estúpida para escucharla. Había seguido aferrada a sus ideas erróneas. Preocupada por si Clemmie la había visto con Ben y, por lo tanto, la podía vincular con un secuestrador. Pero Clemmie no había visto a Alice y a Ben juntos. Alice se había equivocado. ¿Era posible que también se hubiera equivocado respecto a lo ocurrido con Theo?

Alice se quedó en el metro toda la tarde sin reparar apenas en los demás viajeros. Durante muchísimo tiempo había estado convencida de su versión de los hechos, pero la revelación de Deborah había sacado a la superficie dudas pequeñas e incómodas. Siempre había interpretado el que no hubiera petición de rescate como prueba de que algo había ido mal durante el secuestro. Pero ahora, visto sin la carga de una culpa asfixiante, le parecía una posibilidad remota, una suposición con pocos indicios que la respaldaran. Parecía una idea propia de una novela, y además mala.

La certeza de haber visto a Ben en el bosque esa noche (algo en lo que basaba toda su convicción) ahora le parecía la ilusión de una joven impresionable que deseaba más que nada volver a verlo. Estaba oscuro, se encontraba a cierta distancia, había trescientos desconocidos en Loeanneth durante la fiesta. Podría haber sido cualquiera. Podría no haber sido nadie. El bosque era taimado, proyectaba sombras, tendía trampas a las personas. Ojalá no hubiera ido nunca allí. Cuántas cosas habrían salido de otro modo si hubiera esperado al señor Llewellyn, tal como le había prometido. Entre otras, su viejo amigo tal vez habría sobrevivido. (Una idea que Alice por lo general trataba de ahuyentar. No ir a verlo, tal como habían acordado, ese «algo importante» de lo que quería hablar con ella, el pobre hombre tendido junto al arroyo a la espera de la muerte. ¿Habría podido salvarlo si hubiera ido a su encuentro en lugar de dirigirse al bosque?).

La admisión de esas dudas fue como encender una cerilla. La idea misma ahora le parecía una extraordinaria locura: un jardinero cuya amiga necesita dinero secuestra al hijo de su empleador durante una fiesta multitudinaria con la intención de pedir rescate. Usa un túnel secreto y un frasco de píldoras para dormir, ejecutando el mismo plan que traza una muchacha de dieciséis años con inclinaciones literarias... Era de risa. Ben no era un secuestrador. Alice se había dejado cegar por el sentimiento de culpa. Las convicciones adolescentes se habían endurecido como el cemento y ningún razonamiento adulto había sido capaz de alterarlas. Pero en realidad no había intentado alterarlas. Había hecho lo indecible para evitar pensar en ellas.

En comparación, la versión de los hechos de Deborah, si bien desagradable, poseía una claridad de la que carecía la versión de Alice. Había lógica y una sencillez subyacentes a la secuencia de los acontecimientos, fatalidad incluso. Theo no había llegado a salir de Loeanneth. Por eso la policía no había descubierto rastro de él en ninguna parte. Había encontrado la muerte en casa, a manos de alguien a quien quería y en quien confiaba. Una víctima más de la Gran Guerra y sus horrores incesantes.

Ese conocimiento la hizo revivir la vieja muerte y allí, en el metro, oculta detrás de unas gafas de sol oscuras, Alice había sentido el escozor de las lágrimas en los ojos. Lágrimas por su hermano, pero también por su padre, un buen hombre culpable del acto más atroz. En aquel momento la vida le pareció de una crueldad y frialdad inverosímiles y se sintió súbitamente exhausta. Alice no creía en Dios, pero le agradeció de todos modos que Clemmie no hubiera llegado a enterarse. Que hubiera muerto creyéndose su cuento de hadas acerca de la pareja sin hijos y la nueva y dichosa vida de Theo.

Vergüenza y remordimiento, horror y pesar. Pero había otra emoción acechando en los límites de su experiencia cuando al fin se dirigió a casa ese día, una emoción más ligera que no lograba identificar. Hasta última hora de la tarde, cuando salió de la estación de Hampstead, Alice no comprendió que se trataba de alivio. Que todo ese tiempo se había culpado a sí misma por revelar a Ben la existencia del túnel, pero que, después de setenta años, la confesión de Deborah (que planteaba la posibilidad de que los hechos de esa noche fueran distintos) la había, en cierto sentido, liberado.

Sin embargo, no era el alivio lo que la había llevado a pedir a Peter que se pusiera en contacto con Sadie Sparrow, sino la curiosidad. En otra época Alice se habría reído si alguien le hubiera sugerido que confiara a un extraño los detalles más íntimos de su historia familiar. El orgullo y el deseo de privacidad lo habrían impedido. Pero Alice ya era vieja. Se le estaba acabando el tiempo. Y, después de oír a Deborah, mientras, despierta en la cama, repasaba todas las combinaciones posibles y una revelación llevaba a otra y los hechos aceptados de su vida cambiaban como los prismas de un caleidoscopio para formar nuevas imágenes, Alice supo que tenía que averiguar la verdad.

Tras años de tramar novelas, estaba habituada a cribar información y convertirla en material narrativo, así que no tardó en organizar los hechos de forma lineal. Pero había lagunas, entre ellas el pequeño detalle de las pruebas, y Alice necesitaba llenar los huecos. Necesitaba el panorama completo. Habría hecho ella misma las investigaciones necesarias, pero en ciertas ocasiones era sensato reconocer los obstáculos y, a sus ochenta y seis años, Alice tenía que admitir ciertas limitaciones físicas. A riesgo de sonar demasiado parecida a su madre, la aparición de una investigadora profesional, interesada en llegar al fondo del caso justo cuando Alice la necesitaba, era una coincidencia de lo más feliz. Además, después de estar informándose sobre ella desde el martes, solicitando favores a todos los contactos que tenía en el cuerpo de policía, Sadie Sparrow ya no era una desconocida.

Alice sacó el expediente y estudió las notas, deteniéndose en la información recopilada acerca de las últimas investigaciones de la detective Sparrow. Saltaba a la vista que era una excelente detective, descrita como apasionada, tenaz e incluso terca. No había sido fácil encontrar nada que fuera remotamente censurable en su historial. Incluso Derek Maitland se había mostrado reacio a hablar en contra de su integridad y eso era mucho decir, pero Alice sabía ser muy convincente. Había seguido el caso Bailey en la prensa; a Alice siempre le interesaban las noticias de personas desaparecidas. Había visto que se daba por cerrado, pues la policía estaba convencida de que la madre de la niña la había abandonado, y había leído un artículo subsiguiente que hablaba de una cortina de humo. Supo que alguien en el cuerpo se habría ido de la lengua, y ahora sabía quién. Siempre era útil tener una garantía y, aunque Alice se estremecía solo de pensarlo (en la *sordidez* del chantaje, pues no había otra manera de llamarlo), con el as en la manga de Derek Maitland se sentía segura de que la detective Sparrow trataría el legado Edevane con discreción.

Cerró el expediente y echó un vistazo al reloj. El minutero casi rozaba las doce, lo que significaba que en cuestión de segundos Sadie Sparrow llegaría tarde y Alice podría disfrutar de la sensación, un tanto mezquina pero no por ello menos placentera, de encontrarse en ventaja. Tendría la sartén por el mango y todo iría bien. Se dio cuenta de que estaba conteniendo el aliento y sacudió la cabeza, divertida por su breve caída en la superstición. Qué tonta. Se comportaba como si el éxito de la cita, la resolución misma del misterio de su familia dependiera de la falta de puntualidad de una invitada. Alice se serenó, volvió al crucigrama del periódico que llevaba intentando terminar desde el desayuno y observó impasible cómo el minutero se preparaba para dar las doce. Cuando la aguja se disponía a saltar llamaron a la puerta y, a pesar de sus buenos propósitos, el corazón de Alice también dio un salto dentro de su pecho.

Capítulo 24

Sadie se detuvo a recuperar el aliento en los escalones de entrada. Había corrido desde la parada de autobús, lo cual no era sencillo con esos zapatos elegantes que había desenterrado del fondo del armario en el último momento. Estaban cubiertos de polvo y olían a humedad, y resultó que uno de los tacones iba sujeto por una única tira adhesiva. Se agachó para limpiar una rozadura que no había visto antes. Sus pies parecían los de otra persona, alguien que no estaba segura de si le gustaba, pero A. C. Edevane se vestía con esmero y Sadie no tenía intención de ofender la sensibilidad de la anciana presentándose en su casa con su desaliño de costumbre. Y tampoco tenía intención de llegar tarde, por muy difícil que fuera correr con esos tacones. A. C. Edevane era puntillosa cuando se trataba de la puntualidad. Una vez se negó a hacer una entrevista con un periodista que había llegado tarde, y era célebre la reprimenda que le había soltado a un presentador de la BBC por hacerla esperar. Sadie sabía todo esto porque se había pasado dos días y medio en una bruma de frenesí investigador, repasando entrevistas antiguas y leyendo todo lo que encontraba sobre A. C. Edevane. (Para su sorpresa había resultado ser una tarea agradable —había algo en Alice Edevane que le resultaba extrañamente cautivador—, más aún porque había servido para distraer sus pensamientos de la segunda carta de Charlotte Sutherland, que acababa de llegar). También sabía que la autora prefería las plantas a las flores y reparó con un gesto de satisfacción en las macetas de boj que había en los alféizares. Hasta ahí, todo iba bien. Complacida, Sadie sintió una confianza renovada mientras se enderezaba los puños de la camisa. Iba a hacer la entrevista siguiendo el guion que había preparado y no se iría sin la información que buscaba.

Levantó la mano para llamar de nuevo, pero la puerta se abrió. No era Alice Edevane quien se encontraba al otro lado, sino un hombre de unos treinta años, de piernas largas y barba de pocos días. Parecía un extra de una película sobre los Rolling Stones. Sadie sintió un inesperado, y no del todo desagradable, escalofrío de atracción física.

—¿Peter? —adivinó.

—Detective Sparrow. —Peter sonrió—. Pase, Alice la está esperando.

Los tablones del suelo crujieron bajo sus zapatos y en alguna parte un reloj marcaba el paso del tiempo. Peter la llevó a una sala de estar, amueblada hasta el exceso, elegante, con un aire muy masculino.

Una mujer que Sadie reconoció de inmediato gracias a las fotografías de la publicidad de sus libros estaba sentada en una silla junto a la chimenea apagada. Alice Edevane. Como suele ocurrir en presencia de una persona muy famosa, Sadie experimentó una abrumadora sensación de familiaridad. No un *déjà vu* pasajero, sino la impresión innegable de conocer a esa persona. El modo en que cruzaba las piernas, enfundadas en unos pantalones, hacia un lado, la forma despreocupada de sostener el periódico, incluso la manera de alzar el mentón le resultaban, de alguna manera, conocidos. Aunque, por supuesto, no la conocía en absoluto, salvo por las numerosas entrevistas que había devorado. Se acordó de una frase —*No hay nada tan molesto como alguien que cree ser tu amigo solo porque te reconoce*— y se sonrojó al darse cuenta de que era de la novela de Diggory Brent que había leído la semana pasada.

—Alice —dijo Peter—, está aquí la agente Sparrow. —Se volvió a Sadie y señaló con amabilidad un sillón capitoné de color verde—. Las dejo solas. Estaré en la cocina, por si me necesitan.

En cuanto salió, el tictac del reloj de la repisa se volvió más sonoro y Sadie sintió la necesidad imperiosa de decir alguna cosa. Se mordió la lengua al recordar que Alice había comentado desdeñosa en una entrevista que hoy día las personas no sabían estar en silencio. Sadie estaba decidida a no permitir que Alice detectara ni el más leve atisbo de ansiedad; lo contrario, sospechaba, sería desastroso.

Alice la estaba observando. Ojos pequeños y penetrantes de un brillo inusual en ese rostro apagado. De repente Sadie tuvo la certeza de que unos ojos así eran capaces de ver el alma de las personas. Al cabo de unos pocos segundos que parecieron horas, la anciana habló. Su voz era la de una actriz de teatro con una dicción propia de otra época.

—Bueno —dijo—. Por fin nos conocemos, detective Sparrow.

—Por favor, llámeme Sadie. Mi visita no es de carácter oficial.

—No, diría que no.

Sadie se quedó cortada. No eran las palabras en sí (eran un mero asentimiento), sino la manera en que Alice las había dicho. Con esa mirada que decía que *sabía* cosas.

—He hecho averiguaciones acerca de usted, detective Sparrow. Estoy segura de que coincidirá conmigo en que fue lo más sensato que podía hacer. Usted escribió solicitando permiso para entrar en la casa de mi familia, para hurgar en nuestros archivos, sin duda, y manifestó un especial interés en hablar de la desaparición de mi hermano. Soy una persona muy reservada, como ya habrá deducido, a pesar de mi profesión; no hablaría de mi familia con cualquiera. Necesitaba saber que podía confiar en usted, y eso implicaba investigar un poco para hacerme una idea de cómo es.

Sadie se esforzó en ocultar su terror bajo una sonrisa sosegada, mientras se preguntaba qué idea sería esa.

Alice continuó:

—Estoy al tanto del caso Bailey. En concreto estoy al tanto de su charla extraoficial con el periodista Derek Maitland.

Sadie sintió que la sangre abandonaba su cabeza y se le concentraba en la punta de los dedos, donde comenzó a palpitar como si necesitara ir todavía más lejos. *Alice sabía que había filtrado información.* Las palabras brillaron como letras de neón y, por un instante, el resplandor ardiente del pánico anuló cualquier pensamiento. Poco a poco, sin embargo, recuperó el uso de la razón. Alice sabía que era ella quien había filtrado información y aun así la había invitado a ir a verla.

—Me intriga saber, detective Sparrow, qué le hizo sentirse tan segura de que esa mujer desaparecida, Maggie Bailey, había sido víctima de un crimen cuando, por lo que veo, no había prueba alguna que lo sugiriera.

Sadie no había previsto una conversación sobre el caso Bailey, pero la anciana lo mencionaba por un motivo. Alice podría haber informado a los superiores de Sadie y negarse a tratar con ella. En su lugar, la había invitado a su casa. La única explicación era que quería poner nerviosa a Sadie. Conocía la jugada. El juego táctico de los interrogatorios era uno de los deportes preferidos de Sadie. Sintió respeto profesional por la anciana.

—No es fácil de explicar.

La decepción hizo decaer la expresión de Alice. Era una respuesta mala y sosa, y Sadie supo que debía hacerlo mejor. Se apresuró a añadir:

—Para empezar, el aspecto del piso, los pequeños detalles que revelaban, si no dinero, al menos esmero a la hora de decorarlo. El piano pintado de un amarillo alegre, la pared dedicada a los dibujos de la niña, con su nombre escrito con orgullo en una esquina. Me resultaba difícil creer que la mujer responsable de tales muestras de amor abandonara a su hija. No me convencía y, cuando empezamos a hablar con personas que la conocían, estuvieron de acuerdo.

—¿Qué personas?

—Su madre, por ejemplo.

Alice arqueó las cejas.

—Pero, detective Sparrow, una madre siempre apoyará a su hija en una situación así. ¿Interrogó a otras personas que la conocían? Había un exmarido, ¿no es cierto? ¿Le dio la misma impresión?

—Su descripción no fue tan elogiosa.

—¿Ah no?

—No, pero un exmarido siempre será menos efusivo en una situación así.

Alice permitió que una fugaz sonrisa, levemente divertida, asomara a sus labios. Se arrellanó en su butaca y miró a Sadie por encima de las manos entrecruzadas.

—Hay gente que no es de fiar, ¿verdad? Incluso el testigo más concienzudo, deseoso de complacer y sin nada que ganar, puede cometer errores, salpicar su testimonio de pequeños recuerdos confusos, suposiciones y opiniones en lugar de hechos.

Sadie recordó que Clive había dicho que Alice se había mostrado reacia durante el interrogatorio de 1933. La manera en que había acechado en el pasillo, junto a la biblioteca, la sensación de que o bien ocultaba algo o se moría de ganas de oír lo que se decía en los interrogatorios.

—Todos somos víctimas de nuestra experiencia —continuó Alice—, propensos a ver el presente a través de la lente de nuestro pasado.

Sadie tuvo la clara impresión de que ya no hablaban de abstracciones. Una vez más, Alice había clavado en ella esa mirada de pájaro.

—Es verdad —dijo.

—Me pica la curiosidad, detective Sparrow. Dejando a un lado por un momento las declaraciones de los testigos, ¿había pruebas reales que respaldaran su sensación de que le había ocurrido algo malo a la madre?

—No —concedió Sadie—. De hecho, había una carta, firmada por Maggie, que apoyaba la teoría de que la había abandonado.

—Lo recuerdo por los artículos de la prensa. Encontraron la carta una semana después de aparecer la niña.

—Sí, por entonces ya nos habíamos puesto a investigar otras posibilidades. La carta se había caído por un hueco entre la nevera y la pared.

—Pero, incluso después de encontrarla, usted no aceptó que Maggie Bailey se hubiera fugado sin más.

—Me costó renunciar a mi teoría.

—Hasta tal punto que habló con la prensa a espaldas del cuerpo.

Sadie sostuvo la mirada de Alice. Negarlo no era una opción, Alice no era tonta. Además, Sadie no quería ocultar lo que había hecho. La anciana tenía información suficiente para destrozar su carrera profesional y ese hecho le resultaba inesperadamente liberador. Desde que estaba de permiso apenas había tenido ocasión de hablar con sinceridad sobre el caso Bailey. Donald se negaba a oír una palabra, Sadie necesitaba mantener cierta reputación profesional con Clive y no había querido decepcionar a Bertie con la verdad. Pero ahora, de repente, podía hablar con libertad. No tenía nada que perder: Alice ya sabía lo peor.

—No vi otra forma de mantener el interés del público por el paradero de Maggie. La policía dio el caso por cerrado (los agentes que se empeñan en gastar el dinero de los contribuyentes en casos sin pruebas sólidas no reciben demasiado apoyo), pero yo no soportaba pensar que le había ocurrido algo y que nadie estaba dispuesto a seguir buscando.

—Va a quedarse sin trabajo si descubren que fue usted.

—Lo sé.

—¿Le gusta su trabajo?

—Muchísimo.

—Pero lo hizo de todos modos.

—Tenía que hacerlo.

—¿Es usted una persona temeraria, detective Sparrow?

Sadie sopesó la pregunta.

—Espero que no. Desde luego no acudí a Derek Maitland llevada por un arrebato. Y me gustaría pensar que actué de un modo responsable con Maggie, en lugar de un modo irresponsable con mi trabajo. —Exhaló un suspiro contundente—. No, no soy una persona temeraria. Soy concienzuda. Tal vez un pelín obstinada.

Mientras Sadie trazaba su perfil psicológico, Peter había entrado en la habitación. Sadie lo miró expectante, preguntándose si Alice habría activado el botón oculto de las expulsiones y estaba allí para acompañarla a la puerta. Peter no dijo nada, pero miró interrogante a Alice. Esta asintió una vez con la cabeza, con decisión, y dijo:

—Creo que nos vendría bien un poco de té. Gracias, Peter.

Este pareció excesivamente contento.

—Vaya, qué gran noticia. Me alegro mucho.

Dedicó a Sadie la más cálida de las sonrisas al salir, algo que la conmovió, aunque no sabía muy bien qué había hecho para merecerla. Sí, sin duda, ese joven la atraía. Y era extraño, pues no era su tipo en absoluto. La intrigaba, con ese pelo largo, enmarañado, y sus modales de otra época. No podía ser mucho mayor que ella y era encantador de una manera un tanto libresca. ¿Cómo habría acabado allí, haciendo de Lurch moderno?

—Es doctor. En literatura, no en medicina —dijo Alice Edevane, que le había leído el pensamiento—. Y, con mucho, el mejor asistente que he tenido.

Sadie comprendió que había estado mirándolo. Apartó la vista, la fijó en la rodilla y procedió a limpiarse una pelusa invisible.

—¿Ha leído alguno de mis libros, detective Sparrow?

Sadie dio una última manotada al pantalón.

—Uno.

—Entonces conoce a Diggory Brent.

—Sí.

—Es posible que no sepa que se convirtió en investigador privado después de haber sido expulsado del cuerpo por algo muy similar a su reciente falta.

—No lo sabía.

—No, bueno, en los viejos tiempos se esperaba que los autores ofrecieran un breve resumen de la historia al comienzo de cada libro cuando formaban parte de una serie, pero los editores dejaron de insistir y, después de tantos libros, me alegré de poder prescindir de esa costumbre. Existe un número limitado de maneras de decir lo mismo una y otra vez, y me temo que se había convertido en una tarea tediosa.

—Me lo imagino.

—Diggory no encajaba bien en el cuerpo. Era un trabajador muy motivado, pero que había sufrido terribles calamidades en su vida personal. Perdió a su esposa y a su niño pequeño y esa pérdida le dio una tenacidad no siempre valorada por sus colegas, por no mencionar a sus superiores. Perder a un hijo suele crear a las personas una pertinaz sensación de ausencia, según he observado.

No por primera vez, Sadie tuvo la extraña sensación de que Alice sabía más de su pasado de lo que debería. Sonrió evasiva mientras Alice Edevane continuaba hablando.

—A Diggory le convenía mucho más la vida del investigador, lejos de los límites estrictos de la ley. No es que sea un hombre proclive a infringir la ley, todo lo contrario, es un hombre de honor, muy concienzudo. Concienzudo y, ¿cómo lo ha expresado antes?, un pelín obstinado.

Peter volvió con una bandeja de té, que dejó sobre el escritorio, detrás de Sadie.

—¿Cómo le gusta? —preguntó, tras lo cual sirvió con elegancia el té con leche que le pidió Sadie.

—Gracias, Peter. —Alice aceptó su té, solo, sin azúcar. Dio un sorbo, dudando un momento antes de tragar, y a continuación dejó la taza y el platillo después de girar ligeramente el asa—. Y ahora —dijo, y su tono dio a entender que iba a cambiar de tema—, vayamos al grano, ¿de acuerdo? En su carta mencionaba una teoría. Quería entrar en la Casa del Lago a investigar. Supongo que ha descubierto el segundo túnel de Loeanneth.

Así, sin más preámbulos, habían abandonado a Maggie Bailey y a Diggory Brent y Alice había dirigido la conversación hacia la desaparición de su hermano. Sadie se alegró de volver al tema, perpleja por la manera de abordarlo, pero deseosa de seguir adelante.

—Sí —dijo, irguiendo la espalda—, pero mis ideas han cambiado desde que la escribí. Quería saber si podría hacerle unas preguntas acerca de su padre.

Alice apenas parpadeó, casi como si hubiera sabido lo que se avecinaba.

—Podría hacerlas, detective Sparrow, pero soy muy mayor y mi tiempo es muy valioso. Sería más de mi agrado, y sin duda más útil para usted, si se dejara de rodeos y me contara su teoría. ¿Qué cree que le sucedió a Theo?

Tras diez años de trabajar en la Policía Metropolitana, Sadie estaba segura de no haber interrogado nunca a nadie como Alice Edevane. Intentó no mostrarse desconcertada.

—Creo que su hermano murió esa noche en Loeanneth.

—Yo también. —Alice parecía casi satisfecha, como si estuvieran en un examen y Sadie hubiera dado la respuesta correcta—. Durante mucho tiempo no pensé así, creía que lo habían secuestrado, pero hace poco he llegado a la conclusión de que me equivocaba.

Sadie hizo acopio de valor para continuar.

—Su padre sufría neurosis de guerra.

Una vez más, Alice se mostró impasible.

—Así es. Si bien, una vez más, eso es algo que no he sabido hasta hace poco. Fue un secreto que mis padres guardaron muy bien. Me lo contó mi hermana Deborah, y ella no lo descubrió hasta 1945. —Los largos dedos de Alice acariciaban los ribetes de terciopelo del brazo del sillón—. Así pues, detective Sparrow, hemos establecido que mi padre sufría neurosis de guerra y estamos de acuerdo en que lo más probable es que mi hermano muriera en Loeanneth. ¿Cómo relaciona estos dos hechos?

Había llegado el momento. Sadie sostuvo la mirada de Alice.

—Creo que su hermano fue asesinado, señora Edevane, accidentalmente, por su padre.

—Sí —dijo Alice—. Desde hace poco yo pienso lo mismo.

—Creo que está enterrado en Loeanneth.

—Es la explicación más lógica.

Sadie exhaló un pequeño suspiro de alivio. En su experiencia, las personas no solían agradecer la sugerencia de que un ser muy querido fuera capaz de cometer un crimen. Había imaginado que tendría que persuadir a Alice, razonar con ella, explicar y cuidar de no herir sus sentimientos. Sin duda, aquella aceptación franca era preferible.

—El único problema es que no sé cómo probarlo.

—En eso, detective Sparrow, tal vez yo pueda ayudarla.

Sadie sintió un pequeño hormigueo de emoción.

—¿Cómo?

—Después de tantísimo tiempo dudo mucho que queden «pistas» físicas, pero hay otras fuentes a las que acudir. Mi familia era muy dada a ponerlo todo por escrito. No sé si es usted aficionada a escribir.

Sadie negó con la cabeza.

—¿No? Bueno, no importa, no son sus secretos los que queremos descubrir. Mi padre llevaba un diario en el que escribía religiosamente. Mi madre no tenía diario, pero era muy aficionada a escribir cartas. Fue una de esas niñas que dejaban notitas encantadoras para las hadas y cuando nuestro padre se marchó a la guerra, justo después de casarse, el hábito de escribir cartas perduró.

Sadie recordó la carta de amor en papel con hojas de hiedra que había encontrado en el cobertizo de las barcas, la misiva de Eleanor a Anthony, escrita cuando él estaba en el frente y ella estaba embarazada de Alice. Consideró mencionarla, pero ese interés, visto desde la perspectiva de la hija, podría parecer malsano. Además, Alice ya había cambiado de tema.

—Hay un estudio en el ático de Loeanneth donde se conservan los archivos de la familia que se remontan a varias generaciones y donde mi padre solía trabajar. También hay un secreter con cierre de persiana en el cuarto de mi madre. Yo empezaría por ahí. Guardaba toda su correspondencia. Escribía todas sus cartas por triplicado, guardaba las libretas terminadas en el secreter y conservaba todas las cartas que recibía en los cajones laterales. Están cerrados, pero encontrará la llave en un pequeño gancho debajo de la silla del escritorio. De niña me empeñaba en averiguar este tipo de cosas. Por desgracia, no me imaginaba que entre los papeles de mi madre hubiera algo digno de saberse, y no me habría atrevido a allanar el estudio de mi padre. Nos habría ahorrado muchas molestias si hubiese echado un vistazo entonces. No importa. Más vale tarde que nunca. No puedo garantizar que vaya a encontrar las respuestas que buscamos, pero soy optimista. No he oído nada salvo elogios acerca de sus dotes investigadoras.

Sadie atinó a dedicarle una sonrisa que esperaba reflejara seguridad, calma.

—Durante su búsqueda encontrará toda clase de cosas. Confío en que será discreta. Todos tenemos secretos que no queremos compartir, ¿verdad?

Sadie comprendió que la estaba chantajeando. Educadamente, eso sí.

—Puede confiar en mí.

—Se me da muy bien juzgar a los demás, detective Sparrow, y creo que puedo confiar en usted. Tiene el valor de defender sus convicciones. Siempre he admirado ese rasgo. Me gustaría saber exactamente qué sucedió aquella noche. Me desagrada la palabra «conclusión»; la idea de un final cerrado está bien en la ficción, pero es una ilusión más bien infantil en este vasto mundo en que vivimos. Aun así, estoy convencida de que no es necesario explicar lo que significaría para mí obtener respuestas. —Alice cogió un juego de llaves de la mesita que tenía al lado. Después de hacerlas girar un par de veces, se las entregó a Sadie—. Las llaves de Loeanneth. Y tiene usted mi permiso para buscar donde le plazca.

Sadie tomó las viejas llaves con solemnidad.

—Si hay algo que encontrar...

—Lo encontrará. Sí, excelente. Ahora bien, a no ser que necesite algo más, creo que hemos terminado.

Sadie tuvo plena conciencia de que la acababan de echar, pero se le había ocurrido algo mientras Alice describía la afición a los diarios del padre y a las cartas de la madre. Alice parecía confiar en que las pruebas necesarias para implicar a su padre en la muerte de Theo estarían ahí, pero si Sadie conseguía establecer las conexiones, sin duda Eleanor Edevane, consciente del trastorno de su marido desde el principio, también lo habría hecho.

—¿Cree...? ¿Es posible que su madre lo supiera?

Alice ni parpadeó.

—Creo que debió saberlo.

—Pero... —Las implicaciones eran asombrosas—. ¿Por qué no se lo contó a la policía? Siguió casada con él. ¿Cómo es posible, teniendo en cuenta lo que hizo su marido?

—Estaba enfermo; jamás habría hecho algo así de manera intencionada.

—Pero perder a un hijo...

—Mi madre tenía ideas muy arraigadas sobre la moral y la justicia. Creía que una promesa, una vez hecha, debe cumplirse. Sentiría que hasta cierto punto se había merecido lo sucedido, incluso que lo había provocado.

Sadie tuvo la sensación de estar perdiéndose algo.

—¿Por qué iba a pensar algo así?

Alice estaba sentada erguida e inmóvil como una estatua.

—Hubo un hombre que trabajó en Loeanneth durante un tiempo, un hombre llamado Munro.

—Benjamin Munro, sí, lo sé. Usted estaba enamorada de él.

Alice pareció perder la compostura entonces, si bien muy ligeramente.

—Vaya, vaya. Veo que ha estado haciendo los deberes.

—Me limito a hacer mi trabajo. —A Sadie le irritó la cursilería de su frase.

—Sí, bueno, mal en este caso. —Alice alzó un hombro y un hueso anguloso se marcó bajo la blusa de seda color marfil—. Tal vez yo sintiera un encaprichamiento infantil hacia Ben, pero no fue más que eso. Ya sabe cómo son los jóvenes, tan volubles con sus afectos.

Por la manera en que lo dijo, Sadie se preguntó si Alice sabía algo acerca de su pasión adolescente. De aquel muchacho de piropos ocurrentes, coche lustroso y sonrisa que hacía que le temblaran las rodillas.

—Benjamin Munro se marchó de Loeanneth justo antes de la desaparición de Theo —dijo Sadie.

—Sí. Terminó su contrato.

—No tuvo nada que ver con lo que le sucedió a Theo.

—No en un sentido práctico, no.

Sadie se estaba cansando de acertijos.

—En ese caso, me temo que no entiendo por qué estamos hablando de él.

Alice alzó el mentón.

—Me ha preguntado por qué mi madre se sentía responsable de lo que le pasó a Theo. Una semana antes de la fiesta de verano, mi hermana mayor, Deborah, le contó algo a mi padre que lo sumió en un estado terrible. Lo he sabido hace poco. Al parecer, en las semanas previas a la fiesta del solsticio de verano, mi madre tuvo una aventura amorosa con Benjamin Munro.

Capítulo 25

Cornualles, 1931

Eleanor se enamoró por segunda vez cuando tenía treinta y seis años. No fue amor a primera vista, no como lo había sido con Anthony; en 1931 era una persona diferente a la muchacha de veinte años atrás. Sin embargo el amor es de muchos colores, y esta vez fue así: un Londres gris, lluvioso, el médico de Harley Street, un té en Liberty, un mar de paraguas negros, una concurrida estación de tren, el asiento amarillo y áspero en el vagón frío y húmedo.

Afuera sonó el silbato, el tren estaba a punto de partir y ya era hora. Eleanor estaba mirando por la ventana las vías ennegrecidas de hollín y apenas se fijó cuando un hombre subió de un salto en el último momento y tomó asiento junto a la ventana, frente a ella. Vio su reflejo en el cristal: era joven, por lo menos diez años más joven que ella; percibió vagamente una voz agradable que le decía al hombre sentado a su lado que había tenido suerte de conseguir billete, alguien lo había devuelto a última hora, y ya no le prestó más atención.

El tren se alejó de la estación con una bocanada de humo y la lluvia comenzó a deslizarse por los cristales, de modo que el mundo exterior se disolvió. A medida que Londres daba paso al campo abierto, Eleanor repasó su encuentro con el doctor Heimer y se preguntó si le habría revelado demasiado. La mecanógrafa remilgada y menuda en un rincón que trasladaba a la máquina todo lo que decía Eleanor le había resultado desconcertante en su momento, pero recordarla ahora le producía náuseas. Eleanor sabía que era importante sincerarse con el médico, contarle con exactitud lo que Anthony decía y hacía, y, sin embargo, al revisar sus descripciones, al oír las palabras que había pronunciado, sintió el peso cruel de haber traicionado al marido que había jurado proteger.

Anthony era mucho más que los síntomas que padecía. Eleanor había querido transmitir al médico lo amable que era con las niñas, lo jovial y apuesto y entusiasta que había sido cuando se conocieron, lo injusto que era que una guerra tuviera el poder de dejar a un hombre hueco, de desgarrar el tapiz de su vida dejando solo las hebras maltrechas de los sueños pasados para rehacerla. Pero, a pesar del cuidado que había puesto en sus palabras, no había logrado hacer ver al médico cuánto amaba a su marido, no había sabido comunicar que solo quería salvar a Anthony igual que él la había salvado a ella. Había querido que el médico la absolviera de su fracaso, pero, en lugar de eso, él la había escuchado impávido detrás de su traje gris y sus anteojos de montura metálica, con la pluma contra los labios, y había asentido y suspirado y en ocasiones anotado alguna cosa en los márgenes de su libreta. Las palabras de Eleanor se habían convertido en gotas al llegar a él, habían resbalado por el pelo engominado del médico como el agua por la espalda de un pato, y mientras tanto, en el silencio clínico y formal de la habitación, el *tac tacatac* de la máquina de escribir había sonado como un reproche constante.

Eleanor no supo que estaba llorando hasta que el hombre sentado enfrente se inclinó para ofrecerle un pañuelo. Alzó la vista, sorprendida, y vio que se habían quedado solos en el vagón salvo por una anciana sentada en el borde del asiento, junto a la puerta. Eleanor había estado demasiado absorta en sus pensamientos para reparar en las paradas del tren.

Aceptó el pañuelo y se secó los ojos. Le avergonzaba (más aún, la enfurecía) ser esa persona, esa mujer que lloraba e inspiraba la amabilidad de un extraño. Pareció un acto íntimo, aceptar el pañuelo de un hombre joven, y Eleanor fue dolorosamente consciente de la anciana junto a la puerta, que fingía estar concentrada en su labor de punto mientras les lanzaba miradas de reojo.

—No —dijo el hombre cuando trató de devolverle el pañuelo—, quédeselo.

No le preguntó por sus problemas y Eleanor no los reveló. El hombre se limitó a sonreír amablemente y volvió a sus asuntos.

Sus asuntos, vio Eleanor, consistían en un pequeño trozo de papel que manipulaba con movimientos rápidos pero certeros, plegando y formando triángulos y rectángulos, tras lo cual giraba el papel y comenzaba de nuevo. Eleanor se percató de que tenía la mirada clavada en él y apartó la vista, pero no dejó de observarlo, esta vez en el reflejo de la ventanilla del tren. Él hizo un ajuste final y a continuación sostuvo el papel en una mano y lo estudió desde todos los ángulos. Eleanor sintió una inesperada satisfacción. Era un pájaro, una especie de cisne de alas puntiagudas y cuello largo.

El tren circulaba despacio hacia el oeste y al otro lado de la ventana cayó una oscuridad tan absoluta como la de un teatro una vez terminada la representación. Eleanor debió de sumirse en un sueño largo y profundo, pues lo siguiente que supo fue que el tren había llegado al final de la línea. El jefe de estación estaba tocando el silbato para dar la orden de bajar y por la ventana del vagón se veía pasar a los viajeros.

Trató de coger los bultos del portaequipajes y, como no alcanzaba, él la ayudó. Fue así de sencillo. La bolsa de la compra se había quedado atascada en un trozo de metal, era difícil sacarla y Eleanor seguía desorientada por el sueño, cansada después de una jornada que había comenzado antes del amanecer.

—Gracias —dijo Eleanor—. Y por lo de antes. Me temo que le he estropeado el pañuelo.

—No tiene importancia —dijo él con una sonrisa que le dibujó un leve hoyuelo en la mejilla—. Es suyo. Y esto también.

Sus manos se rozaron cuando ella cogió la bolsa que le ofrecía y Eleanor le miró a los ojos un momento. Él también lo había notado, Eleanor lo supo por la forma en que se enderezó, la breve expresión de perplejidad que cruzó su rostro. Fue eléctrico, una chispa de reconocimiento cósmico, como si en ese momento el tejido del tiempo se hubiera abierto y hubieran vislumbrado una existencia alternativa en la que eran algo más que extraños en un tren.

Eleanor se obligó a poner sus pensamientos en orden. Por la ventana vio a Martin, su chófer, en el andén bien iluminado. Estaba estudiando al resto de los pasajeros, buscándola a ella, preparado para llevarla a casa.

—Bien —dijo, en el mismo tono formal con el que podría haberse dirigido a una criada recién llegada—, gracias de nuevo por su ayuda.

Y, tras una breve inclinación de cabeza, dejó al joven en el vagón, levantó la barbilla y se alejó.

* * *

Si no lo hubiera visto de nuevo, seguramente lo habría olvidado. Un encuentro casual en un tren, un apuesto desconocido que había tenido un pequeño gesto de amabilidad con ella. Un momento trivial relegado entre los recovecos de una memoria ya rebosante de recuerdos.

Pero Eleanor volvió a verlo, algunos meses más tarde, un día nublado de agosto. Era una mañana de un calor inusual, de aire cargado, y Anthony se había despertado de mal humor. Eleanor lo había oído dar vueltas antes del amanecer, combatiendo las terribles visiones que lo asaltaban de noche, y supo que tenía que prepararse para lo peor. También había llegado a saber por experiencia que la mejor defensa era un buen ataque. Inmediatamente después del desayuno lo había enviado arriba. Tras obligarlo a tomar dos píldoras para dormir del doctor Gibbons, informó con firmeza al servicio que el señor estaba ocupado en un proyecto importante y no debía ser importunado. Por último, como era el día libre de Rose, la niñera, había reunido a las niñas y les había dicho que se pusieran los zapatos; iban al pueblo a pasar la mañana.

—¡Oh, no! ¿Por qué? —Era la voz de Alice, siempre la primera en quejarse, y la más vehemente. No se habría mostrado más horrorizada si Eleanor hubiera sugerido que pasaran una semana en las minas.

—Porque tengo que recoger unos paquetes en la oficina de correos y me vendría bien vuestra ayuda.

—¿De verdad, madre? ¿Más paquetes? A estas alturas ya habrás comprado una cosa de cada en Londres.

Refunfuñar y más refunfuñar.

—Ya basta, Alice. Algún día, si Dios quiere, estarás a cargo de un hogar y entonces serás tú quien decida si comprar o no los artículos necesarios para que todo funcione.

La mirada de Alice gritó *¡Jamás!* y a Eleanor le asombró reconocerse a sí misma en el gesto obstinado de su hija de catorce años. Esta constatación la irritó y se irguió cuan larga era. Su voz sonó más crispada de lo que había sido su intención.

—No te lo voy a repetir, Alice. Vamos al pueblo. Martin ya ha ido a sacar el coche, así que ve a buscar tus zapatos.

Alice hizo una mueca altiva y los ojos le brillaron con desdén.

—Sí, madre —declaró, pronunciando el tratamiento como si le quemara en los labios.

Madre. Nadie le tenía especial cariño a madre. Incluso Eleanor torcía el gesto en ocasiones ante la incesante pedantería de esa otra mujer. No era nada divertida y siempre empañaba los momentos alegres con un sermón sobre la responsabilidad o la seguridad. Y, sin embargo, era esencial. Eleanor se habría derrumbado bajo la desgarradora tensión del trastorno de Anthony, pero madre siempre estaba a la altura de las circunstancias. Se aseguraba de que las muchachas dejaran tranquilo a su padre cuando lo necesitaba y siempre se mantenía ojo avizor para intervenir antes de una recaída. A madre no le preocupaba que sus hijas la vieran como una vieja bruja. ¿Por qué le iba a preocupar? Todo lo que hacía iba encaminado a convertirlas en mejores personas.

A Eleanor en cambio sí le importaba, y mucho, y añoraba los lejanos años de guerra, cuando las niñas se acurrucaban en su regazo y escuchaban sus cuentos, cuando corría con ellas por la finca, explorando y mostrándoles los lugares mágicos de su infancia. Pero hacía mucho tiempo que había dejado de sentir lástima de sí misma. Había visto otras familias cuya vida giraba en torno a las exigencias de un inválido y había decidido que no quería ese sufrimiento añadido. Se negaba a que la sombra de la decepción y la angustia de Anthony se cerniera sobre la vida de sus hijas. Si ella lograba absorber los problemas de Anthony, las muchachas no se verían afectadas, y un día, cuando diera con el médico indicado, cuando descubriera la cura de sus males, nadie se habría enterado de nada.

Entretanto, Eleanor se dedicó a mantener oculto el trastorno de Anthony, tal y como le había prometido. En cumplimiento de esta promesa, hacía con frecuencia pedidos a los grandes almacenes de Londres. No necesitaba la mitad de las cosas que compraba, pero eso no tenía ninguna importancia. Era una de las formas más sencillas y creíbles que había pergeñado a lo largo de los años para mantener alejadas a las niñas. Además de las visitas a la playa o las excursiones a la pradera, tenían que acompañarla al pueblo a recoger los paquetes. Por su parte, a ellas les resultaba del todo verosímil (si bien sumamente irritante) que su madre fuera una compradora compulsiva que no estaba contenta hasta tener la última fruslería de la capital. Y así ocurrió aquella mañana.

—¡Deborah, Clementine, Alice! ¡Venid! Martin está esperando.

Se produjo el alboroto de costumbre mientras las niñas corrían por la casa en busca de esos zapatos esquivos. Más tarde tendría que soltarles un sermón: señoritas, responsabilidad, deber para consigo mismas, cosas así. A madre se le daba bien impartir lecciones. Claro que no era de extrañar, había tenido el ejemplo perfecto en Constance. Eleanor se sorprendía a sí misma al oírse hablar con tanta dureza, tan fría, sin sentido del humor. Cuando las reprendía con severidad sobre sus modales, las caras de sus hijas eran la viva imagen del tedio y la antipatía. Lo peor era que, salvo el ocasional y brevísimo atisbo de dolor y confusión que atravesaba la cara de Deborah (como si *casi* recordara los días en que las cosas habían sido distintas), revelaban una absoluta falta de sorpresa. Para Eleanor, esto era lo más aterrador de todo. Sus hijas no tenían ni idea de cómo envidiaba su libertad y cuánto le reconfortaba su desprecio por los modales de sociedad. Qué parecida a ellas había sido una vez y qué grandes amigas habrían podido ser si las cosas hubieran salido de otra manera.

Por fin aparecieron las niñas al pie de las escaleras, más desaliñadas de lo que le habría gustado a Eleanor, pero con un zapato en cada pie, lo cual ya era algo. Eleanor las llevó afuera, donde Martin aguardaba con el coche, y se amontonaron en el asiento de atrás. Mientras las niñas discutían sobre quién viajaría junto a la ventanilla y quién estaría sentada sobre el vestido de quién, Eleanor miró hacia el ático, donde Anthony estaba durmiendo. Si lograba mantener a las niñas fuera toda la mañana, por la tarde, Dios mediante, Anthony se habría recuperado y podrían aprovechar parte del día. A veces los mejores momentos en familia llegaban tras mañanas como aquellas. Era un extraño patrón de tira y afloja, en el cual lo intenso de la desesperación de Anthony era proporcional al alivio radiante de su recuperación. Eran como joyas, esos momentos; raros pero preciosos recordatorios del hombre que solía ser. El hombre que aún era, se corrigió a sí misma, en lo más hondo.

Cuando llegaron al pueblo las nubes se habían dispersado. Los botes de pesca regresaban a puerto y las gaviotas volaban sin rumbo y graznaban sobre un mar inmóvil y grisáceo. Martin aminoró la marcha cuando llegaron a la calle principal.

—¿Quiere que la deje en algún lugar en concreto, señora?

—Aquí está bien. Gracias, Martin.

Martin aparcó el coche, abrió la puerta y salieron.

—¿Prefiere que espere aquí mientras hace las compras?

—No, gracias. —Eleanor se alisó la falda sobre las caderas mientras la salada brisa marina le acariciaba la nuca—. Estoy segura de que tendrá que hacer recados para la señora Stevenson y nosotras tardaremos un par de horas.

El chófer acordó recogerlas a las doce y media, lo que fue recibido con las protestas de rigor:

—Pero ¡dos horas enteras, madre! ¿Para recoger unos cuantos paquetes? ¡Me voy a morir del aburrimiento!

—El aburrimiento es propio de necios. —Se oyó decir Eleanor—. Y digno de lástima. —Y añadió, haciendo caso omiso de las protestas que la rodeaban—: He pensado que podríamos tomar el té. Así me contáis qué habéis estado aprendiendo en vuestras lecciones.

No gran cosa, sospechaba Eleanor. A juzgar por el número de pequeños periódicos que circulaban y las risitas disimuladas de las criadas cuando deberían estar ocupadas con otras cosas, las niñas prestaban más atención a la vieja imprentilla que a sus tareas escolares. Eleanor había sido igual, por supuesto, pero no había necesidad de que sus hijas lo supieran.

Animadas un tanto por la perspectiva de tomar un trozo de tarta, más que por la charla sobre las lecciones, las niñas siguieron a Eleanor al salón de té del paseo marítimo, donde las cuatro compartieron un momento de relativa alegría, empañada solo cuando Clementine volcó una jarra de leche y tuvieron que pedir un cubo y una fregona.

Por desgracia, la cordialidad no podía alargarse indefinidamente. Tanto la conversación cortés como el té se habían terminado cuando Eleanor consultó a hurtadillas el reloj de su padre y vio que aún tenían una hora por delante. Pagó la cuenta y recurrió al plan B. Había venido preparada con razones ficticias para visitar la mercería, la sombrerería y la joyería, y condujo a las niñas por la calle principal. Para cuando terminó la consulta sobre el arreglo del broche de una pulsera de oro, no obstante, estaban fuera de sí del aburrimiento.

—Por favor, madre —dijo Alice—. ¿No podríamos ir al mar mientras tú terminas aquí?

—Sí, por favor, madre —apoyó a su hermana, Clementine, quien casi había roto tres relojes en sendos minutos.

—Déjame que las lleve, madre —dijo Deborah, que, a sus dieciséis años, estaba comenzando a vislumbrar su papel de hija mayor, cerca ya de la edad adulta—. Yo las vigilo, me encargo de que se porten bien y las traigo de vuelta para ayudarte con los paquetes antes de que vuelva Martin.

Eleanor las miró marcharse y dejó escapar el suspiro que llevaba tiempo conteniendo. En realidad se alegraba tanto como ellas. Era mucho más fácil matar el tiempo cuando no tenía que mantenerlas a raya y entretenidas. Dio las gracias al joyero, aceptó el arreglo sugerido y salió de la tienda.

Había un banco de madera en la plaza y a Eleanor la alegró verlo vacío. Se sentó y pasó media hora tranquila, observando el ir y venir de las gentes del pueblo. De niña nunca había comprendido el placer que parecían extraer los adultos simplemente de sentarse. La ausencia de exigencias y expectativas, de preguntas y conversaciones era la encarnación más sencilla y auténtica de la felicidad. Con cierto pesar, comprobó que solo faltaban quince minutos para que Martin regresara y ella aún tenía que pasarse por la oficina de correos.

Es decir, había llegado el momento (Eleanor hizo acopio de valor) de enfrentarse a la encargada de la estafeta. Marjorie Kempling era una chismosa con una en apariencia inagotable fuente de información que se moría por comunicar. Debido tal vez a las frecuentes visitas de Eleanor a recoger paquetes, la señorita Kempling había decidido que eran algo así como una pareja de conspiradoras. Era una suposición errónea que Eleanor no estaba dispuesta a alentar. Tenía muy poco interés en conocer los entresijos de las vidas de sus vecinos, pero al parecer ni el más seco de los silencios empañaba el entusiasmo de la otra mujer. De hecho, daba la impresión de que, cuanto mayor distancia ponía Eleanor entre las dos, más se esforzaba la señorita Kempling en llenarla.

Eleanor vaciló un instante en el último escalón del edificio de piedra de la oficina de correos. Del arquitrabe al otro lado de la puerta colgaba una campanilla y su efusivo tintineo había llegado a producirle pavor. Para la señorita Kempling era el toque a rebato; para Eleanor señalaba el comienzo del asalto. Se preparó, resuelta a entrar, y con cortesía pero también con firmeza, rescatar sus paquetes y salir de allí con el menor alboroto posible. Asió el picaporte con más energía de la necesaria y se dispuso a empujar. Justo en ese momento, el picaporte se le escapó de entre las manos y, para su humillación instantánea, Eleanor se dio de bruces con un hombre que salía.

—Cuánto lo siento, discúlpeme —dijo dando un paso atrás, volviendo al rellano.

—No, por favor. Ha sido culpa mía. Iba con prisas. De repente sentí la necesidad incontenible de respirar un poco de aire fresco y de un rato de silencio.

Eleanor no pudo evitar reír. Miró al hombre a los ojos y tardó un momento en recordar de qué lo conocía. Estaba cambiado. Llevaba el pelo más largo, oscuro y rizado, y su piel estaba mucho más bronceada que antes. Tenía un aspecto muy distinto al del pulcro joven que había conocido en el tren de vuelta a casa.

Su sonrisa la cautivó.

—¿Nos conocemos?

—No —se apresuró a responder Eleanor, recordando el viaje, el pañuelo, la emoción que había sentido cuando sus dedos se rozaron—, no creo que nos conozcamos.

—¿De Londres, tal vez?

—No. En absoluto.

El hombre frunció levemente el ceño, pero sonrió como si no tuviera una sola preocupación en este mundo.

—Error mío, entonces. Mis disculpas. Buenos días.

—Buenos días.

Eleanor dejó de contener la respiración. El incidente la había afectado de un modo inesperado y aguardó unos minutos antes de entrar. La campanilla tintineó alegre y tuvo que contener las ganas de asestarle un golpe y acallarla.

Los ojos de la encargada de la sucursal se iluminaron en cuanto la vio.

—Señora Edevane, qué gran placer recibir su visita. Tengo unos cuantos paquetes aquí para usted. Pero, santo cielo, ¡qué pálida está!

—Buenos días, señorita Kempling. Me temo que acabo de tropezarme con un caballero en la escalera. Un lamentable descuido por mi parte. Estoy un poco alterada.

—¡Válgame el cielo! Habrá sido el señor Munro. Venga, siéntese, querida, permítame que le traiga un vaso de agua fresca.

El señor Munro. Debería haber adivinado que Marjorie Kempling sabría de quién se trataba. Eleanor se detestó a sí misma por sentir tanto interés. Se detestó incluso más por el irracional ataque de celos que había sentido al oír la familiaridad con que la encargada de la oficina pronunciaba su nombre.

—¿Verdad que es apuesto? —La señorita Kempling salió afanosamente del mostrador con un vaso de agua en la zarpa—. ¡Podría salir en las películas! No como los otros jóvenes que vemos por aquí. Es un chico para todo, por lo que tengo entendido. Se dedica a viajar y a trabajar en lo que encuentra. Este verano ha sido peón en el manzanar del señor Nicolson. —Se acercó tanto que Eleanor olió la grasienta crema hidratante que llevaba puesta—. Vive en una vieja caravana junto al río, igualito que un gitano. Se nota al mirarlo, ¿no es cierto?, que probablemente tiene un poco de su sangre. ¡Esa piel! ¡Esos ojos!

Eleanor sonrió con desgana, despreciando el entusiasmo de la mujer, su gusto por los chismorreos y al mismo tiempo dominada por el desorbitado deseo de oír más. Pero ¡qué hipócrita era!

—No es un caballero, exactamente —estaba diciendo la mujer—, pero de buenos modales y una conducta encantadora. Voy a echar de menos sus visitas.

¿Echar de menos?

—¿Ah, sí?

—A eso ha venido justo ahora, a decirme que no va a necesitar que le sigamos guardando la correspondencia. Su contrato con el señor Nicolson se termina y se va la semana que viene. No ha dejado su nueva dirección, qué lástima. Todo un misterio, ese hombre. Le he dicho: «Pero ¿y si le llega una carta y no tengo dónde enviarla?». Y ¿sabe qué me ha respondido?

—No tengo ni idea.

—Me ha dicho que todas las personas que le importaban ya sabrían dónde escribirle, y que podía vivir sin el resto.

* * *

Después de aquello no fue posible olvidarlo. La señorita Kempling había dado a Eleanor la información necesaria para avivar su interés y, durante las semanas siguientes, esta se sorprendió a menudo pensando en él. El señor Munro. El nombre se había colado en sus pensamientos y afloraba en los momentos más extraños. Cuando visitaba a Anthony en su estudio, cuando miraba a las niñas en el jardín, cuando se acostaba y las aves nocturnas comenzaban a gemir en el lago. Era como una canción pegadiza que no lograba sacarse de la cabeza. Recordaba la calidez de su voz, la forma en que la había mirado, como si estuvieran compartiendo una broma privada, cómo se había sentido cuando sus manos se rozaron en el tren, como si fuera obra del destino y el de ambos hubiera sido encontrarse.

Sabía que tales pensamientos eran peligrosos y un error. El escalofrío furtivo que los acompañaba era señal de ello. Se escandalizaba a sí misma, estaba consternada; jamás se habría creído capaz de sentir atracción por alguien que no fuera Anthony y el descubrimiento la hacía sentirse mancillada. Se tranquilizó diciéndose que era algo pasajero, una aberración; que no tardaría en olvidarlo; que mientras tanto sus pensamientos eran solo suyos y nadie tenía por qué conocerlos. El hombre se había marchado semanas atrás y no había dejado dirección alguna. No había peligro real. ¿Qué tenía de malo recuperar de vez en cuando un recuerdo grato y recrearse en él? Así que no dejó de acordarse de él, a veces incluso de inventarlo. El señor Munro. Esa sonrisa fácil, la atracción que había sentido cuando la miró, lo que podría haber ocurrido si hubiera respondido: «Pues claro que le recuerdo. Nos hemos visto antes».

* * *

Pero siempre existe un riesgo cuando en el corazón se abre una brecha, por pequeña o inocua que parezca. La siguiente vez que Eleanor necesitó alejar a las niñas de Loeanneth hacía una mañana preciosa, la primera después de semanas de llovizna, y nada le apetecía menos que encorsetarse en un vestido formal para hacer el viaje al pueblo. Por lo tanto, decidió, saldrían de excursión.

La señora Stevenson les empaquetó un almuerzo y se pusieron en marcha por el sendero entre los setos de laurel y bordeando el lago, hasta llegar al arroyo que discurría al final del jardín. *Edwina*, nunca dispuesta a quedarse atrás, jadeaba con fervor a su lado. Era una perra preciosa, leal a todos pero en especial a Eleanor. Habían establecido un lazo tras el incidente con Anthony, cuando *Edwina* era solo una cachorra. El pobre animal ahora tenía artritis en las articulaciones, pero no renunciaba a acompañar a su dueña a todas partes.

Hacía un tiempo excepcional y, tal vez porque habían permanecido encerradas durante días, se aventuraron más lejos de lo acostumbrado. Más tarde Eleanor se juró a sí misma que no las había llevado hasta la linde del huerto del señor Nicolson a propósito. De hecho era Clementine la que había encabezado la marcha, corriendo delante con los brazos extendidos, y Deborah la que señaló aquel claro cubierto de hierba debajo del sauce cerca de la orilla y dijo: «¡Sentémonos aquí, es perfecto!». Eleanor sabía dónde se encontraban, por supuesto, y experimentó un leve temblor de vergüenza cuando le asaltaron las fantasías que llevaba albergando todo el mes. Pero antes de que pudiera poner objeciones, sugerir que siguieran corriente arriba o buscaran otro prado, la manta ya estaba extendida en el suelo y las dos niñas mayores se habían sentado en ella. Alice fruncía el ceño ante el cuaderno, mordiéndose el labio mientras forzaba a la pluma a seguir el ritmo de sus pensamientos alborotados, y Eleanor tuvo que aceptar, con un suspiro, que no se movería de allí. Y, en realidad, no había motivo para ir a otra parte. Ese joven, el señor Munro (se le encendieron las mejillas solo de pensar en ese nombre), se había marchado semanas atrás. Era su conciencia culpable la que rechazaba la idea de sentarse en ese prado en concreto, en esa granja en particular.

Eleanor abrió la cesta del almuerzo y sacó las golosinas de la señora Stevenson. Mientras el sol subía en el cielo comieron sándwiches de jamón, manzanas Cox's Orange Pippins y demasiada tarta, todo regado con cerveza de jengibre fresca. *Edwina* observaba suplicante y se arrojaba sobre cada migaja que caía cerca de ella.

Verdaderamente, ¡aquel calor era impropio de octubre! Eleanor se desabrochó los pequeños botones de los puños y se dobló las mangas una, dos veces, formando pulcros pliegues. Una somnolencia se apoderó de ella después de comer, y se acostó sobre la manta. Cuando cerró los ojos, oyó a las niñas, que se disputaban perezosamente la última porción de la tarta, pero su atención se desvió, navegando más allá, hacia el chapoteo en el agua cada vez que las truchas relucientes saltaban en el arroyo, el rumor de los grillos ocultos en la linde del bosque, el cálido susurro de las hojas de los árboles cercanos. Cada sonido estaba magnificado, como si alguien hubiera lanzado un hechizo sobre aquella parcela de tierra que parecía salida de un cuento de hadas, uno de esos relatos que le contaba el señor Llewellyn en su infancia. Eleanor suspiró. Hacía más de un mes que el anciano se había ido. Se había marchado, como siempre, al terminar el verano, en busca del clima más cálido de Italia que aplacara el dolor en sus piernas y su espíritu inquieto. Eleanor lo echaba mucho de menos. Los meses de invierno en Loeanneth eran siempre más largos y fríos por su ausencia y ella personalmente se volvía más rígida, más contenida. Él era la única persona que al mirarla aún veía a la chiquilla de pelo enmarañado y espíritu en apariencia insaciable.

Se quedó dormida casi sin darse cuenta; se hundió en el abismo de la inconsciencia y soñó que era una niña. Estaba en su barca, con la vela blanca henchida por la brisa, y su padre y el señor Llewellyn la saludaban desde la orilla. Su corazón rebosaba felicidad; no sentía ni incertidumbre ni miedo. La luz se mecía en el agua y las hojas relucían, pero entonces, cuando se giró para saludar de nuevo, vio que se había alejado más de lo que había querido, que el lago había adoptado una forma que ya no reconocía y se abría para alejarla de la casa y de su familia, que la fuerte corriente la separaba cada vez más de ellos, que el agua estaba picada y la barca se balanceaba de un lado a otro, y tuvo que agarrarse con fuerza para no caer…

Se despertó de repente y notó que alguien la zarandeaba.

—¡Madre! ¡Despierta, madre!

—¿Qué pasa? —Ya no lucía el sol. Grandes nubarrones se aglutinaban al oeste y el viento soplaba con fuerza. Eleanor se incorporó enseguida y miró a su alrededor para contar a sus hijas—. ¿Clementine?

—Está bien. Es *Edwina* la que nos preocupa. Salió corriendo tras un conejo hace media hora y aún no ha vuelto, y se va a poner a llover.

—Hace media hora… Pero ¿cuánto tiempo he estado durmiendo? —Eleanor miró el reloj. Eran casi las tres—. ¿Por dónde se ha ido?

Deborah señaló un bosquecillo lejano y Eleanor se quedó mirándolo, como si al observar los árboles con suficiente interés pudiera convocar a *Edwina.*

El cielo estaba de color morado. Eleanor podía oler la tormenta que se avecinaba, esa combinación de calor y humedad. Iba a llover, y muy pronto, pero no podían abandonar así a *Edwina,* tan lejos de casa. Estaba vieja y parcialmente ciega, y con las articulaciones tan frágiles no sería capaz de volver sola.

—Voy a buscarla —dijo Eleanor, decidida, metiendo los restos del almuerzo en la cesta—. No habrá ido muy lejos.

—¿Te esperamos?

Eleanor reflexionó un momento antes de negar con la cabeza.

—No tiene sentido que nos mojemos todas. Lleva a tus hermanas a casa. Y asegúrate de que Clemmie se protege de la lluvia.

Tras despedirse de las niñas y ordenarles con severidad que no se entretuvieran, Eleanor se dirigió al bosquecillo. Llamó a *Edwina,* pero el viento soplaba con fuerza y se llevaba sus palabras. Caminó a paso rápido y se detuvo con frecuencia para escudriñar el horizonte, llamar y escuchar, pero no recibió ningún ladrido de respuesta.

Estaba oscureciendo muy rápidamente y a cada minuto que pasaba crecía la preocupación de Eleanor. *Edwina* estaría asustada, lo sabía. En casa, cuando llovía, la anciana perra salía disparada en busca de su cama, detrás de la cortina de la biblioteca, y una vez allí, con el rabo entre las piernas y las patas sobre los ojos, se tumbaba a esperar lo peor.

Un trueno enorme resonó en todo el valle; las nubes de tormenta se cernían sobre ella. El último trozo de cielo claro había sido absorbido por tinieblas tumultuosas y, sin la menor vacilación, Eleanor trepó por la cerca y se adentró en el campo limítrofe. Una ráfaga de viento la rodeó y un rayo rasgó el cielo. Cuando comenzaron a caer los primeros goterones, se llevó las manos a la boca y la llamó de nuevo: «¡*Edwina*!», pero su voz se perdió en medio de la tormenta y no recibió respuesta.

Un trueno retumbó en la llanura y Eleanor se empapó en cuestión de minutos. La tela del vestido se le pegaba a las piernas y tuvo que entrecerrar los ojos para ver algo entre la cortina de lluvia torrencial. Hubo un potente chasquido cuando un rayo cayó en las cercanías y, a pesar de temer por *Edwina,* Eleanor sintió una punzada de emoción y curiosidad. La tormenta, el peligro, la lluvia intensa, todo se combinó para borrar su barniz de madre. Volvió a ser Eleanor, al aire libre, Eleanor la Aventurera. Libre.

Llegó a la cima de una colina y ahí, al fondo, de pie a la orilla del arroyo, había una pequeña caravana del color del vino de Borgoña, con ruedas color amarillo desvaído. Sabía a quién pertenecía y se dirigió hacia ella con un escalofrío de aceptación. La caravana estaba vacía, las ventanas cubiertas por cortinas ajadas. Estaba algo deteriorada, pero bajo la pintura descascarillada distinguió restos de un dibujo floral que debió de adornarla antaño. Se preguntó vagamente dónde estaría él ahora. Cómo sería vivir así. Libre para viajar, explorar, huir. Le envidió esa libertad y su envidia cobró forma de extraña ira contra él. Algo absurdo, puesto que él no le debía nada. Solo su fantasía alimentaba esa sensación de haber sido traicionada.

Eleanor casi había llegado al arroyo y se debatía entre seguir hacia Loeanneth o cruzarlo, cuando echó un vistazo a la caravana y se paró en seco. Unas rudimentarias escaleras de madera daban a un descansillo y ahí, tan seca como era posible, se encontraba *Edwina.* Eleanor soltó una carcajada.

—Pero bueno, ¡mira qué inteligente! Tú ahí sentada tan a gusto y yo calada hasta los huesos.

El alivio fue instantáneo e inmenso. Subió corriendo las escaleras y se arrodilló para tomar la cara querida entre las manos.

—Menudo susto me has dado —dijo—. Pensé que te habías quedado atrapada en alguna parte. ¿Te has hecho daño? —Comprobó que no tenía heridas en las patas y a continuación, asombrada, se fijó mejor en el precario descansillo—. Pero ¿cómo diablos has subido hasta aquí?

No oyó la puerta de la caravana al abrirse. Lo que le reveló su presencia fue la voz.

—La ayudé yo —dijo él—. La oí debajo de la caravana, nerviosa, cuando estalló la tormenta y pensé que estaría más cómoda aquí. —Tenía el pelo enmarañado y mojado, e iba en mangas de camisa—. La invité a pasar, pero prefirió quedarse fuera. Sospecho que la estaba esperando.

A Eleanor no se le ocurrió nada que decir. Fue la conmoción de verlo. Se suponía que ya no vivía ahí. Se suponía que se había mudado, que trabajaba en otro lugar. Su correo, esas cartas de las personas que le importaban y que tenían que encontrarlo en una dirección nueva. Y, sin embargo, no era solo eso. Era una sensación parecida a un *déjà vu*, pero mucho más poderosa. La intuición inexplicable, quizá alentada por la tormenta salvaje o la extrañeza del día, de que estaba allí porque ella lo había conjurado. De que aquel momento, aquel encuentro, era algo inevitable. De que aquel era el desenlace lógico. No sabía qué hacer, qué decir. Miró a su alrededor. Todavía hacía mal tiempo. La tormenta azotaba los campos. Se sintió en tierra de nadie, ni aquí ni allí, encaramada a un estrecho puente entre dos mundos. Y entonces él habló de nuevo y el puente se derrumbó bajo sus pies.

—Estaba a punto de hacer fuego —dijo—. ¿Le gustaría entrar hasta que pase la tormenta?

Capítulo 26

Londres, 2003

Poco después de la marcha de Sadie Sparrow, con las llaves de Loeanneth a buen recaudo en el bolso, Alice salió al jardín trasero. Caía la noche y una melancólica calma había descendido junto con la oscuridad. Siguió el camino de ladrillos cubierto de maleza, anotando mentalmente los pequeños arreglos que habrían de hacerse en las siguientes semanas. Eran muchos. Alice prefería un jardín con personalidad, pero había una diferencia entre el carácter y el caos. El problema era que no salía al jardín lo bastante. En la época del antes, en cambio, le encantaba estar al aire libre.

Una maraña de jazmín de estrella se esparcía a lo largo del camino y Alice se arrodilló para arrancar un ramito, llevárselo a la nariz y oler ese aroma a rayo de sol. Llevada por un impulso, se soltó los cordones de los zapatos. En un rincón, junto a la camelia, había una delicada silla de hierro y Alice se sentó, se descalzó y se quitó los calcetines, moviendo los dedos de los pies en el aire inesperadamente balsámico. Una mariposa revoloteaba sobre un rosal cercano y Alice se acordó, como siempre, de su padre. Toda su vida había sido un científico aficionado; Alice jamás había imaginado que deseara algo diferente a lo que tenía. De niña sabía que una vez, en un pasado remoto, había estudiado medicina y que había aspirado a ejercer, pero eso, al igual que todos los sueños y anhelos de los padres, existía en un ámbito mucho menos real que el presente radiante e inmediato que Alice habitaba entonces. Ahora, sin embargo, comenzaba a entender cuánto le había arrebatado la guerra. Fragmentos de conversaciones afloraron en sus recuerdos, balbuceos y maldiciones por sus manos temblorosas, la dificultad para concentrarse, los juegos de memoria a los que se entregaba con entusiasmo en un intento de poner orden en sus pensamientos.

Alice movió las plantas de los pies sobre los ladrillos cálidos, consciente de cada guijarro, de cada flor marchita que tocaba. Ahora tenía la piel sensible, nada que ver con los pies encallecidos de su infancia. Durante los largos veranos de Loeanneth había pasado semanas enteras sin zapatos y tenía que correr a buscarlos cada vez que madre anunciaba una de esas extrañas visitas al pueblo. Esa carrera loca por toda la casa, agachándose para mirar debajo de las camas, detrás de las puertas, bajo las escaleras, y, por fin, el descubrimiento triunfal. Era un recuerdo tan vívido que casi podía tocarlo.

Suspiró con fuerza. Entregar las llaves de Loeanneth a Sadie Sparrow había despertado en ella una tristeza largo tiempo reprimida. Cuando su madre murió y ella heredó la casa, Alice había escondido las llaves y se había prometido a sí misma no volver. Una pequeña parte de ella, sin embargo, había sabido que la promesa solo era temporal, que por supuesto cambiaría de opinión. Loeanneth era su hogar, su amado hogar.

Pero no había cambiado de opinión y ahora parecía que no lo haría nunca. Había entregado las llaves y la tarea de revisar los secretos de su familia a otra persona, una joven detective interesada pero de una manera impersonal, cuyo afán por solucionar el crimen era puramente académico. En cierto sentido daba la impresión de ser un punto final, la admisión de que ella, Alice, jamás regresaría.

—¿Le apetece un gin tonic?

Era Peter, con una jarra de cristal en una mano y dos vasos en la otra. Los cubitos de hielo tintineaban como en una obra de teatro de Noël Coward.

Alice sonrió con mayor alivio del que había sido su intención y del que Peter había esperado.

—Nada me apetece más.

Se sentaron juntos en la mesa de hierro forjado y Peter sirvió un gin tonic a cada uno. Cítrico, astringente y helado, justo lo que Alice necesitaba. Charlaron sobre el jardín e intercambiaron comentarios cordiales, lo cual fue para Alice un grato cambio después de sus sombrías reflexiones. Si Peter reparó en sus pies descalzos y pensó que era una alarmante ruptura del protocolo, fue demasiado cortés para decirlo. Cuando se terminó su copa, se levantó y devolvió la silla a su sitio.

—Supongo que es hora de irme —dijo—. A menos que necesite alguna cosa más.

—No se me ocurre nada.

Peter asintió pero no se fue, y a Alice se le ocurrió que una muestra de agradecimiento no sería inoportuna.

—Gracias por todo lo que has hecho hoy, Peter. Por organizar el encuentro con la detective Sparrow, por encargarte de todo mientras estaba aquí.

—Por supuesto, faltaría más. —Peter agarró un zarcillo de hiedra y dio vueltas a una hoja entre los dedos—. La reunión fue fructífera, espero.

—Creo que sí.

—Bien. Buena noticia —dijo, pero no se marchó.

—¿Peter?

—Alice.

—Sigues aquí.

Peter suspiró, decidido.

—Vale, voy a decirlo.

—Por favor.

—Ahora que he terminado la página web, me pregunto si podría tener un poco de tiempo libre, si podría prescindir de mis servicios unos días.

Alice se quedó perpleja. Peter nunca había pedido tiempo libre y su primer instinto fue negarse. No quería prescindir de él. Estaba acostumbrada a su presencia. Le gustaba tenerlo cerca.

—Ya veo.

—Hay algo importante... Algo que me gustaría mucho hacer.

Alice le miró a la cara y de pronto se vio a sí misma con sus ojos. El pobre muchacho jamás le había pedido nada, hacía todo lo que le solicitaba sin quejarse, le preparaba los huevos duros justo como le gustaban y allí estaba ella, poniéndole las cosas difíciles. Qué cascarrabias se había vuelto. ¿Cómo había ocurrido? Ella, antes una mujer siempre alegre, que pensaba en el mundo como un lugar de posibilidades infinitas. ¿Sería eso lo que le habría ocurrido a Eleanor? Tragó saliva y dijo:

—¿Cuánto tiempo crees que vas a necesitar?

Peter sonrió y su alivio hizo sentir culpable a Alice.

—Imagino que bastarían tres o cuatro días, incluido el fin de semana.

Alice estuvo a punto de espetar: «¿Bastarían para qué?», pero se contuvo a tiempo. Se obligó a esbozar la sonrisa más amable de la que era capaz.

—Cuatro días, de acuerdo. Te veo de vuelta el miércoles.

—Bueno...

—¿Peter?

—Tenía la esperanza de que me acompañara.

Alice abrió los ojos de par en par.

—¿De vacaciones?

Peter se rio.

—No exactamente. Creo que deberíamos ir a Cornualles, a Loeanneth. No para entrometernos en la investigación de la detective Sparrow, solo para estar ahí. Usted podría supervisar y yo podría ayudar con los diarios y las cartas. Leer entre líneas, análisis textuales… Es a lo que me dedico.

Peter la observaba intensamente, a la espera de su reacción. Una hora antes Alice habría dicho que no, de ningún modo, pero ahora las palabras se negaban a salir de su boca. Mientras bebían la ginebra y charlaban, la brisa de la tarde había traído el olor familiar del jardín a tierra mojada y setas, y Alice había experimentado el sobresalto de un recuerdo y una nostalgia inesperados. Había algo en Loeanneth que deseaba, comprendió, un emblema de la niña que había sido, de la culpa y la vergüenza que había sentido todos aquellos años, y de pronto lo necesitó más de lo que había necesitado nada en mucho tiempo. Tuvo la sensación de que, si quería dejar todo el asunto atrás, primero tenía que recuperarlo.

Y sin embargo… Regresar a Loeanneth. Se había prometido a sí misma no hacerlo…

Simplemente, era incapaz de decidirse. Ese hecho en sí mismo ya era desconcertante. Alice Edevane no soportaba la indecisión. No podía evitar sentir que el tejido de su vida comenzaba a deshilacharse, que se deshacía. Más aún, que dejarlo escapar no era tan mala idea.

Peter seguía esperando.

—No lo sé —dijo Alice por fin—. La verdad es que no lo sé.

* * *

Alice permaneció en el jardín una hora después de que Peter se marchara. Se bebió una segunda ginebra, y una tercera, y escuchó mientras los vecinos se dedicaban a las tranquilizadoras rutinas del anochecer, mientras el tráfico aumentaba y luego disminuía en la calle, mientras los últimos pájaros del día buscaban refugio. Era uno de esos perfectos anocheceres estivales cuando todo está en su apogeo. Uno de los momentos cumbre de la naturaleza. El aire estaba cargado de fragancias, el cielo alternaba de rosa a morado a azul marino y, a pesar de los descubrimientos de los últimos días la embargó una gran sensación de paz.

Cuando al fin se aventuró a entrar en casa, vio que Peter le había dejado la cena en la cocina. La mesa estaba puesta con su vajilla preferida y había una nota apoyada en un soporte de utensilios de cocina junto al fogón explicando cuánto tiempo había que calentar la sopa. Al parecer Alice había transmitido una impresión de ineptitud de lo más convincente. Aún no tenía hambre y decidió leer un rato. En la sala de estar, sin embargo, se encontró sosteniendo la fotografía familiar del ya lejano almuerzo campestre en Loeanneth. Justo antes de que todo se rompiera. Aunque, por supuesto, se recordó a sí misma, ya estaba roto entonces.

Estudió la cara de su madre. Eleanor tenía treinta y ocho años en 1933, un vejestorio para una adolescente de dieciséis años, pero apenas una niña para la Alice actual. Había sido bella, de rasgos atractivos, pero Alice se preguntó cómo había podido pasarle desapercibida la tristeza de su expresión. Al mirarla ahora, sabedora del incesante padecimiento de Eleanor por tener que cuidar de papá, mantener su trastorno en secreto y absorber sus frustraciones como propias, Alice vio esa tristeza con claridad. En cierto sentido hacía a su madre aún más atractiva. Había una reserva en su actitud, una cualidad inquietante en esa mirada penetrante, una concentración del ceño que expresaba resistencia o tal vez desafío. Era frágil, fuerte y cautivadora. No era de extrañar que Ben se hubiera enamorado de ella.

Alice dejó la fotografía. Cuando le contó a Deborah lo que había visto, Clemmie se había mostrado consternada.

—Tenía doce años y medio —dijo Deborah—, pero era inocente para su edad. Se negaba a abandonar la infancia. Y, por supuesto, se trataba de madre.

Alice podía imaginar a su hermana encaramada al porche de madera del cobertizo de las barcas, presionando el brazo contra el vidrio, apoyando la frente en la mano para mirar por la ventana. Qué confusión habría sentido al ver a madre y a Ben juntos así. Y qué devastador para papá enterarse. También para Deborah.

—Pensé que odiaría a madre para siempre cuando me lo contó Clemmie —reconoció Deborah cuando Alice inquirió al respecto.

—Pero no fue así.

—¿Cómo iba a odiarla después de lo que le sucedió a Theo? Esa pérdida fue muchísimo más importante que su infidelidad, ¿no crees? Supongo que sentí que ya había recibido su castigo y la compasión prevaleció sobre la ira. Además, después de lo ocurrido volvió a volcarse en papá. Pensé que, si él podía perdonarla, entonces yo también.

—¿Y Clemmie?

Deborah negó con la cabeza.

—Nunca fue fácil saber qué pensaba Clemmie. No volvimos a hablar de ello. Lo intenté una o dos veces, pero me miró como si le hablara en otro idioma. Estaba entregada por completo a volar. A veces daba la impresión de ser capaz de elevarse por encima de las preocupaciones cotidianas que nos atrapaban a los demás.

Pero ¿era así? De pronto, el distanciamiento entre Clemmie y madre adquirió para Alice una nueva perspectiva. Siempre había supuesto que era una faceta más del carácter rebelde y solitario de Clemmie; jamás habría imaginado, ni siquiera por un momento, que pudiera deberse a algo tan específico, tan traumático.

¿Y qué hay de mí?, consiguió no decir Alice. En su lugar, simulando una despreocupación que no sentía, añadió:

—Me pregunto por qué no me lo has contado antes. No lo de la aventura amorosa, no me refiero a eso, sino a todo. Papá, la neurosis de guerra, Theo...

Los labios de Deborah, apretados en una línea firme, temblaron.

—Todos queríamos a papá, pero tú, Alice... Tú lo idolatrabas. No quería ser yo quien te arrebatara eso. —Intentó reír, pero el sonido fue metálico—. Cielo santo, así dicho parece que mi decisión fue noble y no es así. No, de ningún modo. —Suspiró—. No te lo conté, Alice, porque sabía que me culparías por despertar la rabia de papá. Sabía que me culparías, sabía que tendrías razón y no podía soportarlo.

A continuación Deborah se había echado a llorar, llevada por la culpa y el dolor, y había admitido que a veces se preguntaba si sus problemas para concebir habían sido un castigo por lo que había hecho, pero Alice la había tranquilizado. Para empezar, el universo no funcionaba de esa manera; por otro lado, su reacción había sido del todo comprensible. Había sentido una lealtad ferviente hacia papá y una ira feroz contra madre. No podría haber predicho los terribles acontecimientos que había desencadenado con su silencio.

Era un rompecabezas con muchas piezas y cada persona tenía unas distintas. La única persona que lo había sabido todo fue Eleanor, y no había hablado. A Sadie Sparrow le desconcertaba cómo Eleanor había sido capaz de perdonar a su esposo. La pregunta no formulada estuvo implícita durante la conversación con Alice: *¿Es que no quería a su bebé?* Pero madre había adorado a Theo. Nadie que la conociera habría pensado lo contrario. Había llorado su pérdida toda la vida, regresaba a Loeanneth cada año y, sin embargo, jamás se había desquitado con papá. «El amor no es rencoroso», le había dicho Eleanor a Deborah en la víspera de su boda, y en su caso fue cierto. Y había tenido otra razón para permanecer junto a su marido. Tal vez resultara difícil de comprender para la detective Sparrow, pero Alice sabía que su madre se sentía culpable. Que para ella todo lo sucedido había sido un castigo por incumplir la promesa que le había hecho a papá.

Volvió a mirar la fotografía. Se preguntó cuánto habría durado la aventura de su madre con Ben. ¿Habría sido un breve encuentro o habían llegado a enamorarse? Cuando

Deborah se lo contó, Alice había sentido vergüenza. Pensó de inmediato en el cobertizo de las barcas, en la tarde que Ben la rechazó. Entonces ella le había preguntado si había alguien más y la ternura en la expresión de Ben le había dicho que sí. Pero no de quién se trataba.

Se había imaginado a los dos riéndose de ella a sus espaldas y se había sentido increíblemente estúpida. Pero ya no se sentía tonta. Las abrumadoras emociones de días atrás se habían desvanecido hasta convertirse en sombras. Cuando conoció a Ben era una niña de quince años, precoz pero ingenua, y se había enamorado del primer hombre que mostró interés en ella, confundiendo la amabilidad con el amor. Era algo normal y corriente y Alice se perdonaba haber sido joven. Sabía, también, que su madre jamás se habría reído de ella. Por el contrario, ahora entendía por qué Eleanor se había mostrado tan enojada, tan insistente cuando aconsejaba a Alice que no se encariñara de alguien tan «poco idóneo».

Tampoco estaba celosa de que Ben hubiera elegido a Eleanor en lugar de a ella. ¿Cómo iba a envidiar a su madre, quien había sufrido y perdido tanto? Entonces era mucho más joven que Alice ahora y ya llevaba muerta casi seis décadas. Sería como tener celos de un hijo o del personaje de un libro leído mucho tiempo atrás. No, Alice no estaba celosa, estaba triste. No estaba nostálgica; en su emoción no había nada inexplicable ni abstracto. Le entristecía que su madre hubiera tenido que sufrir en soledad. Se le ocurrió, mientras estudiaba al rostro de su madre, que tal vez ahí hubiera residido la atracción. Ben era un hombre bueno, amable, agradable y libre de las responsabilidades que a Eleanor a veces tuvieron que resultarle una carga insoportable.

La atención de Alice se centró ahora en su padre, sentado en un borde de la manta, en segundo plano. Había un muro de piedra detrás de él y Alice cayó en la cuenta, al mirar la fotografía, de que su padre siempre le había parecido tan seguro y estable como las vallas de piedra que atravesaban los campos de Loeanneth. Deborah había dicho que Alice lo idolatraba. Sin duda, ella lo había amado de manera especial y había deseado que él la correspondiera. Pero todas lo habían querido, todas habían competido por su afecto.

Contempló ahora cada detalle de ese rostro familiar y trató de entrever los secretos que ocultaban aquellas facciones tan queridas. Alice sabía algo de la neurosis de guerra, lo mismo que sabía todo el mundo. Sabía de los temblores y los malos sueños y de los hombres traumatizados que se encogían de miedo al oír ruidos fuertes. Pero Deborah había dicho que en el caso de papá no era así. Había disminuido su capacidad de concentración y a veces le temblaban las manos, demasiado para reanudar su formación como cirujano. Sin embargo algo lo había atormentado, una experiencia en concreto, más que el peso de los horrores vividos. Una terrible experiencia en el campo de batalla que a su vez había tenido consecuencias devastadoras para la vida familiar.

La mirada de Alice se posó entonces, como era inevitable, en Theo. Sentado a los pies de madre, con el rostro iluminado por una sonrisa cautivadora, extendía un brazo hacia Clemmie. Su peluche pendía de una mano y alguien ajeno podría pensar que se lo estaba regalando a su hermana. Pero Theo jamás habría regalado a *Puppy*, no por voluntad propia. ¿Qué habría sido del pequeño peluche? El paradero de *Puppy* no tenía importancia en el panorama general, pero, aun así, Alice sintió curiosidad. Era la novelista que llevaba dentro, supuso, siempre en busca de dar sentido incluso a los detalles más nimios. No obstante, aún quedaban cuestiones más amplias. Desde las más básicas (¿cómo sucedió? ¿Cuándo se dio cuenta papá de lo que había hecho? ¿Cómo lo descubrió madre?) hasta las más apremiantes en lo que se refería a Alice: ¿Qué diablos le había ocurrido a su padre para que reaccionara así? Alice habría dado cualquier cosa por volver atrás y hablar con su madre y su padre, por poder preguntarles abiertamente, pero su única esperanza era hallar las respuestas entre los papeles de Loeanneth.

Había confiado a Sadie Sparrow la tarea de encontrarlas, pero ahora le pareció evidente que no podía quedarse de brazos cruzados. Se había prometido a sí misma no volver nunca a Loeanneth, pero de repente lo deseó más que nada en el mundo. Se levantó de súbito, paseó por la biblioteca, se abanicó el rostro acalorado. Volver a Loeanneth... Peter había dicho que solo tenía que llamar y decir que quería hacerlo... ¿De verdad iba a permitir que la atara una promesa dictada por la juventud, la incertidumbre y el miedo?

Alice miró el teléfono y le tembló la mano.

Capítulo 27

Cornualles, 1932

La suya era una vida privilegiada. Eso era lo que lo empeoraba todo. Tenía una esposa a la que amaba, tres hijas cuya inocencia y bondad iluminaban sus días y ahora iba a nacer otro bebé. Vivía en una hermosa casa con un jardín laberíntico en el límite de un bosque grande y frondoso. Los pájaros cantaban en los árboles, las ardillas construían sus refugios y las truchas engordaban en el arroyo. Era mucho más de lo que se merecía. Millones de hombres habían perdido la oportunidad de vivir una vida normal, habían muerto hundidos en el barro y la locura, hombres que lo habrían dado todo por lo que él tenía. Mientras ellos yacían muertos y olvidados, Anthony seguía sumando motivos para ser feliz.

Rodeó el lago y se detuvo al ver el cobertizo de las barcas. Siempre sería un lugar especial. Qué días tan sencillos entonces, antes de la guerra, cuando estaban reformando la casa y Eleanor y él acampaban junto al arroyo. No estaba seguro de si había vuelto a ser así de feliz. Entonces estaba seguro de todo. Tenía un objetivo y la capacidad y la confianza que dan ser joven, íntegro, inexperto. Decidió que podía afirmar con sinceridad que entonces era un hombre bueno que veía la vida como un camino recto a la espera de que él lo recorriera.

Cuando terminó la guerra y regresó a casa, Anthony había pasado mucho tiempo en el cobertizo de las barcas. A veces se limitaba a sentarse y contemplar el arroyo, otras releía viejas cartas; hubo días en que solo dormía. Estaba muy cansado. En ocasiones pensaba que jamás se despertaría; muchos días le habría gustado que así fuera. Pero sí se despertaba, se despertaba siempre y con ayuda de Eleanor montó un estudio en el ático de la casa, y el cobertizo de las barcas quedó para las niñas. Se había convertido en escenario de juegos y aventuras infantiles, y ahora vivía allí el servicio. Aquel pensamiento le agradó; imaginó las capas de tiempo y los distintos usos, los fantasmas del ayer que cedían su sitio a los protagonistas del presente. Los edificios eran mucho más grandes que la vida de un hombre y ¿no era eso algo hermoso? Era lo que más le gustaba del bosque y los campos de Loeanneth. Generaciones enteras los habían recorrido, los habían trabajado y habían sido enterradas bajo ellos. La perdurabilidad de la naturaleza resultaba reconfortante. Incluso los bosques de Menin ya habrían vuelto a crecer. Era difícil de imaginar, pero así sería. ¿Crecerían flores sobre la tumba de Howard?

A veces pensaba en las personas que había conocido en Francia. Intentaba evitarlo, pero aparecían en su cabeza por voluntad propia, esos aldeanos y granjeros cuyos hogares había invadido la guerra. ¿Seguirían allí, se preguntaba, monsieur Durand y madame Fournier y los innumerables paisanos que los habían alojado, de buen o de mal grado? Cuando se firmó el armisticio y se guardaron las armas, ¿habrían iniciado esas personas cuyas vidas habían desbaratado, cuyas casas y granjas habían destruido, el largo y lento proceso de reconstrucción? Supuso que sería así. ¿Adónde iban a ir si no?

Anthony bordeó el seto y se dirigió hacia el bosque. Alice había querido acompañarlo aquel día, pero Eleanor le había dicho que no y se había inventado una tarea para mantenerla ocupada. Su esposa se había convertido en una experta en interpretar su estado de ánimo; en ocasiones parecía conocer mejor a Anthony que él mismo. Últimamente, sin embargo, las cosas habían ido a peor. Desde que Eleanor le dijo lo del bebé, todo había ido a peor. Le preocupaba. Ella había pensado que la noticia le haría feliz, y en cierto sentido así era, pero sus pensamientos volvían cada vez más a menudo al granero de la granja de madame Fournier. De noche oía ese llanto fantasma, un llanto de niño, y cada vez que el perro ladraba tenía que permanecer muy quieto y callado y decirse a sí mismo que todo iba bien, que solo eran imaginaciones suyas. Como si eso fuese a mejorar en algo las cosas.

Una bandada de pájaros cruzó veloz el cielo y Anthony se estremeció. Por una fracción de segundo estuvo allí de nuevo, en el suelo, detrás del cobertizo de ordeño, en Francia, con el hombro dolorido en el sitio en que Howard le había golpeado. Cerró los ojos con fuerza y respiró cinco veces antes de entreabrirlos y dejar que la luz llenara su visión. Se concentró en ver solo los campos abiertos y vastos de Loeanneth, el columpio de Alice, la última cerca que separaba los prados del bosque. Despacio, decidido, echó a andar hacia ella.

Menos mal que estaba solo. Eleanor estaba en lo cierto. Se estaba volviendo impredecible. Le preocupaba lo que podría hacer sin darse cuenta, lo que las niñas pudieran ver u oír. Y no debían enterarse de lo que había hecho, en lo que se había convertido; no soportaría que lo supieran. O, peor aún, que alguna vez sospecharan lo que casi había hecho, esa monstruosa raya que casi había cruzado.

La otra noche lo había despertado un ruido en la oscuridad de la habitación que compartía con Eleanor; se incorporó en la cama y reparó en algo que había en un rincón en sombra, cerca de las cortinas. Alguien. El corazón se le había desbocado.

—¿Quién está ahí? —preguntó entre dientes—. ¿Qué quieres?

El hombre había caminado lentamente hacia él y, cuando cruzó un charco de luz de luna, Anthony había visto que se trataba de Howard.

—Voy a ser padre —decía—. Voy a ser padre, Anthony, igual que tú.

Anthony había cerrado los ojos con fuerza, se había tapado los oídos y le habían temblado las manos en contacto con las sienes. Lo siguiente que supo fue que Eleanor estaba despierta y lo abrazaba, la lámpara de la mesilla estaba encendida y Howard se había ido.

Volvería, sin embargo; siempre volvía. Y ahora, con un bebé en camino, a Anthony le iba a resultar imposible mantenerlo a raya.

* * *

Habían luchado en la guerra durante dos años y medio. La lucha en el frente se había recrudecido y habían entrado en una alternancia aparentemente interminable de periodos de combate en primera línea con periodos de acantonamiento. Conocían bien el pueblo de Warloy-Baillon y sus gentes, y se habían acomodado lo mejor posible al limbo de la guerra de trincheras. Corría el rumor, sin embargo, de que se estaba preparando una gran ofensiva y Anthony se alegraba; cuanto antes ganaran aquella maldita guerra, antes volverían a casa.

Era su último día de permiso de las trincheras y estaba sentado a la mesa de roble de la cocina de su renuente anfitrión, monsieur Durand, disfrutando de tomar el té en una taza de porcelana en lugar de estaño mientras releía la última carta de Eleanor. Le había enviado una fotografía de Deborah y de la recién nacida, Alice, una cosita regordeta de expresión sorprendentemente intensa y decidida. Tras una última mirada, se guardó la foto con cuidado en el bolsillo de la chaqueta.

La carta, escrita en el papel con dibujos de hiedra que le había regalado a Eleanor, era exactamente lo que le había pedido: un relato tras otro de una vida que él comenzaba a sentir que solo había existido en la ficción. ¿De verdad había una casa llamada Loeanneth, un lago con patos y una isla en el centro y un arroyo que serpenteaba entre los jardines ladera abajo? ¿Dos niñas pequeñas, llamadas Deborah y Alice, pasaban las mañanas en un huerto plantado por sus padres, dándose atracones de fresas? *Se pusieron muy malitas luego,* escribía Eleanor, *pero ¿qué le voy hacer? Son muy pícaras cuando se trata de asaltar la huerta. Deborah se guarda las fresas en los bolsillos y se las da a Alice cuando yo no miro. ¡No sé si estar orgullosa o enfadada! Y, aun cuando sospecho, no tengo valor para detenerlas. ¿Hay algo mejor que recoger fresas directamente de la mata? ¿Y zampárselas y sentir que nos disolvemos en su dulzura? Eso sí, el cuarto de las niñas, Anthony, y esos deditos pegajosos estuvieron oliendo a mermelada durante días.*

Anthony alzó la vista y vio a Howard en la puerta de la cocina. Sorprendido en un momento íntimo, vulnerable, se apresuró a doblar la carta y la guardó junto a la fotografía.

—Cuando estés listo nos vamos —dijo, recogiendo su gorra y poniéndosela.

Howard se sentó en la silla rústica al otro lado de la mesa.

—No estás listo —dijo Anthony.

—No voy a ir.

—¿Que no vas a ir adónde?

—De vuelta al frente.

Anthony frunció el ceño, perplejo.

—¿Estás bromeando? ¿Te has puesto enfermo?

—Ni lo uno ni lo otro. Lo dejo, voy a desertar, llámalo como quieras. Me voy con Sophie.

Anthony no solía quedarse sin palabras, pero entonces no supo qué decir. Había sabido que a Howard le gustaba el ama de llaves de monsieur Durand. La pobre muchacha había perdido a su marido en las primeras semanas de la guerra. Solo tenía dieciocho años y un hijo pequeño, Louis, a su cargo, sin familiares ni amigos en el pueblo. Pero no se había dado cuenta de que la relación se había convertido en algo serio.

—Estamos enamorados —dijo Howard—. Ya sé que suena ridículo en estos tiempos, pero así es.

Los cañones jamás guardaban silencio allí, siempre formaban parte del ruido de fondo. Se habían acostumbrado a los temblores de la tierra y al tintineo de tazas y platos encima de la mesa. Cada vez se les daba mejor ignorar el hecho de que cada sacudida significaba la muerte de más hombres.

Anthony sujetó la tacita y miró cómo temblaba la superficie del líquido restante.

—Enamorado —repitió. Qué extraño oír esa palabra, ahora que solo hablaban de ratas y barro y extremidades ensangrentadas.

—No soy hombre de guerra, Anthony.

—Ahora todos somos hombres de guerra.

—Yo no. He tenido suerte, pero se me va a acabar.

—Tenemos que terminar lo que hemos empezado. Si un hombre no puede ser útil a su país, más le vale estar muerto.

—Eso es una estupidez. No sé si alguna vez lo he creído. ¿De qué le sirvo yo a Inglaterra? Soy mucho más importante para Sophie y Louis que para Inglaterra.

Señaló vagamente hacia la ventana, y Anthony vio que Sophie estaba sentada con el bebé en un banco del jardín, al otro lado del patio. Estaba arrullando al pequeño (un precioso niño de grandes ojos castaños y límpidos y un hoyuelo en cada mejilla), que reía y estiraba una manita regordeta para acariciar la cara de su madre.

Anthony bajó la voz.

—Mira. Puedo conseguirte un permiso. Puedes volver a Inglaterra unas semanas. Para aclararte las ideas.

Howard negó con la cabeza.

—No voy a volver.

—No tienes alternativa.

—Siempre hay alternativa. Me voy esta noche. Nos vamos.

—Vas a volver conmigo ahora, es una orden.

—Quiero estar con ella. Quiero la oportunidad de llevar una vida normal. De ser padre. Marido.

—Puedes ser todo eso, lo vas a ser, pero tienes que hacerlo bien. No puedes irte sin más.

—No te lo habría dicho, pero eres más que un amigo. Eres un hermano.

—No puedo dejar que lo hagas.

—Tienes que dejarme.

—Los dos sabemos lo que les sucede a los desertores.

—Primero tendrían que encontrarme.

—Y lo harán.

Howard sonrió con tristeza.

—Anthony, viejo amigo, yo ya estoy muerto. Mi alma está muerta y mi cuerpo pronto lo estará. —Se levantó y colocó la silla en su sitio, despacio, con cuidado. Salió de la cocina silbando una canción que Anthony no había oído desde hacía años, de los bailes de su época universitaria.

El silbido, la melodía, la manera despreocupada con la que su amigo estaba firmando su sentencia de muerte... Todas las cosas espantosas que habían visto y hecho juntos, la atrocidad de la empresa entera, todo lo que Anthony había reprimido para seguir adelante (la desolada intensidad con que echaba de menos a Eleanor y a sus hijas, la pequeña Alice a quien aún no conocía) amenazaron con abrumarlo.

Se le nubló la mente y se puso de pie con brusquedad. Salió de la cocina y recorrió deprisa la explanada de hierba, los caminos entre granjas. Alcanzó a Howard en el callejón de la parte trasera del cobertizo de ordeño de la granja vecina. Su amigo estaba al otro lado y Anthony gritó:

—¡Eh, alto ahí!

Howard no se detuvo; en su lugar, dijo por encima del hombro:

—Ya no eres mi superior.

Anthony se sintió asustado y desvalido y la furia creció en su interior como una ola negra que nada podía contener. No podía consentir que aquello ocurriera; tenía que evitarlo como fuera.

Echó a correr. Nunca había sido un hombre violento (tenía vocación de médico, de sanador), pero tenía el corazón desbocado, la sangre se agolpaba en las venas y toda la rabia y la tristeza y la frustración acumuladas durante los últimos años palpitaban bajo su piel. Cuando llegó hasta Howard, se abalanzó sobre él y lo derribó.

Los dos hombres rodaron por el suelo, enzarzados, tratando inútilmente de alcanzar al otro con un puñetazo definitivo. Howard fue el primero en conseguirlo, apartándose lo suficiente para lanzar un gancho de izquierda. Una llamarada de dolor líquido atravesó el pecho y el hombro de Anthony.

Howard había estado en lo cierto, no era hombre de guerra, y tampoco lo era Anthony, y la escaramuza resultó sorprendentemente agotadora. Se soltaron y se separaron, tumbados bocabajo, jadeando mientras trataban de recuperar el aliento tras su ataque de locura transitoria.

—Dios mío —dijo Howard al fin—. Lo siento. ¿Te he hecho daño?

Anthony negó con la cabeza. Miró al cielo, más deslumbrante ahora que le faltaba el aliento.

—Maldita sea, Howard.

—Lo siento, ya te lo he dicho.

—No tienes comida ni provisiones... ¿En qué estás pensando?

—Sophie y yo... tenemos suficiente. Nos tenemos el uno al otro.

Anthony cerró los ojos y se llevó la mano al pecho. El sol le calentaba las mejillas de una manera agradable y teñía de naranja el interior de sus párpados.

—Sabes que mi deber es detenerte.

—Vas a tener que dispararme.

Anthony parpadeó. Una flecha negra de pájaros cruzaba el cielo azul. Al observarlos, su certeza pareció desmoronarse. El día, la luz de sol, los pájaros, todo parecía ajeno a los dominios de la guerra. Daba la impresión de que allá arriba cobraba forma una realidad alternativa. De que si lograban elevarse, escaparían de aquel lugar al que llamaban mundo.

Howard estaba sentado, con la espalda contra la pared de ladrillos, mirándose la mano amoratada. Anthony fue a sentarse a su lado. Le dolían las costillas.

—Estás decidido.

—Estamos decididos.

—Entonces, cuéntame el plan. Tienes que tener un plan. No me creo que seas tan estúpido como para querer atravesar el país con una mujer y un bebé sin más.

Mientras Howard exponía su plan, Anthony escuchó. Intentó no pensar en el ejército y las normas y lo que ocurriría si su amigo era capturado. Se limitó a escuchar y asentir, y a obligarse a creer que podría funcionar.

—Esta tía de Sophie… ¿vive al sur?

—Casi en la frontera con España.

—¿Os va a alojar?

—Es como una madre para Sophie.

—¿Y qué hay del viaje, de la comida?

—He estado guardando raciones y el paquete que envió Eleanor, y Sophie ha conseguido algo de pan y agua.

—¿De la cocina de monsieur Durand?

Howard asintió.

—Pienso dejarle dinero a cambio. No soy ningún ladrón.

—¿Dónde habéis estado almacenando las provisiones?

—Hay un granero en el límite de la granja de madame Fournier. Ya no lo usan. Las bombas han agujereado el techo y gotea como un colador.

—Unas pocas raciones, un pastel, una hogaza de pan... No va a ser suficiente. Vais a tener que permanecer escondidos durante días y es imposible saber qué os encontraréis de camino al sur.

—Nos va a ir bien.

Anthony se imaginó el almacén de la cocina del ejército. Las latas de carne de ternera y leche condensada, la harina, el queso y la mermelada.

—Vais a necesitar más —dijo—. Espera hasta que anochezca. Todos estarán preparándose para la ofensiva de mañana. Te veo en el granero.

—No, no vengas. No quiero que te involucres.

—Ya estoy involucrado. Eres mi hermano.

* * *

Esa noche Anthony llenó una mochila con todo lo que consiguió escamotear. Tomó precauciones para que no lo siguieran. Al tener rango de oficial, disfrutaba de más privilegios que la mayoría, pero de todos modos no podía permitirse que lo sorprendieran en el lugar equivocado con una mochila de provisiones robadas.

Sacudió el portón del granero cuando llegó y llamó una sola vez, tal y como habían acordado. Howard abrió de inmediato; debía de haber estado esperando al otro lado. Se abrazaron. Anthony no recordaba que se hubieran abrazado antes. Más adelante se preguntaría si ambos habían presentido lo que se avecinaba. Le entregó la mochila.

La luz de la luna se colaba por un orificio del techo y Anthony vio a Sophie sentada sobre un fardo de heno en un rincón, con el bebé sujeto al pecho mediante una bandolera de tela. El niño estaba dormido y tenía los rosados labios fruncidos, un gesto de intensa concentración en su carita. Anthony envidió su paz; entonces ya sabía que nunca volvería a dormir así. Saludó con un gesto de la cabeza y Sophie sonrió, tímida. Allí, ya no era el ama de llaves de monsieur Durand, sino la enamorada del mejor amigo de Anthony. Eso lo cambiaba todo.

Howard se acercó a ella y hablaron en voz queda. Sophie escuchaba con atención y a veces asentía con gestos veloces. En cierto momento apoyó una mano pequeña y fina en el pecho de Howard. Howard puso la suya encima. Anthony se sintió como un intruso, pero no podía apartar la mirada. Le asombró la expresión de su amigo. Parecía mayor, pero no porque estuviera cansado. La máscara de despreocupación detrás de la que se ocultaba desde que Anthony lo conocía y esa sonrisa protectora que se reía del mundo antes de que el mundo pudiera reírse de él habían desaparecido.

Los dos enamorados concluyeron su tierna conversación y Howard se acercó a Anthony para una rápida despedida. Este comprendió que había llegado el momento. Se había preguntado toda la tarde qué diría llegada la ocasión, había repasado toda una lista de buenos deseos y pesares y cosas aparentemente aleatorias que quizá no volvería a tener la posibilidad de decir, pero todo se evaporó. Había demasiado que decir y demasiado poco tiempo.

—Cuídate —dijo.

—Tú también.

—Y cuando todo se haya acabado…

—Sí. Cuando todo se haya acabado.

Llegó un ruido de fuera y ambos se quedaron petrificados.

Un perro ladraba a lo lejos.

—Howard —llamó Sophie en un susurro asustado—. *Dépêche-toi! Allons-y.*

—Sí. —Howard asintió, sin apartar la mirada de Anthony—. Tenemos que irnos.

Corrió junto a Sophie, se echó la mochila del ejército al hombro y cogió la otra bolsa que estaba cerca de los pies de ella.

El perro seguía ladrando.

—Cállate —dijo Anthony entre dientes—. Por favor, cállate.

Pero el perro no se calló. Estaba gruñendo y ladrando y se acercaba, iba a despertar al bebé y ahora también se oían voces fuera.

Anthony miró a su alrededor. Vio la cavidad de una ventana, pero estaba demasiado alta para sacar al bebé por ella. Una puerta abierta en la pared opuesta daba a un pequeño habitáculo. Lo señaló con un gesto.

Se apretujaron dentro. Sin la luz de la luna, la oscuridad era mayor y todos contuvieron el aliento, escuchando. Poco a poco sus ojos se acostumbraron. Anthony pudo ver el temor en la cara de Sophie. La expresión de Howard, que la rodeaba con un brazo, no era tan fácil de interpretar.

La bisagra del portón se sacudió y se abrió con estrépito.

El bebé estaba despierto y había comenzado a balbucear en voz baja. No había nada divertido en aquella situación, pero eso el niño no lo sabía. Le dominaba la sencilla alegría de estar vivo y rio.

Anthony se llevó un dedo a los labios, instando a Howard y a Sophie a hacerle callar.

Sophie susurró al oído del bebé, pero solo sirvió para hacerle reír con más ganas. *Un juego,* decían sus ojos oscuros y danzarines, *¡qué divertido!*

Anthony se enfureció. Los pasos se oían ahora muy cerca, el murmullo de voces era alto y claro. Una vez más, se llevó el dedo a los labios, y Sophie zarandeó al bebé y sus susurros se tiñeron de pánico.

Pero el pequeño Louis estaba cansado de jugar, hambriento tal vez, y quiso que su madre lo soltara y no comprendió por qué no le dejaba. Sus gorjeos se convirtieron en llanto, cada vez más fuerte y, en un abrir y cerrar de ojos, Anthony se acercó a Sophie, alargó las manos y tiró del pequeño bulto, tratando de sacarlo de la bandolera de Sophie, tratando de tapar la boca del niño con la mano, para que el ruido cesara, para hacerle callar y que todos estuvieran a salvo.

Pero el perro ya había llegado a la segunda puerta, rascaba la madera y Howard estaba detrás de Anthony y tiraba de él, obligándole a apartarse con una fuerza enorme, y el bebé seguía llorando, y el perro ladraba, y Howard rodeaba con un brazo a Sophie, que también gimoteaba, y el pomo de la puerta tembló.

Anthony desenfundó su arma y contuvo el aliento.

Cuando la puerta se abrió, la luz de las linternas fue cegadora. Anthony parpadeó y levantó la mano en un gesto instintivo. Estaba desorientado, pero distinguió a dos hombres fornidos en la oscuridad. Uno, comprendió cuando empezó a hablar en francés, era monsieur Durand; el otro vestía uniforme del ejército británico.

—¿Qué es todo esto? —dijo el oficial.

Anthony casi oyó girar los engranajes del cerebro del hombre y no le sorprendió que dijera:

—Suelte la mochila y apártese.

Howard obedeció.

El pequeño Louis se había callado, notó Anthony, y estiraba un brazo para tocar las mejillas pálidas de Sophie. Continuó observando al niño, fascinado por su inocencia, por el asombroso contraste con el horror de la situación que vivían.

Y ese silencio trajo consigo la constatación de lo que había estado a punto de hacer, la depravación de su instinto en aquel momento espantoso.

Anthony negó con la cabeza. ¡Era monstruoso! Era imposible. Algo impensable en él, que siempre había podido confiar en sí mismo, en su control, su precisión y su cuidado, en su disposición a ayudar al prójimo.

Confuso, se obligó a desechar la idea y se concentró de nuevo en el pequeño Louis. Se le ocurrió que en un mundo en el que la bondad había sido socavada por completo, todos deberían estar mirando a aquel precioso niño, maravillados de su pureza. *Dejad de hablar*, quiso decir. *Mirad al pequeño.*

Estaba perdiendo la cabeza, por supuesto. Era lo que sucedía en los momentos previos a enfrentarse a la muerte. Pues no cabía duda de que todos iban a morir. Ayudar a un desertor era comparable a desertar. Curiosamente, no estaba resultando tan malo como Anthony había imaginado. Por lo menos todo terminaría pronto.

Estaba cansado, comprendió, muy cansado, y ya podía dejar de esforzarse tanto en intentar volver a casa. Eleanor sufriría por él, pero cuando se acostumbrara le complacería saber que había muerto por intentar ayudar a Howard a comenzar una nueva vida. Anthony casi rio. ¡Comenzar una nueva vida! En aquellos momentos, cuando el mundo se caía a pedazos.

Sonó un golpe y Anthony parpadeó. Le sorprendió caer en la cuenta de que seguía en un granero en Francia. El oficial había abierto la mochila y había volcado los suministros robados al ejército. Latas de carne de ternera, estofado y leche condensada estaban esparcidas por el suelo… Anthony se había asegurado de aprovisionarse lo bastante para que Howard y Sophie pudieran ocultarse durante semanas si era necesario.

El oficial silbó ligeramente.

—Parece que alguien estaba planeando unas pequeñas vacaciones.

—Y me habría salido con la mía —dijo Howard de repente—, si Edevane no me hubiera alcanzado.

Anthony miró a su amigo, confundido. Howard no le devolvió la mirada.

—El muy cerdo me ha seguido. Intentó convencerme de que no lo hiciera.

«Deja de hablar», penso Anthony, «deja de hablar de una vez. Es demasiado tarde».

El oficial miró la pistola que sostenía Anthony.

—¿Es eso cierto? —Miró a ambos—. ¿Estaba intentando llevarlo de vuelta al cuartel?

Pero Anthony no era capaz de formar frases lo suficientemente rápido, cada palabra era como un trozo de confeti en un día de mucho viento y no lograba juntarlas.

—Le dije que tendría que pegarme un tiro —se apresuró a decir Howard.

—¿Edevane?

Anthony oía al oficial, pero como si estuviera muy lejos. Ya no estaba en aquel maldito granero en Francia; estaba de vuelta en Loeanneth, en el huerto, viendo jugar a las niñas. Estaba cuidando de la huerta que él y Eleanor habían plantado hacía toda una vida y podía oler las fresas cálidas bajo el sol, sentir el sol en la cara, oír las canciones de las niñas. «Vuelve a casa conmigo», le había dicho Eleanor ese día, junto al arroyo, y él le había prometido que lo haría. Se reuniría con ellas aunque le fuera la vida en ello. Había hecho una promesa, pero no era solo eso. Anthony iba a volver a casa porque lo deseaba.

—Intenté detenerlo —se oyó decir—. Le dije que no se fugara.

Pusieron a Howard entre los dos y emprendieron la marcha hacia el campamento, mientras Sophie gemía en un francés balbuceante, y Anthony se decía que había conseguido un poco más de tiempo para su amigo. Que aquello no acabaría así. Que donde había vida había esperanza. Encontraría la manera de explicarlo todo, de salvar a Howard, de que las cosas volvieran a ser como antes. El frente estaba a kilómetros de distancia; disponía de mucho tiempo para pensar cómo salir de aquel embrollo.

A casi un kilómetro del campamento, sin embargo, aún no se le había ocurrido nada, y reparó en que ya no podía oler las fresas, solo el hedor a podredumbre de la guerra, a barro y a desechos, y que tenía un regusto acre a pólvora en los labios. Oía a un perro ladrar en alguna parte y (estaba seguro) a un niño que lloraba en la noche remota, y el pensamiento se le vino a la cabeza sin que pudiera impedirlo, frío y gris y desprovisto de emoción: que si hubiera terminado lo que había empezado, si hubiera silenciado al bebé, a ese precioso niño cuya vida acababa de empezar, que no se habría enterado de nada porque, eso sí, Anthony habría sido misericordioso y actuado con celeridad, Howard se habría salvado. Que esa había sido su única oportunidad para salvar a su hermano y que había fracasado.

Capítulo 28

Cornualles, 2003

A Sadie le pareció que no tenía mucho sentido quedarse en Londres tras haber hablado con Alice Edevane. Las llaves de Loeanneth le quemaban en el bolsillo y, antes de volver a su apartamento, ya había decidido que saldría de inmediato. Regó con un vaso de agua la planta deshidratada, recogió sus notas y se echó la bolsa, que por suerte aún no había deshecho después del viaje a Cornualles, al hombro. Cerró la puerta al salir y, sin mirar atrás, bajó los escalones de dos en dos.

Las cinco horas de coche pasaron sorprendentemente rápido. Atrás quedaron un condado tras otro, confundidos en una mancha verdosa mientras Sadie se preguntaba por las pruebas que, según Alice, encontraría en los archivos de Loeanneth. Eran casi las nueve y media y ya oscurecía cuando salió de la A38 y se dirigió a la costa. Aminoró la marcha al acercarse a la señal inclinada que indicaba el camino hacia el bosque y la entrada oculta a Loeanneth; la tentación de tomar el desvío fue enorme. Su impaciencia por empezar solo era comparable al deseo de evitarse la difícil tarea de explicar a Bertie por qué había vuelto tan pronto. Imaginaba su expresión compungida al preguntarle: «¿Otras vacaciones?». Pero en la Casa del Lago no había electricidad, Sadie no llevaba una linterna y, a menos que tuviera intención de evitar el pueblo y a su abuelo por completo, en algún momento tendría que hacer frente a las preguntas. No, decidió, lo mejor era pasar el interrogatorio cuanto antes.

Con un suspiro de reacia determinación, continuó por la carretera de la costa hasta el pueblo, donde habían empezado los preparativos para el festival del solsticio de verano. Por las calles se estaban colgando farolillos de colores y en la plaza del pueblo, a intervalos regulares, se habían apilado montones de madera y lonas que luego se convertirían en barracas. Sadie condujo despacio por las callejuelas estrechas antes de comenzar el ascenso hacia la casa de Bertie. Dobló la última curva y ahí estaba, encaramada en lo alto del acantilado, con las luces de la cocina encendidas y el tejado a dos aguas recortado contra el cielo estrellado. La estampa parecía salida de una película navideña, pero sin nieve. Lo que convertía a Sadie en la pariente pródiga, supuso, que llega sin previo aviso a perturbar la paz. Aparcó el coche en un borde de la estrecha calle, sacó su bolsa del asiento de atrás y subió las escaleras.

Dentro los perros ladraban y la puerta de entrada se abrió antes de que Sadie pudiera llamar. Bertie llevaba un delantal y tenía un cazo en la mano.

—¡Sadie! —dijo con una amplia sonrisa—. Has venido a pasar las fiestas. Qué agradable sorpresa.

Por supuesto, así era. Genial.

Ramsay y *Ash* saltaron detrás de Bertie y olisquearon a Sadie con alegría desenfrenada. No pudo evitar reírse y se arrodilló para hacerles unos arrumacos.

—¿Tienes hambre? —Bertie metió a los perros en casa—. Estaba a punto de cenar. Entra y vete untando pan con mantequilla mientras sirvo.

* * *

Cada superficie de la cocina estaba cubierta de tarros de mermelada y pasteles puestos a enfriar, así que comieron en la mesa de madera del patio. Bertie encendió las velas dentro de los faroles y, mientras las pequeñas llamas vacilaban y la cera ardía, Sadie se puso al día de las novedades del pueblo. Como era de esperar, en los días previos a las fiestas no habían faltado ni las intrigas ni el melodrama.

—Pero bien está lo que bien acaba —dijo Bertie mientras rebañaba con un trozo de pan el plato vacío— y mañana a esta hora ya se habrá terminado todo.

—Hasta el año que viene —dijo Sadie.

Bertie alzó la vista al cielo.

—Pero si te encanta. A mí no me engañas. Mira la cocina. Has cocinado para un ejército.

Bertie pareció aterrado.

—Cielo santo, toquemos madera, no tientes a la suerte. No hables así. Lo último que necesitamos mañana es otro conflicto.

Sadie rio.

—Veo que sigues tan supersticioso como siempre. —Echó un vistazo al jardín y al mar iluminado por la luna, al cielo despejado y estrellado—. Creo que va a hacer buen tiempo.

—En cualquier caso, vamos a tener que ponernos a trabajar muy temprano mañana si queremos que todo esté listo a la hora. Me alegra contar con otro par de manos.

—Respecto a eso —dijo Sadie—, me temo que no he sido del todo sincera sobre el motivo de mi vuelta.

Bertie arqueó una ceja.

—Ha habido progresos en el caso Edevane.

—Vaya, vaya, ¿de verdad? —Bertie apartó el tazón—. Cuéntamelo todo.

Sadie le resumió el encuentro con Alice y la teoría a la que habían llegado respecto a Anthony Edevane.

—Como ves, la neurosis de guerra era importante, después de todo.

—Dios mío —dijo Bertie, negando con la cabeza—. Qué terrible tragedia. Pobre familia.

—Por lo que deduzco, la muerte de Theo fue el comienzo del fin. La familia jamás regresó a Loeanneth, estalló la guerra y, para cuando tocó a su fin, o casi, Eleanor, Anthony y la más pequeña de las tres hijas, Clemmie, habían muerto.

Un búho levantó el vuelo sin que lo vieran, aleteando en el aire cálido, y Bertie suspiró.

—Qué extraño, ¿no?, desenterrar los secretos de quienes ya no están con nosotros. No es como tus casos normales, donde el fin es detener y castigar al culpable. En este no queda nadie a quien castigar.

—No. —Sadie estuvo de acuerdo—. Pero la verdad sigue siendo importante. Piensa en los que aún están vivos. Ellos también han sufrido; merecen saber qué pasó en realidad. Si conocieras a Alice, verías lo duro que ha sido para ella no saberlo. Creo que ha vivido siempre a la sombra de los terribles sucesos de esa noche, pero ahora me ha dado las llaves de la casa y permiso para buscar donde me parezca. Estoy decidida a no irme sin encontrar lo que necesitamos para demostrar la implicación de Anthony en la muerte de Theo.

—Bueno, me parece formidable lo que estás haciendo, ayudarla a dejar todo eso atrás. ¡Y qué golpe maestro! Solventar un crimen que ha sido todo un misterio durante setenta años. Debe de ser una sensación maravillosa.

Sadie sonrió. Era un golpe maestro. Y una sensación maravillosa.

—Y es todo un detalle que tus superiores te den más tiempo para atar cabos.

Sadie se sonrojó al instante; Bertie, en cambio, era la viva imagen de la inocencia mientras acariciaba el cuello de *Ramsay.* Sadie no supo si hablaba en serio o si tras ese aspecto tranquilo se ocultaba una pregunta no formulada. En cualquier caso, podría haber mentido, pero en ese momento no estaba de humor para ello. Lo cierto era que estaba cansada de fingir, en especial con Bertie, quien era toda su familia, la única persona en el mundo con quien podía ser ella misma.

—Lo cierto, abuelo, es que he tenido un problemilla en el trabajo.

Bertie no se inmutó.

—¿De verdad, cariño? ¿Quieres hablar de ello?

Y así fue como Sadie se encontró hablando del caso Bailey. De la poderosa intuición de que Maggie había sido víctima de un crimen, de su negativa a seguir el consejo de sus superiores y de su decisión en última instancia de acudir a Derek Maitland.

—Es la regla número uno: no se habla con periodistas.

—Pero tú eres una excelente detective. Pensarías que tenías un buen motivo para romper las reglas.

Su fe en ella era conmovedora.

—Eso pensaba. Estaba convencida de que mi instinto estaba en lo cierto y parecía la única manera de mantener la atención en el caso.

—Entonces, actuaste de buena fe, aunque de manera equivocada. Sin duda, eso tendrá su importancia, ¿no?

—Las cosas no son así. Me habría metido en un buen lío de haber tenido razón, pero no la tenía. Tomé una decisión desacertada, el caso me afectó personalmente, y ahora hay una investigación en marcha.

—Ay, cariño. —La sonrisa de Bertie rebosaba compasión—. Si te sirve de algo, yo me fiaría de tu instinto sin dudarlo.

—Gracias, abuelo.

—¿Y Donald? ¿Lo sabe? ¿Qué dice?

—Fue quien sugirió lo del permiso. Una medida preventiva, por así decirlo. Así, si descubren que fui yo, puedo argumentar que me he apartado del servicio activo por decisión propia.

—¿Y eso servirá de algo?

—Por lo que sé, Ashford jamás ha pecado de indulgencia. Me suspenderá de empleo y sueldo, como poco. Y, si ha tenido un mal día, me echará del cuerpo.

Bertie negó con la cabeza.

—No parece justo. ¿Hay algo que puedas hacer?

—El mejor plan que se me ha ocurrido, aparte de pasar inadvertida y evitar a Nancy Bailey, es cruzar los dedos.

Bertie alzó una mano con los dedos entrelazados.

—Entonces yo también cruzo lo míos. Y, mientras tanto, tienes que resolver el misterio de la Casa del Lago.

—Exactamente. —Sadie sintió una punzada de emoción al pensar en el día siguiente. Se estaba felicitando a sí misma en silencio por haberle confesado al fin la verdad a Bertie, cuando este se rascó la cabeza y dijo:

—Me pregunto qué tenía el caso Bailey.

—¿Qué quieres decir?

—¿Por qué crees que te afectó tanto este caso en concreto?

—Madres e hijas —dijo Sadie encogiéndose de hombros—. Siempre son los que me resultan difíciles.

—Pero has tenido otros casos similares en el pasado. ¿Por qué este? ¿Por qué ahora?

Sadie estaba a punto de decirle que no lo sabía, que era una de esas cosas inexplicables, cuando la primera carta de Charlotte Sutherland surgió de entre sus recuerdos. En ese momento algo espantoso, algo muy parecido al dolor, creció en su interior y una ola que había tratado de contener durante quince años amenazó con ahogarla.

—Recibí una carta —dijo atropelladamente—. Hace unos meses. La niña ya tiene quince años. Me escribió.

Los ojos de Bertie se abrieron de par en par tras las gafas. Solo atinó a decir:

—¿Esther?

El nombre, así pronunciado, fue como una flecha en el corazón. La única regla que Sadie había roto, ponerle nombre a su hija cuando vio esa manita con forma de estrella asomar desde debajo de la manta amarilla y blanca.

—¿Esther te ha escrito?

Dos veces, pensó Sadie, pero no lo dijo.

—Un par de semanas después de comenzar con el caso Bailey. No sé cómo encontró mi dirección; supongo que guardan un historial de nombres y los facilitan si alguien pregunta, y no es difícil encontrar una dirección particular si sabes dónde buscar.

—¿Qué decía?

—Hablaba un poco de sí misma. Una buena familia, un buen colegio, todas las cosas bonitas que le gusta hacer. Y decía que quería conocerme.

—¿Esther quiere conocerte?

—No se llama Esther. Se llama Charlotte. Charlotte Sutherland.

Bertie se apoyó contra el respaldo de la silla, con una sonrisa leve y aturdida en el rostro.

—Se llama Charlotte y vas a conocerla.

—No. —Sadie negó con la cabeza—. No, no voy a conocerla.

—Pero, Sadie, cariño.

—No puedo, abuelo. Lo he decidido.

—Pero...

—La di en adopción. ¿Qué va a pensar de mí?

—No eras más que una niña.

Sadie seguía negando con la cabeza, en un gesto involuntario. Aunque la noche era cálida, tuvo un escalofrío.

—Pensará que la abandoné.

—Sufriste mucho mientras decidías lo que sería lo mejor para ella.

—No lo va a ver de esa manera. Me va a odiar.

—¿Y si no es así?

—Mírame... —No tenía marido, casi no tenía amigos, hasta su planta se estaba muriendo, abandonada. Lo había sacrificado todo por el trabajo, y ni siquiera en ese ámbito le iba bien. Era inevitable que la decepcionara—. No tengo madera de madre.

—No creo que esté buscando a alguien que le ate los cordones de los zapatos. Por lo que parece, le ha ido muy bien en ese sentido. Solo quiere saber quién es su madre biológica.

—Tú y yo sabemos que la biología no garantiza el cariño. A veces lo mejor que le puede ocurrir a una persona es tener unos padres nuevos. Mira lo que Ruth y tú hicisteis por mí.

Ahora era Bertie quien negaba con la cabeza, pero sin tristeza. Estaba irritado con ella, Sadie se dio cuenta, pero no podía hacer nada por evitarlo. Esa decisión no le correspondía a él, sino a ella, y ya estaba tomada. Para bien o para mal.

Para bien. Suspiró, decidida.

—Ruth solía decir que si en su día actuaste de forma correcta y lo vuelves a hacer de nuevo, lo único que te queda es seguir adelante.

Los ojos de Bertie se empañaron detrás de sus gafas.

—Siempre fue sabia.

—Y solía tener razón. Eso es lo que he hecho, abuelo, he seguido el consejo de Ruth. Durante quince años he seguido adelante y no he mirado atrás, y todo ha ido bien. Todos estos problemas comenzaron por la carta. Ha traído el pasado de vuelta a mi vida.

—No era eso lo que Ruth quería decir, Sadie, cariño. Quería que siguieras adelante sin lamentaciones, no que negaras por completo el pasado.

—No lo niego, simplemente no pienso en ello. Tomé la decisión que tomé y no serviría de nada desenterrar el pasado.

—Pero ¿no es eso lo que pretendes hacer con los Edevane?

—Eso es diferente.

—¿De verdad?

—Sí.

Y lo era. No encontraba las palabras para explicarlo, no en ese momento, pero lo sabía. Le irritaba la oposición de Bertie, pero no quería discutir con él. Bajó la voz y dijo:

—Escucha, tengo que ir a hacer unas llamadas antes de que sea demasiado tarde. ¿Qué te parece si pongo agua a hervir y traigo té para los dos?

* * *

A pesar del soporífero vaivén del mar, aquella noche Sadie no logró conciliar el sueño. Había conseguido apartar a Charlotte Sutherland, a Esther, de sus pensamientos, pero ahora no se quitaba a los Edevane y Loeanneth de la cabeza. Dio vueltas y más vueltas mientras se imaginaba la noche de la fiesta del solsticio de verano de 1933. Eleanor yendo a ver cómo estaba el pequeño Theo antes de regresar junto a los invitados, los botes a pedales y las góndolas que navegaban por el arroyo hacia el cobertizo de las barcas, la enorme hoguera que ardía en la isla en medio del lago.

Aún no había amanecido cuando decidió que era inútil intentar dormir y se puso el chándal. Los perros se despertaron entusiasmados cuando pasó por delante de la cocina y se apresuraron a seguirla en cuanto se puso en marcha. La oscuridad era demasiado cerrada para ir por el bosque, así que se conformó con bordear el cabo mientras repasaba todo lo que necesitaba hacer cuando entrara en Loeanneth. Estaba de vuelta en casa de Bertie y tostando la tercera rebanada de pan cuando la primera luz del amanecer empezó a cruzar de puntillas la mesa de la cocina. Dejó una nota para Bertie debajo del hervidor, cargó el coche con los archivos, una linterna y un termo de té y acalló a los perros.

El horizonte estaba dorado mientras conducía hacia el este. El mar relucía como si alguien lo hubiera espolvoreado con limaduras de hierro y Sadie bajó la ventanilla para sentir la brisa fría y salobre en la cara. Iba a hacer un día cálido y despejado para las fiestas y se alegró por Bertie. Le alegró también haber escapado antes de que se despertara, evitando así que se repitiera la conversación de la noche anterior. No se arrepentía de haberle contado lo de la carta, pero no quería hablar más de ello. Estaba decepcionado, lo sabía, por su decisión de no ver a Charlotte Sutherland, convencido de que malinterpretaba a sabiendas el consejo de Ruth, pero era una situación que él no sería capaz de comprender. Encontraría las palabras para explicarle qué significaba ceder un bebé en adopción, las fuerzas que había necesitado para superar el hecho de que existía alguien de su propia sangre a quien no podría conocer, pero, por el momento, con todo lo que estaba pasando, era demasiado complicado.

Sadie llegó a la señal inclinada, con la pintura blanca descascarillada tras años de fuertes vientos, y giró a la izquierda. La carretera que se alejaba de la costa era estrecha, grandes retazos de hierba invadían el asfalto descolorido y se volvía aún más angosta al serpentear por el interior del bosque. El amanecer aún no había penetrado la espesura, así que Sadie encendió los faros para ver el camino entre los árboles. Condujo despacio, escudriñando la vegetación en busca de la entrada a Loeanneth. Según las instrucciones de Alice Edevane, la verja de hierro forjado sería difícil de ver. Estaba apartada de la carretera, había dicho, y tenía un diseño intricado que se confundía con los zarcillos de hiedra que, incluso durante los años de esplendor de la familia, trepaban por ella amenazando con sepultarla.

En efecto, Sadie casi pasó de largo. Solo cuando los faros del coche se reflejaron en el borde de un poste deslustrado comprendió que había llegado. Dio marcha atrás enseguida, aparcó en el arcén, bajó de un salto y manoseó nerviosa las llaves que le había entregado Alice, en busca de la que decía *Verja de entrada.* Sus dedos se movían con torpeza por la emoción y tuvo que probar varias veces antes de acertar con el cerrojo. Al final, sin embargo, lo consiguió. La verja estaba oxidada y se resistió un poco pero Sadie siempre había tenido una fuerza física sorprendente cuando estaba motivada. La abrió a pulso y de par en par, para que pasara el coche.

Era la primera vez que se acercaba a la casa desde aquella dirección y la asombró, cuando emergió por fin del frondoso bosque, lo oculta que quedaba del resto del mundo, apartada en su propio valle, la casa y los jardines interiores protegidos por una barrera de olmos. Siguió el camino de entrada sobre un puente de piedra y aparcó el coche bajo las ramas de un árbol enorme en un suelo de gravilla colonizado por matas de hierba. El sol todavía no estaba alto cuando abrió la cancela y entró en el jardín.

—Qué madrugador —dijo cuando vio al anciano sentado en el borde de una maceta grande.

Clive saludó con la mano.

—Llevo esperando este momento setenta años. No iba a esperar un minuto más de lo necesario.

Sadie lo había llamado la noche anterior y le había puesto al día acerca de su encuentro con Alice. Clive escuchó asombrado la nueva teoría de que Theo Edevane había sido asesinado por su padre. «Estaba seguro de que habían secuestrado al crío», había respondido cuando Sadie acabó de hablar. «Todos estos años he albergado la esperanza de encontrarlo». Había un temblor en su voz y Sadie fue consciente del empeño personal que había puesto en el caso. Conocía bien esa sensación. «Todavía tenemos un trabajo que hacer», le había asegurado. «Le debemos a ese pequeño averiguar exactamente qué sucedió esa noche». Entonces le contó lo de las llaves y la invitación de Alice a registrar la casa. «La llamé antes de hablar con usted y le mencioné su persistente interés. Le dije lo importante que había sido su ayuda hasta ahora».

Estaban bajo el pórtico mientras Sadie forcejeaba con la puerta de entrada. Durante un instante sobrecogedor tuvieron la impresión de que el cerrojo estaba atascado y la llave no iba a girar, pero entonces se produjo el grato sonido del mecanismo al ceder. Momentos después, Sadie y Clive cruzaron el umbral y entraron en el gran vestíbulo de la Casa del Lago.

La habitación olía a humedad y hacía más frío de lo que Sadie había esperado. La puerta de entrada seguía abierta de par en par y, cuando miró de reojo el mundo exterior que se despertaba, todo le pareció más luminoso que antes. Alcanzaba a ver desde el camino cubierto de maleza hasta la superficie del lago, reluciente bajo los primeros rayos de sol de la mañana.

—Es como si el tiempo se hubiera detenido —dijo Clive en voz baja—. La casa no ha cambiado desde que estuvimos aquí en aquella ocasión. —Giró el cuello para mirar desde todos los ángulos y añadió—: Con excepción de las arañas. Esas son nuevas. —Clive miró a Sadie a los ojos—. Entonces, ¿por dónde te gustaría empezar?

Sadie imitó la leve reverencia de su tono de voz. Había algo en una casa cerrada durante tanto tiempo que invitaba a esos gestos teatrales.

—Alice pensaba que lo más probable es que encontráramos lo que estamos buscando en el estudio de Anthony o en el secreter de Eleanor.

—Y ¿qué es exactamente lo que estamos buscando?

—Cualquier cosa que aclare el trastorno de Anthony, en particular durante las semanas previas al solsticio de verano de 1933. Cartas, diarios... Una confesión firmada sería ideal. —Clive sonrió mientras Sadie proseguía—: Vamos a avanzar mejor si nos separamos. ¿Y si tú miras en el estudio, yo en el secreter y nos vemos dentro de un par de horas para comparar notas?

Sadie fue consciente del silencio de Clive mientras subían juntos las escaleras, la forma en que miraba a su alrededor, el profundo suspiro al detenerse en el rellano de la primera planta. No podía ni imaginar lo que significaría para él volver a aquella casa después de tantas décadas. Setenta años durante los cuales el caso Edevane había seguido vivo para él, sin perder nunca la esperanza de resolverlo. Se preguntó si habría pasado la noche repasando la investigación original y si ciertas piezas del rompecabezas, antes inocuas, habrían comenzado a encajar.

—No he pensado en otra cosa —respondió Clive a la pregunta de Sadie—. Me iba a la cama cuando me llamaste, pero me fue imposible dormir. Estuve pensando en lo cerca que se mantuvo él de ella durante los interrogatorios. Entonces supuse que era para protegerla, para que no se viniera abajo tras la desaparición del crío. Pero ahora se me ocurre que había algo casi antinatural en esa cercanía. Casi como si hiciera guardia, para asegurarse de que ella no revelaba, no tenía ocasión de revelar, lo que él había hecho.

Sadie estaba a punto de responder cuando le sonó el teléfono en el bolsillo de los pantalones vaqueros. Clive indicó con un gesto que se iba al estudio de Anthony y Sadie asintió mientras sacaba el móvil. Se le cayó el alma a los pies al reconocer el número de Nancy Bailey en la pantalla. Sadie se consideraba una experta en rupturas y había pensado que «Adiós y cuídate» no dejaría lugar a dudas: era una forma discreta, incluso amable, de cerrar la puerta. Era evidente que iba a necesitar un enfoque más explícito. Pero no ahora. Silenció el teléfono y lo volvió a guardar en el bolsillo. Ya se ocuparía de Nancy Bailey en otro momento.

La habitación de Eleanor estaba en el mismo pasillo, solo dos puertas más allá, pero Sadie no se movió. Su mirada se detuvo en la alfombra de un rojo desvaído, roída en partes, que se prolongaba por un tramo de las escaleras del fondo. Había algo que debía hacer en primer lugar. Subió a la planta de arriba y recorrió el pasillo hasta el final. Ahí hacía más calor y el aire estaba más cargado. De las paredes colgaban cuadros que conmemoraban las diversas generaciones de la familia DeShiel y detrás de cada puerta entreabierta, las habitaciones, que aún contenían toda clase de objetos en las mesillas de noche: lámparas, libros, peines y espejos. Era sobrecogedor y la invadió una poderosa sensación, del todo irracional, de que no debía hacer ruido alguno. La parte rebelde de ella tosió solo para quebrar el silencio general.

Al final del pasillo, la puerta del cuarto de los niños estaba cerrada. Sadie se detuvo al llegar. Había imaginado ese momento muchas veces a lo largo de los últimos quince días, pero ahora que se encontraba ante el umbral del cuarto de Theo todo le pareció más real de lo que había previsto. No solía conceder importancia a rituales y supersticiones, pero hizo un esfuerzo por evocar a Theo Edevane, ese bebé de ojos grandes y mejillas redondeadas de las fotos de la prensa, y se dijo a sí misma que estaba a punto de franquear una habitación sagrada.

Abrió la puerta despacio y entró. El aire estaba cargado y aunque las cortinas, blancas antaño y ahora grises y mordisqueadas por las polillas, estaban echadas, la luz pasaba sin trabas. El cuarto era más pequeño de lo que había imaginado. En el centro, la delicada cuna de hierro colado era un claro recordatorio de lo pequeño y vulnerable que era Theo Edevane en 1933. Estaba sobre una alfombra redonda de tela y más allá, junto a la ventana, había un sillón de cretona que en otro tiempo debía de haber sido de un amarillo alegre e intenso, pero que ahora tenía un tono beis triste e impreciso. No era de extrañar, después de décadas de polvo e insectos y sol de verano. El estante con juguetes de madera de la época, el caballo balancín debajo de la ventana, la bañera de bebé en un rincón: todo le resultaba familiar gracias a las fotografías de la prensa y Sadie experimentó la sensación un tanto inquietante de ligero reconocimiento, como si se tratara de una habitación con la que había soñado o que recordaba vagamente de su propia infancia.

Se acercó a inspeccionar la cuna. Aún estaba hecha, con sábanas y una manta de punto alisada y remetida por uno de los extremos. Ahora tenía un aspecto polvoriento, triste. Sadie pasó la mano con suavidad sobre los barrotes de hierro y se produjo un débil tintineo. Una de las cuatro perillas metálicas temblaba en su poste. Allí habían acostado a Theo Edevane la noche de la fiesta. Bruen, la niñera, había dormido en la cama pegada a la pared de enfrente, bajo el techo inclinado, y afuera, en el césped junto al lago, cientos de personas se habían reunido para recibir el verano.

Sadie echó un vistazo a la pequeña ventana lateral en la cual la única testigo del caso había afirmado ver a una mujer esbelta. La invitada a la fiesta dijo que era alrededor de la medianoche, pero debió de haber cometido un error. O se lo había imaginado todo (según Clive, seguía borracha al día siguiente). De lo contrario tenía que haber sido otra ventana, otra habitación. Era posible que hubiera entrevisto a Eleanor en el cuarto de los niños cuando fue a ver a Theo, como era su costumbre, pero en ese caso se había equivocado en la hora, pues Eleanor había salido del cuarto a las once, tras lo cual se había detenido en las escaleras para dar instrucciones a una criada. Y los testigos habían visto a Eleanor junto al cobertizo de las barcas, donde las góndolas se guardaron justo antes de medianoche.

Un reloj circular de austera esfera blanca, cuyas agujas marcaban las tres y cuarto de algún año remoto, acechaba en lo alto y cinco grabados del osito Winnie colgaban en hilera en la pared. Esas paredes lo habían visto todo, pero el cuarto no hablaba. Sadie miró hacia la puerta y la huella fantasmal de los acontecimientos de la noche en cuestión se dibujó ante sus ojos. En algún momento después de la medianoche Anthony Edevane había recorrido el pasillo y cruzado la habitación hasta llegar a la cuna, al igual que hacía ahora Sadie. ¿Qué sucedió a continuación?, se preguntó. ¿Se llevó al pequeño del cuarto o todo ocurrió aquí? ¿Se llegó a despertar Theo? ¿Reconoció a su padre y le sonrió o susurró alguna cosa, o comprendió de algún modo que había algo diferente en esta visita, algo terrible? ¿Forcejeó o gritó? ¿Y qué sucedió después? ¿Cuándo descubrió Eleanor lo que había hecho su marido?

Algo en el suelo, debajo de la cuna, llamó la atención de Sadie: un objeto pequeño y brillante sobre la alfombra, iluminado por un rayo de sol. Se agachó para recogerlo; era un botón plateado con el dibujo de un cupido regordete. Le estaba dando vueltas entre los dedos cuando algo se movió en contacto con su pierna. Se sobresaltó, con el corazón en un puño, antes de comprender que solo era el móvil, que le vibraba en el bolsillo. El alivio no tardó en dar paso a la exasperación cuando vio una vez más el número de Nancy Bailey. Con el ceño fruncido, Sadie pulsó el botón de rechazar llamada, desactivó la vibración y guardó el teléfono y el botón. Volvió a recorrer la habitación con la vista, pero el hechizo se había roto. Ya no veía a Anthony avanzar sigiloso hacia la cuna ni oía el ruido de la fiesta. No era más que un cuarto viejo y solitario y ella estaba perdiendo el tiempo con botones extraviados y pensamientos morbosos.

* * *

La habitación de Eleanor Edevane estaba en penumbra y el aire olía a rancio, a tristeza y abandono. Gruesas cortinas de terciopelo vestían las cuatro ventanas y lo primero que hizo Sadie fue descorrerlas, tosiendo mientras nubes de polvo se levantaban y dispersaban. Abrió todo lo que pudo las rígidas ventanas de guillotina y se detuvo un momento a admirar la vista del lago. El sol ya relucía y los patos estaban ajetreados. Un débil gorjeo le llamó la atención y alzó los ojos. Oculto bajo los aleros de tejado atisbó un nido.

Cuando una corriente de aire límpido entró por la ventana abierta, Sadie sintió una oleada de resolución y decidió dejarse llevar por ella. Se fijó en el secreter con cierre de persiana pegado a la pared de enfrente, exactamente donde Alice le había dicho que estaría. Eleanor era quien había impulsado a Sadie a aquella investigación; era Eleanor con la que había sentido una conexión inicial inspirada por la carta en el papel con dibujo de hiedra, y era Eleanor quien la ayudaría a demostrar lo sucedido al pequeño Theo. Sadie recordó las instrucciones de Alice y buscó debajo de la silla, palpó la maltrecha tapicería del asiento y recorrió con los dedos los bordes de madera. Por fin, donde la pata derecha se unía al asiento, sus dedos se toparon con un par de diminutas llaves colgadas de un gancho. Bingo.

Una vez abierta, la tapa de madera se plegó sin dificultades para revelar un pulcro escritorio con una escribanía de piel y un portaplumas. Una serie de diarios ocupaban los estantes del fondo y un vistazo rápido al primero descubrió que se trataba de los cuadernos con hojas por triplicado que, según Alice, Eleanor empleaba para la correspondencia. Su mirada recorrió ávida el lomo de los volúmenes. Nada indicaba que se encontraran en orden cronológico, pero una mirada al escritorio, ordenado y despejado, sugería que era probable. La familia había abandonado Loeanneth a finales de 1933, lo cual significaba que, tal vez, la última libreta abarcaría los meses previos a la fiesta de ese año. Sadie la sacó del estante y, en efecto, en la primera página figuraba una carta datada en enero de 1933, escrita en una bella caligrafía a alguien llamado doctor Steinbach. Sadie se sentó en el suelo con la espalda apoyada contra el lateral de la cama y comenzó a leer.

Era la primera de lo que resultó ser una serie de cartas a una serie de médicos, en cada una de las cuales Eleanor esbozaba los síntomas de Anthony y solicitaba ayuda mediante frases corteses que no lograban ocultar por completo su desesperación. Las descripciones que hacía de las dificultades de Anthony eran conmovedoras: el joven entusiasta cuya prometedora vida le había sido arrebatada por el servicio a su país, que había intentado, desde su regreso, a lo largo de los años, recobrarse y recuperar sus habilidades. Sadie se conmovió, pero no disponía de tiempo para lamentar las atrocidades de la guerra. Hoy solo tenía una atrocidad por demostrar, y para ello debía concentrarse en buscar referencias a posibles tendencias violentas de Anthony antes del 23 de junio.

Si en las cartas que Eleanor escribió a los médicos de Londres se apreciaba cierta reserva, en las que envió a Daffyd Llewellyn (y eran numerosas) el tono era mucho más íntimo. También mencionaban el problema médico de Anthony (Sadie había olvidado que Llewellyn había sido médico antes de dejarlo para convertirse en escritor), pero, sin la carga de tener que formular sus descripciones de tal modo que preservaran la dignidad y la privacidad de su marido a ojos de un doctor distante, Eleanor era capaz de describir su estado y su desesperación con sinceridad: *A veces temo que nunca volverá a ser libre, que esta búsqueda mía ha sido en vano... Daría cualquier cosa por que se recuperara, pero ¿cómo puedo serle de ayuda si él ya no está dispuesto a ayudarse a sí mismo?* Había ciertas frases en particular que persuadieron a Sadie de encontrarse en la senda correcta: *Anoche volvió a suceder. Se despertó con un alarido, gritando una vez más cosas sobre el perro y el bebé e insistiendo en que debían salir ya, y tuve que abrazarme a él con todas mis fuerzas para evitar que saliera corriendo de la habitación. Pobre amor mío, cuando se pone así, retorciéndose y temblando, ni siquiera me reconoce... Por las mañanas se despierta lleno de remordimientos. A veces le miento, finjo que me he herido yo sola al ir con prisas. Sé lo que piensas de eso y estoy de acuerdo en que, en principio, la sinceridad expresada con tacto es el mejor método, pero saber la verdad lo destrozaría. Jamás mataría una mosca a sabiendas. Yo no soportaría verlo tan avergonzado... Ahora bien, ¡no te preocupes! No te habría contado todo esto si hubiera sabido que te iba a hacer sufrir así. Te aseguro que estoy bien. Las heridas corporales sanan; mucho peores son las heridas del espíritu... Le hice una pro-*

mesa a Anthony y las promesas hay que cumplirlas. Tú me lo enseñaste...

A medida que leía, a Sadie le resultó evidente que Llewellyn también estaba enterado del romance de Eleanor con Benjamin Munro. *Mi amigo, como tú te empeñas (¡hipócritamente!) en llamarlo, está bien... Por supuesto que me remuerde la conciencia. Es muy amable de tu parte señalar las diferencias entre mi madre y yo, pero debajo de esas palabras generosas sé que nuestros comportamientos no son tan diferentes... En mi defensa si es que se me permite defenderme, diré que lo amo, de forma diferente a Anthony, por supuesto, pero ahora sé que es posible para el corazón humano amar en dos ámbitos...* Y, a continuación, en la última carta: *Tienes toda la razón, Anthony no debe llegar a saberlo. Sería más que un revés, sería su destrucción...*

La última carta estaba fechada en abril de 1933 y la libreta no contenía más. Sadie recordó que Daffyd Llewellyn solía pasar en Loeanneth los meses de verano, lo cual explicaba que no hubiera más correspondencia entre Eleanor y él. Releyó algunas frases: *Tienes toda la razón, Anthony no debe llegar a saberlo..., sería su destrucción.* No era exactamente una prueba, pero resultaba interesante. A juzgar por la respuesta de Eleanor, a Llewellyn le había preocupado mucho cómo reaccionaría Anthony si descubría la aventura. Sadie se preguntó si su ansiedad habría contribuido a la depresión que lo llevó al suicidio. No era una experta, pero no le parecía imposible. Sin duda ayudaría a explicar la coincidencia temporal, que no dejaba de rondarle la cabeza.

Sadie se animó. Alice había dicho que su madre guardaba las cartas que recibía en los cajones laterales del secreter. Con un poco de suerte las de Daffyd Llewellyn estarían ahí. Así podría leer de su puño y letra todo lo que había temido (y cuánto). Abrió ambas gavetas. Cientos de sobres, rasgados donde habían sido abiertos, formaban fajos sujetos con cintas de colores. Todos estaban dirigidos a la señora E. Edevane, algunos mecanografiados y de aspecto oficial, otros escritos a mano. Sadie los revisó, fajo a fajo, en busca de las cartas de Daffyd Llewellyn.

Aún no había hallado nada cuando un fajo le llamó la atención, pues el primer sobre no tenía ni dirección ni sello. Perpleja, echó un vistazo al resto. Había uno o dos sobres que habían llegado por correo, pero el resto estaban tan en blanco como el primero. Y entonces cayó en la cuenta. La delicada cinta roja, el ligero aroma empolvado a perfume. Eran cartas de amor.

No era, en un sentido estricto, lo que había ido a buscar, pero la curiosidad se apoderó de Sadie. Además, existía la posibilidad de que Eleanor hubiera compartido con su enamorado los temores que albergaba acerca de Anthony. Tiró de la cinta roja, tan impaciente por deshacer el fajo que las cartas acabaron esparcidas por el suelo. Se estaba maldiciendo a sí misma por haberlas desordenado cuando algo le llamó la atención. Algo que no encajaba en absoluto en aquel fajo de cartas.

Reconoció el papel a primera vista, el diseño de zarcillos de hiedra verde intenso que serpenteaban en los márgenes, la caligrafía, la pluma estilográfica. Todo encajaba a la perfección. Era la primera mitad de la carta que había encontrado al registrar el cobertizo de las barcas, la carta que Eleanor había escrito a Anthony cuando este se encontraba en el frente. El corazón de Sadie latió con fuerza incluso mientras alisaba la hoja de papel. Más tarde tendría la impresión de haber presentido entonces lo que estaba a punto de descubrir, pues, al comenzar a leer, una de las piezas que faltaban en el rompecabezas, una pista que había buscado sin siquiera saberlo, le cayó en el regazo.

—¿Sadie?

Alzó la vista sobresaltada. Era Clive, de pie en el umbral, con un cuaderno de cuero en la mano y expresión animada en el rostro.

—Ah, aquí estás —dijo.

—Aquí estoy —repitió Sadie como un loro, aún absorta en las ramificaciones de lo que acababa de descubrir.

—Creo que lo tenemos —dijo emocionado, caminando tan rápido como le permitían sus piernas envejecidas para sentarse al borde de la cama, cerca de Sadie—. En el diario de Anthony de 1933. Alice estaba en lo cierto, era muy prolífico. Hay un diario por cada año, llenos sobre todo de observaciones del mundo natural y de ejercicios de memoria. Los reconocí de mis primeros días con la policía, cuando los usaba para poder recordar todos los detalles de la escena del crimen. Pero también hay entradas de diario en forma de cartas a un tipo llamado Howard. Un amigo que me imagino que murió en la primera guerra. Ahí es donde lo encontré. En junio de 1933, Anthony pareció sufrir otra de sus recaídas. Le dice a su compañero que durante el último año su estado ha ido a peor, que algo ha cambiado, pero que no sabe qué es y que el nacimiento de su hijo no ha mejorado las cosas. De hecho, en las entradas anteriores menciona unas cuantas veces que el llanto del pequeño le despertaba viejos recuerdos de una experiencia a la que llama «el incidente», algo que ocurrió durante la guerra. En la última entrada antes de la fiesta de verano escribe que su hija mayor, Deborah, había ido a hablar con él y que le había contado algo que lo cambiaba todo, y explica que tiene la sensación de que su ilusión de vida perfecta «ha quedado hecha añicos».

—La aventura —dijo Sadie, al recordar los temores de Daffyd Llewellyn.

—Tiene que ser eso.

Anthony había descubierto la aventura de su esposa justo antes de la fiesta. Sin duda eso habría bastado para sacarlo de sus cabales. Era justo lo que había temido Daffyd Llewellyn. Ahora, sin embargo, a la luz de lo que acababa de leer, Sadie se preguntó si sería eso todo lo que había descubierto.

—Y tú ¿qué tal? —Clive señaló con un gesto de la cabeza los sobres aún dispersos sobre la alfombra—. ¿Algo de interés?

—Es una forma de decirlo.

—¿Y bien?

Sadie le contó que había encontrado en el cobertizo de las barcas parte de una carta que Eleanor había escrito a Anthony, cuando ella estaba sola en casa, embarazada de Alice, él en el frente, y se preguntaba cómo iba a vivir sin él.

—¿Y? —la animó a seguir Clive.

—Acabo de encontrar la otra parte, la primera mitad. Aquí, entre el resto de la correspondencia de Eleanor.

—¿Es esa? —Clive señaló la hoja de papel que Sadie tenía entre las manos—. ¿Puedo?

Sadie se la entregó y Clive la leyó por encima, las cejas arqueadas.

—Cielo santo.

—Sí.

—Es apasionada.

—Sí.

—Pero no está dirigida a Anthony. Dice: *Queridísimo Ben.*

—Cierto —respondió Sadie—. Y la fecha es de mayo de 1932. Lo que quiere decir que el bebé al que se refiere no es Alice. Es Theo.

—Pero eso significa...

—Exactamente. Theo Edevane no era hijo de Anthony. Era hijo de Ben.

Capítulo 29

Cornualles, 1932

No había sido intención de Eleanor quedarse embarazada, no de Ben, pero no lo lamentó ni por un instante. Lo había sabido casi en cuanto ocurrió. Habían transcurrido diez años desde Clementine, pero no lo había olvidado. Sintió un amor inmediato e inmenso por la personita que crecía en su interior. En ocasiones Anthony le había enseñado lo que se veía por el microscopio, así que Eleanor sabía de células, de los misterios de la reproducción y el tejido de la vida. Su amor por el bebé era celular. Eran uno y lo mismo y se sentía incapaz de concebir su vida sin ese ser diminuto.

Tan intenso, tan personal era su amor, que le resultaba fácil olvidar que el bebé tenía padre, que no lo había concebido ella sola con la fuerza de su voluntad..., en especial ahora que el niño prometido todavía era muy pequeño y estaba a salvo dentro de ella. Aquel niño (estaba segura de que era varón) era su secreto, y a Eleanor se le daba bien guardar secretos. Había adquirido mucha práctica. Había guardado el secreto de Anthony durante años, y el suyo propio desde que conoció a Ben.

Ben. Al principio Eleanor se había dicho a sí misma que era solo una adicción. Una vez, cuando era pequeña, su padre le había regalado una cometa, una cometa especial llegada ni más ni menos que de China, y le había enseñado a hacerla volar. Eleanor había sentido verdadera pasión por aquella cometa: la cola hecha de cintas de colores bellísimos, la tensión del hilo tembloroso en sus manos, la caligrafía extraña y maravillosa en uno de los lados que parecía más una ilustración que un idioma.

Juntos, ella y su padre habían recorrido los campos de Loeanneth en busca del mejor lugar para lanzar la cometa, los mejores vientos para hacerla volar. Eleanor se había obsesionado. Tomaba notas de vuelo en una libreta, dibujaba numerosos diagramas y planos para diseñar ajustes y a menudo se despertaba en plena noche para repasar los movimientos con los que soltar el sistema de anclaje, con sus manos guiando el hilo de una cometa imaginada como si estuviera en el prado.

—Tienes una adicción —había dicho Bruen, la niñera, con una mirada de intenso desagrado, antes de llevarse la cometa del cuarto y esconderla—. Las adicciones son obra del diablo, y el diablo desaparece cuando se topa con una puerta bien cerrada.

Eleanor se había hecho adicta a Ben, o eso se decía a sí misma, pero ahora era una persona adulta, dueña de su destino. No había una Bruen que quemara la cometa y cerrara la puerta, así que era libre para abandonarse a su adicción.

* * *

—Estaba a punto de encender el fuego —había dicho Ben el día que se había encontrado con él en la caravana—. ¿Le gustaría pasar y esperar a que acabe la tormenta?

Aún caía una lluvia torrencial y, sin la motivación de encontrar a *Edwina,* Eleanor reparó en que tenía mucho frío y estaba empapada. Detrás de él vio una salita de estar que de pronto le pareció el colmo de la comodidad y la calidez. A su espalda llovía a cántaros y *Edwina,* a sus pies, a todas luces había decidido quedarse. Eleanor tuvo la impresión de que no tenía otra opción. Dio las gracias, respiró hondo y entró.

El hombre la siguió y cuando cerró, el ruido de la lluvia quedó de inmediato amortiguado. Tras darle una toalla, hizo fuego en una pequeña estufa de hierro que había en el centro de la caravana. Mientras se secaba el pelo, Eleanor aprovechó para mirar a su alrededor.

La caravana era confortable, pero sin lujo alguno. Ben había hecho lo justo para que resultara acogedora. En el alféizar de una ventana, reparó Eleanor, había delicadas grullas de papel como la que le había visto plegar en el tren.

—Por favor, siéntese —dijo Ben—. No tardo nada en encender esto. Es un poco temperamental, pero últimamente nos hemos llevado bien.

Eleanor ahuyentó un asomo de recelo. Era consciente de que la cama de Ben, el lugar donde dormía, se veía detrás de la cortina, al fondo de la caravana. Desvió la mirada, dejó la toalla en una silla de mimbre y se sentó. La lluvia caía ahora plácidamente y se le ocurrió, no por primera vez, que era uno de los sonidos más agradables que conocía. Estar bajo techo, con la esperanza de entrar en calor y secarse pronto mientras llovía fuera era un placer magnífico y sencillo.

Cuando las llamas danzaron y el fuego comenzó a crepitar, Ben se levantó. Arrojó la cerilla usada al fuego y cerró la rejilla.

—Sí que nos conocemos —dijo—. En el tren, el viaje de Londres a Cornualles, hace unos meses.

—Si no me falla la memoria, era usted el que iba en mi vagón.

Ben sonrió y Eleanor sintió un hormigueo peligroso e inesperado en el estómago.

—No se lo puedo negar. Tuve mucha suerte de conseguir un billete. —Se limpió el hollín de las manos sobre el pantalón—. La recordé en cuanto nos separamos en la oficina de correos. Me volví, pero ya se había ido.

Así que se había vuelto. Resultaba desconcertante y Eleanor disimuló su nerviosismo observando con atención la caravana.

—¿Vive aquí? —preguntó.

—Por el momento. Pertenece al granjero que me da trabajo.

—Pensé que ya no trabajaba para el señor Nicolson. —Se maldijo a sí misma. Ahora iba a saber que había estado haciendo preguntas acerca de él. Ben no reaccionó y Eleanor se apresuró a cambiar de tema—. No hay agua corriente ni electricidad.

—No las necesito.

—¿Dónde cocina?

Ben señaló el fuego con un gesto.

—¿Dónde se baña?

Ladeó la cabeza en dirección al arroyo.

Eleanor alzó las cejas.

Ben rio.

—Encuentro que es un lugar muy tranquilo.

—¿Tranquilo?

—¿Nunca ha sentido deseos de desaparecer para el resto del mundo?

Eleanor pensó en los rigores de ser madre, en el odio que sentía cuando veía a su propia madre asentir en señal de aprobación, la vigilancia constante que le endurecía los huesos y los engranajes del cerebro como si unas bandas elásticas tirasen de ella.

—No —dijo, con ese remedo de voz despreocupada que había perfeccionado con los años—, no creo que lo haya deseado nunca.

—Supongo que no le ocurre a todo el mundo —dijo Ben encogiéndose de hombros—. ¿Le apetece tomar una taza de té mientras se secan sus cosas?

La mirada de Eleanor siguió el gesto de su brazo, que señalaba una cacerola en la cocina.

—Bueno —dijo. Hacía frío, al fin y al cabo, y seguía teniendo los zapatos mojados—. Quizá, mientras espero a que escampe.

Ben preparó el té y Eleanor le preguntó por la cacerola. Él rio y le dijo que no tenía hervidor, pero que aun así se las arreglaba.

—¿No le gustan los hervidores?

—Ninguna objeción. Simplemente no tengo.

—¿Ni siquiera en su casa?

—Esta es mi casa; al menos por ahora.

—Pero ¿adónde va a ir cuando se marche?

—Al siguiente lugar. Me gusta cambiar de aires —explicó—. No me quedo mucho tiempo en ningún sitio.

—No creo que soportara no tener un hogar.

—Mi hogar son las personas, mis seres queridos.

La sonrisa de Eleanor fue agridulce. Recordaba haber dicho algo muy similar hacía muchos años, toda una vida.

—¿No está de acuerdo?

—Las personas cambian, ¿no? —No había sido intención de Eleanor emplear un tono tan áspero—. Una casa, sin embargo... Una casa con paredes y suelo y un tejado; con habitaciones llenas de cosas especiales; con recuerdos entre las sombras... Bueno, da seguridad. Es sólida y real y...

—¿Honrada? —Ben le entregó una taza de té humeante y se sentó en una silla, junto a ella.

—Sí —dijo Eleanor—. Sí, exactamente. Honrada y, bueno, leal. —Sonrió, avergonzada de súbito por haber expresado una opinión tan vehemente. Se sintió vulnerable, y también extraña. ¿Qué clase de persona alberga tales sentimientos por una casa? Pero Ben también sonrió, y Eleanor comprendió que, aunque no estuviera de acuerdo, la comprendía.

Había pasado mucho tiempo desde que Eleanor había conocido a alguien nuevo, desde que había podido relajarse lo suficiente para preguntar y escuchar y responder. Bajó la guardia y conversó con él, le hizo preguntas acerca de su vida. Se había criado en el Lejano Oriente, su padre era arqueólogo y su madre una ávida viajera; lo habían animado a ser independiente y no seguir las expectativas de la sociedad. Sentimientos que Eleanor casi recordaba haber albergado ella misma.

El tiempo transcurrió de un modo extraño, como si la atmósfera dentro la caravana existiera ajena a los vaivenes del mundo exterior. La estructura de la realidad se había disuelto y solo quedaban ellos dos. En el transcurso de los años, Eleanor había observado que, incluso sin reloj, era capaz de saber la hora con un margen de error de unos cinco minutos, pero entonces perdió la noción del tiempo por completo. Hasta que vio por casualidad un pequeño reloj en el alféizar no se dio cuenta de que habían pasado dos horas.

—Tengo que irme —dijo sin aliento, devolviéndole la taza vacía mientras se ponía de pie. Semejante descuido era inaudito. Impensable. Las niñas, Anthony, madre…, ¿qué estarían diciendo?

Ben también se puso en pie, pero ninguno de los dos se movió. Pasó entre los dos esa extraña corriente, la misma que había percibido en el tren, y Eleanor sintió la tentación de quedarse, de esconderse, de no salir nunca de allí. Debería haber dicho: «Adiós», pero lo que dijo fue:

—Todavía tengo su pañuelo.

—¿Del tren? —Ben se rio—. Ya se lo dije: es suyo.

—No puedo aceptarlo. Antes era diferente, no tenía forma de devolvérselo, pero ahora…

—¿Ahora?

—Bueno, ahora sé que está aquí.

—Sí —dijo Ben—. Lo sabe.

Eleanor sintió que un escalofrío le recorría la columna vertebral. No la había tocado, pero comprendió que deseaba que él la tocara. Se sentía al borde de un precipicio y en ese momento deseó caer. Más tarde comprendería que ya lo había hecho.

* * *

—Sin duda, te noto más animada —señaló su madre esa misma tarde—. Es una maravilla cómo puede aligerar el espíritu quedarse atrapada en la lluvia.

Y esa noche, cuando se acostó al lado de Anthony, cuando le buscó y él le dio una palmadita en la mano antes de girarse, Eleanor permaneció quieta en la oscuridad, recorriendo mentalmente las líneas del techo, escuchando mientras la respiración de su marido se hacía acompasada y profunda, y trató de recordar el momento en que había empezado a aislarse de los demás, y pensó en el joven del tren, ese hombre cuyo nombre de pila, reparó ahora, aún no sabía, que le había hecho reír y reflexionar y enternecerse, y que estaba a un paseo de distancia.

* * *

Al principio era una mera cuestión de sentirse viva después de tantos años. Eleanor no se había dado cuenta de que se estaba convirtiendo en una estatua. Sabía que había cambiado en los cerca de diez años trascurridos desde el regreso de Anthony, pero no había sido consciente de hasta qué punto su determinación de cuidar de él, de protegerlo y sanarlo, de impedir que las niñas sufrieran, la había menoscabado. Y ahí estaba Ben, tan libre, despreocupado y jovial. La aventura amorosa le brindaba una vía de escape, una intimidad y un placer egoísta, y era sencillo decirse a sí misma que se trataba de una mera adicción, de un consuelo temporal.

Pero los síntomas de una adicción (los pensamientos obsesivos, los desvelos, el exquisito placer que se obtiene al garabatear el nombre de otra persona en una hoja de papel, de verlo escrito, pensamiento convertido en realidad) se parecen notablemente a los del enamoramiento, y Eleanor tardó en darse cuenta de lo que ocurría. Al fin y al cabo, nunca había imaginado que fuera posible amar a dos personas a la vez. Se quedó conmocionada cuando un día se descubrió tarareando una vieja melodía de ballet de la que no se había acordado en años y cayó en la cuenta de que estar con Ben la hacía sentir igual que cuando conoció a Anthony, como si el mundo se hubiera vuelto, sorprendente, inesperadamente, más luminoso.

Estaba enamorada de él.

Pronunciadas mentalmente, las palabras la asombraban y sin embargo sonaban sinceras. Había olvidado que el amor podía ser así, sencillo y alegre. El amor que sentía por Anthony se había vuelto más profundo con los años, había cambiado; la vida les había puesto obstáculos y su amor se había adaptado para superarlos. Amar había llegado a significar poner a la otra persona en primer lugar, sacrificarse, mantener la maltrecha embarcación a flote durante la tempestad. Con Ben, sin embargo, amar era flotar en un pequeño bote de remos en un mar en calma.

* * *

Cuando se quedó embarazada, Eleanor supo de inmediato quién era el padre. Aun así, dedicó un esfuerzo a calcular las semanas, solo para cerciorarse. Todo habría sido mucho más fácil si el bebé hubiera sido de Anthony.

No se le pasó por la cabeza mentir a Ben y, a pesar de todo, no se lo contó enseguida. El cerebro humano tiene un don para afrontar los problemas complejos mediante la negación y Eleanor se concentró en su alegría: iba a nacer un bebé, siempre había soñado con tener otro, un bebé haría feliz a Anthony. Más que eso, otro niño le curaría de su enfermedad. Esta idea había formado parte de sus pensamientos durante tanto tiempo que Eleanor era incapaz de ponerla en duda.

Al principio se negó a reconocer el espinoso tema de la paternidad del niño. Incluso cuando su vientre empezó a endurecerse y sintió un aleteo de leves movimientos, mantuvo el secreto. A los cuatro meses, sin embargo, tras revelar la maravillosa noticia a Anthony y las niñas, supo que había llegado el momento de hablar con Ben. El embarazo empezaba a notársele.

Mientras sopesaba cómo decírselo, Eleanor comprendió que estaba aterrada, pero no porque temiera que Ben le fuera a poner las cosas más difíciles. Desde el primer día en la caravana, Eleanor había estado esperando que desapareciera, previendo sombría el día en que fuera a buscarlo y se hubiera ido. Cada vez que recorría a pie el sendero del arroyo para reunirse con él, contenía el aliento y se preparaba para lo peor. Desde luego, nunca había dicho en voz alta la palabra «amor». La idea de perderlo había sido una tortura, pero Eleanor no dejaba de recordarse que Ben era un trotamundos y que ella lo había sabido desde el principio. Había sido uno de los motivos de la atracción y la razón por la cual se dejó llevar. Su provisionalidad le había parecido el antídoto perfecto a la carga que sobrellevaba. Un día se iría, se decía a sí misma, y todo habría terminado. Sin lazos, sin lamentaciones. Sin haber hecho daño a nadie.

Pero se había estado engañando, y ahora cayó en lo falsa y presuntuosa que había sido su despreocupación. Ante la perspectiva de darle la noticia que lo ahuyentaría, a él, a su amante bohemio, un hombre que no tenía ni un hervidor, se dio cuenta de lo mucho que dependía de él, de su consuelo y su buen humor, de su actitud tranquila y amable. Lo amaba y, a pesar de que su marcha representaba una solución práctica al problema, no quería que se fuera.

Al mismo tiempo, Eleanor se maldecía por albergar esperanzas tan ingenuas. Por supuesto las cosas no podían seguir igual. Iba a tener un hijo. Estaba casada con Anthony. Él era su marido y ella lo amaba, siempre lo amaría. No le quedaba más remedio que decirle a Ben que iba a ser padre y verlo hacer el equipaje.

* * *

No había tenido en cuenta la biología. No había tenido en cuenta el amor.

—Un hijo —dijo Ben asombrado cuando Eleanor se lo contó—. Un hijo.

Su rostro adquirió una expresión inusual, una sonrisa de alegría y placer, pero, sobre todo, de sobrecogimiento. Ya antes de que naciera, Ben se había enamorado de Theo.

—Hemos engendrado una personita —dijo. Él, que había rehuido responsabilidades y compromisos toda su vida—. Jamás imaginé que sería así. Me siento unido al bebé, y a ti; es un vínculo irrompible. ¿Lo sientes tú también?

¿Qué iba a decir? Claro que lo sentía. El bebé ataba a Eleanor a Ben de una manera que no tenía nada que ver con el amor que sentía por Anthony, con el futuro que imaginaba para su familia en Loeanneth.

A lo largo de los meses siguientes el entusiasmo de Ben, su optimismo, su negativa a aceptar ni la más leve sugerencia de que la concepción del bebé no fuera algo perfecto y deseado se hicieron contagiosos.

Ben estaba tan convencido de que todo iría bien («Las cosas siempre se arreglan», decía, «he vivido toda la vida dejando que las cosas se arreglen por sí solas»), que Eleanor comenzó a creerle. ¿Por qué no iba a continuar todo igual, ella y el bebé en Loeanneth y Ben allí? Había funcionado hasta ahora.

Pero Ben tenía otros planes y, en los meses de verano, a medida que se acercaba la fecha del parto, le dijo que dejaba la caravana. Al principio, Eleanor había pensado que se marchaba de Cornualles y el cambio de opinión repentino le dolió, pero Ben le apartó un mechón de cabello y le dijo:

—Tengo que estar más cerca. He aceptado un trabajo que vi anunciado en el periódico local. El señor Harris me ha dicho que podría comenzar la próxima semana. Al parecer, en vuestra propiedad hay un cobertizo para las barcas donde a veces se alojan los jardineros.

Quizá la preocupación de Eleanor se reflejó en su rostro, pues Ben se apresuró a añadir:

—No voy a crearte problemas, lo prometo. —Con delicadeza, puso ambas manos sobre su vientre firme y redondo—. Pero tengo que estar más cerca, Eleanor. Tengo que estar con vosotros dos. Tú y el bebé sois mi hogar.

* * *

Ben empezó a trabajar en Loeanneth a finales del verano de 1932. Una tarde recorrió el camino de entrada bajo un calor sofocante, con aspecto de ignorarlo todo acerca de la propiedad excepto que había visto un anuncio en que buscaban un jardinero. Incluso entonces Eleanor se convenció a sí misma de que todo iría bien. Ben tendría un empleo estable desde el que ver crecer a su hijo; ella podría visitarlo cuando quisiera, y Anthony, su querido Anthony, no tendría por qué enterarse de nada.

Eleanor, por supuesto, se engañaba. El amor, la alegría por la inminente llegada del bebé, el largo y cálido verano... Todo junto le impedía darse cuenta de la realidad, pero la venda que tenía en los ojos no tardó en caérsele. La proximidad de Ben hacía real la relación entre los dos. Antes había existido para Eleanor en una dimensión distinta, pero ahora formaba parte de la vida que compartía con su familia, y el sentimiento de culpa que Eleanor había reprimido durante tanto tiempo empezó a aflorar.

Se había equivocado al traicionar a Anthony. Eleanor lo vio con tal claridad que no supo en qué había estado pensando. ¿Qué se había apoderado de ella? Anthony era su gran amor. Volvió a ver ese rostro joven y alegre, en esa mañana ya remota en que la salvó del autobús; el día de su boda, cuando él la sonrió y le apretó la mano y ella entrevió el futuro ante ellos; esa tarde en la estación de tren cuando se fue a la guerra, tan deseoso de ser útil... y quiso acurrucarse en un rincón y morir de vergüenza.

Comenzó a evitar el jardín. Era una penitencia justa, el jardín siempre había sido su parte favorita de Loeanneth, un lugar de recreo y consuelo, y merecía quedarse sin él. Pero había otra razón por la que se mantenía lejos. Su culpabilidad había alimentado un miedo neurótico a delatarse por accidente, a encontrarse con Ben y de alguna manera revelar su secreto. No podía arriesgarse; las consecuencias de algo así para Anthony serían devastadoras. Se apartaba rápidamente de la ventana si veía a Ben cerca de la casa y comenzó a desvelarse por las noches, preocupada por lo que pasaría si Ben decidía que quería más del niño de lo que Eleanor estaba dispuesta a concederle.

Pero, por mucho que se reprendiera a sí misma, por mucho que se arrepintiera, Eleanor no llegó a lamentar del todo lo ocurrido. ¿Cómo iba a hacerlo, cuando sus actos le habían concedido a Theo? Había querido al niño de un modo especial desde que supo que lo llevaba dentro, pero, una vez nació, llegó a adorarlo. No es que lo quisiera más de lo que había querido a sus hijas cuando estas habían nacido, sino que ahora era una mujer muy diferente. La vida la había transfigurado. Era mayor, más triste, más necesitada de consuelo. Pudo amar a aquel bebé con una abnegación liberadora. Lo mejor de todo era que, con Theo, cuando estaban solo los dos, podía ser Eleanor de nuevo. Madre había desaparecido.

* * *

Nunca, ni una sola vez, entre todas las posibilidades que había imaginado y temido, se le había pasado a Eleanor por la cabeza que el trastorno de Anthony pudiera empeorar con el nacimiento de Theo. A lo largo de los años había llegado a creer con tal firmeza que un recién nacido (¡un hijo!) era justo lo que necesitaba para recuperarse, que no había contemplado otra posibilidad. Pero se había equivocado. Los problemas surgieron casi de inmediato, cuando Theo solo tenía unas semanas de edad.

Anthony lo adoraba, lo mecía con ternura, contemplaba con asombro su rostro pequeño y perfecto, pero su alegría a menudo se teñía de melancolía, de amarga vergüenza por disfrutar una vida perfecta cuando otros sufrían tantas privaciones. Peor aún: a veces, cuando el bebé lloraba, el semblante de Anthony adoptaba una expresión vacía, como si estuviera absorto en otros asuntos, asuntos secretos en un lugar recóndito de su mente.

En noches así, cuando lo visitaban los malos sueños, los temblores aterradores, las órdenes expresadas a gritos: «Que deje de llorar el bebé» o «Hacedle callar» y Eleanor debía emplear todas sus fuerzas para evitar que irrumpiera en el pasillo y lo hiciera él mismo, se preguntaba angustiada qué había hecho.

Y entonces, cuando Clementine cumplió doce años le regalaron el planeador. Había sido idea de Anthony, y todo un acierto, pero puso fin a la esperanza de Eleanor de evitar el jardín. Habían terminado de comer cuando Clemmie abrió el regalo y salió de casa corriendo, de modo que solo quedaban el té y la tarta antes de dar por terminadas las formalidades del día. Eleanor se dijo a sí misma que nada malo podría ocurrir en tan poco tiempo y ordenó a la criada que sacara la bandeja al jardín.

Hacía muy buen tiempo, una de esas tardes frescas y soleadas de otoño en las que los más osados aún se atrevían a ir a nadar. Todos se habían contagiado del espíritu festivo de la jornada y se divertían sobre el césped, lanzando el planeador, riéndose cuando casi se llevaba una cabeza por delante. Pero Eleanor estaba tensa. Era consciente de que Ben estaba trabajando junto al lago, deseaba evitar que su familia los viera juntos y le preocupaba que Ben reparara en el moisés de Theo y buscara un pretexto para acercarse y unirse a la fiesta.

Ben no haría algo así, se lo había prometido. Pero el miedo induce a imaginar locuras y Eleanor solo deseaba que terminara el día, que se tomaran el té y la tarta y regresaran a la seguridad de la casa. Clementine, sin embargo, tenía otros planes. De hecho, daba la impresión de que la familia al completo conspiraba en su contra. Nadie quería té, desdeñaban los ofrecimientos de tarta y se vio obligada a interpretar el papel de madre, cuando lo único que quería era estar sola.

Y entonces Clemmie, que parecía tener el don de elegir el peor momento posible para ejercer su temeridad innata, se subió al gran sicomoro. A Eleanor, con los nervios ya crispados, se le encogió el corazón y creyó que no lo soportaría. Se situó bajo el árbol y concentró sus cinco sentidos en su hija pequeña, que trepaba por el árbol con los pies descalzos, la falda recogida y las rodillas arañadas, decidida a, si caía, cogerla al vuelo.

Por eso no reparó en ello cuando ocurrió. Rose, la niñera, fue la primera en darse cuenta. Dio un grito ahogado y asió la mano de Eleanor.

—Deprisa —susurró—. El bebé.

Fueron palabras escalofriantes. El mundo pareció inclinarse sobre su eje cuando Eleanor volvió la cabeza y vio que Anthony se dirigía hacia el moisés de Theo. El pequeño estaba llorando y Eleanor, por la postura rígida y poco natural de Anthony, supo que no estaba en sus cabales.

Rose ya había comenzado a cruzar el césped. Era una de las pocas personas que conocían el trastorno de Anthony; Eleanor no le había dicho nada, lo había averiguado por sí sola. Su padre había sufrido de lo mismo, le había explicado Rose la noche en que se acercó a Eleanor para decirle que podría contar con su ayuda si alguna vez la necesitaba.

—Daffyd —dijo Eleanor—, llévate a las niñas a la barca.

Daffyd debió de percibir el pánico en su voz porque tardó una fracción de segundo en comprender, y entonces, con su mejor voz de bardo, reunió a Deborah y Clemmie y se las llevó al arroyo, donde estaba amarrada la barca.

Eleanor echó a correr y estuvo a punto de tropezar con Alice, quien se apresuraba para seguir a sus hermanas. Tenía el corazón desbocado y pensaba solo en alcanzar a Anthony a tiempo.

Cuando llegó a su lado le bastó mirarlo a los ojos para saber que él no estaba ahí. Había desaparecido allí donde se extraviaba cada vez que la oscuridad se apoderaba de él.

—El bebé —decía una y otra vez, con desesperación en la voz—, que deje de llorar, haced que se calle.

Eleanor sujetó a su marido con fuerza y lo llevó hacia la casa, susurrándole que todo iba bien. Cuando tuvo la oportunidad, miró a Rose, la niñera, y vio que estaba arrullando a Theo. Rose le devolvió la mirada y Eleanor supo que mantendría a salvo al pequeño.

* * *

Esa noche, una vez que Anthony se hubo sumido en un sueño profundo inducido por las píldoras para dormir, Eleanor salió de la habitación y recorrió descalza el pasillo. Bajó las escaleras con cuidado de evitar el mal remiendo de la alfombra de Baluch del bisabuelo Horace y con su propia sombra siguiéndola por el suelo.

Las losas del camino del jardín conservaban el calor del día y Eleanor agradeció su solidez bajo las suaves plantas de los pies. Esas plantas que en otro tiempo habían estado encallecidas.

Cuando llegó al borde del lago, Eleanor se detuvo y encendió uno de esos cigarrillos que nadie sabía que fumaba. Dio una profunda calada.

Había echado de menos el jardín. Su amigo de la infancia.

El lago se mecía en la oscuridad, los pájaros nocturnos se acicalaban las alas, una pequeña criatura (un zorro, tal vez) huyó, llevada por un miedo repentino.

Eleanor terminó el cigarrillo y se acercó con pasos rápidos al agua. Se desabrochó el vestido y se lo sacó por la cabeza, quedándose solo con las enaguas.

No era una noche fría, si bien hacía demasiado fresco para nadar. Pero Eleanor sentía un fuego en el pecho. Quería sentirse renacer. Quería sentirse viva y libre y sin ataduras. Quería perderse, olvidarse de todo y de todos. «¿Nunca ha sentido deseos de desaparecer para el resto del mundo?», le había preguntado Ben en la caravana. Sí, lo había deseado, lo deseaba ahora, esa noche más que nunca.

Se sumergió y buceó hasta el fondo, sintiendo los juncos frescos y resbaladizos al contacto con sus pies, los sedimentos del agua acariciándole las manos. Imaginó ser un madero a la deriva que la corriente lleva de un lado a otro, sin responsabilidades, sin preocupaciones.

Desgarró la superficie del agua iluminada por la luna y flotó de espaldas mientras escuchaba los sonidos de la noche: un caballo en un prado cercano, los pájaros en el bosque, el gorgoteo del arroyo.

En algún momento reparó en que no estaba sola, y por algún motivo supo que se trataba de Ben. Nadó hasta la orilla, salió del agua, y fue a sentarse a su lado en el tronco caído. Ben se quitó el abrigo y la envolvió con él y, sin que tuviera que explicarle lo que iba mal, la abrazó y le acarició el pelo y le dijo que no se preocupara, que todo saldría bien. Y Eleanor le dejó hacerlo, porque le había echado de menos, y el consuelo de estar en sus brazos, allí, en aquel momento, le provocó un nudo en la garganta.

Pero Eleanor sabía la verdad. Ella era como la reina de *El umbral mágico de Eleanor,* quien deseaba tanto un niño que había hecho un trato con el diablo. Eleanor había abierto la puerta, había cruzado el umbral y buscado amor donde no debía, y ahora tenía que sufrir las consecuencias. El mundo era un lugar regido por el equilibrio y la justicia natural. Siempre había que pagar un precio, y ahora era demasiado tarde para cerrar la puerta.

Capítulo 30

Cornualles, 2003

Que me parta un rayo. —Clive tenía la mirada clavada en Sadie, los ojos azules bien abiertos tras las gafas, mientras las implicaciones de lo que habían descubierto comenzaban a encajar.

—No sé cómo no se me había ocurrido antes —dijo Sadie.

—¿Y por qué se te iba a ocurrir? Yo estaba aquí en 1933 y conocí a toda la familia. Nadie dijo nada que sugiriera algo así.

—¿Crees que Anthony lo sabía?

Clive silbó entre dientes mientras sopesaba la posibilidad.

—Si así era, lo ocurrido sería aún más siniestro.

Sadie se mostró de acuerdo.

—¿Algo interesante en los diarios? —preguntó—. ¿Más o menos por la época en que Deborah fue a verlo a su estudio?

—Si lo había, era demasiado críptico para mí.

—¿Y durante los interrogatorios de 1933? Ya sé que acabas de decir que no, que nada sugería que Anthony no fuera el padre biológico de Theo, pero ¿hubo algo más? ¿Lo que fuera? ¿Algún pequeño detalle que no pareciera significativo entonces pero sí ahora?

Clive reflexionó. Cuando al fin habló, su tono era de duda.

—Hubo algo. No sé si tiene importancia, me siento un poco tonto por mencionarlo, pero cuando llevamos a cabo los interrogatorios mi jefe recomendó que los Edevane hablaran con los medios de comunicación. Opinaba que si contaban con la compasión del público, habría más personas que buscarían al crío. Fue un día sofocante, con todos en la biblioteca del piso de abajo, un fotógrafo, el periodista, Anthony y Eleanor Edevane sentados juntos en el sofá mientras la policía rastreaba el lago. —Negó con la cabeza—. Horrible, fue horrible. De hecho, Eleanor tuvo una pequeña crisis y fue entonces cuando Anthony puso fin al interrogatorio de forma abrupta. No le culpé en absoluto, pero lo que dijo se me quedó en la cabeza. «Tengan piedad», dijo, «mi mujer está conmocionada, su hijo ha desaparecido». —Clive miró a Sadie, con una determinación nueva en la mirada—. No «nuestro hijo», sino «su hijo».

—Tal vez solo se estaba identificando con ella, describiendo su reacción en particular.

Clive, cada vez más animado, dijo:

—No, no lo creo. De hecho, cuanto más pienso en ello, más sospechoso me parece.

Sadie sintió una punzada de escepticismo. A medida que Clive se convencía de que Anthony sabía que no era el padre de Theo, más deseos tenía ella de demostrarle que no era así. Su obstinación no se sustentaba en la lógica, sencillamente se negaba a creerlo. Hasta ese momento Sadie y Alice habían actuado bajo la suposición de que Anthony había matado a Theo por accidente, como consecuencia de un ataque de ira inducido por la neurosis de guerra. Pero si Theo, ese bebé tan querido y esperado, no era su hijo biológico y Anthony había descubierto la verdad al enterarse de la infidelidad de su mujer, se abría una posibilidad mucho más funesta.

Sadie sabía que, de haber estado allí, Donald la acusaría de dejarse llevar por sus sentimientos hacia la familia, de modo que mientras Clive continuaba con su lista de pequeñas observaciones realizadas en 1933, retorciéndolas para que encajaran en su incipiente teoría, intentó mantener la mente abierta. Le debía a Alice no dejar que las emociones ofuscaran su capacidad de razonamiento. Aun así, el panorama que dibujaba Clive era muy feo. El tiempo que habría dedicado Anthony a elegir la noche perfecta para cometer el crimen: una fiesta anual durante la cual sabía que su mujer estaría desbordada por sus deberes de anfitriona y el servicio demasiado ocupado para percibir ninguna irregularidad. El oportuno traslado de Rose Waters, cuya vigilancia, tal y como había lamentado Eleanor durante el interrogatorio, habría impedido que le ocurriera nada malo al pequeño Theo. El reemplazo de la joven niñera por Hilda Bruen, quien no dudaría en entonarse con una copita de whisky si el ruido de la fiesta le impedía dormir. Había mucha premeditación. ¿Y Eleanor? ¿En qué lugar la dejaba aquella teoría?

—¿Crees que ella lo sabía? —preguntó Sadie.

—Tenía que saberlo. Es lo único que explica su negativa a ofrecer una recompensa. Sabía que no serviría de nada, que jamás encontrarían a su hijo.

—Pero ¿por qué habría ayudado a encubrir el crimen? ¿Por qué no dijo nada? Siguió casada con Anthony Edevane, ¡y felizmente al parecer!

—Las situaciones domésticas son complicadas. Tal vez la amenazó, tal vez amenazó a Benjamin. Sin duda, eso explicaría por qué desapareció Munro de la faz de la tierra. Tal vez Eleanor se sintió culpable en cierto sentido, pues fue su infidelidad la que impulsó a Anthony a cometer el crimen.

Sadie recordó su conversación con Alice, la descripción de Eleanor como una mujer de principios morales fuertes y precisos. Era de esperar que una mujer así hubiera sentido una culpa devastadora al romper los votos matrimoniales. Pero ¿hasta el punto de aceptar la muerte de Theo como justo castigo? No. Una cosa era perdonar a Anthony un accidente (y eso ya era mucho decir) y otra muy distinta excusar el asesinato de su hijo. Y, por mucho que se esforzara Sadie en mantener la mente abierta, era incapaz de casar las descripciones que había leído de Anthony Edevane como padre cariñoso, marido entregado, valeroso excombatiente, con aquel retrato de un monstruo vengativo.

—Entonces —dijo Clive—, ¿qué piensas?

Esperaba con impaciencia su conformidad, pero Sadie no fue capaz de ofrecérsela. Había algo que se les escapaba. Estaban a punto de encontrarle explicación a todo, pero la pieza que faltaba en el rompecabezas era crucial.

—Creo que deberíamos bajar, abrir el termo y tomarnos un té. Dejar reposar un poco toda esta información.

Clive pareció decepcionado, pero asintió. El sol entraba a raudales en la habitación y, mientras Sadie recogía los sobres dispersos, Clive se acercó a la ventana abierta.

—Pero bueno —dijo—. ¿Es quien pienso que es?

Sadie se acercó y escudriñó el paisaje familiar, el jardín selvático y el lago que se extendía a continuación. Dos figuras avanzaban despacio por el camino. Sadie no se habría sentido más sorprendida de haber visto al mismísimo Theo gateando en dirección a la casa.

—Es Alice —dijo—. Alice Edevane y su ayudante, Peter.

—Alice Edevane —repitió Clive, con un silbido de incredulidad—. Al fin regresa a casa.

* * *

—He cambiado de opinión —se limitó a decir Alice a modo de explicación cuando Sadie y Clive salieron a recibirla al vestíbulo y una vez que ella y Clive hubieron sido presentados de nuevo. Peter, tras acompañar a su jefa a la puerta, fue enviado de vuelta al coche a recoger lo que Alice llamó un tanto misteriosamente «los pertrechos», y ella, de pie en las losas polvorientas y con aspecto de vaga indignación, parecía la señora de un castillo que ha salido a dar su paseo matinal y, de vuelta en casa, no se encuentra demasiado complacida con su inepto servicio. Continuó con brío—: A esta vieja casa le vendría bien un buen repaso. ¿Nos sentamos en la biblioteca?

—Sí —aceptó Sadie, que se encogió de hombros y dirigió a Clive una mirada desconcertada antes de seguir a Alice por una puerta en la pared contraria del vestíbulo. Era la misma habitación que Sadie había entrevisto por la ventana el primer día que se topó con Loeanneth, el mismo lugar donde la policía había llevado a cabo los interrogatorios en 1933 y donde, según Clive, Anthony y Eleanor habían recibido al periodista y al fotógrafo el día siguiente a la desaparición de Theo.

Clive se sentó a un lado del sofá y Sadie al otro. Todo estaba cubierto de polvo, pero, salvo realizar una limpieza de primavera de urgencia, no había gran cosa que hacer al respecto. Era de suponer que Alice estaba allí para que la pusieran al día de la investigación y no era de esas personas que toleran objeciones o que permiten que un poco de mugre se interponga en sus planes.

Sadie esperó a que Alice se sentara en el sillón y comenzara a disparar preguntas, pero la anciana continuaba recorriendo la sala, de la puerta a la chimenea, hasta el escritorio bajo la ventana, y se detenía un momento en cada punto antes de proseguir. Tenía el mentón bien alto, pero Sadie, con la mirada perspicaz propia de una detective, vio que estaba actuando. Aunque trataba de ocultarlo con todas sus fuerzas, Alice estaba nerviosa, turbada. Y no era de extrañar. Pocas experiencias podrían resultar más extrañas que regresar al hogar de la infancia setenta años después de haberlo abandonado y encontrarlo igual. Y eso sin tomar en consideración el traumático acontecimiento que había puesto fin a la residencia de los Edevane en aquella casa. Alice se detuvo cerca del escritorio y levantó el boceto de la cara del niño.

—¿Es él? —preguntó Sadie con delicadeza al recordar la belleza angelical de la ilustración que había entrevisto por la ventana la mañana que descubrió Loeanneth—. ¿Theo?

Alice no levantó la vista y por un momento Sadie pensó que no la había oído. Estaba a punto de repetir la pregunta cuando Alice respondió:

—Lo dibujó un amigo de la familia, Daffyd Llewellyn. Hizo el boceto el día que Theo murió. —Miró por la ventana, con la mandíbula en tensión. Las zarzas bloqueaban casi toda la vista, pero Alice no pareció darse cuenta—. Le vi venir con él desde el arroyo. Solía quedarse aquí los meses de verano, en la habitación morada, arriba. Salía temprano casi todas las mañanas, con el caballete al hombro y un cuaderno de dibujo bajo el brazo. No supe que había dibujado a Theo hasta que vi este retrato.

—Una coincidencia interesante —tanteó Sadie, con delicadeza—. La primera vez que dibujó a su hermano fue el día que desapareció.

Alice alzó la vista de inmediato.

—Coincidencia, tal vez, pero yo no la llamaría interesante. El señor Llewellyn no tuvo nada que ver con lo que le ocurrió a Theo. Me alegra que dibujara el retrato, a pesar de todo; para mi madre fue un gran consuelo en su momento.

—Daffyd Llewellyn falleció poco después de Theo, ¿no es cierto?

Sadie recordó su conversación con Clive, las sospechas que le había despertado la proximidad de ambos sucesos. Clive asintió cuando Alice dijo:

—La policía halló su cadáver durante la búsqueda. Fue una muy desafortunada...

—¿Coincidencia? —sugirió Sadie.

—Vicisitud —completó Alice en tono mordaz. Volvió a centrar la atención en el boceto y su expresión se suavizó—. Qué tragedia, qué pérdida tan atroz. Una siempre se pregunta, por supuesto... —No llegó a decir qué era lo que se preguntaba—. Todos queríamos mucho al señor Llewellyn, pero él y mi madre estaban especialmente unidos. Él no disfrutaba mucho de la compañía de otros adultos y mi madre era una excepción. Para ella fue un golpe doble cuando lo encontraron muerto poco después de la desaparición de Theo. En otras circunstancia habría buscado consuelo en la amistad que los unía. Era como un padre para ella.

—¿La clase de persona a la que habría revelado sus secretos?

—Imagino que sí. Mi madre no tenía muchos amigos, al menos no lo bastante íntimos como para confiarles sus problemas.

—¿Tampoco a su madre?

Alice había estado mirando el boceto, pero ahora levantó la vista entre irónica y divertida.

—¿Constance?

—Vivía con ustedes, ¿no es así?

—Muy a su pesar.

—¿Tal vez su madre le contaba cosas?

—Imposible. Mi madre y mi abuela nunca se llevaron bien. Desconozco la causa de su mala relación, pero venía de largo y estaba muy arraigada. De hecho, después de morir Theo y de marcharnos de Loeanneth se rompieron los tenues lazos que las unían. La abuela no vino con nosotros a Londres. No gozaba de buena salud; en los meses anteriores a la fiesta había tenido periodos de confusión y poco después cayó en picado. La enviaron a una residencia de Brighton, donde pasó sus últimos días. Fue una de las pocas ocasiones en que vi a madre dedicarle una muestra de verdadero afecto. Insistió en que la abuela fuera a la mejor residencia, en que todo debía ser perfecto. Las familias son complicadas, ¿no es cierto, detective?

Más de lo que supone, pensó Sadie, que intercambió una mirada con Clive. Este asintió.

—¿Qué pasa? —Alice, astuta como siempre, miró a ambos—. ¿Han encontrado algo?

Sadie aún tenía la carta de Eleanor a Ben en el bolsillo trasero y se la entregó a Alice, que leyó su contenido arqueando una sola ceja.

—Sí, bueno, ya habíamos llegado a la conclusión de que mi madre y Benjamin Munro vivieron una historia de amor.

Sadie explicó que había encontrado otra página en el cobertizo de las barcas en la que Eleanor hablaba de su embarazo.

—Supuse que le escribía a Anthony mientras estaba en el frente. Decía cuánto lo echaba de menos, lo difícil que sería cuidar del bebé sin él, pero, al encontrar esta hoja arriba caí en la cuenta de que le escribía a Ben. —Sadie vaciló un instante—. Sobre Theo.

Alice se sentó despacio en una butaca y Sadie comprendió lo que significaba la expresión de que a alguien se le cae el alma a los pies.

—Cree que Theo era hijo de Ben —afirmó Alice.

—Así es.

Breve y contundente, pero Sadie no veía otra manera de decirlo.

Alice, que se había quedado pálida con la noticia, ahora tenía la mirada perdida en algún punto lejano y movía un poco los labios como si hiciera cálculos mentales. En Londres se había mostrado imponente, pero ahora Sadie entrevió su vulnerabilidad. No es que pareciera frágil, sino que Alice había salido de detrás de su propia leyenda y se había revelado como un ser humano, con la misma fragilidad que el resto de los mortales.

—Sí —dijo al cabo, con un atisbo de asombro en la voz—. Sí, tiene sentido. Tiene muchísimo sentido.

Clive se aclaró la garganta.

—Eso lo cambia todo, ¿no le parece?

Alice lo miró.

—No cambia la muerte de mi hermano.

—No, por supuesto que no. Me refería a…

—Se refería al móvil de mi padre. Sé lo que insinúa y le aseguro que es del todo imposible que mi padre hiciera daño a Theo a propósito.

Sadie había opinado lo mismo cuando Clive sacó la teoría a colación, pero ahora, al ver la vehemente negativa de Alice a considerar siquiera la posibilidad, se preguntó si tampoco ella estaría pensando con claridad debido al rechazo que le inspiraba la idea.

Se oyeron pasos en la habitación de al lado y apareció Peter en la puerta, de regreso de su misterioso cometido.

—¿Alice? —preguntó, titubeante—. ¿Se encuentra bien? —Se volvió hacia Sadie, con los ojos muy abiertos por la preocupación—. ¿Va todo bien?

—Estoy bien —dijo Alice—. Todo va bien.

Tras acercarse a ella, Peter le preguntó si quería un vaso de agua, aire fresco, algo de comer, todo lo rechazó Alice con un movimiento de la mano.

—De verdad, Peter, estoy bien. Es solo la sorpresa de estar aquí de nuevo, los recuerdos. —Le dio el boceto—. Mira, mi hermano pequeño. Theo.

—Vaya, qué maravilla de dibujo. ¿Usted lo…?

—Por supuesto que no. —Alice casi se rio—. Lo hizo un amigo de la familia, Daffyd Llewellyn.

—El escritor —dijo Peter, tan complacido con la noticia como si acabara de resolver un viejo enigma—. Pues claro. El señor Llewellyn. Es lógico.

La mención del escritor recordó a Sadie que la conversación se había desviado antes de que pudiera satisfacer su curiosidad acerca del suicidio. Se le ocurrió que tal vez Llewellyn se hubiera sentido culpable, no por haber hecho daño a Theo, sino por no haber detenido a Anthony.

—¿Su padre era muy amigo de Daffyd Llewellyn? —preguntó.

—Se llevaban bien —dijo Alice—. Mi padre lo consideraba un miembro de la familia, pero además se tenían un gran respeto profesional, ya que ambos eran médicos.

Tenían más cosas en común, recordó Sadie. Daffyd Llewellyn, al igual que Anthony, había sido incapaz de continuar practicando la medicina después de sufrir una crisis nerviosa.

—¿Tiene idea de lo que desencadenó la crisis nerviosa del señor Llewellyn?

—No tuve ocasión de preguntárselo. Siempre lo he lamentado... Tenía intención de hacerlo. Los días antes de la fiesta no se comportó como solía, pero yo tenía otras cosas en la cabeza y esperé demasiado.

—¿Había alguien más que hubiera podido saberlo?

—Madre, tal vez, pero desde luego no lo dijo nunca, y la otra persona que lo conoció de joven fue la abuela. Sacarle la verdad a ella habría sido una hazaña; no se podían ni ver. Constance no toleraba la debilidad y para ella el señor Llewellyn era un ser despreciable. Qué despechada se sintió cuando le concedieron la Orden del Imperio Británico. Los demás nos sentimos inmensamente orgullosos... Ojalá hubiera vivido para poder aceptarla en persona.

—Fue su mentor —dijo Peter en voz queda—. Como la señorita Talbot para mí.

Alice alzó el mentón, como si estuviera dispuesta a desafiar las lágrimas en caso de que se presentaran. Asintió.

—Sí, por un tiempo, hasta que decidí que me había hecho mayor. ¡Qué arrogancia! Pero los jóvenes siempre están impacientes por deshacerse de los viejos, ¿no?

Peter sonrió; con tristeza, le pareció a Sadie.

El recuerdo debió de despertar algo en el interior de Alice, pues suspiró con determinación y juntó las manos.

—Pero basta de todo esto —dijo, tras lo cual se volvió hacia Peter con renovada energía—. Hoy no es día de lamentaciones, a menos que sea para superarlas. ¿Tienes los pertrechos?

Peter asintió.

—Los he dejado junto a la puerta de entrada.

—Espléndido. ¿Crees que podrías traer...?

—¿El tablón del suelo con el dibujo de una cabeza de alce? Estoy en ello.

—Excelente.

Sadie hizo caso omiso a la conversación sobre cabezas de alce y aceptó de nuevo la carta de Eleanor cuando se la ofrecieron. No podía ni imaginar lo que habría sentido al leer una carta así escrita por su propia madre. Una voz del pasado remoto llegada al presente para enturbiar una certeza que había sido importante para ella. Decidió que hacía falta mucho valor para poner los sentimientos de uno en un papel y entregar ese papel a otra persona.

Le vino a la cabeza una imagen de Charlotte Sutherland. Debido al pánico que le producía recibir la cartas de Charlotte, Sadie no se había detenido un momento a considerar el acto de valentía que había supuesto escribirlas y enviarlas. Había algo increíblemente íntimo en transmitir un sentimiento; y en el caso de Charlotte, que había escrito no una, sino dos veces, había supuesto arriesgarse a ser rechazada por segunda vez. La primera vez a Sadie le había faltado tiempo para rechazarla. ¿Era Charlotte valiente o insensata al volver a por más?

—Lo que no entiendo —dijo, tanto para sí como para los otros— es por qué alguien conservaría una carta como esta. Una cosa es escribirla en la exaltación del momento, pero guardarla para siempre... —Negó con la cabeza—. Es demasiado íntima, demasiado comprometedora.

En el rostro de Alice se dibujó una sonrisa y volvió a parecer la de siempre.

—Si hace esa pregunta es porque no tiene costumbre de escribir cartas, detective Sparrow. De lo contrario, sabría que un escritor jamás destruye su obra. Aunque tema que pueda inculparle.

Sadie estaba reflexionado sobre aquello cuando alguien llamó desde el exterior.

—¿Hola? ¿Hay alguien ahí?

Era la voz de Bertie.

—Es mi abuelo —dijo Sadie, sorprendida—. Disculpen un momento.

—Traigo el almuerzo —dijo Bertie al llegar a la puerta de entrada, levantando una cesta cargada con un enorme termo y pan que olía a recién salido del horno—. He intentado llamar, pero no respondías al teléfono.

—Caramba, lo siento. Lo he puesto en silencio.

Bertie asintió comprensivo.

—Necesitabas concentrarte.

—Algo así. —Sadie sacó el teléfono y miró la pantalla. Había seis llamadas perdidas. Dos de Bertie, las otras cuatro de Nancy.

—¿Qué pasa? Has torcido el gesto.

—Nada. No importa. —Le sonrió, acallando una preocupación creciente. Nancy podía ser obstinada cuando se trataba de la desaparición de su hija, pero no era normal que llamara tantas veces—. Entra, te voy a presentar a todos.

—¿A todos?

Sadie le habló de las visitas inesperadas mientras pensaba que era una suerte que estuvieran ahí. Tenía el presentimiento de que, en caso contrario, Bertie habría dirigido la conversación al asunto de Charlotte Sutherland o las repercusiones del caso Bailey, dos temas que Sadie quería evitar a toda costa.

—Vaya, menos mal que siempre cocino de más —dijo Bertie alegre cuando Sadie lo llevó hasta la biblioteca.

Alice estaba en pie con los brazos cruzados, mirando el reloj y tamborileando con los dedos, y a Clive pareció aliviarle el regreso de Sadie.

—Este es mi abuelo, Bertie —dijo—. Ha traído el almuerzo.

—Qué amable —dijo Alice, que se adelantó para estrecharle la mano—. Soy Alice Edevane. —Los indicios de nerviosismo habían desaparecido y de repente era la señora de la casa, con esa autoridad genuina que Sadie decidió que debía de haber formado parte de la educación de las familias acaudaladas de antes—. ¿Cuál es el menú?

—He hecho sopa —dijo Bertie—. Y huevos duros.

—Mi comida favorita. —Alice lo premió con un breve gesto de grata sorpresa—. ¿Cómo lo sabía?

—Todas las grandes personas prefieren los huevos duros.

Cosa inesperada, Alice sonrió, una genuina muestra de agradecimiento que le transformó el semblante.

—Mi abuelo se ha pasado la semana cocinando para la caseta del hospital del festival del solsticio de verano —comentó Sadie, sin que viniera a cuento.

Alice asentía en señal de aprobación cuando regresó Peter con una pequeña bolsa negra en la mano.

—Cuando me diga —dijo, y luego, al reparar en Bertie—. Ah, hola, qué tal.

Realizada la presentación de rigor, hubo un momento de confusión en el que Alice y Peter debatieron sobre la conveniencia de llevar a cabo lo planeado o hacer primero una pausa para comer, tras lo cual decidieron que sería una grosería dejar que se enfriara la sopa de Bertie.

—Espléndido —dijo Bertie—. Díganme cuál sería el lugar más indicado para almorzar. No estaba seguro de si la casa estaría habitable, así que he traído una manta de pícnic.

—Muy sensato —dijo Alice—. El jardín es perfecto para almorzar al aire libre. Está un tanto abandonado, me temo, pero hay algunos rincones preciosos junto al arroyo y no queda demasiado lejos a pie.

Alice salió de la habitación junto a Peter y Bertie, los tres enfrascados en una conversación sobre un sicomoro del jardín, un planeador de madera y el cobertizo de las barcas.

—Mis hermanas y yo nos pasábamos el día allí —iba diciendo Alice, cuya voz se desvanecía a medida que desaparecían por el camino empedrado—. Hay un pasadizo en la casa que lleva hasta la linde del bosque, cerca del cobertizo de las barcas. Lo pasábamos en grande jugando al escondite.

La mañana había dado un giro insólito y, cuando se hizo el silencio, Sadie se volvió hacia Clive con un leve gesto de desconcierto.

—Supongo que vamos a hacer un descanso para comer.

Clive asintió.

—Eso parece, sí. Te acompaño, pero no me puedo quedar. Mi hija y su familia me van a llevar esta tarde de antigüedades. —No parecía muy entusiasmado con el plan y Sadie hizo un gesto de conmiseración. Caminaron hacia donde esperaban los demás, y hasta que no empezaron a bordear el lago Sadie no reparó en que iban en dirección opuesta adonde estaba aparcado el coche. Además, cayó en la cuenta, no había visto el coche de Clive al llegar por la mañana. Y, en cualquier caso, la verja de entrada había estado cerrada.

—Clive —preguntó Sadie—, ¿cómo has venido?

—En barco —respondió—. Tengo una lancha en el pueblo, amarrada con el pesquero de un amigo. Aquí es la manera más fácil de desplazarse… y más rápida que el coche.

—Y tiene que ser un trayecto precioso. Con la paz que se respira aquí.

Clive sonrió.

—A veces no te cruzas ni con un alma.

En ese momento sonó el teléfono de Sadie haciendo añicos el sosiego y el silencio. Lo sacó del bolsillo e hizo una mueca al ver la pantalla.

—¿Malas noticias?

—Es Nancy Bailey. De ese caso del que te hablé.

—La abuela de la niña pequeña —dijo Clive—. Lo recuerdo. Me pregunto qué querrá.

—No lo sé, pero lleva llamando todo el día.

—Debe de ser importante si te llama sin parar un sábado.

—Tal vez. Es muy obstinada.

—¿Le vas a devolver la llamada?

—En realidad no debería. Hay una investigación en curso y si el subinspector jefe se entera de que sigo en contacto con ella, no tardará mucho en atar cabos. Además, tenemos mucho que hacer aquí.

Clive asentía, pero Sadie se dio cuenta de que no parecía convencido.

—¿Crees que debería llamarla?

—No me corresponde a mí decirlo, pero a veces, cuando un caso te afecta es porque aún hay algo a lo que debes prestar atención. Mírame a mí, aquí, setenta años más tarde.

El teléfono sonó de nuevo, el número de Nancy Bailey apareció en la pantalla y Sadie miró a Clive. Clive sonrió para animarla y, tras suspirar hondo, Sadie contestó.

Capítulo 31

Más tarde Sadie se reunió con los demás junto al arroyo. Habían extendido la manta bajo un sauce y un pequeño velero llamado *Jenny* se mecía en la corriente, al final del muelle del cobertizo de las barcas. Peter y Clive estaban enfrascados en una animada conversación y Alice, sentada pulcramente en una vieja silla rescatada de algún lugar, se reía de algo que acababa de decir Bertie. Sadie se sentó al borde de la manta y aceptó una taza de sopa, distraída. Las ideas se le agolpaban en la cabeza y se apresuró a desempaquetar una a una las pruebas que con tanto esfuerzo había ido arrinconando durante las últimas semanas. En el transcurso de cada caso llegaba un momento, un punto de inflexión, en el cual una pista en concreto proporcionaba una nueva luz bajo la cual todo se volvía de repente más claro, diferente, conectado. Lo que Nancy acababa de contarle lo cambiaba todo.

—¿Y bien? —dijo Clive—. No podía irme sin saber qué te había dicho.

Las conversaciones cesaron y todos miraron a Sadie, expectantes. Esta cayó en la cuenta de que todas las personas a las que había confiado su ignominiosa implicación en el caso Bailey estaban allí.

—¿Sadie, cariño? —Bertie la animó con delicadeza—. Clive nos ha dicho que Nancy Bailey llevaba todo el día tratando de hablar contigo.

El caso estaba oficialmente cerrado. El embrollo en el que estaba metida no podía ir a más. Temía explotar si no le contaba a alguien la información nueva. Sadie respiró hondo y dijo:

—Nancy me ha dicho que ha recibido una llamada de los nuevos propietarios del piso de su hija.

Bertie se rascó la cabeza.

—¿Los nuevos propietarios tienen su número de teléfono?

—Es una larga historia.

—¿Qué le han dicho?

—Llamaron para decirle que habían visto algo escrito en el borde de formica de la mesa empotrada de la cocina. El mensaje decía: «Fue él». No le habrían dado demasiada importancia, dijo Nancy, si no fuera porque ella acababa de ir a visitarlos y aún tenían fresca la desaparición de Maggie.

Hubo un momento de silencio mientras todo el mundo asimilaba la información.

—¿Quién era él y qué hizo? —dijo Peter, perplejo.

Sadie reparó en que el ayudante de Alice era el único de los presentes que no conocía el papel que ella había desempeñado en el caso Bailey, sus sospechas de que se había cometido un crimen, y le puso al día. Una vez terminado el resumen, Peter observó:

—Entonces este «él», sea quien sea, es el hombre al que está buscando.

Sadie observó agradecida que había dado por hecho que ella estaba en lo cierto respecto a la desaparición de Maggie.

—Ahora tengo que averiguar quién es.

Alice aún no había hablado, y se aclaró la garganta.

—Si una mujer en apuros dice «Fue él», es porque piensa que la gente sabrá de quién se trata. ¿Había muchos hombres en la vida de Maggie Bailey?

Sadie negó con la cabeza.

—No había mucha gente en su vida. Solo su hija Caitlyn y Nancy, su madre.

—¿Y el padre de Caitlyn?

—Bueno, sí…

—Que ahora tiene la custodia de la pequeña.

—Sí.

—Se casó tras separarse de la madre de la niña, ¿no es así?

—Hace dos años.

—¿Y no han tenido hijos?

—No. —Sadie recordó la ocasión en que había visto a Caitlyn en la comisaría, cómo la esposa de Steve, Gemma, había recogido el pelo de la niña con lazos, cómo la llevaba de la mano y le sonreía con un cariño que Sadie percibió incluso desde donde se encontraba—. Pero su nueva esposa parece querer mucho a Caitlyn.

Alice se mantuvo firme.

—¿Cómo es el marido?

—¿Steve? Serio, entusiasta. No lo conozco bien. Colaboró en la investigación.

Clive frunció el ceño.

—¿Cuánto?

Sadie reflexionó sobre Steve, quien había dirigido búsquedas de Maggie y se había presentado en la comisaría por iniciativa propia para ofrecer información acerca del carácter y el pasado de Maggie, de la que había pintado un retrato muy claro de mujer frívola e irresponsable a la que le gustaba divertirse y se veía abrumada por la presión de tener que cuidar de una niña.

—Mucho —respondió Sadie—. De hecho, diría que fue excepcionalmente servicial.

Clive emitió un leve ruido de satisfacción, como si la respuesta corroborara una teoría suya, y Sadie recordó de repente su comentario en relación con el caso Edevane, sobre las dos maneras en que solían comportarse los culpables.

Sintió un hormigueo en la piel. Estaba el primer tipo, había asegurado Clive, los que evitaban a la policía como la peste, y el segundo, los serviciales, que acudían a la policía a la menor oportunidad y se colocaban en el centro de la investigación mientras ocultaban su culpabilidad.

—Pero había una nota —se apresuró a decir Sadie mientras se esforzaba por ordenar unas ideas que daban tumbos en su cabeza hasta formar una imagen nueva y espantosa—. Una nota de Maggie, de su puño y letra…

Se le quebró la voz al recordar cómo Steve había lamentado la negligencia de Maggie, cómo le había reprochado olvidarse de que se iba de viaje esa semana. Sobre el cambio de fecha había dicho: «Se lo hice escribir», antes de variar las palabras en la frase siguiente: «Se lo escribí». Un pequeño ajuste, pero que a Sadie le había llamado la atención. Había supuesto que era un simple desliz. Steve estaba alterado y se había confundido al escoger las palabras. No tenía importancia. Sin embargo ahora se preguntó si no habría sido un desliz freudiano. Un descuido que apuntaba a otra posibilidad: que hubiera obligado a Maggie a escribir lo que le dictaba.

—Pero ¿un *asesinato*? —Estaba pensando en voz alta—. ¿Steve? —Nunca lo habían considerado sospechoso, ni siquiera antes de encontrar la nota. Tenía coartada, recordó, la excursión de pesca a Lyme Regis. Habían comprobado la información que les había proporcionado, pero solo porque formaba parte del procedimiento. Todo resultó ser cierto (el hotel, el tiempo que se ausentó del trabajo, la empresa de alquiler de barcos) y ahí se había acabado el asunto. Ahora, no obstante, lejos de absolverlo, de repente a Sadie le pareció que la ausencia de Londres de Steve (por un viaje que lo llevó a un lugar lejano justo en el momento de la desaparición de su exesposa), era la coartada perfecta—. Pero ¿y el móvil? —En contra de su propio código de conducta, Sadie no pudo evitar reflexionar sobre el móvil—. Steve y Maggie estuvieron casados. Se quisieron. Apenas se habían tratado desde el divorcio. ¿Por qué iba a matarla de repente?

La voz nítida de Alice Edevane se abrió paso entre la maraña de pensamientos de Sadie.

—Uno de mis primeros misterios de Diggory Brent se basaba en una historia que me contó mi hermana Clemmie. Estábamos sentadas en Hyde Park, antes de la Segunda Guerra Mundial, y me habló de un hombre cuya esposa deseaba tanto un hijo que le robó uno. Jamás se me olvidará esa historia. Me pareció completamente verosímil que el deseo de una pareja de tener un hijo, sumado al amor de un hombre por su esposa, condujera a la más drástica de las acciones.

Sadie imaginó la cara feliz y amable de Gemma, cómo había llevado a Caitlyn de la mano al salir de la comisaría, con qué naturalidad se la apoyaba en la cadera. Dios, Sadie recordó lo mucho que se había alegrado por Caitlyn al verlas, aliviada al saber que, a pesar de la desaparición de su madre, la niña había acabado en un hogar lleno de amor, con unos padres que la querían.

La voz de Bertie sonó amable.

—¿Qué vas a hacer, Sadie, cariño?

Sí, una lista de cosas que hacer. Eso ayudaría. Sería mucho más útil que hacerse reproches a sí misma.

—Tengo que volver a comprobar la coartada de Steve —dijo—, para ver si puedo situarlo en el piso de Maggie cuando se suponía que estaba fuera de Londres. Voy a tener que hablar con él de nuevo, pero no va a ser fácil, no con la investigación en marcha.

—¿No podrías llamar a Donald? ¿Pedirle que haga algunas preguntas en tu lugar?

Sadie negó con la cabeza.

—Tengo que estar absolutamente segura antes de involucrarlo. —Frunció el ceño cuando se le ocurrió una nueva idea—. También voy a tener que echar otro vistazo a la nota de Maggie, encargar un análisis forense en busca de pruebas.

—¿De ADN?

—De eso y de que hubo coacción. Los grafólogos ya analizaron la nota para compararla con otras muestras de la escritura de Maggie y dijeron que ciertos elementos parecían forzados, que indicaban que había sido escrita a toda prisa. Me di por satisfecha con eso, pero los grafólogos pueden ver un montón de cosas que no son visibles para el resto de nosotros. Dimos por hecho que las prisas se debían a la envergadura de lo que estaba a punto de hacer. Tenía sentido.

La nota había sido escrita en una elegante cartulina. Maggie trabajaba en WHSmith y, según Nancy, se había aficionado a los artículos de papelería de calidad. Sadie había estado de acuerdo en lo pulcro de la caligrafía, pero había un brusco garabato en la parte superior de la tarjeta que le había dado que pensar. «Estaría probando el bolígrafo», se había limitado a responder Donald, encogiéndose de hombros. «Yo lo he hecho cientos de veces». Y Sadie también, pero aun así no cuadraba. ¿Por qué, se había preguntado Sadie, una persona que daba la impresión de ser un tanto maniática iba a probar el bolígrafo en la misma cartulina cara que se proponía utilizar para escribir un mensaje importante?

«No estaba en sus cabales», había respondido Donald cuando Sadie lo planteó. «Estaba a punto de abandonar a su hija, sometida a mucha presión, dudo que estuviera pensando si la tarjeta quedaría bonita». Entonces Sadie se había mordido la lengua. La nota había sido un revés que desbarataba su teoría y la hacía parecer una loca fantasiosa. Lo último que necesitaba era insistir sobre un poco de tinta en una cartulina. Sin embargo Nancy se había mostrado de acuerdo. «Maggie jamás habría hecho algo así», le había asegurado. «A Maggie le gustaban las cosas limpias y ordenadas, desde que era pequeña todo tenía que estar en su sitio».

De súbito, el garabato adquirió importancia. ¿Y si era la prueba de que había alguien con Maggie? Alguien que la vigilaba de cerca, que tal vez incluso hubiera probado el bolígrafo antes de dictarle el mensaje que debía escribir.

Sadie consiguió exponer estas ideas a los demás mientras, arrodillada, se hurgaba en el bolsillo en busca del teléfono. Por fortuna, aunque era del todo ilegal, había fotografiado la nota antes de que la etiquetaran y archivaran oficialmente. Buscó entre sus fotografías hasta encontrarla y después pasó el teléfono para que todos pudieran verla.

Se levantó y comenzó a caminar de un lado a otro. ¿Habría sido capaz Steve de planear algo tan horrendo, de ejecutar un plan tan espeluznante? Era posible que se estuviera volviendo loca, que se estuviera aferrando a un clavo ardiendo, pero al mirar a los otros Sadie se tranquilizó. Un policía jubilado, una escritora de novelas policiacas y un investigador con un doctorado. Con esas credenciales combinadas formaban un equipo de investigación de élite, y todos parecían pensar que su nueva teoría era digna de consideración.

Bertie sonrió, y su rostro amable y familiar reflejó algo muy similar al orgullo.

—¿Qué vas a hacer, Sadie, cariño? —preguntó de nuevo—. ¿Qué va a pasar ahora?

Tanto si estaba en lo cierto como si no, a pesar de las posibles consecuencias adversas, si existía la más leve probabilidad de que Steve hubiera vigilado a Maggie mientras escribía esa nota, si Maggie había previsto que las cosas no iban a terminar bien y aun así había reunido el valor para dejar esa pista a los investigadores, Sadie debía investigarlo. O asegurarse de que otra persona lo hacía.

—Creo que tengo que hacer una llamada —dijo.

Bertie asintió.

—Yo también lo creo.

Pero no a Donald. Existía la posibilidad de que aquella nueva prueba quedara en nada. No podía arriesgarse a que se metiera en otro lío por su causa. Tendría que acudir a instancias más altas, aunque eso implicara revelar que había sido ella la fuente de la filtración. Mientras Bertie y los demás recogían los restos del almuerzo, Sadie marcó el número de la Policía Metropolitana y preguntó por el subinspector jefe Ashford.

* * *

Cuando esa tarde los demás regresaron al pueblo Sadie no los acompañó. Clive se marchó a bordo del *Jenny* justo después de comer, tras haber hecho prometer a Sadie que lo llamaría tan pronto como recibiera noticias de la Policía Metropolitana, y Bertie, a quien le correspondía el primer turno en la caseta del hospital, debía presentarse antes de las tres, hora de la inauguración de las fiestas. Había tratado de tentar a Sadie con bollitos recién hechos y nata espesa, pero la idea de estar rodeada de gente divirtiéndose mientras ella tenía los nervios a flor de piel le provocaba náuseas.

Alice, sin embargo, dedicó a Bertie una de sus muy inusuales sonrisas y dijo:

—Hace siglos que no pruebo la nata espesa de Cornualles.

Frunció el ceño cuando Peter le recordó con tacto esa misteriosa tarea que con tanto ahínco se habían propuesto hacer desde su llegada y, tras un gesto de la mano, declaró que, si había esperado tanto tiempo, bien podría esperar otro día. Además, era conveniente pasar por la recepción del hotel antes de que comenzaran las fiestas y la plaza del pueblo estuviera abarrotada. Alice se había comprometido a firmar libros para la dueña del hotel, una medida fundamental para conseguir dos habitaciones en plenas fiestas con tan escasa antelación.

Así pues Sadie se quedó sola, contemplando los dos coches desaparecer por el camino de entrada, engullidos, uno tras otro, por el bosque. En cuanto se marcharon, sacó el teléfono. Se estaba convirtiendo en una costumbre. No había llamadas perdidas, lo cual no era sorprendente, dado que había subido el volumen al máximo, y lo guardó de nuevo con un suspiro de profunda contrariedad.

Sadie no había sido del todo sincera con los demás cuando dijo que en la Policía Metropolitana le habían agradecido la nueva pista. En realidad Ashford no se había mostrado en absoluto contento con su llamada y, una vez oyó lo que Sadie tenía que decir, se había puesto como una furia. A Sadie aún le dolía el oído de la bronca recibida. No tenía la certeza de que la saliva de Ashford no hubiera recorrido la línea telefónica para escaldarla. Su propia ira había aumentado en respuesta, pero se había esforzado por contenerla. Le había dejado hablar y, a continuación, con toda la calma de que había sido capaz, le pidió disculpas por su error y le explicó que disponía de información nueva. Ashford no había querido ni escuchar, así que, acongojada y consciente de que se estaba jugando el trabajo que tanto amaba, Sadie le recordó que aún tenía el número de Derek Maitland y que la imagen de la policía podía salir malparada si resultaba que estaba en lo cierto y una mujer había sido asesinada sin que hicieran nada al respecto.

Entonces Ashford por fin escuchó, con la respiración ardiente como la de un dragón, y, cuando Sadie terminó, había dicho brusco: «Voy a poner a alguien a ello», y luego colgó sin más. A Sadie no le quedaba otra cosa que hacer salvo esperar y albergar la esperanza de que Ashford tuviera la amabilidad de llamarla para contarle qué habían descubierto.

Así que allí estaba. Sadie tuvo que admitir que existían peores lugares donde matar el tiempo. La casa era diferente por la tarde. Ahora que había cambiado el ángulo del sol, daba la impresión de que el lugar entero se hubiera sosegado. Había cesado la frenética actividad matutina de aves e insectos, el tejado se estiraba y hacía crujir sus cálidas articulaciones con la facilidad que da la costumbre y la luz entraba, lenta y satisfecha, por las ventanas.

Sadie fisgoneó un rato en el estudio de Anthony. Los manuales de anatomía seguían en los estantes situados sobre el escritorio, su nombre con caligrafía pulcra y esperanzada en el frontispicio, y en el último cajón Sadie encontró las condecoraciones escolares: primero de la clase en lenguas clásicas, hexámetros latinos y muchas otras cosas. Escondida en un rincón al fondo del cajón había una fotografía de un grupo de jóvenes con togas y birretes universitarios entre los cuales Sadie reconoció a un jovencísimo Anthony. El muchacho que reía a su lado era el mismo que aparecía en un retrato de estudio enmarcado que había encima del escritorio, un soldado de pelo negro enmarañado y expresión inteligente. Bajo el cristal había una ramita de romero que se mantenía en su lugar ceñida por el marco, pero su color pardo indicó a Sadie que se convertiría en polvo y se la llevaría el viento en cuanto se sacara del mismo. En el escritorio también había una fotografía enmarcada de Eleanor, de pie delante de un edificio de piedra. Sadie la cogió para mirarla más de cerca. La fotografía había sido tomada en Cambridge, supuso, donde habían vivido antes de que Anthony sorprendiera a su esposa con la recuperación y la vuelta a Loeanneth.

Los diarios de Anthony ocupaban todo un anaquel de una estantería que llegaba al techo en la pared del fondo y Sadie seleccionó unos cuantos al azar. No tardó en quedar atrapada por sus palabras, y leyó hasta que le dolieron los ojos por la luz mortecina. Las anotaciones no contenían indicio alguno de que Anthony albergara intenciones asesinas. Por el contrario, rebosaban de propósitos de «ponerse bien»; de reproches a sí mismo por haber defraudado a su esposa, a su hermano, a su país; y, como Clive había dicho, había página tras página juegos de memoria: intentos por obligar a su mente fracturada a funcionar de nuevo. La culpa que sentía por haber sobrevivido mientras otros habían sucumbido lo devoraba; sus cartas a Howard, el amigo perdido, eran desgarradoras. Descripciones sencillas y elegantes de lo que suponía sobrevivir, como él decía, *una vez se ha dejado de ser útil,* y sentir que la vida era un premio inmerecido, robado a costa de los demás.

Las expresiones de la gratitud que sentía hacia Eleanor y lo mucho que se avergonzaba de sí mismo eran difíciles de leer, pero peores eran las descripciones de su terror a herir por accidente a los seres que más amaba en el mundo. *Tú, querido amigo, sabes mejor que nadie que soy capaz de ello.* (¿Por qué? Sadie frunció el ceño. ¿Quería eso decir algo? ¿O Anthony solo se refería a que su amigo lo conocía bien?).

Era evidente, también, que la incapacidad de Anthony de ejercer como cirujano lo atormentaba. *No pensaba en otra cosa,* escribía, *después de lo sucedido en Francia. La única manera que tenía de arreglar las cosas era asegurándome de que mi supervivencia servía de algo. Regresar a casa, a Inglaterra, para ejercer de médico y ayudar a más personas de las que había herido.* Pero no lo había logrado y Sadie sintió una profunda compasión por él. Su breve experiencia sin poder trabajar en lo que le entusiasmaba le había resultado muy dura.

Giró la rígida silla de madera para observar el resto de la estancia en penumbra. Era un espacio solitario, triste y marchito. Trató de imaginar cómo habría sido para Anthony la experiencia de verse confinado en semejante lugar, con la única compañía de sus demonios y desilusiones, siempre con el temor de sucumbir a ellos. Y sus temores eran fundados, pues eso fue precisamente lo que sucedió.

Porque, por supuesto, la muerte de Theo tuvo que ser un accidente. Aun si Ben Munro era el padre de Theo, e incluso si Anthony había descubierto la infidelidad de Eleanor y le había dominado un ataque de rabia y celos, matar al hijo de su esposa era el crimen más abominable que cabía imaginar. Las personas cambiaban, la vida daba muchas vueltas, pero Sadie era incapaz de creer que Anthony hubiera hecho algo así. La conciencia de Anthony de su estado, su angustia por saberse capaz de cometer actos violentos, las precauciones que había tomado para evitarlo sin duda contradecían la teoría de Clive según la cual había cometido ese crimen atroz a propósito. La paternidad de Theo no era pertinente aquí. La cercanía temporal entre la muerte de Theo y el descubrimiento de la aventura de su mujer era una coincidencia. Sadie frunció el ceño. Coincidencia. Una vez más esa molesta palabra.

Suspiró y se estiró. El lento anochecer estival había empezado. Los grillos habían comenzado su cántico nocturno en los rincones ocultos del jardín agostado por el sol y dentro de la casa las sombras se hacían más largas. El calor del día se había estancado y flotaba, denso e inmóvil, a la espera de que el frescor de la noche se lo llevara. Sadie cerró el diario y lo devolvió al estante. Tras cerrar la puerta del estudio de Anthony sin hacer ruido, bajó las escaleras para recuperar su linterna. Iluminó brevemente la pantalla del teléfono (nada todavía) y se dirigió al escritorio de Eleanor.

No tenía ni idea, en realidad, de qué estaba buscando; solo sabía que le faltaba algo y no se le ocurrió mejor lugar donde buscar que las cartas de Eleanor. Empezaría antes del nacimiento de Theo y lo leería todo con la esperanza de hallar el dato vital, la lente a través de la cual todo encajaría. En lugar de leer las cartas por destinatario, avanzó cronológicamente, empezando por los cuadernos de Eleanor y, a continuación, buscando la respuesta correspondiente.

Era un proceso lento, pero Sadie disponía de tiempo, no la esperaban en ninguna parte y sentía la necesidad poderosa de distraerse. Se obligó a apartar el caso Bailey y a Ashford de sus pensamientos y dejó que el mundo de Eleanor cobrara vida en su lugar. Era evidente que para Eleanor la relación con Anthony había sido la más importante de su vida, un gran amor ensombrecido por el implacable horror y la confusión de su terrible trastorno. En una carta tras otra, a médico tras médico, suplicaba ayuda en tono siempre cordial, sin perder la esperanza de encontrar una cura.

Pero esos ruegos amables escondían un gran dolor, que resultaba evidente en las cartas a Daffyd Llewellyn. Durante mucho tiempo él fue el único a quien Eleanor había confesado el declive y el sufrimiento de Anthony. Las niñas no lo sabían y tampoco, al parecer (salvo notables excepciones), el servicio. Tampoco lo sabía Constance, cuya enemistad con Eleanor, y también al parecer con Daffyd Llewellyn venía de largo.

Eleanor le había prometido a Anthony, lo escribía en más de una ocasión, guardarle el secreto, y no se planteaba romper la palabra dada. Para el resto del mundo había creado una fantasía en la que ella y su marido vivían sin una sola preocupación: ella, dedicada a llevar la casa; él, enfrascado en sus estudios del mundo natural y la producción de una obra maestra. Ella escribía cartas afectuosas a sus pocos conocidos acerca de la vida en Loeanneth llenas de observaciones divertidas, en ocasiones agudas, acerca de sus hijas, *a cual más excéntrica.*

Sadie admiraba la obstinada insistencia de Eleanor, si bien negaba con la cabeza ante lo inviable y descabellado de la tarea que se había impuesto. Daffyd Llewellyn le había rogado que se sincerara con quienes la rodeaban, en especial a principios de 1933, cuando los temores de Eleanor se volvieron más acuciantes. Como siempre, estaba preocupada por Anthony, pero ahora además temía por su bebé, cuyo nacimiento, decía, había despertado algo espantoso en la mente de su marido.

Había aflorado un profundo trauma, recuerdos de una experiencia aterradora vivida en la guerra cuando perdió a Howard, su mejor amigo. *Es como si se acumulara todo. Le amarga su buena suerte y lamenta en lo más hondo no poder ejercer la medicina, y de alguna manera todo se ha confundido con sus recuerdos de la guerra, con un «incidente» en particular. Le oigo gritar en sueños. Pide que salgan ya, que mantengan al perro y al bebé en silencio.*

Y a continuación, unas semanas más tarde: *Como sabes, Daffyd, llevo un tiempo haciendo discretas averiguaciones. Me había extrañado no hallar mención alguna de Howard en el cuadro de honor, así que indagué un poco más, y ¡ay, Daffyd, es horrible! Lo fusilaron al amanecer, pobre hombre. ¡Nuestro propio ejército! Di con un tipo que había servido en el mismo regimiento que Howard y Anthony y me lo contó: Howard había intentado desertar y Anthony lo impidió. Pobre amor mío, debió de haber pensado que podría mantenerlo en secreto, pero intervino otro oficial y las cosas acabaron como acabaron. El hombre con quien hablé me dijo que Anthony se lo tomó muy mal y, conociendo a mi marido como lo conozco, tengo la certeza de que se sentirá tan culpable como si hubiera apretado el gatillo él mismo.*

Sin embargo, la razón de los terrores nocturnos de Anthony no explicaba que hubieran aumentado aquellos días y tampoco había ayudado a Eleanor en la difícil tarea de calmarlo y devolverlo a la realidad. Anthony adoraba al pequeño Theo, escribía Eleanor, y el temor a hacerle daño lo desesperaba, llegando incluso, en los momentos más difíciles, a hablar de «acabar con todo». *No puedo permitirlo,* escribía Eleanor. *No puedo consentir que las esperanzas y la prometedora vida de este gran hombre acaben así. Tengo que encontrar la manera de arreglar las cosas. Cuanto más lo pienso, más convencida estoy de que hasta que Anthony no hable abiertamente de lo que le sucedió a Howard no se librará de los terrores que lo atormentan. Tengo la intención de preguntarle acerca del «incidente» yo misma, debo hacerlo, pero no hasta que todo se calme. No hasta que todos estén a salvo.*

Durante todo aquel tiempo, la única luz en la existencia de Eleanor, la única tregua, había sido su relación con Ben. Era evidente que le había hablado a Daffyd Llewellyn de él, y también que le había confiado a Ben la enfermedad mental de Anthony. Había algo en la naturaleza nómada de Ben, escribía Eleanor, en su falta de raíces, que lo convertía en la persona perfecta con quien compartir el secreto. *No es que hablemos de ello a menudo, no creas. Tenemos muchos más temas de conversación. Ha viajado por todas partes, su infancia es un tesoro de anécdotas acerca de personas y lugares diversos y me muero por oírlas todas. Es una forma de escapar, aunque solo por un rato. Pero, en algunas ocasiones, cuando necesito desahogarme, él es el único, aparte de ti, querido Daffyd, en quien puedo confiar. Hablar con él es como escribir en la arena o gritar al viento. Su naturaleza es tan sencilla que sé que puedo decirle cualquier cosa y que no saldrá de sus labios.*

Sadie se preguntó qué habría sentido Ben respecto al trastorno de Anthony... en especial respecto a la amenaza que podía suponer para Eleanor y el pequeño Theo. Era, al fin y al cabo, su hijo. La carta que había encontrado Sadie en el cobertizo de las barcas dejaba claro que Ben sabía que así era. Pasó el dedo por el fajo de cartas de Ben a Eleanor. Hasta entonces había evitado leerlas. Hurgar en las cartas de amor de alguien suponía sobrepasar un límite. Ahora sin embargo decidió que tendría que echar un vistazo.

Hizo algo más que eso. Las leyó todas. Y cuando llegó a la última, la habitación se había sumido en una oscuridad completa y en la casa y el jardín reinaba tal silencio que se oía el lejano vaivén del mar. Sadie cerró los ojos. Tenía el cerebro exhausto y estimulado al mismo tiempo, un extraño matrimonio de dos estados contradictorios, y todo lo que había visto y leído y escuchado y pensado ese día giraba a la vez dentro de su cabeza. Alice hablando a Bertie del pasadizo cerca del cobertizo de las barcas; Clive y su barca... («Aquí es la mejor manera de desplazarse... A veces no te cruzas ni con un alma»); la promesa de Eleanor a Anthony y sus temores por Theo; los relatos de infancia de Ben...

Pensó también en Maggie Bailey y las cosas de las que eran capaces las personas por proteger a un hijo; en Caitlyn y en la forma en que Gemma le había sonreído; en Rose Waters y el intenso amor que se puede sentir por un niño aunque sea hijo de otra persona. Compadeció a Eleanor, que había perdido a Theo, a Ben y a Daffyd Llewellyn en apenas una semana. Y volvió una y otra vez a la descripción que había hecho Alice de su madre: *Creía que una promesa, una vez realizada, debía cumplirse.*

No fue tanto el descubrimiento de una única pista como la conexión entre muchos pequeños detalles. Ese momento en que el sol cambia de ángulo y una telaraña, antes invisible, comienza a brillar como plata finamente hilada. Porque de pronto Sadie vio cómo estaba todo conectado y supo qué había sucedido aquella noche. Anthony no había matado a Theo. Ni a propósito, ni por accidente, ni de ninguna manera.

Capítulo 32

Cornualles, 23 de junio de 1933

La hoguera ardía en el centro del lago. Las llamas anaranjadas danzaban irregulares contra el cielo estrellado y los pájaros eran siluetas negras en lo alto. A Constance le encantaba el solsticio de verano. Era una de las pocas tradiciones de la familia de su marido que aprobaba. Siempre había agradecido tener una excusa para una fiesta, y los fuegos y los farolillos, la música y el baile, la pérdida de inhibiciones hacían aquella especialmente emocionante. A Constance no le interesaba un ápice toda esa charlatanería supersticiosa de los DeShiel sobre renovaciones, transiciones y protección contra espíritus malignos, aunque este año se preguntaba si tal vez no tendría algo de sentido. Esta noche Constance tenía intención de hacer un importante cambio en su vida. Al cabo de casi cuarenta años, había decidido, al fin, dejar atrás una vieja enemistad.

Se llevó la mano al corazón. El viejo dolor seguía ahí, alojado en su caja torácica como el hueso de un melocotón. Últimamente, tras reprimirlos durante décadas, los recuerdos afloraban a menudo. Qué extraño era haber olvidado lo que había cenado la noche anterior y en cambio recordarse vívidamente a sí misma en la frenética turbulencia de aquella habitación, aquella mañana, mientras afuera amanecía y su cuerpo se rompía por dentro. La criada idiota titubeando con el paño flácido, las mangas de la cocinera subidas hasta los codos enrojecidos, el carbón que chisporroteaba en la chimenea. Había habido hombres en el pasillo debatiendo sobre Qué Debería Hacerse, pero Constance no les había oído; sus voces se habían ahogado en el sonido del mar. El viento había traído malos augurios aquella mañana y cuando los allí presentes, una confusión de manos toscas y voces agudas, empezaron a moverse en la oscuridad liminar en torno a ella, Constance había desaparecido bajo la embestida implacable de las odiosas olas. (¡Cómo detestaba ese sonido! Incluso ahora, amenazaba con volverla loca).

Más tarde, en el erial de las semanas siguientes, Henri había llamado a unos cuantos médicos, los mejores de Londres, todos los cuales coincidieron en que había sido inevitable (el cordón umbilical se había enrollado como una soga alrededor del cuello diminuto) y que lo mejor para todos sería olvidar ese desgraciado incidente cuanto antes. Pero Constance no lo había olvidado y sabía que se equivocaban. El «incidente» no había sido inevitable; su hijo había muerto por incompetencia. Incompetencia de él. De Daffyd Llewellyn. Por supuesto, los médicos habían cerrado filas para protegerlo: era uno de los suyos. La naturaleza no siempre era amable, le habían asegurado, a cual más empalagoso, pero no la engañaban. Nada les impedía volver a intentarlo.

Al mal tiempo, buena cara.

Cuanto menos se hablara de ello, mejor.

Las cosas serían diferentes la siguiente vez.

En eso sí acertaron. Cuando Eleanor nació doce meses más tarde y la comadrona la levantó para examinarla («¡Es niña!»), Constance la había mirado de pies a cabeza, lo suficiente como para ver que estaba mojada y rosada y chillaba, antes de asentir con sequedad, darse la vuelta y pedir que le llevaran una taza de té bien caliente.

Esperaba que los sentimientos terminarían llegando, la emoción del amor maternal y el anhelo que había sentido la primera vez (¡ay, esa cara gordita y cérea, los dedos largos y finos, los dulces labios curvados de los que no saldría sonido alguno!), pero pasaron los días, uno tras otro, los pechos se le habían hinchado, le habían dolido y dejado de doler y, antes de que pudiera darse cuenta el doctor Gibbons había vuelto para darle el alta y liberarla de su confinamiento.

Para entonces, sin embargo, algo entre las dos había quedado silenciosa y mutuamente resuelto. La pequeña lloraba y gritaba y se negaba a calmarse cuando estaba en brazos de su madre. Constance miraba el rostro vociferante de la niña y no se le ocurría ningún nombre para ella. Fue Henri quien escogió el nombre, la sostuvo en brazos y la calmó hasta que pudieron poner el anuncio y Bruen, la niñera, se presentó ante la puerta con sus referencias impecables y sus normas estrictas. Para cuando intervino Daffyd Llewellyn, con sus cuentos y sus versos, Constance y Eleanor ya eran dos extrañas. Con los años fue alimentando su ira contra ese hombre que le había arrebatado no uno, sino dos hijos.

Pero (Constance suspiró) se había cansado de estar enfadada. Se había aferrado a ese odio candente durante tanto tiempo que se había convertido en acero y la había apresado en su rigidez. Mientras la banda atacaba otra melodía alegre y las parejas giraban en la pista de baile iluminada por farolillos y rodeada de sauces, Constance cruzó entre la gente hacia las mesas donde los camareros contratados servían bebidas.

—¿Una copa de champán, señora?

—Gracias. Y otra para mi amigo, por favor.

Aceptó las dos copas rebosantes de champán y fue a sentarse en el banco del cenador. No iba a ser fácil (la vieja animadversión era ya algo tan familiar como su imagen en el espejo), pero ya era hora de librarse de la ira y el pesar que la tenían prisionera.

En ese preciso instante Constance vislumbró a Daffyd Llewellyn algo separado de la gente. Se dirigía directamente hacia el cenador, sorteando a los invitados, casi como si supiera que ella lo estaba esperando. Para Constance, ese hecho cimentó aún más la certeza de estar haciendo lo correcto. Sería cortés, incluso amable; se interesaría por su salud (sabía que sufría de ardor de estómago) y lo felicitaría por sus logros recientes y el gran honor que iba a recibir.

Apareció una sonrisa nerviosa en la comisura de sus labios.

—Señor Llewellyn —lo llamó y se puso en pie para saludarlo. Su voz era más aguda de lo habitual.

El señor Llewellyn miró alrededor y al verla se le agarrotó el cuerpo por la sorpresa.

Resurgió el destello de un recuerdo y Constance lo vio de joven, aquel médico brillante y atractivo del que su marido se había hecho amigo. Hizo acopio de valor.

—Me preguntaba si tendría un momento. —Le temblaba la voz, pero atinó a controlarla. Estaba decidida, resuelta, dispuesta a liberarse—. Esperaba que tuviéramos un momento para hablar.

* * *

Constance le hacía señas con la copa del champán desde el cenador, el mismo lugar donde Daffyd debía encontrarse con Alice al cabo de quince minutos. La muchacha tenía un sexto sentido para detectar el paradero de Ben Munro y Eleanor le había rogado que la mantuviera ocupada esta noche. «Por favor, Daffyd», le había rogado. «Todo se echaría a perder si Alice apareciera en el lugar equivocado en el momento menos indicado».

Había aceptado, pero solo porque Eleanor era lo más cercano a una hija que jamás iba a tener. La había querido desde que era diminuta. Un bultito encantador que era como un apéndice de Henri, siempre en sus brazos, y más adelante, cuando creció, sobre sus hombros o saltando a su lado. ¿Se parecería tanto a su padre si no hubiera pasado tanto tiempo con él cuando era pequeña? Era imposible decirlo, pero así era, y Daffyd la quería por ello. «Por favor», le había rogado Eleanor, tomando su mano entre las suyas. «Te lo suplico. No puedo hacer esto sin ti». Y él, cómo no, había accedido.

En realidad tenía serias dudas acerca del plan. La preocupación que sentía por Eleanor le tenía inquieto y angustiado. Su ardor de estómago se había vuelto crónico desde que Eleanor le había contado todo, y la vieja depresión, ese mal que una vez estuvo cerca de consumirlo, había regresado. Conocía de primera mano lo que les podía suceder a las mujeres que perdían un hijo. El de Eleanor era un plan fruto de la desesperación, un plan que solo la falta de lucidez que dan las noches sin dormir hacía parecer viable.

Le había rogado que lo reconsiderara, durante las muchas conversaciones en que ella le había abierto su corazón, pero Eleanor se había mostrado inflexible. Él comprendía su lealtad a Anthony (los había visto juntos cuando eran jóvenes y había vivido como propio el sufrimiento de Eleanor por su marido) y compartía sus temores por el pequeño Theo. Pero ¡realizar semejante sacrificio! Tenía que haber otra solución. «Dime cuál», había insistido Eleanor, «y te haré caso». Pero, por muchas vueltas que diera a las piezas del rompecabezas, no había sido capaz de encontrar una manera de disponerlas que satisficiera a Eleanor. No sin reconocer ante los demás los problemas de Anthony, algo a lo que ella se negaba en redondo.

«Le hice una promesa», dijo, «y tú deberías saber mejor que nadie que las promesas no se rompen. Tú me lo enseñaste». Daffyd había protestado, con tacto al principio y con severidad después, para intentar hacerle ver que la lógica que sustentaba su mundo imaginario de hadas, esos hilos luminosos que tejía para componer sus relatos no eran lo bastante sólidos para sostener las complejidades de la existencia de un ser humano. Pero Eleanor no dio su brazo a torcer. «A veces amar desde lejos es todo a lo que podemos aspirar», había concluido, tras lo cual Daffyd se consoló a sí mismo diciendo que nada duraba para siempre. Que Eleanor siempre podría cambiar de parecer. Que tal vez eso fuera lo mejor, proporcionar al pequeño un refugio temporal.

Así pues, había hecho lo que le pedía. Había quedado con Alice allí esa noche para evitar que husmeara donde no debía y echara por tierra el plan. Eleanor había estado convencida de que la curiosidad natural de la muchacha bastaría para que colaborara y Daffyd llevaba todo el día preparándose, repasando posibles eventualidades, previendo problemas. Pero no había previsto la intrusión de Constance. Por lo general Daffyd intentaba pensar en Constance lo menos posible. Jamás habían estado de acuerdo en nada, ni siquiera antes de aquella noche espantosa. Durante el largo cortejo de Henri, Daffyd había observado sin intervenir mientras Constance hacía sufrir a su amigo. Qué cruel, qué despiadada había sido y, sin embargo, Henri había caído rendido a sus pies. Había pensado que podría domarla, que, cuando aceptara casarse con él, sus días de coquetear se habrían acabado.

A pesar de todo, el dolor de Constance tras la muerte de su hijo había sido real; Daffyd no lo dudaba. Se le había roto el corazón, había necesitado a alguien a quien echar la culpa y se había fijado en él. Daba igual cuántos doctores le explicaran lo del cordón umbilical o le aseguraran que el resultado habría sido el mismo con cualquier otro médico; ella se negaba a creerles. Jamás había perdonado a Daffyd el papel que había desempeñado. De hecho, él tampoco se había perdonado a sí mismo. No había vuelto a ejercer. Su pasión por la medicina había muerto aquella triste mañana. Lo atormentaban imágenes de la cara del bebé, el calor sofocante de la habitación, el llanto desgarrador de Constance mientras se aferraba al cadáver diminuto.

Pero ahora aquí estaba, ofreciéndole una copa de champán y pidiéndole que hablaran.

—Gracias —dijo, y acto seguido aceptó la copa y dio un sorbo más prolongado de lo razonable. Estaba frío y burbujeante y Daffyd no se había dado cuenta de lo reseca que tenía la garganta, de lo nervioso que estaba por la tarea que tenía delante. Cuando terminó de beber, Constance lo estaba observando con una expresión extraña, sorprendida, sin duda, por su grosera forma de beber.

Y entonces la expresión desapareció y Constance sonrió.

—Siempre me ha encantado esta época del año. El aire está lleno de posibilidades, ¿no crees?

—Demasiada gente para mí, me temo.

—En la fiesta, tal vez, pero yo hablaba en un sentido más general. La idea de renovarse, de comenzar de nuevo.

Había algo inquietante en su conducta. Estaba tan nerviosa como él, comprendió Daffyd. Dio otro sorbo de champán.

—Vaya, tú mejor que nadie tendrías que conocer las ventajas de comenzar de nuevo, ¿no, Daffyd? Qué transición la tuya. Qué segunda oportunidad tan sorprendente.

—He sido afortunado.

—Qué orgulloso estaba Henri de tu carrera literaria. Y Eleanor... Bueno, ella besa el suelo que pisas.

—Yo también la quiero muchísimo, desde siempre.

—Ah sí, lo sé. La has mimado a más no poder. Todos esos cuentos que le contabas, y escribir de ella en tu libro. —Constance rio despreocupada, antes de experimentar un aparente y repentino cambio de humor—. Me he hecho mayor, Daffyd. A menudo me descubro pensando en el pasado. Oportunidades malgastadas, personas perdidas.

—Nos ocurre a todos.

—Tenía intención de felicitarte por tu reciente distinción, la orden real. Habrá una recepción en palacio, supongo.

—Eso creo.

—Vas a conocer al rey. ¿Te he contado alguna vez que estuve a punto de disfrutar del mismo privilegio cuando era joven? Por desgracia caí enferma y mi hermana Vera acudió en mi lugar. Fue una de esas cosas inevitables, por supuesto. La vida da muchas vueltas. Tu éxito, por ejemplo... Un ejemplo asombroso de resurgir de las cenizas.

—Constance...

—Daffyd. —Constance respiró hondo y se irguió cuan alta era—. Tenía la esperanza de que coincidirías conmigo en que ya es hora de dejar el pasado atrás.

—Yo...

—Una no puede aferrarse para siempre al rencor. Llega un momento en que la acción debe sustituir a la reacción.

—Constance, yo...

—No, déjame acabar, Daffyd, por favor. He imaginado esta conversación muchas veces. Tengo que decirlo. —Daffyd asintió y Constance sonrió un momento en señal de agradecimiento, antes de levantar la copa. La mano le temblaba levemente y Daffyd no supo si se debía a la emoción o a la vejez—. Me gustaría proponer un brindis. Por la acción. Por el remedio. Y por renacer.

Entrechocaron las copas y bebieron. Daffyd casi vació la suya. Necesitaba tiempo para reaccionar; se sentía abrumado. Era todo tan inesperado y no sabía bien qué decir. Una vida entera de sentimiento de culpa y dolor le formó un nudo en la garganta y se le empañaron los ojos. Era demasiado en una noche ya sobrecargada de penosas responsabilidades.

Su desconcierto debió de resultar evidente, pues Constance lo estudiaba con la misma atención que si lo estuviera viendo por primera vez. Tal vez porque estaba siendo observado, Daffyd se sintió mareado. De repente tenía calor. El aire estaba cargado, era sofocante. Había demasiada gente armando escándalo y la música estaba muy alta. Apuró las últimas gotas del champán.

—¿Daffyd? —dijo Constance, con el ceño fruncido—. Estás pálido.

Daffyd se llevó la mano a la frente, como para recobrar el equilibrio. Parpadeó, en un intento de enfocar la vista, de dejar de ver auras borrosas alrededor de todo y de todos.

—¿Voy a buscarte un vaso de agua? ¿Necesitas un poco de aire fresco?

—Aire —afirmó. Tenía la garganta muy seca y la voz ronca—. Por favor.

Había gente por todas partes, rostros, voces, todo borroso, y le alegró que el brazo de Constance lo guiara. Ni en un millón de años se habría imaginado Daffyd una situación en la que fuera Constance quien le prestara ayuda. Y sin embargo, sin ella temía caerse al suelo.

Pasaron entre un grupo de personas que se reían y le pareció ver a Alice a lo lejos. Trató de decir algo, de explicar a Constance que no podía alejarse mucho, que tenía un asunto importante que atender, pero su lengua estaba apática y era incapaz de formar palabras. Todavía había tiempo. Eleanor había dicho que no se verían hasta medianoche. Cumpliría su promesa, solo necesitaba tomar un poco de aire fresco.

Habían seguido el sendero más allá del seto, hasta que el ruido de la multitud pareció venir de muy lejos. Tenía el corazón desbocado. No eran el ardor de estómago o la ansiedad habituales; oía la sangre agolpándosele detrás de las orejas. La culpa la tenían, por supuesto, los recuerdos de ese terrible amanecer de mucho tiempo atrás; su fracaso a la hora de salvar al pequeño. Y que ahora fuera Constance quien intentara hacer las paces. Daffyd sintió unas abrumadoras ganas de llorar.

La cabeza le daba vueltas. Voces, muchas voces, cacofónicas, distantes, pero una se sobrepuso a todas, aguda, cerca de su oreja, en su oído.

—Espera aquí. Descansa un momento, voy a buscarte un poco de agua.

De repente sentía mucho frío. Miró a su alrededor. La dueña de la voz había desaparecido. Estaba solo. ¿Dónde habría ido? ¿Dónde habría ido quién? Alguien había estado a su lado. ¿O lo había imaginado? Estaba cansado, muy cansado.

Tenía la cabeza llena de los sonidos que lo rodeaban. Peces que daban coletazos en las aguas oscuras, ruidos goteantes y misteriosos en las profundidades del bosque.

Vio el cobertizo de las barcas. Había demasiada gente, que se reía y chillaba mientras se divertía en las barcas a la luz de los farolillos. Necesitaba estar a solas, respirar, recuperar la compostura.

Se alejaría solo un poco en la otra dirección. A lo largo del arroyo. Siempre había sido uno de sus rincones favoritos. Qué buenos momentos habían pasado allí, días largos y soleados, Henri, él y, más tarde, la pequeña Eleanor, saltando de un lado a otro y deleitándolos con su perspicacia. Daffyd jamás olvidaría la expresión de Henri al mirar a su hija, su adoración sin reservas. Daffyd había tratado de esbozar esa expresión muchas veces, pero no había logrado captarla sobre el papel.

Tropezó y recobró el equilibrio. Tenía una sensación extraña en las piernas. Estaban flojas, como si los ligamentos se hubieran vuelto de goma. Decidió sentarse un momento. Solo un momento. Rebuscó en el bolsillo una píldora contra el ardor de estómago, se la metió en la boca y la tragó con dificultad.

La tierra estaba fría y húmeda y apoyó la espalda contra el tronco fuerte y sólido de un árbol. Cerró los ojos. Su pulso era como un río crecido después de la lluvia, rítmico. Se sentía como un barco atrapado en la corriente, meciéndose, cabeceando, palpitando.

Podía ver el rostro de Henri. El rostro de un caballero, de una buena persona. Eleanor tenía razón. A veces amar de lejos era todo a lo que podíamos aspirar. Y era mejor, sin duda, que no haber amado.

Ah, pero qué duro era.

El arroyo lamía despacio las orillas y la respiración de Daffyd Llewellyn se acompasó y latió más despacio. Tenía que ver a Alice; se lo había prometido a Eleanor. Enseguida se pondría en marcha. Solo unos pocos minutos más allí, notando la tierra sólida y fresca a sus pies, el árbol fiel, la brisa suave en las mejillas. Y la cara de Henri en el recuerdo, su viejo amigo, que lo llamaba, le hacía gestos con la mano para que no tardara en reunirse con él...

* * *

Alice iba mirando el reloj cuando casi se tropezó con su abuela. La anciana caminaba muy deprisa y parecía encontrarse en un estado de excitación inusual en ella.

—Agua —dijo cuando vio a Alice. Tenía las mejillas sonrosadas y los ojos brillantes—. Necesito un poco de agua.

En otras circunstancias esa energía inusual en su abuela habría bastado para despertar la curiosidad de Alice, pero no aquella noche. Su mundo se había derrumbado y estaba demasiado ocupada ahogándose en su vergüenza y aflicción para interesarse por las peculiaridades de los demás. Solo por un profundo sentido del deber había ido a reunirse con el señor Llewellyn. Alice apenas soportaba recordar la conversación que habían tenido aquella mañana; sus ganas de deshacerse de él, su impaciencia por ir y enseñarle su manuscrito a Ben, su orgullo. Qué gran error había resultado ser.

Señor, ¡qué vergüenza! Alice se sentó en una silla bajo el cenador y se llevó las rodillas al pecho, abatida por completo. No había querido ir a la fiesta, habría preferido lamerse las heridas a solas, pero madre había insistido. «No vas a pasarte toda la noche encerrada y enfurruñada», dijo. «Te pondrás tu mejor vestido y saldrás con el resto de la familia. No sé qué te pasa ni por qué ha tenido que pasarte precisamente esta noche, pero no lo voy a consentir, Alice. Organizar esta fiesta ha costado mucho trabajo y no la vas a estropear con tu mal humor».

Así que allí estaba, de mala gana. Habría querido quedarse la noche entera en su habitación, oculta bajo las mantas, tratando de olvidar lo insensata, estúpida y tonta que había sido. Todo era culpa del señor Llewellyn. Esa mañana, cuando por fin logró desembarazarse del anciano, Alice había decidido que no había tiempo para mostrarle a Ben el manuscrito; el señor Harris y su hijo podían volver en cualquier momento. Por lo tanto había decidido ir con la novela directamente al cobertizo de las barcas por la tarde. Así, había razonado Alice, podrían estar juntos y a solas por fin.

Le ardió la piel al recordarlo. Cómo había subido las escaleras a saltos para llamar a la puerta, rebosante de emoción, confiada. Con qué esmero se había peinado y vestido. Las gotas de perfume de su madre con que se había rociado a escondidas bajo los botones de la blusa y en el interior de las muñecas, tal y como había visto hacer a Deborah.

—Alice —dijo Ben al verla, sonriendo (confuso, ahora se daba cuenta; entonces había pensado que estaba tan nervioso como ella. ¡Qué humillación tan grande!)—. No esperaba visitas.

Ben abrió la puerta del cobertizo de las barcas y Alice cruzó el umbral, complacida con el rastro de perfume que dejaba tras de sí. El interior era acogedor, con solo espacio para una cama y una cocina rústica. Alice no había entrado en la habitación de un hombre antes y tuvo que esforzarse para no mirar boquiabierta como una tonta el edredón a cuadros mal doblado en uno de los extremos del colchón.

Encima había un pequeño regalo de forma rectangular, envuelto con sencillez pero también con esmero, sujeto con un cordel y acompañado de una tarjeta hecha con uno de los animales de papel de Ben.

—¿Es para mí? —dijo Alice, al recordar que le había dicho que tenía algo para ella.

Ben siguió su mirada.

—Sí. No es gran cosa, solo un pequeño detalle para animarte a seguir escribiendo.

Alice casi estalló de placer.

—Hablando de eso —dijo Alice antes de lanzarse a la emocionada crónica de cómo había terminado el manuscrito—. Recién salido de la imprenta. —Le puso en las manos el ejemplar que había hecho especialmente para él—. Quería que fueras el primero en leerlo.

Ben se alegró por ella y una amplia sonrisa le dibujó un hoyuelo en la mejilla izquierda.

—¡Alice! Esto es maravilloso. ¡Qué gran logro! El primero de muchos, recuerda bien lo que digo.

Alice se sintió muy adulta, deleitándose en sus elogios. Ben le prometió que lo leería y por un momento Alice contuvo el aliento, a la espera de que abriera la tapa y viera la dedicatoria, pero, en vez de eso, lo dejó en la mesa. Había cerca una botella abierta de limonada, y Alice de repente notó la garganta seca.

—Mataría por algo de beber —dijo en tono pícaro.

—No es necesario. —Ben le sirvió un vaso—. La comparto con muchísimo gusto.

Mientras Ben no la miraba, Alice se desabrochó el primer botón de la blusa. Ben le dio el vaso y sus dedos se tocaron. Un escalofrío eléctrico recorrió veloz la columna vertebral de Alice.

Sin apartar la mirada de él, Alice dio un sorbo. La limonada estaba fría y dulce. Se pasó despacio la lengua por los labios. Había llegado el momento. Era ahora o nunca. Con un rápido movimiento dejó el vaso, se acercó a Ben y, tras tomar su cara entre las manos, se inclinó para besarlo como había hecho en sus sueños.

Durante un segundo ¡todo había sido perfecto! Respiró su aroma, a cuero y almizcle y un ligero atisbo de sudor, y sus labios eran cálidos y suaves y Alice se derritió, pues había sabido que sería así, lo había sabido desde el principio...

Y entonces, de súbito, la llama creciente se apagó. Ben se apartó y miró a Alice con ojos interrogantes.

—¿Qué pasa? —preguntó Alice—. ¿Lo he hecho mal?

—Ay, Alice. —En su rostro se debatían la comprensión y la preocupación—. Alice, lo siento. He sido un estúpido. No tenía ni idea.

—¿De qué estás hablando?

—Pensé... No pensé. —Ben sonrió, con amabilidad, con tristeza, y Alice vio que sentía lástima de ella y fue entonces cuando lo supo. De pronto lo comprendió. Él no sentía lo mismo que ella. Nunca lo había sentido.

Ben seguía hablando con expresión seria, el ceño fruncido y mirada amable, pero a oídos de Alice las palabras que suponían su humillación sonaron estridentes, implacables. En ocasiones el volumen descendía y oía fragmentos de lugares comunes: «Eres una gran chica..., muy inteligente..., una escritora maravillosa..., un gran futuro por delante..., conocerás a otro...».

Tenía la garganta seca, estaba mareada y ya no tenía ningún motivo para seguir allí, en aquel lugar donde se había humillado; donde el hombre al que amaba, el único hombre al que amaría jamás, la miraba con los ojos llenos de compasión y remordimiento y le hablaba en ese tono que empleaban los adultos para apaciguar a los niños cuando están confusos.

Con toda la dignidad que pudo reunir, Alice cogió el vaso y se terminó la limonada. Recogió el manuscrito con su nauseabunda dedicatoria y se dirigió a la puerta.

Fue entonces cuando vio la maleta. Más tarde reflexionaría sobre ello y se preguntaría si estaría en su sano juicio, pues, aun cuando se le estaba rompiendo el corazón, una pequeña parte de ella se mantenía al margen de las emociones y tomaba notas. Todavía más tarde, tras familiarizarse mejor con la obra de Graham Greene, supo que solo se trataba de esa astilla de hielo que todos los escritores llevan clavada en el corazón.

La maleta estaba abierta contra la pared y llena de ropa limpia pulcramente doblada. La ropa de Ben. Estaba haciendo el equipaje.

Sin darse la vuelta para mirarlo, dijo:

—Te vas.

—Sí.

—¿Por qué?

Ah, qué horrible vanidad, pero Alice había albergado la esperanza de que quizá la amara y fuera su amor lo que le obligaba a partir. Por respeto a su juventud y por deber para con la familia que le había dado trabajo.

Pero no. En su lugar, Ben dijo:

—Ya es hora. De hecho, ya ha pasado la hora. Mi contrato acabó hace dos semanas. Solo me he quedado para ayudar con los preparativos de la fiesta.

—¿Dónde vas a ir?

—Aún no estoy seguro.

Tenía alma de nómada, por supuesto, de viajero. Jamás se había descrito en otros términos. Y ahora se iba. Saldría de su vida con la misma despreocupación con que había entrado. Le vino un pensamiento súbito. Se volvió.

—Hay otra, ¿verdad?

Ben no respondió, pero no hizo falta. Por su gesto compungido, Alice supo al momento que había acertado.

Tras un asentimiento leve y desconcertado, y sin mirarlo, salió del cobertizo. La cabeza alta, la mirada fija, un paso firme tras otro.

—Alice, tu regalo —dijo Ben tras ella, pero Alice no volvió.

Solo después de doblar la curva del camino apretó el manuscrito contra el pecho y echó a correr hacia la casa tan rápido como le permitían los ojos empañados.

¿Cómo había podido equivocarse así? Sentada en el banco bajo el cenador, mientras a su alrededor comenzaban las celebraciones para recibir el verano, Alice seguía sin comprender. Repasó todo un año de relación entre Ben y ella. Siempre se había mostrado alegre de verla, la había escuchado con atención cada vez que hablaba de su escritura, de su familia, e incluso le había dado consejos cuando se quejaba de madre, de los malentendidos que tenían, en un intento por enmendar la distancia que las separaba. Alice no había conocido a nadie que se preocupara tanto, que la entendiera como él.

Era cierto que nunca, ni siquiera una vez, la había tocado, no de verdad, no como ella deseaba, y había pensado con curiosidad en los comentarios de Deborah sobre los jóvenes y sus atenciones impúdicas y lascivas. Pero había supuesto que él era todo un caballero. Y ahí radicaba el problema. Había supuesto demasiadas cosas. En todo momento había visto solo lo que deseaba ver: el reflejo de sus deseos.

Con un suspiro descorazonado, Alice miró a su alrededor en busca del señor Llewellyn. Llevaba esperando más de quince minutos y no había ni rastro de él. Debería marcharse. Después de venir a rastras para verlo, ni siquiera se había tomado la molestia de acudir a la cita. Probablemente lo habría olvidado por completo. O se había entretenido con alguna compañía más agradable y llegaría tarde. Le estaría bien empleado cuando por fin llegara y no la encontrara.

Pero ¿dónde podía ir? ¿A las góndolas? No, estaban demasiado cerca del cobertizo de las barcas. No quería volver a poner el pie allí. ¿A casa? No, había criadas por todas partes, todas ellas espías al servicio de madre, y estarían encantadas de informarle de su desobediencia. ¿A la pista de baile? ¡De ningún modo! No se le ocurría nada que le apeteciera menos que saltar sobre los talones y ponerse a dar alaridos con todos esos idiotas… Y además, ¿con quién iba a bailar?

Y ahí estaba. La espantosa verdad. No tenía nada mejor que hacer y nadie con quien hacerlo. No era de extrañar que Ben no la quisiera. No era digna de ser amada. Quedaban diez minutos para la medianoche, los fuegos artificiales estaban a punto de comenzar y Alice se sentía muy sola. Desesperada y sin amigos, no veía demasiadas razones para seguir adelante.

Se vio a sí misma como si mirara desde arriba. Una figura solitaria, trágica, ataviada con su vestido más elegante, abrazándose las rodillas, una muchacha incomprendida por toda su familia.

De hecho, podía ser una joven inmigrante, sentada en el muelle tras un largo viaje por el mar. Había algo en la curva de sus hombros, la inclinación de la cabeza, el cuello fino y recto. Era una muchacha resuelta enfrentada a una gran pérdida. Su familia entera había muerto (¿cómo? De manera horrible, trágica, cuyos detalles no importaban, no ahora). Pero, con una determinación fortísima, se había propuesto vengarla. Alice se sentó más erguida mientras la semilla de una idea germinaba en su cabeza. Metió la mano despacio en el bolsillo para acariciar el cuaderno. Pensando, pensando…

La muchacha estaba sola en el mundo, desposeída de todo, abandonada y olvidada por aquellos en quienes creyó poder confiar, pero triunfaría. Alice iba a asegurarse de ello. Se apresuró a levantarse mientras una chispa de entusiasmo la alumbraba por dentro. Su respiración se había acelerado y la cabeza le rebosaba de hilos resplandecientes de ideas que debía entretejer. Tenía que pensar, tramar.

¡El bosque! Ahí es adonde iría. Lejos de la fiesta, lejos de todos aquellos tontos divirtiéndose. Se concentraría en su siguiente historia. No necesitaba a Ben, ni al señor Llewellyn, ni a nadie. Era Alice Edevane, contadora de historias.

* * *

El plan era encontrarse en el bosque cinco minutos después de medianoche. Hasta que no lo vio allí, justo donde había dicho que estaría, Eleanor no comprendió que llevaba toda la noche conteniendo el aliento, esperando que todo saliera mal.

—Hola —dijo Eleanor.

—Hola.

Qué formalidad extraña. Era la única manera de poder llevar a cabo la espantosa tarea que les aguardaba. No se abrazaron, apenas se rozaron los brazos, los codos, las muñecas, en una torpe aproximación del afecto, la confianza a la que ambos se habían acostumbrado. Todo era distinto esa noche.

—¿No has tenido problemas? —dijo él.

—Me he cruzado con una criada en las escaleras, pero iba nerviosa, buscando las copas de champán, así que no le dio ninguna importancia.

—Es probable que incluso nos venga bien. Te sitúa en la escena mucho antes del suceso. Así resulta menos sospechoso.

Eleanor se estremeció ante la rotundidad de las expresiones. *En la escena. Menos sospechoso.* ¿Cómo habían llegado a eso? Una abrumadora sensación de pánico y confusión creció en su interior, amenazando con partirla en dos. El mundo que la rodeaba, el bosque circundante, la fiesta a lo lejos, se volvieron borrosos. Se sintió desconectada por completo de todo ello. No había un cobertizo de las barcas iluminado por farolillos ni invitados que reían y coqueteaban ataviados de seda y satén, ni el lago ni la casa ni la orquesta; solo existía esto, ahora, lo que habían planeado, lo que en su momento había parecido tan razonable, tan lógico.

Un cohete en forma de peonía cruzó silbando por el cielo, cada vez más alto, hasta que estalló en una cacofonía de chispas rojas que cayeron sobre el lago. Fue el pistoletazo de salida. Los fuegos artificiales iban a durar treinta minutos. Eleanor había ordenado al pirotécnico que ofreciera un espectáculo al que nadie fuera capaz de resistirse; también había dado permiso al servicio para disfrutarlo y Daffyd mantendría a Alice ocupada.

—Tenemos que ponernos en marcha —dijo Eleanor—. No tenemos mucho tiempo. Van a notar mi ausencia.

Sus ojos se habían acostumbrado a la oscuridad del bosque y ahora veía a Ben con claridad. Su rostro era la viva imagen de la renuencia y el arrepentimiento, y sus ojos oscuros escudriñaban los de ella, buscando, supo Eleanor, una fisura en su determinación. Sería muy sencillo mostrarle una. Decir: «Creo que hemos cometido un error», o: «Vamos a pensarlo un poco mejor», e irse por donde habían venido. Pero sacó fuerzas y se dirigió a la trampilla por la que se accedía al pasadizo.

Tal vez, pensó que él no la seguiría, eso esperaba quizá. Y en ese caso podría regresar sola, dejar al bebé dormido donde estaba, volver a la fiesta como si no tuviera nada de que preocuparse. Mañana se despertaría y, cuando volviera a cruzarse con Ben, ambos negarían con la cabeza en un gesto de divertida incredulidad, de asombro ante la locura que se había apoderado de ellos, el disparate que habían estado a punto de hacer, el hechizo en el que habían caído. *«A folie à deux»*, dirían, «una locura a dos manos».

Pero incluso mientras lo pensaba, mientras ese pensamiento la animaba y reconfortaba, sabía que no era la solución. Anthony estaba peor que nunca. Theo corría peligro. Y ahora, en un inimaginable (y devastador) giro de los acontecimientos, Deborah y Clemmie habían descubierto su relación con Ben. Cuando pensaba que sus hijas sabían que había sido infiel a su padre, Eleanor quería convertirse en una diminuta mota de polvo y perderse en el aire. Lo cual era algo propio de débiles, de vagos, y además solo le servía para odiarse más a sí misma. No, este plan, este plan repugnante e impensable era la única manera de evitar el desastre. Más aún, era precisamente lo que ella se merecía.

Eleanor dio el primer paso. Algo acababa de moverse en el bosque, estaba segura de ello. Había entrevisto (¿o lo había oído?) algo en la oscuridad. ¿Había alguien ahí? ¿Les habrían descubierto?

Escudriñó los árboles, casi sin atreverse a respirar.

No había nada.

Se lo había imaginado.

No era nada más que su conciencia culpable.

Aun así, sería mejor no entretenerse.

—Deprisa —susurró—, sígueme. Deprisa.

Bajó por la escalerilla y se apartó para dejarle sitio en el angosto túnel de paredes de ladrillo. Ben había cerrado la trampilla y reinaba una oscuridad más cerrada que la noche. Eleanor encendió la linterna que había escondido antes y guio a Ben por el pasadizo hacia la casa. Olía a moho y a miles de aventuras de infancia. De repente deseó ser una niña de nuevo, sin más preocupaciones que cómo llenar los días interminables de sol. Un sollozo le quemó la garganta, amenazó con salir y Eleanor sacudió la cabeza, enojada, maldiciéndose por permitirse esa indulgencia. Tenía que ser más fuerte. En los días siguientes tendría que enfrentarse a cosas mucho peores. Por la mañana en algún momento alguien descubriría lo ocurrido, se organizaría una búsqueda, intervendría la policía. Habría interrogatorios e investigaciones, y Eleanor tendría que interpretar su terrible papel... y Ben ya se habría ido.

Ben. Podía oír sus pasos detrás de ella y volvió la conciencia fugaz y dolorosa de que también iba a perderlo a él. Que en cuestión de minutos se daría la vuelta, se alejaría y no volvería a verlo... No. Eleanor apretó la mandíbula y se obligó a concentrarse en caminar. Un pie delante del otro, para detenerse solo al llegar a los escalones de piedra que ascendían por la cavidad en la pared de la casa. Con la luz de la linterna iluminó la puerta en lo alto y respiró hondo. Dentro del pasadizo el aire era cargado, pesado y terroso, y las motas de polvo flotaban suspendidas en el haz de luz. Una vez atravesaran esa puerta, no habría vuelta atrás. Estaba haciendo acopio de valor para iniciar la subida cuando Ben la sujetó por la muñeca. Sorprendida, se giró para mirarlo.

—Eleanor, yo...

—No —dijo, con la voz inesperadamente inexpresiva en el espacio angosto—. Ben, no.

—No soporto tener que decirte adiós.

—Pues no lo hagas.

Comprendió al instante, por el gesto que le iluminó el rostro bajo la luz de la linterna, que Ben la había malinterpretado. Que pensaba que ella estaba sugiriendo que no se marchara. Se apresuró a añadir:

—No digas nada. Haz lo que tienes que hacer y punto.

—Tiene que haber otra solución.

—No la hay.

No la había. De lo contrario ya la habría descubierto. Eleanor había pensado y pensado hasta que sintió que le sangraba el cerebro de tanto esfuerzo. Le había pedido ayuda al señor Llewellyn y este había sido incapaz de sugerir una alternativa aceptable. No existía la manera de hacer lo que había que hacer y que todos fueran felices. Esto era lo más cercano que había hallado, este plan cuya carga habría de sobrellevar ella. Theo estaría confundido al principio (que Dios la ayudara, también sufriría), pero era pequeño y olvidaría pronto. Creía a Ben cuando le decía que la quería, que no quería vivir sin ella, pero tenía alma nómada y llevaba el viajar en la sangre. Tarde o temprano habría terminado marchándose. No, era ella quien sufriría más, atrapada allí y sobrellevando la pérdida de ambos, echándolos de menos igual que la luna echa de menos al sol, preguntándose siempre...

No. No pienses en ello. Con toda la fuerza de voluntad que fue capaz de reunir, Eleanor se apartó, le soltó la mano a Ben y comenzó a subir las escaleras. Debería estar concentrándose en si había hecho todo lo necesario para que el plan funcionara. Si esa copita de whisky sería suficiente para que Bruen, la niñera, no despertara. Si el señor Llewellyn estaría en esos momentos con Alice, quien se había mostrado difícil toda la noche.

Una vez arriba, echó un vistazo por la mirilla oculta de la puerta secreta. Tenía los ojos empañados y parpadeó furiosa para aclararse la vista. El pasillo estaba vacío. A lo lejos oía los fuegos artificiales. Miró el reloj. Quedaban diez minutos de espectáculo. Tenían tiempo. El justo.

Notó el pomo de la puerta sólido y real en contacto con su mano. Había llegado el momento. Ese momento que sabía que tenía que llegar, pero que se había negado a imaginar, concentrándose en la logística, sin permitirse pensar en lo que sentiría una vez que cruzara el umbral.

—Dime de nuevo qué clase de personas son —dijo en voz queda.

Detrás de ella, la voz de Ben era cálida y triste y, lo peor de todo, resignada.

—Las mejores —dijo—. Trabajadores y leales y divertidos, su casa es uno de esos lugares que siempre huele a buena comida y, aunque les puedan faltar otras cosas, nunca les falta amor.

¿Dónde está?, quiso preguntar Eleanor. *¿Adónde te lo llevas?* Pero le había hecho prometer que nunca se lo diría. No podía confiar en sí misma. El plan solo funcionaría si no sabía dónde encontrarlo.

Ben le puso una mano en el hombro.

—Te quiero, Eleanor.

Eleanor cerró los ojos y apoyó la frente en la madera dura y fría de la puerta. Ben quería que Eleanor también lo dijera, lo sabía, pero hacerlo sería fatídico.

Con una breve inclinación de cabeza, Eleanor levantó el pestillo y salió al pasillo vacío. Mientras los fuegos artificiales retumbaban sobre el lago y las luces azules, rojas y verdes entraban por la ventana y se derramaban sobre la alfombra, Eleanor se preparó para entrar en el cuarto de los niños.

* * *

Theo se despertó de repente. Reinaba la oscuridad y su niñera roncaba en la cama del rincón. Hubo un golpe sordo y una luz verde traspasó las delgadas cortinas. Había otro ruido también, un ruido alegre, de mucha gente, lejos, afuera. Pero lo había despertado otra cosa. Se chupó el pulgar mientras escuchaba, concentrado, y luego sonrió.

Supo antes de que llegara a la cuna que era su mamá. Eleanor lo cogió en brazos y Theo se acurrucó bajo su barbilla. Había un hueco ahí donde la cabeza le encajaba a la perfección. Eleanor le susurró al oído y la manita izquierda de Theo se alzó hasta acariciarle la cara. El pequeño suspiró, satisfecho. Theo quería a su mamá más que a nadie en el mundo. Sus hermanas eran más divertidas y su padre lo levantaba en volandas más alto que nadie, pero nada era comparable al olor de su madre y al sonido de su voz y a la manera en que sus dedos le acariciaban la cara con ternura.

Entonces hubo otro ruido y Theo alzó la cabeza. Había alguien más en la habitación. Sus ojos ya se estaban adaptando a la oscuridad y vio a un hombre detrás de su madre. El hombre se acercó y sonrió y Theo vio que se trataba de Ben, el que siempre estaba en el jardín. A Theo le caía muy bien Ben. Hacía figuras de papel y le contaba cuentos que terminaban en cosquillas.

Su madre le estaba susurrando algo al oído, pero Theo no escuchaba. Estaba ocupado jugando al escondite por encima del hombro de mamá, intentando captar la atención de Ben. Mamá lo estaba abrazando más fuerte que de costumbre, así que trató de zafarse. Le besuqueó la mejilla, pero Theo se apartó. Quería hacer sonreír a Ben. No quería arrumacos, quería jugar. Cuando Ben se acercó para acariciarle la mejilla, una risita se escapó en torno al pulgar de Theo.

—Shhh —susurró mamá—, shhh. —Había algo diferente en su voz y Theo no estaba seguro de si le gustaba. La miró, pero ella ya no lo miraba a él. Estaba señalando algo debajo de la cuna. Theo observó a Ben, que se arrodilló y volvió a levantarse con una bolsa al hombro. No era una bolsa que Theo reconociera, así que no le dio importancia.

Entonces Ben se acercó y alzó la mano para tocar la mejilla de mamá. Mamá cerró los ojos y apoyó la cabeza en la palma de la mano de Ben.

—Yo también te quiero —dijo.

Theo miró una cara y luego la otra. Ambos estaban muy quietos, sin decir palabra, y Theo intentó adivinar qué ocurriría a continuación. Cuando mamá lo dejó en brazos de Ben, Theo se sintió sorprendido, pero no le disgustó.

—Ya es hora —susurró, y Theo echó un vistazo al gran reloj de la pared. No sabía bien qué era eso de la hora, pero sabía que procedía de ahí.

Salieron del cuarto de los niños y Theo se preguntó dónde irían. No era normal salir del cuarto de noche. Se chupó el pulgar y observó y esperó. Había una puerta en el pasillo que no había visto antes, pero su madre la abrió. Ben se detuvo y se inclinó hacia mamá, le susurró algo al oído, pero Theo no pudo oír las palabras. Theo también hizo un sonido susurrante, *güisa, güisa, güisa,* y sonrió satisfecho. Entonces Ben se lo llevó y la puerta se cerró tras ellos sin hacer ruido.

Estaba oscuro. Ben encendió la linterna y comenzó a bajar las escaleras. Theo miró a su alrededor en busca de mamá. No la veía. ¿Tal vez se estaba escondiendo? ¿Era esto un juego? Observó esperanzado por encima del hombro de Ben, a la espera de que su mamá diera un salto y dijera: *¡Cucú!* Pero no lo hizo. Probó una y otra vez, pero nada.

El labio inferior de Theo tembló y pensó en llorar, pero Ben le estaba hablando y su voz le hizo sentirse a salvo y reconfortado. Había algo bueno en esa voz, del mismo modo que la cabeza de Theo encajaba a la perfección bajo el mentón de mamá, igual que el aroma de la piel de su hermana Clemmie, que olía igual que la suya. Theo bostezó. Estaba cansado. Levantó a *Puppy*, lo colocó sobre el hombro de Ben y acomodó la cabeza encima. Se metió el pulgar en la boca, cerró los ojos y escuchó.

Estaba tranquilo. Conocía la voz de Ben tanto como conocía a su familia, de ese modo especial, un conocimiento tan antiguo como el mundo mismo.

Capítulo 33

Cornualles, 2003

Reinaba una oscuridad completa salvo por los haces blancos de las linternas que iluminaban el suelo unos metros por delante. Peter no sabía muy bien por qué estaban allí, en el bosque contiguo a Loeanneth, en lugar de en el pueblo disfrutando de las fiestas. Le habría apetecido un plato de guiso de pescado seguido de un copa de aguamiel local, pero Alice se había mostrado tan obstinada como misteriosa.

—De acuerdo, ir de noche no es lo ideal —había explicado—, pero hay que hacerlo y tengo que hacerlo yo. —Lo cual no explicaba por qué no habían ido antes, tal y como habían planeado—. No iba a ponerme a ello con la detective y su abuelo por ahí. Es un asunto privado.

La respuesta sonaba sincera, en parte, porque Alice era una de las personas más reservadas que Peter conocía. Se habría preguntado por qué le había pedido que viniera, pero la lista de objetos que le había pedido que comprara para la excursión, «los pertrechos», como insistía Alice en llamarlos, dejaba claro que estaba allí en calidad de porteador. Había logrado encontrar todo lo que le había pedido. No resultó sencillo en un plazo tan breve, pero Peter hacía bien su trabajo y no había querido decepcionarla.

Era evidente que la tarea era muy importante para Alice, como demostraba su llamada del viernes por la noche a casa de Peter para anunciarle que había pensado en ello y que lo acompañaría a Cornualles después de todo. Había sonado inusualmente emocionada, parlanchina incluso, y a Peter se le ocurrió que tal vez se le había ido la mano con la ginebra después de irse él.

—No tengo intención de ponerme al mando de la investigación —había aclarado Alice justo antes de decirle que estaría lista a las cinco de la mañana—. Mejor evitar el tráfico, ¿no te parece? —Peter se había mostrado de acuerdo y estaba a punto de colgar cuando Alice añadió—: Y otra cosa, Peter.

—¿Sí, Alice?

—¿Crees que podrías conseguir una pala y unos buenos guantes de jardinería? Hay algo que me encantaría hacer mientras estamos ahí.

Alice se había pasado todo el trayecto desde Londres con la misma expresión distraída y respondiendo «No hace falta» cada vez que Peter sugería que se detuvieran a tomar el aire, a comer, a beber agua o a estirar las piernas. No estaba de humor para charlar, lo cual no le importó en absoluto a Peter, que se había limitado a subir el volumen de su audiolibro y a escuchar el capítulo siguiente de *Grandes esperanzas.* Había estado tan ocupado las últimas dos semanas que no había tenido tiempo de terminar la novela, pero pensó que el largo viaje sería la ocasión perfecta. Cuando se acercaban al pueblo, sugirió ir primero al hotel para registrarse, pero Alice respondió cortante:

—No. Bajo ningún concepto. Tenemos que ir directos a Loeanneth.

Fue entonces cuando le habló de la llave que debía ir a buscar.

—Arriba hay un cuarto para secar la ropa —le había explicado— y en el suelo, bajo el tendedero, hay un tablón suelto. Lo reconocerás por un dibujo que se parece muchísimo a una cabeza de alce. Debajo encontrarás una bolsa pequeña de cuero. Dentro de la bolsa hay una llave. Es mía y llevo muchísimo tiempo queriendo recuperarla.

—Entendido —había respondido Peter—. Tablón suelto, dibujo con forma de cabeza de alce, bolsa pequeña de cuero.

La determinación de Alice seguía patente cuando se unieron a los demás para el pícnic. Le había hecho llevar las herramientas con la idea de ir al bosque en cuanto hubieran terminado, pero entonces el abuelo de Sadie Sparrow, Bertie, se había ofrecido a llevarla a las fiestas y Alice había aceptado sin dudarlo un momento. Peter se habría sentido de lo más desconcertado salvo porque en el transcurso de la mañana había entrevisto algo que parecía explicar ese cambio de planes. No podía estar seguro, pero había tenido la sensación de que Bertie le había caído simpático a Alice. Le escuchaba con interés, se reía de sus bromas y asentía con entusiasmo ante sus relatos. Era, a todas luces, una conducta impropia en Alice, que no solía crear vínculos tan rápido. Ni rápido ni de ninguna otra manera, en realidad.

En cualquier caso, habían vuelto al pueblo, habían pasado por el hotel y Alice había disfrutado de un recorrido por las fiestas. Peter, entretanto, se había excusado y logró escabullirse. Llevaba toda la tarde dándole vueltas a algo, una curiosidad personal que necesitaba satisfacer, y se había acercado a la biblioteca para hacer una consulta. Y aquí estaban ahora, en la oscuridad de la noche, siguiendo el mismo camino de antes, rodeando el lago en dirección al cobertizo de las barcas. Cuando llegaron al arroyo, Alice no se detuvo y le pidió que siguiera hacia el bosque. Peter vaciló, no sabía si era apropiado llevar a una octogenaria a un bosque en plena noche, pero Alice le dijo que no se preocupara.

—Conozco este bosque como la palma de mi mano —dijo—. Una persona jamás olvida el paisaje de su infancia.

* * *

No era la primera vez que Alice agradecía a Dios que Peter no fuera hablador. No quería hablar ni explicarse, ni entretener a nadie. Solo quería caminar y recordar la última vez que había seguido aquel sendero del bosque. Un ave nocturna pasó volando sobre sus cabezas y regresaron a ella los sonidos de aquella noche de casi setenta años atrás, cuando se había escabullido para enterrarlo: el resoplido del caballo, el agua del lago, el vuelo de las currucas...

Tropezó y Peter la sujetó por el brazo.

—¿Está bien? —preguntó.

Era un buen chico. Había hecho pocas preguntas. Había hecho todo lo que le había pedido.

—Ya no falta mucho —respondió.

Caminaron en silencio, entre las ortigas, cruzando el claro donde se encontraba oculta la trampilla del pasadizo, y dejaron atrás el estanque de las truchas. Alice sintió una extraña euforia por haber regresado a Loeanneth, por estar allí en el bosque, esa noche. Era justo como se lo había imaginado sentada en su biblioteca de Londres la noche anterior mientras escuchaba el tictac del reloj en la repisa, cuando la llama de la nostalgia se había convertido en un anhelo ardiente y decidió llamar a Peter. No era que se sintiera joven de nuevo, nada de eso; más bien, por primera vez en siete décadas, se había concedido permiso para recordar a la muchacha que había sido. Esa muchacha asustada, enamorada, insensata.

Por fin llegaron al lugar que Alice había escogido, el lugar donde su culpa había permanecido anclada todo aquel tiempo.

—Ya podemos parar —dijo.

Le llegó un olor, a ratón de campo y setas, y el recuerdo fue tan abrumador que tuvo que agarrarse al brazo de Peter para no perder el equilibrio.

—Me pregunto si te molestaría escarbar un poco por mí —dijo—. Me refiero a escarbar de verdad. En la tierra, no en tus textos.

Bendito muchacho, no le preguntó nada. Se limitó a sacar la pala del saco que había llevado a cuestas y a ponerse los guantes y comenzó a excavar donde ella le indicó.

Alice orientó la linterna para iluminar un círculo en el que Peter pudiera trabajar. Contuvo el aliento recordando esa noche, la lluvia, el dobladillo embarrado de su vestido, que se pegaba a las botas. No se lo había vuelto a poner. Había hecho una bola con él al llegar a casa y lo había quemado en cuanto se le presentó la ocasión.

Se había obligado a cruzar los campos a pesar de la lluvia. Podría haber usado el pasadizo. No habría sido fácil, no con ese pestillo tan raro, aunque habría encontrado la manera. Pero no había querido ir a ningún lugar por el que hubiera pasado Ben. Seducida por su propia teoría, estaba segura de que él se había llevado a Theo. Le aterrorizaba que alguien más atara cabos y descubriera su implicación en los hechos.

—Alice —dijo Peter—, ¿puedes enfocar por aquí?

—Lo siento. —Había dejado que la luz de la linterna se desviara tanto como sus pensamientos y rectificó.

Hubo un golpe metálico cuando la pala chocó contra algo sólido.

Peter se había puesto a gatas para sacar del agujero lo que había encontrado. Lo desenvolvió y quitó lo que quedaba de la bolsa de tela en que Alice lo había guardado.

—Es una caja —dijo alzando la vista para mirarla, con los ojos abiertos de par en par—. Una caja metálica.

—Eso es.

Peter se levantó, limpiándose el polvo con las manos enguantadas.

—¿Quiere que la abra?

—No. Nos la vamos a llevar al coche.

—Pero...

El corazón le latía a toda prisa desde que había recuperado la caja, pero Alice consiguió hablar con calma.

—No hace falta abrirla ahora. Sé muy bien lo que hay en su interior.

* * *

Sadie se abrió camino entre la multitud en el festival del solsticio de verano. Las calles que desembocaban en la plaza del pueblo estaban abarrotadas de casetas que vendían mazorcas de maíz, tartaletas y empanadas caseras de cerdo. Salían llamas de barriles dados la vuelta y en el puerto había un pontón cargado de fuegos artificiales a la espera de la medianoche. Alice y Peter se alojaban en el hotel de la esquina de la calle principal, un edificio blanco con cestas de flores colgadas a lo largo de la fachada y una dueña de lo más antipática, pero sortear el gentío le estaba llevando más tiempo del previsto. Esperaba que estuvieran ahí y no en las fiestas. Se moría de ganas de contarles lo que había descubierto acerca de la muerte de Theo, de explicar a Alice que Anthony no había tenido culpa alguna.

Estaba sonando su teléfono, sintió la vibración contra la pierna. Lo sacó con dificultad del bolsillo en el preciso instante en que un niño con un enorme algodón de azúcar le daba un codazo al pasar. Sadie miró la pantalla y vio que la llamaban de la sede central.

—¿Diga?

—Sparrow.

—¿Donald?

—Bueno, esta vez sí que has armado un buen jaleo.

Sadie se detuvo en seco. El corazón se le aceleró.

—¿Qué ha pasado? ¿Han hablado con el marido, con Steve?

—Está aquí ahora mismo, detenido. Lo ha confesado todo.

—¿Qué? Espera, deja que vaya a un lugar más tranquilo. —Fue más fácil decirlo que hacerlo, pero Sadie logró encontrar un rincón en el muro de piedra del puerto a resguardo de la multitud—. Cuéntame exactamente qué ha pasado.

—Ashford trajo primero a la nueva esposa. El detective Heather se encargó de hacerle las preguntas, qué tal con Caitlyn, cosas así, todo muy cordial, y entonces pasaron a hablar de si tenía otros hijos o si quería tener más. Resulta que no puede tener hijos.

Sadie se tapó la otra oreja con la mano.

—¿Qué has dicho?

—Que ella y el marido habían estado un año intentando tener un hijo antes de ir al médico a hacerse las pruebas.

Coincidía con la hipótesis que habían barajado durante el pícnic en Loeanneth, la misma situación que Alice había descrito en esa novela de Diggory Brent, la que estaba inspirada en una historia que le había contado su hermana años atrás.

—Así que él decidió conseguirle una hija a su mujer.

—Más o menos. Dijo que su mujer se había quedado destrozada al enterarse de que era estéril. Siempre había deseado tener hijos, quería una niña más que nada en el mundo. Los intentos por quedarse embarazada y los medicamentos para la fertilidad la habían dejado aún peor. Tenía tendencias suicidas, dijo, y quería hacerla feliz.

—Consiguiéndole una hija —dijo Sadie—. La solución perfecta, salvo por el inoportuno detalle de que Caitlyn ya tenía madre.

—Se vino abajo en el interrogatorio. Nos dijo lo que había hecho, dónde buscar el cadáver. Un viaje de pesca, ¡y un cuerno! Tenemos buzos allí ahora. Se comportó como el típico novato. Lloraba, decía que no era mala persona, que no había querido que esto sucediera, que no había sido su intención ir tan lejos.

Sadie apretó los labios con firmeza.

—Debió haberlo pensado antes de obligar a Maggie a escribir esa nota, antes de matarla. —Le hervía la sangre. Recordó a Steve desmenuzando el vaso de papel durante el interrogatorio, su pantomima de padre afectuoso, de sufrido exmarido, preocupado y confundido y dispuesto a hacer lo que hiciera falta para encontrar a la irresponsable de Maggie, cuando sabía muy bien dónde estaba. Y lo que le había hecho.

Maggie debió de haber sabido qué iba a ocurrir. En algún momento, durante su confrontación final, debió de haberlo averiguado. *Fue él,* había garabateado a la desesperada. *Fue él.* A Sadie nunca le había parecido tan escalofriante el uso de un pretérito. Ni tan valiente. La pequeña bendición fue que Caitlyn, al parecer, no había visto lo que le sucedió a su madre.

—¿Dijo qué hizo con su hija mientras se encargaba de Maggie?

—Le puso *Dora la Exploradora.* La pequeña ni se movió.

Y, sabiendo que Caitlyn seguía en el piso, Maggie no se habría resistido, para proteger a su hija de lo que acababa de comprender que se avecinaba. Por segunda vez en esa noche, Sadie tuvo motivos para reflexionar sobre lo que era capaz de hacer un padre con tal de proteger a un hijo amado.

La voz de Donald se volvió azorada.

—Oye, Sparrow...

—Dejó a su hija sola en el piso toda una semana.

—Dice que pensaba que la abuela iría a visitarla... Que la encontrarían mucho antes. Iba a ir él mismo, dijo...

—Hay que contárselo a Nancy Bailey.

—Ya han enviado a un oficial de enlace.

—Tenía razón desde el principio.

—Sí.

—Su hija no se fugó. Maggie nunca habría hecho algo así. Justo como Nancy dijo. —Había sido asesinada. Y ellos habían estado a punto de dejar que el exmarido se saliera con la suya. Sadie se sintió aliviada y reconocida, pero también asqueada, pues la hija de Nancy jamás volvería a casa—. ¿Qué va a pasar con Caitlyn?

—Ahora mismo está con los servicios de protección del menor.

—¿Y más adelante?

—No lo sé.

—Nancy adora a esa niña —dijo Sadie—. Solía cuidarla cuando Maggie iba a trabajar. Ya tiene una habitación preparada para Caitlyn. La niña debería permanecer con su familia.

—Lo voy a comentar.

—Tenemos que hacer algo más que comentarlo, Donald. Se lo debemos a la pequeña. Ya le hemos fallado una vez. Tenemos que asegurarnos de no volver a hacerlo.

Sadie no iba a consentir que Caitlyn desapareciera dentro del sistema. Se le daba bien ser la nota discordante y estaba dispuesta a ser tan discordante como hiciera falta para que las cosas acabaran como debían.

Justo mientras estaba decidiendo mentalmente que se cobraría los favores que le debían, que no se detendría ante nada hasta que Caitlyn y Nancy estuvieran juntas, reconoció a dos personas entre la multitud.

—Oye, Don, tengo que colgar.

—Está bien, Sparrow, lo entiendo, debería haberte escuchado y lo...

—No te preocupes. Hablamos luego. Pero hazme un favor.

—Claro.

—Asegúrate de que esa niña y su abuela están juntas.

Tras colgar y guardar el teléfono, se abrió paso entre el gentío tan rápido como le fue posible hacia el lugar donde había visto a Alice y a Peter. Se detuvo un momento al llegar y miró a un lado y otro, hasta que vio el inconfundible cabello plateado.

—¡Alice! —Movió la mano por encima de la muchedumbre—. ¡Peter!

Los dos se pararon y se volvieron, desconcertados, hasta que Peter, que sacaba una cabeza a casi todo el mundo, vio a Sadie y sonrió. Una vez más se produjo el chispazo. No cabía duda al respecto.

—Detective Sparrow —dijo Alice, sorprendida, cuando Sadie se reunió con ellos.

—Cómo me alegra haberles encontrado. —Sadie estaba sin aliento—. Fue Ben. Fue él.

Fue entonces cuando Sadie reparó en que había una pala en el saco que llevaba Peter al hombro y que Alice estrechaba algo entre los brazos, una caja más bien grande. La anciana pareció apretarla más fuerte.

—¿Se puede saber de qué está hablando? —preguntó.

—Ben se llevó a Theo. Su padre, Anthony... Él no fue. Era inocente.

—Está delirando —dijo Alice a Peter—. Ayúdala, Peter, está diciendo disparates.

Sadie negó con la cabeza. Seguía eufórica y alterada por la conversación con Donald. Necesitaba calmarse, comenzar desde el principio, hacerse entender.

—¿Hay algún sitio donde podamos hablar? ¿Un lugar tranquilo?

—Está el hotel —dijo Alice—, pero dudo mucho que esté tranquilo.

Sadie alzó la vista hacia el hotel. Alice tenía razón; ahí sería imposible escapar del ruido. Pensó en el patio de Bertie, en lo alto del pueblo, con sus vistas al mar.

—Vengan conmigo —dijo—. Conozco el lugar perfecto.

* * *

Bertie seguía en las fiestas, pero había dejado la luz del porche encendida y la llave sin echar. Los perros se arremolinaron en torno a los recién llegados, curiosos, antes de aceptar que se trataba de amigos y seguirlos a la cocina.

—¿Les apetece una taza de algo? —ofreció Sadie, recordando vagamente que existían ciertos deberes relacionados con el papel de anfitriona.

—Sospecho que más bien voy a necesitar una copa de algo —dijo Alice—. Algo fuerte.

Sadie encontró una botella de jerez al fondo de la despensa de Bertie, reunió unas copas y llevó a sus acompañantes al patio. En los muros de piedra del jardín, las bombillas de colores ya titilaban y, mientras Alice y Peter acercaban las sillas a la mesa, Sadie encendió las velas de los faroles. Sirvió una copa para cada uno.

—Entonces —dijo Alice, que evidentemente no estaba de humor para miramientos—, ¿qué decía acerca de Benjamin Munro y mi hermano? Pensé que habíamos llegado a una conclusión. Mi padre, la neurosis de guerra…

—Sí —dijo Sadie—, así es, y es indudable que eso tuvo su importancia, pero Theo no murió esa noche. Ben se lo llevó y no actuó solo. Él y su madre lo planearon todo.

—¿De qué está hablando?

La mano de Alice se posó sobre la caja de metal que había llevado consigo. Estaba cubierta de tierra y, en un instante, Sadie vinculó la tierra con la pala de Peter antes de apartar el pensamiento y continuar.

—Teníamos razón acerca de la amenaza que representaba la neurosis de guerra de su padre, pero nos equivocamos al suponer que había hecho daño a Theo. Ben y Eleanor decidieron que debían proteger al bebé y el túnel, la fiesta, los fuegos artificiales les dieron la oportunidad perfecta para hacerlo desaparecer. Está en sus cartas. Al menos si se sabe cómo buscar. A su madre le costó mucho decidirse, pero no se le ocurrió otra manera de proteger a Theo. No podía abandonar a Anthony, lo quería y le había prometido mantener su sufrimiento en secreto. Tal como ella lo veía, no existía otra alternativa.

—Y Ben era el padre biológico de Theo —observó Peter, quien había escuchado sin dejar de asentir—. La persona más indicada a quien confiar el pequeño.

—La única —estuvo de acuerdo Sadie.

—Por eso no ofreció una recompensa —dijo Alice de repente, que ató los cabos con la velocidad y precisión que eran de esperar de una mujer que llevaba medio siglo tramando novelas policiacas—. Es algo que siempre me intrigó. No lograba entender por qué fue tan categórica al respecto. En su momento dijo que el dinero atraería a los desesperados, a los oportunistas, que saldrían de todas partes y complicarían las cosas. Ahora tiene sentido: no quería que buscaran a Ben y a Theo. No quería que nadie los encontrara.

—También explica por qué insistió en que no se mencionara en la prensa la negligencia de Bruen, la niñera —dijo Sadie—. Y por qué donó a Rose y a la policía local importantes sumas de dinero.

—¿De verdad? —dijo Alice—. Eso no lo sabía.

—Rose se quedó destrozada cuando la despidieron y no es de extrañar: la despidieron por hacer demasiado bien su trabajo. El plan no habría podido funcionar con Rose a cargo de Theo. Cuando se marchó, su madre le dio una excelente carta de recomendación y una bonificación que le permitió estudiar y encauzar su vida.

—Fue una forma de indemnizarla —dijo Peter.

Sadie asintió.

—El «secuestro» fue una ficción creada por ella, así que se aseguró de compensar a quienes sufrieron las consecuencias, a quienes salieron perjudicados económicamente o realizaron tareas innecesarias.

—Suena muy propio de madre —dijo Alice—. Se dejaba guiar por su sentido de la justicia, de lo que era correcto.

—Entonces, ¿qué pasó luego? —preguntó Peter—. Ben se llevó a Theo por el túnel, lejos de Loeanneth. ¿Cree que lo crio él?

Alice frunció el ceño mientras hacía girar la copa de jerez entre los dedos.

—Ben combatió en la Segunda Guerra Mundial. Murió en el desembarco de Normandía, pobre hombre... Qué cruel, morir así, justo al final de todo. Y llevaba mucho tiempo en el frente, además. Mi hermana Clementine lo vio en Francia en 1940.

—Theo aún era un niño durante la Segunda Guerra Mundial —dijo Sadie, que hizo un rápido cálculo mental—. Solo tenía siete años cuando comenzó. Si Ben se alistó al principio, no es posible que criara a Theo como hijo suyo. A menos que se casara con otra mujer...

—O que Theo acabara en otro lugar —observó Peter.

—Lo cual nos deja en el mismo lugar en el que empezamos —concluyó Alice.

El desánimo se abatió sobre los presentes y fue *Ash* quien lo expresó, al soltar un largo suspiro perruno en sueños. Sadie volvió a llenar las copas y bebieron en silencio. Del pueblo llegaba el distante bullicio de las fiestas, que aumentaba al acercarse la medianoche.

—¿Y qué hay de las cartas? —dijo Alice al fin—. ¿Había algo que indicara adónde fueron Ben y Theo tras marcharse de Loeanneth?

—Por lo que vi, no. De hecho, su madre insistió en que Ben no le dijera adónde se dirigían.

—¿Tal vez, de todos modos, él le dio una pista?

—No creo.

—Algo sutil. Algo personal, que tal vez se le haya escapado a alguien ajeno a la familia.

La convicción de Sadie no tenía nada que hacer frente a la obstinación de Alice.

—Merece la pena echar un vistazo —dijo Sadie—. Voy a buscar la carpeta. Me he traído unas pocas cartas a casa.

Bertie entraba por la puerta justo cuando Sadie llegó a la cocina.

—Hola, Sadie, cariño —dijo con una sonrisa cansada pero feliz—. He logrado escaparme antes de que la fiesta empezara de verdad. ¿Quieres cenar algo?

Sadie explicó que Alice y Peter estaban en el patio, hablando sobre el caso Edevane.

—Hemos encontrado una pista importante, pero también una nueva lista de interrogantes.

—Cena para cuatro, entonces. Marchando.

—¿No estás cansado de servir tarta de pera?

—¡Jamás! Qué sacrilegio.

Mientras Sadie sacaba la carpeta de la mochila, Bertie tarareaba en voz baja junto al hervidor.

—¿Y qué hay del otro asunto? —preguntó al tiempo mientras ponía las bolsitas de té en las tazas—. ¿Te han llamado de la central?

Sadie resumió en pocas palabras la llamada de Donald.

—Vaya —dijo con sombría satisfacción—. Así que estabas en lo cierto. Te dije que podías fiarte de tu instinto. —Bertie sacudió la cabeza y frunció los labios en un gesto de compasión—. Pobre mujer, pobre niña. Supongo que recuperarás tu puesto.

—No estoy segura. Ashford sabe que filtré la información. No va a querer perdonar mi comportamiento a pesar de cómo han terminado las cosas. Habrá que esperar y ver. Entretanto... —Sostuvo en alto la carpeta y señaló el patio con la cabeza.

—Pues claro. Voy en unos minutos.

Sadie llegó cuando Alice le estaba diciendo a Peter:

—Sabes, siempre creí haber visto a Ben en el bosque esa noche.

—¿Por qué no se lo dijo a la policía? —preguntó Sadie, que se sentó y dejó la carpeta en el centro de la mesa.

Alice miró al lugar donde una brisa racheada agitaba la ristra de luces de colores contra la piedra.

—No debería haber estado ahí —dijo. Las sombras jugueteaban en su pómulo—. Tenía que reunirme con el señor

Llewellyn en la fiesta. Siempre me he culpado por lo que le pasó; me preguntaba si habría acabado de otro modo de haberle esperado en el cenador un poco más. Ese mismo día se me había acercado, muy interesado en que nos viéramos. Insistió en que tenía que hablar conmigo acerca de algo. Le esperé, pero no vino.

—Otra coincidencia que no me gusta —dijo Sadie con el ceño fruncido—. Hay algo que no encaja en la muerte del señor Llewellyn. Adoraba a Eleanor, sabía lo que estaba planeando, cuánto se jugaba en ello... No me convence que decidiera acabar con su vida justo en ese momento.

—Totalmente de acuerdo —dijo Alice—. No tiene sentido. Pero la depresión, como tantos otros trastornos nerviosos, no es un mal racional.

—Si supiéramos más acerca de esta depresión en concreto... —Sadie se levantó, caminando de un lado a otro, sobre los ladrillos—. De esa primera crisis nerviosa, cuando abandonó la medicina y comenzó a escribir libros. En mi experiencia, cuando alguien toma una decisión así y cambia de vida, hay algo detrás. Si supiéramos de qué se trató, tal vez arrojaría un poco de luz.

Peter alzó la mano.

—En realidad creo que tengo la respuesta a eso.

Sadie se giró en redondo para mirarlo; Alice lo observó por encima de las gafas.

—¿Peter?

—Hoy en Loeanneth, mientras hablabais acerca de la crisis nerviosa de Llewellyn y os preguntabais qué la habría causado, recordé vagamente haber leído algo acerca de ello en una de mis clases en la universidad. Me pasé por la biblioteca del pueblo esta tarde y conocí a un hombre de lo más solícito...

—Alastair —sugirió Sadie.

—Precisamente, y dio la casualidad de que tenía el libro perfecto ahí mismo, sobre el mostrador. Había llegado de otra biblioteca y estaba ahí, listo para ser devuelto, cuando lo vi. De verdad, fue la más asombrosa coinciden...

—No lo digas.

—Buena suerte. Había un capítulo dedicado a Llewellyn y *El umbral mágico de Eleanor,* un muy interesante análisis alegórico basado en los principios kantianos de la representación simbóli...

—Peter —dijo Alice con severidad.

—Sí, sí, lo siento. El autor sostenía que el relato de Llewellyn podía leerse como una alegoría de su propia experiencia, en particular de la crisis nerviosa que había sufrido cuando era un médico joven y tuvo que atender un caso urgente en la casa de campo de un amigo y perdió un paciente.

—Un bebé —dijo Sadie, sin aliento—. El paciente era un recién nacido.

—¿Cómo lo sabe? —preguntó Alice—. ¿Qué bebé? ¿De quién?

Peter sostuvo la mirada de Sadie, procesando la información durante un momento, y cuando lo comprendió, sonrió.

—Piensa que fue el bebé de Constance.

—Sí. —Sadie se acercó a la mesa—. Sí, sí, sí. —Hojeó con rapidez los contenidos de la carpeta mientras la luz de las velas vacilaba a su lado.

—Eso lo explica todo —dijo Peter, más para sí que para Sadie y Alice—. La tensión entre los dos, la antipatía de ella. Era una auténtica señorita Havisham.

Lo confusión irritó a Alice.

—Peter —dijo impaciente—, ¿qué diantres tiene que ver Dickens con todo esto?

Peter se volvió hacia ella con los ojos brillantes.

—Cuando estaba trabajando en tu página web me dijiste que no te molestara, que me encargara de todo, y, como necesitaba la respuesta a una pregunta, consulté uno de los diarios, en tu oficina.

—Sí, ¿y?

—Hacías un comentario sobre tu abuela: la describías como «un esqueleto en las cenizas de un vestido caro», una cita de *Grandes esperanzas.*

—Es muy posible. Era una verdadera arpía y le encantaba enfundarse en esos vestidos grandiosos de sus días de gloria... Aunque no un vestido de novia, me alegra decir. ¿Y qué tiene que ver eso con el bebé?

—Aquí está. —Sadie sacó la página donde había escrito las notas acerca del segundo interrogatorio a Constance que la policía había llevado a cabo en la residencia de ancianos—. La enfermera dijo que Constance no dejaba de hablar acerca de Eleanor y un bebé fallecido. Pensé que Eleanor habría tenido un parto malogrado antes de Theo, pero no fue Eleanor la que perdió el hijo.

Alice contuvo la respiración.

—Fue la abuela.

Sadie asintió.

—Y Daffyd Llewellyn, el médico que la asistió. Eso lo explica todo. Su relación con Constance; la causa de su depresión; por qué abandonó la medicina y buscó consuelo inventando cuentos de hadas para niños...

—También explica el argumento de *El umbral mágico de Eleanor* —dijo Peter—. El viejo sumido en el dolor y exiliado del reino, la cruel reina cuyo duelo por el hijo perdido provoca un invierno eterno, la pequeña Eleanor, cuya inocencia es lo único lo bastante poderoso para enmendar la ruptura... —Se dio unos golpecitos en el mentón, pensativo—. Lo único que no explica es por qué se suicidó durante la fiesta del solsticio de verano de 1933.

—No se suicidó —dijo Alice en voz queda, sosteniendo la mirada de Sadie—. No se mató, ¿verdad?

—No. —Sadie sonrió, experimentando la dichosa sensación de ver que las piezas encajaban—. No, no lo creo.

Fue el turno de Peter de rascarse la cabeza.

—Pero sabemos que murió de una sobredosis de barbitúricos. Hubo pruebas, un examen médico.

—También hubo un frasco de somníferos, muy potentes, que robaron en la casa esa noche —dijo Alice—. Durante mucho tiempo creí que las habían usado para dormir a Theo.

—Pero no fue así —dijo Sadie—. No tuvo que ser difícil, unas pocas píldoras disueltas en una bebida y *voilà.* Porque la muerte de su bebé la había torturado durante décadas y quería...

—... vengarse. —Peter completó la frase—. Sí, entiendo lo que dices, pero habían pasado cuarenta años. ¿Por qué esperar tanto?

Sadie reflexionó sobre la pregunta. *Ramsay* le había hecho el honor de sentarse a sus pies y Sadie le rascó debajo de la mandíbula.

—El caso es que acabo de leer un libro que planteaba eso mismo —dijo pensativa—. Una mujer que mata a su exmarido sin venir a cuento tras haber soportado su mezquindad durante años. Al final fue un pequeño detalle lo que colmó el vaso. Él decidió irse de vacaciones al lugar que ella siempre había soñado visitar y esa noticia fue el desencadenante de todo.

—*Un plato que se sirve frío* —dijo Alice en tono aprobatorio—. Una de mis novelas menos famosas, pero también de mis favoritas. No obstante, ¿cuál fue el desencadenante para la abuela? Por lo que recuerdo, el señor Llewellyn no tenía planeado ningún viaje exótico.

—Pero había recibido una noticia importante hacía poco —dijo Peter de repente—. Lo has mencionado hoy. Le iban a conceder la Orden del Imperio Británico; incluso dijiste que tu abuela se sintió despechada.

—La distinción real —dijo Sadie.

—La distinción real —repitió Alice—. Constance se pasó la vida esperando una invitación que le permitiera codearse con la realeza. De joven la habían invitado a palacio, pero no pudo acudir. ¡Cuántas veces oímos esa historia de niñas! No llegó a superar la decepción. —Alice ofreció una sonrisa de sombría satisfacción—. Es el desencadenante perfecto. Ni yo misma lo habría escrito mejor.

Permanecieron en silencio, escuchando el embate del mar, los ruidos lejanos de la fiesta, y disfrutando de la reconfortante sensación de haber resuelto un misterio. Que la gente se quedara con sus drogas y su alcohol, pensó Sadie, nada era comparable a la emoción de desentrañar un enigma, en especial uno como aquel, con una solución tan sorprendente.

El momento de reflexión duró poco. Alice (con quien Sadie se identificaba cada vez más) se enderezó y acercó la carpeta hacia sí.

—Bueno —dijo—, si no recuerdo mal, estábamos buscando una pista de dónde se llevó Ben a Theo.

Peter alzó la ceja a Sadie, divertido, pero los dos obedecieron y se acercaron a la mesa para inspeccionar la carpeta.

Al cabo de un tiempo, tras no haber hallado nada que sirviera de ayuda, Alice dijo:

—Me pregunto si el comportamiento de madre, su costumbre de volver a Loeanneth cada año podría ser una pista. —Frunció el ceño—. Pero no, no hay motivos para pensar que Ben siguiera viviendo en Cornualles o que hubiera llevado a Theo de vuelta a Loeanneth. —Suspiró, decaída—. Es mucho más probable que se tratara de una especie de luto, una manera de sentirse cerca de Theo. Pobre madre, no podemos ni imaginar lo que es saber que hay un niño en algún lugar, un niño de tu misma sangre. La curiosidad, el deseo, la necesidad de saber que era amado y feliz debieron de ser abrumadores.

Bertie, que llegaba al patio con una bandeja cargada de tarta de pera y cuatro tazas de té, lanzó a Sadie una mirada significativa.

Sadie evitó deliberadamente mirarle y ahuyentó de sus pensamientos imágenes de Charlotte Sutherland con su chaqueta escolar, de esa manita en forma de estrella sobre la manta del hospital.

—Supongo que, una vez tomada la decisión de renunciar al bebé, lo único que podía hacer era aceptar las consecuencias. Era lo justo. Dejar que la niña siguiera con su vida sin más complicaciones.

—El niño —corrigió Peter.

—El niño —repitió Sadie.

—Qué pragmática es usted, detective Sparrow. —Alice arqueó una sola ceja—. Tal vez sea la escritora que llevo dentro, pero imagino que todos los padres que renuncian a un hijo deben conservar un atisbo de esperanza de que algún día, de alguna manera, sus caminos se cruzarán de nuevo.

Sadie seguía esquivando la mirada de Bertie.

—Es posible que haya casos en que los padres crean que su hijo se sentiría decepcionado al conocerlos. Enojado y herido por haber sido entregado en adopción.

—Supongo que sí —dijo Alice, que sacó un artículo de periódico de la carpeta de Sadie, para mirar el retrato de Eleanor tomado bajo el árbol de Loeanneth y rodeada de tres niñas con vestidos de verano—. Pero mi madre siempre tuvo el coraje que le daban sus convicciones. No me cabe duda de que, tras haber renunciado a Theo por las mejores razones posibles, tuvo el valor de enfrentarse a la posibilidad de que él le guardara rencor.

—¡Pero bueno!

Todos alzaron la vista para mirar a Bertie, que se tambaleaba junto a la mesa con un plato de tarta de pera en una mano y una taza de té en la otra.

—¿Abuelo?

Peter fue el más rápido y se levantó de un salto para rescatar la tarta y la taza antes de que cayeran al suelo. Ayudó a Bertie a tomar asiento.

—Abuelo, ¿estás bien?

—Sí, yo... Es solo que menuda... Bueno, no, no es una coincidencia, la gente con frecuencia usa esa palabra de modo incorrecto, ¿no? Quieren decir que algo es una concatenación inesperada de acontecimientos, pero olvidan, como yo ahora, que existe una relación de causalidad. No es una coincidencia en absoluto, solo una sorpresa, una enorme sorpresa.

Se había aturullado, balbuceaba y a Sadie le preocupó de repente que el día hubiera supuesto una carga demasiado pesada para él, que le estuviera dando un ictus. El amor y el miedo se combinaron y se transformaron en determinación.

—Abuelo —dijo en tono severo—, ¿de qué estás hablando?

—De esta mujer —dijo Bertie dando unos golpecitos sobre la fotografía de Eleanor en el artículo de Alice—. La conozco, de cuando trabajaba siendo un muchacho en la tienda de mis padres, durante la guerra.

—¿Conociste a mi madre? —dijo Alice, al tiempo que Sadie decía:

—¿Conociste a Eleanor Edevane?

—Sí a ambas preguntas. La vi unas cuantas veces. Aunque no sabía su nombre. Solía venir a la tienda de Hackney cuando trabajaba de voluntaria.

—Sí. —Alice estaba encantada—. Trabajó en el East End durante la guerra. Ayudaba a los niños que se habían quedado sin casa por los bombardeos.

—Lo sé. —Bertie ahora sonreía abiertamente—. Era muy amable. Una de nuestras clientas más fieles. Solía venir y comprar cosas sueltas, artículos que sin duda no necesitaba, y yo le preparaba una taza de té.

—Bueno, eso sí es una coincidencia —dijo Peter.

—No —dijo Bertie—, eso es lo que estoy tratando de decir. —Se rio—. Sin duda, es una sorpresa ver su fotografía después de todo este tiempo y comprender que estaba relacionada con el asunto de la Casa del Lago, que tanto ha absorbido a mi nieta, pero no es tan fortuito como podría parecer.

—¿Abuelo?

—Ella es la razón por la que me mudé aquí, a Cornualles, ella fue quien me metió la idea en la cabeza. Teníamos una fotografía colgada encima de la caja registradora, una postal de mi tío, una pequeña puerta de madera en la tapia de ladrillo de un jardín cubierta de hiedra y helechos, y ella la vio y me habló de los jardines de Cornualles. Creo que porque le pregunté... Yo tenía un libro que transcurría en Cornualles y ese lugar siempre me había parecido mágico. Ella me habló de la corriente del golfo y de las especies exóticas que se podían cultivar aquí. Jamás lo he olvidado. Incluso mencionó Loeanneth, ahora que lo pienso, aunque no por ese nombre. Me dijo que ella nació y creció en una finca famosa por sus grandes lagos y jardines.

—Increíble —dijo Peter—. Y pensar que años más tarde tu nieta descubriría su casa abandonada y se obsesionaría con el caso.

—Obsesionarme, exactamente, no —corrigió Sadie—. Interesarme.

Bertie no hizo caso de la interrupción, absorto en sus recuerdos de las conversaciones que mantuvo tiempo atrás con Eleanor Edevane acerca de Loeanneth.

—Lo describía como si fuera un lugar mágico, la sal y el mar, los túneles de los contrabandistas y las hadas. Dijo que incluso había un jardín en miniatura, un rincón perfecto y tranquilo con un estanque de peces de colores en el centro.

—Cierto —dijo Alice—. Lo construyó Ben Munro.

—¿Ben Munro?

—Uno de los jardineros de Loeanneth.

—Vaya, bueno... —Bertie inclinó la cabeza—. Eso sí que es extraño. Mi tío se llamaba así, mi tío favorito, el que murió en la Segunda Guerra Mundial.

Alice frunció el ceño en el preciso instante en que Peter dijo:

—¿Su tío trabajó en Loeanneth?

—No estoy seguro. Es posible, supongo. Hacía trabajos de todo tipo. No era de los que se quedan mucho tiempo en el mismo sitio. Sabía mucho de plantas.

Todos se miraron entre sí y Alice frunció aún más el ceño.

—Debe de tratarse de otro Benjamin Munro. El Ben que conocimos en Loeanneth no podía ser el tío de nadie; era hijo único.

—Y también lo era el tío Ben. No era mi tío carnal. Era un buen amigo de mi madre. Se criaron juntos y siempre estuvieron muy unidos. Los dos tenían padres arqueólogos, que viajaban mucho debido a su trabajo. Ben y mi madre se conocieron cuando sus familias estuvieron destinadas en Japón.

Todos callaron y el aire que los rodeaba pareció cargarse de electricidad estática. El silencio se rompió por un enorme estallido, seguido del sonido efervescente del primer fuego artificial que se alzaba en el cielo sobre el puerto.

—¿Dónde naciste, Bertie? —La voz de Alice era tensa.

—Al abuelo lo adoptaron siendo un bebé —dijo Sadie, haciendo memoria.

Bertie le había contado todo acerca de su madre y de las dificultades que había tenido para quedarse embarazada, cómo se había alegrado cuando él llegó al fin, cuánto se habían querido el uno al otro. Se lo contó cuando Sadie fue a vivir con ellos y aquella historia había ayudado a esta a aceptar su decisión de entregar a su bebé en adopción. Salvo que más tarde el dato se había borrado de su memoria. Había sido una época confusa, había habido tantos pensamientos y emociones que acaparaban su atención, y a lo largo de los años Bertie había hablado tan a menudo acerca de sus padres con un amor y una ternura tales, que a Sadie se le había olvidado que no eran su familia biológica.

Bertie seguía hablando de su madre, Flo, y de su tío Ben, ajeno al hecho de que Alice se había levantado sin hacer ruido alguno y había rodeado la mesa hasta acercarse adonde él estaba sentado. Tomó la cara de Bertie entre sus manos temblorosas. Sin decir palabra, los ojos de Alice recorrieron sus rasgos, estudiándolos uno a uno. Un sollozo quedó atrapado en su garganta y Peter se levantó para sostenerla.

—Abuelo —dijo Sadie con una nota de asombro en la voz.

—Bertie —dijo Peter.

—Theo —dijo Alice.

* * *

Seguían sentados en el patio de la Cabaña del Mar cuando las estrellas comenzaron a diluirse y la promesa del alba dibujó una franja a lo largo del horizonte.

—Me escribía —dijo Bertie mientras abría la caja de madera que había bajado del ático. Sacó un fajo de cartas. La primera databa de 1934—. Mucho antes de que yo supiera leer, pero mis padres me las leían. A veces venían con pequeños regalos o con animales de origami que había plegado para que yo jugara. Cada vez que viajaba por motivos de trabajo, y cuando se marchó a la guerra, me escribía. Ya os lo he dicho, era mi tío favorito. Siempre me sentí unido a él. Una forma de parentesco, creo yo.

—Sé qué quieres decir —aseguró Alice una vez más. Esas palabras se habían convertido en un mantra—. Yo sentí la misma conexión cuando te conocí esta mañana. Una familiaridad. Como si de alguna manera te hubiera reconocido.

Bertie le sonrió y asintió, con los ojos empañados de nuevo.

—¿Qué más hay en la caja, abuelo? —preguntó Sadie con tacto, pues percibió que le vendría bien la distracción.

—Bueno, cosas de aquí y de allá —dijo—. Recuerdos de infancia.

Sacó un perrito de peluche destartalado, un viejo libro y un pequeño traje de bebé. Sadie vio que le faltaba un botón y dio un grito ahogado. Metió la mano en el bolsillo de los vaqueros y sacó el cupido regordete que había encontrado en Loeanneth. Encajaba a la perfección.

—¿Alguna vez te hablaron tu padre o tu madre de tus padres biológicos? —preguntó Peter.

Bertie sonrió.

—Solían contarme un cuento acerca de un tigre y una perla. De pequeño, a mí me encantaba creer que me habían traído de África en la forma de joya encantada; que había nacido en el bosque, que las hadas me cuidaron y luego me dejaron a la puerta de la casa de mis padres. —Sacó un collar de la caja del que pendía un colgante en forma de diente de tigre, y pasó el pulgar por la superficie descolorida de marfil—. El tío Ben me lo regaló y para mí era prueba de que el cuento era cierto. Cuando crecí, dejé de preguntar. Me habría gustado saber quiénes fueron, por supuesto, pero mis padres me querían (no podría haberme criado en una familia más feliz), así que acepté no saberlo. —Miró de nuevo a Alice, con los ojos relucientes por la emoción de toda una vida—. ¿Y qué hay de la tuya? —preguntó, señalando la caja metálica que estaba encima de la mesa enfrente de ella, aún cubierta de tierra—. Yo te he enseñado la mía.

Alice sacó la llave del bolso, abrió la caja de filigrana y levantó la tapa. Había dos pilas de papel idénticas. *Adiós, pequeño Bunting*, rezaba el título, *por Alice Edevane.*

—Son manuscritos —dijo Bertie.

—Sí —concedió Alice—. Las únicas copias que existen de la primera novela que terminé.

—¿Qué hacen en esa caja?

—Una escritora jamás destruye su obra —dijo Alice.

—Pero ¿qué hacían bajo tierra?

—Es una larga historia.

—¿Que tal vez me cuentes algún día?

—Tal vez.

Bertie cruzó los brazos simulando estar disgustado y, durante una fracción de segundo, a Sadie le pareció ver a Alice.

—Por lo menos cuéntanos de qué trata —rogó—. ¿Es un misterio?

Alice rio. Era la primera risa abierta, sin reservas, que Sadie le oía. Un sonido musical, juvenil.

—Ay, Bertie —dijo—. Theo. Si te lo contara no lo creerías.

Capítulo 34

Londres, 1941

Había acudido en cuanto supo dónde habían caído las bombas la noche anterior. Habían pasado dos años desde que recibiera la carta, que apenas contenía nada salvo la noticia de que se había alistado y una dirección en Hackney. Hasta ahora Eleanor había logrado mantenerse alejada. Su trabajo de voluntaria a veces la llevaba tan cerca que cuando veía niños en las calles, cuando los observaba jugar a las canicas o de camino a algún recado en pantalones cortos grises y zapatos gastados, se podía convencer a sí misma de que él era uno de ellos. Pero aquel día, cuando leyó sobre los bombardeos en el periódico, cuando se presentó a trabajar por la mañana y le entregaron la lista de calles arrasadas que debía visitar, se había dado la vuelta y echado a correr.

Escombros de piedras y ladrillos y muebles reventados jalonaban la calle agujereada, pero Eleanor se abrió camino a toda prisa. Un bombero la saludó con un gesto de la cabeza y Eleanor, cortés, le devolvió el saludo. Tenía los dedos cruzados (un gesto tonto e infantil, pero que la ayudaba) y un nudo en la garganta que se tensaba cada vez que pasaba delante de una casa derruida.

No habían contado con que habría otra guerra. Cuando le hizo prometer a Ben que no le escribiría nunca, cuando insistió en que no debía saber dónde había llevado a Theo, Eleanor no había imaginado un futuro así. Se había dicho a sí misma que bastaría, que debía bastar, saber que se encontraba al cuidado de seres queridos de Ben; que su hijo (ese bebé precioso) crecía feliz y a salvo. Pero no había contado con que habría otra guerra. Eso lo cambiaba todo.

Eleanor no le iba a hablar a Anthony de su visita. No tenía sentido. Solo quería comprobar que la casa no había sido alcanzada por las bombas; no iba a entrar. No tenía ninguna intención de ver a Theo. Al mismo tiempo, sintió el escalofrío de lo ilícito. A Eleanor no le gustaba guardar secretos; los secretos de los dos, los de ella y los de Anthony, habían sido su perdición.

Había creído que enterarse de su aventura lo destruiría, pero no había sido así. Unos días después Anthony se había acercado a ella, tranquilo, para rogarle que lo abandonara. Por entonces ya había comprendido que Theo no era hijo suyo y le dijo que quería que ella tuviera otra oportunidad de ser feliz. Estaba cansado de ser una carga, de hacer daño a las personas que más quería en el mundo.

Pero ¿cómo iba a hacer Eleanor algo así? Irse con Ben y Theo, comenzar de nuevo. Jamás habría abandonado a sus hijas y no podía arrebatárselas a Anthony. Además, ella quería a su marido. Siempre lo había querido. Los quería a ambos, a Anthony y a Ben, y adoraba a Theo. Pero la vida no era un cuento de hadas y existían momentos en que una no podía tener todo lo que deseaba, no al mismo tiempo.

En cuanto a Anthony, descubrir la aventura de su mujer con Ben pareció aliviar hasta cierto punto su carga. Dijo que así su vida era menos perfecta; que había pagado un precio, que estaba un paso más cerca de la expiación.

—¿Expiación de qué? —le había preguntado Eleanor, con la esperanza de que al fin fuera sincero con ella.

—De todo. Haber sobrevivido. Haber regresado a casa.

Eleanor, por supuesto, sabía que había algo más, que Anthony estaba hablando, si bien de un modo críptico, de la sombra enorme que lo acechaba y, una vez que Theo estuvo a salvo, lejos de Loeanneth, se había decidido a preguntarle por Howard. Al principio Anthony se había mostrado enojado y más alterado de lo que Eleanor le había visto nunca, pero al final, tras mucho tiempo y paciencia, había confirmado la historia que ella ya había deducido. Le habló de todo; de Howard y Sophie, y del pequeño Louis también; de aquella noche en el granero, cuando casi había ayudado a su amigo a fugarse; de la línea terrible que había estado a punto de cruzar.

—Pero no lo hiciste —dijo Eleanor al fin, mientras Anthony lloraba sobre su hombro.

—Quise hacerlo; deseé haberlo hecho. A veces aún lo deseo.

—Deseabas salvar a Howard. Lo querías.

—Tenía que haberlo salvado.

—Él no habría querido, no así. Él quería a Sophie y al pequeño. Se consideraba un padre para Louis y un padre siempre se sacrifica por su hijo.

—Pero si hubiera habido otra manera…

—No la había. Te conozco: si la hubiera habido, la habrías encontrado.

En ese momento Anthony la había mirado y Eleanor vislumbró una levísima luz en sus ojos, la esperanza de que ella estuviera en lo cierto.

Eleanor prosiguió:

—Si hubieras hecho otra cosa, os habrían fusilado a los dos. Howard tenía razón; vio las cosas con claridad.

—Se sacrificó por mí.

—Intentaste ayudarlo. Corriste un gran riesgo para ayudarlo.

—Y le fallé.

No había nada que responder a eso. Así que Eleanor se había limitado a hacerle compañía mientras lloraba la muerte de su amigo. Por último, le había apretado la mano con firmeza y le había susurrado:

—A mí no me has fallado. Me hiciste una promesa. Me dijiste que nada te impediría volver a casa.

Solo hubo un secreto que Eleanor no compartió con Anthony: la verdad sobre lo que le había sucedido a Daffyd. Anthony lo apreciaba y no habría soportado enterarse de lo que Constance había hecho. Pero Eleanor había encontrado el frasco vacío de píldoras para dormir en la habitación de su madre y lo entendió todo. Su madre no se molestó en desmentirlo.

—Era la única solución —dijo—. La única esperanza que me quedaba de comenzar de nuevo.

La relación entre Constance y Eleanor, que nunca había sido buena, se volvió insostenible. Era impensable que la anciana se mudara con ellos a Londres, pero tampoco podía abandonarla. No del todo. Eleanor buscó por todas partes hasta que al fin encontró Seawall. Era caro, pero valía hasta el último penique.

—No hay en toda Inglaterra una residencia de ancianos mejor. Y con una ubicación magnífica —había dicho la supervisora que hizo de guía a Eleanor durante su visita—, justo frente al mar. No hay una sola habitación en el edificio desde donde no se oigan las olas del mar, que vienen y van, vienen y van.

—Es perfecto. Justo lo que buscaba —había comentado Eleanor al firmar los formularios de admisión. Y lo era. Perfecto y justo. Oír el sonido incesante del mar por el resto de sus días era ni más ni menos lo que Constance se merecía.

* * *

Eleanor giró en la calle y estuvo a punto de chocar con un agente de policía de aspecto severo montado en bicicleta. Recorrió las casas con la mirada hasta que encontró la tienda de comestibles. Se le quitó un peso de encima al ver el cartel: ¡MÁS ABIERTOS QUE NUNCA!

El alivio fue instantáneo. No la habían alcanzado las bombas.

Eleanor decidió que, ya que estaba allí, podía echar un vistazo a la fachada. Siguió caminando hasta que estuvo lo bastante cerca para mirar por el escaparate, protegido con tiras de cinta adhesiva. Se fijó en el nombre de la tienda, pintado con orgullo sobre el cristal, y en la esmerada disposición de las latas en los estantes del interior. Era una casa de ladrillo de dos plantas, con cortinas a juego en las ventanas. Un lugar agradable. Cómodo. Eleanor podía imaginar el esfuerzo dedicado a mantener el toldo y los cristales así de limpios durante los ataques aéreos.

La campana tintineó con suavidad cuando abrió la puerta. Era un comercio pequeño, pero sorprendentemente bien abastecido teniendo en cuenta la escasez reinante. Alguien se había tomado muchas molestias para asegurarse de ofrecer artículos de interés a clientes cansados de la guerra. Ben había dicho que su amiga Flo era una fuerza de la naturaleza: «Nunca hace nada a medias». Eso, unido a la promesa de Ben de que su amiga era amable, buena y leal, había sido uno de los factores que habían ayudado a Eleanor a encariñarse con esta mujer a la que no conocía, a quien iba a confiar una parte enorme de su corazón.

En la tienda reinaba el silencio. Olía a hojas de té frescas y a leche en polvo. No había nadie detrás del mostrador y Eleanor se dijo a sí misma que era una señal. Había visto lo que había ido a ver y era hora de irse.

Pero una puerta en el fondo estaba entornada y se le ocurrió que debía dar a la casa. Al lugar en el que él dormía por la noche y tomaba sus comidas, y donde reía y lloraba y saltaba y cantaba, el hogar en el que vivía.

El corazón se le aceleró. Se preguntó si se atrevería a asomarse a la puerta. Eleanor miró por encima del hombro y vio a una mujer con un cochecito negro que subía por la calle. No había nadie más en la tienda. Todo lo que tenía que hacer era asomarse a la puerta abierta. Respiró hondo para calmarse y la sobresaltó un ruido a su espalda. Cuando se dio la vuelta encontró que había un niño detrás del mostrador.

Lo reconoció de inmediato.

Había estado sentado en el suelo todo ese tiempo y la miraba con los ojos abiertos de par en par. Tenía una mata de pelo rojizo y liso que parecía un tazón dado la vuelta y llevaba un delantal blanco atado a la cintura. Era demasiado largo para él y se lo habían recogido para que le quedara bien.

Tendría más o menos nueve años. No, más o menos no: tenía nueve años. Nueve años y dos meses, para ser precisos. Era esbelto pero no flaco, y tenía las mejillas redondeadas. Sonrió a Eleanor abiertamente, la sonrisa de alguien consciente de que el mundo es un lugar bueno.

—Lamento haberla hecho esperar —dijo—. Hoy no nos queda mucha leche, me temo, pero tenemos unos huevos estupendos, recién llegados de una granja de Kent.

A Eleanor le daba vueltas la cabeza.

—Huevos —atinó a decir—. Huevos. Eso sería maravilloso.

—¿Uno o dos?

—Dos, por favor.

Sacó la libreta de racionamiento y, mientras el niño se volvía hacia un canasto situado en un estante detrás del mostrador y empezaba a envolver los huevos en papel de periódico, Eleanor se acercó. Sentía los latidos del corazón contra las costillas. Si estiraba el brazo, podría tocarlo.

Enlazó las manos con firmeza sobre el mostrador y vio un libro. Estaba raspado y manoseado y le faltaba la sobrecubierta. No estaba ahí cuando entró en la tienda. El niño debió de dejarlo ahí cuando salió de su escondrijo en el suelo.

—¿Te gusta leer?

El chico lanzó una mirada culpable por encima del hombro y se sonrojó al instante.

—Mi mamá dice que se me da muy bien.

Mi mamá. Eleanor se estremeció.

—¿De verdad?

El niño asintió, con el ceño levemente fruncido, absorto en los detalles hasta que terminó de ajustar los extremos del segundo huevo envuelto como si fuera un dulce. Puso ambos en el mostrador, tras lo cual escondió el libro debajo, en un estante. Miró a Eleanor y dijo, solemne:

—En realidad, no debería leer mientras estoy a cargo de la tienda.

—Yo era igual que tú cuando tenía tu edad.

—¿Y cambiaste al crecer?

—No mucho.

—Yo creo que tampoco voy a cambiar. Este ya me lo he leído unas cuatro veces.

—Vaya, entonces, casi te lo sabrás de memoria.

Él sonrió orgulloso en señal de acuerdo.

—Trata de una niña que vive en una casa grande y vieja en el campo y descubre una puerta secreta a otro mundo.

Eleanor tuvo que sujetarse para no perder el equilibrio.

—La niña vive en un lugar llamado Cornualles. ¿Le suena?

Eleanor asintió.

—¿Ha estado?

—Sí.

—¿Cómo es?

—El aire huele a mar y todo es muy verde. Hay jardines magníficos llenos de plantas extrañas y maravillosas que no se encuentran en ningún otro lugar de Inglaterra.

—Sí —dijo él, con los ojos llenos de luz—. Sí, eso es justo lo que pensaba. Mi tío me lo dijo. Él también ha estado allí, ¿sabe? Dijo que de verdad existen casas como la de mi libro, con lagos y patos y pasadizos secretos.

—Yo crecí en un lugar como ese.

—Vaya. Qué suerte. Mi tío (ahora está en la guerra) me ha enviado esta postal.

Eleanor miró adonde señalaba el niño. A un lado de la caja registradora habían pegado una fotografía sepia de la puerta de un jardín. En la esquina inferior derecha se arremolinaban unas letras blancas y en cursiva que enviaban al destinatario *Recuerdos mágicos.*

—¿Cree en la magia? —preguntó el niño, muy serio.

—Me parece que sí.

—Yo también.

Se sonrieron uno al otro, un momento de perfecta sintonía, y Eleanor se sintió en el umbral de algo que no había previsto y que no sabía describir bien. La posibilidad parecía impregnar el aire entre los dos.

Pero, entonces, un alboroto de ruido y movimiento desvió la atención de ambos y una mujer irrumpió por la puerta de atrás. Tenía el pelo rizado y oscuro, y una cara alegre de labios gruesos y ojos brillantes, uno de esos espíritus indomables cuya presencia basta para llenar una habitación, y Eleanor se sintió vulnerable y débil.

—¿Qué haces aquí, cariño? —Alborotó el pelo del niño y le sonrió con enorme afecto. Centró su atención en Eleanor—. ¿Bertie la ha atendido bien?

—Ha sido de gran ayuda.

—No la habrá estado entreteniendo, espero. Mi chico habla hasta debajo del agua.

Bertie sonrió y Eleanor comprendió que aquella era una broma recurrente entre ellos.

Un dolor le atravesó el pecho y se apoyó en el mostrador. De repente, se sentía mareada.

—¿Se encuentra bien? No tiene buena cara.

—No es nada.

—¿Está segura? Bertie, ve a poner agua a hervir, cariño.

—No, de verdad —dijo Eleanor—. Tengo que irme. Todavía me quedan muchas visitas por hacer. Gracias por los huevos, Bertie. Los voy a saborear. Hacía tiempo que no veía huevos de verdad.

—Duros —dijo Bertie—, esa es la única manera de comer huevos.

—No podría estar más de acuerdo.

La campanilla sobre la puerta volvió a tintinear cuando la abrió y Eleanor experimentó el resplandor de un recuerdo, de un día diez años atrás, cuando abrió la puerta de la oficina de correos y se encontró con Ben.

El niño le dijo cuando salía:

—La próxima vez que venga, le prepararé una taza de té.

Y Eleanor se volvió y le sonrió.

—Me encantaría —le dijo—. Me gustaría mucho, claro que sí.

Capítulo 35

Londres, 2004

Quedaron, como siempre, en el Museo de Historia Natural, el día del aniversario de Eleanor. No se abrazaron, pues no formaba parte de sus costumbres, pero se cogieron del brazo y se apoyaron una en la otra durante la visita. No hablaron; en lugar de ello caminaron juntas, calladas, absortas en sus recuerdos íntimos de Anthony y Loeanneth y en todo lo que habían descubierto, demasiado tarde para ayudarlo, pero a tiempo para poder, en cierto modo, dar por cerrado un capítulo de sus vidas.

Los otros se reunieron con ellas más tarde, para tomar té en el museo Victoria and Albert. Incluso Bertie viajó desde Cornualles.

—No me lo habría perdido por nada del mundo —había respondido cuando Alice lo llamó por teléfono para invitarlo—. Además, ya tenía pensado ir a Londres esa semana. Al fin y al cabo, hay una inauguración a la que me gustaría asistir…

Ya les estaba guardando una mesa cuando Deborah y Alice llegaron y las llamó con la mano. Se levantó con una sonrisa y las abrazó. Qué extraño, pensó Alice mientras Deborah le daba palmaditas en las mejillas y se reía, que su aversión a los saludos físicos no fuera extensible a su hermano pequeño. Era como si, tras haberle echado de menos tantísimo tiempo, sintieran la necesidad física de recuperar los años perdidos. O tal vez se debía a que se habían quedado sin él cuando era tan pequeñito que el amor que sentían les exigía una expresión táctil, de la misma manera que un adulto es incapaz de no abrazar a un niño. En cualquier caso, estaban felices con él. Alice pensó en cuánto complacería a Eleanor saber que se habían reencontrado.

Sadie fue la siguiente en llegar, llevando un fajo de papeles. Caminaba tan rápido como de costumbre y con la cabeza gacha, mientras intentaba ordenar las hojas.

—Lo siento —dijo al llegar a la mesa—. Se retrasó el metro. Llego tarde. Así es mi vida últimamente, intentando tenerlo todo preparado para la inauguración. Espero no haberos hecho esperar demasiado.

—De ningún modo —dijo Deborah, que sonrió con cariño—. Nosotras acabamos de llegar.

—Y aquí viene Peter —dijo Bertie, que señaló la entrada con un gesto de la cabeza.

Sadie entregó el manuscrito a Alice.

—He marcado todo lo que he podido encontrar, pero no había gran cosa. Solo algunos detalles de procedimiento. Ah, Alice —dejó el bolso y se dejó caer en un asiento vacío—, es buena. Buenísima. No podía dejar de leer.

Alice se mostró satisfecha, pero no del todo sorprendida.

—Me alegra decir que la número cincuenta y uno resultó más grata de escribir que la número cincuenta.

Peter llegó a la mesa y se agachó para besar a Sadie en la mejilla. Ella le agarró de la camisa y le devolvió el beso.

—¿Qué tal te ha ido? —preguntó Sadie—. ¿Lo has conseguido?

—Aquí lo tengo. —Dio unos golpecitos en la cartera.

—¿Cómo lo has hecho? Me dijeron que tardaría otra semana.

Peter sonrió, misterioso.

—Tengo mis métodos.

—No lo dudo.

—Los tiene, y es mi ayudante —dijo Alice—, así que ni se te ocurra robármelo.

—Jamás me atrevería.

—Continúa, entonces —dijo Bertie—. No nos dejes con este suspense. Enséñanoslo.

Peter sacó un paquete rectangular y plano de la mochila y retiró el papel de seda que lo envolvía. El metal brilló plateado cuando lo sostuvo en alto para que lo vieran bien.

Alice se puso las gafas y se acercó un poco para leer la inscripción: *S. Sparrow, investigadora privada. Por favor, llame al timbre si necesita ayuda.* Dobló las gafas y las guardó en su estuche.

—Bueno —dijo—, va directo al grano y eso me gusta. No soporto los negocios con nombres ingeniosos tipo Sin pájaros en la cabeza, A vista de pájaro...*

—Más vale pájaro en mano que ciento volando —dijo Peter.

—Vaya, ese me gusta —dijo Bertie.

—Ah, pero no es mío —dijo Peter—. Se le ocurrió a Charlotte.

—¿Va a venir?

—Hoy no —dijo Sadie—. Tiene demasiados deberes. Pero ha dicho que intentará ir a la inauguración de la agencia el sábado por la noche.

—Bueno, entonces —dijo Bertie, con una sonrisa que unía orgullo, satisfacción e intensa felicidad—, ¿qué os parece? ¿Prescindimos del té por una vez y tomamos un poco de vino espumoso? Me parece que tenemos muchísimo que celebrar.

---

* Sparrow en inglés significa «gorrión», de ahí las frases hechas con la palabra «pájaro» *(N. del T.).*

Agradecimientos

Como siempre, tengo una deuda de gratitud enorme con muchas personas. La inestimable Annette Barlow leyó, sopesó y comentó más versiones del manuscrito de lo que debería pedirse a nadie, y Maria Rejt no pudo ser más amable, considerada y sabia. Sois unas verdaderas joyas, y gracias a vosotras publicar es un placer.

Muchas gracias a Christa Munns, Eloise Wood, Isolde Sauer, Sophie Orme, Josie Humber, Liz Cowen, Ali Lavau, Simone Ford, Rachel Wright y Kate Moore por su maravillosa habilidad con las palabras y su atención al detalle; a los diseñadores Lisa White, Ami Smithson y Laywan Kwan por crear unas sobrecubiertas tan bonitas, y a Geoff Duffield, Anna Bond, Karen Williams, Tami Rex, Andy Palmer, Katie James y Lisa Sciambra por convertir *El último adiós* en un libro tan cuidado y atractivo.

Mi sincera gratitud a Carolyn Reidy, Judith Curr y a mi apreciada editora, Lisa Keim, por su enorme entusiasmo y su apoyo; a Robert Gorman por su fe inquebrantable en mí y en mis libros; a Anthony Forbes por su dedicación constante; a Wenona Byrne por sus muchos y asombrosos talentos, y a todos los que en Allen & Unwin, Australia, Pan Macmillan, Reino Unido, y Atria, Estados Unidos, han participado en el proceso de convertir *El último adiós* en un libro de verdad.

También estoy en deuda con muchos excepcionales editores y traductores gracias a cuyos esfuerzos mis libros se leen en idiomas que yo no leo; y a cada librero, bibliotecario, periodista y lector que ha amparado mis novelas. Una historia no es más que una serie de marcas negras en una página en blanco hasta que alguien la lee.

Mi familia y mis amigos nunca se cansan de ayudarme. Gracias a Julia Kretschmer, que ha estado ahí desde el principio, rebosante de ánimo cuando la historia era apenas un puñado de piezas de rompecabezas que tal vez podían encajar; a mi agente, Selwa Anthony, por su generosidad, atención y agudeza inimitables; a Di McKean por ser una aliada razonable, calmada y organizada; a mis colegas de profesión Mary-Rose MacColl y Louise Limerick por su valioso compañerismo; a Herbert y Rita Davies, que fueron mentores geniales y queridos, y a Karen Robson, Dalerie Patterson y Di Morton, por haberme concedido su valioso tiempo.

Me gustaría hacer una mención especial a Didee, cuyo amor y compasión inquebrantables son un ejemplo, siempre, de lo que una madre es capaz de hacer por sus hijos.

Sobre todo y como siempre, me gustaría dar las gracias a mi marido, Davin, inteligente, bueno y divertido, y a mis tres hijos, Oliver, Louis y Henry. Entre todos han hecho de mí una persona y escritora más lúcida, multifacética, vulnerable, valiente y (espero) mejor.

La lista completa de las fuentes consultadas mientras escribía *El último adiós* es demasiado larga para incluirla aquí, pero algunas de las obras más útiles y que más empleé son *The Perfect Summer: England 1911, Just Before the Storm*, de Juliet Nicolson; *The Victorian House*, de Judith Flandes; *Talking about Detective Fiction*, de P. D. James; *The Reason Why: An Anthology of the Murderous Mind*, editada por Ruth Rendell; *For Love and Courage: The Letters of Lieutenant Colonel*

E.W. Hermon, editado por Anne Nason; *A War of Nerves,* de Ben Shephard; y *Testament of Youth,* de Vera Brittain (de donde saqué la lúgubre frase del vicerrector: «Si un hombre no puede ser útil a su país, más le vale estar muerto»).

El sitio web www.beaumontchildren.com proporcionó información sobre el proceso de investigación, y www.firstworldwar.com contiene abundante material sobre la neurosis de guerra. También es, por cierto, el sitio web que Sadie consulta tras su conversación con Margot Sinclair. He leído muchas crónicas en Internet sobre las experiencias de mujeres jóvenes con la adopción. La mayoría eran anónimas y agradezco a sus autoras la valentía de hacer públicas sus historias.

El condado de Cornualles sigue siendo una gran fuente de inspiración para mí y ha sido un verdadero placer pasar en él gran parte de mi tiempo imaginario.

KATE MORTON creció en las montañas del noreste de Australia, en Queensland, y en la actualidad vive con su marido y sus tres hijos pequeños en Brisbane. Es licenciada en arte dramático y literatura inglesa, y es especialista en literatura eduardiana del siglo XIX. Kate Morton ha vendido más de 10 millones de ejemplares y ha sido traducida a 33 idiomas y publicada en 38 países. *La casa de Riverton*, *El jardín olvidado*, *Las horas distantes* y *El cumpleaños secreto* se han convertido en número uno de ventas en todo el mundo.

Puedes encontrar más información sobre la autora en www.katemorton.com o en sus perfiles oficiales en redes:

/katemortonauthor
/katemortonspanish
@KateMorton